凝煉知識品味閱讀

圖解系列

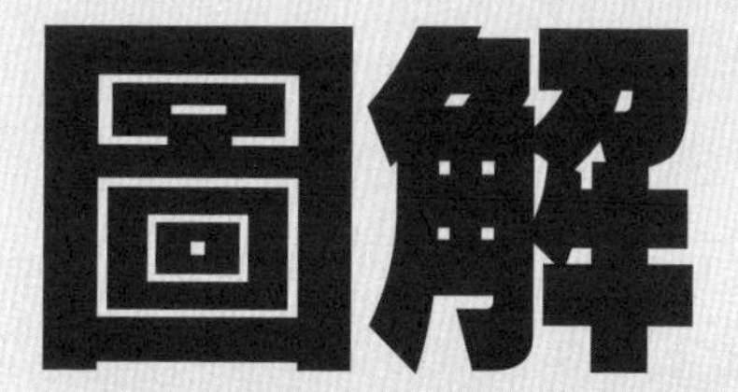

宋詞100

大考最易入題詞作精解

簡彥妗／著

閱讀文字

觀看圖表

理解內容

圖解讓
宋詞
更簡單

五南圖書出版公司 印行

自序

曲子詞發展至宋代而臻於完備，為有宋一代文學之代表；宋詞象徵古典歌詞的最高成就。本書所謂「宋詞」採廣泛的定義，即包含曲子詞初興期之晚唐、五代階段，至北宋詞家漸多、詞作漸豐、體裁與風格等方面漸趨於成熟，終至蔚為奇觀；南宋繼以發揚光大，以辛棄疾為集大成者，至南宋末，流於審音調律、雕章琢句，盛極而衰。書中所選詞作，可說涵蓋了宋詞發展由興而盛、從盛至衰的整體軌跡。

自幼鍾愛文學，又以古典歌詞之精微妙麗最深得我心，故每每沉醉於宋詞的世界裡，吟哦涵咏，低回品味，怡然自得。及長，入中國文學系、所就讀，受教於 李師德超、 張師仁青二先生；後又追隨 邱師燮友研究唐宋散文，但宋詞依舊是我的最愛，師生閒來一起討論詞學、倚聲填詞，樂在其中。近年講授五專國文課程，得以接觸 顏師瑞芳用河洛語吟唱詩詞、古文，在老師扣人心絃的嗓音中，讓我深刻領略到曲子詞「要眇宜修，能言詩之所不能言」，情韻綿長的絕佳風味。

俗話說：「詩莊詞媚」，詩詞本一家。詩主端莊，如大家閨秀，雍容得體，落落大方。詞尚柔媚，如小家碧玉，情思細膩，溫婉可人。因為詩是讀書人平日所思所想，以嚴肅的態度為之，無論國計民生、歷史興亡、個人感慨等，應有盡有，題材多元，境界開闊。如杜甫〈自京赴奉先縣詠懷五百字〉云：「許身一何愚！竊比稷與契。」直抒胸臆，道出志在經世濟

民、獻身社稷的理想。而詞卻是文士閒居、宴饗時，以輕鬆的心態創作，所以內容不出美女愛情、相思離別等；儘管題材狹隘，但一闋好詞必須「要眇宜修」，即講求精微妙麗並加以修飾、妝點，使之讀來意韻深長。如歐陽脩〈玉樓春〉云：「直須看盡洛城花，始共春風容易別。」雖然表面上寫吟風賞花之事，但不經意間亦流露出讀書人堅持理想、擇善固執的品格。足見詞作務求柔媚蘊藉，不宜直率淺露，首重絃外之音，以「言有盡而意無窮」為上品。

詞最早起源於隋唐民間。至中唐，文人逐漸加入倚聲填詞之列。中唐白居易、劉禹錫、張志和、戴叔倫、韋應物等詩人都有長短句之作，不過都是偶爾染指，並未成為風尚。

晚唐、五代是詞的成熟期。溫庭筠為歷史上第一位全力填詞的文人，詞到他手中有了與詩歌迥異的風格，成為一種正式的文學體裁。韋莊與溫庭筠同為花間詞人，並稱「溫韋」；二人為晚唐、五代的代表詞人。

五代時，「十國」中的南唐也是詞發展的另一重鎮，中主李璟、後主李煜及宰相馮延巳之作為南唐詞的代表。尤以李後主泣訴晚年囚居汴京的亡國血淚，道盡世間一切人事的悲哀，最是感人肺腑！

北宋初代表詞家晏殊、歐陽脩所作多為小令，以供宴會娛賓之用。

至柳永，開始大量創作慢詞，以行役見聞、市井生活為主題，前者以鋪敘手法為之，把旅途中所見景物寫入詞中，為蘇軾豪放詞之先聲；後者則不避俚語、俗諺，生動道出升斗小民的心聲，故形成「凡有井水飲處，即能歌柳詞」的盛況。

蘇軾進一步以詩為詞，直抒胸臆，且不拘泥於聲律，將詞的內容、境界與手法等推向另一個高度，開創豪放詞風。至此詞擺脫音樂的束縛，而成為一種獨立的文學創作。

北宋末，周邦彥任職於大晟府，專務審音調律、創新曲調，轉而講究詞的音律諧和、技巧精工，形成格律詞興盛的局面。其詞在表現手法上推陳出新，窮極工巧，為北宋婉約詞之集大成者，亦南宋格律詞之奠基者。

此外，還有跨越北宋、南宋之際的女詞人——李清照，其詞風淒婉悲愴，自成一家，人稱「易安體」。

南宋詞大致可分為兩派：一派近於蘇軾豪放詞，如辛棄疾、張孝祥、陸游、劉克莊等，由於偏安江左，戰鼓頻傳，其詞慷慨激昂，風格豪邁，流露出濃烈的愛國思想。一派近於周邦彥格律詞，如姜夔、史達祖、王沂

孫、吳文英等，由於文網極嚴，動輒罹禍，其詞寄興深微，音律工整，寫下許多精緻的詠物作品。

而辛棄疾是南宋全力填詞的作家，也是兩宋詞之集大成者。其詞主要成就在於承沿東坡豪放風格，繼以發揚光大；同時也創作了不少符合歌詞本色的婉約之作。

《圖解宋詞100：大考最易入題詞作精解》為您歸納整理海峽兩岸大考曝光度最高的宋詞（含中、晚唐、五代詞）共100闋，內容除了百讀不厭的著名詞作，還包括淺顯的語譯、精湛的賞析、生動的圖解及觸類旁通的活用小精靈，不但刪繁就簡、一語中的，更教您如何舉一反三，將宋詞情思與日常生活及時下走紅的歷史小說、宮廷劇結合，並從中領悟出寶貴的人生哲理、實用的寫作絕技，讓您搖身一變成為一位學養深厚、考場得意的新文藝青年！

宋詞中令人如數家珍的好句，俯拾皆是，如晏殊〈蝶戀花〉：「昨夜西風凋碧樹。獨上高樓，望盡天涯路。」被王國維視為成大事業、大學問的第一境——萬事起頭難，茫然無助；柳永〈蝶戀花〉：「衣帶漸寬終不悔，為伊消得人憔悴。」為成大事業、大學問的第二境——鎖定了目標，全力以赴；辛棄疾〈青玉案・元夕〉：「眾裡尋他千百度。驀然回首，那人卻在、

燈火闌珊處。」則為第三境——成功乍現時，無限驚喜。然而深深烙印我心版的是：蘇軾〈卜算子・黃州定惠院寓居作〉中那隻心事重重的孤鴻：「揀盡寒枝不肯棲，寂寞沙洲冷。」陸游〈卜算子・詠梅〉中那株自開自落的野梅：「零落成泥碾作塵，只有香如故。」以及岳飛〈滿江紅・寫懷〉以身許國的豪情壯志：「待從頭、收拾舊山河，朝天闕。」辛棄疾〈破陣子・為陳同甫賦壯詞以寄之〉時不我與的悲憤與感慨：「了卻君王天下事，贏得生前身後名，可憐白髮生。」當然，還有一些抒發兒女情長的佳言妙句，如韋莊〈思帝鄉〉道盡追求愛情的執著：「妾擬將身嫁與、一生休。縱被無情棄，不能羞。」晏幾道〈鷓鴣天・佳會〉訴說離別相思的情意：「從別後，憶相逢，幾回魂夢與君同。」李清照〈一剪梅〉傳達望君早歸的萬般愁緒：「此情無計可消除，才下眉頭，卻上心頭。」……這些宋詞金句都是千錘百鍊的精言要語，值得細細品賞、再三玩味，不但是談吐間、作文時致勝的葵花寶典，更可奉為我們平時立身處世的圭臬。古人有云：「讀書破萬卷，下筆如有神。」多讀宋詞名作可以讓您學養過人、氣質高雅，考場上如能善加運用，必能助您一臂之力，脫穎而出，金榜題名，真是百利而無一害！

最後，以我家書房高掛的那幅　邱師親筆所題〈減字木蘭花〉作結，詞云：「淡水漁舸，落日餘輝紅勝火。似寄人生，客居臺灣日有情。　陽明紗帽，面對青山禪靜好。未入佛門，彩筆吟詩愛晚晴。」在我甫畢業時，老師即以此詞相贈，並希望我將來掛在自己的家裡。沒想到今日竟應驗了老師當年的神預言：淡江落日、青山綠水正是窗外的自然景致，彩筆吟詩則為屋內的尋常活動，再想像不遠處漁歌互答的情景，——沒錯，這就是我夢寐以求的家！感謝老師吉言，讓我得以美夢成真。也要感謝　五南圖書出版公司黃文瓊主編用心規劃這一系列書籍，讓我得以埋首案前，筆耕不輟，——這亦是我夢寐以求的生活！謹以此獻給所有關心我、愛護我的人，——有您們真好！

2020.11.16 於淡水

INDEX 目錄

圖解宋詞100：大考最易入題詞作精解

自序

第1章　中唐、晚唐、五代詞

第2章　北宋詞

第 3 章　南宋詞

按：中唐、晚唐、五代的文人詞為宋詞之發端，故本書將之列入廣義的「宋詞」。書中兼錄舊題李白〈菩薩蠻〉（唐末偽作）等、溫韋花間詞及南唐君臣之作，他們雖非宋人，但實為宋詞之先聲，在我國詞史上地位重要，不容小覷。

附錄

主要參考書目

INDEX 目錄

聆賞宋詞，低唱花間尊前

	講授內容		詞林逸事	
第 1 講		宋詞概述		**宋徽宗：**周愛卿，昨晚你躲在床下看見啥？
第 2 講		溫庭筠〈更漏子〉		**溫庭筠：**我貌醜才高，總遭人排擠
第 3 講		韋莊〈菩薩蠻〉五闋之二		**韋莊：**老夫就是如假包換的「鐵公雞」，怎樣？
第 4 講		李煜〈虞美人〉		**李後主：**姊姊是真愛，妹妹是摯愛
第 5 講		柳永〈雨霖鈴〉		**柳永：**皇帝老兒居然要我去填詞！

	講授內容		詞林逸事	
第 6 講		蘇軾〈卜算子・黃州定惠院寓居作〉		**蘇軾：** 不會吧？我被判死刑了！
第 7 講		秦觀〈踏莎行・郴州旅舍〉		**蘇小妹：** 相公，答對三題才可以入洞房喔！
第 8 講		李清照〈聲聲慢〉		**趙明誠：** 哈，原來我注定是「詞女之夫」！
第 9 講		辛棄疾〈摸魚兒〉		**辛棄疾：** 張安國納命來，你這個叛徒！
第 10 講		姜夔〈揚州慢〉		**姜夔：** 我一生考場、情場皆失意

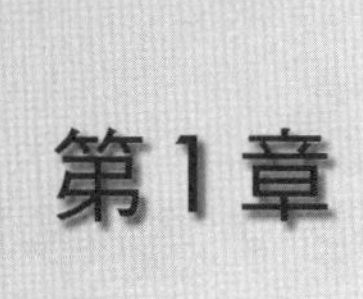

第1章

中唐、晚唐、五代詞

詞最早起源於隋唐民間。至中唐，文人加入倚聲填詞之列。晚唐、五代是詞的成熟期，以溫庭筠、韋莊為代表；南唐李後主的亡國血淚，尤為感人肺腑。

UNIT 1-1
何處是歸程？長亭更短亭

此詞作者是否為李白，文學史上歷來有爭議；或說出自唐末文士之手，而嫁名於李白。

菩薩蠻　舊題李白

平林漠漠煙如織，寒山一帶傷心碧。暝色入高樓，有人樓上愁。　玉階空佇立，宿鳥歸飛急。何處是歸程？長亭更短亭。

平坦的林野一片廣大蒼茫，在煙霧籠罩下，好似一幅美麗的織錦圖畫；寒山附近到處一片青翠碧綠，使人遠遠望去，滿懷愁緒油然而生。暮色的光影變化逐漸移入高樓裡，樓上有個異鄉遊子（閨中思婦）獨自佇立，一臉愁容。

他（她）徒然佇立在玉階上，黃昏時抬頭望見倦鳥急著飛回巢穴。心想：哪裡才是遊子回家的路？到底要飄泊至哪一座長亭或短亭才可以歸回故里？

該詞舊題「別意」或「閨情」，前者謂遊子思鄉，後者即閨婦懷人，二說皆成立，因此必須合在一起看，使其內涵更加豐富。

上片著眼於客觀景物的渲染，以景襯情：「平林漠漠煙如織」，純為客觀景物的摹寫，這是主角佇立樓上放眼所見的景致。「寒山一帶傷心碧」，開始由景生情，「寒山」或為山名，或指冷清、寂靜的山色；此處應兩義並存。其中「寒」、「傷心」二處屬於情緒性字眼，加入了主角的主觀感受，而非純粹寫景。「暝色入高樓」，可見主角在樓上駐足許久，才能感受到周遭光影的移動。且前兩句全為靜態摹寫，至此句一個「入」字具畫龍點睛之妙，使整個畫面活靈活現起來。「有人樓上愁」，主角終於現身了，他可以是出門在外的遊子，因思鄉而發愁；她也可以是獨守空閨的思婦，因懷念遠行的良人而發愁。一個「愁」字，除了點出主角的心情，更是全篇的關鍵字眼，具承上啟下之作用。前面所見的蒼茫景色，寒、傷心等情緒全都歸結到這「愁」字之上。

下片聚焦於主角心理的刻劃，由情及景：「玉階空佇立」，主角為何徒然佇立於此？當然因為內心發愁；故知「空」字與前面「愁」字相呼應，此句寫主觀之情。「宿鳥歸飛急」，是主角眼前所見景物，寫客觀之景。「何處是歸程？」又是寫情，主角見「宿鳥歸飛急」，不由得觸景生情，哪裡才是回鄉的路？到底要飄泊至何處才能返家？最後「長亭更短亭」，又把情感寫到一片蒼茫景致中，到底要走到哪一座十里長亭或五里短亭才可以轉身踏上歸途？此句雖是寫景，但景中含情，因為「長亭更短亭」象徵茫茫天涯路，暗示歸期茫茫、前途茫茫之感。由於古代女子以夫為天，不具獨立自主之生命意識，故良人歸期茫茫，她亦覺前途茫茫。

平林漠漠煙如織

應考大百科

＊此詞上片景物的摹寫，由遠而近，從平林⇨寒山⇨高樓⇨樓上人；由粗線條勾勒到細筆刻劃，最後落在樓上人的愁容上。下片由近而遠，從玉階之人⇨歸飛之鳥⇨「長亭更短亭」的茫茫天涯路；由細微到粗獷，從玉階上空佇立的人，最後寫到茫茫天涯路。

＊通篇以一個「愁」字為中心，摹景、抒情，委婉細膩，一唱三嘆。如「暝色入高樓」，既指外界天色變化，一片昏暗迷茫；兼指內在心境狀態，一片低沉迷茫。又「宿鳥歸飛急」，既指黃昏時主角見倦鳥急飛歸巢，同時暗羨倦鳥知返，遊子卻因俗務纏身，有家歸不得。

菩薩蠻　舊題李白

・此詞作者為李白，歷來有爭議；或說出自唐末文士之手，而嫁名於李白。
・該詞舊題「別意」：遊子思鄉；或「閨情」：閨婦懷人；二說可合併參看。

上片

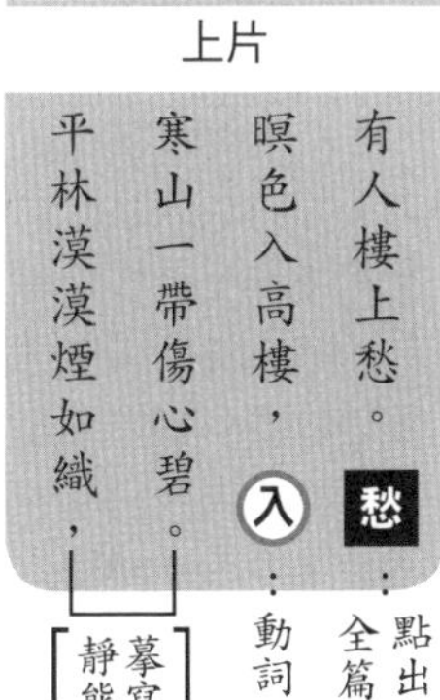

平林漠漠煙如織，寒山一帶傷心碧。暝色入高樓，有人樓上愁。

［摹寫靜態］
寒、傷心（情緒字眼）
入：動詞
愁：點出主角心情全篇關鍵字眼

下片

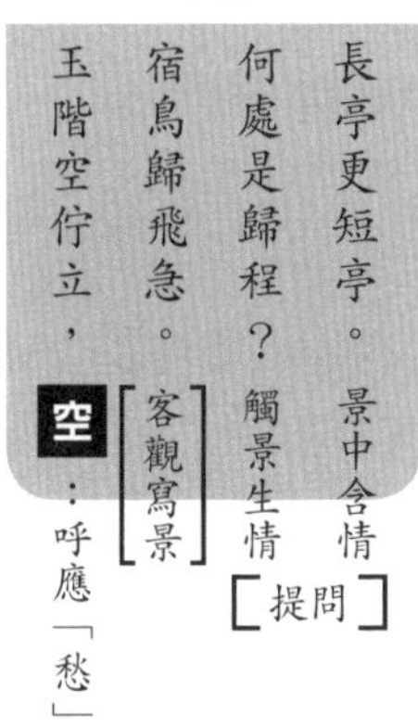

玉階空佇立，宿鳥歸飛急。何處是歸程？長亭更短亭。

空：呼應「愁」
［客觀寫景］
觸景生情
景中含情
［提問］

★上片著眼於客觀景物的渲染，以景襯情：

・「平林漠漠煙如織」，是主角佇立樓上所見景色。
・「寒山一帶傷心碧」，由景生情，已加入主角的主觀感受。
・「暝色入高樓」，可見主角在樓上駐足許久，才能感受到周遭光影的移動。
・「有人樓上愁」，主角終於現身了，他可以是出門在外的遊子，也可以是獨守空閨的思婦。

◆下片聚焦於主角心理的刻劃，由情及景：

・「玉階空佇立」，主角因內心發愁，徒然佇立於此。
・「宿鳥歸飛急」，是眼前所見景物。
・「何處是歸程？」觸景生情，哪裡才是回鄉的路？遊子飄泊到何處才能回家？
・「長亭更短亭」，景中含情，象徵著茫茫天涯路，暗示歸期茫茫、前途茫茫之感。
・末二句採「提問」法，自問自答，情景交融，餘韻無窮。

UNIT 1-2
西風殘照，漢家陵闕

〈憶秦娥〉舊題「秋思」，乃作者（託名為李白）秋遊古長安，撫今憶昔之作。唐朝經歷一場動亂後，作者遊歷古長安，昔日繁華熱鬧不復存在，觸目所見，盡是冷清孤寂的景象，令人不勝唏噓！此動亂或指安史之亂，或指唐末藩鎮割據，甚至有人認為當時唐朝已亡；可見此詞應是中唐以後，晚唐至五代間的作品。

憶秦娥　舊題李白

簫聲咽，秦娥夢斷秦樓月。秦樓月，年年柳色，灞陵傷別。　樂遊原上清秋節，咸陽古道音塵絕。音塵絕，西風殘照，漢家陵闕。

耳畔傳來陣陣簫聲嗚咽，使人彷彿從傳說中蕭史與弄玉（秦娥）乘龍跨鳳而登仙的美夢醒來，這才發現一切已成過往雲煙，唯有當年那一輪明月仍照耀著。這輪明月如今又照在灞陵橋折柳送別的場景，年復一年，照拂了一場又一場的悲歡離合。

想起從前大唐盛世每到秋高氣爽時節，長安附近紅男綠女前往樂遊原尋幽攬勝者，絡繹於途，熱鬧非凡。而今呢？在這咸陽古道上，所有遊人的音訊、形跡全都滅絕了，到處顯得冷冷清清。所有的音訊、形跡全都滅絕了，而此刻放眼所見，只剩秋風不斷地吹拂，滿天夕陽餘暉照映在西漢帝王陵寢的觀門上，一片淒清蒼茫景象。

上片從聽覺摹寫切入，「簫聲咽」，見物起興，從這嗚咽的簫聲，讓他聯想起歷史上、傳說中的簫聲。蕭史與秦穆公之女弄玉成親後，曾教弄玉吹簫，聲如鳳凰鳴叫，故吸引鳳凰成群聚集；秦穆公為他倆所築居所便成了名副其實的「鳳凰臺」。最後蕭史與弄玉乘龍跨鳳，羽化而登仙。多美的夢！但終究成為過往雲煙。「秦樓月」三字，與前句用頂真格，蟬聯而下，使首尾連貫，一氣呵成。從現實的簫聲進入傳說的美夢，夢醒後，才發現物換星移：同樣一輪明月，而今卻照在灞陵橋邊不斷上演的離別場面，今昔對比，怎不教人心生感慨？

下片把時間從春秋時代秦穆公之際拉至唐朝，借景生情，昔盛今衰之感更加深刻：「樂遊原上清秋節，咸陽古道音塵絕。」因為歷經動盪，長安百姓飽受家破人亡、顛沛流離之苦，再也沒心思呼朋引伴，乘興出遊。「音塵絕」與前句再用頂真，接續上下文意。篇末以觸覺、視覺摹寫收束，把所有情緒歸結到自然景色、歷史遺蹟之中，緊扣秋日出遊之題旨。西漢帝王權傾一時又如何？而今僅剩「荒塚一堆草沒了」；同理，唐朝盛世也終將成為過去式，往者已矣，後人只有徒留感嘆罷了。

另如「西風」、「殘照」、「漢家陵闕」等辭語，除了指現實景物，作者出遊所見秋風、斜陽、西漢帝王陵墓，亦影射唐朝之衰亡。因為詩詞是精緻的文字、濃縮的語言，往往講究「言有盡而意無窮」，如此一來，用字遣辭便形成一些約定俗成的象徵義，故秋風、夕陽、帝王陵寢等都代表著朝代、國家、君主的衰敗。

秦娥夢斷秦樓月

應考大百科

＊本詞上、下片（「秦樓月」、「音塵絕」）各使用一次頂真格，以收承上啟下、首尾蟬聯之效。

‧所謂「頂真」：指上一句句尾的字、辭，與下一句句首的字、辭重複者；如此一來，具有加強語氣的效果。

＊該詞之聲情悲壯：以「簫聲咽」起首，一片嗚咽的簫聲，彷彿成為通篇的背景音樂。何況韻腳「咽」、「月」、「別」、「節」、「絕」、「闕」均為入聲字，讀之音節短促，似胸中抑鬱之氣，噴薄而出。

憶秦娥　舊題李白

‧〈憶秦娥〉舊題「秋思」，乃作者（託名為李白）秋遊古長安，撫今憶昔之作。

‧經歷動亂之後，作者遊歷古長安，昔日繁華不在，所見盡是冷清孤寂景象。

‧有人認為此詞應是中唐以後，晚唐至五代間的作品。

上片

簫聲咽，
秦娥夢斷秦樓月。
秦樓月，
年年柳色，
灞陵傷別。

頂真

下片

樂遊原上清秋節，
咸陽古道音塵絕。
音塵絕，
西風殘照，
漢家陵闕。

頂真

★上片從現實的簫聲進入傳說的美夢，夢醒後，才發現物換星移，今非昔比，令人心生感慨。

‧**傳說中美夢：**蕭史與秦穆公之女弄玉成親後，曾教弄玉吹簫，聲如鳳凰鳴叫，故吸引鳳凰成群聚集。最後蕭史與弄玉乘龍跨鳳，羽化而登仙。——多美的夢！終究成為過往雲煙。

‧**現實的場景：**同樣一輪明月，如今卻映照著灞陵橋邊一場又一場折柳贈別的畫面。

★下片把時間從春秋時代拉至唐朝，借景生情，昔盛今衰之感更加深刻。

‧清秋時節，古道、高原上罕無人煙，景象蕭條。⇨暗示歷經動盪，百姓顛沛流離，無心攜伴出遊。

‧篇末把所有情緒歸結到自然景色、歷史遺蹟之中，緊扣秋日出遊之題旨。⇨西漢帝王權傾一時，而今僅剩一座座陵寢；同理，唐朝盛世也將成為過去式，令人徒然嘆息。

今

西風　**殘照**　**漢家陵闕**　除了指現實景物，亦影射唐朝的衰亡

UNIT 1-3

日出江花紅勝火，春來江水綠如藍

〈憶江南〉三闋，旨在懷念江南風光，是詞發展初期的作品，其詞牌名與內容一致。白居易生平四度下江南：青年時期，因避亂來到江南，曾漫遊蘇、杭等地；壯年時期，上書觸怒宰相，貶官江州司馬，在九江住了三年多；中年以後，五十一歲為杭州刺史、五十四歲為蘇州刺史，又兩度到江南走馬上任。此三闋〈憶江南〉，乃作者晚年（六十七歲）隱居洛陽時，追憶江南景致而作。

憶江南三闋　白居易

其一

江南好，風景舊曾諳：日出江花紅勝火，春來江水綠如藍。能不憶江南？

其二

江南憶，最憶是杭州：山寺月中尋桂子，郡亭枕上看潮頭。何日更重遊？

其三

江南憶，其次憶吳宮：吳酒一盃春竹葉，吳娃雙舞醉芙蓉。早晚得相逢！

江南無限美好，那兒的風景是我所熟悉的：豔陽高照下，江岸春花綻放，紅得比火焰更燦爛；春回大地時，晴空倒映水中，江面比藍草還青碧。怎能教人不追憶江南風光呢？

追憶江南風光，最令人難忘的是杭州：想起從前在天竺寺、靈隱寺映著皎潔月光撿拾桂花，也曾高臥府衙亭上遙望錢塘潮入海的景象。哪一天才能再舊地重遊呢？

追憶江南風光，其次懷念姑蘇吳王的宮殿：喝一杯當地馳名的春酒竹葉青，再欣賞蘇州姊妹花的清歌妙舞，遙想吳王當年也是如此愜意。我遲早還要重溫這樣的美夢！

第一闋，以「江南好」啟篇，道盡所有人對江南的總體印象；再將自己與眾人做出區隔：「風景舊曾諳」，作者在江南前後待了十多年，三度任職於此，這兒是他的第二故鄉，一花一木，一磚一瓦，莫不充滿昔時的回憶。「日出江花紅勝火，春來江水綠如藍。」其中「日出」、「春來」為互文見義，渲染出江南春天動人的景色。江南是公認的好地方，是詞人遊歷過、治理過的都城，是美景之邦，教人如何不魂牽夢縈？最後以激問法作收，更增添餘韻無窮。

第一闋末句「能不憶江南？」引出第二闋開頭：「江南憶，最憶是杭州。」將描寫視角從江南春景，切換至杭州秋日之閒情逸致：「山寺月中尋桂子，郡亭枕上看潮頭。」從山寺尋桂、郡亭看潮二事，懷想杭州秋日風情，一靜一動，一柔一剛，均極具風雅逸趣；故以「何日更重遊」收尾，多麼希望舊地重遊，再次體會杭城的婉約與豪放之美。

第三闋亦承第一闋末句「能不憶江南？」而來，起首云：「江南憶，其次憶吳宮。」將場景轉至蘇州，吳王夫差曾在靈巖山上為西施築一座館娃宮。從歷史上的姑蘇回到現代的蘇州，而詞人最難忘懷的是那兒的美酒、美女與美好歌舞：「吳酒一盃春竹葉，吳娃雙舞醉芙蓉。」這樣的畫面的確令人陶醉，故以「早晚得相逢」作結，表明遲早還要再到此一遊重溫舊夢！

江南美景舊曾諳

應考大百科

＊「日出江花紅勝火，春來江水綠如藍。」其中「日出」、「春來」為互文見義，即「日出、春來江花紅勝火，春來、日出江水綠如藍」之意，勾勒出一幅美麗的南國春日風情畫，色彩鮮明，生氣蓬勃，令人神往。

・互文見義：為語文中一種省略的語法，必須把上、下文意思加在一起，語意才完整。如生兒育女，即「生育兒女」之意，而非望文生義，解作：生兒子、養女兒。

憶江南三闋　白居易

・旨在懷念江南風光，是詞發展初期的作品，其詞牌名與內容一致。

・此三闋〈憶江南〉乃作者晚年隱居洛陽時，為追憶江南景致而作。

其一

江南好，
風景舊曾諳：
日出江花紅勝火，
春來江水綠如藍。
能不憶江南？

★以「江南好」啟篇，道盡人們對江南的總體印象；再將自己與眾人做出區隔：「風景舊曾諳」，詞人三度任職於此，到處莫不充滿舊時的回憶。

★「日出春來江花紅勝火，春來日出江水綠如藍。」以「互文見義」法，渲染出江南春天動人的景色。

★「能不憶江南？」以激問法作收，更增添餘韻無窮。

春天景色｜靜｜優美
總寫｜江南

其二

江南憶，
最憶是杭州：
山寺月中尋桂子，
郡亭枕上看潮頭。
何日更重遊？

★第一闋末句「能不憶江南？」引出第二闋開頭：「江南憶，最憶是杭州。」

★將描寫視角從江南春景，切換至杭州秋日之閒情逸致：「山寺月中尋桂子，郡亭枕上看潮頭。」從山寺尋桂、郡亭看潮二事，懷想杭州秋日風情。

★以「何日更重遊」收尾，多麼希望再次舊地重遊！

秋日活動｜動｜悠閒
分述｜杭州

其三

江南憶，
其次憶吳宮：
吳酒一盃春竹葉，
吳娃雙舞醉芙蓉。
早晚得相逢！

★第三闋亦承第一闋末句「能不憶江南？」而來，起首云：「江南憶，其次憶吳宮。」

★將場景轉至蘇州：**歷史的姑蘇**——吳王夫差曾在靈巖山上為西施築一座館娃宮。**現代的蘇州**——詞人最難忘懷的是那兒的美酒、美女與美好歌舞。

★以「早晚得相逢」作結，表明遲早還要再到此重溫舊夢！

歷史遺蹟｜動｜宴樂
分述｜蘇州

UNIT 1-4

紅燭背，繡簾垂，夢長君不知

〈更漏子〉旨在敘女子春夜相思之情。〈更漏子〉，詞牌名，始於溫庭筠。古人將一夜分為五更，用銅壺滴漏來計時，故名「更漏」。「子」，即曲子。

更漏子　溫庭筠

柳絲長，春雨細，花外漏聲迢遞。驚塞雁，起城烏，畫屏金鷓鴣。　香霧薄，透簾幕，惆悵謝家池閣。紅燭背，繡簾垂，夢長君不知。

柳絲柔長，春雨微細，戶外花叢下更漏聲不斷地傳向遠方。驚起了塞上的雁群、城頭的烏鴉，只有畫屏上金色的鷓鴣鳥不為所動。

香霧迷濛浮動，透入重重簾幕裡，美麗的亭臺樓閣籠罩在一片惆悵中。轉移燭臺，垂下繡簾，我總在夢中千里跋涉與你相會，遠方的你就是不知情。

上片寫女子春夜失眠，因此格外留心屋外的動靜。「柳絲長，春雨細，花外漏聲迢遞。」此時柳絲低拂、春夜微雨，如此良宵她卻獨守空閨，百無聊賴，才會整晚聽著戶外花叢下的更漏聲滴滴答答一聲聲傳向遠方。可見長夜漫漫，她自有度日如年之感。「驚塞雁，起城烏，畫屏金鷓鴣。」想像在這夜深人靜時，突然有個什麼動靜，驚起了塞外的雁群、城頭的烏鴉，只有深閨內屏風上成雙成對的金色鷓鴣鳥無動於衷。本片寫景由靜而動，從「驚」、「起」二字間接點出女子時時掛念遠在邊城的征夫，不時從夢中驚起，睡不安穩。

下片敘屋內懷人念遠的相思情意。「香霧薄，透簾幕，惆悵謝家池閣。」儘管她住在馨香瀰漫，簾幕低垂，美麗的閣樓裡，但形單影隻，心情惆悵。此處藉由居室之華美、溫馨，對比出思婦獨居，內心孤單、寂寞。「紅燭背，繡簾垂，夢長君不知。」她故意轉移燭臺，垂下繡簾，想好好睡一覺，沒想到夢中竟千里跋涉遠赴邊關，只想與那人見上一面，無奈遠方的郎君又怎會明白她日夜思念的心情？再度以女子相思之殷切，但憶君君不知，進一步襯托出征人的冷酷無情。

通篇以象徵法含蓄傳達了思婦孤寂的心理。全詞動靜相生，虛實結合，以女子的情態反映出思念之情的無奈與愁苦，言簡意深，曲盡其妙，十分動人，是一闋典型的婉約詞。如胡仔《苕溪漁隱叢話》所評：「庭筠工於造語，極為綺靡，《花間集》可見矣。〈更漏子〉一首尤佳。」俞陛雲《唐五代兩宋詞選釋》亦云：「〈更漏子〉與〈菩薩蠻〉同意。『夢長君不知』即〈菩薩蠻〉之『心事竟誰知』、『此情誰得知』也。前半詞意以鳥為喻，即引起後半之意。塞雁、城烏，俱為驚起，而畫屏上之鷓鴣，仍漠然無知，猶簾垂燭背，耐盡淒涼，而君不知也。」上片感嘆「畫屏金鷓鴣」不解她終夜無眠的心情，一如下片自傷遠方的夫君亦不知她夢中情意悠長，道盡孤苦無依之處境。

畫屏雙雙金鷓鴣

應考大百科

◆漏聲：指更漏報時之聲。
◆迢遞：音「條第」，遙遠也。
◆塞雁：塞上的雁鳥。
◆城烏：城頭的烏鴉。
◆金鷓鴣：指用金線繡成的鷓鴣鳥。
◆紅燭背：一說轉移燭臺方向，使其光線不直射；一說背向紅燭。
◆謝家池閣：或指王謝之家，為豪門世族之代稱。或指青樓妓館，李德裕曾作〈謝秋娘曲〉，悼亡妓謝秋娘；後世遂以「謝娘」、「謝家」代稱妓女或妓院。

更漏子 溫庭筠

・此詞旨在敘說女子春夜相思之情。
・〈更漏子〉，詞牌名，始於溫庭筠。

上片

柳絲長，春雨細，
花外漏聲迢遞。
驚塞雁，起城烏，
畫屏金鷓鴣。

間接點出女子掛念征夫，睡不安穩

下片

香霧薄，透簾幕，
惆悵謝家池閣。
紅燭背，繡簾垂，
夢長君不知。

★上片寫女子春夜失眠，因此格外留心屋外的動靜。

・「柳絲長，春雨細，花外漏聲迢遞。」可見長夜漫漫，她有度日如年之感。
・「驚塞雁，起城烏，畫屏金鷓鴣。」感嘆「畫屏金鷓鴣」不解她終夜無眠的心情。

★下片敘屋內懷人念遠的相思情意。

・「香霧薄，透簾幕，惆悵謝家池閣。」此處藉由居室之華美、溫馨，對比出思婦獨居，內心孤單、寂寞。
・「紅燭背，繡簾垂，夢長君不知。」自傷遠方的良人不知她夢中情意之悠長。

活用小精靈

王國維《人間詞話》云：「『畫屏金鷓鴣』，飛卿語也，其詞品似之。」以溫庭筠（字飛卿）詞句：「畫屏金鷓鴣」（語出〈更漏子〉）代表溫詞的特色。其詞如美麗屏風上刺繡的金色鷓鴣鳥，精緻華美，金碧輝煌，可想而知。此即劉熙載《藝概》所說：「溫飛卿詞，精妙絕人。」也正是葉嘉瑩《迦陵談詞》指出：飛卿詞多為客觀、純美之作，不含有個性、深意，直接描寫精美華麗的景物，讓人自由產生聯想。

UNIT 1-5

新帖繡羅襦，雙雙金鷓鴣

該詞描寫美人晨起梳妝的慵懶神態，以及妝成後的種種情狀，暗示著她獨守空閨，芳心寂寞。

菩薩蠻　溫庭筠

小山重疊金明滅，鬢雲欲度香腮雪。嬾起畫蛾眉，弄妝梳洗遲。　照花前後鏡，花面交相映。新帖繡羅襦，雙雙金鷓鴣。

陽光照在床頭山屏美麗的裝飾上，金光閃爍；此時她仍躺臥床上，烏雲般的秀髮散亂，即將越過那雪白的香腮。然後才懶洋洋起身，慢條斯理地梳洗、化妝。

化好妝，她要在頭上簪朵花，於是拿起菱花鏡照照前面、照照後面；不經意照見花朵和自己美麗的容顏相互輝映。再換上一件剛貼繡完成且熨燙服貼的絲質上衣，衣服上繡著雙雙對對的金鷓鴣圖案。

詞中旨在刻劃女子起床梳妝的情態，富麗的閨房，嬌慵的神色，美好的容顏，華貴的服飾，躍然紙上，宛若一幅栩栩如生的仕女圖卷。

上片著眼於女主角醒後慵懶的神情：首句「小山重疊金明滅」，描繪出閨房的金碧輝煌。次句轉而摹寫女子的姿容：「鬢雲欲度香腮雪」，秀髮蓬鬆，肌膚雪白。後二句「嬾起畫蛾眉，弄妝梳洗遲。」她為何會懶起弄妝、遲於梳洗呢？從後文約略可窺知端倪，「雙雙金鷓鴣」，她所以對成雙成對的圖案特別敏感，是因為形單影隻，孑然一身。良人不在身邊，成天無所事事，早上被屏山的金光閃爍驚醒，悠悠醒來後，慢慢地、細細地打理一切，以一種賞玩的心情，非要把自己妝扮到最美、最好不可。誠如葉嘉瑩所說，那是一種「愛美要好的精神」。本來「女為悅己者容」，夫君遠行，她大可不必如此費心打扮；但「芝蘭生於幽谷，不以無人而不芳」，這正是她對外在容貌、內在品格的自我要求。

下片則聚焦在她妝成後的風姿與思緒：「照花前後鏡，花面交相映。」照著鏡子，她不覺顧影自憐起來，到底是人比花嬌？抑或花比人俏？流露出孤芳自賞之意。末尾「新帖繡羅襦，雙雙金鷓鴣。」從服飾寫起，由衣服上繡著成雙成對的金色鷓鴣鳥，暗示她孤獨無依，同時也象徵她對美好事物的追求。又相傳鷓鴣對啼，其聲似「行不得也哥哥！」那正是她的心聲，遠在千里之外的那人聽見了嗎？又張惠言《詞選》評云：「『照花』四句，〈離騷〉初服之意。」說明此閨怨小詞，一如屈原〈離騷〉藉香草美人，道出賢士見棄之心情。此詞則藉由女子精心妝扮，象徵君子之潔身自愛，注重修養自己的人格操守。

該詞風格穠麗，精妙絕倫，尤工於鍊字，以句秀見長。雖然是一闋描寫閨怨的小詞，但詞藝精湛，別開生面，為溫詞最具代表性的作品。

故宮圖像資料庫典藏

鬢雲欲度香腮雪

應考大百科

◆小山：指山屏或屏山，古人放在床頭像山形折疊的屏風。

◆鬢雲：即「雲鬢」，像烏雲般的鬢髮；是對女子秀髮的美稱。

◆香腮雪：指美人馨香、白皙的雙頰。腮，臉頰也。

◆繡羅襦：有刺繡圖案的絲質短衣。襦，短衣也。

◆鷓鴣：鳥名。相傳其鳴叫聲，近似「行不得也哥哥」。

菩薩蠻 溫庭筠

・描寫美人晨起梳妝的慵懶神態及妝成後的種種情狀，暗示她獨守空閨，芳心寂寞。
・該詞風格穠麗，精妙絕倫，尤工於鍊字，以句秀見長，為溫詞中最具代表性的作品。

上片

小山重疊金明滅，
鬢雲欲度香腮雪。
嬾起畫蛾眉，
弄妝梳洗遲。

下片

照花前後鏡，
花面交相映。
新帖繡羅襦，
雙雙金鷓鴣。

★上片著眼於女主角醒後慵懶的神情：

・首句「小山重疊金明滅」，描繪出閨房的金碧輝煌。
・次句摹寫女子的姿容：「鬢雲欲度香腮雪」，秀髮蓬鬆，肌膚雪白。
・後二句「嬾起畫蛾眉，弄妝梳洗遲。」從下文「雙雙金鷓鴣」突顯其形單影隻。

⇨良人不在身邊，她成天無所事事，早上被屏山的金光閃爍驚醒，細細打理一切，以一種賞玩的心情，非要把自己妝扮到最美、最好不可。

★下片則聚焦在她妝成後的風姿與思緒：

・「照花前後鏡，花面交相映。」流露出孤芳自賞之意。
・末尾「新帖繡羅襦，雙雙金鷓鴣。」暗示她孤獨無依，同時也象徵她對美好事物的追求。又相傳鷓鴣對啼，其聲似「行不得也哥哥！」那正是她的心聲，遠在千里外的那人聽見了嗎？

愛美要好的精神

賢士見棄之心聲

活用小精靈

在宮廷劇《後宮甄嬛傳》中，安陵容經皇后精心調教後，以美妙的歌喉得到皇帝青睞，也曾深得聖寵，風光一時。

劇中安小主最常唱的曲子就是溫庭筠這首〈菩薩蠻〉，一字一句唱出了她的心聲與無奈：她精心妝扮、刻意修飾，只想把自己最好、最美的一面獻給皇上。她這樣全心全意、百分之百地愛著皇上；然而對皇上而言，她卻是後宮三千分之一的存在。等呀等，盼呀盼，除了孤單寂寞、傷心難過之外，她似乎不曾真正擁有什麼，教她怎能不怨呢？

UNIT 1-6

縱被無情棄，不能羞

這闋詞通篇以直述法（即傳統「賦、比、興」的「賦」法）寫成，假託少女的口吻，敘說閨中情事，寫出她對愛情的嚮往，春日出遊，盼能覓得一位如意郎君。

思帝鄉　韋莊

春日遊，杏花吹滿頭。陌上誰家年少，足風流。妾擬將身嫁與、一生休。縱被無情棄，不能羞。

> 春日出遊，當一樹杏花被風吹落，落得她滿頭、滿身之時，才驚覺春到人間，多美好的季節，多希望談一場美麗的戀愛！於是她許下心願：看看路上哪一家的年輕人，真是風雅出眾、品格不凡。她要將自己嫁給那個他，一輩子與他長相廝守；縱使有一天被他無情地拋棄了，她也絕不因此惱羞成怒。

開端「春日遊，杏花吹滿頭。」春天是生命萌發的季節，也是愛情滋長的時刻，如《詩經・召南・野有死麕》云：「有女懷春，吉士誘之。」詞中女主角也是如此，因為春天而萌發對愛情的期待。春日出遊，放眼萬紫千紅都還在身之外，唯有當一樹杏花被風吹落，落得她滿頭、滿身之時，這才驚覺春到人間，因而觸發內心對愛情的企盼，多麼想來個美麗的邂逅！

「陌上誰家年少，足風流。」因此，她開始留意周遭，看看路上哪一家的年輕人，「足風流」，真是風雅出眾、品格不凡。「風流」二字，古今語意不同，在古代或謂風雅，或指品格，與今日作拈花惹草、用情不專之義，大相逕庭。

「妾擬將身嫁與、一生休。」此處「妾」是古代女子自謙之辭。其中「擬」字，可解為「打算、想要」。女主角說一旦覓得如意郎君，我要把自己嫁給他，一輩子與他長相廝守，直到永遠。此句語氣堅定，誠懇率真，道出她對愛情的執著；一如屈原〈離騷〉云：「亦余心之所善兮，雖九死其猶未悔！」可見無論追求愛情或理想，本質都相同，就是要有擇善固執、堅持到底的決心。

「縱被無情棄，不能羞。」世上的事都不是絕對的，辛勤耕耘者一定能含笑收穫？全力以赴者一定能如願以償？——誰也不敢保證！所以，女主角抱著縱使遇人不淑，有一天被無情拋棄了，她也不會惱怒，也不能惱怒；因為「擇其所愛，愛其所擇」，她盡力了，也就此生無憾。詞中表面寫女子追求愛情之心態，其實亦象徵君子追求理想的過程，當付出了一切，仍無法一償宿願時，也要坦然接受，如詩人徐志摩所說：「得之，我幸；不得，我命！」

誰家年少足風流

應考大百科

＊「風流」一辭，或指「流風餘韻」，如《漢書‧趙充國傳贊》：「今之歌謠，慷慨風流猶存耳。」或指「風雅」，如庾信〈枯樹賦〉：「殷仲文者風流儒雅，海內知名。」或指「韻味」，如司空圖《二十四詩品》：「不著一字，盡得風流。」

- 古代「風流」多傾向正面的意思，到唐代《開元天寶遺事》稱長安平康坊妓女居所為「風流藪澤」，才漸趨於負面意義。
- 如李白〈贈孟浩然〉：「吾愛孟夫子，風流天下聞。」以文采高華稱許孟浩然，可見「風流」二字，古今幾人能擔得起！

思帝鄉 韋莊

此詞通篇以「賦（直述）」法寫成，假託少女的口吻，寫她春日出遊，盼能覓得一位如意郎君。

春日遊，
杏花吹滿頭。
陌上誰家年少，
足風流。
妾擬將身嫁與、
一生休。
縱被無情棄，
不能羞。

開端「春日遊，杏花吹滿頭。」少女因為春天而萌發對愛情的期待。

春日出遊，放眼萬紫千紅都還在身之外，唯有當一樹杏花被風吹落，落得她滿頭、滿身之時，這才驚覺春到人間，因而觸發內心對愛情的企盼，多麼想來個美麗的邂逅！

「陌上誰家年少，足風流。」她開始留意看看路上哪家的年輕人，真是風雅出眾、品格不凡！

「妾擬將身嫁與、一生休。」她說一旦覓得如意郎君，我要把自己嫁給他，一輩子與他長相廝守，直到永遠。

此句語氣堅定，誠懇率真，道出她對愛情的執著；如屈原〈離騷〉云：「亦余心之所善兮，雖九死其猶未悔！」可見無論追求愛情或理想，都要有擇善固執、堅持到底的決心。

表面寫女子追求愛情之心態；亦象徵君子追求理想，當付出了一切，仍無法一償夙願時，也要坦然接受。

活用小精靈

宮廷劇《後宮甄嬛傳》中，初入宮的甄嬛因不屑陷入後宮爭寵，一直稱病深居簡出，除夕夜自然也沒參加闔宮家宴。在碎玉軒宮女、奴才的慫恿下，她應景地帶著紅紙剪成的小像來到倚梅園許願祈福。

她將小像掛在梅樹梢上，由衷說出三個願望：一願「父母妹妹安康順遂」，二願「在宮中平安一生，了此殘生」，然後她說：「逆風如解意，容易莫摧殘。」把自己比喻成枝頭上的梅花，但願莫遭命運摧殘。而她的第三個願望來不及說出，就巧遇了到倚梅園憑弔舊情、追念純元皇后的皇帝，嚇得她落荒而逃。

後來在杏花微雨，嬛嬛與四郎正濃情蜜意時，她對槿汐說出：三願便是「願得一心人，白頭不相離。」——奈何她的第三願始終未能實現。

UNIT 1-7

未老莫還鄉，還鄉須斷腸

韋莊〈菩薩蠻〉五闋，一氣呵成，語意連貫，可視為一個整體：從當年離開洛陽寫起，次敘飄泊江南的生活，最後抒發對洛陽的思念。一般以為此乃詞人晚年寓居蜀地，為追憶平生舊遊而作。這是第二闋，敘說他飄泊至江南以後的生活。

菩薩蠻五闋之二　韋莊

人人盡說江南好，遊人只合江南老。春水碧於天，畫船聽雨眠。　壚邊人似月，皓腕凝霜雪。未老莫還鄉，還鄉須斷腸。

人人都說江南風景民情無限美好，異鄉遊子就該定居於此，終老一生。每到春天時，天藍水更碧，景色宜人；搭一艘美麗的遊船，聽著潺潺雨聲，酣然入夢，極其愜意。

那當壚賣酒的少女，手腕似霜雪般白皙潔淨，容貌如明月般光彩照人。遊子尚未年老，別急著返回故鄉；如果執意回去，見到北方兵荒馬亂，恐怕只會令人柔腸寸斷吧！

此詞寫客居江南的往事。上片著眼於風光之美，「人人盡說江南好，遊人只合江南老。」「江南好」三字概括了一切，但這是當地人的看法，起初他未必認同。當他漸漸熟悉之後，確實也感受到江南十分美好，好在哪裡呢？——首先是人情好，江南人天生熱情，富有人情味，他們經常挽留詞人，既然來到這兒，就安心定居下來，在此終老一生。「春水碧於天，畫船聽雨眠。」江南的春天，藍天碧水，景色之好，美不勝收；若是搭乘美麗的遊船，在潺潺雨聲中，悠然入夢，享受生活之好，更覺閒適而自在。

下片聚焦在人物之美，「壚邊人似月，皓腕凝霜雪。」江南女子美麗非凡，像那賣酒的少女手腕似霜雪般白皙潔淨，容貌如明月般光彩照人，美女之好，果然名不虛傳。「未老莫還鄉，還鄉須斷腸。」綜上所述，江南這麼美、這麼好，不僅當地人作如是說，詞人也親身體會過，那麼，好客的江南人還是奉勸這位異鄉遊子：你又還沒年老，別急著回故鄉，如果執意回去，依現在的情勢看來，恐怕只會令人傷心、斷腸！

末二句暗示韋莊流寓江南時，北方的家鄉正值黃巢之亂，如其〈秦婦吟〉所云：「內庫燒為錦繡灰，天街踏盡公卿骨。」縱使他一心思歸，卻有家歸不得；而今又逢中原鼎革，唐朝滅亡了，再想回去也沒用了，真正是無家可歸。故譚獻《詞辨》評云：「強顏作歡快語，怕腸斷，腸亦斷矣！」此詞含蓄蘊藉，「似直而紆，似達而鬱」，情感真切，格外動人。

故宮圖像資料庫典藏

人人盡說江南好

應考大百科

＊此詞所用的修辭技巧，有：
- 類疊：「人人」盡說江南好。（疊字）
- 譬喻：壚邊人似月。（「壚邊人」是喻體、「似」是喻詞、「月」是喻依⇨明喻）
- 頂真：未老莫「還鄉」，「還鄉」須斷腸。
- 摹寫：a. 春水碧於天（視覺摹寫）
  b. 畫船聽雨眠（聽覺摹寫）
  c. 皓腕凝霜雪（視覺摹寫）

菩薩蠻五闋之二　韋莊

- 〈菩薩蠻〉五闋，乃韋莊晚年寓蜀，追憶平生舊遊之作。
- 這是〈菩薩蠻〉第二闋，敘說他飄泊至江南後的生活。

上片

人人盡說江南好，
遊人只合江南老。
春水碧於天，
畫船聽雨眠。

★上片著眼於風光之美：
- 「人人盡說江南好，遊人只合江南老。」「江南好」概括了一切，但他未必認同。
- 「春水碧於天，畫船聽雨眠。」春天景色美不勝收，搭乘遊船在雨中悠然入夢，可見景色好、生活好。

下片

壚邊人似月，
皓腕凝霜雪。
未老莫還鄉，
還鄉須斷腸。

★ 下片聚焦在人物之美：
- 「壚邊人似月，皓腕凝霜雪。」賣酒的少女手腕似霜雪般白皙潔淨，容貌如明月般光彩照人。
- 「未老莫還鄉，還鄉須斷腸。」好客的江南人奉勸這位異鄉遊子：你又還沒老，別急著回鄉，如果執意回去，恐怕只會令人柔腸寸斷！

活用小精靈

韋莊直到五十九歲才考中進士，他前半生經歷了戰亂、貧困，因此養成極度節儉的生活習慣。

相傳此人十分吝嗇，據李昉《太平廣記》記載：韋莊每次淘米煮飯時都小心翼翼，彷彿恨不得數一下鍋中放入多少粒白米似的。不止如此，連燒火用的木柴，他都要秤一秤重量，絕不允許多燒掉一根，否則便是浪費了。還有廚房裡的肉，少了一小塊，他都能馬上發現。——天啊，真佩服他老婆，怎能跟這種「鐵公雞」過上一輩子！

UNIT 1-8

此度見花枝，白頭誓不歸

韋莊〈菩薩蠻〉五闋，表面上描寫美女愛情、相思離別，實則為寄寓平生之作。此為第三闋，回憶他曾在江南度過一段美好的歲月。

可見他曾在江南有過美好的遇合，此際遇未必純為才子佳人之相戀，或隱含達官貴人的器重，總之，那是一段美麗的時光。

菩薩蠻五闋之三　韋莊

如今卻憶江南樂，當時年少春衫薄。騎馬倚斜橋，滿樓紅袖招。　翠屏金屈曲，醉入花叢宿。此度見花枝，白頭誓不歸。

如今只能追憶在江南的那段美好時光，當時年輕真好，換上輕便的春裝，風度翩翩。想當年騎馬路過斜橋，倚立橋畔，英姿煥發，引來滿樓美女的側目，頻頻招手示好。

翡翠的屏風，金光閃爍的環鈕，置身富麗堂皇的樓閣中；暢飲美酒，美女環繞身旁，醉宿花園別苑，好不風流快活！如果再有這樣美好的際遇，就算年紀大，頭髮白了，立誓不再一心思歸，絕不輕言離去。

上片：「如今卻憶江南樂，當時年少春衫薄。」但他還是離開了江南，如今只能回憶那一段美好時光：當時年輕真好，適值春天，換上輕薄的春裝，真是春風得意！「騎馬倚斜橋，滿樓紅袖招。」想他那時英姿颯爽，風流自現，引來眾多美女爭相招手示好。一個「倚」字，顧盼自得之神情，溢於言表。「紅袖」在此借代為美女，從言行舉止推斷必為青樓女子，因為良家婦女不會出現滿樓相招的情景。不過，也不一定指詞人年輕瀟灑，廣受滿樓美女的青睞；可能是說他年輕有為，才華洋溢，深獲當地顯宦的賞識，有意拔擢、重用。

下片：「翠屏金屈曲，醉入花叢宿。」是知他曾享受過這段美好歲月，置身於金碧輝煌的樓閣中，暢飲美酒，美女環伺，醉宿花園別苑，一切舒心適意！此處「花叢」具有多義性，或指眾芳之苑，或為美女之眾，亦喻權位之顯。「此度見花枝，白頭誓不歸。」「花枝」二字承「花叢」而來，指那段美好的遇合，或為紅袖的青睞，或為貴人的賞識。意謂今日若再有這樣美好的際遇，就算年紀老大，頭髮斑白，立誓一定要留下，不再一心想著返鄉。

末兩句造語平淡，心情卻十分沉痛，因為詞人年歲已高，青春一去不復返；因為唐朝覆亡，縱然思歸卻無家可歸；因為美好時光，終究還是未能好好珍惜。——隱約道出他終將老死異鄉的無奈與悲哀。

當時年少春衫薄

應考大百科

◆倚：靠。
◆紅袖：為美人之代稱。
◆屈曲：門窗上的環鈕，作開關之用。
＊此詞以「追述示現」（即追述往事，描寫得活靈活現，如狀目前）法寫成，回想年輕時穿著春衫，騎馬斜倚橋邊，引起滿樓美女頻頻招手示好。之後他進入富麗堂皇的花園別苑，痛飲美酒，醉宿花叢，無限愜意！

菩薩蠻五闋之三　韋莊

・韋莊〈菩薩蠻〉五闋，表面上描寫相思離別，實為寄寓平生之作。
・此為第三闋，回憶在江南度過的美好歲月，或隱含曾獲貴人器重。

上片

如今卻憶江南樂，
當時年少春衫薄。
騎馬倚斜橋，
滿樓紅袖招。

下片

翠屏金屈曲，
醉入花叢宿。
此度見花枝，
白頭誓不歸。

★上片回憶在江南的美好時光：

・「如今卻憶江南樂，當時年少春衫薄。」當時年輕真好，適值春天，換上輕薄的春裝，真是春風得意！
・「騎馬倚斜橋，滿樓紅袖招。」一個「倚」字，顧盼自得之神情，溢於言表。「紅袖」此借代為美女。或指他年輕瀟灑，廣受滿樓美女的青睞；或說他年輕有為，深獲當地顯宦的賞識。

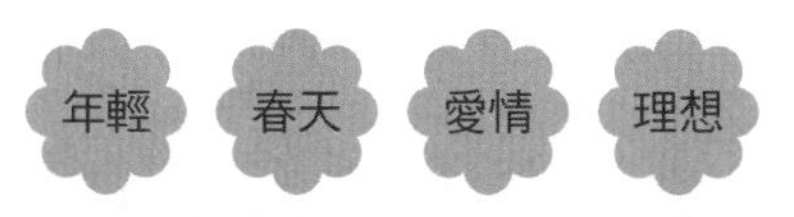

（當時）

得意

★下片追憶在江南有過美好的遇合：

・「翠屏金屈曲，醉入花叢宿。」此處「花叢」具有多義性，或指眾芳之苑，或為美女之眾，亦喻權位之顯。暗示曾受美女、顯宦之看重。
・「此度見花枝，白頭誓不歸。」「花枝」二字承「花叢」而來，指那段美好的遇合，或為紅袖的青睞，或為貴人的賞識。意謂今日若再有這樣的際遇，就算年紀老大，也絕不輕言離開。

（如今）

沉痛

活用小精靈

韋莊是個超級小氣鬼！據說他有個兒子八歲時不幸夭折了，愛子心切的韋夫人想讓亡兒穿著生前舊衣下葬，結果被狠心的老爸硬生生扒了下來，改用破蓆子包裹遺體。葬禮結束後，咱們韋先生竟然還是捨不得那件蓆子，終於忍不住伸手將它取了回來，這才總算安了心，他的兒子也才總算得到安息。讓人不禁想問：「你到底比較在意親生骨肉呢？還是這些身外之物？」——唉，真是夠了！

UNIT 1-9

滿目悲涼，縱有笙歌亦斷腸

此詞具體的寫作時間，難以確定。馮延巳身為南唐宰相，面對北方大朝（後周）不時南犯，朝中主戰、主和人士僵持不下，內憂外患接踵而至，國家處境風雨飄搖。有人以為他有意藉此傷春怨別的小詞，寄託對國事的感慨。

采桑子　馮延巳

花前失卻遊春侶，獨自尋芳。滿目悲涼，縱有笙歌亦斷腸。　林間戲蝶簾間燕，各自雙雙。忍更思量？綠樹青苔半夕陽。

繁花當前而我卻失去遊春的伴侶，獨自尋覓芳叢。映入眼簾的盡是悲涼景象，縱使有笙歌悠揚亦使我柔腸寸斷。

樹林間嬉戲的彩蝶、珠簾間飛舞的燕子，各自成雙成對。教我怎麼忍心反覆思量？綠樹蓊鬱，青苔密布，天邊半落的夕陽，不覺令我黯然神傷。

此詞上片寫詞人失去遊春伴侶後的心情。正當春花怒放，好景當前，無奈他「失卻遊春侶」，落得只能「獨自尋芳」。此時愈是良辰美景，愈突顯他形單影孤的落寞淒涼，故放眼所見盡是「滿目悲涼」景象，縱使春遊的人們笙歌悠揚，聽在他耳中竟成了一聲聲使人柔腸寸斷的哀樂。——此處借榮景襯托哀情。而「花前失卻遊春侶，獨自尋芳」句，恰好表現出馮延巳詞「熱烈的執著」，明知失卻遊春侶會使人觸景傷情，但他仍「獨自尋芳」，有花當賞，有酒當醉，他要珍惜每個春天，執著於活在每個當下。

下片再從蝴蝶、燕子的出雙入對，讓他反觀自己的孑然一身，因而興起孤獨之感。「林間戲蝶簾間燕，各自雙雙。」從蝴蝶雙雙在林間嬉戲，燕子對對出入簾幕間，更顯出自己「花前失卻遊春侶」、「獨自尋芳」的「滿目悲涼」。接著，「忍更思量？綠樹青苔半夕陽。」用反問語氣，說他不忍反覆思量。因為綠樹蓊鬱，青苔密布，天邊半落的斜陽，不覺令人黯然神傷。末句：「綠樹青苔半夕陽」，以景結情，隱含「夕陽無限好，只是近黃昏。」（李商隱〈登樂遊原〉）之意。夕陽西下，綠樹、青苔的景致果然清新脫俗，別有一番風味；但太陽西斜了，只剩半個落日高掛天邊，暗示天色將晚，夜幕將垂，美好時光終將成為過去，教人怎不格外珍惜？這與馮延巳所處時代背景有關，他身為南唐宰相，而南唐是個風雨飄搖的小國，讓他格外珍惜眼前的太平安定，不經意便把這一份隱憂寫進詞中。

綠樹青苔半夕陽

應考大百科

*「類疊」法：藉由字、辭、句重複出現，以達到加強語氣的效果。其中間斷重複出現者，曰「類」；而相疊重複出現者，稱為「疊」。又有「類字」、「類句」和「疊字」、「疊句」之分。

- 類字：如《論語．泰伯》：「興於詩，立於禮，成於樂。」
- 類句：如《論語．陽貨》：「天何言哉？四時行焉，百物生焉，天何言哉？」
- 疊字：如本詞：「林間戲蝶簾間燕，各自雙雙。」
- 疊句：如辛棄疾〈醜奴兒〉：「少年不識愁滋味，愛上層樓。愛上層樓，為賦新詞強說愁。」（按：「疊句」亦屬於「頂真」）

采桑子 馮延巳

馮延巳身為南唐宰相，有人以為他藉此傷春怨別的小詞，寄託對國事的感慨。

上片

縱有笙歌亦斷腸。
滿目悲涼，
獨自尋芳。
花前失卻遊春侶，

下片

綠樹青苔半夕陽。
忍更思量？
各自雙雙。
林間戲蝶簾間燕，

★上片寫詞人失去遊春伴侶後的心情。

- 正當春花怒放，好景當前，無奈他「失卻遊春侶」，落得只能「獨自尋芳」。
- 放眼所見盡是「滿目悲涼」景象，縱使春遊的人們笙歌悠揚，聽在他耳中竟成了使人柔腸寸斷的哀樂。

借榮景襯托哀情

「花前失卻遊春侶，獨自尋芳」表現出馮詞「熱烈的執著」，明知失卻遊春侶會使人觸景傷情，但他仍「獨自尋芳」，珍惜每個春天，執著於活在每個當下。

馮延巳詞：熱烈的執著

★下片再從蝴蝶、燕子的出雙入對，反觀自己的孑然一身，因而興起孤獨之感。

- 從蝴蝶雙雙在林間嬉戲，燕子對對出入簾幕間，更顯自己「花前失卻遊春侶」、「獨自尋芳」的「滿目悲涼」。
- 「忍更思量？綠樹青苔半夕陽。」說他不忍反覆思量；因為綠樹蓊鬱，青苔密布，天邊夕陽半落，皆令人黯然神傷。

「綠樹青苔半夕陽」，夕陽西下，綠樹、青苔的景致別有風味；但太陽西斜了，象徵美好時光終將成為過去，教人怎不格外珍惜？

⇨這與馮延巳所處時代背景有關，他身為南唐宰相，南唐是個風雨飄搖的小國，讓他格外珍惜眼前的太平安定，不經意便把這份隱憂寫進詞中。

UNIT 1-10 細雨夢回雞塞遠，小樓吹徹玉笙寒

據王國維《人間詞話》云：「南唐中主詞：『菡萏香銷翠葉殘，西風愁起綠波間。』大有眾芳蕪穢，美人遲暮之感。乃古今獨賞其『細雨夢回雞塞遠，小樓吹徹玉笙寒』，故知解人正不易得。」指出古人欣賞此詞，著眼於主題：「細雨夢回雞塞遠，小樓吹徹玉笙寒」——閨婦思念征夫；而他卻從「菡萏香銷翠葉殘，西風愁起綠（碧）波間。」讀出美好事物瞬間凋殘的悲哀。後世多半將此詞視為「秋思」之作，如李廷機《全唐五代詞》評云：「字字佳，含秋思極妙。」

攤破浣溪沙　李璟

菡萏香銷翠葉殘，西風愁起碧波間。還與容光共憔悴，不堪看。　細雨夢回雞塞遠，小樓吹徹玉笙寒。簌簌淚珠多少恨，倚欄干。

一陣秋風從碧波間吹起，霎時間，滿池子荷花香銷玉殞了，翠綠的荷葉隨之殘敗了。思婦聯想到自己的美麗容顏、青春年華，終將像荷花、荷葉一樣轉瞬間憔悴、衰老，實在不忍看到這一幕衰殘景象。

她午夜夢回，發現方才的相聚只是夢一場，驚醒後，良人遠在千里之外的雞鹿塞，只見窗外細雨紛紛。她為此徹夜難眠，在小樓上一遍遍吹奏著玉笙，獨自忍受更深露重的嚴寒。就這樣倚著欄杆，滾落無窮無盡的淚珠，滿懷無窮無盡的離恨，直到天明。

上片：「菡萏香銷翠葉殘，西風愁起碧波間。」王國維從一陣秋風吹起，滿池荷花、荷葉隨之凋零、破敗，看出世間一切生命衰殘的哀愁。——這是「興（見物起興）」法。「還與容光共憔悴，不堪看。」思婦因此聯想到她美好的容貌與青春，終將如荷花、荷葉般轉瞬間憔悴、衰老了，故無法忍受這種巨大的悲哀。「容光」，一作「韶光」，指美好的時光。這是思婦白天所見景物，由外界美好事物的衰敗，引發對自身生命即將衰殘的慨嘆。

下片：「細雨夢回雞塞遠，小樓吹徹玉笙寒。」敘說思婦午夜夢回，發現夫君遠在千里之外，方才夢中相會，匆匆醒來，但見窗外細雨紛紛。她為此柔腸寸斷，徹夜吹奏玉笙，深夜的嚴寒讓她心寒透頂。——此二句為詞旨所在。「簌簌淚珠多少恨，倚欄干。」一作「多少淚珠何限恨，倚欄干。」她獨自倚著欄杆，滾落無窮的淚珠，滿懷無盡的離恨，直到天明。天明之後，所見景象又是「菡萏香銷翠葉殘，西風愁起碧波間。」日復一日，周而復始，這便成為她生活的無盡循環。

這樣的景致引發思婦的恐懼，她擔心美麗容顏、青春年華、美好時光的消逝，更害怕等待的落空，始終盼不到郎君歸來，就在等待中虛度一輩子。同時也象徵著才士的恐懼，他亦擔心美好才能、青春歲月、大好時光的消逝，更害怕志意的落空，一生得不到君主的重用，理想抱負終究無法實現。此詞風格沉鬱悽楚，擅用白描法，情景交融，故能引起讀者興發感動與聯想，此亦南唐詞之特質。

菡萏香銷翠葉殘

應考大百科

＊〈攤破浣溪沙〉，詞牌名；亦稱〈添字浣溪沙〉、〈南唐浣溪沙〉、〈山花子〉。雙調四十八字。

・由於將〈浣溪沙〉（凡四十二字）上、下片的末句擴展成兩句，故名曰〈攤破浣溪沙〉。

◆菡萏：音「漢淡」，荷花的別名。

◆雞塞：據《漢書・匈奴傳》載：「送單于出朔方雞鹿塞。」顏師古注：「在朔方渾縣西北。」此處泛指邊塞地區。

攤破浣溪沙　李璟

・古人讀此詞著眼於主題：「細雨夢回雞塞遠，小樓吹徹玉笙寒」——閨婦思念征夫。

・王國維卻從「菡萏香銷翠葉殘，西風愁起綠波間。」讀出美好事物瞬間凋殘的悲哀。

上片

菡萏香銷翠葉殘，
西風愁起碧波間。
還與容光共憔悴，
不堪看。

下片

細雨夢回雞塞遠，
小樓吹徹玉笙寒。
簌簌淚珠多少恨，
倚欄干。

★上片敘思婦白天所見景物，由外界美好事物的衰敗，引發對自身生命即將衰殘的慨嘆。

・「菡萏香銷翠葉殘，西風愁起碧波間。」見物起興，從一陣秋風吹起，滿池荷花、荷葉隨之凋零、破敗，看出世間一切生命衰殘的哀愁。

・「還與容光共憔悴，不堪看。」思婦因此聯想到她美好的容貌與青春，終將如荷花、荷葉般轉瞬間憔悴、衰老了，故無法忍受這種巨大的悲哀。

★下片敘午夜夢回，思婦因思念征夫而落淚霑襟，吹徹玉笙，心寒透頂，整夜無眠。

・「細雨夢回雞塞遠，小樓吹徹玉笙寒。」

思婦午夜夢回，發現良人遠在千里之外，方才夢中相會，匆匆醒來，但見窗外細雨紛紛。她為此柔腸寸斷，徹夜吹奏玉笙，深夜的嚴寒讓她心寒透頂。

・「簌簌淚珠多少恨，倚欄干。」一作「多少淚珠何限恨，倚欄干。」她獨自倚著欄杆，滾落無窮的淚珠，滿懷無盡的離恨，直到天明。

詞旨所在

活用小精靈

喜歡《後宮甄嬛傳》的人一定對這一幕印象深刻：甄嬛私訪閒月閣，夜探沈眉莊之後，在回宮途中，巧遇風流疏雅的果郡王允禮。

這時，果郡王划著小舟深入荷花池，採摘了幾朵嬌豔的夏荷。甄嬛路上遇見巡邏太監，一時情急便躲進舟中。兩人在船內談起范蠡和西施的故事。

荷花為他倆結下緣分，也為後來果郡王精心設計滿池荷花給甄嬛當生辰賀禮埋下伏筆。雖然是皇上授意果郡王為莞嬪操辦個別緻的生日宴，但不可否認的允禮才是最了解甄嬛心思的人，他倆才是真正心意相通的「靈魂的伴侶」！

UNIT 1-11 歸時休放燭花紅，待踏馬蹄清夜月

此闋〈玉樓春〉旨在描寫南唐宮中宴會歌舞、恣情享樂之盛況，為李後主前期的代表作之一。

玉樓春　李煜

晚粧初了明肌雪，春殿嬪娥魚貫列。
鳳簫吹斷水雲閒，重按霓裳歌遍徹。
臨風誰更飄香屑？醉拍闌干情味切。
歸時休放燭花紅，待踏馬蹄清夜月。

春天的夜晚華燈初上，表演歌舞的宮女們剛妝扮完畢，個個白皙潔淨，明豔照人；宮廷宴會即將展開，成群佳麗訓練有素，隊伍整齊，魚貫而出。鳳簫盡情地演奏，直到簫聲充滿天地之間，天上浮雲悠悠，人間簫聲悠揚，地上流水亦悠然。失傳已久的《霓裳羽衣曲》，百聽不厭，我要一遍又一遍地重新演奏，直到興盡為止。

是誰當風撒落滿空的沉檀香屑？人喝醉了，心陶醉了，輕拍欄杆跟著音樂的旋律打節拍，這種情韻、滋味多真切動人！曲終宴罷，返回寢宮途中，我下令別點上紅燈籠，還要感受月光下信馬奔馳的清幽與寧靜。

全詞敘宮廷宴樂之歡愉。上片描繪春夜歌舞的繁華：「晚粧初了明肌雪，春殿嬪娥魚貫列。」宮廷宴會熱鬧登場，表演歌舞的宮女個個肌膚雪白，明豔照人；成群佳麗隊伍整齊，如魚貫列而出。「鳳簫吹斷水雲閒」，鳳簫一遍遍地吹奏，「水雲閒」一作「水雲間」，但前者語意較佳，意謂簫聲迴盪，因為人悠閒，故感覺水也悠閒，雲也悠閒，呈現一片歌舞昇平景象；後者僅指簫聲充斥於水與雲之間，蘊意不夠深長。「重按霓裳歌遍徹」句，「重按霓裳」具多義性，既指後主與大周后讓失傳已久的《霓裳羽衣曲》得以重奏於世；亦指動聽的曲子百聽不厭，他要一遍又一遍地演奏，直到興盡為止。「歌遍徹」，演奏完大曲中的最後一遍，不但指曲多，音樂熱鬧，歌舞繁華，同時代表欣賞者的興致高昂，直到聽完全曲方休。

下片描摹曲終醉歸之心滿意足：「臨風誰更飄香屑？」從嗅覺寫起，把宴會氣氛醞釀得芳馨四溢。「醉拍欄干情味切」，此句含觸覺、味覺與心覺摹寫，「醉」、「味」既指口中美酒的滋味，使人微醺淺醉；亦指面對此情此景，心裡的滋味，怎能不為之沉醉？以上是為人間歌舞之極致，繁華熱鬧的宮廷宴樂；但這似乎不夠，因為後主的情感本質是沒有節制的，他還要享受大自然的夜月美景：「歸時休放燭花紅，待踏馬蹄清夜月。」曲終宴罷，返回寢宮時，他還要感受月光下信馬奔馳的清幽與靜謐。「清夜月」一語雙關，指夜景之清幽，亦指月色之清明。末二句兼具視覺、觸覺、心覺摹寫，是文人雅士不食人間煙火的享受，與前文榮華富貴的帝王生活形成強烈對比，一動一靜，一華麗一素雅，將他那般無節制的享樂表達得淋漓盡致。

春殿嬪娥魚貫列

應考大百科

◆霓裳：唐代宮廷舞曲《霓裳羽衣曲》之簡稱。開元年間，西涼節度使楊敬述所獻，經玄宗改編增飾，配上歌詞和舞蹈。其曲舞展現出虛無縹緲的神仙意境、如夢似幻的仙女形象。安史之亂後，此曲散佚，殘譜為李後主所獲，補綴成曲。

◆魚貫列：形容隊伍整齊有序，如魚兒出游前後相續。

◆遍徹：大曲（整套之歌舞曲）的名目。遍，大曲結尾部分稱「曲破」，「破」又有許多「遍」。徹，指曲破的最後一遍。

玉樓春 李煜

此闋〈玉樓春〉旨在描寫南唐宮中宴會歌舞、恣情享樂之盛況，為李後主詞前期代表作。

上片

晚粧初了明肌雪，
春殿嬪娥魚貫列。
鳳簫吹斷水雲閒，
重按霓裳歌遍徹。

全詞旨在敘宮廷宴樂之歡愉

下片

臨風誰更飄香屑？
醉拍欄干情味切。
歸時休放燭花紅，
待踏馬蹄清夜月。

★上片描繪春夜歌舞的繁華：

- 「晚粧初了明肌雪，春殿嬪娥魚貫列。」宮廷宴會熱鬧登場，宮女個個肌膚雪白，明豔照人；成群佳麗隊伍整齊，如魚貫列而出。
- 「鳳簫吹斷水雲閒」，鳳簫一遍遍吹奏著，人悠閒，感覺水也悠閒，雲也悠閒，呈現一片歌舞昇平景象。
- 「重按霓裳歌遍徹」，「重按霓裳」既指失傳已久的《霓裳羽衣曲》得以重奏，亦指動聽的曲子，他要一遍又一遍地演奏，直到興盡為止。

★下片描摹曲終醉歸之心滿意足：

- 「臨風誰更飄香屑？」從嗅覺寫起，把宴會氣氛醞釀得芳馨四溢。
- 「醉拍欄干情味切」，含觸覺、味覺與心覺摹寫，「醉」、「味」既指口中美酒的滋味，使人微醺淺醉；亦指面對此情此景，心裡的滋味，怎能不為之沉醉？
- 「歸時休放燭花紅，待踏馬蹄清夜月。」曲終宴罷，返回寢宮時，他還要感受月光下信馬奔馳的清幽與靜謐。「清夜月」指夜景之清幽，亦指月色之清明。

李煜〈玉樓春〉：「晚粧初了明肌雪，春殿嬪娥魚貫列。鳳簫吹斷水雲閒，重按霓裳歌遍徹。 臨風誰更飄香屑？醉拍欄干情味切。」

★★繁華熱鬧的宮廷宴樂★★

李煜〈玉樓春〉：「歸時休放燭花紅，待踏馬蹄清夜月。」

★★清幽靜謐的夜月美景★★

UNIT 1-12 離恨恰如春草，更行更遠還生

宋太祖開寶四年（971）秋天，南唐江山飄搖欲墜之際，李後主派胞弟李從善前往汴京進貢，結果被宋太祖扣留了，有去無回。開寶七年，李後主請求讓弟弟歸國，不准。兄弟情深，李後主非常掛念弟弟，經常食不知味，暗自痛哭失聲。此詞應作於李從善滯留宋都的第二年春天，詞人思念有家歸不得的胞弟，觸景傷情，悵然填寫此篇。

清平樂　李煜

別來春半，觸目柔腸斷。砌下落梅如雪亂，拂了一身還滿。　雁來音信無憑，路遙歸夢難成。離恨恰如春草，更行更遠還生。

自從分別以來，春天已經過了一半，眼前景色，不禁使人柔腸寸斷。臺階下白梅飄落恰似白雪飛舞、零亂，拂去了它又被灑滿一身。

鴻雁已經飛回，卻沒帶來遠人的書信；離家路途太遙遠了，恐怕連作夢也回不了。這離愁別恨一如那春天的野草，越走越遠，它就越滋長繁茂。

這是一闋小令，可以從行人的角度來看，是代遠人抒發離愁；也可以從思念者的立場來解讀，則寫出懷人念遠的愁緒。

上片寫景：如從行人的角度，是他出門在外，見到異鄉春景，引發心中無限離情，而柔腸寸斷；如從思念者的立場，是他惦記遠人，眼前景色，引起滿懷相思情意，而肝腸寸斷。「柔腸」，一作「愁腸」，謂愁思鬱結，千迴百折。「砌下落梅如雪亂」是個生動的比喻，先將所見飄落的白梅比喻成空中凌亂、飛舞的白雪，再借喻為彼此因離別而心煩意亂。此外，落梅、白雪隱含「落」、「白」、「冷」等意象：象徵行人的飄零，彼此內心的失落；影射行人前途茫茫，彼此心情的慘白；暗示行人孤苦伶仃，彼此心境的淒冷。「拂了一身還滿」，一個「拂」字巧妙連結了外界景物與行人、思念者；再用一個「滿」字串起景與人，將前述之「亂」、「落」、「白」、「冷」等意象，由「身」而「目」而「腸」，自外而內全聯繫在一起，滿滿地灌注在行人、思念者的身上、眼中、肝腸裡。

下片抒情：同樣既寫行人的離愁，也寫思念者的相思。「雁來音信無憑，路遙歸夢難成。」行人渴望收到故鄉來的書信，害怕自己離家太遙遠，連作夢都回不去了；思念者亦期盼接獲遠人寄回的家書，深怕他千里路遙，連作個回鄉的夢都不能如願。「路遙歸夢難成」隱含有家歸不得之意，是李後主心疼弟弟被迫與親人生別離，無法回家團聚的悲苦。「離恨恰如春草，更行更遠還生。」點出彼此的離愁別恨如春草般滋生蔓延，越走越遠越加青青如也，綿綿不絕。此處以「離」字呼應前文的「別」；再以「春草」作一妙喻，以其青翠茂密、綿延滋長、生生不息等特徵，道出心中濃郁強烈、綿綿無盡、與日俱增的離別相思。

李後主詞善於以別緻的意象，白描的手法，摹寫眼前景物與心中感受，信手拈來，質樸無華，渾然天成，自能產生一股感染人心的力量。

砌下落梅如雪亂

應考大百科

◆清平樂：詞牌名，一般認為此曲取漢樂府「清樂」、「平樂」二樂調而命名。樂，音「月」。

◆春半：即「半春」，謂春天已過了一半。

◆砌下：臺階下。砌，音「氣」。

◆落梅：指飄落的白梅。因白梅較晚開，春半才凋落。

◆拂：音「福」，拂去、拍落。

◆雁來音信無憑：鴻雁飛回，卻沒帶來遠人的書信。無憑，沒有憑證，即沒有傳來書信之意。

◆路遙歸夢難成：路途太遙遠，連作夢都回不了家；喻有家歸不得。遙，遠也。

清平樂 李煜

・李從善滯留宋都第二年（開寶五年）春，詞人因思念胞弟，觸景傷情，悵然填寫此詞。
・此詞可從行人來看，是代遠人抒發離愁；也可從思念者來解讀，則寫懷人念遠的愁緒。

上片

拂了一身還滿。
砌下落梅如雪亂，
觸目柔腸斷。
別來春半，

★上片寫景：如從行人的角度，是他出門在外，見到異鄉春景，引發心中無限離情，而柔腸寸斷；如從思念者的立場，是他惦記遠人，眼前景色，引起滿懷相思情意，而肝腸寸斷。

・「砌下落梅如雪亂」是個生動的比喻，先將所見飄落的白梅比喻成空中淩亂、飛舞的白雪，再借喻為彼此因離別而心煩意亂。

・落梅、白雪隱含「落」、「白」、「冷」等意象：象徵行人的飄零，彼此內心的失落；影射行人前途茫茫，彼此心情的慘白；暗示行人孤苦伶仃，彼此心境的淒冷。

・「拂了一身還滿」，一個「拂」字巧妙連結了外界景物與行人、思念者；再用一個「滿」字串起景與人，將前述之「亂」、「落」、「白」、「冷」等意象，由「身」而「目」而「腸」，自外而內全聯繫在一起，滿滿灌注在行人、思念者的身上、眼中、肝腸裡。

下片

更行更遠還生。
離恨恰如春草，
路遙歸夢難成。
雁來音信無憑，

「路遙歸夢難成」隱含有家歸不得之意，李後主心疼弟弟被迫與親人生別離的悲苦。

★下片抒情：同樣既寫行人的離愁，也寫思念者的相思。

・「雁來音信無憑，路遙歸夢難成。」行人渴望收到故鄉來的書信，害怕自己離家太遙遠，連作夢都回不去了；思念者亦期盼接獲遠人寄回的家書，深怕他千里路遙，連作個回鄉的夢都不能如願。

・「離恨恰如春草，更行更遠還生。」點出彼此的離愁別恨如春草般滋生蔓延，越走越遠越加青青如也，綿綿不絕。

以「離」字呼應前文的「別」；再以「春草」作一妙喻，道出心中濃郁強烈、綿綿無盡、與日俱增的離別相思。

UNIT 1-13 自是人生長恨、水長東

宋太祖開寶八年（975），南唐亡國，李後主被俘北上，封違命侯，囚居汴京（今河南開封）。直到太宗太平興國三年（978）七夕，他與舊時宮人飲酒作樂，歡慶生辰，引來太宗命人暗中賜「牽機藥」；宴罷，暴斃身亡。這兩年多的俘虜生涯，是他人生中最不堪的歲月，卻是創作上最輝煌的時期。此詞即作於這段期間，為李後主後期之作。

相見歡　李煜

林花謝了春紅，太匆匆！無奈朝來寒雨、晚來風。　胭脂淚，相留醉，幾時重？自是人生長恨、水長東。

滿林的紅花霎時間全都凋謝了，春去秋來，真是太匆匆！無奈的是每天早晚淒風寒雨的侵襲，更加速了春花的飄零。

遍地散落的春花被雨水淋過後紅豔照人，彷彿淚眼汪汪的紅顏美人，使人如癡如醉，何時才能再重逢？原本人生就有綿綿無盡的深悲沉恨，就像那滔滔不絕的長江水永無止盡地向東奔流。

此詞共二片：上片以「興」法開頭，見物起興：「林花謝了春紅，太匆匆！」從滿林紅花瞬間凋零了，聯想到世上美好的事物總不能長久，轉眼間全都消逝無蹤。南唐故國何嘗不亦如是？近四十年的繁華富庶，占地三千里的可愛家園，而今安在哉？人的青春年華也是如此，時光匆匆流逝，歲月無情，不曾為誰而稍作停留。先道盡世間萬物共同的現象，再點出世人共同的無奈與悲哀：「無奈朝來寒雨晚來風。」感嘆美好事物不能長存，而人卻莫可奈何，只能徒然地憂心春花凋落，受盡寒雨淒風的摧殘。任誰也無法阻止春花的飄落，任誰也無法挽回故國的錦繡河山，任誰也無法留住往日的青春歲月……，畢竟世事無常，人力渺小，真是千古同悲！

下片以「比」法寫作：「胭脂淚，相留醉，幾時重？」用紅顏美人的胭脂淚，借喻受雨水浸濡後紅豔欲滴的春花，美麗動人，多麼令人陶醉！但今年花落了，何時能再相見？雖然明春來時，紅花依舊綻放，可惜已非這一朵了。昔日的紅粉知己一如春花好顏色，明媚可人，多令人魂牽夢縈！但國破家亡，她們被迫飄零、沉淪，何時能再聚首？南唐的鳳閣龍樓，醇酒美人，多令人沉醉！如今繁華夢碎，血淚斑斑，何時能重溫故國夢？「自是人生長恨、水長東。」強而有力地揭示人生的真相：人生原本就有綿綿無盡的深悲沉恨，阻止不了春花的凋零，挽回不了故國的江山，強留不住逝去的青春……這一切的一切，就像長江水源源不斷地向東奔流，一刻也不停歇。這裡用滔滔江水比喻綿綿長恨，此恨既是詞人的國仇家恨，是世人的離愁別恨，也是古往今來所有人類新仇舊恨的總合。

李後主真是大手筆！以一己的亡國之恨出發，卻寫盡了世間萬物共同的悲痛與遺恨，信手拈來，可謂一字一血淚，難怪能感動千千萬萬的人們。

花開花落太匆匆

應考大百科

- ◆相見歡：原為唐代教坊曲名，後用為詞牌名；又名〈烏夜啼〉、〈秋夜月〉、〈上西樓〉。
- ◆林花：滿林的春花。
- ◆謝：凋謝。
- ◆胭脂淚：原為女子沾有胭脂的眼淚，此處指林花著雨後鮮豔的顏色，借喻為美好的春花。
- ◆相留醉：一作「留人醉」。
- ◆幾時重：何時再相會？

相見歡 李煜

李後主從太祖開寶八年（975）亡國，至太宗太平興國三年（978）暴斃，這兩年多的俘虜生涯，是他人生中最不堪的歲月，卻是創作上最輝煌的時期。

李後主後期代表作

上片

林花謝了春紅，
太匆匆！
無奈朝來寒雨、
晚來風。

下片

胭脂淚，相留醉，
幾時重？
自是人生長恨、
水長東。

★上片以「興」法開頭，見物起興：

- 「林花謝了春紅，太匆匆！」從滿林紅花瞬間凋零了，聯想到世上美好的事物總不能長久，轉眼間全都消逝無蹤。⇨道盡世間萬物共同的現象
- 再點出世人共同的無奈與悲哀：「無奈朝來寒雨晚來風。」感嘆美好事物不能長存，而人卻莫可奈何，只能徒然地憂心春花凋落，受盡寒雨淒風的摧殘。

★下片以「比」法著筆：

- 「胭脂淚，相留醉，幾時重？」用紅顏美人的胭脂淚，借喻受雨水浸濡後紅豔欲滴的春花，美麗動人，多麼令人陶醉！但今年花落了，何時能再相見？
- 「自是人生長恨、水長東。」強而有力地揭示人生的真相：人生原本就有綿綿無盡的深悲沉恨，阻止不了春花的凋零，挽回不了故國的江山，強留不住逝去的青春……這一切的一切，就像長江水源源不斷地向東奔流，一刻也不停歇。

活用小精靈

「胭脂」是古代女子的化妝品之一，相當於今天的腮紅，是用一種「紅藍」的花朵與妝粉調和而成。古代婦女化妝時，先將胭脂與粉調成粉紅色，然後直接塗抹於面頰；或先擦粉底，再於雙頰塗點胭脂。如此一來，使人看來氣色紅潤，更加嬌媚可愛！

古人稱口紅為「口脂」，其實與胭脂通用，將鮮豔的朱赤色抹於嘴唇。或裝在小盒中，以手指直接蘸取、點塗；或將調好的胭脂置於特殊紅紙上，雙唇一抿便完成了。

UNIT 1-14

別是一般滋味、在心頭

此詞為李後主國破家亡後，囚居汴京時的作品；旨在抒發永別江南故國，愁思縈繞，淒惋動人。

相見歡　李煜

無言獨上西樓，月如鉤。寂寞梧桐深院、鎖清秋。　剪不斷，理還亂，是離愁？別是一般滋味、在心頭。

我靜默無言，獨自登上空蕩蕩的西樓，望見一彎如鉤冷月高高掛在天邊。梧桐樹寂寞地佇立庭中，彷彿將這清秋景色一起閉鎖在幽深的院落裡。

那剪也剪不斷，愈理愈紛亂的，是怎樣的離愁別恨？去國辭廟的愁思纏繞心頭，卻又是另一種無可名狀的痛苦。

此詞為小令，包含上、下二片：上片敘登樓所見之景。「無言獨上西樓，月如鉤。」從「無言」、「獨」可以想像詞人心情落寞，形孤影隻；「月如鉤」，遠天高掛著一彎缺月。如此孤身遙對缺月，更襯托出其處境淒涼，內心孤寂。「寂寞梧桐深院、鎖清秋。」把「寂寞」移情於庭中梧桐樹，為「擬人」法；再用一個「鎖」字，彷彿是濃密的梧桐蔭將清冷的秋色、滿庭的幽暗與寂寥閉鎖在重重深院裡。「鎖清秋」為「形象化」的寫法，「鎖」之一字，形象生動，彷彿鎖的不只是清秋，連詞人的身心也都被困鎖在這個庭院深深、死氣沉沉的空間裡。

下片抒發亡國辭廟之愁。「剪不斷，理還亂，是離愁？」亦採「形象化」筆法，用兩個具體的動作「剪」、「理」，試圖剪斷、理清心中那萬端愁緒，誰知竟是「剪不斷，理還亂」，愈想割捨那千絲萬縷的愁緒愈是糾結、纏繞，無法擺脫。此二字寫活了縈繞於心、揮之不去的離愁。這種酸楚說不出，趕不走，點滴在心頭，所以說「別是一般滋味、在心頭。」真是「如人飲水冷暖自知」！只能意會，不能言傳。這裡以「別是一般滋味、在心頭」呼應前文之「無言」，正因為不可說，也無法說，故只能無言以對了。如唐圭璋《唐宋詞簡釋》所云：「是無人嘗過之滋味，唯有自家領略也。後主以南朝天子，而為北地幽囚；其所受之痛苦，所嘗之滋味，自與常人不同，心頭所交集者，不知是悔是恨，欲說則無從說起，且亦無人可說，故但云『別是一般滋味』。」是知詞中所寫「離愁」，何止是去國離鄉的離愁別恨，更是亡國滅家的國仇家恨。

故沈際飛《草堂詩餘續集》評云：「七情所至，淺嘗者說破，深嘗者說不破。破之淺，不破之深。『別是一般滋味、在心頭』句妙。」此詞妙在言淺意深，明寫離別愁緒，暗藏國仇家恨，輕描淡寫中，卻隱含了滿腔深悲沉恨，非親身經歷者不能寫此，正是「亡國之音哀以思」的情調。

獨上西樓無限愁

應考大百科

*「形象化」：在「轉化」修辭中，可分為「擬人」、「擬物」和「形象化」；其中「形象化」，就是把抽象的感覺、概念、情緒等，用具體、有形的印象加以描摹，使人可以更確切掌握那抽象的情思。

- 如詞中「寂寞梧桐深院、『鎖』清秋」、「『剪不斷，理還亂』，是離愁」，梧桐怎會「寂寞」？──為「擬人」法。
- 而把清秋這飄忽不定的意象「鎖」在深院中，形象多生動！──此為「形象化」的寫法。
- 想把離愁這難以捉摸的情緒「剪」斷、「理」清，自然是剪也剪不斷、越理越紛亂，摹狀離愁纏繞於心，令人心緒煩亂，鬱悶難當。──這也是「形象化」的表現手法。

相見歡 李煜

- 此詞為李後主國破家亡後，囚居汴京時的作品。
- 旨在抒發永別江南故國，愁思縈繞，淒惋動人。

上片

無言獨上西樓，月如鉤。寂寞梧桐深院、鎖清秋。

下片

剪不斷，理還亂，是離愁？別是一般滋味、在心頭。

★上片敘登樓所見之景。

- 「無言獨上西樓，月如鉤。」從「無言」、「獨」可以想像詞人心情落寞，形孤影隻；「月如鉤」，如此孤身遙對缺月，更襯托出其處境淒涼，內心孤寂。
- 「寂寞梧桐深院、鎖清秋。」把「寂寞」移情於庭中梧桐樹，為「擬人」法；再用一個「鎖」字，彷彿是濃密的梧桐蔭將清冷的秋色、滿庭的幽暗與寂寥閉鎖在重重深院裡。

⇨「鎖清秋」為「形象化」的寫法，「鎖」之一字，形象生動，彷彿鎖的不只是清秋，連詞人的身心也都被困鎖在這個庭院深深、死氣沉沉的空間裡。

★下片寫亡國辭廟之愁。

- 「剪不斷，理還亂，是離愁？」亦採「形象化」筆法，用兩個具體的動作「剪」、「理」，試圖剪斷、理清心中那萬端愁緒，誰知竟是「剪不斷，理還亂」，愈想割捨那千絲萬縷的愁緒愈是糾結、纏繞，無法擺脫。
- 這種酸楚說不出，趕不走，點滴在心頭，所以說「別是一般滋味、在心頭。」以「別是一般滋味、在心頭」句呼應前文之「無言」二字，正因為不可說，無法說，故只能無言以對了。

UNIT 1-15

想得玉樓瑤殿影，空照秦淮

此詞作於李後主肉袒出降，被俘入宋以後。他幽居汴京，門外總有老卒把守，監控他的一舉一動，從一國之君淪為階下囚，他悲悔交加，飽受煎熬，曾私下寫信給舊時宮人，訴說天天以淚洗面的慘況。斑斑亡國血淚，只能化作一篇篇悽楚動人的詞章；此詞正是其中一闋，抒發他滿腔無法排遣的國仇家恨。

浪淘沙　李煜

往事只堪哀，對景難排。秋風庭院蘚侵階。一任珠簾閒不卷，終日誰來？　金鎖已沉埋，壯氣蒿萊。晚涼天淨月華開。想得玉樓瑤殿影，空照秦淮。

回想起故國往事只令人感到悲哀，面對再美好的景致也難以排遣內心悽楚。庭院裡秋風蕭瑟，臺階上爬滿了苔蘚。門前的珠簾任憑它慵懶地垂著，從來也不捲起，反正漫漫長日又有誰會來探望呢？

橫江的鐵鎖鏈已深深埋入江底，滿懷壯志雄心也已淹沒在荒郊野草中。傍晚天涼，明淨的秋空下，月光皎潔。這時，我遙想南唐瓊樓玉宇的倒影，徒然映照在月光下的秦淮河面。

這是一闋小令，共有兩片。上片勾勒出亡國的悲哀、囚居的孤單：「往事只堪哀，對景難排。」直抒哀情，國破家亡，任憑怎樣的良辰美景、賞心樂事也難以排遣他內心的深悲沉恨。「秋風庭院蘚侵階」，秋風颯颯引來淒冷之感，庭院的臺階上滿布著青苔，代表沒有人往來，他幾乎是處於一個冷清、孤絕的境地，這何嘗不是俘虜生涯的寫照？「一任珠簾閒不卷，終日誰來？」正因為無人關懷，無人賞愛，他已然心灰意冷，任憑珠簾低垂也懶得捲起，就這樣在陰暗、淒清、孤寂中，日復一日。

下片敘其已意志消沉，只能徒然追憶往事：「金鎖已沉埋，壯氣蒿萊。」「金鎖」歷來解釋不一，其中以「鐵鎖」最佳；即用東吳將士封江對抗晉軍之鐵鎖，象徵南唐的防禦工事完全潰敗、棄置。國亡家滅，他的豪情壯志也已消磨殆盡，如今一切都葬送在宋軍的鐵蹄下、故國的廢墟裡。「晚涼天淨月華開」，摹寫眼前景色，為實寫，傍晚天涼，秋空明淨，皓月光華，多麼清幽、愜意！但想起故國往事，使他「對景難排」，只一味地沉浸在深沉的悲哀中。以「涼」承上文之「秋」，再以「月華開」啟下文：「想得玉樓瑤殿影，空照秦淮。」為虛筆，同樣一輪明月，想像它照耀在南唐的「玉樓瑤殿」之上，徒然映照著繁華熱鬧的秦淮河畔。此處虛實相生，以秋空月華、玉樓瑤殿、月映秦淮等榮景，點染出心中的亡國哀音。如王夫之《薑齋詩話》云：「以樂景寫哀情，以哀景寫樂情，一倍增其哀樂。」往事有多美好，此刻就有多悲痛。

晚涼天淨月華開

應考大百科

◆浪淘沙：此曲原為唐代教坊曲，又名〈浪淘沙令〉、〈賣花聲〉等；唐人多用七言絕句入曲，至南唐李煜始演為長短句。

◆蘚侵階：苔蘚爬滿了臺階，表示少有人往來。

◆一任：任憑。

◆金鎖：或指南唐防禦宋兵之工事：1. 鐵鎖，用三國時東吳以鐵鎖封江對抗晉軍之事。2. 以金線串製的鎧甲。3. 也作「金劍」。4. 或作「金瑣」，指南唐舊宮殿。

◆蒿萊：原指野草、雜草；此作動詞，謂淹沒在荒煙蔓草中，象徵消沉、衰落的意思。

浪淘沙 李煜

・此詞作於李後主亡國幽居汴京時，抒發滿腔無法排遣的國仇家恨。
・他從一國之君淪為階下囚，門外總有老卒把守、監控著，不得自由。

上片

終日誰來？
一任珠簾閒不卷，
秋風庭院蘚侵階。
對景難排。
往事只堪哀，

下片

空照秦淮。
想得玉樓瑤殿影，
晚涼天淨月華開。
壯氣蒿萊。
金鎖已沉埋，

★上片勾勒出亡國的悲哀、囚居的孤單。

・「往事只堪哀，對景難排。」直抒哀情，國破家亡，任憑怎樣的良辰美景、賞心樂事也難以排遣他內心的深悲沉恨。
・「秋風庭院蘚侵階」，秋風颯颯引來淒冷之感，庭院的臺階上布滿青苔，代表沒有人往來，他幾乎處於一個冷清、孤絕的境地，這何嘗不是俘虜生涯的寫照？
・「一任珠簾閒不卷，終日誰來？」他已然心灰意冷，任憑珠簾低垂也懶得捲起，就這樣在陰暗、淒清、孤寂中，日復一日。

★下片敘其意志消沉，只能徒然追憶往事。

・「金鎖已沉埋，壯氣蒿萊。」國亡家滅，他的豪情壯志也已消磨殆盡，一切都葬送在宋軍的鐵蹄下、故國的廢墟裡。

「金鎖」即「鐵鎖」

象徵南唐的防禦工事完全潰敗、棄置

・「晚涼天淨月華開」，摹寫眼前景色，傍晚天涼，秋空明淨，皓月光華，多麼清幽、愜意！

以「涼」承上文之「秋」，
再以「月華開」啟下文

・但想起故國往事，使他「對景難排」，只一味地沉浸在深沉的悲哀中。
・「想得玉樓瑤殿影，空照秦淮。」為虛筆，同樣一輪明月，想像它照耀在南唐美麗的「玉樓瑤殿」之上，徒然映照著繁華熱鬧的秦淮河畔。

此處虛實相生，以秋空月華、玉樓瑤殿、月映秦淮等榮景，點染出心中的亡國哀音

以樂景寫哀情 —— 更增添其悲哀

UNIT 1-16
流水落花春去也，天上人間

此詞作於李後主被俘入宋後，囚居汴京期間，五更夢醒，方知故國夢碎，往事繁華一場空。面對異鄉的料峭春寒，他的心更寒，信筆填寫此詞，抒發滿腔的亡國之恨、飄零之悲。

浪淘沙　李煜

簾外雨潺潺，春意闌珊。羅衾不耐五更寒。夢裡不知身是客，一晌貪歡。　獨自莫憑欄，無限江山，別時容易見時難。流水落花春去也，天上人間。

珠簾外傳來雨聲潺潺，春天接近尾聲了，春意逐漸衰殘。我蓋的絲綢被抵擋不了五更時的春寒料峭。只有在睡夢中暫時忘卻自己是個亡國被俘的異鄉客，才能享有片刻的歡娛。

獨自一人千萬別憑欄遠眺，因為想到美好的故國河山，分別容易，要再見一面實在太困難了，我就有無限的感傷。一如逝去的東流水、凋零的落花兒都隨著春天遠去了，今昔對比，一在天上，一在人間，再也無由相見！

上片從暮春清晨，聽到屋外潺潺雨聲起興，先感受到五更天的料峭春寒，再意識到繁華夢碎後的心寒，身心同時籠罩著一股強烈的寒意，難怪「羅衾不耐五更寒」，這透入骨髓、心扉的嚴寒，又豈是一襲絲綢被所能抵擋的？「簾外雨潺潺，春意闌珊。」從聽覺上摹寫潺潺雨聲，由此引發春意闌珊之感慨：是說春天到了尾聲，春意逐漸衰殘；也是歷經國破家亡、人世滄桑，他已然不再意氣風發、青春瀟灑，人也跟著意興闌珊了。「羅衾不耐五更寒」，從觸覺上點出「寒」意，並以「羅衾」、「五更」引出下文的「夢裡」，可見他原在睡夢中，為簾外潺潺雨聲所驚醒，醒後方覺寒氣逼人。「夢裡不知身是客，一晌貪歡。」昨宵夢中一切如昔，他仍是當年風流倜儻的南唐國主，玉樓瑤殿，醇酒美人，讓他享有片刻的歡娛。此處同時隱含著深深懊悔，悔恨昔時「一晌貪歡」，貪圖一時的逸樂，猶如沉醉在美夢裡，不知勵精圖治、重用賢才，才會落得如今國破身俘、慘慘悽悽的處境。

下片抒發憑欄遠眺，物是人非，哀悼故國淪亡的沉痛心情。「獨自莫憑欄，無限江山，別時容易見時難。」雖說告誡自己「獨自莫憑欄」，但他仍忍不住要憑欄眺望他的江南故國，那大好河山、可愛的家園，怎麼如此輕易就淪陷了？想再見一面，談何容易？「流水落花春去也，天上人間。」用「比」法，以「流水」、「落花」、「春去」借喻故國覆亡，往事成空，就像逝去的流水、落花、春天都成了過去式，彷彿到了天上，無緣再見；空留遺憾、傷感、悲痛在人間，如影隨形，揮之不去。此處意象鮮明，辭句優美，卻是抒發深沉的亡國之痛，屬於以麗景狀哀情也！

夢裡不知身是客

應考大百科

◆潺潺：形容雨聲。

◆闌珊：零星、衰殘，所剩無幾也。

◆羅衾：絲綢被。衾，音「親」，睡臥時蓋的被子。

◆五更：古人將夜晚分為「五更」：五至七時為「一更」，七至九時為「二更」，九至十一時為「三更」，十一至凌晨一時為「四更」，凌晨三至五時為「五更」。

◆身是客：南唐國破，李後主被俘入宋，客居異鄉，故云。

◆一晌：一會兒、片刻。晌，音「賞」。

◆貪歡：貪戀夢中的歡樂。

◆憑欄：倚靠著欄杆。

◆江山：指南唐的河山。

浪淘沙 李煜

- 此詞作於李後主囚居汴京期間，五更夢醒，方知故國夢碎，往事繁華一場空。
- 面對異鄉的料峭春寒，他的心更寒，藉此詞抒發滿腔的亡國之恨、飄零之悲。

上片

簾外雨潺潺，
春意闌珊。
羅衾不耐五更寒。
夢裡不知身是客，
一晌貪歡。

下片

獨自莫憑欄，
無限江山，
別時容易見時難。
流水落花春去也，
天上人間。

★上片從聽到屋外潺潺雨聲起興，先感受到五更天的料峭春寒，再意識到繁華夢碎後的心寒，身心同時籠罩著一股強烈的寒意。

實寫：

- 「簾外雨潺潺，春意闌珊。」從聽覺上摹寫潺潺雨聲，由此引發春意闌珊之感慨。
- 「羅衾不耐五更寒」，從觸覺上點出「寒」意，並以「羅衾」、「五更」引出下文的「夢裡」，可見他原在睡夢中，為簾外潺潺雨聲所驚醒，醒後方覺寒氣逼人。

虛筆：

- 「夢裡不知身是客，一晌貪歡。」昨宵夢中一切如昔，他仍是當年風流倜儻的南唐國主，玉樓瑤殿，醇酒美人，讓他享有片刻的歡娛。

此處隱含著深深懊悔，悔恨昔時「一晌貪歡」，貪圖一時的逸樂，猶如沉醉在美夢裡，不知勵精圖治、重用賢才，才會落得如今國破身俘、慘慘悽悽的處境。

★下片抒發憑欄遠眺，物是人非，哀悼故國淪亡的沉痛心情。

- 「獨自莫憑欄，無限江山，別時容易見時難。」雖說告誡自己莫憑欄，但仍忍不住要憑欄眺望他的江南故國，那大好河山、可愛的家園，想再見一面，談何容易？
- 「流水落花春去也，天上人間。」用「比」法，以「流水」、「落花」、「春去」借喻故國覆亡，往事成空，就像逝去的流水、落花、春天都成了過去式，彷彿到了天上，無緣再見。

以麗景狀哀情

UNIT 1-17
問君能有幾多愁？恰似一江春水向東流

〈虞美人〉一詞，乃李後主亡國被俘，囚居汴京時，適值四十二歲生日，為懷念南唐故國而作。他因填寫此詞，觸怒宋太宗，付出了生命的代價，是為絕筆之作。

虞美人　李煜

春花秋月何時了，往事知多少？小樓昨夜又東風，故國不堪回首月明中。　雕欄玉砌應猶在，只是朱顏改。問君能有幾多愁？恰似一江春水向東流。

春天的繁花、秋日的明月何時才會終了？但美好的金陵往事卻隨著歲月逐漸模糊、隨著記憶點滴流逝，而今還剩下多少？在我被囚居的閣樓上，彷彿昨晚又吹起一陣和煦的東風，皎潔月光下，實在太沉痛了，無法忍受回想起從前江南故國的那段美好歲月。

美麗的故國宮殿應該還在吧？只可惜容貌已不同於往日。別人問我到底有多少愁恨？好比那滿江春水滾滾向東奔流，滔滔不絕，綿綿不盡。

上片敘對故國往事之眷戀：「春花秋月何時了，往事知多少？」春花秋月，良辰美景，是天地間永遠恆存的景象，無窮無盡，但美好的金陵往事而今還剩下多少？「春花秋月」泛指世間美好的事物，「往事」則指美好的故國舊事，一永恆一短暫，一永存一已逝，形成強烈的對比。「小樓昨夜又東風，故國不堪回首月明中。」由於此詞作於七夕，後主生日當天，故「小樓昨夜又東風」應為泛述，而非實指。用「東風」呼應前文之「春」，一如以「月明」呼應前文之「月」，皆泛稱宇宙間長存之現象，與逝去的故國往事相對比。而「又」與前文「何時了」、「不堪回首」與「知多少」相呼應，前者謂自然美景的永久存在，後者指家國舊事的已然消逝。

下片抒發現實的愁恨：「雕欄玉砌應猶在，只是朱顏改。」此處「朱顏」具多義性，或指後主自身的容貌，歷盡滄桑，飽受煎熬；或指宮女美麗的容顏，由於國破家亡，慘遭蹂躪；或指南唐江山的容貌，山河變色，家國淪陷。「雕欄玉砌」亦象徵美好恆存的事物，而「朱顏」借指短暫、消逝的南國往事。「應猶在」與上片「何時了」、「又」前後照應，「改」與「知多少」、「不堪回首」遙相呼應，永恆與無常，存在與逝去，今昔之慨，令人不勝唏噓！「問君能有幾多愁？恰似一江春水向東流。」此「愁」既指離愁別恨，亦為國仇家恨。此水何時休，此恨何時已，如滔滔洪流般綿綿不盡。此處又是一層永恆與無常的對比，無窮盡的愁恨（亡國之痛）、東流水，那是亙古長存的，永遠揮之不去；至於後主個人的生命，卻是短暫而有限的。

王國維《人間詞話》評云：「後主之詞，真所謂以血書者也。……儼有釋迦、基督擔荷人類罪惡之意。」正因為李後主以一己有限的人生去承擔那無止盡的悲痛，所以能寫出千古以來所有人類、有生之物共同的悲哀，彷如釋迦牟尼佛、耶穌基督以一己之身去擔荷世間生命的苦難般，可以使世上痛苦的心靈從中得到救贖。

春花秋月何時了

應考大百科

◆春花秋月：喻良辰美景。

◆故國：指南唐。北宋蔡條《西清詩話》載：「南唐李後主歸朝後，每懷故國，且念嬪妾散落，鬱鬱不自聊。」

◆雕欄玉砌：此處借代為富麗堂皇的南唐宮殿。

◆朱顏：泛指年輕的容貌。此處具多義性：1.詞人年輕的容貌。2.宮女美麗的容顏。3.南唐之山河變色，因歸宋不敢直言，故含蓄其辭。

虞美人 李煜

・〈虞美人〉乃後主囚居汴京，適值四十二歲生日，為懷念故國而作。

・他因填寫此詞，觸怒宋太宗，而付出了生命的代價，為絕筆之作。

上片

春花秋月何時了，往事知多少？小樓昨夜又東風，故國不堪回首月明中。

★上片敘對故國往事之眷戀：

・「春花秋月何時了，往事知多少？」春花秋月，良辰美景，是天地間永遠恆存的景象，無窮無盡，但美好的金陵往事而今還剩下多少？

・「小樓昨夜又東風，故國不堪回首月明中。」由於此詞作於後主生日（七夕），故「小樓昨夜又東風」應為泛述，而非實指。用「東風」呼應前文之「春」，一如以「月明」呼應前文之「月」，皆泛稱宇宙間長存之現象，與逝去的故國往事相對比。

永恆	長存	無常	短暫
春花秋月	何時了	（南唐）往事	知多少
東風、月明	又	（南唐）故國	不堪回首
雕欄玉砌	應猶在	朱顏	改
愁（亡國之愁）、春水	向東流	個人生命	數十寒暑

下片

雕欄玉砌應猶在，只是朱顏改。問君能有幾多愁？恰似一江春水向東流。

★下片抒發現實的愁恨：

・「雕欄玉砌應猶在，只是朱顏改。」「雕欄玉砌」亦象徵美好恆存的事物，而「朱顏」借指短暫、消逝的南國往事。「應猶在」與上片「何時了」、「又」前後照應，「改」與「知多少」、「不堪回首」遙相呼應，永恆與無常，存在與逝去，今昔之慨，令人不勝唏噓！

・「問君能有幾多愁？恰似一江春水向東流。」此「愁」既指離愁別恨，亦為國仇家恨。此水何時休，此恨何時已，如滔滔洪流般綿綿不盡。（按：此二句採「提問」法，自問自答）

第2章

北宋詞

晏歐小令，多為宴會娛賓之用。柳永大量創作慢詞，描寫行役見聞、市井生活；蘇軾則開創出豪放詞風。周邦彥集北宋婉約詞之大成，開南宋格律詞之先河。

UNIT 2-1
唯有長江水，無語東流

柳永早年流連於歌樓舞榭，科場屢屢失意，直到仁宗景祐元年（1034），四十八歲了，終於考上進士，步入仕途。此詞應是他中年以後遊宦江浙時的作品。

八聲甘州　柳永

對瀟瀟暮雨灑江天，一番洗清秋。漸霜風淒緊，關河冷落，殘照當樓。是處紅衰翠減，苒苒物華休。唯有長江水，無語東流。　不忍登高臨遠，望故鄉渺邈，歸思難收。嘆年來蹤跡，何事苦淹留？想佳人，妝樓顒望，誤幾回、天際識歸舟。爭知我，倚欄杆處，正恁凝愁。

面對瀟瀟暮雨從天空灑落江面，經過一番風雨刷洗，眼前盡是淒清的秋天景色。秋風漸漸淒涼急迫，山河一片冷清蕭條，落日的餘暉映照在高樓上。到處花木凋零，一切美好的景物漸漸衰殘了。只有那滔滔長江水，不聲不響地向東奔流而去。

我不忍登高遠眺，望向千里之遙的故鄉，否則渴求回家的情緒將難以收拾。感嘆這些年來飄泊不定的行蹤，為何還要苦苦久留他鄉？想起家鄉的美人，正在閣樓上抬頭凝望，多少次將來自天邊的船隻誤認作我的歸船。她哪裡知道我，倚著欄杆，正是如此憂思凝重。

此詞為長調，也是柳永描寫羈旅行役，抒發離別相思的代表作。「望」字為詞眼，承上啟下，貫串全篇。

上片寫登樓遠眺所見雨後的清秋景象：「對瀟瀟暮雨灑江天，一番洗清秋。」一個「對」字，點出登高望遠，視野之遼闊；加上「雨」、「灑」、「洗」三個上聲字，讀來令人精神振奮，真是秋高氣爽！「漸霜風淒緊，關河冷落，殘照當樓。」以「霜風」呼應「清秋」、「關河」對照「江天」、「殘照」映襯「暮雨」，渲染出氣勢磅礡的秋景，頗具唐詩風味，難怪被蘇軾評為「不減唐人高處」。「紅衰翠減」，化用李商隱〈贈荷花〉詩：「此荷此葉常相映，翠減紅衰愁煞人。」寫出到處草木凋零，美好的景物、人事也漸漸衰殘了。只有默默無語的長江水，依舊浩浩湯湯，奔流不息。前文筆致蒼莽悲壯，至此轉為細緻沉思。

下片敘由凝望而觸發的思鄉之情：「不忍登高臨遠，望故鄉渺邈，歸思難收。」明明已登高臨遠，卻說「不忍」，道出又愛又怕的複雜心理，別具一番曲折情致。極目遠眺，思鄉之情，不覺油然而生。「嘆年來蹤跡，何事苦淹留？」感嘆這些年來飄泊不定的遊宦生涯，「何事」故意用反詰語氣，表達出身不由己的無奈。接著，採「懸想示現」法，虛筆勾勒出故鄉的紅粉知己在妝樓上凝神遠眺，不知多少回誤把遠方船隻當作是我的歸舟？最後，實寫我對她的深深思念；一虛一實，交織出兩地相思、愁結難解之狀。全詞至此戛然而止，筆意醇厚，情蘊無窮。

據夏敬觀《手評樂章集》云：「雅詞用六朝小品文賦作法，層層鋪敘，一筆到底，始終不懈。」此闋即雅詞，抒情深婉，善於鋪敘，為一傳世名篇。

瀟瀟暮雨灑江天

應考大百科

- ◆瀟瀟：風雨聲。
- ◆一番洗清秋：經一番風雨的洗刷，成為淒清的秋天。
- ◆霜風淒緊：秋風淒涼緊迫。霜風，秋風。
- ◆是處紅衰翠減：到處花木凋零。是處，到處。紅、翠，借代為花草樹木。語出李商隱〈贈荷花〉詩：「此荷此葉常相映，翠減紅衰愁煞人。」
- ◆苒苒物華休：景物逐漸凋殘。苒苒，漸漸。物華，繁盛的景物。
- ◆渺邈：遙遠。
- ◆淹留：久留。
- ◆顒望：舉頭凝望。顒，音ㄩㄥˊ。
- ◆誤幾回、天際識歸舟：多少次將從天邊駛來的船隻誤認是情人歸來的船。語出謝朓〈之宣城郡出新林浦向板橋〉：「天際識歸舟，雲中辨江樹。」
- ◆正恁凝愁：正是如此憂愁凝結不解。恁，音「認」，這樣，如此。

八聲甘州　柳永

- 此詞應是柳永中年以後遊宦江、浙時的作品。
- 柳永描寫羈旅行役，抒發離別相思的代表作。

長調

上片

對瀟瀟暮雨灑江天，
一番洗清秋。
漸霜風淒緊，
關河冷落，殘照當樓。
是處紅衰翠減，苒苒物華休。
唯有長江水，無語東流。

★上片寫登樓遠眺所見雨後的清秋景象：

- 「對瀟瀟暮雨灑江天，一番洗清秋。」一個「對」字，點出登高望遠，視野之遼闊；加上「雨」、「灑」、「洗」三個上聲字，讀來令人精神振奮。
- 「漸霜風淒緊，關河冷落，殘照當樓。」以「霜風」呼應「清秋」、「關河」對照「江天」、「殘照」映襯「暮雨」，渲染出氣勢磅礡的秋景。
- 「紅衰翠減」，化用李商隱〈贈荷花〉詩，寫出到處草木凋零，美好的景物、人事也漸漸衰殘了。

下片

不忍登高臨遠，
望故鄉渺邈，歸思難收。
嘆年來蹤跡，何事苦淹留？
想佳人，妝樓顒望，
誤幾回、天際識歸舟。
爭知我，倚欄杆處，正恁凝愁。

★下片敘由凝望而觸發的思鄉之情：

- 「不忍登高臨遠，望故鄉渺邈，歸思難收。」明明已登高臨遠，卻說「不忍」，道出又愛又怕的複雜心理；極目遠眺，思鄉之情，不覺油然而生。
- 「嘆年來蹤跡，何事苦淹留？」感嘆這些年來飄泊不定的遊宦生涯，「何事」故意用反詰語氣，表達出身不由己的無奈。
- 接著，採「懸想示現」法，虛筆勾勒出故鄉的紅粉知己在妝樓上凝神遠眺，不知多少回誤把遠方船隻當作是我的歸舟？

最後，實寫我對她的深深思念；一虛一實，交織出兩地相思、愁結難解之狀。

UNIT 2-2
今宵酒醒何處？楊柳岸曉風殘月

此詞以男子口吻寫成，敘作者秋日即將離京南行，與情人分別，淚眼相對，離情依依。

雨霖鈴　柳永

寒蟬淒切，對長亭晚，驟雨初歇。都門帳飲無緒，方留戀處，蘭舟催發。執手相看淚眼，竟無語凝噎。念去去千里煙波，暮靄沉沉楚天闊。　多情自古傷離別，更那堪冷落清秋節？今宵酒醒何處？楊柳岸曉風殘月。此去經年，應是良辰好景虛設。便縱有千種風情，更與何人說？

在寒蟬鳴聲淒厲的秋天，對此送別的長亭夜色，尤其一陣急雨剛下過之後，怎不教人備覺淒清？有人在京都城外為我設帳餞行，但分別在即，我哪有心情飲酒？正當依依不捨之際，船夫卻催促著要啟程。我和情人雙手緊握，淚眼相對，此時千言萬語卻一句也說不出口。想這一去路途有千里之遙，船行之處，江面煙霧瀰漫；傍晚時分，雲霧濃厚、沉重，南方的天空一望無垠，何其遼闊！

多情的人總為別離而黯然神傷，教人如何忍受在這清秋時節送別親舊？今晚酒醒之際，不知船行將載我至何處？想必是楊柳低拂，曉風微寒，殘月朦朧的岸邊吧！設想此番南行，年復一年，沒有知音相伴，良辰美景應形同虛設，該與何人共享？縱使有千種風月情懷、萬縷柔情蜜意，又能向何人細訴？

上片採實筆，明寫別時光景。先敘臨別氣氛：「寒蟬淒切，對長亭晚，驟雨初歇。」點明送別的季節在寒蟬悲鳴的孟秋，時間是晚上，地點為十里長亭，天氣則是急雨剛停時，從聽覺、視覺、觸覺、心覺上，營造出秋夜送別、長亭雨歇的淒涼氛圍。次敘離別情景：「都門帳飲無緒，方留戀處，蘭舟催發。執手相看淚眼，竟無語凝噎。」「都門帳飲」，出自江淹〈別賦〉：「帳飲東都，送客金谷。」寫出黯然銷魂的離愁別恨，兩人淚眼婆娑，竟哽咽難語，情緒激動到無以復加，畫面便定格於此。三敘別後去處：「念去去千里煙波，暮靄沉沉楚天闊。」此二句為虛寫，出於作者自己的想像。詞人此行的目的地是南方，但此刻他仍在汴京，並未登船離去，一切皆為腦海中之虛景。

下片用虛筆，設想別後種種。先寫千古離別的共相：「多情自古傷離別，更那堪冷落清秋節？」採反問語氣，謂秋日離別實在令人難受。次借虛景寫今日一己的別情：「今宵酒醒何處？楊柳岸曉風殘月。」自問自答。此二句為篇中警策語，景中含情，點出離別冷落，經此蓄意渲染，描繪出別後江湖飄泊的景況。三寫未來經年累月的心情：「此去經年，應是良辰好景虛設。便縱有千種風情，更與何人說？」轉為抒情。從上片「念去去千里煙波」，到最後「便縱有千種風情，更與何人說？」為「預言示現」法。儘管詞人幻想著別後種種，但此刻的他仍與情人淚眼對望，哽咽無語，尚未搭船遠去，故一切時空景物都出自於想像、虛構的未來世界。

暮靄沉沉楚天闊

應考大百科

＊詞調〈雨霖鈴〉，乃取唐代舊曲翻製而成。據毛先舒《填詞名解》載：「〈雨淋鈴〉（「淋」一作「霖」），玄宗幸蜀道，出劍州梓潼縣，霖雨彌日，棧道中聞鈴聲，帝方悼念貴妃，采其聲為〈雨霖鈴〉曲，以寄恨。」

＊王灼《碧雞漫志》亦云：「今雙調〈雨淋鈴慢〉，頗極哀怨，真本曲遺聲。」在中國詞史上，柳永此詞為雙調慢詞〈雨霖鈴〉最早的作品。

雨霖鈴 柳永

此詞以男子口吻寫成，敘作者秋日即將離京南行，與情人分別，淚眼相對，離情依依。

上片

寒蟬淒切，對長亭晚，驟雨初歇。
都門帳飲無緒，
方留戀處，蘭舟催發。
執手相看淚眼，竟無語凝噎。
念去去千里煙波，
暮靄沉沉楚天闊。

★上片採實筆，明寫別時光景：

・先敘臨別氣氛：「寒蟬淒切，對長亭晚，驟雨初歇。」點明送別的季節在寒蟬悲鳴的孟秋，時間是晚上，地點為十里長亭，天氣則是急雨剛停時，營造出秋夜送別、長亭雨歇的淒涼氛圍。

・次敘離別情景：「都門帳飲無緒，方留戀處，蘭舟催發。執手相看淚眼，竟無語凝噎。」「都門帳飲」，出自江淹〈別賦〉：「帳飲東都，送客金谷。」寫出黯然銷魂的離愁別恨，兩人淚眼婆娑，竟哽咽難語，情緒激動到無以復加，畫面便定格於此。

・三敘別後去處：「念去去千里煙波，暮靄沉沉楚天闊。」詞人此行的目的地是南方，但此刻他仍在汴京，並未登船離去，一切皆出自腦海中的想像。⇨〔虛寫〕

下片

多情自古傷離別，
更那堪冷落清秋節？
今宵酒醒何處？
楊柳岸曉風殘月。
此去經年，應是良辰好景虛設。
便縱有千種風情，更與何人說？

★下片用虛筆，設想別後種種：

・先寫千古離別的共相：「多情自古傷離別，更那堪冷落清秋節？」採反問語氣，謂秋日離別實在令人難受。

・次借虛景寫今日一己的別情：「今宵酒醒何處？楊柳岸曉風殘月。」此二句景中含情，點出離別冷落，經此蓄意渲染，描繪出別後江湖飄泊的景況。

・三寫未來經年累月的心情：「此去經年，應是良辰好景虛設。便縱有千種風情，更與何人說？」轉為抒情。⇨從上片「念去去千里煙波」，到最後「便縱有千種風情，更與何人說？」為「預言示現」法。

UNIT 2-3

異日圖將好景，歸去鳳池誇

此詞據羅大經《鶴林玉露》記載，是柳永寫給兩浙轉運使孫何的題贈之作。據說金主完顏亮讀到「三秋桂子，十里荷花」，有感於江南的繁華富庶，因而興起了舉兵南侵的念頭。

望海潮　柳永

東南形勝，江吳都會，錢塘自古繁華。煙柳畫橋，風簾翠幕，參差十萬人家。雲樹繞堤沙，怒濤捲霜雪，天塹無涯。市列珠璣，戶盈羅綺，競豪奢。　重湖疊巘清嘉，有三秋桂子，十里荷花。羌管弄晴，菱歌泛夜，嬉嬉釣叟蓮娃。千騎擁高牙，乘醉聽簫鼓，吟賞煙霞。異日圖將好景，歸去鳳池誇。

東南是形勢險要、風景優美的地方，江浙一帶是舊時吳國的都會，錢塘地區自古以來十分繁華。煙霧籠罩的柳樹、彩繪如畫的橋梁，擋風的簾子、翠綠的帳幕，房舍高高低低，約有十萬戶人家。高聳入雲的大樹環繞著沙堤，怒濤捲起雪白的浪花，天然的江河綿延無盡。市場上陳列著珠玉珍寶，家戶中充滿了綾羅綢緞，爭相誇示奢華。

重重的西湖、層層的山巒，清秀而美麗；還有秋天的桂子（桂花），十里的荷花。不分日夜、晴雨，羌笛悠揚，採菱舟上歌聲嘹亮，釣魚的老翁、採蓮的姑娘個個歡樂嬉笑。千名騎兵簇擁著長官，乘醉聆聽簫鼓演奏，觀賞、吟詠煙景霞光。哪天畫上這美好的景致，回京升官時可向人誇耀。

〈望海潮〉為長調；旨在詠杭州，以大開大闔的筆法，描繪杭州的形勝與繁華景象。

上片以層遞法勾勒出杭州的全貌：「東南形勝，江吳都會，錢塘自古繁華。」從中國東南到吳國舊都，再到錢塘（今浙江杭州），空間上由大而小，突顯其位置重要，歷史悠久。再鋪寫其「形勝」與「繁華」：就整體而言，敘街樹河橋的美景，錯落參差的十萬戶民宅，生活富裕，風光旖旎。就城外而言，「雲樹繞堤沙，怒濤捲霜雪，天塹無涯。」以「繞」字狀長堤之迤邐曲折，以「捲」字可見怒濤來勢洶洶，筆力雄健，有雷霆萬鈞之勢。就城內而言，「市列珠璣，戶盈羅綺」，由於珍珠、綢緞都是杭州的特產，如此寫來，既寫實又誇飾，強調當地的殷實富有、生活豪奢；此外，珠璣、羅綺皆為女子之物，亦暗示杭州聲色之盛。

下片先詠西湖勝景，再以恭維郡守作收，點出題贈孫何之主旨。「重湖疊巘」、「三秋桂子」、「十里荷花」，景色如畫，物產富庶。「羌管弄晴，菱歌泛夜，嬉嬉釣叟蓮娃。」寫人的活動，「弄晴」、「泛夜」互文見義，不論晴雨、晝夜，釣魚翁、採蓮女在湖中戲耍笑樂，逍遙快活！筆鋒一轉，稱讚孫何：「千騎擁高牙，乘醉聽簫鼓，吟賞煙霞。」說他坐擁富貴，卻不忘嘯傲於湖光山色，真是風流儒雅！「異日圖將好景，歸去鳳池誇。」表面上說描繪杭州美景，將來回京可向人誇耀；其實富有絃外之音，「好景」兼指政績卓著，「歸去鳳池誇」，隱含祝他高升之意。

錢塘自古繁華地

應考大百科

- ◆望海潮：詞調始見於《樂章集》，為柳永所創的新聲。
- ◆形勝：形勢險要之風景名勝地。
- ◆江吳都會：江浙一帶是舊時吳國的都會。江吳，一作「三吳」，舊稱吳興郡、吳郡、會稽郡為三吳；泛指江浙地區。
- ◆參差：形容當地屋舍高低不齊貌。
- ◆霜雪：借喻為雪白的浪花。
- ◆天塹：天然險阻。史稱長江為天塹，即天然的壕溝。塹，音「欠」，繞城之水也。
- ◆珠璣：珍貴的珠寶。
- ◆羅綺：華貴的絲綢。
- ◆重湖：北宋時西湖有外湖、裡湖，故稱。
- ◆清嘉：清秀美麗。
- ◆嬉嬉：戲耍嬉笑貌。
- ◆蓮娃：採蓮女。
- ◆高牙：軍前象牙裝飾的大旗；此借代為高官，指當時駐守杭州的兩浙轉運使孫何。
- ◆圖：作動詞，描繪。
- ◆鳳池：原為皇宮禁苑之鳳凰池，後因中書省機關與其比鄰，故為中書省之代稱；此指朝廷。

望海潮　柳永

- 羅大經《鶴林玉露》載：此詞乃柳永寫給兩浙轉運使孫何的作品。
- 金主完顏亮讀到「三秋桂子，十里荷花」，因而興起了南侵的念頭。

上片

東南形勝，江吳都會，
錢塘自古繁華。
煙柳畫橋，風簾翠幕，
參差十萬人家。
雲樹繞堤沙，怒濤捲霜雪，
天塹無涯。市列珠璣，
戶盈羅綺，競豪奢。

★上片以層遞法勾勒出杭州的全貌。

- 「東南形勝，江吳都會，錢塘自古繁華。」空間上由大而小，突顯其位置重要，歷史悠久。
- 再鋪寫其「形勝」與「繁華」：

  ——就整體而言，敘街樹河橋的美景，生活富裕，風光旖旎。

  ——就城外而言，「雲樹繞堤沙，怒濤捲霜雪，天塹無涯。」

  ——就城內而言，強調當地的殷實富有、生活豪奢，亦暗示杭州聲色之盛。

下片

重湖疊巘清嘉，
有三秋桂子，十里荷花。
羌管弄晴，菱歌泛夜，
嬉嬉釣叟蓮娃。
千騎擁高牙，乘醉聽簫鼓，
吟賞煙霞。異日圖將好景，
歸去鳳池誇。

★下片先詠西湖勝景，再以恭維郡守作收，點出題贈孫何之主旨。

- 「重湖疊巘」、「三秋桂子」、「十里荷花」，景色如畫，物產富庶。
- 「羌管弄晴，菱歌泛夜，嬉嬉釣叟蓮娃。」寫人的活動，「弄晴」、「泛夜」互文見義，不論晴雨、晝夜，釣魚翁、採蓮女在湖中戲耍笑樂，逍遙快活！
- 轉而稱讚孫何：「千騎擁高牙，乘醉聽簫鼓，吟賞煙霞。」說他坐擁富貴，卻不忘嘯傲於湖光山色，真是風流儒雅！
- 「異日圖將好景，歸去鳳池誇。」表面說描繪杭州美景，將來回京可向人誇耀；其實隱含祝他高升之意。

UNIT 2-4

衣帶漸寬終不悔，為伊消得人憔悴

此詞乃客中懷人之作；是詞人身處異地，春日登樓遠眺之際，不覺思念起故鄉的佳人，有感而發，遂成此篇。

蝶戀花　柳永

佇倚危樓風細細，望極春愁，黯黯生天際。草色煙光殘照裡，無言誰會憑闌意？擬把疏狂圖一醉，對酒當歌，強樂還無味。衣帶漸寬終不悔，為伊消得人憔悴。

我佇立在高樓上，獨倚欄杆，迎面吹來細細春風，極目遠望，不盡的愁思、黯淡的情緒從遠天油然而生。在夕陽斜照下，煙霧瀰漫，草色濛濛，誰能理解我默默憑欄遠眺的心意？

我原想狂放不羈地醉個痛快，舉起酒杯，聽著歌聲時，才感到勉強尋歡作樂反而毫無興味。我日漸消瘦也絕不懊悔，為了她值得我一身憔悴。

此詞為中調，全篇以「春愁」為詞眼，從離愁別恨中，流露出飄零落魄的失意感。

上片寫登高望遠所見景色。「佇倚危樓風細細，望極春愁，黯黯生天際。」登上高樓，佇立欄杆旁，在徐徐微風中，極目遠眺，一股黯然銷魂的離恨春愁油然而生。後二句語意上的斷句，應作：「望極，春愁黯黯生天際。」而「草色煙光殘照裡，無言誰會憑闌意？」以「草色」呼應上文「望極春愁」，可見春愁因青青草色而引發。至於「煙光」，以迷濛之景暗示人生的悵惘；「殘照」既指一天將盡的黃昏時，也隱含歲月飛逝，年華老去。「無言」因無人理解他此刻的思鄉情懷，所以默默佇倚，可見其孤單寂寞。

下片抒發寧可為了相思而形容憔悴，一往情深，義無反顧。「擬把疏狂圖一醉，對酒當歌，強樂還無味。」說他也曾強顏歡樂，但終究感到索然無味。強調人在異鄉，愁極無聊的心緒，絕非縱酒耽歌所能消遣。「衣帶漸寬終不悔，為伊消得人憔悴。」此二句脫胎自《古詩十九首・行行重行行》：「相去日已遠，衣帶日已緩。」但原詩語氣舒緩，柳詞中傳達出一種矢志堅決的執著，言縱然因相思而消瘦，乃至衣帶日漸寬鬆，也絕不後悔！語意含蓄委婉，十分耐人尋味。故賀裳《皺水軒詞筌》評云：「小詞以含蓄為佳，亦有作決絕語而妙者，如韋莊『誰家年少足風流，妾擬將身嫁與、一生休。縱被無情棄，不能休。』之類是也。……柳耆卿『衣帶漸寬終不悔，為伊消得人憔悴。』亦即韋意而氣加婉矣。」

「衣帶漸寬終不悔，為伊消得人憔悴。」不但表達對愛情的執著，王國維《人間詞話》將它借喻為追求人生理想之第二境。柳詞中本敘相思之苦，但這種擇一固執、終生無悔的精神，卻是古今仁人志士所共同具有的高尚情操。葉嘉瑩《迦陵談詞》認為其中有三難：「為伊」是「擇一」難，「衣帶漸寬」是「固執」難，「終不悔」則是「殉身無悔」更難。其實，不僅是成大事業、大學問者必經此階段；人生一切的追尋，何嘗不亦如是呢？

草色煙光殘照裡

應考大百科

- ◆佇：久立。
- ◆危樓：高樓。
- ◆望極：極目遠望。
- ◆黯黯：心情憂傷、沮喪貌。
- ◆煙光：飄忽繚繞的雲靄霧氣。
- ◆疏狂：狂放不羈。
- ◆對酒當歌：語出曹操〈短歌行〉：「對酒當歌，人生幾何？」
- ◆強樂：勉強尋歡作樂。強，音「搶」，勉強。
- ◆衣帶漸寬：指人逐漸消瘦。語出《古詩十九首．行行重行行》：「相去日已遠，衣帶日已緩。」
- ◆消得：值得；或解作「消瘦得」。

蝶戀花　柳永

- 此詞乃詞人身處異地，春日登樓遠眺，不覺思念起故鄉的佳人，有感而發之作。
- 這是一闋中調，以「春愁」為詞眼，從離愁別恨中，流露出飄零落魄的失意感。

上片

佇倚危樓風細細，
望極春愁，
黯黯生天際。
草色煙光殘照裡，
無言誰會憑闌意？

★上片寫登高望遠所見景色。

- 「佇倚危樓風細細，望極春愁，黯黯生天際。」佇立高樓欄杆旁，在徐徐微風中，極目遠眺，一股黯然銷魂的離恨春愁油然而生。
- 「草色煙光殘照裡，無言誰會憑闌意？」以「草色」呼應上文「望極春愁」，可見春愁因青青草色而引發。至於「煙光」，以迷濛之景暗示人生的悵惘；「殘照」既指一天將盡的黃昏時，也隱含歲月飛逝，年華老去。「無言」因無人理解他此刻的思鄉情懷，所以默默佇倚，可見其孤單寂寞。

下片

擬把疏狂圖一醉，
對酒當歌，
強樂還無味。
衣帶漸寬終不悔，
為伊消得人憔悴。

★下片抒發寧可為了相思而形容憔悴，一往情深，義無反顧。

- 「擬把疏狂圖一醉，對酒當歌，強樂還無味。」說他也曾強顏歡樂，但終究感到索然無味。
- 「衣帶漸寬終不悔，為伊消得人憔悴。」脫胎自《古詩十九首．行行重行行》：「相去日已遠，衣帶日已緩。」但原詩語氣舒緩，柳詞中傳達出一種矢志堅決的執著，言縱然因相思而消瘦，乃至衣帶日漸寬鬆，也絕不後悔！

「衣帶漸寬終不悔，為伊消得人憔悴。」不但表達對愛情的執著，王國維《人間詞話》將它借喻為追求人生理想之第二境。柳詞中本敘相思之苦，但這種擇一固執、終生無悔的精神，卻是古今仁人志士所共同具有的高尚情操。

UNIT 2-5

濁酒一杯家萬里，燕然未勒歸無計

自仁宗景祐五年（1038）西夏元昊稱帝以來，連年侵宋；宋室積貧積弱，邊防空虛，屢吞敗仗。延州（今陝西延安）正當西夏入關之要衝，戰後城寨焚掠殆盡，戍兵皆無壁壘，散處城中。康定元年（1040），朝廷改任范仲淹為陝西經略副使兼知延州。此詞應作於詞人知延州時。相傳他鎮守延州期間，曾作〈漁家傲〉數闋，皆以「塞下秋來」起首，道盡戍邊之辛勞，因此被好友歐陽脩戲稱是「窮塞主之詞」；不過這類描寫邊地風情的詞作，對後來蘇軾豪放詞的興起，別具意義。

漁家傲 秋思　范仲淹

塞下秋來風景異，衡陽雁去無留意。四面邊聲連角起，千嶂裡，長煙落日孤城閉。　濁酒一杯家萬里，燕然未勒歸無計。羌管悠悠霜滿地，人不寐，將軍白髮征夫淚。

邊塞上秋天一來風景全都不同了，雁群飛向衡陽去，毫無留戀之意。四面傳來戰馬嘶鳴，隨著號角聲響起；在層層如屏障的群山中，長煙騰空而上，落日高掛天邊，只見一座緊緊關閉的孤城。

喝一杯濁酒，思念著萬里之外的家鄉，但想起邊患未平，尚未登燕然山刻石記功，暫時不能回家。陣陣羌笛聲悠揚，寒霜灑滿了大地。將軍和征人個個不能入睡，他們都愁白了頭髮，流下傷心的眼淚。

這是一闋中調，旨在敘秋日思鄉之邊情，並重申立功沙塞的初衷。

上片描寫邊塞秋景。「塞下秋來風景異，衡陽雁去無留意。」以「異」字突顯塞下風光之特殊；「無留意」藉大雁無意久留，襯托出征夫必須長駐於此的無奈。接著，「四面邊聲連角起」訴諸聽覺意象，透過各種邊地特有的聲響，胡笳、羌笛、號角聲等，摹寫塞下風景之殊異。再訴諸視覺感受：「千嶂裡，長煙落日孤城閉。」重巒疊嶂，長煙升空，落日西垂，映照著一座孤城。緊閉的城門，彷彿象徵詞人繃緊的神經，前線戰事吃緊，他必須步步為營，隨時提高警覺。

下片承上片之景物，抒發胸中的家國之情。因「塞下秋來風景異」，而引起「濁酒一杯家萬里」的鄉關之思；「衡陽雁去無留意」，但征人卻必須戍守此地，只因「燕然未勒歸無計」，沒能衛國，何以保家？以「一杯」濁酒對照「萬里」之遙的家鄉。再聯想到當年竇憲北伐匈奴，擊退胡兵之後，在燕然山立碑記功；詞人也想見賢思齊，但如今邊患未除，功業未成，縱有滿腔鄉愁，也不得歸去。前文「四面邊聲連角起」，已催人心肝；至此「羌管悠悠霜滿地」，則觸目盈耳，無一不悲涼！前文「千嶂裡，長煙落日孤城閉」，已見日暮途窮；至此「人不寐，將軍白髮征夫淚」，在濃烈的鄉愁裡、報國的豪情中，將士們個個白髮蒼蒼、熱淚盈眶，真是情何以堪？故清人彭孫遹《金粟詞話》評其結句云：「蒼涼悲壯，慷慨生哀。」

此詞豪壯悲涼，情調蒼莽，情景相稱，堪與李白〈關山月〉、曹操〈龜雖壽〉等名作相媲美，毫不遜色。

將軍白髮征夫淚

應考大百科

◆塞下：指西北邊疆；時范仲淹鎮守陝西延安。

◆衡陽雁去：為「雁去衡陽」之倒裝句，指大雁飛往衡陽去。湖南衡陽以南衡山七十二峰之首曰「回雁山」，相傳秋季北雁南飛至此為止，遇春則北返。

◆邊聲：指各種具有邊塞特色的聲音，如胡笳、羌笛、號角、馬鳴、飛沙走石聲等等。

◆角：古代軍中用來提示晨昏的一種樂器。

◆千嶂：形容如層層屏障般的群山。

◆長煙：荒漠中騰空而上的白煙，或指古代邊防警報時所燃狼糞之煙。

◆燕然未勒：即邊患未平，功業未就之意。燕然，即燕然山，亦今蒙古境內之杭愛山。勒，刻石記功也。據《後漢書·竇憲傳》記載，東漢和帝時，竇憲大破北匈奴，追擊三千餘里，至燕然山刻石記功而還。

◆羌管：即羌笛；出自古代西部羌族的一種樂器。

◆悠悠：形容笛聲悠揚。

漁家傲 秋思 范仲淹

- 范仲淹知延州時，作〈漁家傲〉數闋，道盡戍邊之辛勞。
- 此詞旨在敘秋日思鄉之邊情，並重申立功沙塞的初衷。

上片

塞下秋來風景異，衡陽雁去無留意。四面邊聲連角起，千嶂裡，長煙落日孤城閉。

★上片描寫邊塞秋景。

- 「塞下秋來風景異，衡陽雁去無留意。」以「異」字突顯塞下風光之特殊；「無留意」藉大雁無意久留，襯托出征夫必須長駐於此的無奈。
- 「四面邊聲連角起」，透過各種邊地特有的聲響，摹寫塞下風景之殊異。
- 「千嶂裡，長煙落日孤城閉。」重巒疊嶂，長煙升空，落日西垂，映照著一座孤城。緊閉的城門，彷彿象徵詞人繃緊的神經，前線戰事吃緊，他必須隨時提高警覺。

下片

濁酒一杯家萬里，燕然未勒歸無計。羌管悠悠霜滿地，人不寐，將軍白髮征夫淚。

★下片承上片之景物，抒發胸中的家國之情。

- 因「塞下秋來風景異」，而引起「濁酒一杯家萬里」的鄉關之思；「衡陽雁去無留意」，但征人卻必須戍守此地，只因「燕然未勒歸無計」。
- 再聯想到當年竇憲北伐匈奴，擊退胡兵之後，在燕然山立碑記功；詞人也想見賢思齊，但如今邊患未除，功業未成，縱有滿腔鄉愁，也不得歸去。
- 前文「四面邊聲連角起」，已催人心肝；至此「羌管悠悠霜滿地」，則觸目盈耳，無一不悲涼！
- 前文「千嶂裡，長煙落日孤城閉」，已見日暮途窮；至此「人不寐，將軍白髮征夫淚」，在濃烈的鄉愁、報國的豪情中，將士們個個白髮蒼蒼、熱淚盈眶，真是情何以堪？

UNIT 2-6

酒入愁腸，化作相思淚

此詞作於仁宗康定元年（1040）至慶曆三年（1043）間，范仲淹時任陝西經略副使兼知延州（今陝西延安），鎮守西北邊塞，防禦西夏入侵。

蘇幕遮懷舊　范仲淹

碧雲天，黃葉地。秋色連波，波上寒煙翠。山映斜陽天接水。芳草無情，更在斜陽外。　黯鄉魂，追旅思。夜夜除非，好夢留人睡。明月樓高休獨倚。酒入愁腸，化作相思淚。

藍天白雲，映襯著遍地黃葉。秋天景色倒映在江中的碧波上，波面籠罩著寒煙，一片蒼翠。遠山沐浴著夕陽餘暉，天空與江面彷彿連成一線。芳草無情地延伸到天涯，所到之處竟比斜陽更遙遠。

懷念故鄉，不禁使人黯然神傷，始終擺脫不了羈旅的愁思。每天夜裡除非作回鄉的好夢，才能使人安睡。當明月映照高樓時，不要獨自憑欄遠眺。喝一口酒，進入百轉千迴的愁腸中，都化作了相思的眼淚。

這是一闋中調，旨在抒發秋日的思鄉情懷。據《草堂詩餘》題作「懷舊」，而黃昇《花菴詞選》題為「別恨」。

上片描寫塞外的無邊秋色。開端四句：「碧雲天，黃葉地。秋色連波，波上寒煙翠。」以視覺摹寫法由上而下，由近至遠，大筆勾勒出明麗的秋景，藍天白雲，黃葉碧波，四處空曠；且兼及觸覺摹寫，點出秋郊的寒意。接著，「山映斜陽天接水。芳草無情，更在斜陽外。」渲染黃昏時的遠景。據沈謙《填詞雜說》評云：「『芳草無情，更在斜陽外。』雖是賦景，情已躍然。」芳草無情，卻能綿延到比斜陽更遙遠的海角天涯；人生而有情，卻只能坐困愁城，滿懷綿綿無盡的離情別恨。

下片抒發征人無限的離愁。前四句：「黯鄉魂，追旅思。夜夜除非，好夢留人睡。」刻意從反面立說，不說因思鄉而不能成眠，卻謂除非好夢才能留人眷戀夢鄉。接著，「明月樓高休獨倚」，由於明月、登高、孤獨都是引起思鄉情緒的直接元素，所以故意說「休獨倚」，表現出一種既期待又怕受傷害的心理，更添幾許惆悵感。結尾「酒入愁腸，化作相思淚。」無理而有情，造語奇特，別具新意，故傳為千古名句！

彭孫遹《金粟詞話》評云：「范希文（名仲淹）〈蘇幕遮〉一調，前段多入麗語，後段純寫柔情，遂成絕唱。」所言甚是！王實甫《西廂記 · 長亭送別》：「碧雲天，黃葉地，西風緊，北雁南飛。曉來誰染霜林醉？總是離人淚。」全由此詞脫胎而出，寫景模仿本詞上片，抒情又化用下片；但詞境流於精巧，氣骨未免纖弱，且缺乏絃外之音，遠遠比不上范仲淹原作。如陳廷焯《白雨齋詞話》所云：「淋漓沉著，《西廂・長亭》襲之，骨力遠遜，且少味外味。此北宋所以為高。」正因為范氏此詞境界曠遠，骨力遒勁，言有盡而意無窮，才能如此感人肺腑，牽動古往今來千絲萬縷的情思。此外，他另有一闋〈漁家傲〉：「愁腸已斷無由醉，酒未到，先成淚。」詞意較此更進一層，足見其詞筆之老練！

山映斜陽天接水

應考大百科

◆蘇幕遮：詞牌名，又名〈雲霧斂〉；原為西域傳入的唐代教坊曲，後來宋人用此調，另度新曲。蘇幕遮，近人以為是波斯語之譯音，即披在肩上的頭巾。

◆黯鄉魂：因懷念故鄉而黯然神傷。化用江淹〈別賦〉：「黯然銷魂者，唯別而已。」

◆追旅思：擺脫不了羈旅的愁思。追，緊隨，引申為糾纏。旅思，旅途中的愁苦。思，應讀去聲。

◆夜夜除非，好夢留人睡：為「除非夜夜，好夢留人睡」之倒裝；謂每天夜裡，除非作返鄉的好夢，才得以使人安睡。

蘇幕遮懷舊　范仲淹

- 此詞作於詞人出任陝西經略副使兼知延州（今陝西延安），鎮守西北邊塞期間。
- 這是一闋中調，旨在抒發秋日的思鄉情懷。而詞題一作「懷舊」，一為「別恨」。

上片

碧雲天，黃葉地。
秋色連波，
波上寒煙翠。
山映斜陽天接水。
芳草無情，
更在斜陽外。

★上片描寫塞外的無邊秋色：

- 「碧雲天，黃葉地。秋色連波，波上寒煙翠。」如此由上而下，由近至遠，大筆勾勒出明麗的秋景，並點出秋郊的寒意。
- 「山映斜陽天接水。芳草無情，更在斜陽外。」渲染黃昏時的遠景。芳草無情，卻能綿延到比斜陽更遙遠的海角天涯；人生而有情，卻只能坐困愁城，滿懷綿綿無盡的離情別恨。

下片

黯鄉魂，追旅思。
夜夜除非，
好夢留人睡。
明月樓高休獨倚。
酒入愁腸，
化作相思淚。

★下片抒發征人無限的離愁：

- 「黯鄉魂，追旅思。夜夜除非，好夢留人睡。」刻意從反面立說，不說因思鄉而不能成眠，卻謂除非好夢才能留人眷戀夢鄉。
- 「明月樓高休獨倚」，由於明月、登高、孤獨都是引起思鄉情緒的直接元素，所以故意說「休獨倚」，表現出一種既期待又怕受傷害的心理，更添幾許惆悵感。
- 結尾「酒入愁腸，化作相思淚。」無理而有情，造語奇特，別具新意。

活用小精靈

關於描寫愁思的詩詞名句，試舉例如次：

1. 李白〈宣州謝朓樓餞別校書叔雲〉：「抽刀斷水水更流，舉杯銷愁愁更愁。」
2. 李煜〈相見歡〉：「剪不斷，理還亂，是離愁？別是一般滋味、在心頭。」
3. 范仲淹〈蘇幕遮．懷舊〉：「酒入愁腸，化作相思淚。」
4. 李清照〈武陵春〉：「只恐雙溪舴艋舟，載不動許多愁。」

UNIT 2-7
風不定，人初靜，明日落紅應滿徑

根據詞前小序，此詞當作於張先任嘉興（今浙江嘉興）判官時。又沈祖棻《宋詞賞析》記載，張先約在仁宗慶曆元年（1041）任官嘉禾。但依詞意，乃詞人臨老傷春，感嘆年華似水之作；與序中所云「以病眠，不赴府會」不符。

天仙子　張先

時為嘉禾小倅，以病眠，不赴府會。

水調數聲持酒聽，午醉醒來愁未醒。送春春去幾時回？臨晚鏡，傷流景，往事後期空記省。　沙上並禽池上暝，雲破月來花弄影。重重簾幕密遮燈。風不定，人初靜，明日落紅應滿徑。

手持酒杯，聽人高唱〈水調歌〉；我午後一醉醒來，愁意未曾稍減。送走了春天，春天這一去幾時還能再回來？傍晚時分，攬鏡自照，感傷時光飛逝，美好的往事如今只能徒然地保留在回憶中。

鴛鴦雙雙棲息在池邊沙岸上，夜裡池面一片昏暗；天上的明月穿雲而出，晚風徐來，吹得花兒搖曳生姿。夜深了，層層簾幕遮住了搖晃的燈焰。風不停地吹著，人們剛剛睡去，我想明天片片落花應鋪滿了園中小路。

上片從聽〈水調〉，引發滿腔傷春情懷。「水調數聲持酒聽，午醉醒來愁未醒。」首句倒裝，應作「持酒聽水調數聲」，敘外界景物；次句對比出內在的情緒。接著，「送春春去幾時回？」以疑問句點明主旨，激起波瀾，同時呼應上文之「愁」字。此句還使用了「句中頂真」格，強調「春」字；此「春」既指美麗的春天，亦暗示美好的青春年華，一語雙關。「臨晚鏡，傷流景，往事後期空記省。」承前文而來，空間上從屋外送春歸去到屋內臨鏡傷懷，時間上從午後到傍晚。一個「晚」字隱含無限慨嘆，既是天晚、春晚，更是人近晚年，攬鏡自照，不覺感傷年光似水匆匆流逝，往事空留回憶，未來難以預期，唯一能做的就是把握當下。

下片轉為摹景。「沙上並禽池上暝，雲破月來花弄影。」寫遙望所見，先俯瞰沙岸上雙宿雙飛的禽鳥，再仰望月光下隨風搖曳的花影。禽鳥棲息昏暗的池邊，花影在月下弄姿，一如詞人所處寂寥，卻仍擇善固執、孤芳自賞。其中「雲破月來花弄影」是張先平生得意的名句，另與〈剪牡丹〉:「嬌柔懶起，簾壓捲花影。」〈歸朝歡〉:「柳徑無人，墜輕絮無影。」而贏得「張三影」的美譽。「重重簾幕密遮燈。」言外之意，即夜已深，人們皆已歇息；亦象徵眼前障礙重重。最後，「風不定，人初靜，明日落紅應滿徑。」仍為寫景，但由實轉虛，採「預言示現」法，料想風不停地吹，明天清晨，小徑上應是落英繽紛吧。末三句想像春去無蹤，落花滿徑，彷彿對未來充滿了隱憂。

據黃蘇《蓼園詞選》評云：「聽水調而愁，自傷卑賤也。送春四句，傷流光易去，後期茫茫也。沙上二句，言所居岑寂，以沙禽與花自喻也。重重三句，言多障蔽也。結句仍徼送春本題，恐其時之晚也。」足見詞人藉傷春以自傷，層層深入，寄寓遙深。

雲破月來花弄影

應考大百科

- ◆嘉禾小倅：指張先時任嘉興判官。嘉禾，浙江嘉興。小倅，小官也。倅，音「翠」，副也，凡州縣佐貳之官，皆可稱倅。
- ◆水調：相傳為隋煬帝所製，後來演變成詞調。
- ◆持酒：猶言把酒。此處以酒借代酒杯。
- ◆流景：流逝的光陰。
- ◆並禽：成雙成對的鳥兒，此指鴛鴦。
- ◆暝：幽暗。一說同「瞑」，眠也。

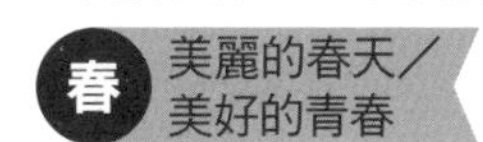

天仙子 張先

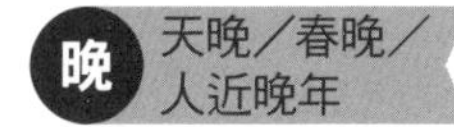

・根據小序，此詞作於張先任嘉興（今浙江嘉興）判官時。
・但依詞意，乃詞人臨老傷春之作；與序中所敘，不吻合。

上片

水調數聲持酒聽，
午醉醒來愁未醒。
送春春去幾時回？
臨晚鏡，傷流景，
往事後期空記省。

★上片從聽〈水調〉，引發滿腔傷春情懷。

・「水調數聲持酒聽，午醉醒來愁未醒。」首句敘外界景物，次句對比出內在情緒。
・「送春春去幾時回？」以疑問句點明主旨，激起波瀾，同時呼應上文之「愁」字。
・「臨晚鏡，傷流景，往事後期空記省。」承前文而來，空間上從屋外送春歸去到屋內臨鏡傷懷，時間上從午後到傍晚。

春 美麗的春天／美好的青春

晚 天晚／春晚／人近晚年

下片

沙上並禽池上暝，
雲破月來花弄影。
重重簾幕密遮燈。
風不定，人初靜，
明日落紅應滿徑。

★下片轉為摹景。

・「沙上並禽池上暝，雲破月來花弄影。」先俯瞰沙岸上雙宿雙飛的禽鳥，再仰望月光下隨風搖曳的花影。⇨禽鳥棲息昏暗的池邊，花影在月下弄姿，一如詞人所處寂寥，卻仍擇善固執、孤芳自賞。
・「重重簾幕密遮燈。」言外之意，即夜已深，人們皆已歇息；亦象徵眼前障礙重重。
・「風不定，人初靜，明日落紅應滿徑。」採「預言示現」法，料想風不停地吹，明天清晨，小徑上應是落英繽紛吧。末三句彷彿對未來充滿了隱憂。

活用小精靈

關於落花，在古典詩詞中始終保有其淒美之意象，如：

1. 杜甫〈曲江〉：「一片花飛減卻春，風飄萬點正愁人。」2. 張泌〈寄人〉：「多情只有春庭月，猶為離人照落花。」3. 張先〈天仙子〉：「風不定，人初靜，明日落紅應滿徑。」4. 歐陽脩〈蝶戀花〉：「淚眼問花花不語，亂紅飛過秋千去。」

UNIT 2-8 無可奈何花落去，似曾相識燕歸來

此詞舊題「春恨」，旨在抒發感時傷春之情。

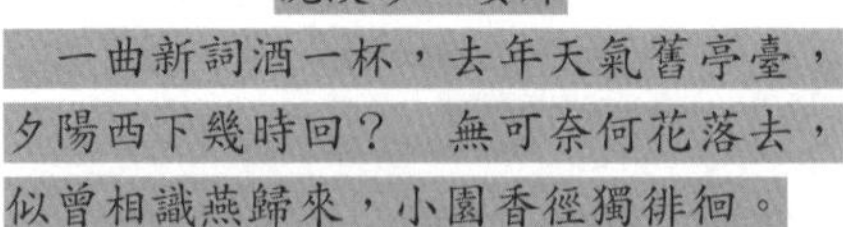
浣溪沙　晏殊

一曲新詞酒一杯，去年天氣舊亭臺，夕陽西下幾時回？　無可奈何花落去，似曾相識燕歸來，小園香徑獨徘徊。

填一曲新歌詞，喝上一杯醇酒，和去年一樣美好的春日、和煦的天氣，美麗的亭臺樓閣依舊。眼看一天將盡，今天的夕陽西沉了，何時還會再回來呢？

這朵花兒凋謝就永遠消逝了，真教人莫可奈何！所幸那似曾相識的燕子飛回來了。我只能獨自徘徊在鋪滿落花香瓣的園中小路上靜觀這一切。

上片寫詞人對風雅生活的眷戀：「一曲新詞酒一杯，去年天氣舊亭臺，夕陽西下幾時回？」我填寫新詞，痛飲美酒，在這和煦的春天，舒適的天氣、美麗的亭臺、愜意的生活，一切如舊。眼看一天將盡，今天的夕陽西沉了，何時還會再回來呢？答案是一去不復返。因為時光一旦過去，就永遠流逝了。雖然明天還會有夕陽西下，但已經不是今天這一次的西山日落，故而流露出淡淡的傷感。

下片敘詞人對春光易逝的愁悶:「無可奈何花落去，似曾相識燕歸來。」承續上片的情緒，花的零落亦是如此。這一朵花凋謝了，它就永遠地消逝；明年春天同樣的花還會再綻放，但已不是今年這一朵。這種失落的情緒，真教人無可奈何！不過，好在宇宙間的事物並不都是令人感傷，自然也有其可喜的一面，瞧，那群好像從前熟識的燕兒飛回來了。誠如葉嘉瑩《唐宋詞十七講》云:「晏殊（詞）的特色表現的是一種圓融的觀照。」何謂「圓融的觀照」?葉氏又云:「對於自己的感情有一種節制，有一種反省，有一種掌握，有這樣的修養的能力。」晏殊身為宋初承平之世的宰相，一生富貴顯達，詞中自然展現宰相的雍容大度。當他看到落日西斜、春花飄落，固然為之悵然，但立刻想起人世間本來就是悲喜交加，有得必有失，有禍必有福，因此轉為對燕群歸來感到欣慰，這便是「圓融的觀照」。末句「小園香徑獨徘徊」，流露出對春花零落的感慨，亦表達對春天的賞愛，即使到最後，他仍不放棄欣賞那落花的姿態。

晏詞中同樣寫到無常與永恆的對比，春去春來，日落日出，花謝花開，燕去燕來，自其變者觀之，則逝者恆逝，一去不復返，是為無常；自其不變者觀之，此乃天地間永久長存的現象，亙古不變，則為永恆。當他為無常而發愁:「夕陽西下幾時回」、「無可奈何花落去」，卻也體會出永恆的喜悅:「去年天氣舊亭臺」、「似曾相識燕歸來」，如此悲喜參半、禍福相倚，才是晏詞中圓融觀照的人生觀。總言之，晏詞的特色，在於精巧流麗中略帶悽婉，加以對人生的圓融觀照，故雖時露淡淡哀愁，卻不見激情悽楚之語。

小園香徑獨徘徊

應考大百科

＊詞中「小園香徑獨徘徊」，獨自徘徊在鋪滿落花的園中小路，即使到最後仍不放棄欣賞落花姿態。流露出詞人對春花的賞愛，與歐陽脩〈玉樓春〉：「直須看盡洛城花，始共春風容易別。」有異曲同工之妙。

＊「無可奈何花落去，似曾相識燕歸來。」如此悲喜參半、禍福相倚，才是晏詞中圓融觀照的人生觀，與李後主詞那般毫無節制的情感本質（前期詞作：無節制的享樂；後期詞作：無節制的悲痛），迥然有別。

浣溪沙 晏殊

・此詞舊題「春恨」，旨在抒發感時傷春之情。

・悲喜參半、禍福相倚是晏詞中圓融的觀照。

上片

夕陽西下幾時回？
去年天氣舊亭臺，
一曲新詞酒一杯，

下片

小園香徑獨徘徊。
似曾相識燕歸來，
無可奈何花落去，

★上片寫詞人對風雅生活的眷戀：

・填寫新詞，痛飲美酒，在這和煦的春天，舒適的天氣、美麗的亭臺、愜意的生活，一切如舊。

・眼看一天將盡，今天的夕陽西沉了，何時還會再回來呢？答案是一去不復返。⇨因為時光一旦過去，就永遠流逝了，故而流露出淡淡的傷感。

★下片敘詞人對春光易逝的愁悶：

・花的零落亦是如此，這一朵花凋謝了，它就永遠地消逝；這種失落的情緒，真教人無可奈何！不過，好在宇宙間的事物並不都是令人感傷，自然也有其可喜的一面，瞧，那群好像從前熟識的燕兒飛回來了。

・末句「小園香徑獨徘徊」，流露出對春花零落的感慨，亦表達對春天的賞愛，即使到最後，他仍不放棄欣賞那落花的姿態。

活用小精靈

龔自珍《己亥雜詩》第五首：「落紅不是無情物，化作春泥更護花。」闡明他在鴉片戰爭前一年，因不忍見滿清當局腐敗，內憂外患接踵而至，毅然決然辭官歸里的心情。這並不代表他對朝政再也漠不關心，而是用另一種方式來憂國憂民。猶如暮春時節紛飛飄零的落花，仍對大自然存有一份執著與熱情，所以化作春泥，只為守護下一季的花開！

當他看到落日西斜、春花飄落，固然為之悵然，但立刻想起人世間本來就是悲喜交加，有得必有失，有禍必有福，因此轉為對燕群歸來感到欣慰，這便是「圓融的觀照」。

UNIT 2-9 欲寄彩箋兼尺素，山長水闊知何處？

此詞為晏殊描寫閨思的名篇，旨在抒發懷人念遠的無限相思情意。王國維《人間詞話》云：「古今之成大事業、大學問者，必經過三種之境界。『昨夜西風凋碧樹，獨上高樓，望盡天涯路。』此第一境也。」原詞敘思婦秋日之悵望，王國維將這種心情借喻為一般人追求理想的嚮往之情，就算經歷挫折，前途茫茫，不知何去何從，仍然抱持著美好的遠景。

蝶戀花　晏殊

檻菊愁煙蘭泣露，羅幕輕寒，燕子雙飛去。明月不諳離恨苦，斜光到曉穿朱戶。　昨夜西風凋碧樹，獨上高樓，望盡天涯路。欲寄彩箋兼尺素，山長水闊知何處？

欄杆外，菊花被煙霧籠罩著，彷彿含憂凝愁；蘭葉上沾滿露珠，好像正傷心哭泣。羅幕低垂，空氣微冷，燕子雙雙飛去了。明月不了解離別的愁苦，月光斜斜地照進我的華屋中，直到天明。

昨天夜裡秋風吹落了碧綠的樹葉，我獨自登上高樓，望著茫茫無盡的天涯路。想要寄一封詩箋和書信，但是山水迢迢，我思念的人在哪裡呢？

此詞描寫的時間從晚上（夜）到白天（曉），空間由室內（朱戶）、室外而樓上遠眺（獨上高樓），即景生情，情濃意摯，格外淒婉動人。

上片刻劃秋夜景物。「檻菊愁煙蘭泣露，羅幕輕寒，燕子雙飛去。」描摹秋天院落客觀之景，卻投射了詞人主觀的情愁，寫菊則曰「愁」煙，寫蘭則云「泣」露，寫燕則為「雙」飛；可見其移情於外物，以烘染氣氛。從花木的面帶愁容、清淚欲滴，寄託人的滿懷愁思與淒苦；再從禽鳥的雙飛，反襯出人的形單影孤。「羅幕輕寒」，從天氣轉寒，暗示人內心的孤寒淒清。接著，「明月不諳離恨苦，斜光到曉穿朱戶。」以「離恨苦」點出人的情感，呼應前文的「愁」、「泣」二字，原來因為離愁別恨而讓人如此淒苦，泫然欲泣。然後採擬人法，指責明月不了解人間的離別之苦，皎潔月光才會一整夜肆無忌憚地照進朱門內，直到天明。從「朱戶」可見主角是一位大戶人家的女子，閨中思婦的形象呼之欲出。

下片點染懷人情狀。「昨夜西風凋碧樹，獨上高樓，望盡天涯路。」此用倒裝法，應作：「獨上高樓，望盡天涯路，昨夜西風凋碧樹。」思婦獨登高樓，望盡茫茫天涯路，忽覺眼前一片空闊，這才回想起昨夜西風凜冽，吹落了一樹的碧葉。在「獨上高樓」、「望盡天涯路」的場景下，使她心中的離愁別恨被醞釀得更深、更濃了，真是情何以堪！末尾「欲寄彩箋兼尺素，山長水闊知何處？」她也想寄詩箋和書信向那人傾訴綿綿的相思情意，無奈山高水闊、路途遙遠，不知該寄往何處？這裡以疑問句作收，使通篇飽含餘憾，在這種渺茫無著落的悵惘中結束，更突顯她思念的濃烈、鬱悶的深沉。

檻菊愁煙蘭泣露

應考大百科

◆檻：音「建」，欄杆。

◆羅幕：絲羅製成的帷幕。

◆諳：音「安」，熟悉，了解。

◆朱戶：猶言「朱門」，指富貴人家。

◆彩箋：彩色的詩箋、信箋。

◆尺素：書信的代稱。古人寫信通常用長約一尺的素絹，故稱。語出漢樂府〈飲馬長城窟行〉：「客從遠方來，遺我雙鯉魚。呼兒烹鯉魚，中有尺素書。」

蝶戀花 晏殊

此詞描寫的時間從晚上（夜）到白天（曉），空間由室內（朱戶）、室外而樓上遠眺（獨上高樓），即景生情，情濃意摯，格外淒婉動人。

上片

檻菊愁煙蘭泣露，
羅幕輕寒，
燕子雙飛去。
明月不諳離恨苦，
斜光到曉穿朱戶。

★上片刻劃秋夜景物：

- 「檻菊愁煙蘭泣露，羅幕輕寒，燕子雙飛去。」描摹秋天院落客觀之景，卻投射了主觀的情愁，寫菊則曰「愁」煙，寫蘭則云「泣」露，寫燕則為「雙」飛；可見其移情於外物，以烘染氣氛。「羅幕輕寒」，從天氣轉寒，暗示人內心的孤寒淒清。
- 「明月不諳離恨苦，斜光到曉穿朱戶。」以「離恨苦」點出人的情感，呼應前文的「愁」、「泣」二字，原來因為離愁別恨而讓人如此淒苦，泫然欲泣。從「朱戶」可見主角是一位大戶人家的女子。

下片

昨夜西風凋碧樹，
獨上高樓，
望盡天涯路。
欲寄彩箋兼尺素，
山長水闊知何處？

★下片點染懷人情狀：

- 「昨夜西風凋碧樹，獨上高樓，望盡天涯路。」在「獨上高樓」、「望盡天涯路」的場景下，使她心中的離愁別恨被醞釀得更深、更濃了，真是情何以堪！
- 末尾「欲寄彩箋兼尺素，山長水闊知何處？」她也想寄詩箋和書信向那人傾訴相思情意，無奈山高水闊、路途遙遠，不知該寄往何處？

活用小精靈

從前有個不識字的少婦非常思念她出遠門的夫君，於是隨手在紙上畫了一個又一個大大小小的圓圈兒，有完整的，有破碎的，有歪斜的……，然後寄給遠在千里之外的丈夫。丈夫一看：天啊！這無字天書，誰看得懂呢？

後來真有一位才子看懂了，他翻譯道：「相思欲寄無從寄，畫個圈兒替。話在圈兒外，心在圈兒裡。單圈兒是我，雙圈兒是你。你心中有我，我心中有你。整個圈兒是團圓，破圈兒是分離。我密密加圈，你須密密知儂意。還有那說不盡的相思，把一路圈兒圈到底。」——這就是著名的〈圈兒詞〉。

UNIT 2-10
為君持酒勸斜陽，且向花間留晚照

此詞具體的創作時間未可知。不過，根據詞中「紅杏枝頭春意鬧」句，為宋祁贏得「紅杏尚書」的美稱，可見應是他擔任尚書期間，某年春天，因遊賞春景有感而發之作。而宋祁與歐陽脩合撰《新唐書》，歷時十載，終於大功告成。仁宗嘉祐五年（1060），他因撰書之功遷左丞，晉工部尚書。

玉樓春 春景　宋祁

東城漸覺風光好，縠皺波紋迎客棹。綠楊煙外曉寒輕，紅杏枝頭春意鬧。　浮生長恨歡娛少，肯愛千金輕一笑？為君持酒勸斜陽，且向花間留晚照。

城東的風光讓人感覺越來越美好，水面漾起皺紗似的波紋，一艘艘客船迎面而來。綠楊垂柳籠罩著如煙的霧氣，拂曉時分，稍有寒意；唯有紅豔的杏花恣意地在枝頭綻放，春意盎然，無比濃烈。

虛無短暫的人生，總讓人抱怨歡娛時候太少，誰肯吝惜千金卻輕視美人的回眸一笑？我為您端起酒杯勸說即將西斜的太陽，為了今日的聚會，暫且向花叢間多留下一抹晚霞、夕照！

此詞旨在讚頌春光明媚，表達及時行樂的想法。上片從遊湖寫起，謳歌無邊春色，勾勒出一幅生意盎然的美麗圖畫。起句「東城漸覺風光好」，信手拈來，從一個「好」字便流露出詞人對春天壓抑不住的禮讚。以下三句即承「風光好」而來：「縠皺波紋迎客棹」，採擬人法，水面一條條漾動著的水波，彷彿正向客人盈盈地招手表示歡迎。「綠楊煙外曉寒輕，紅杏枝頭春意鬧。」「綠楊」、「紅杏」點出春天柳綠花紅的美景。「曉寒輕」既寫春意漸濃，也是詞人心中淡淡的惜春情意。尤其「紅杏枝頭春意鬧」一句，「鬧」字更是點睛之筆，與其說是紅杏盛開，不如說是詞人心中春情蕩漾。誠如王國維《人間詞話》所云：「『紅杏枝頭春意鬧』，著一『鬧』字，而境界全出。」可見此一「鬧」字不僅描繪枝頭紅杏之紛繁，更點染出生機勃勃的大好春光，營造出詞人對春天的無限賞愛之情。

下片轉出人生如夢，稍縱即逝，不如把握當下，尋歡作樂。「浮生長恨歡娛少，肯愛千金輕一笑？」此處化用《莊子》、李延年〈佳人歌〉之典；道出人生苦短，不如意事又十之八九，因此何必執著於功名利祿？暗示不惜一擲千金，也要博得紅顏美人的嫣然一笑。「為君持酒勸斜陽，且向花間留晚照。」詞人為一同冶遊的朋友舉杯挽留夕陽，請它在花叢間多陪伴些時候。這裡看似「無理」，卻生動傳達出他心中那份愛春、惜春之情，費盡心思也要留住美好的春光。那份對春天的深情，栩栩如生，躍然紙上。

故唐圭璋《唐宋詞簡釋》云：「此首隨意落墨，風流閒雅。起兩句，虛寫春風春水泛舟之適。次兩句，實寫景物之麗。綠楊紅杏，相映成趣。而『鬧』字尤能攝出花繁之神，其擅名千古也。下片，一氣貫注，亦是勸人輕財尋樂之意。」吾人心有戚戚焉！

紅杏枝頭春意鬧

應考大百科

◆東城：即「城東」，為一泛稱。

◆縠皺波紋：形容波紋細如皺紗上的紋路。縠，音「胡」。縠皺，即皺紗，有皺褶的紗布。

◆客棹：客船。棹，音「照」，船槳，此借代為船。

◆曉寒輕：早晨稍有寒意。

◆春意鬧：春天的氣象十分濃厚。

◆浮生：指虛無短暫的人生。語出《莊子・刻意》：「其生若浮，其死若休。」

◆肯愛：豈肯吝惜，即「不吝惜」之意。

◆一笑：指美人的笑容；出自李延年〈佳人歌〉：「北方有佳人，遺世而獨立。一顧傾人城，再顧傾人國。」

◆持酒：端起酒杯。

玉樓春春景　宋祁

・仁宗嘉祐五年（1060），宋祁因與歐陽脩合撰《新唐書》，遷左丞，晉工部尚書。
・此詞讓他贏得「紅杏尚書」之美稱，應是出任尚書期間遊賞春景有感而發之作。

上片

紅杏枝頭春意鬧。
綠楊煙外曉寒輕，
縠皺波紋迎客棹。
東城漸覺風光好，

★上片從遊湖寫起，謳歌無邊春色，勾勒一幅生意盎然的美麗圖畫。

・「東城漸覺風光好」，從一個「好」字便流露出詞人對春天壓抑不住的禮讚。

・「縠皺波紋迎客棹」，採擬人法，水面一條條漾動的水波彷彿向客人招手表示歡迎。

・「綠楊煙外曉寒輕，紅杏枝頭春意鬧。」「綠楊」、「紅杏」點出春天柳綠花紅的美景。「曉寒輕」既寫春意漸濃，也是詞人心中淡淡的惜春情意。尤其「紅杏枝頭春意鬧」，「鬧」字更是點睛之筆，與其說是紅杏盛開，不如說是詞人心中春情蕩漾。

縠皺波紋迎客棹
綠楊煙外曉寒輕
紅杏枝頭春意鬧

下片

且向花間留晚照。
為君持酒勸斜陽，
肯愛千金輕一笑？
浮生長恨歡娛少，

★下片轉出人生如夢，稍縱即逝，不如把握當下，尋歡作樂。

・「浮生長恨歡娛少，肯愛千金輕一笑？」此處化用《莊子》、李延年〈佳人歌〉之典；道出人生苦短，不如意事又十之八九，因此何必執著於功名利祿？暗示不惜一擲千金，也要博得紅顏美人的嫣然一笑。

・「為君持酒勸斜陽，且向花間留晚照。」詞人為一同冶遊的朋友舉杯挽留夕陽，請它在花叢間多陪伴些時候。這裡看似「無理」，卻生動傳達出他心中那份愛春、惜春之情，費盡心思也要留住美好的春光。

UNIT 2-11
月上柳梢頭，人約黃昏後

此詞上片描寫元宵夜男女相約賞燈的情景；下片同樣寫元宵佳節，但物是人非，伊人不在身邊，獨自過節，心情好不淒涼！一般認為應作於仁宗景祐三年（1036），歐陽脩為懷念第二任妻子楊氏而作。也有人以為是南宋女詞人朱淑真（1135～1180）的作品。

生查子 元夕　歐陽脩

去年元夜時，花市燈如晝。月上柳梢頭，人約黃昏後。　今年元夜時，月與燈依舊。不見去年人，淚溼春衫袖。

去年元宵夜時，賞燈區火樹銀花、燈光燦爛，將黑夜點綴得彷如白晝。我與情人相約，在月上柳梢頭的黃昏之後一起出門賞燈。

今年元宵夜時，月光與燈光依舊明亮、燦爛。可是我再也見不到去年相伴的那人，相思淚沾溼了那身春衫的衣袖。

這是一闋情詞，寫作手法近似崔護〈題都城南莊〉：「去年今日此門中，人面桃花相映紅。人面不知何處去？桃花依舊笑春風。」都是描繪出兩幅今昔對比的景象，昔時良辰美景、賞心樂事，無限美好；而今良辰依舊，美景如故，可惜人事已非，心情自然也大不相同。無論崔詩的「桃花依舊笑春風」，但「人面不知何處去」；或歐詞的「月與燈依舊」，但「不見去年人」；同是一份物是人非的今昔之慨，傳達的是同一種悵然若失的落寞感。

〈生查子・元夕〉一詞，上片回憶去年與情人歡度元宵佳節的畫面，採「追述示現」法，為虛筆。先寫景：「去年元夜時，花市燈如晝。」正月十五元宵夜，燈會現場五光十色、炫麗奪目的花燈，將黑夜妝點得彷如白晝般，大放光明，真是美不勝收！再敘事兼寫景：「月上柳梢頭，人約黃昏後。」記與情人出門賞燈之事，並摹寫當時的時間與情境：正當黃昏時，一輪明月緩緩升上了柳枝梢頭，主角與情人約好一道賞燈去，雀躍之情，溢於言表。末二句景中含情，情景交融無間。此主角可以是詞人自己，當然也可能是假託女子的口吻來寫，寫出深閨女子趁此花月良宵，與情郎相伴出遊，滿心歡喜。

下片刻劃此刻獨自過元宵的情狀，為實寫。寫法與上片如出一轍，先寫景：「今年元夜時，月與燈依舊。」同樣是元宵良夜，同樣是「月上柳梢頭」、「花市燈如晝」，花好月圓，燈光燦爛，一如往昔，但心情卻大大不同了。筆鋒一轉，交代緣由：「不見去年人，淚溼春衫袖。」原來那人不在身邊，花再好，月再圓，燈光再燦爛，終將形同虛設，反而更突顯他／她的形孤影隻，讓他／她不由得落淚霑襟。末二句敘事，然「淚溼春衫袖」，已包含了無限傷心情意；至此元夜懷人的情緒已臻飽和，無以復加。

此詞言語淺近，情調哀婉，今昔對照的布局法，對元人散曲深具影響力，故歷來評價甚高，不可因為淺顯易懂而忽視它的價值！

元宵燈節誰與共

應考大百科

- ◆生查子：唐代教坊曲名，後用作詞調。查，音「渣」。
- ◆元夕：元宵節晚上，與下文「元夜」同。按：農曆正月十五日為元宵節，亦稱「上元節」；自唐代以來，有元宵夜觀燈的風俗。
- ◆花市：指元宵夜絢麗耀眼的賞燈區。
- ◆燈如晝：黑夜裡燈火通明，彷彿白天。
- ◆淚溼：一作「淚滿」。
- ◆春衫：青年人所穿的衣服，此指代為年輕的自己。

生查子元夕　歐陽脩

- 此詞應作於仁宗景祐三年（1036），歐陽脩為懷念第二任妻子楊氏而作。
- 這是一闋情詞，也有人以為是南宋女詞人朱淑真（1135～1180）的作品。

上片

去年元夜時，
花市燈如晝。
月上柳梢頭，
人約黃昏後。

★上片回憶去年與情人歡度元宵佳節的畫面，採「追述示現」法，為虛筆。

- 先寫景：「去年元夜時，花市燈如晝。」正月十五元宵夜，燈會現場五光十色、炫麗奪目的花燈，將黑夜妝點得彷如白晝般，大放光明，真是美不勝收！
- 再敘事兼寫景：「月上柳梢頭，人約黃昏後。」記與情人出門賞燈之事，並摹寫當時的時間與情境：正當黃昏時，一輪明月緩緩升上了柳枝梢頭，主角與情人約好一道賞燈去，雀躍之情，溢於言表。

下片

今年元夜時，
月與燈依舊。
不見去年人，
淚溼春衫袖。

★下片刻劃此刻獨自過元宵的情狀，為實寫。

- 先寫景：「今年元夜時，月與燈依舊。」同樣是元宵良夜，同樣是「月上柳梢頭」、「花市燈如晝」，花好月圓，燈光燦爛，一如往昔，但心情卻大大不同了。
- 筆鋒一轉，交代緣由：「不見去年人，淚溼春衫袖。」原來那人不在身邊，花再好，月再圓，燈光再燦爛，終將形同虛設，反而更突顯他／她的形孤影隻，讓他／她不由得落淚霑襟。

淚溼春衫袖　包含了無限傷心情意

活用小精靈

元宵節，又稱「上元節」，是春節之後第一個重大節日，也是家家戶戶再次闔家團聚的歡樂時光。

元宵節到處高掛著燈籠，象徵「驅逐黑暗」之意；五光十色的花燈爭奇鬥豔，代表著人們的慧心巧手及對美的追求。元宵佳節賞燈活動是一項源遠流長的傳統習俗，相傳東漢明帝篤信佛教，曾下令於每年農曆正月十五佛祖神變之日燃燈，皇上會親自到寺院張燈，以示禮佛。從此，元宵節點燈蔚然成風，流傳至今。

UNIT 2-12 平蕪盡處是春山，行人更在春山外

仁宗景祐三年（1036），歐陽脩捲入范仲淹與宰相呂夷簡之間的衝突，曾寫下〈與高司諫書〉，指責高若訥不替范仲淹辯白的過錯，因而被貶為夷陵（今湖北宜昌）令。

這是一闋抒發離情依依的詞作。有人認為詞中假託女子口吻為男子送行，而那位遠行人當指詞人自己，可能是他景祐三年離京赴夷陵任時所作。

踏莎行　歐陽脩

候館梅殘，溪橋柳細。草薰風暖搖征轡。離愁漸遠漸無窮，迢迢不斷如春水。　寸寸柔腸，盈盈粉淚。樓高莫近危闌倚。平蕪盡處是春山，行人更在春山外。

旅舍旁寒梅日漸凋殘，溪橋邊柳樹萌生嫩綠的細芽。在這花草薰香、春風送暖的時節，遠行的人紛紛啟程，我也送走了你。離愁隨著你漸行漸遠，漸生漸多，就像眼前這一江春水滔滔不盡，綿綿不絕。

我為此柔腸寸斷，淚流滿面。就是不敢登樓倚著那高高的欄杆遠眺。因為那一望無垠的草原平坦而遼闊，原野的盡處依稀可見青山的蹤影；而你，更在遙遠的青山之外，無影無蹤。

上片寫春天來了，行人離開了，留下滿懷愁緒的思婦。「候館梅殘，溪橋柳細。」點出春日送別的場景，以「梅殘」、「柳細」暗示春天，以「候館」、「溪橋」、「柳」隱含離別之意。「草薰風暖搖征轡」，主要交代行人的行蹤，天氣暖和了，他便騎馬離開了。「草薰風暖」仍指春日。「搖征轡」藉由拉開馬韁繩的動作，借代為啟程、遠行，形象十分生動。「離愁漸遠漸無窮，迢迢不斷如春水。」則兼寫行人與思婦的離情依依，漸行漸遠漸無窮，彷如滔滔春水般綿綿不絕。以「春水」的「迢迢不斷」比喻離愁的綿綿無盡，取譬貼切，頗為傳神。

下片聚焦在思婦的懷人念遠之上，但見深情款款，愁腸百轉，無限牽掛，其中似乎也隱含幾分「夢長君不知」的落寞感。「寸寸柔腸，盈盈粉淚。」呼應前文的「離愁」，寫盡了思婦對遠人的牽腸掛肚，相思淚流。「樓高莫近危闌倚」是她的自我告誡之辭，再三提醒自己別登上高樓，別眺望遠方，但她能做到嗎？答案自然是否定的。因為下文「平蕪盡處是春山，行人更在春山外。」顯然是她登高遠眺時的體會與感觸：眼前是一片平坦而遼闊的草原，草原的盡頭是蓊鬱的春山，而心中朝思暮想的那人更在重重春山之外。以此層遞法描寫離情，含蓄蘊藉，十分別緻。既然那人遠在春山之外，當然不知她肝腸寸斷的思念。這裡或許寄託了詞人對家國、君主的掛念，他此去夷陵千里之遙，朝中群小蒙蔽了聖聽，每思及至此，怎不令人憂心忡忡、淚溼衣襟呢？

從全詞來看，如沈際飛《草堂詩餘正集》云：「春水春山走對妙。望斷江南山色，遠人不見草連空，一望無際矣。盡處是春山，更在春山外，轉望轉遠矣。當取以合看。」離情隨著詞境層層深化，彷彿春水、春山無處不凝恨含愁，意境深婉，堪稱是歐詞的代表作。

草薰風暖搖征轡

應考大百科

◆踏莎行：詞牌名。莎，音「縮」，是一種多年生的草本植物，根部可入藥。踏莎，即踏青也。

◆候館：接待賓客的館舍。

◆征轡：行人坐騎的韁繩。轡，音「配」，馬韁繩。

◆迢迢：路途遙遠貌。迢，音「條」。

◆盈盈：眼中充滿淚水的樣子。

◆粉淚：指女子的淚水。

◆平蕪：平坦開闊的草原。

踏莎行 歐陽脩

・這是一闋抒發離情依依的詞作；為小令。
・可能作於景祐三年詞人離京赴夷陵任時。

上片

候館梅殘，溪橋柳細。草薰風暖搖征轡。離愁漸遠漸無窮，迢迢不斷如春水。

（離愁→綿綿無盡；春水→迢迢不斷）

下片

寸寸柔腸，盈盈粉淚。樓高莫近危闌倚。平蕪盡處是春山，行人更在春山外。

★上片寫春天來了，行人離開了，留下滿懷愁緒的思婦。

・「候館梅殘，溪橋柳細。」點出春日送別的場景，以「梅殘」、「柳細」暗示春天，以「候館」、「溪橋」、「柳」隱含離別之意。

・「草薰風暖搖征轡」，主要交代行人的行蹤，天氣暖和了，他便騎馬離開了。「草薰風暖」仍指春日。「搖征轡」藉由拉開馬韁繩的動作，借代為啟程、遠行。

・「離愁漸遠漸無窮，迢迢不斷如春水。」則兼寫行人與思婦的離情依依，漸行漸遠漸無窮，彷如滔滔春水般綿綿不絕。

★下片聚焦在思婦懷人念遠之上，但見深情款款，愁腸百轉，無限牽掛，其中似乎也隱含幾分「夢長君不知」的落寞感。

・「寸寸柔腸，盈盈粉淚。」呼應前文的「離愁」，寫盡了思婦對遠人的牽腸掛肚，相思淚流。

・「樓高莫近危闌倚」是她的自我告誡之辭，再三提醒自己別登上高樓，別眺望遠方，但她能做到嗎？答案自然是否定的。

・因為「平蕪盡處是春山，行人更在春山外。」顯然是她登高遠眺時的體會與感觸：眼前是一片平坦而遼闊的草原，草原的盡頭是蓊鬱的春山，而心中思念的那人更在重重春山之外。

寄託了詞人對家國、君主的掛念

UNIT 2-13
十年岐路，空負曲江花

此詞當作於仁宗慶曆五年（1045），詞人貶官滁州期間。一位當年同榜及第的友人將赴閬州（今四川閬中）通判任，遠道來訪，遂填此詞相贈。

臨江仙　歐陽脩

記得金鑾同唱第，春風上國繁華。如今薄宦老天涯。十年岐路，空負曲江花。　聞說閬山通閬苑，樓高不見君家。孤城寒日等閒斜。離愁難盡，紅樹遠連霞。

記得您我在金鑾殿上同榜登科，春風得意，京師繁華，自以為前程似錦。如今我卻官職卑微，身老天涯。分別十年以來，我一事無成，白白辜負了當年新科進士的宴會。

聽說您將到閬州去，那兒有閬山可以通往神仙住所閬苑，但我登上高樓卻望不見您的家。想像您離開後，滁州成了一座孤城，冬天裡的太陽又無端西斜，我在此虛度光陰。滿腔離愁難以訴說，那經霜的紅樹連著遠天的紅霞，一如我綿綿的相思情意。

此詞上片旨在撫今憶昔。「記得金鑾同唱第，春風上國繁華。」先以「追述示現」法，追憶兩人當年同時及第、跨馬遊街的春風得意，曾天真地以為從此前程似錦，可以平步青雲。——誰知事與願違？「如今薄宦老天涯。」是感慨世事難料，現在的他歷經了歲月滄桑，宦海浮沉，天涯奔波，早已不復昔時的雄心壯志。「十年岐路，空負曲江花。」一轉眼十年過去了，想到自己遠離京城，身貶滁州，官職卑微，多年來徘徊於人生的岔路口，一事無成，平白辜負當年新科進士宴會上皇上的隆恩、無限的風光。

下片抒發對朋友的情意。「聞說閬山通閬苑，樓高不見君家。」以「懸想示現」法，想像好友此去閬州赴任，當地有閬山橫亙，閬山又可通往閬苑仙境；因此，詞人就算登上再高的樓，也望不見友人的住所，更別說看到他的身影。二人好不容易久別重逢，卻又分離在即，再見之日遙遙無期，怎能不令人依依不捨？何況朋友將遠赴閬州，比自己貶滁州更偏遠、更蠻荒，難免心生「同是天涯淪落人」的同病相憐之感。「孤城寒日等閒斜。」是「預言示現」，預示著朋友離去後，滁州將形同一座孤城，日復一日，冬陽西斜，他獨自過著孤寂、冷清、空虛、難熬的日子。「離愁難盡，紅樹遠連霞。」也是「預言示現」，設想友人離去後，綿綿不盡的離愁。此以紅樹連接遠天紅霞的絢麗景色，象徵對好友無盡的思念之情；意境清新，筆調脫俗，耐人尋思。

此詞情感豐富，包含重逢的欣喜、不遇的慨嘆、友誼的溫暖、離別的惆悵……，信手拈來，莫不情真意摯，感人肺腑。通篇想像奇絕，虛實相生，風格飄逸，境界縹緲開闊，語言灑脫靈動，極富浪漫色彩。

孤城寒日等閒斜

應考大百科

◆金鑾：本為帝王車馬的裝飾品，借代為帝王的車駕。此指皇帝的金鑾殿。

◆唱第：指科舉考試後，宣唱及第進士的名次。

◆上國：指京師。

◆曲江花：新科進士的宴會。

◆閬山：山名，在昆侖之巔。

◆閬苑：指傳說中神仙的居所。

◆孤城：遙遠而孤立的城鎮。

臨江仙 歐陽脩

・此詞當作於仁宗慶曆五年（1045），詞人貶官滁州期間。

・同榜及第的友人將赴閬州通判任，歐陽脩填此詞相贈。

上片

十年岐路，空負曲江花。
如今薄宦老天涯。
春風上國繁華。
記得金鑾同唱第，

下片

離愁難盡，紅樹遠連霞。
孤城寒日等閒斜。
樓高不見君家。
聞說閬山通閬苑，

★此詞上片旨在撫今憶昔：

・「記得金鑾同唱第，春風上國繁華。」追憶兩人當年一同登科、跨馬遊街的春風得意。

→ **追述示現**

・「如今薄宦老天涯。」感慨世事難料，現在的他歷經了宦海浮沉，天涯奔波，早已不復昔時的雄心壯志。

・「十年岐路，空負曲江花。」轉眼十年過去了，想到自己遠離京城，身貶滁州，多年來徘徊於人生的岔路口，一事無成，平白辜負當年新科進士宴會上的聖恩與榮寵。

★下片抒發對朋友的情意：

・「聞說閬山通閬苑，樓高不見君家。」想像好友此去閬州赴任，當地有閬山橫亙，閬山又可通往閬苑仙境；因此，詞人就算登上再高的樓，也望不見友人的住所，更別說看到他的身影。二人好不容易久別重逢，卻又分離在即，再見之日遙遙無期，怎能不令人依依不捨？

→ **懸想示現**

・「孤城寒日等閒斜。」預示著朋友離去後，滁州將形同一座孤城，日復一日，冬陽西斜，他獨自過著孤寂、冷清、空虛、難熬的日子。

→ **預言示現**

・「離愁難盡，紅樹遠連霞。」設想友人離去後，綿綿不盡的離愁。

→ **預言示現**

示現（虛寫）	追述示現	回憶過去曾經發生過的情景、事物
	懸想示現	想像眼前根本不存在的情景、事物
	預言示現	預示未來可能會發生的情景、事物

UNIT 2-14

直須看盡洛城花，始共春風容易別

這是一闋詠嘆離別的小令，在傷別離的情緒中，卻蘊含了平易而深刻的人生體會。

玉樓春　歐陽脩

尊前擬把歸期說，未語春容先慘咽。人生自是有情癡，此恨不關風與月。　離歌且莫翻新闋，一曲能教腸寸結。直須看盡洛城花，始共春風容易別。

在餞別的酒席上，我打算說出歸來的日期，但還沒說出口，佳人如春風般嫵媚的容顏已先哀戚哽咽了。人生本來就有癡情種，這種離愁別恨無關乎樓頭的清風、天上的明月。

餞別宴上所唱的送別曲，暫時別再填寫新詞了，因為每唱一曲，都能使人愁腸寸寸鬱結。此時只有把洛陽城的繁花看盡，才能淡然地和春風道別。

上片敘與佳人餞別的情景，轉而寫出對人生的體悟。「尊前擬把歸期說，未語春容先慘咽。」前句交代這是一場餞別宴，男主角打算先說好「歸期」；次句勾勒出女主角多情傷別離的形貌，他歸期未說出口，她「春容先慘咽」，想到分別在即，不禁令她神情落寞、黯然垂淚。接著，「人生自是有情癡，此恨不關風與月。」是詞人的切身感受。人生而有情，清風、明月本無情，人情事態與自然景物原無相干，但癡心人往往移情其中，如此一來，舉目所見皆成了足以使人斷腸的傷心之物。誠如《世說新語・傷逝》中，王戎所云：「情之所鍾，正在我輩。」可視為「人生自是有情癡」的最佳註腳。

下片承接上片詞意，一樣著墨於餞別宴與個人體驗二方面。「離歌且莫翻新闋，一曲能教腸寸結。」以「離歌」呼應「歸期」，「腸寸結」呼應「先慘咽」，再次點出餞別宴的場景。又前句「且莫」二字，勸阻之辭寫得如此懇切，恰可反襯出後句「腸寸結」的悲傷之情。接著，「直須看盡洛城花，始共春風容易別。」這也是詞人的親身體悟。他從正面寫出對洛城花的深深賞愛，迷戀不已，所以必須把握當下賞遍洛城花，看盡每一株、每一朵，毫無遺憾了，然後才能輕易地跟春天道別。這也是一種擇善固執的人格特質，不經意間流露出詞人的執著與瀟灑。此詞通篇聚焦於離別的哀傷、春歸的惆悵，結尾竟寫出如此豪宕的句子，可見其中隱含一種遣玩的意興，這正是歐詞的特色所在。

王國維《人間詞話》評云：「永叔『人生自是有情癡，此恨不關風與月』，『直須看盡洛城花，始共春風容易別』，於豪放中有沉著之致，所以尤高。」指出歐詞在豪放中又蘊含著沉著的情感，所以成就甚高。足見王國維對該詞的高度評價，吾人深有同感！

此恨不關風與月

應考大百科

◆玉樓春：詞牌名，亦稱〈木蘭花〉、〈春曉曲〉。

◆尊前：指餞別的酒席。尊，通「樽」，本為酒杯，此借代為酒席。

◆春容：如春風般嫵媚的容顏，指為詞人送行的佳人。

◆慘咽：悲傷得說不出話來。

◆離歌：指餞別宴上所唱的送別曲。

◆翻新闋：按舊曲填新詞。闋，樂曲終止。

◆洛城花：指洛陽城的繁花。

玉樓春 歐陽脩

・這是一闋詠嘆離別的小令，在傷別離的情緒中蘊含了深刻的人生體會。
・王國維《人間詞話》說歐詞在豪放中又蘊含著沉著的情感，故成就高。

上片

尊前擬把歸期說，未語春容先慘咽。
人生自是有情癡，此恨不關風與月。

下片

離歌且莫翻新闋，一曲能教腸寸結。
直須看盡洛城花，始共春風容易別。

★上片敘與佳人餞別的情景，轉而寫出對人生的體悟。

・「尊前擬把歸期說，未語春容先慘咽。」前句交代這是一場餞別宴，男主角打算先說好「歸期」；次句勾勒出女主角多情傷別離的形貌，他歸期未說出口，她「春容先慘咽」，想到分別在即，不禁令她神情落寞、黯然垂淚。

・「人生自是有情癡，此恨不關風與月。」是詞人的切身感受。人生而有情，清風、明月本無情，人情事態與自然景物原無相干，但癡心人往往移情其中，如此一來，舉目所見皆成了足以使人斷腸的傷心之物。

★下片承接上片詞意，一樣著墨於餞別宴與個人體驗二方面。

・「離歌且莫翻新闋，一曲能教腸寸結。」以「離歌」呼應「歸期」，「腸寸結」呼應「先慘咽」，再次點出餞別宴的場景。又前句「且莫」二字，勸阻之辭寫得如此懇切，恰可反襯出後句「腸寸結」的悲傷之情。

・「直須看盡洛城花，始共春風容易別。」這也是詞人的親身體悟。從正面寫出對洛城花的深深賞愛，迷戀不已，所以必須把握當下賞遍洛城花，看盡每一株、每一朵，毫無遺憾了，然後才能輕易地跟春天道別。

活用小精靈

古典詩詞中表達一種「擇善固執」的精神，佳句層出不窮，如：
1. 屈原〈橘頌〉：「受命不遷，生南國兮。深固難徙，更壹志兮。」
2. 杜甫〈自京赴奉先縣詠懷五百字〉：「許身一何愚，竊比稷與契。」
3. 歐陽脩〈玉樓春〉：「直須看盡洛城花，始共春風容易別。」
4. 陸游〈卜算子・詠梅〉：「零落成泥碾作塵，只有香如故。」
5. 鄭思肖〈畫菊〉：「寧可枝頭抱香死，何曾吹落北風中？」

UNIT 2-15 淚眼問花花不語，亂紅飛過秋千去

此詞亦收入馮延巳《陽春集》，詞牌名作〈鵲踏枝〉。然〈鵲踏枝〉與〈蝶戀花〉為同一詞牌，名稱不同而已。據李清照〈臨江仙〉題下自注：「歐陽公作〈蝶戀花〉，有『深深深幾許』之語，予酷愛之，用其語作『庭院深深』數闋。」由於李清照與歐公皆為宋人，又同是詞家，且年代相近，故其言可信度極高。

或題「春晚」，旨在敘說暮春時節傷春、惜春之情。

蝶戀花　歐陽脩

庭院深深深幾許？楊柳堆煙，簾幕無重數。玉勒雕鞍遊冶處，樓高不見章臺路。　雨橫風狂三月暮，門掩黃昏，無計留春住。淚眼問花花不語，亂紅飛過秋千去。

朱門宅第重重阻隔，庭院到底有多幽深呢？翠綠的楊柳梢頭，煙霧籠罩，濃蔭茂密，一如無數簾幕層層阻隔，更加重庭院幽深之感。我回想當年駕車出遊盡情玩樂的地方，如今卻因層層高樓阻隔，再也看不見了。

暮春三月，風狂雨驟，加速了群芳零落；每到黃昏，重門深閉，實在無法留住這大好春光。我只能含淚問花兒：春歸何處？從何歸去？沒想到春花對此靜默不語，飄落的花瓣片片飛過秋千架而去。

上片由庭院深深，回憶當年冶遊生活。開端三句寫女主角置身「庭院深深」之中，為閨怨之作。至於她的身分，或為深宮嬪妃，或為大家閨秀，或青樓娼妓，不得而知。同時象徵詞人身處「庭院深深」的官場中，在仕途上，何嘗不是幽深難測？何嘗不是重重阻隔？「玉勒雕鞍遊冶處，樓高不見章臺路。」就女主角言，如今良人遠行，層層禮教束縛了她，無法隻身出遊，形同被禁錮在深宅大院中，再也見不到昔時驅車暢遊的所在。就詞人來說，可能含有滄海桑田之感，昔日冶遊之地，如今物換星移，人事全非，再也難覓舊址；可能隱含年華老去之嘆，從前年少輕狂，縱情聲色，而今青春不再，心有餘而力不足，不覺令人悵然若失。

下片因雨橫風狂，悵恨無計留住春光。「門掩黃昏，無計留春住。」或因惜春，試圖要留住春天，於是每到黃昏，她便大門深鎖，想把春光緊緊關在門內；沒想到白忙一場，徒增失落之感。或因風雨交加，群芳凋零，尤其到了黃昏，重門深閉，一片寂寥，讓人不覺黯然神傷。此處的「春」具有多義性，既指大自然的春天，兼指人的青春年華。女主角眼見芳春寥落，不禁意識到自己的花樣年華終將如春光般稍縱即逝，更添傷感。詞人亦藉此緬懷青春年少、慶曆變法時期，那段年少輕狂的日子、踔厲風發的歲月。「淚眼問花花不語，亂紅飛過秋千去。」點出雖然惜春，卻仍無力可回天，只好任由春花殘落，真是莫可奈何！

庭院深深深幾許

應考大百科

＊毛先舒《古今詞論》評「淚眼問花花不語，亂紅飛過秋千去」二句，可分為四層：一、因花而有淚；二、因淚而問花；三、花竟不語；四、不但不語，且又亂落，飛過秋千。如此「人愈傷心，花愈惱人，語愈淺而意愈入，又絕無刻畫費力之迹」，真是層層深入，自然渾成！

＊此詞傳達出一種遣玩的意興：「門掩黃昏，無計留春住。」「淚眼問花花不語，亂紅飛過秋千去。」詞人明知無法留住春光，仍放手一搏，不論想把春關在門內也好，淚眼問花也罷，其中都隱藏了一份遣玩的意興。他不會陷溺在哀傷、惋惜的情緒中，改用一種欣賞的角度，試圖排遣這惱人的悵惘。

蝶戀花 歐陽脩

・據李清照說，「庭院深深深幾許」出自歐公〈蝶戀花〉。
・此詞或題「春晚」，旨在敘說暮春時節傷春、惜春之情。

上片

庭院深深深幾許？楊柳堆煙，簾幕無重數。玉勒雕鞍遊冶處，樓高不見章臺路。

下片

雨橫風狂三月暮，門掩黃昏，無計留春住。淚眼問花花不語，亂紅飛過秋千去。

★上片由庭院深深，回憶當年冶遊生活：

・開端三句寫女主角置身「庭院深深」之中，為閨怨之作。

・「玉勒雕鞍遊冶處，樓高不見章臺路。」

女主角	良人遠行	層層禮教束縛	被禁錮在深宅大院中
詞人	滄海桑田	物換星移	難覓昔日冶遊之舊址
詞人	年華老去	青春不再	緬懷年少縱情聲色時

★下片因雨橫風狂，悵恨無計留住春光：

・「門掩黃昏，無計留春住。」或因惜春，試圖要留住春天，於是每到黃昏，她便大門深鎖，想把春光緊緊關在門內；沒想到白忙一場，徒增失落之感。或因風雨交加，群芳凋零，尤其到了黃昏，重門深閉，一片寂寥，讓人不覺黯然神傷。

・「淚眼問花花不語，亂紅飛過秋千去。」點出雖然惜春，卻仍無力可回天，只好任由春花殘落，真是莫可奈何！

大自然的春天／人的青春年華 → 女主角眼見芳春寥落，不禁意識到她的花樣年華終將如春光般稍縱即逝，更添傷感

當年青春年華／春風得意之時 → 詞人亦藉此緬懷青春年少、慶曆變法時期，那段年少輕狂的日子、踔厲風發的歲月

UNIT 2-16
須知道，這般病染，兩處心頭

此詞為長調，描寫女子閨情，是蘇軾早期的作品。

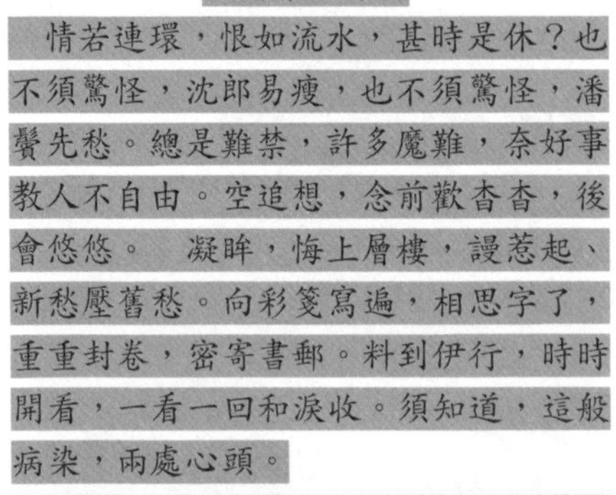
沁園春　蘇軾

情若連環，恨如流水，甚時是休？也不須驚怪，沈郎易瘦，也不須驚怪，潘鬢先愁。總是難禁，許多魔難，奈好事教人不自由。空追想，念前歡杳杳，後會悠悠。　凝眸，悔上層樓，謾惹起、新愁壓舊愁。向彩箋寫遍，相思字了，重重封卷，密寄書郵。料到伊行，時時開看，一看一回和淚收。須知道，這般病染，兩處心頭。

感情就像成串的玉環般連續不斷，悔恨如同流水滔滔不絕，幾時才能停止？不必感到詫異，沈約為此形體極易消瘦；也不必大驚小怪，潘岳為此先愁白了鬢髮。總是情不自禁，許多磨難，奈何這樁感情事教人不自由。空自回想，想起從前的歡樂時光渺茫，未來的相會又遙遙無期。

我目不轉睛地凝望，後悔登上高樓，徒然引起、新愁加上舊愁。向五彩的信箋寫遍，相思字了，重重地封卷，密寄書信。想像到了他那裡，時時展信閱讀，每看一回都含著眼淚收起。要知道，這般心病，在兩人的心頭。

通篇以鋪敘手法為之，反覆鋪陳敘述，只在摹狀「相思」二字；由於出自詞人親身體驗，故娓娓道來，情真意摯，條理分明，足以扣人心絃。

上片聚焦於女子思念的情狀。「情若連環，恨如流水，甚時是休？」先以對句啟篇，用連環、流水比喻情與恨的永無休止。再用沈約腰瘦辭官、潘岳因愁鬢白之典，具體點出相思使人形體消瘦、鬢髮霜白，自古如此，無須大驚小怪。接著，以散句入詞，「總是難禁，許多魔難，奈好事教人不自由。」明揭「易瘦」、「先愁」的原因，在於「好事教人不自由」。所謂「好事」，當指男女間的情事。因為她時時不由自主地掛念著那個人，所以才有這無窮無盡的「情」與「恨」。末三句道出正因前歡杳無蹤跡，後會遙遙無期，才讓她如此愁腸百結，抑鬱難當。此處用「杳杳」、「悠悠」，與前文「連環」、「流水」相呼應，並緊扣她心中無限的「情」與「恨」，前後照應，針線綿密。

下片仍從女子的角度，既寫出她的相思之情，同時想像那人對她的無盡思念，屬於雙向式寫法。「凝眸，悔上層樓，謾惹起、新愁壓舊愁。」承上片的相思情景而來，說她害怕登高望遠，易引起新愁、舊愁交織，往事歷歷，而今只能空自懷想，怎不教人黯然神傷？她寫了一封封情文並茂的書信，重重密封，把相思情意祕密寄給所思之人。此處「重重封卷，密寄書郵。」隱含密封程度、祕密寄信之意，又暗示情書數量之多，一封接一封。再來採「懸想示現」法，設想那人收信、讀信的情形：「料到伊行，時時開看，一看一回和淚收。」那人想必同樣飽受相思之苦，每看一回信就哭一回。最後，以「須知道，這般病染，兩處心頭」作收，點明害相思是兩人共同的心病。詞意至此完足，言有盡而意無窮。

彩箋寫遍相思字

應考大百科

- ◆連環：將玉環連結成串，比喻連續不斷的意思。
- ◆沈郎：南朝梁沈約晚年因腰肢消瘦而辭官。
- ◆潘鬢：西晉潘岳〈秋興賦・序〉：「余春秋三十有二，始見二毛。」後世遂以「潘鬢」借指鬢髮斑白之意。
- ◆追想：回想。
- ◆杳杳：音「咬咬」，渺茫也。
- ◆凝眸：目不轉睛地注視。
- ◆惹起：引起。
- ◆新愁：新添的憂愁。
- ◆伊行：他那裡。

沁園春 蘇軾

・此詞為長調，描寫女子閨情，是蘇軾早期的作品。
・以鋪敘法為之，反覆鋪陳，只在摹狀「相思」二字。

上片

情若連環，恨如流水，甚時是休？也不須驚怪，沈郎易瘦，也不須驚怪，潘鬢先愁。總是難禁，許多魔難，奈好事教人不自由。空追想，念前歡杳杳，後會悠悠。

下片

凝眸，悔上層樓，謾惹起、新愁壓舊愁。向彩箋寫遍，相思字了，重重封卷，密寄書郵。料到伊行，時時開看，一看一回和淚收。須知道，這般病染，兩處心頭。

★上片聚焦於女子思念的情狀。

- 先以對句啟篇，用連環、流水比喻情與恨的永無休止。再用沈約腰瘦辭官、潘岳因愁鬢白之典，具體點出相思使人形體消瘦、鬢髮霜白，自古如此，無須大驚小怪。
- 接著，以散句入詞，明揭「易瘦」、「先愁」的原因在於「好事教人不自由」。所謂「好事」，當指男女間的情事。因為她時時不由自主地掛念著那個人，所以才有這無窮無盡的「情」與「恨」。
- 末三句道出正因前歡杳無蹤跡，後會遙遙無期，才讓她如此愁腸百結，抑鬱難當。此處用「杳杳」、「悠悠」，與前文「連環」、「流水」相呼應，並緊扣她心中無限的「情」與「恨」，前後照應，針線綿密。

★下片仍從女子的角度，既寫出她的相思之情，同時想像那人對她的無盡思念。

- 承上片的相思情景而來，說她害怕登高望遠，易引起新愁、舊愁交織，往事歷歷，而今只能空自懷想，怎不教人黯然神傷？
- 她寫了一封封情文並茂的書信，重重密封，把相思情意祕密寄給所思之人。此處「重重封卷，密寄書郵。」隱含密封程度、祕密寄信之意， 又暗示情書數量之多，一封接一封。
- 設想那人收信、讀信的情形：他想必也同樣飽受相思之苦，每看一回信就哭一回。
- 最後，以「須知道，這般病染，兩處心頭」作收，點明害相思是兩人共同的心病。詞意至此完足，言有盡而意無窮。

UNIT 2-17
相顧無言，惟有淚千行

神宗熙寧八年（1075），歲次乙卯，東坡時任密州（今山東諸城）知州，夜夢亡妻而作此詞。該詞乃詞史上第一篇悼亡之作，係東坡首創，情真意切，感人肺腑。

江城子 乙卯正月廿日夜記夢　蘇軾

十年生死兩茫茫，不思量，自難忘。千里孤墳，無處話淒涼。縱使相逢應不識，塵滿面，鬢如霜。　夜來幽夢忽還鄉。小軒窗，正梳妝。相顧無言，唯有淚千行。料得年年斷腸處，明月夜，短松岡。

亡妻辭世至今已十年，陰陽兩隔，音訊渺茫；不必特別去追憶，往事歷歷如昨，自是教人難以忘懷。我宦海浮沉，滿腔淒苦，無奈妻墳卻遠在千里之外，無從互訴心曲。縱使你我夫妻重逢，你應該也認不出我了；這些年來，我四處徙官，已是滿面塵沙，兩鬢霜白。

夜裡，突然在夢中回到了故鄉。一切如昔，你依舊對著房裡小窗邊的鏡臺，正細細梳妝打扮。你我四目相對，緘默無語，任由淚水奪眶而出。午夜夢回之際，料想這樣月光明亮的夜晚，你想必也在那遍植松林的孤墳中，年復一年，為了思念我而柔腸寸斷。

上片敘事：「十年生死兩茫茫，不思量，自難忘。」東坡的元配王弗卒於英宗治平二年（1065），距填此詞之時恰好十年。首三句敘事兼言情，在寫法上另闢蹊徑，不落俗套；又明明旨在思念亡妻，卻用逆筆「不思量」，再翻出「自難忘」，文勢欲揚故抑，跌宕有致，搖曳生姿。接著，筆鋒一轉，從「十年」的時間進入「千里」的空間：「千里孤墳，無處話淒涼。」由於王氏遷葬眉州祖墳，而詞人此時任職於密州，四川與山東之間，關山阻隔，故云千里。「縱使相逢應不識，塵滿面，鬢如霜。」採「懸想示現」法，任由想像力恣意馳騁。謂自己官場失意，容顏憔悴，不復當年意氣風發的模樣，就算再與亡妻見面，亡妻恐怕也認不得他。此處是虛構之境，妄作之語，卻流露出作者的深情摯意與莫可奈何。

下片記夢：「夜來幽夢忽還鄉。小軒窗，正梳妝。」以「忽」字點出夢境的迷離恍惚，兼含夢中相會的喜出望外。「相顧無言，唯有淚千行。」彷彿夢裡的兩人也意識到此次見面不同於往日，相聚只這短暫一瞬間，故而悲喜交加，百感交集，千言萬語化作串串淚珠，用淚水道盡別後一切悽愴。結尾復採「懸想示現」法：「料得年年斷腸處，明月夜，短松岡。」夢醒時分，亡妻想必在荒野孤墳之中，年復一年，為了思念詞人而柔腸寸斷；因為他也正為了懷念亡妻，而愁腸百結。這裡把對亡妻的思念寫成雙向式，虛實相生，交流無間，更能突顯彼此的情深義重，至死不渝。詞末以景結情，氣氛悽婉，蘊意深遠，耐人尋味。

十年生死兩茫茫

應考大百科

＊「正言若反」法：明明表達正面的意思，卻從反面立說。如本詞「不思量，自難忘」，正是非常思念之意。但採「正言若反」法，突顯出掛念已成為一種習慣，不必特別去惦記，自是難以忘懷，那是一份刻骨銘心的想念！

＊「懸想示現」法：天馬行空，想像著明知不可能發生的事情，卻又描寫得活靈活現，如狀目前。如本詞寫與亡妻相見、亡妻在孤墳中對作者無盡的思念，全出於憑空臆度，為幻設之場景、虛構之情節。

江城子 乙卯正月廿日夜記夢　蘇軾

・熙寧八年（1075），東坡任密州（今山東諸城）知州，夜夢亡妻而作此詞。
・該詞乃詞史上第一篇悼念亡妻之作，係東坡首創，情真意切，感人肺腑。

上片

十年生死兩茫茫，不思量，自難忘。千里孤墳，無處話淒涼。縱使相逢應不識，塵滿面，鬢如霜。

下片

夜來幽夢忽還鄉。小軒窗，正梳妝。相顧無言，唯有淚千行。料得年年斷腸處，明月夜，短松岡。

★上片敘事：

・首三句明明旨在思念亡妻，卻用逆筆「不思量」，再翻出「自難忘」，文勢欲揚故抑，搖曳生姿。
・接著，筆鋒一轉，從「十年」的時間進入「千里」的空間：由於王氏遷葬眉州祖墳，而東坡此時任職於密州，關山阻隔，故云千里。
・再採「懸想示現」法，謂自己官場失意，容顏憔悴，不復當年意氣風發的模樣，就算再與亡妻見面，亡妻恐怕也認不得他。

★下片記夢：

・以「忽」字點出夢境的迷離恍惚，兼含夢中相會的喜出望外。
・「相顧無言，唯有淚千行。」彷彿夢裡的兩人也意識到此次見面不同於往日，相聚只在一瞬間，故而悲喜交加。
・結尾復採「懸想示現」法：午夜夢回之際，亡妻想必在荒野孤墳中，為了思念詞人而柔腸寸斷；因為他也正為了懷念亡妻，而愁腸百結。

活用小精靈

乾隆皇也寫悼亡詩，用來追念元配富察皇后，如：「其來不告去無詞，兩字平安報我知。只有叮嚀思聖母，更教顧復惜諸兒。醒看淚眼猶沾枕，靜覺悲風乍拂帷。似昔慧賢曾入夢，尚餘慰者到今誰？」意思是說亡妻富察氏入夢來，告訴他在陰間過得很好，並關心太后和兒女們的近況。她的賢良淑德一如生前，令乾隆感慨不已。夢醒後，皇帝不覺淚灑枕畔，靜聽夜風悲又寒；如今再也找不到像亡妻這樣知他、愛他，處處為他著想的人了！

UNIT 2-18 持節雲中，何日遣馮唐？

神宗熙寧八年（1075）十月，時任密州知州的蘇軾，在常山祈雨的回程中，與同官梅戶曹會獵於鐵溝，並填寫此詞。據其〈與鮮于子駿書〉云：「近卻頗作小詞，雖無柳七郎風味，亦自是一家，呵呵！數日前獵於郊外，所獲頗多，作得一闋，令東州壯士抵掌頓足而歌之，吹笛擊鼓以為節，頗壯觀也。」此即〈江城子・密州出獵〉一詞。可見這是東坡早期的豪放詞，看來他對此種獨樹一幟的詞風，頗感自豪。

江城子 密州出獵　蘇軾

老夫聊發少年狂，左牽黃，右擎蒼。錦帽貂裘，千騎卷平岡。為報傾城隨太守，親射虎，看孫郎。　酒酣胸膽尚開張，鬢微霜，又何妨？持節雲中，何日遣馮唐？會挽雕弓如滿月，西北望，射天狼。

我暫且抒發一下年輕人的豪壯與輕狂，左手牽黃犬，右臂擎蒼鷹，頭戴錦蒙帽，身穿貂鼠裘，率領成千上萬的人馬如疾風般掠過平坦的山岡。為了報答滿城百姓跟隨我出獵的盛情，我要像孫權一樣，親自射殺猛虎。

我酒意正濃，胸懷開闊，膽氣更是豪壯，雖然兩鬢微微發白，但這又有何妨？什麼時候皇帝也派人來，像漢文帝派遣馮唐去雲中赦免魏尚的罪那般，重新重用我？我一定使勁把雕弓拉成滿月形，朝著西北瞄望，射向入侵的敵軍。

這闋〈江城子〉題作「密州出獵」，藉由出獵，抒發為國效命的豪情壯志，充滿慷慨雄豪的陽剛之美。

上片敘出獵的場面，聚焦在一個「狂」字。「老夫聊發少年狂，左牽黃，右擎蒼。」化用《史記・李斯列傳》之典故，描寫年屆四十的自己，率眾會獵，神武英勇，意氣風發。「錦帽貂裘，千騎卷平岡。」謂出獵場面盛大，人人身著戎裝，千騎奔馳，騰空越野，十分壯觀。「為報傾城隨太守，親射虎，看孫郎。」據《三國志・吳志・孫權傳》載：「權……親乘馬射虎於庱亭。馬為虎所傷，權投以雙戟，虎卻廢。」何等的雄姿英發，連曹操都曾感嘆：「生子當如孫仲謀！」東坡希望能親自射殺猛虎，雄姿英發，一如當年的孫權。——此正是「少年狂」的典型！

下片寫報國的雄心，雖無「狂」字，卻句句帶有狂氣。「酒酣胸膽尚開張，鬢微霜，又何妨？」語出蘇舜欽〈舟中感懷〉：「胸膽森開張。」東坡已入中年，卻仍氣吞萬里如虎，有膽有識，壯心不已。「持節雲中，何日遣馮唐？」據《漢書・馮唐傳》記載：雲中郡太守魏尚守邊有功，卻因上報戰果時略有差誤，而被削爵追究。郎中署長馮唐仗義執言，上奏文帝，帝悅，「令唐特節赦魏尚，復以為雲中守」。東坡以魏尚自比，希望能得到朝廷的信任，他雖為一介書生，也志在為國戍邊。「會挽雕弓如滿月，西北望，射天狼。」此改寫自《楚辭・九歌・東君》：「舉長矢兮射天狼」；表明願意為國效忠，到西北邊境抗擊遼國、西夏等敵寇。此外，「會挽雕弓如滿月」隱含了不遺餘力的意思。

老夫聊發少年狂

應考大百科

◆左牽黃，右擎蒼：左手牽黃犬，右臂擎蒼鷹。語出《史記．李斯列傳》：「吾欲與若牽黃犬，出上蔡東門逐狡兔，豈可得乎？」

◆錦帽貂裘：此作動詞用；即戴著錦蒙帽，穿上貂鼠裘。裘，皮衣。按：漢代羽林軍著錦衣貂裘，此借指出獵時的裝扮。

◆千騎卷平岡：形容人馬眾多，掠過平坦的山岡。

◆為報傾城隨太守：為了酬謝全城百姓跟隨太守出獵的盛意。傾城，全城的人。太守，指時任密州知州的蘇軾。

◆親射虎，看孫郎：看我像當年的孫權一樣親自射虎。用《三國志‧吳志‧孫權傳》之典故。

◆酒酣胸膽尚開張：酒意正濃，胸懷開闊，膽氣豪壯。

◆持節雲中，何日遣馮唐：為「何日遣馮唐，持節雲中」之倒裝；朝廷哪天派馮唐持符節來赦免魏尚，恢復他雲中郡太守的職位？用《漢書．馮唐傳》的典故。

◆會挽雕弓如滿月：一定會將雕飾華美的弓弦拉成滿月形。

◆天狼：天狼星，主侵略、盜賊、貪殘等；此比喻侵犯北宋邊境的遼國與西夏等敵寇。語出《楚辭．九歌．東君》：「舉長矢兮射天狼。」

江城子 密州出獵　蘇軾

・熙寧八年（1075）十月密州知州蘇軾在常山祈雨回程，與同官梅戶曹會獵於鐵溝，並填此詞。
・此詞題作「密州出獵」，藉由出獵，抒發為國效命的豪情壯志，充滿慷慨雄豪的陽剛之美。

上片

老夫聊發少年狂，
左牽黃，右擎蒼。
錦帽貂裘，千騎卷平岡。
為報傾城隨太守，
親射虎，看孫郎。

★上片敘出獵的場面，聚焦在一個「狂」字。

・「老夫聊發少年狂，左牽黃，右擎蒼。」用《史記．李斯列傳》之典，描寫年屆四十的自己，率眾會獵，神武英勇，意氣風發。
・「錦帽貂裘，千騎卷平岡。」謂出獵場面盛大，人人身著戎裝，千騎奔馳，騰空越野，十分壯觀。
・「為報傾城隨太守，親射虎，看孫郎。」用《三國志‧吳志‧孫權傳》孫權射虎典故；謂東坡希望親自射殺猛虎，雄姿英發，一如當年的孫權。

下片

酒酣胸膽尚開張，
鬢微霜，又何妨？
持節雲中，何日遣馮唐？
會挽雕弓如滿月，
西北望，射天狼。

★下片寫報國的雄心，雖無「狂」字，卻句句帶有狂氣。

・「酒酣胸膽尚開張，鬢微霜，又何妨？」語出蘇舜欽〈舟中感懷〉：「胸膽森開張。」東坡已入中年，卻仍氣吞萬里如虎，有膽有識，壯心不已。
・「持節雲中，何日遣馮唐？」用《漢書．馮唐傳》典故；東坡以魏尚自比，希望也有一個馮唐為他仗義執言，讓他得到朝廷的信任，他雖為一介書生，也能為國戍邊。
・「會挽雕弓如滿月，西北望，射天狼。」改寫自《楚辭‧九歌‧東君》：「舉長矢兮射天狼」；表明願意為國效忠，到西北邊境抗擊遼國、西夏等敵寇。

UNIT 2-19

但願人長久，千里共嬋娟

此詞作於神宗熙寧九年（1076），蘇軾四十一歲，在密州知州任上。因中秋夜暢飲至天亮，藉景抒懷，並思念人在徐州的弟弟蘇轍。

水調歌頭　蘇軾

丙辰中秋，歡飲達旦，大醉，作此篇，兼懷子由。

明月幾時有？把酒問青天。不知天上宮闕，今夕是何年？我欲乘風歸去，又恐瓊樓玉宇，高處不勝寒。起舞弄清影，何似在人間？　轉朱閣，低綺戶，照無眠。不應有恨，何事長向別時圓？人有悲歡離合，月有陰晴圓缺，此事古難全。但願人長久，千里共嬋娟。

明月從何時開始出現呢？我端起酒杯問蒼天。不知天上的宮殿，今晚又是哪一年？我想乘著清風回到天上，又怕那美玉砌成的樓臺殿宇太過巍峨，我受不住九天的寒意。於是翩翩起舞玩賞著月下的清影，月宮怎麼比得上人間逍遙自在？

月光轉過朱紅的樓閣，低低掛在雕花的門窗上，照著失眠的我。明月不該對人有恨吧，為何偏偏在離別時才月圓？世人有悲歡離合，月亮也有陰晴圓缺，這種事自古難以周全。只願親友們都平安健康，即使相隔千里，也能共享一輪明月。

上片寫中秋夜把酒問月，將內心的疑惑與迷惘和盤托出。他先提出二問：一問「明月幾時有？把酒問青天。」屈原〈天問〉曾提出一百多個問題探問宇宙自然，李白〈把酒問月〉：「青天有月來幾時？我今停杯一問之。」這是騷人墨客心情鬱結時自然而發的一種癡語。二問「不知天上宮闕，今夕是何年？」此問暗藏玄機：「天上宮闕」明指月宮寶殿，其實暗示朝廷；「何年」明問時間，兼指政治情勢；足見東坡人在密州，卻時時心繫朝中。再說「我欲乘風歸去，又恐瓊樓玉宇，高處不勝寒。」化用列子乘風之典。「瓊樓玉宇」象徵朝廷，想回朝中，又怕黨爭激烈。「歸去」也可能以謫仙自居，想回歸月宮仙境。「高處不勝寒」同時流露出天才的孤寂感。接著，「起舞弄清影，何似在人間？」或謂朝中政治紊亂，不如作個地方官，反倒自在！或謂酒酣耳熱，乘興起舞，飄飄欲仙，幾不知仍身在人間；或謂若能隨遇而安，無入而不自得，天上人間又有何區別？

下片因月起興，感慨人生無常，難以如願。「轉朱閣，低綺戶，照無眠。」從「轉」、「低」、「照」三個動作寫月之移動，詞人望月之情，不言而喻。「不應有恨，何事長向別時圓？」此「別」包括詞人兄弟分散、離開朝廷，亦泛指世間所有的別離。「恨」、「別」道出人們共同的感慨。「人有悲歡離合，月有陰晴圓缺，此事古難全。」點出明月與人世的缺憾：「人」指東坡兄弟，亦指一切人事；「月」既是明月，也指朝廷；「此事」兼指月之盈虛消長、人之離合聚散；「全」為圓滿、完美之意。「但願人長久，千里共嬋娟。」化自謝莊〈月賦〉：「隔千里兮共明月。」以此作結，跳脫悲情，留下美好的祝願。

月下把酒問青天

應考大百科

◆水調歌頭：據《樂苑》載：「〈水調〉，商調曲也。」又名〈元會曲〉、〈凱歌〉、〈臺城遊〉。

◆瓊樓玉宇：如玉般華美的樓閣屋宇，此指月宮寶殿。

◆綺戶：雕飾華麗的門窗。

◆不應有恨，何事長向別時圓：是說明月不應對人們有恨吧，為何總在分離時才月圓呢？何事，為何。

◆此事：指人的悲歡離合、月的陰晴圓缺。

◆嬋娟：本指姿態美好的女子，此借代為明月。

水調歌頭　蘇軾

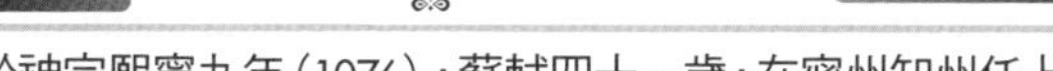

・此詞作於神宗熙寧九年（1076），蘇軾四十一歲，在密州知州任上。
・因中秋夜暢飲至天亮，藉景抒懷，並思念人在徐州的弟弟蘇轍。

上片

明月幾時有？把酒問青天。
不知天上宮闕，今夕是何年？
我欲乘風歸去，
又恐瓊樓玉宇，高處不勝寒。
起舞弄清影，何似在人間？

★上片寫中秋夜把酒問月，將內心的疑惑與迷惘和盤托出。

・一問「明月幾時有？把酒問青天。」這是騷人墨客心情鬱結時自然而發的癡語。
・二問「不知天上宮闕，今夕是何年？」「天上宮闕」明指月宮寶殿，其實暗示朝廷；「何年」明問時間，兼指政治情勢；足見東坡人在密州，卻時時心繫朝中。
・再說「我欲乘風歸去，又恐瓊樓玉宇，高處不勝寒。」「瓊樓玉宇」象徵朝廷，想回朝中，又怕黨爭激烈。「歸去」也可能以謫仙自居，想回歸月宮仙境。「高處不勝寒」同時流露出天才的孤寂感。
・接著，「起舞弄清影，何似在人間？」或謂朝中政治紊亂，不如作個地方官，反倒自在！或謂酒酣耳熱，乘興起舞，飄飄欲仙，幾不知仍身在人間；或謂若能隨遇而安，無入而不自得，天上人間又有何區別？

下片

轉朱閣，低綺戶，照無眠。
不應有恨，何事長向別時圓？
人有悲歡離合，月有陰晴圓缺，
此事古難全。
但願人長久，千里共嬋娟。

★下片因月起興，感慨人生無常，難以如願。

・「轉朱閣，低綺戶，照無眠。」從「轉」、「低」、「照」三個動作寫月之移動，詞人望月之情，不言而喻。
・「不應有恨，何事長向別時圓？」此「別」包括詞人兄弟分散、離開朝廷，亦泛指世間所有的別離。「恨」、「別」道出人們共同的感慨。
・「人有悲歡離合，月有陰晴圓缺，此事古難全。」點出明月與人世的缺憾：「人」指東坡兄弟，亦指一切人事；「月」既是明月，也指朝廷；「此事」兼指月之盈虛消長、人之離合聚散；「全」為圓滿、完美之意。
・「但願人長久，千里共嬋娟。」化自謝莊〈月賦〉：「隔千里兮共明月。」以此作結，跳脫悲情，留下美好的祝願。

UNIT 2-20 細看來，不是楊花，點點是離人淚

章質夫（1027～1102），名楶（音「節」），字質夫，浦城（今福建浦城）人。他是當時對抗西夏的名將，也是一位詩人，為蘇軾的同僚兼好友。

蘇軾曾在與章質夫的書信中提到：「〈柳花〉詞妙絕，使來者何以措詞。本不敢繼作，又思公正柳花飛時出巡按，……故寫其意，次韻一首寄云。」據史冊記載神宗元豐四年（1081）四月，章質夫出為荊湖北路提點刑獄。可見此詞應作於元豐四年，即蘇軾貶黃州的第二年。

水龍吟 次韻章質夫楊花詞　蘇軾

似花還似非花，也無人惜從教墜。拋家傍路，思量卻是，無情有思。縈損柔腸，困酣嬌眼，欲開還閉。夢隨風萬里，尋郎去處，又還被鶯呼起。　不恨此花飛盡，恨西園，落紅難綴。曉來雨過，遺蹤何在？一池萍碎。春色三分：二分塵土，一分流水。細看來，不是楊花，點點是離人淚。

楊花像花又不像是花，也沒人憐惜，任憑它飄墜。離開了枝頭，飄落在路旁，看似無情物，細想卻蕩漾著情思。愁思縈繞傷了它的百折柔腸，那極其睏倦的嬌眼，剛要睜開又想閉合。彷彿思婦在夢中乘風遠行萬里，本想尋訪夫君的去處，卻又被鶯啼聲驚起。

我不怨楊花散盡，只怨那西園，落花難以重綴。早晨風雨過後，楊花的蹤跡何處尋覓？一池浮萍全被打碎了。滿園楊花分為三成：兩成化為塵土，一成付諸流水。細細看來，那不是楊花，點點都是離別的眼淚。

章質夫曾作一闋詠柳花的〈水龍吟〉，蘇軾此詞是次韻之作，堪稱詠物詞中的極品。柳花、楊花，皆柳絮也。由於隋煬帝曾在河邊廣植柳樹，並賜姓「楊」，故稱為「楊柳」。

上片從一個「惜」字切入，描寫楊花似花又非花，所以沒人把它當花般看待，只有詞人懂得憐惜它。再將它比擬成離家飄泊的思婦，看似無情，卻有滿懷的愁思。所以她「縈損柔腸，困酣嬌眼，欲開還閉。」此處用擬人法，寫盡柳絮飄忽迷離的神態，讓人柔腸百轉，思緒萬千。「夢隨風萬里，尋郎去處，又還被鶯呼起。」摹狀柳花紛飛，輕盈若夢。化用金昌緒〈春怨〉:「打起黃鶯兒，莫教枝上啼。啼時驚妾夢，不得到遼西。」彷如少婦從美夢中驚醒，良人遠在千里之外，使人愁上添愁！

下片摹寫楊花的歸宿。先以「落紅難綴」襯托出柳絮的「無人惜」，從而點出對它的憐惜之意。詞人惜柳花，不忍看它消逝無蹤，故從時人公認的柳絮墜落化為浮萍之說得到慰藉；而「曉來雨過」是楊花化為「一池萍碎」的客觀條件。「春色三分：二分塵土，一分流水。」合寫楊花與滿城春色的遺蹤：一部分歸為塵土，一部分歸為流水。既然柳絮蕩然無存，大好春光也隨之一去不復返，情感從惜柳絮昇華為惜春光，含蘊更加深遠。末尾：「細看來，不是楊花，點點是離人淚。」照應上片的愁思、思婦等意象，比喻新奇，想像大膽，筆墨酣暢淋漓，令人嘆為觀止！

隨風萬里尋郎去

應考大百科

◆次韻：舉凡用別人原作之韻腳，並依原韻的次序來寫詩或填詞，稱為「次韻」、「步韻」。

◆從教：任憑。

◆縈：縈繞、牽掛。

◆柔腸：柳枝細長柔軟，故比喻為「柔腸」。

◆困酣：形容極其睏倦。

◆嬌眼：原指美人嬌媚的眼睛，此借喻為柳葉。按：古人詩賦中常稱初生的柳葉為「柳眼」。

◆一池萍碎：蘇軾自注：「楊花落水為浮萍，驗之信然。」

◆春色：此處代指楊花。

水龍吟 次韻章質夫楊花詞　蘇軾

・章質夫（1027～1102），名楶，字質夫，當時抗西夏名將，也是蘇軾的同僚兼詩友。

・此詞作於元豐四年（1081），蘇軾貶黃州第二年。章質夫時出為荊湖北路提點刑獄。

上片

似花還似非花，

也無人惜從教墜。

拋家傍路，思量卻是，無情有思。

縈損柔腸，困酣嬌眼，欲開還閉。

夢隨風萬里，尋郎去處，

又還被鶯呼起。

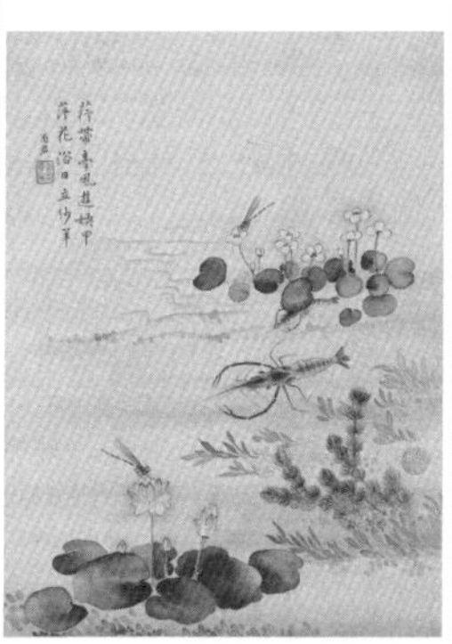

故宮圖像資料庫典藏

下片

不恨此花飛盡，

恨西園，落紅難綴。

曉來雨過，遺蹤何在？一池萍碎。

春色三分：二分塵土，一分流水。

細看來，不是楊花，

點點是離人淚。

★上片將楊花比喻為飄泊的思婦：

・從一個「惜」字切入，描寫楊花似花又非花，所以沒人把它當花般看待，只有詞人懂得憐惜它。再將它比擬成離家飄泊的思婦，看似無情，卻有滿懷的愁思。

・所以她「縈損柔腸，困酣嬌眼，欲開還閉。」寫盡柳絮飄忽迷離的神態，讓人柔腸百轉，思緒萬千。

・「夢隨風萬里，尋郎去處，又還被鶯呼起。」摹狀柳花紛飛，輕盈若夢。彷如少婦從美夢中驚醒，良人遠在千里之外，愁上添愁！

★下片摹寫楊花的歸宿：

・先以「落紅難綴」襯托出柳絮的「無人惜」，從而點出對它的憐惜之意。詞人惜柳花，不忍看它消逝無蹤，故從時人公認的柳絮墜落化為浮萍之說得到慰藉；而「曉來雨過」是楊花化為「一池萍碎」的客觀條件。

・「春色三分：二分塵土，一分流水。」合寫楊花與滿城春色的遺蹤：一部分歸為塵土，一部分歸為流水。既然柳絮蕩然無存，大好春光也隨之一去不復返，情感從惜柳絮昇華為惜春光，含蘊更加深遠。

・末尾：「細看來，不是楊花，點點是離人淚。」照應上片的愁思、思婦等意象，比喻新奇，想像大膽，筆墨酣暢淋漓，令人嘆為觀止！

UNIT 2-21 回首向來蕭瑟處，歸去，也無風雨也無晴

此詞作於元豐五年（1082）三月七日，東坡與友人在沙湖道中遇到風雨。由於身邊沒有雨具，一行人都被淋成「落湯雞」，進退失據，十分狼狽；唯獨他淡然處之。不久，雨過天青，寫下此闋〈定風波〉。

定風波　蘇軾

三月七日，沙湖道中遇雨。雨具先去，同行皆狼狽，余獨不覺。已而遂晴，故作此。

莫聽穿林打葉聲，何妨吟嘯且徐行？竹杖芒鞋輕勝馬，誰怕？一蓑煙雨任平生。　料峭春風吹酒醒，微冷，山頭斜照卻相迎。回首向來蕭瑟處，歸去，也無風雨也無晴。

不要聽那穿過林梢、拍打樹葉的狂風暴雨聲，不妨吟詠長嘯並從容不迫地慢慢前進。手拄竹杖，腳穿草鞋，在風雨中行走，比騎馬更加輕快，誰會害怕呢？就算披著蓑衣在煙雨中度過一輩子，也能處之若素，隨遇而安。

微寒的春風拂面而來，吹醒了幾分酒意，感覺有些寒冷。此時斜陽卻在山頭露臉，彷彿迎接我們的到來。回顧剛才經歷風吹雨打的地方，歸去時，已然恢復平靜，既沒有風雨，也不見晴朗。

上片敘途中遇雨的情形。「莫聽穿林打葉聲，何妨吟嘯且徐行？」表面寫「沙湖道中遇雨」，其實在人生中、政治上遇到的風風雨雨，何嘗不也是如此？「穿林打葉聲」是外在惡劣的環境，雨急風驟，故令「同行皆狼狽」。「莫聽」是內心瀟灑的態度，面對外界風雨冷眼旁觀，不予理會，有別於「同行」的行事作風。「何妨吟嘯且徐行」則呼應「余獨不覺」，他在風雨中竟能泰然處之，吟嘯自若，從容邁開步伐前進。「竹杖芒鞋輕勝馬」既寫此刻行走雨中，心情之輕鬆，腳步之輕快；亦隱喻當個平凡百姓生活在風雨中，比起作官身陷政治風暴，更加輕鬆、自在！「誰怕」呼應前文「何妨」，皆為激問法，透露出若干倔強，語氣俏皮、生動。「一蓑煙雨任平生」，應為虛寫，因為「雨具先去」，所以披上蓑衣在煙雨中過一輩子，應是表達對歸隱生活的嚮往；又暗示著即使一生都處於無情風雨中，他亦能泰然自若，任性而行，無入而不自得。

下片敘雨過天青的情景。「料峭春風吹酒醒，微冷，山頭斜照卻相迎。」畢竟已是春天，春風料峭，卻只是微冷，還禁受得起。何況雨過天青是亙古不變的定律，世上沒有永恆的豔陽天，自然也不會出現永無止境的暴風雨。人生、政治都是如此，風雨過後，總有陽光普照、晴空萬里的時刻，東坡隱然以此自我寬慰。「回首向來蕭瑟處，歸去，也無風雨也無晴。」「蕭瑟處」具多義性，既謂方才的風狂雨大，兼指心情之寂寞悽涼，同時影射生命中的磨難、宦途上的坎坷。「也無風雨也無晴」，除了白描眼前景象之外，亦象徵人生在世、置身官場的處境：無風無雨也無晴，如是最好，看淡悲喜，忘懷得失，才能超然物外，恬適自得。

一蓑煙雨任平生

應考大百科

*據《東坡志林》載:「黃州東南三十里為沙湖,亦曰螺師店。予買田其間,因往相田。」可知東坡等人到沙湖道中巡田,歸途忽逢大雨,有感而發,故成此篇。

- 他借途中遇雨之小事,寄寓深刻的人生哲理,並流露出樂觀開朗的胸襟、曠達瀟灑的態度。
- 這些內容已超出傳統歌詞專詠美女愛情、相思別離的範疇,故為豪放之作。

定風波 蘇軾

- 作於元豐五年(1082)三月七日,東坡與友人在沙湖道中遇到風雨。
- 一行人被淋得十分狼狽,唯獨他淡然處之;雨過天青後,填寫此詞。

上片

莫聽穿林打葉聲,
何妨吟嘯且徐行?
竹杖芒鞋輕勝馬,
誰怕?
一蓑煙雨任平生。

下片

料峭春風吹酒醒,
微冷,
山頭斜照卻相迎。
回首向來蕭瑟處,
歸去,
也無風雨也無晴。

★上片敘途中遇雨的情形:

- 「莫聽穿林打葉聲,何妨吟嘯且徐行?」表面寫「沙湖道中遇雨」,其實在人生中、政治上所遇到的風風雨雨,何嘗不也是如此?
- 「何妨吟嘯且徐行」謂他在風雨中竟能泰然處之,吟嘯自若,從容邁開步伐。
- 「竹杖芒鞋輕勝馬」既寫此刻行走雨中,心情之輕鬆,腳步之輕快;亦隱喻當個平凡百姓生活在風雨中,比起作官身陷政治風暴,更加輕鬆、自在!
- 「一蓑煙雨任平生」,為虛寫,應是傳達對歸隱生活的嚮往;又暗示著即使一生都處於無情風雨中,他亦能泰然自若。

★下片敘雨過天青的情景:

- 「料峭春風吹酒醒, 微冷,山頭斜照卻相迎。」畢竟已是春天,春風料峭,卻只是微冷,還禁受得起。⇨人生、政治都是如此,風雨過後,總有陽光普照、晴空萬里的時刻,他隱然以此自我寬慰。
- 「回首向來蕭瑟處,歸去,也無風雨也無晴。」「蕭瑟處」具多義性,既謂方才的風狂雨大,兼指心情之寂寞悽涼,同時影射生命中的磨難、宦途上的坎坷。「也無風雨也無晴」,除了白描眼前景象之外,亦象徵人生在世、置身官場的處境。⇨無風無雨也無晴,如是最好,看淡悲喜,忘懷得失,才能超然物外,恬適自得。

UNIT 2-22 人生如夢，一樽還酹江月

元豐五年（1082）東坡謫居黃州，遊黃岡城外赤壁（赤鼻磯），聯想到歷史上的赤壁古戰場，故而作此詞。

念奴嬌 赤壁懷古　蘇軾

大江東去，浪淘盡、千古風流人物。故壘西邊人道是，三國周郎赤壁。亂石崩雲，驚濤裂岸，捲起千堆雪。江山如畫，一時多少豪傑！　遙想公瑾當年，小喬初嫁了，雄姿英發。羽扇綸巾談笑間，檣櫓灰飛煙滅。故國神遊，多情應笑、我早生華髮。人生如夢，一樽還酹江月。

長江水浩浩蕩蕩向東奔流，大浪淘沙，永不止息；一如滾滾消逝的時間洪流，淘盡千古英雄人物的流風餘韻，從不為誰稍作停留。在殘存營壘的西邊，當地人傳說，那兒就是三國時代吳將周瑜大破曹軍的赤壁。眼前所見崖壁陡峭，亂石矗立，彷佛要撞碎雲層；驚濤駭浪，暗潮洶湧，依稀要衝破江岸；巨濤翻飛，怒潮澎湃，捲起千萬堆雪白的浪花。如此壯麗的錦繡河山，鍾靈毓秀，當時不知多少英雄豪傑相聚於此！

遙想周公瑾當年不過三十四歲，美麗的小喬剛剛來歸，更顯英姿勃勃，意氣風發。他手持羽扇，頭戴深色便巾，在談笑之間，下令火攻，便將敵軍戰艦燒成了灰燼。周瑜的魂魄回來神遊赤壁遺址，多情的他應會笑我多愁善感、虛度年華，以致早生白髮，一生功業無成。然而人生如幻似夢，轉瞬間一切都將成為過去，不如把握當下，舉杯對月，同時以酒灑地，奠祭江山與明月，一弔千古！

上片寫赤壁，並聯想到歷史古戰場。「大江東去」狀寫眼前景物，「千古風流人物」想起歷史上的英雄豪傑，「浪淘盡」則由泥沙終為江水淘洗殆盡，喻英雄事跡亦終將消逝在時間的洪流中。「故壘西邊人道是，三國周郎赤壁。」東坡明知所遊黃岡城外赤鼻磯，絕非赤壁之戰舊址，故以「人道是」一筆帶過，意在借歷史的酒杯澆胸中之塊壘。「亂石崩雲，驚濤裂岸，捲起千堆雪。」採誇飾法，特意點染所見景物，以稱三國古戰場之壯觀。再以「江山如畫」呼應「亂石崩雲，驚濤裂岸，捲起千堆雪」，以「一時多少豪傑」呼應「千古風流人物」，前後照應，針線綿密。

下片詠周瑜，並感慨自身功業無成。「遙想公瑾當年，小喬初嫁了，雄姿英發。」他刻意剪裁，聚焦於周瑜既建功立業，又抱得美人歸，更加突顯少年英雄、春風得意之狀。「羽扇綸巾談笑間，檣櫓灰飛煙滅。」把周瑜塑造成儒將風流的人物，眼看強敵壓境，卻能談笑用兵，指揮若定，使強大敵軍瞬間灰飛煙滅。「故國神遊，多情應笑、我早生華髮。」周瑜三十四歲便已立下赫赫戰功，而自己呢？四十七歲了，仍待罪黃州，毫無作為。最後歸結到「人生如夢，一樽還酹江月。」一切成敗得失終將被淹沒在時間的長河裡，轉瞬間都將成為過去式，又何必太在意呢？

大江東去浪淘盡

應考大百科

*「故國神遊，多情應笑、我早生華髮。」有二解：一、當我神遊三國古戰場之際，多情的周瑜應會笑我生性多愁、光陰虛耗，以致老早就頭髮花白。二、周瑜的魂魄回來神遊赤壁遺址時，多情的他應會笑我多愁善感、虛度年華，以致頂上早生白髮，一生功業無成。**⇨二義並存，可豐富詞作的內涵。**

念奴嬌 赤壁懷古 蘇軾

元豐五年（1082）東坡謫居黃州，遊黃岡城外赤壁（赤鼻磯），聯想到歷史上的赤壁古戰場，故而作此詞。

上片

大江東去，
浪淘盡、千古風流人物。
故壘西邊人道是，
三國周郎赤壁。
亂石崩雲，驚濤裂岸，
捲起千堆雪。
江山如畫，一時多少豪傑！

下片

遙想公瑾當年，
小喬初嫁了，雄姿英發。
羽扇綸巾談笑間，
檣櫓灰飛煙滅。
故國神遊，
多情應笑、我早生華髮。
人生如夢，一樽還酹江月。

★上片寫赤壁，並聯想到歷史古戰場。

- 「大江東去」狀寫眼前景物，「千古風流人物」想起歷史上的英雄豪傑，「浪淘盡」則由泥沙終為江水淘洗殆盡，喻英雄事跡亦終將消逝在時間的洪流中。
- 「故壘西邊人道是，三國周郎赤壁。」他明知所遊黃岡城外赤鼻磯，絕非赤壁之戰舊址，故以「人道是」一筆帶過，意在借歷史的酒杯澆胸中之塊壘。
- 「亂石崩雲，驚濤裂岸，捲起千堆雪。」採誇飾法，特意點染所見景物，以稱三國古戰場之壯觀。再以「江山如畫」呼應「亂石崩雲，驚濤裂岸，捲起千堆雪」，以「一時多少豪傑」呼應「千古風流人物」，前後照應，針線綿密。

★下片詠周瑜，並感慨自身功業無成。

- 「遙想公瑾當年，小喬初嫁了，雄姿英發。」他刻意剪裁，聚焦於周瑜既建功立業，又抱得美人歸，更加突顯少年英雄、春風得意之狀。
- 「羽扇綸巾談笑間，檣櫓灰飛煙滅。」把周瑜塑造成儒將風流的人物，眼看強敵壓境，卻能談笑用兵，指揮若定，使強大敵軍瞬間灰飛煙滅。
- 「故國神遊，多情應笑、我早生華髮。」周瑜三十四歲便已立下赫赫戰功，而自己呢？四十七歲了，仍待罪黃州，毫無作為。
- 最後歸結到「人生如夢，一樽還酹江月。」一切成敗得失終將被淹沒在時間的長河裡，轉瞬間都將成為過去式，又何必太在意呢？

UNIT 2-23 揀盡寒枝不肯棲，寂寞沙洲冷

神宗元豐三年（1080），蘇軾因「烏臺詩案」貶為黃州團練副使。此後謫居黃州（今湖北黃岡）近五年之久，這期間是他政治生涯最黯淡的時期，卻也是文學創作的豐收期。此詞即作於元豐五、六年間，當時他寓居黃州定惠院。另有〈遊定惠院記〉一文，亦是東坡此期的作品。

卜算子 黃州定惠院寓居作　蘇軾

缺月掛疏桐，漏斷人初靜。時見幽人獨往來，縹緲孤鴻影。　驚起卻回頭，有恨無人省。揀盡寒枝不肯棲，寂寞沙洲冷。

一彎缺月高掛在稀疏的梧桐樹梢，更漏已盡，夜色已深，人聲初靜。不時可見幽居的人獨來獨往，彷彿那隱約飄忽的孤鴻身影。

突然被驚起又回過頭來，心中凝愁含恨卻無人知曉。挑遍了寒冷的枝頭，還是不肯將就棲息，牠寧可寂寞地忍受著沙洲上的淒冷。

此詞中藉由月夜、孤鴻的形象，託物寓懷，表達出詞人孤高自許、蔑視流俗的心境。

上片寫深夜院中所見景色。「缺月掛疏桐，漏斷人初靜。」渲染出夜深人靜、月掛疏桐的孤寂氛圍，作為後文「幽人」、「孤鴻」出場的背景。其中「缺」、「斷」暗示環境黑暗惡劣，「疏」、「靜」突顯周遭冷清寂寥。接著，「時見幽人獨往來，縹緲孤鴻影。」先勾勒出一位獨來獨往、心事重重的「幽人」形象，隨即，彷彿從縹緲的夜空中飛出一隻輕盈靈動的「孤鴻」。此二意象十分契合，甚至產生重疊感：「幽人」宛如「孤鴻」的化身，「孤鴻」好似「幽人」的影子，所以獨來獨往、孤影縹緲的既是「幽人」，也是「孤鴻」。至此人與物相融為一，渾然無別。這種寫法讓「孤鴻」有了人的情感，「幽人」也沾染上鴻鳥那份孤高、縹緲的仙氣，超凡絕俗，極富詩意。

下片將鳥與人綰合在一起。「驚起卻回頭，有恨無人省。」孤鴻夜飛自然要格外當心，一如江湖險惡，幽人獨往自是萬般謹慎，不時被驚起，回頭瞻顧，隨時隨地戰戰兢兢，這種心情誰能理解呢？「有恨無人省」，道盡了孤飛、獨往的苦楚。「揀盡寒枝不肯棲，寂寞沙洲冷。」表面寫禽鳥擇良木而棲，若找不到合適的枝頭，寧可在深夜裡徘徊，獨自忍受沙洲的淒冷。此幽人即詞人自己，他在官場上同樣找不到安身立命之所，又不屑隨波逐流，才會被貶到黃州來，默默承受這場政治風暴的嚴寒。

全詞以象徵法、擬人法，透過鴻鳥的孤獨縹緲，驚起回頭、懷抱幽恨和選求宿處，傳達出詞人貶謫黃州時孤高寂寞、潔身自愛的心理。詞人與孤鴻同病相憐，惺惺相惜，故託身為幽人，與孤鴻展開深情對話。詞中對孤鴻、月夜的描寫，均極為簡約凝練，境界灑脫絕俗，藝術技巧高妙，故贏得千古一致的好評。

夜深人靜孤鴻影

應考大百科

◆卜算子：詞牌名；又有〈百尺樓〉、〈眉峰碧〉、〈楚天遙〉等名稱。

◆定惠院：一作「定慧院」；在今湖北黃岡東南。蘇軾初貶黃州時，寓居於此。

◆漏斷：指深夜。漏，即更漏，古人的計時器。

◆幽人：幽居之人，兼指詞人自己、孤鴻。

◆縹緲：隱隱約約，若有似無。

◆無人省：沒人明白、理解。

◆揀盡寒枝不肯棲：有擇善固執、良禽擇木而棲之意。

◆沙洲：指水中泥沙淤積而成的陸地。

卜算子 黃州定惠院寓居作　蘇軾

・神宗元豐三年（1080）蘇軾因「烏臺詩案」貶為黃州團練副使。

・此詞即作於元豐五、六年之間，當時作者寓居於黃州定惠院。

上片

缺月掛疏桐，

漏斷人初靜。

時見幽人獨往來，

縹緲孤鴻影。

下片

驚起卻回頭，

有恨無人省。

揀盡寒枝不肯棲，

寂寞沙洲冷。

★上片寫深夜院中所見景色：

・「缺月掛疏桐，漏斷人初靜。」渲染出夜深人靜、月掛疏桐的孤寂氛圍，作為後文「幽人」、「孤鴻」出場的背景。其中「缺」、「斷」暗示環境黑暗惡劣，「疏」、「靜」突顯周遭冷清寂寥。

・接著，「時見幽人獨往來，縹緲孤鴻影。」先勾勒出一位獨來獨往、心事重重的「幽人」形象，隨即，彷彿從縹緲的夜空中飛出一隻輕盈靈動的「孤鴻」。

★下片將鳥與人綰合在一起：

・「驚起卻回頭，有恨無人省。」孤鴻夜飛自然要格外當心，一如江湖險惡，幽人獨往自是萬般謹慎，不時被驚起，回頭瞻顧，隨時隨地戰戰兢兢，這種心情誰能理解呢？「有恨無人省」，道盡了孤飛、獨往的苦楚。

・「揀盡寒枝不肯棲，寂寞沙洲冷。」表面寫禽鳥擇良木而棲，若找不到合適的枝頭，寧可在深夜裡徘徊，獨自忍受沙洲的淒冷。

「幽人」宛如「孤鴻」的化身，「孤鴻」好似「幽人」的影子，所以獨來獨往、孤影縹緲的既是「幽人」，也是「孤鴻」。至此人與物相融為一，渾然無別。

此幽人即詞人自己，他在官場上同樣找不到安身立命之所，又不屑隨波逐流，才會被貶到黃州來，默默承受這場政治風暴的嚴寒。

UNIT 2-24 解鞍欹枕綠楊橋，杜宇一聲春曉

神宗元豐二年（1079），蘇軾在湖州刺史任上，爆發了「烏臺詩案」，隔年被貶為黃州團練副使。從此，徹底粉碎了他希冀在政治上有所作為的夢想，終於看清官場黑暗、世態炎涼，使他的人生觀有所改變，反映在創作上，其思想感情、藝術風格都有明顯的變化。此詞即作於貶謫黃州期間。

西江月　蘇軾

頃在黃州，春夜行蘄水中，過酒家飲酒醉，乘月至一溪橋上，解鞍，曲肱醉臥少休。及覺已曉，亂山攢擁，流水鏘然，疑非塵世也。書此語橋柱上。

照野瀰瀰淺浪，橫空隱隱層霄。障泥未解玉驄驕，我欲醉眠芳草。　可惜一溪風月，莫教踏碎瓊瑤。解鞍欹枕綠楊橋，杜宇一聲春曉。

月光照在波光粼粼的河面上，天空中隱約出現幾絲淡淡的雲彩。玉驄寶馬尚氣宇軒昂，等不及解下馬韉讓牠渡河；我卻不勝酒力，就想倒在芳草中睡一覺。

這溪中的清風明月多可愛，千萬別讓馬兒踏碎那倒映水中的月亮。我解下馬鞍當枕頭，斜臥在綠楊橋上進入夢鄉；聽見杜鵑啼叫時，天已亮了。

詞中將自然風光、自我感受融而為一，描繪出一個超然物外、逍遙自得的境界。詞前小序短短五十餘字，交代了人事、時地、景物等，言簡意賅，辭采優美。

上片敘春夜醉歸途中所見：「照野瀰瀰淺浪，橫空隱隱層霄。」他騎馬至蘄水邊酒家飲酒，醉後踏著月色而返，行經一座溪橋。由於明月當空，所以看見清溪在曠野中流過，遼闊的天空出現幾抹淡淡的雲彩。「照野」，形容皎潔月光，遍照四野。「瀰瀰淺浪」，足見春水漲溢，溪流汩汩。「橫空」，勾勒出天宇的寬廣，一望無垠。接著，由外界景物寫到所乘坐騎，「障泥未解玉驄驕」，化用《晉書・王濟傳》典故，王濟的駿馬因愛惜馬韉（障泥）不肯渡水，派人解下後，牠便一躍而過。此處寫寶馬忽臨溪流的神態，活靈活現。再從馬的興致高昂，寫到人的醉意闌珊，「我欲醉眠芳草」，此句既描摹他酣飲倦極的醉態，也刻劃出月下芳草之美，及熱愛自然、疏放瀟灑的心情，可說已達到物我兩忘的境地。

下片更加疏狂，他竟解鞍醉臥橋畔。「可惜一溪風月，莫教踏碎瓊瑤。」好個浪漫的理由！因為珍惜溪中的清風明月，所以不忍讓馬兒渡水，踏碎水中月亮的倒影。這裡明寫月景，實則讓清溪、晚風、皓月同框，流露出對眼前夜色的迷戀與珍愛。「溪」字用作量詞，卻巧妙地與風、月融為一體，寫法不俗。「瓊瑤」是美玉，用以借喻水中皎潔的月影，意象清新。末二句：「解鞍欹枕綠楊橋，杜宇一聲春曉。」他解下馬鞍當枕頭，斜臥綠楊橋上，原想稍作休息，誰知這一覺睡得可香？及至聽見杜鵑啼鳴，悠然醒來，春日黎明時分又是另一番景色。詞末僅以杜宇聲啼簡筆勾勒他宿醉初醒之見聞，至於小序所云：「亂山攢擁，流水鏘然」景象，則留待讀者自行想像，如空谷餘音，耐人尋味。

障泥未解玉驄驕

應考大百科

◆瀰瀰：水波翻動貌。

◆層霄：雲霧瀰漫。

◆障泥：即馬韉，垂於馬的兩側，用來擋泥土。

◆玉驄：良馬也。

◆驕：壯健貌。

◆可惜：可愛。

◆瓊瑤：美玉；此指月亮在水中的倒影。

◆杜宇：傳說杜宇死後化為杜鵑鳥，此借指杜鵑鳥。

西江月　蘇軾

・此詞作於蘇軾貶謫黃州期間，其作品無論思想感情、藝術風格都有明顯的變化。

・詞中將自然風光、自我感受融而為一，描繪出一個超然物外、逍遙自得的境界。

上片

照野瀰瀰淺浪，
橫空隱隱層霄。
障泥未解玉驄驕，
我欲醉眠芳草。

★上片敘春夜醉歸途中所見。

・「照野瀰瀰淺浪，橫空隱隱層霄。」用「照野」，形容皎潔月光，遍照四野。「瀰瀰淺浪」，足見春水漲溢，溪流汩汩。「橫空」，勾勒出天宇的寬廣，一望無垠。

・接著，由外界景物寫到所乘坐騎，「障泥未解玉驄驕」，化用《晉書・王濟傳》典故，王濟的駿馬因愛惜馬韉（障泥）不肯渡水，派人解下後，牠便一躍而過。此處寫寶馬忽臨溪流的神態，活靈活現。

・再從馬的興致高昂，寫到人的醉意闌珊，「我欲醉眠芳草」，此句既描摹他酣飲倦極的醉態，也刻劃出月下芳草之美，及熱愛自然、疏放瀟灑的心情，可說已達到物我兩忘的境地。

下片

可惜一溪風月，
莫教踏碎瓊瑤。
解鞍欹枕綠楊橋，
杜宇一聲春曉。

★下片更加疏狂，他竟解鞍醉臥橋畔。

・「可惜一溪風月，莫教踏碎瓊瑤。」這裡明寫月景，實則讓清溪、晚風、皓月同框，流露出對眼前夜色的迷戀與珍愛。「溪」字用作量詞，卻巧妙地與風、月融為一體，寫法不俗。「瓊瑤」是美玉，用以借喻水中皎潔的月影，意象清新。

・末二句：「解鞍欹枕綠楊橋，杜宇一聲春曉。」他解下馬鞍當枕頭，斜臥綠楊橋上，原想稍作休息，誰知這一覺睡得可香？及至聽見杜鵑啼鳴，悠然醒來，春日黎明時分又是另一番景色。

★詞末僅以杜宇聲啼簡筆勾勒他宿醉初醒之見聞，至於小序所云：「亂山攢擁，流水鏘然」景象，則留待讀者自行想像，如空谷餘音，耐人尋味。

UNIT 2-25 與誰同坐？明月清風我

哲宗元祐五年（1090），蘇軾五十五歲，於杭州軍州事任上。春、夏間，袁轂（字公濟）來杭州，與蘇軾、劉季孫（字景文）遊山玩水，詩詞唱和。此詞作於是年秋天，乃蘇軾與袁轂唱和的詞作之一。

點絳唇　蘇軾

閒倚胡床，庾公樓外峰千朵。與誰同坐？明月清風我。　別乘一來，有唱應須和。還知麼？自從添個，風月平分破。

> 閒來沒事靠坐著胡床，從庾公樓望出去只見群峰如千朵花開。和誰一同倚坐？明月、清風和我。
>
> 別駕您一來，有人吟唱自然要有人應和。你還知道嗎？自從您的到來，那江上清風、山間明月的享受，自然是您我各一半了。

上片敘詞人獨自觀山覽月的悠閒情趣。「閒倚胡床，庾公樓外峰千朵。」他人在室內，閒來沒事倚靠胡床，從庾公樓望出去，但見群峰如千朵花開。此處描寫兩個場景：一是詞人「閒倚胡床」的姿態；「閒」字既摹狀他坐靠胡床的風姿，也渲染其心境之閒適自得。二是遠眺「庾公樓外」的重巒疊嶂，觀賞那山外青山樓外樓的美麗景致。接著，採提問法，自問自答：「與誰同坐？明月清風我。」將鏡頭轉向室外，同時呈現出時間的變化，天色已黑，明月高懸，而他依舊悠哉地流連忘返。此二句脫胎於李白〈月下獨酌〉：「舉杯邀明月，對影成三人。」且隱藏了〈前赤壁賦〉：「惟江上之清風，與山間之明月，耳得之而為聲，目遇之而成色，取之無禁，用之不竭，是造物者之無盡藏也」的影子，藉以強調他獨遊無友，唯有清風、明月來相伴。誠如明代卓人月《古今詞統》所評：「『明月清風我』勝於『舉杯邀月，對影成三客』多矣。」的確，寫活了詞人瀟灑俊逸、超然脫俗的形象。

下片點明與袁公濟交遊酬唱之樂。「別乘一來，有唱應須和。」道出好友來訪，詩詞贈答，一唱一和，樂在其中。筆鋒一轉，「還知麼？自從添個，風月平分破。」採詰問語氣，托出自從友人到來後，清風、明月自然是要與您平分，一人一半。此種寫法無理而有情，自然美景如何與人平分？明明寫與好友共賞眼前佳景，卻用這種俏皮的筆調，可謂別出心裁。並以此呼應上片「與誰同坐？明月清風我。」對比出從前自己獨賞風光，到如今與友分享，一靜寂，一熱鬧，一孤單，一有伴，心境自是不可同日而語。間接突顯出有良友為伴，同賞風月山景，欣喜之情，溢於言表。

全詞運用白描、設問、用典等手法，描寫獨遊山水的閒情逸致、與友暢遊湖山的賞心樂事，那「樓外峰千朵」、「明月清風我」、「風月平分破」，景色如畫，著實令人陶醉。通篇造語清新，立意不俗，歷來贏得無數好評，堪稱是東坡豪放詞之外，自抒曠達襟抱、歌頌友誼芬芳的極品之作。

庾公樓外峰千朵

應考大百科

◆閒倚胡床：閒來無事靠坐著胡床。閒，指公餘閒暇。倚，靠坐。

◆庾公樓：相傳東晉庾亮（289～340）在武昌時，曾登南樓與僚友月下吟詠。

◆別乘：指郡守的副手，亦稱「別駕」。因為古代郡守乘車出行，副手乘另一輛車跟隨，故稱。別，另外。乘，亦駕車之意。按：宋代通判為知州事的副手，此「別乘」當指袁轂。

點絳唇　蘇軾

- 哲宗元祐五年（1090），蘇軾五十五歲，於杭州軍州事任上。
- 是年春、夏間袁轂來杭州，與蘇軾、劉季孫遊玩，詩詞唱和。
- 此詞作於元祐五年秋，是蘇軾與袁轂相互唱和的詞作之一。

上片

明月清風我。
與誰同坐？
庾公樓外峰千朵。
閒倚胡床，

下片

風月平分破。
自從添個，
還知麼？
有唱應須和。
別乘一來，

★上片敘詞人獨自觀山覽月的悠閒情趣。

- 「閒倚胡床，庾公樓外峰千朵。」他人在室內，閒來沒事倚靠胡床，從庾公樓望出去，但見群峰如千朵花開。

→ 詞人「閒倚胡床」的姿態

→ 遠眺「庾公樓外」的重巒疊嶂

- 接著，採提問法，自問自答：「與誰同坐？明月清風我。」將鏡頭轉向室外，同時呈現出時間的變化，天色已黑，明月高懸，而他依舊悠哉地流連忘返。

→ 脫胎於李白〈月下獨酌〉，且隱藏了〈前赤壁賦〉的影子，藉以強調他獨遊無友，唯有清風、明月來相伴。

★下片點明與袁轂交遊酬唱之樂。

- 「別乘一來，有唱應須和。」道出好友來訪，詩詞贈答，樂在其中。
- 筆鋒一轉，「還知麼？自從添個，風月平分破。」採詰問語氣，托出自從友人到來後，清風、明月自然是要與您平分，一人一半。以此呼應上片「與誰同坐？明月清風我。」對比出從前自己獨賞風光，到如今與友分享，一孤單，一有伴，心境自是不可同日而語。⇨間接突顯出有良友為伴，同賞風月山景，欣喜之情，溢於言表。

UNIT 2-26

人生如逆旅，我亦是行人

錢穆父，名勰，蘇軾的老友。哲宗元祐三年（1088），錢穆父因坐奏開封府獄空不實，出知越州（今浙江紹興）。元祐五年，又徙知瀛洲（今河北河間）。元祐六年春，赴任途中經過杭州；蘇軾時知杭州，作此詞相贈。當時蘇軾也將離開杭州。

臨江仙 送錢穆父　蘇軾

一別都門三改火，天涯踏盡紅塵。依然一笑作春溫。無波真古井，有節是秋筠。　惆悵孤帆連夜發，送行淡月微雲。尊前不用翠眉顰。人生如逆旅，我亦是行人。

自從我們在京都城門分別，一晃又三年了，你我踏遍塵世很多的地方。相逢時一笑，依然像春天般溫暖。你的心如古井水般不起波瀾，高風亮節像是秋天的竹子。

我內心惆悵因為你將連夜搭孤船離開，送行時月色黯淡、雲天微茫。餞別宴上，美人不必為我倆眉頭深鎖。人生就像一座旅舍，我也是個旅人。

此詞上片寫與友人久別重逢。起句：「一別都門三改火，天涯踏盡紅塵。」詞人謂與錢穆父自從京都一別，三年來，好友奔走於京城、吳越之間，此次又將遠赴瀛州，真是「天涯踏盡紅塵」。如今重逢，「依然一笑作春溫。」彼此情誼彌堅，相見歡笑，猶如春天般溫暖。接著，借用白居易〈贈元稹〉:「無波古井水，有節秋竹竿。」稱頌錢穆父心境淡泊，如古井般波瀾不起；志節堅貞，似竹子之耿直勁節。錢穆父之前出守越州，與蘇軾一樣都是在朝議論政事而得罪當權者，可謂同病相憐。此處明讚錢穆父高風亮節，其實暗喻詞人自己也是如此，兩人志同道合，所以友情歷久彌新。

下片敘月夜與友人分別，並抒發曠達的人生觀。「惆悵孤帆連夜發，送行淡月微雲。」渲染出送別錢穆父的情景，孤帆夜發，淡月微雲，心情無限惆悵。「尊前不用翠眉顰」句，由離情依依轉為豪邁曠達，叮囑餞別宴上的歌妓不必為兩人的分離而愁眉深鎖。因為「人生如逆旅，我亦是行人。」此處化用李白〈春夜宴從弟桃花園序〉:「夫天地者，萬物之逆旅也；光陰者，百代之過客也。」既然天地是萬物的旅舍，百代光陰如同過客般來去匆匆，緣起緣滅，聚散離合，都稍縱即逝，又何必太在意眼前的分別呢？詞末點出人生如寄，忽淹而過，因此不必為暫時的分離暗自傷懷。足見其心胸豁達，瀟灑自得，既慰勉友人，亦自我寬慰，同時展現忘懷得失、萬物齊一的處世態度。

蘇軾早年宗奉儒家聖賢之道，懷抱積極入世的政治理想，中年以後歷經宦海浮沉，轉而在老莊、佛家思想中尋得安身立命的依據，故能領悟出「遊於物之外」、「無所往而不樂」的人生哲理。如此詞「依然一笑作春溫」、「尊前不用翠眉顰」、「人生如逆旅，我亦是行人」數句，便是這種恬適自得、超然物外人生觀的體現。這雖是一闋送別詞，但充滿樂觀、正面的能量，迥異於一般別愁縈紆、離恨鬱結之作，寫得深婉細膩，堪稱匠心獨具！

惆悵孤帆連夜發

應考大百科

◆父：通「甫」，讀為上聲；古代對有才德的男子之美稱。

◆都門：指京都的城門。

◆改火：古代鑽木取火，春、夏、秋、冬四季都會換用不同的木材，稱為「改火」；此指年度的更替。

◆春溫：指春天的溫暖。

◆古井：枯井。這裡比喻內心平靜，不為外界所擾。

◆筠：竹子。

◆翠眉：專指女子的眉毛。

◆顰：皺眉頭。

◆逆旅：旅舍。

臨江仙 送錢穆父　蘇軾

- 哲宗元祐三年(1088)，錢穆父因坐奏開封府獄空不實，出知越州(今浙江紹興)。元祐五年，又徙知瀛洲(今河北河間)。
- 元祐六年春，赴任途中經過杭州；蘇軾時知杭州，作此詞相贈。當時蘇軾也將離開杭州。

上片

一別都門三改火，
天涯踏盡紅塵。
依然一笑作春溫。
無波真古井，
有節是秋筠。

下片

惆悵孤帆連夜發，
送行淡月微雲。
尊前不用翠眉顰。
人生如逆旅，
我亦是行人。

★此詞上片寫與友人久別重逢。

- 起句：「一別都門三改火，天涯踏盡紅塵。」詞人謂與錢穆父自從京都一別，三年來，友人奔走於京城、吳越之間，此次又將遠赴瀛州，真是「天涯踏盡紅塵」。
- 如今重逢，「依然一笑作春溫。」彼此情誼彌堅，相見歡笑，猶如春天般溫暖。
- 接著，借用白居易〈贈元稹〉：「無波古井水，有節秋竹竿。」稱頌錢穆父心境淡泊，如古井般波瀾不起；志節堅貞，似竹子之耿直勁節。
  ⇨此處明讚錢穆父高風亮節，其實暗喻詞人自己也是如此，兩人志同道合，所以友情歷久彌新。

★下片敘月夜與友人分別，並抒發曠達的人生觀。

- 「惆悵孤帆連夜發，送行淡月微雲。」渲染出送別錢穆父的情景，孤帆夜發，淡月微雲，心情無限惆悵。
- 「尊前不用翠眉顰」句，由離情依依轉為豪邁曠達，叮囑餞別宴上的歌妓不必為兩人的分離而愁眉深鎖。
- 因為「人生如逆旅，我亦是行人。」此處化用自李白〈春夜宴從弟桃花園序〉，既然天地間是萬物的旅舍，百代光陰如同過客般來去匆匆，緣起緣滅，聚散離合，都稍縱即逝，又何必太在意眼前的分別呢？
- 詞末點出人生如寄，忽淹而過，因此不必為暫時的分離暗自傷懷。足見其心胸豁達，瀟灑自得，既慰勉友人，亦自我寬慰，同時展現忘懷得失、萬物齊一的處世態度。

UNIT 2-27

西州路，不應回首，為我沾衣

哲宗元祐六年（1091），五十六歲的蘇軾被召回京，任翰林學士知制誥。他將離開杭州時，填寫此詞贈給方外友人參寥子。想當年東坡貶謫黃州時，詩僧參寥子曾不遠千里前去探望，兩人間的好交情，不言而喻。

八聲甘州 寄參寥子　蘇軾

有情風、萬里卷潮來，無情送潮歸。問錢塘江上，西興浦口，幾度斜暉？不用思量今古，俯仰昔人非。誰似東坡老？白首忘機。　記取西湖西畔，正春山好處，空翠煙霏。算詩人相得，如我與君稀。約他年、東還海道，願謝公、雅志莫相違。西州路，不應回首，為我沾衣。

有情的風從萬里之外席捲潮水而來，又無情地送回了潮水。請問在錢塘江上，或西興渡口，我倆共賞過幾次夕陽斜暉？不用仔細思量古往今來的變遷，在這俯仰之間，早已人事全非了。誰像我東坡這麼老了？頭髮斑白，忘卻了追名逐利的心機。

記得西湖的西岸，春天最美的景色，就是那青翠的山嵐、如煙的雲霏。算來詩人中相知相惜，像我與您的情誼，確實彌足珍貴。跟您約好日後，我要沿著海路再回到這裡來，希望別像謝安那樣違背了當年的志向。但願您不會像羊曇在通往西州門的路上，回首痛哭，為我落淚霑襟。

上片寫錢塘江景，起勢不凡，以潮起潮落比喻人世的悲歡離合，展現了詞人的豪情。「有情風、萬里卷潮來，無情送潮歸。」此「有情」、「無情」皆從詞人的主觀感受出發，主要突顯春風之「無情」送潮歸去，藉以鋪陳後文離別的場景。「問錢塘江上，西興浦口，幾度斜暉？」此三句以「問」字起頭，問參寥子，也問自己，追憶兩人之間美好的過去。以「斜暉」上承「潮歸」，因落潮一般在黃昏時；又落日殘陽常與離情結合，恰可襯托出大自然的無情，人卻生而有情。「不用思量今古，俯仰昔人非。誰似東坡老？白首忘機。」有情、無情又如何？世事瞬息萬變，轉眼間都將成為過去式，所以不必替古人憂心，也不必為現實煩惱。「白首忘機」，道出自己早已泯滅機心、超然物外，因此可以無入而不自得。末四句雖故作曠達，卻隱藏深沉的喟嘆。

下片敘西湖湖景。「記取西湖西畔，正春山好處，空翠煙霏。」「春山」，一作「暮山」，但從詞境來看，不如「春山」為佳。因為「空翠煙霏」正是春山景致，且此詞作於元祐六年三月，恰為春季，故詞人叮嚀參寥子「記取」當時春景，留作別後的回憶。「算詩人相得，如我與君稀。」點明二人相知甚深，非比尋常。結尾幾句，反用《晉書・謝安傳》典故，說自己將從海道重返杭州，不會像謝安被抬進西州門後病逝，違背當年歸隱東山的心願。所以參寥子不必如羊曇路過西州門時，想起已故的舅舅而回首痛哭；言外之意是他會活著回來，老友不用為他淚溼衣襟。這就是東坡，不甘為離愁所困，故以此超曠之筆作收。

空翠煙霏春山好

應考大百科

◆八聲甘州：詞牌名，又名〈甘州〉、〈瀟瀟雨〉。

◆參寥子：即詩僧道潛，字參寥，浙江於潛（今浙江臨安）人。與蘇軾、秦觀相互酬唱，交遊不輟。

◆俯仰昔人非：比喻世事之滄桑變化；語出王羲之〈蘭亭集序〉：「俯仰之間，已為陳跡。」

◆忘機：忘卻世俗的機詐之心。語出《列子‧黃帝》；是說有個人經常出海與鷗鳥玩耍，後來當他想捉幾隻回家賞玩時，因為有了「機心（算計之心）」，鷗鳥便不再親近他。此指東坡拋卻機心，心中淡泊，任其自然。

◆謝公雅志：用《晉書‧謝安傳》典故；是說謝安早年隱居於東山（今浙江會稽），出仕後還準備行裝，打算將來再從海道歸隱東山，可惜「雅志未就，遂遇疾篤」。雅志，早年立下的志願。

◆西州路，不應回首，為我沾衣：用《晉書‧謝安傳》典故；是說謝安病重時，從西州門返京，不久一命歸陰。外甥羊曇向為他所看重，從此，再也不走西州路。某次，羊曇喝醉了，路過西州門，回憶往事，為此痛哭失聲。西州，古建業（今江蘇南京）城門名。

八聲甘州寄參寥子　蘇軾

・哲宗元祐六年（1091），蘇軾被召回京任翰林學士知制誥。
・東坡即將離開杭州時，填寫此詞，贈給方外友人參寥子。

上片

有情風、萬里卷潮來，無情送潮歸。問錢塘江上，西興浦口，幾度斜暉？不用思量今古，俯仰昔人非。誰似東坡老？白首忘機。

★上片寫錢塘江景，起勢不凡，以潮起潮落比喻人世的悲歡離合，展現了詞人的豪情。

・「有情風、萬里卷潮來，無情送潮歸。」此「有情」、「無情」皆從詞人的主觀感受出發，主要突顯春風之「無情」送潮歸去，藉以鋪陳後文離別的場景。

・「問錢塘江上，西興浦口，幾度斜暉？」此三句以「問」字起頭，問參寥子，也問自己，追憶兩人之間美好的過去。

・「不用思量今古，俯仰昔人非。誰似東坡老？白首忘機。」有情、無情又如何？世事瞬息萬變，轉眼間都將成為過去式，所以不必替古人憂心，也不必為現實煩惱。「白首忘機」，道出自己早已泯滅機心、超然物外，因此可以無入而不自得。

下片

記取西湖西畔，正春山好處，空翠煙霏。算詩人相得，如我與君稀。約他年、東還海道，願謝公、雅志莫相違。西州路，不應回首，為我沾衣。

★下片敘西湖湖景。

・「記取西湖西畔，正春山好處，空翠煙霏。」「春山」，一作「暮山」，但從詞境來看，不如「春山」為佳。因為「空翠煙霏」正是春山景致，且此詞作於元祐六年三月，恰為春季，故詞人叮嚀參寥子「記取」當時春景，留作別後的回憶。

・「算詩人相得，如我與君稀。」點明二人相知甚深，非比尋常。結尾幾句，反用《晉書・謝安傳》典故，說自己將從海道重返杭州，不會像謝安被抬進西州門後病逝，違背當年歸隱東山的心願。所以參寥子不必如羊曇路過西州門時，想起已故的舅舅而回首痛哭；言外之意是他會活著回來，老友不用為他淚溼衣襟。

UNIT 2-28
笑漸不聞聲漸悄，多情卻被無情惱

此詞的寫作時間歷來看法不一，宋人筆記多繫於蘇軾貶官惠州（今廣東惠陽）時。當時他把家小安置在常州（今江蘇常州），自己和幼子蘇過、侍妾朝雲遠赴惠州。善解人意的朝雲，陪伴他度過了晚年貶謫生活。相傳朝雲善歌，最愛唱此詞，每唱到「枝上柳綿吹又少，天涯何處無芳草？」便泣不成聲。如果這些記載可靠，那麼，此詞當作於哲宗紹聖二年（1095）春天。按：東坡於前一年因「誹謗先帝」之罪名，被貶英州（今廣東英德），途中再貶為遼寧軍節度副使，在惠州安置；而朝雲到惠州三年就病逝了。

蝶戀花春景　蘇軾

花褪殘紅青杏小，燕子飛時，綠水人家繞。枝上柳綿吹又少，天涯何處無芳草？ 牆裡鞦韆牆外道。牆外行人，牆裡佳人笑。笑漸不聞聲漸悄，多情卻被無情惱。

暮春時節，紅花凋殘，杏樹上長出小小的青澀果實；不時還有燕子飛過，清澈的流水環繞著村落人家。枝頭上的柳絮被吹得越來越少了，但隨著夏天將至，天涯海角哪裡不是長滿了茂盛、碧綠的芳草？

圍牆裡有座鞦韆，圍牆外剛好是一條道路。牆外的行人路過時，牆內的少女正一面盪鞦韆，一面嘻笑著。笑聲漸漸消失，再也聽不見了；多情的行人不覺悵然若失，沒想到竟為少女無心的舉動所苦惱。

此詞借惜春、傷情之名，表達詞人對韶光流逝的惋惜、宦海沉浮的悲嘆。

上片借景物以傷春。「花褪殘紅青杏小，燕子飛時，綠水人家繞。」開端點出春夏之交，青杏初生，燕飛水繞，景色依舊動人。「人家」遙啟下片「牆裡佳人」一大段，在此先預埋伏筆。「繞」字形象生動，寫活了江南依山傍水、山環水繞的居住環境。「枝上柳綿吹又少，天涯何處無芳草？」「枝上柳綿吹又少」呼應「花褪殘紅」，暗示著春天將遠離；「天涯何處無芳草」呼應「青杏小」，象徵夏天將至。又屈原〈離騷〉:「何所獨無芳草兮，爾何懷乎故宇？」是卜者靈氛勸屈原遠走高飛的話。東坡化用此語，表達他雖遭受貶謫，卻能處之泰然。與其〈定風波〉:「此心安處是吾鄉。」頗有異曲同工之處。

下片借人物以傷情。「牆裡鞦韆牆外道。牆外行人，牆裡佳人笑。」「牆內」二字絕妙，只聞其聲，不見其人，給人留下無限想像空間。「笑漸不聞聲漸悄，多情卻被無情惱。」佳人的笑聲引起路人的注意，之後笑聲漸漸消失了，多情的路人空留滿懷惆悵與失落感。此「無情」並非真正的冷酷絕情，而是不經意地、少不更事地，她怎知那單純、爽朗的笑聲會擾亂別人心中的一池春水？此「多情」不該局限於男女之情，那是對家國的熱愛、對生命的熾情、對身世的感懷、對親友的思念、對萬物的迷戀……如張相《詩詞曲語辭匯釋》所云:「惱，猶撩也。……言牆裡佳人之笑，本出於無心情，而牆外行人聞之，枉自多情，卻如被其撩撥也。」

天涯何處無芳草

應考大百科

*「對比」法：將不同的時間、空間、心情等意象並列在一起，從而突顯其今昔、長短、大小、遠近、哀樂、榮辱……之反差，以深化詩詞的意境，達成敘事、寫景、抒情，甚至說理的目的，此即「對比」手法。

‧如詞中「牆裡鞦韆牆外道。牆外行人，牆裡佳人笑。笑漸不聞聲漸悄，多情卻被無情惱。」透過一連串對比：牆裡、牆外，鞦韆、道路，佳人、行人，笑、聞，無情、多情等，呈現出牆裡、牆外兩個不同的世界。

蝶戀花 春景 蘇軾

‧此詞寫作時間歷來看法不一，宋人筆記多繫於哲宗紹聖二年（1095）春，蘇軾貶官惠州（今廣東惠陽）時。

‧東坡前一年因「誹謗先帝」之罪名被貶英州（今廣東英德），途中再貶為遼寧軍節度副使，在惠州安置。

上片

天涯何處無芳草？
枝上柳綿吹又少，
綠水人家繞。
燕子飛時，
花褪殘紅青杏小，

★上片借景物以傷春：

‧「花褪殘紅青杏小，燕子飛時，綠水人家繞。」「人家」遙啟下片「牆裡佳人」一大段，在此先預埋伏筆。「繞」形象生動，寫活了江南依山傍水、山環水繞的居住環境。

‧「枝上柳綿吹又少，天涯何處無芳草？」「枝上柳綿吹又少」呼應「花褪殘紅」，暗示春天將遠離；「天涯何處無芳草」呼應「青杏小」，象徵夏天將至。

下片

多情卻被無情惱。
笑漸不聞聲漸悄，
牆裡佳人笑。
牆外行人，
牆裡鞦韆牆外道。

★下片借人物以傷情：

‧「牆裡鞦韆牆外道。牆外行人，牆裡佳人笑。」「牆內」二字絕妙，只聞其聲，不見其人，給人留下無限想像空間。

‧「笑漸不聞聲漸悄，多情卻被無情惱。」此「無情」非真正的冷酷絕情，而是不經意地、少不更事地，她怎知那單純、爽朗的笑聲會擾亂別人心中一池春水？⇨此「多情」不該局限於男女之情，那是對家國的熱愛、對生命的熾情、對身世的感懷、對親友的思念、對萬物的迷戀……

活用小精靈

《後宮甄嬛傳》中，甄嬛與皇上初相遇正是杏花微雨時節，她的簫聲吸引了皇上的注意。次日，皇上又去杏花樹下尋她。她正在盪鞦韆，皇上示意丫鬟流朱別出聲，親自為她推動鞦韆以試探其心性。

後來，兩人談曲又論花。甄嬛說：「杏花雖美，可結出的果子極酸，杏仁更是苦澀，若做人做事皆是開頭美好，而結局潦倒，又有何意義？倒不如像松柏，終年青翠，無花無果也就罷了。」這段話暗示了她的命運亦如杏花般，開頭美好，最後卻「得非所願，願非所得」，任由命運捉弄，贏得一切，卻失去了摯愛。

UNIT 2-29

從別後，憶相逢，幾回魂夢與君同

晏幾道是宰相晏殊第七子，早年過著富貴悠閒的愜意生活。隨著父親辭世，神宗任用王安石主持變法，歐陽脩等父執輩先後在朝中失勢，使他在政治上頓失依靠，加以個性耿介，不肯趨炎附勢，導致仕途坎坷，處境日益艱難。這時，他採撫今憶昔的對比法，寫下不少追憶當年繁華榮景的詞作，此詞便是其中最為人稱道的一闋。

鷓鴣天 佳會　晏幾道

彩袖殷勤捧玉鍾，當年拚卻醉顏紅。舞低楊柳樓心月，歌盡桃花扇底風。　從別後，憶相逢，幾回魂夢與君同。今宵賸把銀釭照，猶恐相逢是夢中。

回憶當年你衣著華麗，手捧玉盅殷勤地來敬酒；我舉杯痛飲，不惜喝得滿臉通紅。我倆縱情地跳舞，直到樓頂的月亮都低垂到楊柳枝下；你我盡興地唱歌，使得桃花扇底疲憊無力，再也搧不出風來。

自從離別以後，總幻想著重逢的情景，多少次你我在夢中相聚。今夜果真歡喜相逢，我要盡量持銀燈照明把你看個仔細，就怕這回相逢還是在虛幻不實的夢境裡。

這是一闋小令，旨在藉由昔日歡樂，襯托出別後重逢的欣喜。

上片追憶從前燈紅酒綠、笙歌宴舞的歡聚情景。先寫歌女勸酒：「彩袖殷勤捧玉鍾，當年拚卻醉顏紅。」以「彩袖」借代為佳人，即美麗的歌女，詞人的心上人。「當年」點明往事。她「殷勤」敬酒，我「拚卻」醉顏紅，不惜一醉，足見雙方情意真摯，自是開懷暢飲的好時機。再敘歌舞之歡愉：「舞低楊柳樓心月，歌盡桃花扇底風。」或作直到月兒低沉，舞盡歌罷，連桃花扇下的風也消失了，才曲終人散。——強調歌舞之盡興。亦可解為月亮被舞姿吸引而低垂，歌聲從桃花扇底悠悠散入風中。——鋪陳歌舞之場景。此處「楊柳」與「樓」臺皆實景，而「桃花」為「扇」面之虛景，對偶中有錯綜，用語纖巧側豔，可謂別開生面。

下片摹寫今宵重逢，兩度用「相逢」一辭，前者是幻夢，後者乃實景。先虛寫夢中相逢：「從別後，憶相逢，幾回魂夢與君同。」藉相逢之樂，訴說別後相思之苦。夢中再回到上片初會時的情景，或設想下文重逢的喜悅，此三句具有承上啟下的作用。如此魂牽夢縈，故而引出「今宵賸把銀釭照，猶恐相逢是夢中。」化用杜甫〈羌村〉：「夜闌更秉燭，相對如夢寐。」是說如今果真重逢，又疑真為幻，往昔只盼夢中相逢，今宵唯恐相逢是夢中。故陳廷焯《白雨齋詞話》評云：「下半闋曲折深婉，自有豔詞，更不得不讓伊獨步！」果然是獨步千古描寫豔情的名句。

晏幾道此闋〈鷓鴣天〉，詞情婉麗，曲折迴環，將歌詞柔媚深婉的特質發揮得淋漓盡致，難怪在當時廣被傳唱，後來又被列為宋金十大名曲之一，名不虛傳也！

舞低楊柳樓心月

應考大百科

◆鷓鴣天：詞牌名；一名〈思佳客〉。
◆彩袖：本指歌女所穿之綵衣，此借代為歌女也。
◆玉鍾：精美的酒杯。
◆拚卻：不惜、甘願、任憑。拚，音「判」。
◆桃花扇：歌舞用繪有桃花的扇子。
◆同：相聚也。
◆賸：通「剩」。
◆銀釭：銀燈。釭，音「剛」，燈也。
◆猶恐相逢是夢中：化用杜甫〈羌村〉：「妻孥怪我在，驚定還拭淚。……夜闌更秉燭，相對如夢寐。」

鷓鴣天佳會　晏幾道

・晏幾道個性耿介，不肯趨炎附勢，導致仕途坎坷，在父親晏殊辭世後，使他處境日益艱難。
・他採撫今憶昔的對比法，寫下不少追憶當年繁華的詞作，此詞便是其中最為人稱道的一闋。

上片

彩袖殷勤捧玉鍾，
當年拚卻醉顏紅。
舞低楊柳樓心月，
歌盡桃花扇底風。

★上片追憶從前燈紅酒綠、笙歌宴舞的歡聚情景。

・先寫歌女勸酒：「彩袖殷勤捧玉鍾，當年拚卻醉顏紅。」以「彩袖」借代為佳人。「當年」點明往事。她「殷勤」敬酒，我「拚卻」醉顏紅，不惜一醉，足見雙方情意真摯，自是開懷暢飲的好時機。
・再敘歌舞之歡愉：「舞低楊柳樓心月，歌盡桃花扇底風。」或解作直到月兒低沉，舞盡歌罷，連桃花扇下的風也消失了，才曲終人散。亦可解為月亮被舞姿吸引而低垂，歌聲從桃花扇底悠悠散入風中。

下片

從別後，憶相逢，
幾回魂夢與君同。
今宵賸把銀釭照，
猶恐相逢是夢中。

★下片摹寫今宵重逢，兩度用「相逢」一辭，前者是幻夢，後者乃實景。

・先虛寫夢中相逢：「從別後，憶相逢，幾回魂夢與君同。」藉相逢之樂，訴說別後相思之苦。⇨此三句具有承上啟下的作用。
・如此魂牽夢縈，故而引出「今宵賸把銀釭照，猶恐相逢是夢中。」化用杜甫〈羌村〉：「夜闌更秉燭，相對如夢寐。」是說如今果真重逢，又疑真為幻，往昔只盼夢中相逢，今宵唯恐相逢是夢中。

活用小精靈

在古典詩詞裡，有不少名句旨在描寫刻骨銘心的相思之情，如：

1.《鳳求凰・琴歌》：「有美人兮，見之不忘，一日不見兮，思之如狂。」2. 李白〈三五七言〉：「入我相思門，知我相思苦。長相思兮長相憶，短相思兮無窮極。」3. 晏幾道〈鷓鴣天〉：「從別後，憶相逢，幾回魂夢與君同。」4. 梁啟超〈臺灣竹枝詞〉：「相思樹底說相思，思郎恨郎郎不知。」

UNIT 2-30

紅燭自憐無好計，夜寒空替人垂淚

晏幾道雖出身世家，卻因門祚式微，沉居下位，經常流連於娼樓妓館，放歌縱酒，藉以排遣滿懷苦悶，堪稱古之傷心人。其詞猶工於言情，多以惆悵感傷為基調，加上高妙的藝術技巧，往往別具魅力，頗能撼動人心。

蝶戀花　晏幾道

醉別西樓醒不記，春夢秋雲，聚散真容易！斜月半窗還少睡，畫屏閒展吳山翠。　衣上酒痕詩裡字，點點行行，總是淒涼意。紅燭自憐無好計，夜寒空替人垂淚。

我喝醉了離開歡宴的西樓，醒後完全不復記憶。人生就像春夢一場，如秋雲去留無跡，聚散離合真是太容易！半窗斜月微明，我還是了無睡意，眼看畫屏上徒自展現江南山水的青翠碧綠。

衣服上沾著酒漬，一如宴會時所賦的詩句，點點行行，總能喚起一絲絲淒涼情意。紅蠟燭自傷自憐也無計得以超脫，只有在寒夜裡平白替人黯然落淚。

此詞上片旨在回憶昔日相聚醉飲的美好時光。感嘆往事彷彿春夢、秋雲來去無蹤，聚散太匆匆！一切記憶如昨，誰知逝去的永遠無法挽回？只能整夜無眠，空自追憶。此處以「醉別西樓醒不記」涵蓋所有的前歡舊夢，虛實難辨，筆法高妙。二、三句以「春夢秋雲」為喻，抒發聚散離合無常之感，並象徵美好的事物終將稍縱即逝，不會久長。「聚散」屬於偏義複詞，為「散」之意，與上句「醉別」相呼應，再綴以「真容易」，傳達出好花不長開、好景不長在的深沉感慨。末二句轉寫眼前實境，斜月已低至半窗，夜色已深，由於追憶前塵，感嘆聚散，使人無法入睡，而床前的畫屏卻悠閒地展示著青翠的吳山景色。此處由室內景物的「閒」，襯托出詞人心中思緒縈繞、輾轉難眠，從反面側寫出他的鬱悶與傷感。

下片著眼於今日憶昔感傷之情。「衣上酒痕詩裡字，點點行行，總是淒涼意。」藉由衣上殘留的酒痕，一如宴會時所賦詩句，總能喚起幾許淒涼的情意。此三句承上片「醉別西樓」而來，「衣上酒痕」，是西樓歡宴留下的；「詩裡字」，是筵席上所題寫。由於上片言「醒不記」，這裡從這些印記中，總能喚起他一丁點兒記憶，無奈喚起的卻是滿懷的「淒涼意」。結拍兩句承「淒涼意」加以渲染：「紅燭自憐無好計，夜寒空替人垂淚。」人的淒涼似乎感染了紅燭。它雖同情詞人，卻又自傷無計消除此淒涼意，只好永夜空自替人長灑同情之淚。

此詞為憶往惜別之作，但更廣泛地感慨昔日歡情之易逝，此時孤懷之難遣，將來重會遙遙無期，因此情調比其他傷別離的詞作，更加低徊往復，沉鬱悲涼。詞末作者善用擬人法，從紅燭無計可施，為人流下惜別的淚水，反映出詞人別後的淒涼心境，結構新穎，感人肺腑，頗具小晏詞之特色。

畫屏閒展吳山翠

應考大百科

◆西樓：泛指歡宴的場所。

◆春夢秋雲：借喻為美好卻虛幻的事物。

◆吳山：指畫屏上美麗的江南山水。

◆紅燭自憐無好計，夜寒空替人垂淚：化用杜牧〈贈別〉二首之二：「蠟燭有心還惜別，替人垂淚到天明。」此將蠟燭擬人化，用燭淚暗示離人的眼淚。

蝶戀花　晏幾道

・晏幾道因門祚式微，沉居下位，常流連於娼樓妓館，放歌縱酒，藉以排遣滿懷苦悶。
・其詞猶工於言情，多以惆悵感傷為基調，加上高妙的藝術技巧，往往別具藝術魅力。

上片

畫屏閒展吳山翠。
斜月半窗還少睡，
聚散真容易！
春夢秋雲，
醉別西樓醒不記，

★上片旨在回憶昔日相聚醉飲的美好時光：

・以「醉別西樓醒不記」涵蓋所有的前歡舊夢，虛實難辨，筆法高妙。
・二、三句以「春夢秋雲」為喻，抒發聚散離合不常之感，象徵美好的事物終將稍縱即逝。
・末二句轉寫眼前實境，斜月已低至半窗，夜色已深，由於追憶前塵，感嘆聚散，使人無法入睡，而床前的畫屏卻悠閒地展示著青翠的吳山景色。

⇨此處由室內景物的「閒」，襯托出詞人心中思緒縈繞、輾轉難眠，從反面側寫出他的鬱悶與傷感。

下片

夜寒空替人垂淚。
紅燭自憐無好計，
總是淒涼意。
點點行行，
衣上酒痕詩裡字，

★下片著眼於今日憶昔感傷之情：

・「衣上酒痕詩裡字，點點行行，總是淒涼意。」此三句承上片「醉別西樓」而來，「衣上酒痕」，是西樓歡宴留下的；「詩裡字」，是筵席上所題寫。
・結拍兩句承「淒涼意」加以渲染：「紅燭自憐無好計，夜寒空替人垂淚。」人的淒涼似乎感染了紅燭。它雖同情詞人，卻又自傷無計消除此淒涼意，只好永夜空自替人長灑同情之淚。

活用小精靈

古詩詞中，由於「蠟燭」的意象唯美，因此形成不少膾炙人口的佳句，如：

1. 杜牧〈贈別〉：「蠟燭有心還惜別，替人垂淚到天明。」
2. 李商隱〈無題〉：「春蠶到死絲方盡，蠟炬成灰淚始乾。」
3. 晏幾道〈蝶戀花〉：「紅燭自憐無好計，夜寒空替人垂淚。」
4. 賀鑄〈如夢令〉：「憔悴，憔悴，蠟燭銷成紅淚。」

UNIT 2-31
郴江幸自繞郴山，為誰流下瀟湘去？

哲宗紹聖三年（1096）秦觀徙官郴州（今湖南郴縣），明年二月編管橫州。故於去橫州之前，在郴州旅舍中作此詞，以抒發寓居他鄉、流放不得歸的苦悶心情。

踏莎行 郴州旅舍　秦觀

霧失樓臺，月迷津渡，桃源望斷無尋處。可堪孤館閉春寒，杜鵑聲裡斜陽暮。　驛寄梅花，魚傳尺素，砌成此恨無重數。郴江幸自繞郴山，為誰流下瀟湘去？

雲霧瀰漫，使樓臺被遮蔽了；月色朦朧，使渡口也迷失了；望眼欲穿，傳說中的世外桃源再也找不到了。孤身獨居客館中，料峭春寒，大門深鎖，教人無法忍受！在杜鵑鳥的聲聲哀鳴裡，夕陽西斜，一天又過去了。

也想託驛使寄一枝梅花，或在魚腹內放一封書信，帶給故鄉的親友，傳達我長久以來對家國的思念，堆砌成心中重重的愁恨。郴江幸運地源於郴山，又環繞郴山奔流；它到底為了誰流向瀟湘而去？

上片闡釋題旨：「郴州旅舍」。起首三句：「霧失樓臺，月迷津渡，桃源望斷無尋處。」點明「郴州」二字。由於郴州西北，相傳即桃花源所在的武陵郡（今湖南常德），故由此切入主題。表面寫遍尋不著桃花源的失落，其實象徵心中高遠理想的幻滅，亦即作者無端捲入政海波瀾，屢遭罷黜，多少雄心壯志已蕩然無存。「可堪孤館閉春寒，杜鵑聲裡斜陽暮。」則點出「旅舍」二字。杜鵑又名「子規」，諧音「子歸」，鳴叫聲似「不如歸去」。他何嘗不想歸去，只是宦海生波，有家歸不得！杜鵑悲啼，更牽動他的思鄉之情，增添內心無限悵恨。此二句「斜陽暮」訴諸視覺，「杜鵑聲裡」訴諸聽覺，「閉春寒」兼具心覺的淒苦與觸覺的寒意，刻劃細膩，格調悲涼。故王國維《人間詞話》評云：「少游詞境最為淒婉，至『可堪孤館閉春寒，杜鵑聲裡斜陽暮』，則變而為淒厲矣。」

下片藉典抒懷，自傷際遇。「驛寄梅花」，用《荊州記》中陸凱寄梅花給好友范曄的典故。而「魚傳尺素」，則用漢樂府〈飲馬長城窟行〉之典：「客從遠方來，遺我雙鯉魚。呼兒烹鯉魚，中有尺素書。」由於秦末陳涉揭竿起義，有魚腹帛書之舉，後世遂有「魚腹傳書」之說。詞中寄梅、傳書，連用兩則古人掌故，但非思念友人與家人而已，其中包含無限的家國之思。又「此恨」為抽象的情感，用「砌成」具體的動作，如此一來，化抽象為具體，看似無理，實則妙極。結尾：「郴江幸自繞郴山，為誰流下瀟湘去？」此二句沉痛至極，而作無理之問。據葉嘉瑩《唐宋詞十七講》的說法，象徵詞人幸運地生於揚州，又在揚州長成，為何不留住他？卻讓他流落到瀟湘去；亦暗示著詞人幸運地踏入官場，又在朝為官數年，為何不留住他？卻讓他貶謫到瀟湘。相傳東坡對末二句情有獨鍾，少游辭世後，特地書於扇面，並云：「少游已矣，雖萬人何贖！」

杜鵑聲裡斜陽暮

應考大百科

◆「驛寄梅花」，用《荊州記》的典故：陸凱寄梅花給好友范曄，並贈詩云：「折梅逢驛使，寄與隴頭人。江南無所有，聊贈一枝春。」

◆「魚傳尺素」，用漢樂府〈飲馬長城窟行〉之典：「客從遠方來，遺我雙鯉魚。呼兒烹鯉魚，中有尺素書。」由於秦末陳涉揭竿起義，有魚腹帛書之舉，後世遂以鯉魚形信封代之，而有「魚腹傳書」之說。

踏莎行 郴州旅舍 秦觀

- 哲宗紹聖三年（1096）秦觀徙官郴州（今湖南郴縣），明年二月編管橫州。
- 他於去橫州之前，在郴州旅舍中填寫此詞，抒發流放不得歸的苦悶之情。

上片

杜鵑聲裡斜陽暮。可堪孤館閉春寒，桃源望斷無尋處。月迷津渡，霧失樓臺，

★上片闡釋題旨：「郴州旅舍」。

- 起首三句：「霧失樓臺，月迷津渡，桃源望斷無尋處。」點明「郴州」二字。表面寫遍尋不著桃花源的失落，其實象徵心中高遠理想的幻滅，亦即作者無端捲入政海波瀾，屢遭罷黜，多少雄心壯志已蕩然無存。
- 「可堪孤館閉春寒，杜鵑聲裡斜陽暮。」則點出「旅舍」二字。杜鵑又名「子規」，諧音「子歸」，鳴叫聲似「不如歸去」。他何嘗不想歸去，只是宦海生波，有家歸不得！杜鵑悲啼，更牽動他的思鄉之情，增添內心無限悵恨。

下片

為誰流下瀟湘去？郴江幸自繞郴山，砌成此恨無重數。魚傳尺素，驛寄梅花，

★下片藉典抒懷，自傷際遇。

- 「驛寄梅花」，用《荊州記》中陸凱寄梅花給好友范曄的典故。
- 「魚傳尺素」，用漢樂府〈飲馬長城窟行〉之典，由於秦末陳涉揭竿起義，有魚腹帛書之舉，後世遂有「魚腹傳書」之說。
- 「此恨」為抽象的情感，用「砌成」具體的動作，看似無理，實則妙極。
- 結尾：「郴江幸自繞郴山，為誰流下瀟湘去？」沉痛至極，而作無理之問。

活用小精靈

秦觀有一闋〈滿庭芳〉：「山抹微雲，天黏衰草，畫角聲斷譙門。……」風靡一時，流傳之廣，直追「凡有井水飲處，即能歌柳詞」的柳永；這使他本人頗感自豪。

某日，秦觀的女婿范仲溫參加宴會。會中最出色的歌姬非常喜愛吟唱秦觀的詞作，但她並不認識范仲溫；酒酣耳熱之際，她才指著范仲溫問別人：「此郎何人？」這時范仲溫驟然起身，驕傲地說：「某乃『山抹微雲』女婿也！」滿座為之絕倒。由此可知，「山抹微雲」走紅的盛況了。

UNIT 2-32
兩情若是久長時，又豈在朝朝暮暮？

據宗懍《荊楚歲時記》記載：織女原本伶俐、善織，織成雲錦天衣；自從嫁給牛郎後，開始怠惰廢織。天帝決定讓他倆分開，一年只可見一次面。周處《風土記》云：「七夕織女當渡河，使鵲為橋。」牛郎織女星的故事，七夕鵲橋會的情節，千年來成為文人筆下淒美動人的創作素材，而秦觀此詞更是其中的佼佼者。

鵲橋仙　秦觀

纖雲弄巧，飛星傳恨，銀漢迢迢暗度。金風玉露一相逢，便勝卻人間無數。　柔情似水，佳期如夢，忍顧鵲橋歸路？兩情若是久長時，又豈在朝朝暮暮？

輕盈的雲彩在天空幻化出各種巧妙的花樣，牛郎、織女星彼此傳遞著哀怨的離恨，她悄悄地渡過了遙遠縹緲的銀河。在這秋風白露的七夕相會，就勝過塵世間那些長相廝守卻貌合神離的夫妻們。

他倆柔情似水地互訴相思，短暫的相會如夢似幻，分別時，怎麼忍心回顧那條從鵲橋回去的路？只要兩情相悅至死不渝，又何必貪求朝夕相處的甜蜜呢？

上片寫織女星渡過銀河赴約的情景。「纖雲弄巧，飛星傳恨，銀漢迢迢暗度。」前二句是鋪陳相會的背景，先藉彩雲翻奇弄巧展現一片喜慶的氣氛，再敘牛郎、織女星經年難得一見的別恨。「飛星傳恨」，一作流星也為他倆傳遞離愁別恨。第三句摹狀織女星在黑夜渡過遼闊的雲漢趕赴與牛郎星相聚，期待、迫切之情，自然流露。隨即，筆鋒一轉，「金風玉露一相逢，便勝卻人間無數。」前句既承上文牛、女星之相逢，亦啟下句發為議論：是說牛、女星雖然一年一度相會，卻勝過世間男女或生離死別，或有緣無分，情意難通，終年不得相見。或謂牛、女星珍惜這短暫的歡聚，反觀世人有幸結為連理卻不懂得知福、惜福。此二句詞意委婉蘊藉，發議論卻不著痕跡，十分耐人尋味！

下片著眼於雙星相會後，又將面臨分別的哀愁。「柔情似水，佳期如夢，忍顧鵲橋歸路？」首句寫兩情繾綣，「似水」見其純淨貞潔；次句言相聚的甜美與短暫，「如夢」見其恍惚匆促。第三句採反問法，突顯他倆分離時的依戀難捨，所以不忍回顧卻又忍不住頻頻回顧鵲橋歸路，寫活了那種矛盾的心理。接著，寫別離後，又發為一段議論：「兩情若是久長時，又豈在朝朝暮暮？」相愛的兩人卻不能朝夕與共、攜手白頭，詞人為此感到痛心之餘，故作曠達解語，安慰雙星，也安慰天下不能如願以償的有情人。以此呼應上片「金風玉露一相逢，便勝卻人間無數。」的確，像牛郎、織女星這樣深刻的愛情，相見是一種甜美，相思也是一種淒美，只要心中有彼此，又豈會在乎聚散之久暫？故王國維《人間詞話》評秦觀詞云：「淡語皆有味，淺語皆有致。」所言不假，他的神來之筆確實具有化腐朽為神奇的魔力，能將尋常語句點化成發人省思的千古名句。

金風玉露一相逢

應考大百科

◆纖雲弄巧：片片輕盈的雲彩，在空中幻化出各種巧妙的花樣。

◆飛星：指牛郎、織女星。

◆銀漢：銀河也。

◆迢迢：遙遠貌。

◆金風玉露：指秋風白露。

◆忍顧鵲橋歸路：怎麼忍心回顧從鵲橋回去的路？鵲橋，據《風俗記》云：「七夕織女當渡河，使鵲為橋。」

◆朝朝暮暮：指朝夕相聚；語出宋玉〈高唐賦〉：「妾在巫山之陽，……朝朝暮暮，陽臺之下。」

鵲橋仙 秦觀

牛郎織女星的故事，七夕鵲橋會的情節，千年來成為文人筆下淒美動人的創作素材，而秦觀此詞更是其中的佼佼者。

上片

纖雲弄巧，
飛星傳恨，
銀漢迢迢暗度。
金風玉露一相逢，
便勝卻人間無數。

★上片寫織女星渡過銀河赴約的情景。

- 「纖雲弄巧，飛星傳恨，銀漢迢迢暗度。」藉彩雲翻奇弄巧展現一片喜慶的氣氛，再敘牛郎、織女星經年難得一見的別恨。第三句摹狀織女星在黑夜渡過雲漢趕赴與牛郎星相聚，期待、迫切之情，自然流露。
- 筆鋒一轉，「金風玉露一相逢，便勝卻人間無數。」既承上文牛、女星之相逢，亦啟下句發為議論：牛、女星雖然一年一度相會，卻勝過世間男女情意難通，終年不得相見。或牛、女星珍惜這短暫的歡聚，反觀世人有幸結為連理卻不懂惜福。

下片

柔情似水，
佳期如夢，
忍顧鵲橋歸路？
兩情若是久長時，
又豈在朝朝暮暮？

★下片著眼於雙星相會後，又將面臨分別的哀愁。

- 「柔情似水，佳期如夢，忍顧鵲橋歸路？」首句寫兩情繾綣，「似水」見其純淨貞潔；次句言相聚的甜美與短暫，「如夢」見其恍惚匆促。第三句採反問法，突顯他倆分離時的依戀難捨，所以不忍回顧卻又忍不住頻頻回顧鵲橋歸路，寫活了那種矛盾的心理。
- 接著，寫別離後，又發為一段議論：「兩情若是久長時，又豈在朝朝暮暮？」相愛的兩人卻不能朝夕與共、攜手白頭，詞人為此感到痛心之餘，故作曠達解語，安慰雙星，也安慰天下不能如願以償的有情人。

活用小精靈

秦觀〈鵲橋仙〉：「兩情若是久長時，又豈在朝朝暮暮？」《如懿傳》中，如懿經常掛在嘴邊的那句話：「我從來要的都是情分而不是位分。」愛情果真如此清高？如此不食人間煙火嗎？

各位涉世未深的美眉千萬別上當！在現實的愛情、婚姻中，遠距離的戀情的確不易維繫，情分不能當飯吃，沒名沒分的地下情終有「見光死」的一天。兩情相悅，必然兩心相許，絕不允許一方永遠坐享其成，一方始終默默付出，這樣「不平等」的感情絕非真愛，請速速覺醒，慧劍斷情絲吧！——因為妳值得更好的人！

UNIT 2-33
當年酒狂自負，謂東君、以春相付

賀鑄生性耿直，為人豪爽，重義氣，又不屑媚附權貴，加上相貌奇醜無比，因此鬱鬱寡合，頗不得志。此詞表面描寫悲秋懷人，其實旨在抒發內心不平之氣。

天香　賀鑄

煙絡橫林，山沉遠照，邐迤黃昏鐘鼓。燭映簾櫳，蛩催機杼，共苦清秋風露。不眠思歸，齊應和、幾聲砧杵。驚動天涯倦宦，駸駸歲華行暮。　當年酒狂自負，謂東君、以春相付。流浪征驂北道，客檣南浦，幽恨無人晤語。賴明月、曾知舊遊處，好伴雲來，還將夢去。

煙霧籠罩樹林，斜陽沉落遠山，黃昏時鐘鼓聲由遠而近漸次傳來。燭光映照著窗戶，蟋蟀聲聲催促著機杼，人人都為清秋的風霜雨露所苦。他思鄉情切，輾轉難眠，耳畔又傳來陣陣思婦搗衣聲，與風中蟲鳴相應和。不知覺間，驚動了他這個飄泊天涯、厭倦仕途的異鄉客，才發現時光飛逝，歲暮將至。

想當年他曾以酒狂自負，以為春神把三春美景都交付了。想不到終年流浪奔波於北路，有時候也乘坐征船離開南浦，滿腔的幽思無人可以傾訴。仰賴明月知道他過去遊冶的去處，好把她隨雲帶到他這兒來，又在夢中將他送到她那裡去。

上片敘詞人遊宦天涯，歲暮天晚時，不由得興起懷鄉之情。「煙絡橫林，山沉遠照，邐迤黃昏鐘鼓。」描寫暮靄氤氳，縈繞著遠山近樹，隱約間傳來聲聲報時的鐘鼓，境界開闊，氣象蒼茫。「邐迤」，原形容山勢綿延不絕，此處借指鐘鼓聲由遠及近、迢遞而至，點出時間推移的空間感。「燭映簾櫳，蛩催機杼，共苦清秋風露。」從眼前景致、耳邊聲響，襯托出詞人心中悲苦。場景由曠野進入客舍，時序從黃昏移轉至深夜。接著，「不眠思歸，齊應和、幾聲砧杵。」他因懷歸而失眠，屋外又傳來思婦趕製冬衣、連夜搗衣聲，伴隨著霜風蟲唱，更教人愁上添愁。「驚動天涯倦宦，駸駸歲華行暮。」此時，突然驚動了他這個天涯倦客，時光荏苒，又到了年尾，多想返鄉過年，與親友團聚。

下片感慨失意落拓，浪跡天涯，一縷相思無從寄。「當年酒狂自負，謂東君、以春相付。」回憶當年的意氣風發，躊躇滿志。「流浪征驂北道，客檣南浦，幽恨無人晤語。」自傷年華老去，事業蹉跎，羈旅飄泊，滿腔幽恨，無處傾訴，更無人理解。最後，用一「懸想示現」法，「賴明月、曾知舊遊處，好伴雲來，還將夢去。」只好託明月指引，讓浮雲將心中思念的她帶到這兒來，或讓好夢把他送到她那兒去。化用謝莊〈月賦〉：「美人邁兮音塵闕，隔千里兮共明月。」望月懷人，「明月」既是兩地相思的憑藉，也成了詞人排遣思念的媒介。

詞中多以對比法寫成，從時間上，當年與如今；形象上，「狂生」與「倦宦」；心情上，「自負」與「幽恨」；隱含不少撫今憶昔之感。此詞用健筆寫柔情，風格峭拔，與一般軟語旖旎的婉約詞大異其趣。

明月曾知舊遊處

應考大百科

◆邐迤：音「裡以」；也作「迤邐」。本指山脈連接綿延的樣子，此借指鐘鼓聲由遠而近漸次傳來。

◆簾櫳：窗簾和窗子。

◆蛩：音「瓊」，蟋蟀；古幽州人稱作「趨織」，又稱「促織」。

◆砧杵：音「真楚」，搗衣石與棒槌。

◆駸駸：音「親親」；馬疾奔的樣子，形容時光飛逝。

◆東君：司春之神。

◆征驂：遠行的馬。驂，音「餐」，本指四匹馬的馬車，在車轅兩旁的馬稱為驂；此處代指馬。

◆晤語：對語。

◆將：帶，送。

天香 賀鑄

・賀鑄不屑於媚附權貴，加上相貌奇醜，因此頗不得志。

・此詞表面描寫悲秋懷人，其實旨在抒發內心不平之氣。

上片

煙絡橫林，山沉遠照，邐迤黃昏鐘鼓。燭映簾櫳，蛩催機杼，共苦清秋風露。不眠思歸，齊應和、幾聲砧杵。驚動天涯倦宦，駸駸歲華行暮。

★上片敘詞人遊宦天涯，歲暮天晚時，不由得興起懷鄉之情。

・「煙絡橫林，山沉遠照，邐迤黃昏鐘鼓。」「邐迤」，原形容山勢綿延不絕，此處借指鐘鼓聲由遠及近、迢遞而至，點出時間推移的空間感。

・「燭映簾櫳，蛩催機杼，共苦清秋風露。」從眼前景致、耳邊聲響，襯托出詞人心中悲苦。

・接著，「不眠思歸，齊應和、幾聲砧杵。」他因懷歸而失眠，屋外又傳來思婦趕製冬衣、連夜搗衣聲，伴隨著霜風蟲唱，更教人愁上添愁。

・「驚動天涯倦宦，駸駸歲華行暮。」此時，突然驚動了他這個天涯倦客，時光荏苒，又到了年尾，多想返鄉過年，與親友團聚。

下片

當年酒狂自負，謂東君、以春相付。流浪征驂北道，客檣南浦，幽恨無人晤語。賴明月、曾知舊遊處，好伴雲來，還將夢去。

★下片感慨失意落拓，浪跡天涯，一縷相思無從寄。

・「當年酒狂自負，謂東君、以春相付。」回憶當年的意氣風發，躊躇滿志。

・「流浪征驂北道，客檣南浦，幽恨無人晤語。」自傷年華老去，事業蹉跎，羈旅飄泊，滿腔幽恨，無處傾訴，更無人理解。

・最後，用「懸想示現」法，「賴明月、曾知舊遊處，好伴雲來，還將夢去。」只好託明月指引，讓浮雲將心中思念的她帶到這兒來，或讓好夢把他送到她那兒去。

化用謝莊〈月賦〉：「美人邁兮音塵闕，隔千里兮共明月。」望月懷人，「明月」既是兩地相思的憑藉，也成了詞人排遣思念的媒介。

UNIT 2-34
馬滑霜濃，不如休去，直是少人行

詞題或作「為道君李師師作」，據張端義《貴耳集》載：「道君（宋徽宗）幸李師師家，偶周邦彥先在焉，知道君至，遂匿于牀下。道君自攜新橙一顆，云江南初進來。遂與師師謔語。邦彥悉聞之，檃栝成〈少年遊〉。」然而，周邦彥卒於徽宗宣和三年（1121），年六十六。可見他較徽宗年長。當他少年冶遊京師，在位的是神宗，徽宗當時年紀小，恐怕不解箇中樂趣。何況李師師應比兩人年輕，故絕非詞中女主角。

或謂他晚年邂逅李師師而作；六十老翁藏匿床下，成此〈少年遊〉，豈不滑稽？因此，一般認為此詞係作者年少流連於青樓妓院之作，旨在描寫士子與妓女間的濃情蜜意。

少年遊　周邦彥

并刀如水，吳鹽勝雪，纖手破新橙。錦幄初溫，獸香不斷，相對坐調笙。　低聲問、向誰行宿？城上已三更。馬滑霜濃，不如休去，直是少人行。

并州出產的刀剪，光潔似水；吳地特有的精鹽，細白如雪；美人用那纖纖玉手為他剖開時新的香橙。錦緞帳幔裡，散發微微暖意；獸形香爐內，飄香不絕如縷；兩人相對而坐，美人為他吹笙助興。

美人輕聲細語問道：城頭上已經打過三更，夜深了，今晚打算到何人那兒歇宿？此時天寒地凍，街上積霜又濃又厚，馬蹄容易打滑，如此寒夜很少有人出門，不如就別走吧！

上片敘香閨對坐，深情款款。「并刀」、「吳鹽」、「新橙」、「錦幄」、「獸香」均為精美之物，由香閨之溫馨華美，器物之別緻考究，足見女主人的品味與風雅。又「破橙」、「調笙」兩個動作，從瑣事中表現出殷勤的待客之道。雖是描寫豔情，卻不落俗套。詞中善用白描法，熔視覺、觸覺、嗅覺、聽覺於一爐，表面淡淡寫景、敘事，並未言情，然情深款款卻不覺從字裡行間流瀉而出。故譚獻《詞辨》評云：「麗直而清，清極而婉。」良有以也！

下片敘深夜留客，曲折含蓄。一個「低」字，已涵蓋一切，軟語溫存，無限關懷。此處已微露勸留之意，委婉含蓄，令人玩味。誠如沈謙《填詞雜說》所評：「言馬，言他人，而纏綿偎倚之情自見。若稍涉牽裾，鄙矣。」此處絕口不提男主角，卻處處繞著他打轉，纏綿之意，躍然紙上。

此詞雖敘冶遊之事、風月之情，但清麗深婉，委婉曲折，蘊意無窮，故不失為詞中極品。誠如周濟《宋四家詞選》所評：「此亦本色佳製也。本色至此，便足。再過一分，便入山谷惡道矣。」同為婉約詞，同樣描寫豔情，周邦彥詞風典雅唯美，柳永詞則俚俗浪漫；同用白描手法，周詞曲折含蓄，柳詞則直率真摯；一雅一俗，一曲一直，迥然有別。

偎紅倚翠少年遊

應考大百科

＊典雅：周邦彥〈少年遊〉：「馬滑霜濃，不如休去，直是少人行。」詞中言馬，言他人，絕口不提男主角，卻處處繞著他打轉，此種寫法委婉含蓄，纏綿之意，盡在其中矣。

＊俚俗：柳永〈定風波〉：「針線閒拈伴伊坐，和我，免使年少光陰虛過。」道出女子只想鎮日伴他閒坐，做著針線活兒，與他長相廝守，不讓這大好青春白白虛度。用語直白，如話家常。

少年遊 周邦彥

・題作「為道君李師師作」，但周邦彥少年冶遊京師，徽宗年紀尚小，與事實不符。
・一般認為是詞人年少流連於青樓妓院之作，旨在描寫士子與妓女間的濃情蜜意。

上片

相對坐調笙。
獸香不斷，
錦幄初溫，
纖手破新橙。
吳鹽勝雪，
并刀如水，

下片

直是少人行。
不如休去，
馬滑霜濃，
城上已三更。
向誰行宿？
低聲問、

★上片敘香閨對坐，深情款款。

・「并刀」、「吳鹽」、「新橙」、「錦幄」、「獸香」均為精美之物，由香閨之溫馨華美，器物之別緻考究，足見女主人的品味與風雅。
・又「破橙」、「調笙」兩個動作，從瑣事中表現出殷勤的待客之道。

⇨詞中善用白描法，熔視覺、觸覺、嗅覺、聽覺於一爐，表面淡淡寫景、敘事，並未言情，然情深款款卻不覺從字裡行間流瀉而出。

★下片敘深夜留客，曲折含蓄。

・一個「低」字，已涵蓋一切，軟語溫存，無限關懷。此處已微露勸留之意。
・言馬，言他人，絕口不提男主角，卻處處繞著他打轉，纏綿之意，躍然紙上。

活用小精靈

相傳周邦彥、宋徽宗和名妓李師師之間還有一段香豔刺激的三角關係。據說某天周邦彥到青樓訪紅粉知己李師師，兩人聊得正開心時，忽然有人來報：「皇上駕到！」為了避免尷尬，他情急之下躲進了李師師的床底。

徽宗皇帝帶著江南新進貢的甜橙來探望心上人李師師，兩人品橙談心，卿卿我我，充滿濃情蜜意。直到夜深了，李師師終於含羞帶怯地勸皇上：「夜霜濃重，馬車容易打滑，路上行人也少，不如您就別急著離開！」於是想當然耳，皇上就留宿李師師家，在綺羅帳裡共度春夜良宵。

可憐的周邦彥，竟在床下度過了一宿；事後他才把這一段軼聞，填成此闋〈少年遊〉。——以上傳聞出自稗官野史，絕無根據。因為周邦彥於宋徽宗在位時，已是一個六十多歲老頭子，故不可能介入皇上與李師師之間，更不可能一把老骨頭還躲在床下看別人打情罵俏，然後寫成這樣羅曼蒂克的詞作。

UNIT 2-35
葉上初陽乾宿雨、水面清圓，一一風荷舉

此詞作於神宗元豐六年（1083）至哲宗元祐元年（1086）之間，時值周邦彥人生意氣風發的階段。他來到汴京，入太學讀書，後因向神宗皇帝獻〈汴都賦〉，歌頌新法，而被拔擢為太學正，政治前途看好。

蘇幕遮　周邦彥

燎沉香，消溽暑。鳥雀呼晴，侵曉窺檐語。葉上初陽乾宿雨、水面清圓，一一風荷舉。　故鄉遙，何日去？家住吳門，久作長安旅。五月漁郎相憶否？小楫輕舟，夢入芙蓉浦。

焚燒沉水香，消除夏天悶熱潮溼的暑氣。鳥雀啼鳴呼喚著晴天的到來，天快亮時我聽見牠們在屋檐下竊竊私語。初升的朝陽曬乾了荷葉上的雨珠、水面上的荷花清麗渾圓，迎著晨風，每一片荷葉都亭亭玉立。

我不禁想起遙遠的故鄉，何日才能回去？我家本在江南一帶，長久以來客居京城。五月時，故鄉的捕魚郎是否會思念我？划著一葉扁舟，我在夢中來到從前的荷花塘。

此詞以荷花為中心，上片著眼於雨後風荷的景致；下片追憶故鄉之夏荷，並勾起濃濃的思鄉情意。

上片實寫眼前所見夏日美景。「燎沉香，消溽暑。」從視覺、嗅覺、觸覺上摹寫室內焚香消暑的靜態之景。接著，將視角轉向戶外，「鳥雀呼晴，侵曉窺檐語。」從聽覺、視覺描摹夜雨初晴，鳥雀興奮地飛到屋簷下吱吱喳喳叫個不停，彷彿呼喚著晴天的來臨。——好一幅生動活潑的夏日風情畫！隨著時間移轉，旭日初升，「葉上初陽乾宿雨、水面清圓，一一風荷舉。」荷葉上的雨珠被朝陽曬乾了，水面上的荷花一朵朵清麗脫俗、渾圓飽滿，每一片荷葉都亭亭玉立，迎風招展。此三句將荷花的風姿點染得栩栩如生，躍然紙上，故王國維《人間詞話》評為「真能得荷之神理者」，堪稱古今詠荷之絕唱！

下片轉而抒發思鄉之情。「故鄉遙，何日去？」何時才能返回遙遠的故鄉呢？「家住吳門，久作長安旅。」他的家鄉在錢塘，此處以「吳門」為借代；長久以來客居京城（汴京），這裡用唐朝首都長安作代表，鄉關之思，溢於言表。以上四句直抒胸臆，風格清新，是富麗精工、雕字鏤句的美成詞中之特例。以下寫家鄉五月的荷花塘，為虛筆。「五月漁郎相憶否？小楫輕舟，夢入芙蓉浦。」先以設問法，詢問故鄉的捕魚郎是否思念他這個離鄉背井的遊子，這裡他不問親朋故舊，卻問起「五月漁郎」，隱含一種「人不親土親」的情愫，思念之情更深一層。末二句以虛構的夢境收尾，他划著小舟，於夢中來到家鄉的荷花塘。俗話說：「日有所思，夜有所夢。」現實中不能如願，只能於夢裡一償夙願；何況輕舟划入芙蓉浦的畫面，正是他從前所熟悉的場景。虛中有實，虛實相生，變幻莫測。誠如陳廷焯《雲韶集》所云：「不必以詞勝，而詞自勝。風致絕佳，亦見先生胸襟恬淡。」足見周邦彥詞藝術魅力之所在。

五月漁郎相憶否

應考大百科

◆燎：音「聊」，燒也。

◆沉香：一種名貴的香料，置於水中則下沉，故又名「沉水香」。

◆溽暑：潮溼的暑氣。

◆呼晴：喚晴。古人以為從鳥鳴可以占卜晴天或下雨。

◆侵曉：天快亮時。侵，漸近也。

◆清圓：清麗渾圓。

◆風荷舉：意味荷葉迎著晨風，每一片荷葉都挺出水面。舉，擎起。

◆吳門：即今江蘇蘇州；此處泛指江南一帶，詞人乃浙江錢塘人。

◆長安：原指漢、唐首都，此借代為北宋的京師汴京。

◆檝：音「極」，短槳也。

◆芙蓉浦：泛稱有荷花的水邊。而詞中指杭州西湖。

蘇幕遮 周邦彥

・此詞作於神宗元豐六年（1083）至哲宗元祐元年（1086）之間，時值詞人意氣風發的階段。

・以荷花為中心，上片著眼於雨後風荷的景致；下片追憶故鄉夏荷，並勾起濃濃的思鄉情意。

上片

燎沉香，消溽暑。鳥雀呼晴，侵曉窺檐語。葉上初陽乾宿雨、水面清圓，一一風荷舉。

下片

故鄉遙，何日去？家住吳門，久作長安旅。五月漁郎相憶否？小檝輕舟，夢入芙蓉浦。

★上片實寫眼前所見夏日美景：

・「燎沉香，消溽暑。」摹寫室內焚香消暑的靜態之景。

・接著，將視角轉向戶外，「鳥雀呼晴，侵曉窺檐語。」描摹夜雨初晴，鳥雀興奮地飛到屋簷下吱吱喳喳叫個不停，彷彿呼喚著晴天的來臨。

・旭日初升，「葉上初陽乾宿雨、水面清圓，一一風荷舉。」此三句將荷花的風姿點染得栩栩如生，躍然紙上。

★下片轉而抒發思鄉之情：

・「故鄉遙，何日去？」何時才能返回遙遠的故鄉？

・「家住吳門，久作長安旅。」鄉關之思，溢於言表。

・再寫家鄉五月的荷花塘：「五月漁郎相憶否？小檝輕舟，夢入芙蓉浦。」詢問故鄉的捕魚郎是否思念他這個離鄉背井的遊子，這裡他不問親朋故舊，卻問起「五月漁郎」，隱含一種「人不親土親」的情愫。

・末二句以虛構的夢境收尾，他划著小舟，於夢中來到家鄉的荷花塘。

借代為「錢塘」

借代為「汴京」

借代：就是以彼借代此的修辭技巧，常以性質相似者互為代替，或以部分指稱全體。

UNIT 2-36
憔悴江南倦客，不堪聽、急管繁絃

此詞為哲宗元祐八年（1093）周邦彥貶為溧水（今江蘇溧水）縣令時，遊無想山有感而發之作。通篇旨在抒發仕途失意的苦悶。

滿庭芳 夏日溧水無想山作　周邦彥

風老鶯雛，雨肥梅子，午陰嘉樹清圓。地卑山近，衣潤費爐煙。人靜烏鳶自樂，小橋外、新綠濺濺。憑欄久，黃蘆苦竹，擬泛九江船。　年年，如社燕，飄流瀚海，來寄修椽。且莫思身外，長近尊前。憔悴江南倦客，不堪聽、急管繁絃。歌筵畔，先安簟枕，容我醉時眠。

春風使雛鶯長成，夏雨讓梅子肥美，正午時分，美好的樹蔭清晰而渾圓。我的住所地勢低又近山邊，衣服潮溼總要費些爐火來烘乾。附近人家一片寂靜，飛鳥翩翩自得其樂，小橋外，新漲的綠水湍流激濺。我久久憑倚欄杆，遍地黃蘆苦竹，打算像當年白居易一樣泛舟九江中。

年復一年，我就像那春來秋去的社燕，飄泊流浪於遙遠、偏僻的地方，來寄居在這長長的屋椽上。暫且不去想身外的功名利祿，還是經常坐到酒席前喝一杯。我這個疲倦、憔悴的江南遊子，再也不忍聽那激越繁複的管絃樂。就在歌宴旁，安上枕蓆吧，讓我醉後可以隨意安眠。

上片描寫詞人羈旅江南初夏所見景色。開端三句：「風老鶯雛，雨肥梅子，午陰嘉樹清圓。」分別化用杜牧〈赴京初入汴口〉：「風蒲燕雛老」、杜甫〈陪鄭廣文遊何將軍山林〉：「紅綻雨肥梅」及劉禹錫〈晝居池上亭獨吟〉：「日午樹蔭正」等詩句，來描繪無想山美景。詞人頗能隨遇而安，故有賞夏之喜，不見傷春之愁。接著，明揭當地環境卑下、潮溼：「地卑山近，衣潤費爐煙。」如白居易〈琵琶行〉云：「住近湓江地低溼。」不過，「人靜烏鳶自樂，小橋外、新綠濺濺。」此地靜謐，連烏鳶都自得其樂；藉此反襯出他的孤單寂寞。結句：「憑欄久，黃蘆苦竹，擬泛九江船。」亦出自〈琵琶行〉：「黃蘆苦竹繞宅生。」他感覺自己在溧水，與當年白居易被貶江州，環境相似，不禁心生「同是天涯淪落人」之慨。

下片抒發遊宦他鄉的無奈。「年年，如社燕，飄流瀚海，來寄修椽。」自嘆歷經宦海浮沉，如同社燕，秋去春來，從大海飄流至此，在人家的長椽上築巢棲身。接著，道出借酒澆愁之意：「且莫思身外，長近尊前。」點化杜甫〈絕句漫興〉：「莫思身外無窮事，且盡生前有限杯。」杜牧〈張好好詩〉：「身外任塵土，尊前極歡娛。」而「憔悴江南倦客，不堪聽、急管繁絃。」暗用杜甫〈陪王使君〉：「不須吹急管，衰老易悲傷。」他也想在酒宴中尋歡作樂，卻不忍聽那「急管繁絃」的曲調，怕因年華老去，徒自傷悲。詞末：「歌筵畔，先安簟枕，容我醉時眠。」寫出心中的莫可奈何，只圖一醉，暫時拋去所有煩惱。

此詞長於鋪敘，富豔精工，善於化用前人詩句，渾然天成，堪稱清真詞的典型之作。

黃蘆苦竹憑欄久

應考大百科

◆午陰嘉樹清圓：正午時分，美好的樹蔭清晰而渾圓。陰，通「蔭」。

◆烏鳶：泛指飛鳥。

◆新綠：指河水。

◆黃蘆苦竹：語出白居易〈琵琶行〉：「住近湓江地低溼，黃蘆苦竹繞宅生。」暗示詞人的住所，和白居易謫居江州時相似。

◆社燕：燕子春社時飛來，秋社時歸去，故稱。社，指古代春天、秋天祭祀土神的日子。

◆瀚海：本指沙漠；此泛稱遙遠、偏僻的地方。

◆寄：託身。

◆修椽：長長的椽子。椽，音「船」，房屋上面承架屋瓦的圓木。

◆身外：指功名利祿等乃身外之物。

滿庭芳 夏日溧水無想山作　周邦彥

・此詞為哲宗元祐八年（1093）詞人貶為溧水（今江蘇溧水）縣令，遊無想山有感而發之作。
・通篇旨在抒發仕途失意的苦悶。長於鋪敘、化用，富豔精工，渾然天成，為清真詞的典型。

上片

風老鶯雛，雨肥梅子，午陰嘉樹清圓。地卑山近，衣潤費爐煙。人靜烏鳶自樂，小橋外、新綠濺濺。憑欄久，黃蘆苦竹，擬泛九江船。

★上片描寫詞人羈旅江南初夏所見景色：

・「風老鶯雛，雨肥梅子，午陰嘉樹清圓。」化用杜牧〈赴京初入汴口〉、杜甫〈陪鄭廣文遊何將軍山林〉及劉禹錫〈晝居池上亭獨吟〉等詩句，來描繪無想山美景。

・接著，明揭當地環境卑下、潮溼：「地卑山近，衣潤費爐煙。」不過，「人靜烏鳶自樂，小橋外、新綠濺濺。」此地靜謐，連烏鳶都自得其樂。

・「憑欄久，黃蘆苦竹，擬泛九江船。」出自白居易〈琵琶行〉，詞人感覺自己在溧水，與當年白居易被貶江州，環境相似，不禁心生「同是天涯淪落人」之慨。

下片

年年，如社燕，飄流瀚海，來寄修椽。且莫思身外，長近尊前。憔悴江南倦客，不堪聽、急管繁絃。歌筵畔，先安簟枕，容我醉時眠。

★下片抒發遊宦他鄉的無奈：

・「年年，如社燕，飄流瀚海，來寄修椽。」自嘆歷經宦海浮沉，如同社燕，秋去春來，從大海飄流至此，在人家的長椽上築巢棲身。

・接著，道出借酒澆愁之意：「且莫思身外，長近尊前。」點化杜甫〈絕句漫興〉、杜牧〈張好好詩〉的詩句。

・而「憔悴江南倦客，不堪聽、急管繁絃。」暗用杜甫〈陪王使君〉詩句。他也想在酒宴中尋歡作樂，卻不忍聽那「急管繁絃」的曲調，怕年華老去，徒自傷悲。

・「歌筵畔，先安簟枕，容我醉時眠。」寫出心中的莫可奈何，只圖一醉，暫時拋去所有煩惱。

UNIT 2-37 新筍已成堂下竹，落花都上燕巢泥

此詞一說是李清照之作，但更多學者認為應出自周邦彥之手。約作於徽宗宣和二年（1120），周邦彥出任順昌知府時。暮春時節，詞人登高望遠，看到天空萬里無雲，地面芳草萋萋，遠處的林外又傳來聲聲杜鵑鳥的啼鳴，引發濃濃的思鄉情懷，故而填寫該篇。

浣溪沙　周邦彥

樓上晴天碧四垂，樓前芳草接天涯。勸君莫上最高梯。　新筍已成堂下竹，落花都上燕巢泥。忍聽林表杜鵑啼？

我登上高樓，晴空萬里，青天與綠野四面相接；樓前芳草萋萋，一望無垠，天地間一片碧色。勸您不要登上高樓的頂端，因為遠望思鄉最令人傷懷。

堂下的新筍已長成竹子，落花也化為塵土作了燕子築巢的新泥。此時怎麼忍心聽那林梢傳來陣陣杜鵑鳥的啼叫聲？

上片描寫登高懷鄉的情景。首二句：「樓上晴天碧四垂，樓前芳草接天涯。」看似景語，實則化用前人詩詞佳句：如韓偓〈有憶〉：「愁腸泥酒人千里，淚眼倚樓天四垂。」又魏夫人〈阮郎歸〉：「夕陽樓外落花飛，晴空碧四垂。」詞人藉由登樓遠眺，視野遼闊，芳草綿延不絕，勾起無限思鄉情意。接著，引出「勸君莫上最高梯。」間接傳達出濃烈的鄉關之思；但他並不一語道破，而用第三者的角度，勸人千萬別登上高樓的頂端，為什麼呢？當然是懷鄉心切，遠望思歸，怕觸動心底最敏感的情思。此處含蓄托出懷鄉心緒，深沉蘊藉，餘韻無窮。

下片進一步深化思鄉情懷。首二句：「新筍已成堂下竹，落花都上燕巢泥。」隨著時序轉移，已從上片芳草萋美的初春，進入新筍成竹、落花化泥的暮春時節；寫作視角也由上片晴空碧野、天涯芳草的遠景，轉為「堂下竹」、「燕巢泥」的近物。由遠而近，由大而小，暗示隨著時光飛逝，這份鄉關之思從外而內逐漸深化，與日俱增。最後，採反問法加強語氣：「忍聽林表杜鵑啼？」由於林間杜鵑鳥的啼聲近似「不如歸去！不如歸去！」對於飄泊異鄉的遊子而言，自是不忍聽聞。他也想歸去，偏偏迫於現實的無奈，有家歸不得，杜鵑鳥的聲聲哀鳴，只會令他觸景傷情，更增添心中綿綿無盡的鄉愁。

詞中通篇不見「思鄉」二字，字裡行間卻隱含濃郁的鄉愁：上片將懷鄉之情暗藏在登高望遠中，下片則化進了杜鵑啼唱裡；「不如歸去」數字雖未直接點明，卻成為全詞的主旋律，唱出了愁思縈繞，不絕如縷的思歸情緒。

忍聽林表杜鵑啼

應考大百科

◆碧四垂：指青天與綠野四面相接，天地之間一片碧色。

◆芳草：芳美的春草。

◆高梯：高樓也。

◆燕巢泥：指落花化為泥土，被燕子銜去築巢。

◆林表：即林外。

◆杜鵑：即杜鵑鳥，其啼聲似「不如歸去」，哀苦淒絕，每每勾起人們的思鄉情懷。

浣溪沙 周邦彥

・此詞一說是李清照之作，但更多人認為出自周邦彥。

・約作於徽宗宣和二年（1120），周邦彥時任順昌知府。

上片

勸君莫上最高梯。
樓前芳草接天涯。
樓上晴天碧四垂，

★上片描寫登高懷鄉的情景：

・「樓上晴天碧四垂，樓前芳草接天涯。」看似景語，實則化用韓偓〈有憶〉、魏夫人〈阮郎歸〉的佳句。詞人藉由登樓遠眺，芳草綿延不絕，勾起無限思鄉情意。

・接著，引出「勸君莫上最高梯。」間接傳達出濃烈的鄉關之思；但他並不一語道破，而用第三者的角度，勸人千萬別登上高樓的頂端，為什麼呢？當然是懷鄉心切，遠望思歸，怕觸動心底最敏感的情思。

下片

忍聽林表杜鵑啼？
落花都上燕巢泥。
新筍已成堂下竹，

★下片進一步深化思鄉情懷：

・「新筍已成堂下竹，落花都上燕巢泥。」隨著時序轉移，已從上片芳草萋美的初春，進入新筍成竹、落花化泥的暮春時節；寫作視角也由上片晴空碧野、天涯芳草的遠景，轉為「堂下竹」、「燕巢泥」的近物。⇨由遠而近，由大而小，暗示隨著時光飛逝，這份鄉關之思從外而內逐漸深化，與日俱增。

・最後，採反問法加強語氣：「忍聽林表杜鵑啼？」由於林間杜鵑鳥的啼聲近似「不如歸去！不如歸去！」對於飄泊異鄉的遊子而言，自是不忍聽聞。他也想歸去，偏偏迫於現實的無奈，有家歸不得，杜鵑鳥的聲聲哀鳴，只會令他觸景傷情，更增添心中綿綿無盡的鄉愁。

活用小精靈

此詞「勸君莫上最高梯」句，隱含著深意；在為人處世上真的不要強出頭，畢竟「樹大招風」、「高處不勝寒」，人有時低調些、內斂些比較好，避免鋒芒畢露給自己添麻煩。

一如《如懿傳》中忻妃的名言：「得不高不低之位，爭不榮不辱之地，才得長久平安。」李密菴〈半半歌〉亦云：「飲酒半酣正好，花開半時偏妍；半帆張扇免翻顛，馬放半韁穩便。半少卻饒滋味，半多反厭糾纏……」這就是中國人所講的不偏不倚、不多不少的「中庸之道」。

UNIT 2-38 樓上闌干橫斗柄，露寒人遠雞相應

此詞創作時間不明。詞題曰「早行」，描寫秋天清晨離家時，那般難分難捨的離情。詞中沒有直抒胸臆的情感，主要靠各種精心鋪陳的場景與意象、人物的表情和動作，間接渲染出離別的氛圍，是清真詞經過思力安排、苦心雕琢的代表作之一。

蝶戀花 早行　周邦彥

月皎驚烏棲不定，更漏將殘，轣轆牽金井。喚起兩眸清炯炯，淚花落枕紅棉冷。　執手霜風吹鬢影，去意徊徨，別語愁難聽。樓上闌干橫斗柄，露寒人遠雞相應。

月光皎潔明亮，驚起烏鴉叫個不停，無法棲息；更漏即將滴盡，天快亮了，遠處傳來有人搖動轆轤從井裡汲水的聲音。女子淚眼汪汪，哭到連枕中紅綿都溼透了。

兩人牽手道別，看著霜風吹拂她的鬢髮；離別在即，男子卻難分難捨，告別的話兒聽得使人落淚斷腸。男子出門後頻頻回望，但見伊人閣樓上北斗星明亮地橫亙著；寒露襲人，漸行漸遠，一路上雞啼聲四起。

上片記臨別前的情景。開篇三句：「月皎驚烏棲不定，更漏將殘，轣轆牽金井。」營造出分別前一夜離情依依的氣氛，從月皎到更殘，暗示行人與送行人滿懷惆悵，終夜難眠。「月皎驚烏棲不定」，脫胎於曹操〈短歌行〉：「月明星稀，烏鵲南飛。」辛棄疾〈西江月〉：「明月別枝驚鵲。」化用此句，翻新出奇，從視覺、聽覺上摹狀深夜月光皎潔，讓巢中烏鴉誤以為是天明，而飛叫不定。不久，更漏將殘，黎明將至，遠處傳來有人早起搖動轆轤汲水的聲音。隨著時間的推移，別離已迫在眼前。接著，「喚起兩眸清炯炯，淚花落枕紅棉冷。」送行女子被這驚烏、漏殘、轆轤聲「喚起」，瞧她已哭得淚眼汪汪，猶如一枝梨花春帶雨，離別的清淚溼透了枕中紅綿。「冷」之一字，同時隱含三重意思：淚落枕頭之溼冷、清晨氣候之寒冷、別時心情之淒冷。

下片敘男子清早遠行的情境，並點明詞題「早行」。前三句寫分離的當下：「執手霜風吹鬢影，去意徊徨，別語愁難聽。」兩人執手道別，任由霜風吹動她的鬢髮，令他難分難捨，欲行又止，告別的話語總令人柔腸寸斷。「執手」一辭，語出《詩經・邶風・擊鼓》：「執子之手，與子偕老。」而這裡卻使人想起柳永〈雨霖鈴〉：「執手相看淚眼」的分別場景。「霜風吹鬢影」，從行人眼中看見霜風吹動送行女子的鬢髮，多麼楚楚堪憐，怎忍心拋下她獨守空閨？然而，他又有不得已要遠行的苦衷。「徊徨」，寫出他不得不離去的掙扎與無奈。末二句敘男子離開後：「樓上闌干橫斗柄，露寒人遠雞相應。」他愈行愈遠，仍頻頻回頭遙望伊人居住的閣樓，然而閣樓已隱入地平線下，但見斗柄橫斜，天色大明，寒露襲人，雞聲四起，更顯出其形孤影隻，旅途寂寞。此處「以景結情」，將清晨離家的別情寫到露寒、影孤、陣陣雞鳴聲中，兼具觸覺、視覺、聽覺效果。

淚花落枕紅棉冷

應考大百科

◆月皎：月光皎潔。語出《詩經‧陳風‧月出》：「月出皎兮。」

◆轣轆：音「歷鹿」，指井上汲水器轆轆轉動的聲音。

◆炯炯：明亮貌。

◆徊徨：徘徊、徬徨也。

◆闌干：橫斜貌。

◆斗柄：指北斗七星第五、六、七顆星排列的形狀，像古代舀酒用的斗把，故稱「斗柄」。

蝶戀花早行　周邦彥

・此詞創作時間不明。詞題「早行」，描寫秋天清晨離家時，那般難分難捨的離情。

・詞中靠各種精心鋪陳的場景與意象、人物的表情和動作，間接渲染出離別的氛圍。

上片

月皎驚烏棲不定，
更漏將殘，
轣轆牽金井。
喚起兩眸清炯炯，
淚花落枕紅棉冷。

★上片記臨別前的情景。

・「月皎驚烏棲不定，更漏將殘，轣轆牽金井。」從月皎到更殘，暗示行人與送行人滿懷惆悵，終夜難眠。「月皎驚烏棲不定」，脫胎於曹操〈短歌行〉；辛棄疾〈西江月〉化用此句，翻新出奇，摹狀深夜月光皎潔，讓巢中烏鴉誤以為是天明，而飛叫不定。不久，更漏將殘，黎明將至，遠處傳來有人早起搖動轤轆汲水的聲音。⇨隨著時間的推移，別離已迫在眼前。

・「喚起兩眸清炯炯，淚花落枕紅棉冷。」送行女子被這驚烏、漏殘、轆轤聲「喚起」，瞧她已哭得淚眼汪汪，猶如一枝梨花春帶雨，離別的清淚溼透了枕中紅綿。

下片

執手霜風吹鬢影，
去意徊徨，
別語愁難聽。
樓上闌干橫斗柄，
露寒人遠雞相應。

★下片敘男子清早遠行的情境，並點明詞題「早行」。

・寫分離的當下：「執手霜風吹鬢影，去意徊徨，別語愁難聽。」兩人執手道別，任由霜風吹動她的鬢髮，令他難分難捨，欲行又止，告別的話語總令人柔腸寸斷。「執手」一辭，語出《詩經‧邶風‧擊鼓》，使人想起柳永〈雨霖鈴〉的分別場景。

・敘男子離開後：「樓上闌干橫斗柄，露寒人遠雞相應。」他愈行愈遠，仍頻頻回頭遙望伊人居住的閣樓，然而閣樓已隱入地平線下，但見斗柄橫斜，天色大明，寒露襲人，雞聲四起，更顯出其形孤影隻，旅途寂寞。

UNIT 2-39
長亭路，年去歲來，應折柔條過千尺

此詞之創作背景歷來看法不一：周濟《宋四家詞選》解為「客中送客」之作；胡雲翼《宋詞選》以為是「借送別來表達自己『京華倦客』的抑鬱心情。」張端義《貴耳集》記載：周邦彥和名妓李師師相好，得罪了宋徽宗，被押出都門；李師師置酒送別時，周邦彥填寫此詞。王國維《清真先生遺事》中已辨明周邦彥、李師師傳言之妄。但我們可從中得到一個訊息，原來宋人將此詞理解成詞人離開京城時所作。

蘭陵王柳　周邦彥

柳陰直，煙裡絲絲弄碧。隋堤上、曾見幾番，拂水飄綿送行色。登臨望故國，誰識、京華倦客？長亭路，年去歲來，應折柔條過千尺？　閒尋舊蹤跡。又酒趁哀絃，燈照離席。梨花榆火催寒食。愁一箭風快，半篙波暖，回頭迢遞便數驛，望人在天北。　悽惻，恨堆積！漸別浦縈迴，津堠岑寂。斜陽冉冉春無極。念月榭攜手，露橋聞笛。沉思前事，似夢裡，淚暗滴。

柳蔭連成一直線，在煙霧瀰漫中，絲絲碧柳隨風搖曳生姿。在隋堤上，曾經多少次看見柳絮低拂飛舞，送走了匆匆離去的行人。登上高臺望故鄉，又有誰認識、我這個厭倦官場生涯的異鄉人？在十里長亭的路上，年復一年，人們送別時折下的柳條應該超過千尺長吧？

我閒來追憶昔時的舊足跡。在餞別的酒席上，華燈照耀，我在哀怨的音樂聲中，舉起了酒杯。驛站旁的梨花已經盛開，催促著寒食節的到來，人們又將拿榆、柳之木來取火。我滿懷愁緒坐船像箭一樣飛快地離開，竹篙在溫暖的水波裡頻頻往前撐；回頭看時，驛站被遠遠地拋在後方，再望一眼我思念的人，她已遠在天北了。

我內心悲傷，多少的離恨層層堆積！來到正當河岸曲折的地方，碼頭上守望處一片沉寂。太陽緩緩地西斜，春意盎然。我不禁想起與她攜手同遊月光下的樓臺，我倆一起在滿是露水的橋畔聽人吹笛。細細思量往事，彷如夢一場，淚水暗自滴了下來。

周邦彥除了一些直抒胸臆的小詞，如〈少年遊〉等；還有更多精心鋪排，刻意剪裁、布置的長篇之作，如〈蘭陵王・柳〉便是這類苦心經營、辭藻華美、音律和諧、用典精工的代表作之一。那些清新自然的抒情小詞，乃承襲晚唐、五代花間詞風及晏殊、歐陽脩等婉約詞而作；這類精雕細琢的長篇之作，才是周邦彥典型的格律詞，下啟南宋姜夔、張炎等注重審音調律、講究雕字鏤句之風氣。

拂水飄綿送行色

應考大百科

◆隋堤：河南商丘至永城間的汴河故道，為隋煬帝所修，道旁遍植楊柳，供其乘龍舟出遊時觀賞。

◆飄綿：指柳絮隨風飄揚。

◆京華：京師。

◆長亭：古代於路旁十里設一長亭，五里置一短亭，供人休憩或送別之用。

◆榆火：指古人春天時鑽榆、柳之木以取火種。

◆寒食：清明前一、二日，當天禁煙、火，只吃冷食；相傳晉文公為了紀念介之推葬身火窟，而下令禁火。

◆迢遞：遙遠。

◆驛：驛站。

◆悽惻：悲傷也。

◆漸：正當。

◆別浦：水流分支的地方。

◆津堠：碼頭上守望的地方。津，渡口。堠，音「厚」，哨所。

◆冉冉：緩慢移動貌。

◆月榭：月光下的樓臺。榭，音「謝」，臺上的屋子。

蘭陵王柳　周邦彥

- 一說周邦彥有感於李師師置酒送別，遂成此詞。⇨此說不可信
- 宋朝人通常將此詞理解成詞人離開京城時所作。

上片

柳陰直，煙裡絲絲弄碧。
隋堤上、曾見幾番，
拂水飄綿送行色。
登臨望故國，
誰識、京華倦客？
長亭路，年去歲來，
應折柔條過千尺？

以樂景襯托哀情

★上片藉由詠柳，隱約點出離京的原因，並渲染離別的氛圍。

- 「柳陰直，煙裡絲絲弄碧。」此「直」既指正午時分，柳蔭直鋪在地；亦指柳樹成行，在長堤上呈直線排開。
- 「隋堤上、曾見幾番，拂水飄綿送行色。」隋堤上「拂水飄綿」的碧柳，多少回都在為遠行的人送別？
- 「登臨望故國，誰識、京華倦客？」採反詰語氣，托出無人「識」此「京華倦客」，所以興起懷鄉思歸之情。
- 「長亭路，年去歲來，應折柔條過千尺？」回到詠柳的主題，想像長亭路上每年春天都有人來此折柳送別，年復一年，那些被折下的柳枝應該已經超過千尺長了吧？⇨虛寫一個離別的共相，隱含淡淡的哀傷。

UNIT 2-39 長亭路，年去歲來，應折柔條過千尺（續）

這是一闋長調，旨在抒發春日離京的滿腔離愁別恨。由於中國人自古有折柳贈別之俗，所以此詞雖題為「柳」，只有上片藉詠柳以鋪述分離場景，中、下二片皆重在敘別情。

上片藉由詠柳，隱約點出離京的原因，並渲染離別的氛圍。「柳陰直，煙裡絲絲弄碧。」此「直」既指正午時分，柳蔭直鋪在地；亦指柳樹成行，在長堤上直線排開。絲絲柳條在煙霧瀰漫中搖曳生姿，展現無限綠意，真美！「隋堤上、曾見幾番，拂水飄綿送行色。」但良辰美景當前，未必有賞心樂事，一如那隋堤上「拂水飄綿」的碧柳，多少回都在為遠行的人送別？此正是以樂景襯托哀情的寫法。「登臨望故國，誰識、京華倦客？」再從送別，寫到自身的感慨。採反詰語氣，托出無人「識」此「京華倦客」，所以興起懷鄉思歸之情。「長亭路，年去歲來，應折柔條過千尺？」回到詠柳的主題，想像長亭路上每年春天都有人來此折柳送別，年復一年，那些被折下的柳枝應該已經超過千尺長了吧？這裡虛寫一個離別的共相，隱含淡淡的哀傷。

中片敘自己將啟程離開京城，實寫離別情景。「閒尋舊蹤跡。」「尋」應解作「追憶」，而非「尋覓」。應是臨行前，靜下來追憶舊時往事。「又酒趁哀絃，燈照離席。梨花榆火催寒食。」想到昨晚的餞別宴，「又」呼應上片「曾見幾番」，代表這是眾多離別的其中之一；「酒」、「哀絃」、「離席」暗示離情依依；「梨花榆火催寒食」點明餞行的季節，在寒食節前夕。隨即，一個跳接，他坐船出發了，「愁一箭風快，半篙波暖，回頭迢遞便數驛，望人在天北。」以「愁」領起，總結所有的離別情緒。但無論離愁有多深、多重，船一開，飛快地駛遠了，駛進了溫暖的水域，他再回頭張望，已經過了好幾個驛站，而他心中念念不忘的人也遠在天邊了。此處以船之輕快襯托愁之濃重，以「波暖」反襯心寒，此四句語言明朗，心情卻極其愁悶鬱結。

下片訴說別後相思，將離愁別緒醞釀至空前濃烈，無以復加。「悽惻，恨堆積！」呼應中片之「愁」字，但這裡寫出了切身之痛，那是層層疊疊、日積月累新愁舊恨的總合。「漸別浦縈迴，津堠岑寂。斜陽冉冉春無極。」描摹旅途中景色，情景交融：「別浦縈迴」一如他的愁腸千迴百轉，「津堠岑寂」他的內心更加孤寂；儘管夕陽無限好、春色無邊，他再也無心觀賞，此時對他而言，良辰好景形同虛設。何以如此？「念月榭攜手，露橋聞笛。」以「念」字開端，採「追述示現」法，回憶昔時與佳人相伴的美好時光。「沉思前事，似夢裡，淚暗滴。」往事如幻似夢，而今夢醒了，不由得暗自垂淚，空留遺恨。

統觀全詞，含蓄蘊藉，迂迴曲折，無論景語或情語都十分耐人尋味，這正是清真詞的特色所在。

拂水飄綿送行色

應考大百科

＊古人有「折柳贈別」的習俗，因為柳樹易栽種，無論走到天涯海角，隨處可見，象徵祝福遊子無論落腳何地都能枝繁葉茂；又柳絲細長、纖柔，一如相思之細密綿長，不絕如縷。而且「柳」與「留」諧音，含有挽留之意。

＊在古詩詞中，「柳」隱含幾種意象：1. 離別，因古人有「折柳贈別」之俗。2. 春天，當柳色青翠碧綠時，代表春臨大地。3. 美人，形容女子細長的眉毛（柳葉眉）、腰肢纖細，走起路來如弱柳扶風；不過柳枝輕柔、隨風起舞，往往用以比喻風塵女子，如「章臺柳」。

蘭陵王柳　周邦彥

- 〈蘭陵王・柳〉便是清真詞苦心經營、辭藻華美、音律和諧、用典精工的代表作。
- 這類精雕細琢的長篇之作，才是美成格律詞的典型，下啟南宋姜夔、張炎等詞人。

中片

望人在天北。
回頭迢遞便數驛，
愁一箭風快，半篙波暖，
梨花榆火催寒食。
又酒趁哀絃，燈照離席。
閒尋舊蹤跡。

★中片敘自己將啟程離開京城，實寫離別情景。

- 「閒尋舊蹤跡。」「尋」應解作「追憶」，而非「尋覓」。應是臨行前，靜下來追憶舊時往事。
- 「又酒趁哀絃，燈照離席。梨花榆火催寒食。」想到昨晚的餞別宴，「又」呼應上片「曾見幾番」，代表這是眾多離別之一；「酒」、「哀絃」、「離席」暗示離情依依；「梨花榆火催寒食」點明餞行在寒食節前夕。
- 隨即一個跳接，他坐船出發了，「愁一箭風快，半篙波暖，回頭迢遞便數驛，望人在天北。」以「愁」領起，總結所有的離別情緒。但無論離愁有多深、多重，船一開，駛進了溫暖的水域，他再回頭張望，已經過了好幾個驛站，心中念念不忘的人也遠在天邊了。

下片

似夢裡，淚暗滴。
沉思前事，
念月榭攜手，露橋聞笛。
斜陽冉冉春無極。
漸別浦縈迴，津堠岑寂。
悽惻，恨堆積！

★下片訴說別後相思，將離愁別緒醞釀至空前濃烈，無以復加。

- 「悽惻，恨堆積！」呼應中片之「愁」字，但這裡寫出了切身之痛，那是層層疊疊、日積月累新愁舊恨的總合。
- 「漸別浦縈迴，津堠岑寂。斜陽冉冉春無極。」描摹旅途中景色，情景交融：「別浦縈迴」一如他的愁腸千迴百轉，「津堠岑寂」他的內心更加孤寂；此時對他而言，良辰好景形同虛設。
- 「念月榭攜手，露橋聞笛。」以「念」字開端，採「追述示現」法，回憶昔時與佳人相伴的美好時光。
- 「沉思前事，似夢裡，淚暗滴。」往事如幻似夢，而今夢醒了，不由得暗自垂淚，空留遺恨。

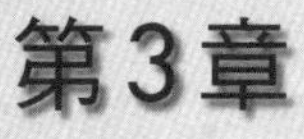

第3章

南宋詞

橫跨兩宋的「易安體」，別具一格。南宋詞，如稼軒、放翁等慷慨激昂之作，近於東坡豪放詞；如白石（姜夔）、碧山（王沂孫）等詠物之作，近於清真（周邦彥）格律詞。

UNIT 3-1
別愁深夜雨，孤影小窗燈

南宋高宗紹興四年（1134），金兵南侵，陳克力主抗金，上奏守備細則，然不獲採納。兩年後，他在呂祉幕中為僚屬，有感於國事衰頽，自己卻英雄無用武之地，憤而填寫此詞。

臨江仙　陳克

四海十年兵不解，胡塵直到江城。歲華銷盡客心驚，疏髯渾似雪，衰涕欲生冰。　送老齏鹽何處是？我緣應在吳興。故人相望若為情？別愁深夜雨，孤影小窗燈。

十年了，四海之內的戰爭還沒結束；金人舉兵南侵，早已深入到建康城。我客居他鄉多年，驚覺年華老去，稀疏的鬍子變得像雪一樣白，快枯竭的淚水也如冰一般冷。

哪裡是我養老退隱的地方？我想應該去吳興吧。又怕這裡的朋友思念我情何以堪？屆時，友人只能滿懷離愁，獨自面對深夜的淒雨；形單影隻，伴隨小窗內的孤燈。

上片抒發他老驥伏櫪，壯心不已的愛國情操。開篇：「四海十年兵不解，胡塵直到江城。」明揭從北宋末至南宋初金人南侵，北宋淪亡，兵臨建康城下這段史實。十年戰火連天，強烈表達對金兵入侵的憤慨；四海胡塵瀰漫，間接道出對朝廷無能的不滿。筆鋒一轉，轉為抒情，「歲華銷盡客心驚，疏髯渾似雪，衰涕欲生冰。」他驚覺虛度年華，終將老死異鄉，眼看國事風雨飄搖，自己卻一籌莫展，不覺感慨萬千。鬚髮稀疏了、雪白了，淚水也哭乾了，他心灰意冷、意志消沉，無法再為國效力，怎不悲從中來？為此而涕泗縱橫。這是他報國無門的深沉喟嘆。

下片情感更深一層，敘想到吳興（今浙江湖州）退隱養老，又怕好友太過思念他，故久久不忍離去。首二句採提問法，自問自答，「送老齏鹽何處是？我緣應在吳興。」點出隱退吳興之地，終老一生的願望；不然，年老力衰，又該何去何從？思想由悲哀轉為悲觀，因為他已別無選擇了。「齏鹽」，原指切碎了的醃菜，此借代為清貧的隱居生活。末三句採「預言示現」法，「故人相望若為情？別愁深夜雨，孤影小窗燈。」設想他一旦離開，老朋友將如何思念他？故而虛擬出滿懷離恨，愁腸千轉，連夜淒風苦雨；一人獨坐窗邊，孤影對孤燈。詞末以景語作收，景中含情，別開生面。「別愁深夜雨，孤影小窗燈。」雖明寫友人對詞人的思念，其實詞人退隱後，何嘗不也如此？形影孤單，伴燈獨坐，一夜無眠。此處宜作雙向解，詞意更為綿長。此二句點染蘇軾〈辛丑十一月十九日，既與子由別於鄭州西門之外，馬上賦詩一篇寄之〉：「寒燈相對記疇昔，夜雨何時聽蕭瑟？」化用蘇詩意象，加入「別愁」與「孤影」，烘托出故人獨處無侶的孤寂，亦反襯詞人自身孤苦無依之處境。

通篇先寫憂國之心，次記別友之情，熔國仇家恨、離愁別緒、個人身世之慨於一爐，悲慨沉鬱，鬱結胸中，情真意摯，格調悲涼，使人不忍卒讀。

歲華銷盡客心驚

應考大百科

- ◆兵不解：即戰爭還沒結束的意思。
- ◆胡塵：指金兵。
- ◆江城：指建康（今江蘇南京）。
- ◆疏髯：稀疏的鬍鬚。髯，音「然」，長於兩頰的鬚。
- ◆齏鹽：原指切碎的醃菜，此指清貧的隱居生活。
- ◆若為情：如何為情，難為情也。

臨江仙　陳克

- 南宋高宗紹興四年（1134）金兵南侵，陳克力主抗金，上奏守備細則，然不獲採納。
- 兩年後，他在呂祉幕中有感於國事衰頹，自己卻英雄無用武之地，憤而填寫此詞。

上片

四海十年兵不解，胡塵直到江城。歲華銷盡客心驚，疏髯渾似雪，衰涕欲生冰。

★上片抒發他老驥伏櫪，壯心不已的愛國情操。

- 「四海十年兵不解，胡塵直到江城。」十年戰火連天，強烈表達對金兵入侵的憤慨；四海胡塵瀰漫，間接道出對朝廷無能的不滿。
- 轉為抒情：「歲華銷盡客心驚，疏髯渾似雪，衰涕欲生冰。」他驚覺虛度年華，終將老死異鄉，眼看國事風雨飄搖，自己卻一籌莫展，不覺感慨萬千。⇨他報國無門的深沉喟嘆。

下片

送老齏鹽何處是？我緣應在吳興。故人相望若為情？別愁深夜雨，孤影小窗燈。

★下片敘想到吳興（今浙江湖州）退隱養老，又怕好友太過思念他，故久久不忍離去。

- 「送老齏鹽何處是？我緣應在吳興。」自問自答，點出隱退吳興，終老一生的願望；不然，年老力衰，又該何去何從？思想由悲哀轉為悲觀，因為他已別無選擇了。
- 再採「預言示現」法，「故人相望若為情？別愁深夜雨，孤影小窗燈。」設想他一旦離開，老朋友將如何思念他？故而虛擬出滿懷離恨，愁腸千轉，連夜淒風苦雨；一人獨坐窗邊，孤影對孤燈。⇨「別愁深夜雨，孤影小窗燈。」雖明寫友人對詞人的思念，其實詞人退隱後，何嘗不也如此？形影孤單，伴燈獨坐，一夜無眠。

通篇先寫憂國之心，次記別友之情，熔國仇家恨、離愁別緒、個人身世之慨於一爐

UNIT 3-2

玉樓金闕慵歸去，且插梅花醉洛陽

朱敦儒生性淡泊，不好名利，據《宋史・文苑傳》記載，他「志行高潔，雖為布衣而有朝野之望。」北宋靖康年間，欽宗曾召他至汴京，欲授以學官，他固辭道：「麋鹿之性，自樂閒曠，爵祿非所願也。」終究拂衣而去。此詞即作於他從京師返回洛陽後，故題為「西都作」，表現出他早年隱居洛陽恬淡自得的心情。

鷓鴣天西都作　朱敦儒

我是清都山水郎，天教分付與疏狂。曾批給雨支風券，累上留雲借月章。　詩萬首，酒千觴，幾曾著眼看侯王？玉樓金闕慵歸去，且插梅花醉洛陽。

我是天界掌管山水的郎官，天帝賦予我狂放不羈的性格。我曾多次批准支配風雨的手令，也多次上呈留住彩雲、借走月亮的奏章。

我自由自在地吟詩萬首，喝酒千杯，又何曾把王侯將相放在眼中？就算在華麗的天宮作官我也懶得去，只想插枝梅花醉倒在花都洛陽城。

上片自述天性疏狂，過慣了吟風醉月、放任不羈的生活。首二句：「我是清都山水郎，天教分付與疏狂。」自稱是天上掌管山水的郎官，這種疏放狂傲的性格與生俱來。「清都」一辭，語出《列子・周穆王》：「清都紫微，鈞天廣樂，帝之所居。」即傳說中天帝宮闕的所在。「山水郎」，顧名思義，是天界掌管名山大川的官吏。此二句語氣豪放中帶有幾許剛強，尤其「疏狂」二字點出通篇的主旨。接著，「曾批給雨支風券，累上留雲借月章。」承首句而來，因為是「清都山水郎」，所以他的職務為批審支配風雨的文書、上呈留雲借月的奏章，暗示世間風、雨、雲、月都任由他調遣。末二句寫得多疏狂，充滿美麗遐想，極富浪漫色彩；且透過一個「累」字，突顯他對自然月光雲影的熱愛，多麼超然絕俗，不食人間煙火！

下片以「洛陽」點出詞題「西都作」，抒發退隱西都的疏淡與狂放。「詩萬首，酒千觴，幾曾著眼看侯王？」緊扣上片的「疏狂」本性：他賦詩上萬首，飲酒千百杯，自在快活！又何曾把王侯將相、利祿功名看在眼裡？人生苦短，逍遙無價，怎忍心辜負清風明月、美酒佳詩？結尾：「玉樓金闕慵歸去，且插梅花醉洛陽。」以「玉樓金闕」照應上片的「清都」，看似指天上宮闕，實則借代為宋都汴梁。是說他懶得入京為官，寧可隱居花都洛陽城，閒來無事，拈一枝梅花插在頭上，痛飲美酒，自我陶醉。唯其如此，才符合他「天教分付與疏狂」的個性，不罔他身為「清都山水郎」的風雅形象。

此詞上片與陶淵明〈歸田園居〉五首之一：「少無適俗韻，性本愛丘山。」不謀而合，但較陶詩更具奇幻氛圍。下片轉為寫實，大有李白愛斗酒、輕王侯之作風；「玉樓金闕慵歸去，且插梅花醉洛陽。」更隱含敝屣富貴，風流自賞，自重自愛的精神面貌。故清人黃蘇《蓼園詞選》云：「希真（朱敦儒）梅詞最多，性之所近也。」由於與梅花性情相近，詞中不時可見梅的蹤影。

累上留雲借月章

應考大百科

◆清都山水郎：在天界掌管山水的官吏。清都，指與「紅塵」相對的仙境而言。

◆分付：賦予。

◆疏狂：疏妄、狂放，不拘禮法。

◆玉樓金闕慵歸去：不願到那瓊樓玉宇中；表示無意在朝為官之意。

◆且插梅花醉洛陽：暫且插枝梅花醉倒在洛陽城中。梅花，暗示人品冰清玉潔。洛陽，即詩題之「西都」。

鷓鴣天西都作　朱敦儒

- 朱敦儒生性淡泊，不好名利，北宋靖康年間，欽宗召他至汴京欲授以學官，終究拂衣而去。
- 此詞作於從京師返回洛陽後，故題為「西都作」，表現出他早年隱居洛陽恬淡自得的心情。

上片

累上留雲借月章。
曾批給雨支風券，
天教分付與疏狂。
我是清都山水郎，

★上片自述天性疏狂，過慣了吟風醉月、放任不羈的生活。

- 「我是清都山水郎，天教分付與疏狂。」自稱是天上掌管山水的郎官，這種疏放狂傲的性格與生俱來。
- 「曾批給雨支風券，累上留雲借月章。」承首句而來，因為是「清都山水郎」，所以他的職務為批審支配風雨的文書、上呈留雲借月的奏章，暗示世間風、雨、雲、月都任由他調遣。

疏狂　通篇的主旨

下片

且插梅花醉洛陽。
玉樓金闕慵歸去，
幾曾著眼看侯王？
詩萬首，酒千觴，

★下片以「洛陽」點出詞題「西都作」，抒發退隱西都的疏淡與狂放。

- 「詩萬首，酒千觴，幾曾著眼看侯王？」緊扣上片的「疏狂」本性。人生苦短，逍遙無價，怎忍心辜負清風明月、美酒佳詩？
- 「玉樓金闕慵歸去，且插梅花醉洛陽。」以「玉樓金闕」照應「清都」，看似指天上宮闕，實則借代為宋都汴梁。是說他懶得入京為官，寧可隱居花都洛陽城，閒來無事，拈一枝梅花插在頭上，痛飲美酒，自我陶醉。

活用小精靈

在《後宮甄嬛傳》中，甄嬛出宮修行，後因病遷居凌雲峰禪房；這時，遠離了宮闈、遠離了甘露寺，她與果郡王允禮便情不自主地熱戀起來。

適值皇帝病重，果郡王入宮侍疾，幾個月被迫與甄嬛分隔兩地。他便派僕人阿晉傳遞花箋，與甄嬛相唱和。「一張機，采桑陌上試春衣。風晴日暖慵無力，桃花枝上，啼鶯言語，不肯放人歸。」甄嬛見他有這等情致，笑著說：「這樣的閒雅疏狂，也便有他了。」這組具有民歌風味的愛情小詞〈九張機〉，的確適合傳達他倆初定情卻又不得日日相見的思念之情。

UNIT 3-3
知否？知否？應是綠肥紅瘦

此闋〈如夢令〉只有一片，三十三個字，是李清照相當早期的作品。據陳祖美編《李清照簡明年表》，將該詞繫於哲宗元符三年（1100）前後；可見是她十七歲左右所填。

如夢令　李清照

昨夜雨疏風驟，濃睡不消殘酒。試問卷簾人，卻道海棠依舊。知否？知否？應是綠肥紅瘦。

> 昨天夜裡雨狂風大，我酣睡了整夜，醒來後酒意尚未完全消褪。於是向正在捲珠簾的侍女詢問外頭的情況，沒想到她居然說：「海棠花依舊如故。」「你知道嗎？你知道嗎？應該是綠葉繁茂、紅花凋零了。」

這是一闋膾炙人口的小令，通篇造語清新，立意不俗，將惜花、傷春之情表現得含蓄而別緻，令人讀來齒頰留香，餘味無窮。

首二句：「昨夜雨疏風驟，濃睡不消殘酒。」「雨疏風驟」應解作風狂雨大。「疏」是疏狂，而非稀疏；「驟」，形容雨下得又大又急。有人曾質疑：既然「濃睡」，如何得知屋外「雨疏風驟」？故知此處「濃睡」並非一般所謂睡到不知天昏地暗，卻是酒酣而眠。那又為何而醉酒？據韋莊《又玄集》所錄鮑徵君〈惜花吟〉：

> 枝上花，花下人，可憐顏色俱青春。昨日看花花灼灼，今日看花花欲落。不如盡此花下飲，莫待春風總吹卻。

原來出於惜花之情，而在花下飲酒，此詩堪為「濃睡不消殘酒」之註腳。又李清照〈玉樓春〉：「紅酥肯放瓊苞碎，探著南枝開遍未。……要來小酌便來休，未必明朝風不起。」因為擔心紅花被風吹落，所以才來伴花共飲。如此一來，「濃睡」、「殘酒」中隱然已含有愛花、惜春之意。她不忍看到明朝海棠花謝，因此昨夜在花下飲酒過量，直到今晨尚有餘醉。

接下來，寫她與侍女的對話：「試問卷簾人，卻道海棠依舊。」女主人始終惦記著屋外的海棠花，不禁向捲簾的侍女探問，卻得到一個漫不經心的回答。這裡採用對比法，一細膩一粗疏，一雅一俗，昭然若揭。

最後，以女主人的口吻，道盡她那愛花、惜花的無限深情。「知否，知否？應是綠肥紅瘦。」此「綠」指海棠葉、「紅」指海棠花。「紅瘦」形容花之凋殘，亦暗示春天將盡；「綠肥」摹狀葉之繁茂，亦象徵夏日將至。這種極富概括性的語言，實在令人嘆為觀止！故胡仔《苕溪漁隱叢話》盛讚：「此語甚新。」《草堂詩餘別錄》評云：「結句尤為委曲精工，含蓄無窮意焉。」

要言之，此詞寫得委婉曲折，極有層次：詞人因惜花而痛飲，因關心花被風雨摧殘而「試問」，又因不相信「卷簾人」而再次反問；如此層層遞進，步步深入，將惜花、傷春的情意表達得淋漓盡致，搖曳生姿。

故宮圖像資料庫典藏

卻道海棠花依舊

應考大百科

＊「借代」法：就是敘述時不直接點明該人、事、物名稱，而以其中某一部分來代替全體；如「巾幗不讓鬚眉」，以女子的頭巾（巾幗）來代稱女性，又以男子多鬚、濃眉的特徵來代指男性，此即典型的借代法。

- 詞中「綠肥紅瘦」，以綠色借代綠葉，以紅色借指紅花，是說風雨過後葉子長得更肥厚，花兒卻被吹殘了。
- 柳永〈八聲甘州〉：「紅衰翠減」同為借代法；以紅代稱紅花，以翠代指翠綠的草木，謂花木都凋零了。

如夢令 李清照

- 此〈如夢令〉只有一片，三十三個字，是李清照十七歲左右所填。
- 通篇造語清新，立意不俗，將惜花、傷春之情表現得含蓄而別緻。

昨夜雨疏風驟，濃睡不消殘酒。試問卷簾人，卻道海棠依舊。知否，知否？應是綠肥紅瘦。

首二句：「昨夜雨疏風驟，濃睡不消殘酒。」「雨疏風驟」應解作風狂雨大。「疏」是疏狂；「驟」形容雨下得又大又急。「濃睡」並非一般所謂睡到不知天昏地暗，卻是酒酣而眠。原來出於惜花之情，而在花下飲酒，堪為「濃睡不消殘酒」之註腳。

「濃睡」、「殘酒」中隱然已含有愛花、惜春之意

接著，寫她與侍女的對話：「試問卷簾人，卻道海棠依舊。」女主人始終惦記著屋外的海棠花，不禁向捲簾的侍女探問，卻得到一個漫不經心的回答。

女主人 細膩；優雅 ⟷ 侍女 粗疏；鄙俗

最後，以女主人的口吻，道盡她那愛花、惜花的無限深情。「知否？知否？應是綠肥紅瘦。」此「綠」指海棠葉、「紅」指海棠花。「紅瘦」形容花之凋殘，亦暗示春天將盡；「綠肥」摹狀葉之繁茂，亦象徵夏日將至。

活用小精靈

《後宮甄嬛傳》小說第九章〈花簽〉中，甄嬛、沈眉莊、安陵容和淳兒四人閒來沒事抽花簽玩。眉莊抽到菊花簽，她對菊一向情有獨鍾，人亦如菊之清高、孤傲；陵容抽到夾竹桃簽，花語是美麗卻有毒，真是人如其花；天真爛漫的淳兒抽到茉莉花簽，她好比此花清純、可愛，潔白無瑕。

而甄嬛先抽到杏花簽，但她並不喜歡杏花，因為杏花雖美，杏子極酸，杏仁更是苦澀，象徵事情有美好的開始，卻沒有個好結局；所以，後來又換了一支海棠花簽。她非常鍾愛海棠，海棠別名為「解語花」，聰明又美麗的她，的確是一朵解語花。但海棠花眾多花語中，卻也隱含苦戀的意思。因此，杏花象徵她與皇上的戀情，海棠花則代表她與允禮之間，相知相惜，真情動人，最後卻因世事多變，兩人被迫分離，終成苦戀。

UNIT 3-4

此情無計可消除，才下眉頭，卻上心頭

據伊世珍《瑯嬛記》記載：「趙明誠、易安結褵未久，明誠即負笈遠遊。易安殊不忍別，覓錦帕，書〈一剪梅〉以送之。」可見此詞為李清照早期的作品，敘年輕夫妻離別相思之情。

一剪梅　李清照

紅藕香殘玉簟秋。輕解羅裳，獨上蘭舟。雲中誰寄錦書來？雁字回時，月滿西樓。　花自飄零水自流，一種相思，兩處閒愁。此情無計可消除，才下眉頭，卻上心頭。

秋天到了，紅蓮已枯萎，如玉的竹席日漸生涼。我漫不經心地脫下羅裳，換上秋裝，獨自坐上美麗的木蘭小船。遠處雲間的飛雁替誰帶了書信回來？當雁群排成「人」字、「一」字兀自飛過時，只見明月的光輝灑滿整座西樓。

花兒獨自飄零，流水獨自向前奔流；一種離別的相思，卻牽動了兩處人兒各自發愁。這種相思之情實在令人無法排遣，剛從微蹙的眉間消失，卻又隱隱纏繞上了我的心頭。

通篇以女子的口吻，採「懸想示現」法寫成，亦即在分離的此刻，設想別後種種。

上片描寫她獨處時所見景物：首句「紅藕香殘玉簟秋。」從視覺、嗅覺、觸覺上點出秋天的到來，藉初秋景物以烘托出淒涼的氣氛。「紅藕」為借代格，用蓮藕代指蓮花。「輕解羅裳，獨上蘭舟。」為對偶修辭，一方面用漫不經心地換上秋裝，呼應前文之秋意濃；一方面用獨自登上木蘭樹所造的小船，突顯思婦形單影隻的形象。——以上為白天之景象。「雲中誰寄錦書來？」「誰」暗指所思念的夫婿，此處用設問法表達渴望接獲良人家書的心情。「錦書」為書信之美稱。用「璇璣圖」典故：前秦竇滔妻蘇蕙於錦上織回文詩二百餘首，五彩斑爛，縱橫反覆，皆成文章，來傳達對丈夫的思念。「雁字回時，月滿西樓。」用蘇武「雁足傳書」、詞人望月懷人的意象，渲染出思夫之心切。——到夜晚，一天的等待又落了空，雁群歸來，郎君依舊音訊渺茫，只有滿樓的月光映照著她無限的離愁別恨。

下片承上片的離情依依，抒發了刻骨銘心的相思。「花自飄零水自流」，既以花的飄零自比，又以水的奔流喻夫之遠行，情意纏綿；同時象徵青春易逝、紅顏易老，微露嗔怨。「一種相思，兩處閒愁。」亦為對偶，訴說彼此同樣思念著對方，卻無由互吐衷腸，只能相隔兩地，各自發愁。由一己之相思，兼寫對方的思念，足見兩人心心相印。最後：「此情無計可消除，才下眉頭，卻上心頭。」化用范仲淹〈御街行〉的結尾：「都來此事，眉間心上，無計相迴避。」其中「才下眉頭，卻上心頭。」為對偶句。末三句堪稱易安詞別出心裁的警句，由外表及於內心，從「眉頭」到「心頭」的細膩變化，用「才下」、「卻上」狀寫相思之愁時時湧現，揮之不去，造語精警，構思巧妙。

花自飄零水自流

應考大百科

＊詞中描寫李清照與趙明誠夫妻別離、綿綿不絕的相思之情；而用來形容夫婦分離的詞語，如：「別鶴離鸞」、「分釵斷帶」、「勞燕分飛」。

- 勞燕分飛：用伯勞和燕子離散分飛，喻夫妻、情人之離別。
- 舉案齊眉：東漢孟光請丈夫梁鴻吃飯時，將托盤舉得與雙眉齊平；後世用以形容夫妻相敬如賓，互相尊重。
- 張敞畫眉：漢代張敞經常為妻子描畫雙眉，大家都稱讚他愛妻心意難得、畫眉功力一流；後人遂以此表示夫妻恩愛情深。

一剪梅 李清照

- 夫婿負笈遠遊，易安填此詞相贈，旨在敘年輕夫妻離別相思之情。
- 以女子的口吻，採「懸想示現」法，於分離的此刻，設想別後種種。

上片

紅藕香殘玉簟秋。
輕解羅裳，獨上蘭舟。
雲中誰寄錦書來？
雁字回時，月滿西樓。

下片

花自飄零水自流，
一種相思，兩處閒愁。
此情無計可消除，
才下眉頭，卻上心頭。

★上片描寫她獨處時所見景物。

- 「紅藕香殘玉簟秋。」藉初秋景物以烘托出淒涼的氣氛。（白天）
- 「輕解羅裳，獨上蘭舟。」一方面用漫不經心地換上秋裝，呼應前文之秋意濃；一方面用獨自登上木蘭樹所造的小船，突顯思婦形單影隻的形象。（白天）
- 「雲中誰寄錦書來？」「誰」暗指所思念的夫婿，用設問法表達渴望接獲良人家書的心情。
- 「雁字回時，月滿西樓。」用蘇武「雁足傳書」、詞人望月懷人的意象，渲染出思夫之心切。（夜晚）
  ⇨到了夜晚，一天的等待又落了空，雁群歸來，郎君依舊音訊渺茫，只有滿樓的月光映照著她無限的離愁別緒。

★下片承上片的離情依依，抒發了刻骨銘心的相思。

- 「花自飄零水自流」，既以花的飄零自比，又以水的奔流喻夫之遠行，情意纏綿；也象徵青春易逝、紅顏易老，微露嗔怨。
- 「一種相思，兩處閒愁。」由一己之相思，兼寫對方的思念，足見兩人心心相印。
- 「此情無計可消除，才下眉頭，卻上心頭。」化用范仲淹〈御街行〉詞句。描寫由外表及於內心，從「眉頭」到「心頭」的細膩變化，用「才下」、「卻上」狀寫相思之愁時時湧現，揮之不去，造語精警，構思巧妙。

UNIT 3-5 莫道不銷魂，簾捲西風，人比黃花瘦

李清照婚後，適值丈夫趙明誠負笈遠行，又逢重陽佳節，故填此詞以抒發離愁別緒。

據伊世珍《瑯嬛記》引《外傳》載：李清照曾作〈醉花陰〉詞寄給出門在外的夫婿。趙明誠讀後，自嘆不如，於是杜門謝客創作了五十闋詞，雜以妻子之作，請好友陸德夫品評。陸德夫玩味再三說：「只有『莫道不銷魂，簾捲西風，人比黃花瘦。』三句最好！」從此趙明誠心服口服。但王仲聞《李清照集校注》提出反駁，趙明誠醉心於金石之學，怎會在不擅長的詞章上與人爭勝？——無論真相為何，此三句為千古絕唱是不爭的事實。

醉花陰　李清照

薄霧濃雲愁永晝，瑞腦銷金獸。佳節又重陽，玉枕紗廚，半夜涼初透。　東籬把酒黃昏後，有暗香盈袖。莫道不銷魂，簾捲西風，人比黃花瘦。

薄霧瀰漫，雲層濃密，漫漫長日，生活窮極愁悶；步入室內，望著龍瑞腦（薰香）在獸形金爐中化為青煙，裊裊而上。又到了重陽佳節，我獨臥深閨，半夜秋氣襲人，涼透了玉枕和紗帳。

我在東籬畔飲酒、賞菊，直到黃昏過後，任由菊香飄滿衣衫袖。別說深秋景致不教人神傷，當秋風捲起珠簾時，才發現閨中人兒竟比那黃菊還清瘦！

上片「薄霧濃雲愁永晝，瑞腦銷金獸。」寫白天的景象，從戶外至室內；「愁永晝」，除了訴說離愁別恨，兼指漫長時日、無聊心緒。「佳節又重陽，玉枕紗廚，半夜涼初透。」「涼初透」摹景兼抒情，既是秋夜天涼，涼透玉枕紗廚，更涼透了她的寂寞芳心。時間由上二句的白晝到此處的夜半，空間則從戶外到屋內，這裡再轉至閨闈之中；心情從「愁」至「涼初透」，道出詞人獨處香閨的空虛與淒涼。

下片「東籬把酒黃昏後，有暗香盈袖。」寫賞菊，卻不見「菊」字，從「東籬」可窺知，因為陶淵明〈飲酒〉詩：「采菊東籬下，悠然見南山。」再參照上、下文，可知此盈懷滿袖之「暗香」，自然非菊花莫屬。該句化用《古詩十九首》：「馨香盈懷袖，路遠莫致之。」藉以寄託懷人念遠之意。再引出結尾：「莫道不銷魂，簾捲西風，人比黃花瘦。」「銷魂」出自江淹〈別賦〉：「黯然銷魂者，唯別而已矣！」再度暗示滿腔別情。「簾捲西風」為「西風捲簾」之倒裝。「人比黃花瘦」，脫胎自秦觀〈如夢令〉：「依舊，依舊，人與綠楊俱瘦。」推陳出新，取譬高妙，足見易安詞之匠心獨具。

故宮圖像資料庫典藏

東籬把酒黃昏後

應考大百科

- ◆「莫道不銷魂，簾捲西風，人比黃花瘦。」運用了三種修辭技巧：1.「簾捲西風」，為「西風捲簾」之倒裝。2.人比「黃花」瘦，為「菊花」之借代。3.「人比黃花瘦」，怎麼可能？——可見是誇飾手法。
- ◆永晝：漫長的白天。
- ◆瑞腦：薰香名，即龍瑞腦；一名冰片。
- ◆金獸：獸形的香爐。
- ◆玉枕：綴玉嵌磁之枕。
- ◆紗廚：又名碧紗櫥，猶今之蚊帳。
- ◆東籬：泛指種菊之地。
- ◆銷魂：形容極度憂愁、悲傷。

醉花陰 李清照

・詞人婚後，適值丈夫負笈遠行，又逢重陽佳節，故填此詞以抒發離愁。
・陸德夫說：「『莫道不銷魂，簾捲西風，人比黃花瘦。』三句最好！」

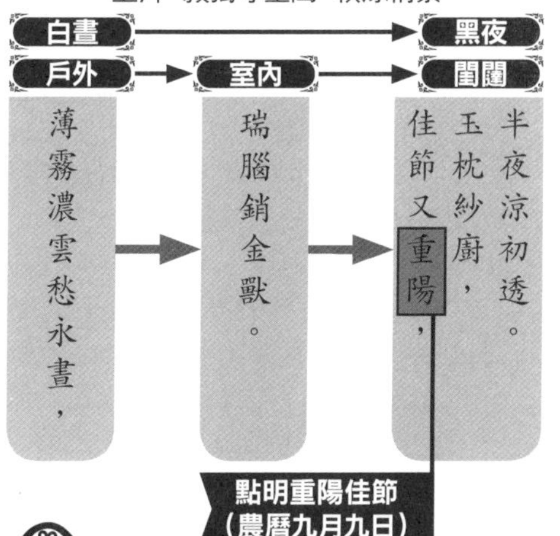

下片：敘東籬把酒，別後消瘦

黃昏

戶外 → 屋內

東籬把酒黃昏後，

有暗香盈袖。

莫道不銷魂，

簾捲西風，

人比黃花瘦。

點明秋季

點明菊花

活用小精靈

「東籬把酒黃昏後，有暗香盈袖。莫道不銷魂，簾捲西風，人比黃花瘦。」採婉曲手法寫成，因為用「東籬」、「暗香」、「黃花」等意象影射菊花，以呼應上片之重陽節。再化用「馨香盈懷袖」的典故，暗示懷人念遠之情意，間接道出時逢佳節，恩愛夫妻分隔兩地，怎不教人為之銷魂？——至於如何銷魂呢？則用形象化筆法寫出「簾捲西風，人比黃花瘦」，還是紆迴婉曲法，不說因相思憔悴、為離別消瘦，卻說當秋風捲起珠簾時，驚覺這閨中思婦竟比庭中黃菊還要清瘦！真是妙筆天成，通篇無一「別」字、無一「相思」，而離別相思之意卻已瀰漫於字裡行間。

婉曲法就是不直接說破，採迂迴漸進方式，透過隱喻、暗示、象徵、聯想、化用、轉化等技巧勾勒出一個大概的輪廓，引領讀者自己去詮釋、體會文中的含意。因為具有想像空間，所以這種寫法更易引起共鳴，達到引人入勝的境地。如歷史劇《羋月傳》中，嬴夫人對於大公主孟嬴不能與所愛蘇秦長相廝守，她說：「小兒女之情只是淺窪之水，面對大江大海，該有不同的情懷。」委婉道出身為王家兒女的無奈，因為江山社稷猶如大江大海，在家國大業之前，個人的兒女私情實在太微不足道了！劇中透過這樣的婉曲手法來呈現，使對白更雋永、有味，耐人尋思。

UNIT 3-6

凝眸處，從今又添，一段新愁

此詞寫作時間眾說紛紜：胡雲翼《宋詞選注》認為是李清照與夫婿屏居鄉里十年期間所寫，約徽宗大觀元年（1107）至政和七年（1117）；陳祖美《李清照簡明年表》則主張作於重和元年（1118）至宣和二年（1120），是時趙明誠或有外任，詞人獨居青州；而劉憶萱《李清照詩詞選注》則說作於宣和三年左右，趙明誠赴萊州任職時。總之，是李清照抒發夫婦離別的作品。

鳳凰臺上憶吹簫　李清照

香冷金猊，被翻紅浪，起來慵自梳頭。任寶奩塵滿，日上簾鉤。生怕離懷別苦，多少事、欲說還休。新來瘦，非干病酒，不是悲秋。　休休！這回去也，千萬徧〈陽關〉，也則難留。念武陵人遠，煙鎖秦樓。惟有樓前流水，應念我、終日凝眸。凝眸處，從今又添，一段新愁。

銅獅香爐已經冷透了，紅色錦被如波浪般攤亂在床上，我起來後也懶得梳頭妝扮。任憑精緻的鏡匣積滿灰塵，朝陽已照上了簾鉤。我最怕離別的痛苦，多少心事、想訴說但又覺得不說也罷！近來人漸消瘦，不是喝多了酒，也不是悲秋。

算了吧！算了吧！這次分別，縱使唱上千萬遍〈陽關曲〉，也難以留住那人。想著郎君去到遠方，讓我獨居在這煙霧籠罩的妝樓。只有那樓前的流水，應該還顧念我整日凝神注視著遠方。在我凝眸遠眺的樓頭，從今而後，又平添一段盼君早歸的新愁。

上片敘離別前的情景。「香冷金猊，被翻紅浪，起來慵自梳頭。」前兩句寫物，第三句寫人，從室內景物蕭條、人晨起慵懶著筆。「任寶奩塵滿，日上簾鉤。」再加重對慵懶的摹寫，明明已經日上三竿還提不起勁兒梳妝。「生怕離懷別苦，多少事、欲說還休。」至「離懷別苦」，終於點明通篇主旨。「欲說還休」，可見她強自壓抑心中愁緒。「新來瘦，非干病酒，不是悲秋。」點出形體消瘦，無關乎病酒、悲秋；暗示相思使人憔悴。這裡採「吞吐」法，用吞多吐少的語句，欲放還收，迂迴曲折，表現出女子深婉細膩的情思。故陳廷焯《白雨齋詞話》評云：「『新來瘦』三語，婉轉曲折，煞是妙絕。」

下片訴說分別時的離情。「休休！這回去也，千萬徧〈陽關〉，也則難留。」直抒胸臆，表達千方百計留不住情郎，內心無限惆悵。「念武陵人遠，煙鎖秦樓。」以「念」字領起，以下設想別後種種，為「預言示現」法。「武陵人」、「秦樓」皆用典，分別以陶淵明筆下的武陵漁人喻即將遠行的夫君，以秦穆公之女弄玉所居鳳凰臺指自己的妝樓。「煙鎖」二字，摹狀身陷愁雲慘霧、憂愁煙雨中，意象鮮明。「惟有樓前流水，應念我、終日凝眸。」想像自己的癡心凝望，只有樓前流水可以為證，良人遠在天涯如何知情？然流水無情，又怎知她思念之深切？「凝眸處，從今又添，一段新愁。」以「又添」呼應上片「新來瘦」，預示她將被離愁折騰得形容枯槁，柔腸寸斷。

煙鎖秦樓人去遠

應考大百科

◆金猊：獅形的銅香爐。猊，音「尼」，狻猊，獅子也。

◆被翻紅浪：紅色錦被攤亂在床上，如起伏的波浪。

◆寶奩：精美的鏡匣。奩，音「連」，梳妝所用鏡匣。

◆陽關：王維〈渭城曲〉：「勸君更盡一杯酒，西出陽關無故人。」後據此詩譜成〈陽關三疊〉，為送別之曲。

◆武陵人遠：用陶淵明〈桃花源記〉武陵漁人發現桃花源的典故，借喻夫婿去到遙遠的地方。

◆秦樓：即鳳凰臺，相傳春秋時秦穆公之女弄玉的住所；此借指詞人所居妝樓。

◆眸：音「謀」，指眼睛裡的瞳仁。

鳳凰臺上憶吹簫 李清照

- 此詞寫作時間眾說紛紜：或謂屏居鄉里十年期間，或謂她獨居青州時，或其夫赴萊州任職之際。
- 總之，是李清照抒發夫婦離別的作品。

上片

香冷金猊，被翻紅浪，起來慵自梳頭。任寶奩塵滿，日上簾鉤。生怕離懷別苦，多少事、欲說還休。新來瘦，非干病酒，不是悲秋。

下片

休休！這回去也，千萬徧〈陽關〉，也則難留。念武陵人遠，煙鎖秦樓。惟有樓前流水，應念我、終日凝眸。凝眸處，從今又添，一段新愁。

★上片敘離別前的情景：

- 「香冷金猊，被翻紅浪，起來慵自梳頭。」從室內景物蕭條、人晨起慵懶著筆。
- 「任寶奩塵滿，日上簾鉤。」再加重對慵懶的摹寫，明明已經日上三竿還提不起勁兒梳妝。
- 「生怕離懷別苦，多少事、欲說還休。」至「離懷別苦」，終於點明通篇主旨。⇨「欲說還休」，可見她壓抑心中愁緒。
- 「新來瘦，非干病酒，不是悲秋。」點出形體消瘦，無關乎病酒、悲秋；暗示相思使人憔悴。

★下片訴說分別時的離情：

- 「休休！這回去也，千萬徧〈陽關〉，也則難留。」直抒胸臆，表達千方百計留不住情郎，內心無限惆悵。
- 「念武陵人遠，煙鎖秦樓。」以「念」字領起，以下設想別後種種，為「預言示現」法。「武陵人」、「秦樓」皆用典，分別以陶淵明筆下的武陵漁人喻即將遠行的夫君，以秦穆公之女弄玉所居鳳凰臺指自己的妝樓。「煙鎖」二字，摹狀身陷愁雲慘霧、憂愁煙雨中。
- 「惟有樓前流水，應念我、終日凝眸。」想像自己的癡心凝望，只有樓前流水可為證，良人遠在天涯如何知情？然流水無情，又怎知她思念之深切？
- 「凝眸處，從今又添，一段新愁。」以「又添」呼應上片「新來瘦」，預示她將被離愁折騰得形容枯槁，柔腸寸斷。

UNIT 3-7

只恐雙溪舴艋舟，載不動許多愁

詞中提及「花已盡」、「春尚好」，可知當時的季節是暮春；又兩度出現地名「雙溪」，即浙江金華之名勝，又稱「婺港」。據俞正燮《癸巳類稿》載：「易安於高宗紹興四年避居金華。」故推測此詞應作於隔年暮春，即紹興五年（1135），她五十二歲時。

武陵春　李清照

風住塵香花已盡，日晚倦梳頭。物是人非事事休，欲語淚先流。　聞說雙溪春尚好，也擬泛輕舟。只恐雙溪舴艋舟，載不動許多愁。

風停了，塵土中不時散發微微的清香，原來枝頭的花朵已經落盡；眼看日上三竿了，還懶得梳頭妝扮。景物依舊，人事全非，什麼都沒了；一想到這裡，我還沒開口，淚水就先流了下來。

聽說雙溪的春色真美，我也想去划划船。唉，只怕雙溪那單薄的小船，載不動我內心這麼多、這麼沉重的憂愁！

這是一闋小令，詞人晚年流寓金華，經歷了北宋亡國、飄泊異鄉、丈夫病逝、孤苦無依，百感交集，遂醞釀出這一段濃烈的春愁。

上片著筆於實處，極力刻劃眼前景物與情事。先寫景：「風住塵香花已盡」，其實只說風吹花落，卻是一波三折，「風住」，「塵香」，「花已盡」，造語清新，別出心裁。次敘事：「日晚倦梳頭」，一個「倦」字，勾勒出女主角晚年孀居意興闌珊的神態。而後抒情：「物是人非事事休，欲語淚先流。」承襲前文，由於國破、家亡、夫死、春去、花落……，所以「物是人非」、「事事休」，美好的過往她什麼也留不住。一個「休」字，流露出萬分惆悵與無奈。「事事休」呼應「花已盡」；「淚先流」承「倦梳頭」，畢竟人生至大至深的痛苦是難以言說的，這裡用心灰意冷、淚流滿面訴說了一切，點到為止。

下片純用虛筆，臨空轉折，宕開一層嶄新的意境：「聞說雙溪春尚好，也擬泛輕舟。」她也想擺脫濃重的深愁，重新振作好好過日子，用「聞說」、「擬」虛構出一個新境界，如能外出泛舟、散散心多好！但念頭一轉，還是別去吧！為什麼？——「只恐雙溪舴艋舟，載不動許多愁。」「只恐」仍是虛擬之辭，此處用具體的「舴艋舟」載不動內心抽象的「許多愁」，真是無理而妙極！末二句化用蘇軾〈虞美人〉：「無情汴水自東流，只載一船離恨向西州。」李清照以舟之輕映襯愁之重，翻空出奇，運筆靈活，較蘇詞略勝一籌。

易安工於寫「愁」，該詞自鑄新辭，抒情委婉，手法細膩，又富於起伏變化，如黃蘇《蓼園詞話》所云：「短幅中藏無數曲折，自是聖於詞者。」充分展現婉約詞的特色，難怪如此打動人心，成為眾所周知的名作。

故宮圖像資料庫典藏

風住塵香花已盡

應考大百科

＊詞中寫「愁」名句：「只恐雙溪舴艋舟，載不動許多愁。」脫胎自蘇軾〈虞美人〉：「無情汴水自東流，只載一船離恨向西州。」從「載一船離恨」到「載不動許多愁」，更進一層，更顯恨深愁濃。

- 董解元《西廂記諸公調》：「休問離愁輕重，向個馬兒上馱也馱不動。」
- 王實甫《西廂記・長亭送別》：「遍人間煩惱填胸臆，量這些大小車兒如何載得起？」

武陵春　李清照

- 詞中兩度出現地名「雙溪」，可知應是李清照避居金華以後的作品。
- 據合理的推測，此詞應作於紹興五年（1135）暮春，詞人五十二歲時。

上片

風住塵香花已盡，
日晚倦梳頭。
物是人非事事休，
欲語淚先流。

下片

聞說雙溪春尚好，
也擬泛輕舟。
只恐雙溪舴艋舟，
載不動許多愁。

★上片著筆於實處，極力刻劃眼前景物與情事。

- 先**寫景**：「風住塵香花已盡」，其實只說風吹花落，卻是一波三折，「風住」，「塵香」，「花已盡」，造語清新，別出心裁。
- 次**敘事**：「日晚倦梳頭」，一個「倦」字，勾勒出女主角晚年孀居意興闌珊的神態。
- 而後**抒情**：「物是人非事事休，欲語淚先流。」承襲前文，由於國破、家亡、夫死、春去、花落……，所以「物是人非」、「事事休」，美好的過往她什麼也留不住。

休　流露出萬分惆悵與無奈

「事事休」呼應「花已盡」

「淚先流」上承「倦梳頭」

★下片純用虛筆，臨空轉折，宕開一層嶄新的意境。

- 「聞說雙溪春尚好，也擬泛輕舟。」她也想擺脫濃重的深愁，重新振作好好過日子，用「聞說」、「擬」虛構出一個新境界，如能外出泛舟、散散心多好！
- 但念頭一轉，還是別去吧！為什麼？——「只恐雙溪舴艋舟，載不動許多愁。」「只恐」仍是虛擬之辭，此處用具體的「舴艋舟」載不動內心抽象的「許多愁」，真是無理而妙極！

末二句化用蘇軾〈虞美人〉：「無情汴水自東流，只載一船離恨向西州。」李清照以舟之輕映襯愁之重，翻空出奇，運筆靈活，較蘇詞略勝一籌。

UNIT 3-8 尋尋覓覓，冷冷清清，淒淒慘慘戚戚

〈聲聲慢〉是易安詞最膾炙人口的一闋，計九十七字，屬於慢詞。詞中藉由描寫秋天景物，抒發她歷經國破家亡、顛沛流離後的悲苦心情，是作者晚期流寓江南以後的作品。

聲聲慢　李清照

尋尋覓覓，冷冷清清，淒淒慘慘戚戚。乍暖還寒時候，最難將息。三盃兩盞淡酒，怎敵他曉來風急？雁過也，正傷心，卻是舊時相識。　滿地黃花堆積，憔悴損，如今有誰堪摘？守著窗兒，獨自怎生得黑！梧桐更兼細雨，到黃昏點點滴滴。這次第，怎一個愁字了得！

一早醒來，習慣性尋尋覓覓，找尋那熟悉的身影，這才發覺只剩自己孑然一身，家裡冷冷清清；此時的心境真是淒淒慘慘戚戚。天氣忽冷忽熱，心情隨之飄忽不定，這時候最難保養年邁的身軀，更難調適孤寂的心情。喝上三兩杯薄酒，怎能抵擋得了清晨疾風陣陣、內心寒意如許？當群雁悲鳴掠空而過時，正引起無限傷心情意，抬頭望見那雁兒竟似曾相識，更教人黯然神傷！

被風吹落滿地的黃菊，堆積如山，枯花殘瓣，香氣大量耗損，如今還有誰去摘採？我一個人枯守在窗邊，形孤影隻，怎麼能夠捱到天黑？黃昏時，窗外雨打梧桐，聲聲悲切，點點滴滴，莫不敲進我的心坎兒裡。這光景，又豈是一個「愁」字所能道盡？

上片藉秋風蕭瑟，引發內心悽苦。開頭連用十四個疊字，劈空而下，語意層層遞進，深刻細膩，曲盡孀婦之情，故徐釚《詞苑叢談》云：「首句連下十四個疊字，真似『大珠小珠落玉盤』也。」「曉來」，一般多作「晚來」，據《唐宋詞選釋》云：「其實詞寫一整天，非一晚的事，若云『晚來風急』，則反而重複。上文『三杯兩盞淡酒』是早酒……。」可見改作「曉來」，詞意更佳。「雁過也，正傷心，卻是舊時相識。」由於「雁」在古典文學中蘊含豐富的意象，除了群雁悲鳴、觸發傷感之外，尚有二種含意：一、時值深秋，北雁南來過冬，明年春暖，又可飛回北國。她身為北方人，卻因中土喪亂，飄零異地，返鄉之路，遙不可及，故國之思，不覺油然而生。二、自古有雁足傳書之說，當她望見群雁凌空飛過，卻沒有帶來任何書信，北國家鄉音訊渺茫，不禁令人悵然若失。

下片藉雨打梧桐，觸動無限秋愁。「滿地黃花堆積，憔悴損，如今有誰堪摘？」或以花喻人，自傷年華老去，無人賞識與憐惜；或象徵物是人非，縱有佳景，亦無心觀賞；甚至可解作良人已遠，縱有好花，誰來攀折？誰來共賞？「守著窗兒，獨自怎生得黑！」一個「黑」字，既點出天色將暗，同時兼指晚年遲暮、意志消沉。「愁」之一字為本詞主旨，卻到末句才點明。

滿地黃花憔悴損

應考大百科

＊「類疊」修辭：包括「類字」、「類句」、「疊字」和「疊句」四種。

• 所謂「類」，指重複的字、句，但中間被區隔開來。

• 劉歆〈鳳凰于飛〉歌詞：「有詩待和，有歌待應，有心待相繫。」為類字。

• 陳思思〈滿月〉歌詞：「我心將往，玉宇芬芳，愛恨入土方得安詳。我心將往，燭火之光，滿月格外荒涼。」為類句。

• 所謂「疊」，即重複的字、句，中間不被隔開，而重疊在一起。

• 本詞「尋尋覓覓，冷冷清清，淒淒慘慘戚戚。」為疊字。

• 辛棄疾〈醜奴兒〉：「少年不識愁滋味，愛上層樓，愛上層樓，為賦新詞強說愁。」為疊句。（亦屬頂真）

聲聲慢 李清照

‧〈聲聲慢〉共計九十七字，屬於慢詞；是詞人晚期流寓江南以後的作品。

‧詞中藉由描寫秋天景物，抒發她歷經國破家亡、顛沛流離後的悲苦心情。

上片：藉秋風蕭瑟，引發內心悽苦　　　下片：藉雨打梧桐，觸動無限秋愁

清晨 → 黃昏

淒淒慘慘戚戚。冷冷清清，尋尋覓覓，	遍尋不著良人身影
怎敵他曉來風急？三盃兩盞淡酒，最難將息。乍暖還寒時候，	忽冷忽熱飲酒將息
卻是舊時相識。雁過也，正傷心，	北雁南飛思念家國
如今有誰堪摘？憔悴損，滿地黃花堆積，	滿地黃花無人攀折
獨自怎生得黑！守著窗兒，	漫漫長日孤單難捱
怎一個愁字了得！這次第，到黃昏點點滴滴。梧桐更兼細雨，	點點滴滴無限愁緒

活用小精靈

所謂「象徵」法，就是利用具體的形象來暗示具有相關聯的某一抽象事物或情理的藝術技巧。如詞中寫黃花堆積滿地，憔悴耗損，無人摘採；代表詞人年華老去，無人賞識與憐惜；或物是人非，無心觀菊，亦無人共賞。

在時下流行的《後宮甄嬛傳》一劇中，沈眉莊最愛菊，菊花便成為其人品格之象徵，初入宮時皇上為其居室命名「存菊堂」。她更是把鄭思肖〈畫菊〉詩掛在嘴邊：「寧可枝頭抱香死，何曾吹落北風中？」這是她一生所堅持的，無論身處何地，始終擇善固執，保有初衷，絕不同流合汙。當她發現皇上待人的涼薄之後，從此便選擇明哲保身，遠離宮廷鬥爭，榮華富貴、名位恩寵全不看在眼裡，她一心在太后跟前盡孝，不離不棄守護著摯友甄嬛。她就像宮廷中的一朵黃菊，素雅恬淡，不屑與群芳爭妍競豔，只知自開自落，活出了自己的風采！

UNIT 3-9 樓下水流何處去？憑欄目送蒼煙暮

詞題曰「河中作」，詞中又自稱「年少」，可見此詞當作於徽宗崇寧五年（1106）詞人進士及第前、後。他舊地重遊，懷念曾經一起飲酒唱歌的紅粉知己，如今物是人非，故填寫此詞，寄託滿腔的離恨綿綿。

蝶戀花 河中作　趙鼎

盡日東風吹綠樹。向晚輕寒，數點催花雨。年少淒涼天付與，更堪春思縈離緒。　臨水高樓攜酒處。曾倚哀絃，歌斷黃金縷。樓下水流何處去？憑欄目送蒼煙暮。

春風整日吹拂，吹醒了一樹的綠意。傍晚時天氣微寒，下起一陣毛毛細雨，催促春花早日綻放。少年人天生多愁善感，更何況這春日的情思再添上幾許離愁別緒。

回想在臨水的高樓上我與紅粉知己飲酒餞別。我倆曾以哀傷的管絃樂伴唱，唱一曲象徵離別的〈楊柳枝〉。樓下的流水將流到哪裡去呢？我憑欄遠望目送著流水和伊人遠去，直到一切景物掩入那蒼茫的煙波暮色之中。

上片描繪春日登臨水邊高樓所見景致，屬於「實寫」法。開端三句：「盡日東風吹綠樹。向晚輕寒，數點催花雨。」從視覺、觸覺上摹寫春回大地，吹綠了一樹的碧色，傍晚時分，數點微雨催促著春花綻放，同時帶來幾許淡淡的寒意。「輕寒」既是此刻登高臨遠的真實感受，指天氣微寒；亦舊地重遊的內心感受，物換星移，心境淒涼。接著，由景及情，「年少淒涼天付與，更堪春思縈離緒。」點出時值「年少」本該享受青春年華、歡樂時光，卻因他年少多情、善感而為「春思」、「離緒」所困，彷彿天生就無法擺脫這般淒楚悲涼的命運。「年少淒涼」四字，蘊含無限傷感；他故意把「年少淒涼」說成是「天付與」，隱含自我解嘲之意，也道出情之所鍾，甘願受此淒涼。

下片先採「追述示現」法，點明登高懷思之旨；再將無限的離愁別恨寫到滔滔流水、一片蒼煙暮色之中。首三句：「臨水高樓攜酒處。曾倚哀絃，歌斷黃金縷。」承上片「離緒」而來，揭示此刻登臨的水邊高樓正是兩人曾經攜酒同遊的老地方。再回憶從前相聚時的美好、歡樂：他倆曾一起倚絃悲歌，借酒消愁；而今呢？人去樓空，人事全非，令人不勝唏噓！「黃金縷」一辭，原指初春鵝黃色的柳條，兼指古人「折柳贈別」之俗、樂府中傷離別的曲調〈楊柳枝〉。這裡用「黃金縷」呼應上片的「春思」、「離緒」及前文的「哀絃」，應為三義並存。詞末：「樓下水流何處去？憑欄目送蒼煙暮。」化用杜牧〈題安州浮雲寺寄湖州張郎中〉：「當時樓下水，今日到何處？」從「臨水高樓」的實景出發，借用杜牧詩意，以「水流」借喻「人去」，取譬生動，自然貼切。再寫極目遠眺，水流人去，一去不復返，讓他久久凝望，不知不覺已暮煙四合，天地間一片蒼茫。末二句寄情於景，情景交融，言有盡而意無窮。

盡日東風吹綠樹

應考大百科

◆河中：即河中府，在今山西永濟一帶。

◆盡日：終日。

◆向晚：傍晚。

◆倚哀絃：以哀傷的管絃樂伴唱。

◆黃金縷：原指春天新生的鵝黃色柳條，此為樂府中〈楊柳枝〉曲，隱含折柳送別之意。

蝶戀花河中作　趙鼎

・此詞當作於徽宗崇寧五年（1106）詞人進士及第前、後。

・他舊地重遊，物是人非，故藉此寄託滿腔的離恨綿綿。

上片

盡日東風吹綠樹。
向晚輕寒，數點催花雨。
年少淒涼天付與，
更堪春思縈離緒。

★上片描繪春日登臨水邊高樓所見景致，屬於「實寫」法。

・「盡日東風吹綠樹。向晚輕寒，數點催花雨。」摹寫春回大地，吹綠一樹的碧色，傍晚數點微雨催促春花綻放，同時帶來幾許淡淡的寒意。

・接著，由景及情，「年少淒涼天付與，更堪春思縈離緒。」點出時值「年少」本該享受青春年華、歡樂時光，卻因他年少多情、善感而為「春思」、「離緒」所困，彷彿天生就無法擺脫這般淒楚悲涼的命運。

天氣微寒

心境淒涼

「年少淒涼」四字，蘊含無限傷感

他故意把「年少淒涼」說成是「天付與」，隱含自我解嘲之意，也道出情之所鍾，甘願受此淒涼。

下片

臨水高樓攜酒處。
曾倚哀絃，歌斷黃金縷。
樓下水流何處去？
憑欄目送蒼煙暮。

★下片先採「追述示現」法，點明登高懷思之旨；再將無限的離愁別恨寫到滔滔流水、一片蒼煙暮色之中。

・「臨水高樓攜酒處。曾倚哀絃，歌斷黃金縷。」承上片「離緒」而來，揭示此刻登臨的水邊高樓正是兩人曾經攜酒同遊的老地方。

・再回憶從前相聚時的美好、歡樂：他倆曾一起倚絃悲歌，借酒消愁；而今呢？人去樓空，人事全非，令人不勝唏噓！

・「樓下水流何處去？憑欄目送蒼煙暮。」從「臨水高樓」的實景出發，借用杜牧詩意，以「水流」借喻「人去」，取譬生動，自然貼切。再寫極目遠眺，水流人去，一去不復返，讓他久久凝望，不知不覺已暮煙四合，天地間一片蒼茫。

黃金縷		
→	初春鵝黃色的柳條	→ 呼應上片的「春思」
→	古人折柳贈別之俗	→ 呼應上片的「離緒」
→	樂府中〈楊柳枝〉曲	→ 呼應前文的「哀絃」

UNIT 3-10 莫等閒、白了少年頭，空悲切

此詞的創作時間，一般根據詞中「三十功名塵與土」句，推測為岳飛三十幾歲的作品，認為應作於他第一次北伐或第二次北伐時。但也有人解作三十年來所追求的功名如塵土般，微不足道；指他從幼時讀書至高宗紹興十年（1140）七月被迫班師還朝，至隔年受誣陷入獄前夕，恰好三十年。因為「怒髮衝冠」、「待從頭、收拾舊山河，朝天闕」數語，可見他壯志未酬，義憤填膺，與當時的情境較吻合。

滿江紅 寫懷　岳飛

怒髮衝冠，憑欄處、瀟瀟雨歇。抬望眼，仰天長嘯，壯懷激烈。三十功名塵與土，八千里路雲和月。莫等閒、白了少年頭，空悲切。　靖康恥，猶未雪。臣子恨，何時滅？駕長車，踏破賀蘭山缺。壯志飢餐胡虜肉，笑談渴飲匈奴血。待從頭、收拾舊山河，朝天闕。

我義憤填膺，頭髮直豎頂起了帽冠；獨自憑欄遠眺，驟急的風雨剛停歇。抬頭遠望，忍不住仰天長嘯，一片報國雄心慷慨激昂。三十多年來所追求的功名如塵土般，微不足道；南征北討轉戰八千里，過著披星戴月的生活。別輕易辜負了青春歲月，等到白髮蒼蒼時，才徒然地悲傷嘆息。

靖康之禍的奇恥大辱，至今仍未雪洗。身為臣子的深悲沉恨，何時才能泯滅？我發誓要駕著戰車，將賀蘭山踏為平地。滿懷壯志，餓了就吃胡人的肉；談笑之間，渴了就喝敵人的血。待我重新收復舊日河山，向皇上稟報勝利的消息！

上片敘詞人報國心切，唯恐光陰虛度，壯志未成之心事。「怒髮衝冠，憑欄處、瀟瀟雨歇。」借用藺相如「怒髮上衝冠」的故事，摹狀其在風雨中憑欄遠眺，忠憤之氣，磅礡上湧。想到中原淪陷，二帝被俘，便不由得「仰天長嘯，壯懷激烈。」轉而追述前事：「三十功名塵與土，八千里路雲和月。」從時間、空間上感慨自己三十年來的功名如塵土，紛飛散盡；八千里路的征戰披星戴月，艱難困苦。然而，這些他都不在意，他所憂心的是歲月不饒人，故而勉勵自己：「莫等閒、白了少年頭，空悲切。」並以此鼓舞志在抗金救國的人心。

下片寫他誓言洗刷國恥，並預期來日凱旋而歸。「靖康恥，猶未雪。臣子恨，何時滅？」點明靖康之禍是他心中的深仇大恨，不知何時才能報仇雪恨？此採疑問句，具有加強語氣的效果。以下至結尾數句皆為「預言示現」法，以虛筆預示揮師北伐，殲滅金兵的情形：「駕長車，踏破賀蘭山缺。」此「賀蘭山」借代為金營，非實指。「壯志飢餐胡虜肉，笑談渴飲匈奴血。」用誇飾法，表達對金人的痛恨，並非真要吃人肉、飲人血。「待從頭、收拾舊山河，朝天闕。」他將從頭做起，收拾昔日大好河山，回朝廷拜見皇上。寥寥數語，道盡他收復失土、報效國家的決心。故陳廷焯《白雨齋詞話》評云：「何等氣概，何等志向！千載後讀之，凜凜有生氣焉。」

八千里路雲和月

應考大百科

◆怒髮衝冠：形容憤怒至極，頭髮直豎，頂起帽冠。

◆瀟瀟：急驟的雨勢。

◆三十功名塵與土：三十年來所追求的功名如塵土般，微不足道。

◆八千里路雲和月：南征北戰，路途遙遠，披星戴月。

◆等閒：輕易、隨便。

◆靖康恥：指北宋欽宗靖康二年(1127)，金兵攻陷汴京，俘虜了徽、欽二帝的奇恥大辱。

◆賀蘭山：在今寧夏回族自治區與內蒙古自治區交界處，時為金人所占領。

◆朝天闕：朝見皇帝。天闕，本指宮殿前的樓觀，此指天子的居所，借指皇上。

滿江紅 寫懷 岳飛

・一般根據詞中「三十功名塵與土」句，推測為岳飛三十幾歲的作品。
・或謂他從幼時讀書至高宗紹興十一年(1141)受誣入獄，恰好三十年。

上片

怒髮衝冠，憑欄處、瀟瀟雨歇。抬望眼，仰天長嘯，壯懷激烈。三十功名塵與土，八千里路雲和月。莫等閒、白了少年頭，空悲切。

下片

靖康恥，猶未雪。臣子恨，何時滅？駕長車，踏破賀蘭山缺。壯志飢餐胡虜肉，笑談渴飲匈奴血。待從頭、收拾舊山河，朝天闕。

寥寥數語，道盡他收復失土、報效國家的決心

★上片敘詞人報國心切，唯恐光陰虛度，壯志未成之心事。

・「怒髮衝冠，憑欄處、瀟瀟雨歇。」借用藺相如「怒髮上衝冠」的故事，摹狀其在風雨中憑欄遠眺，忠憤之氣，磅礡上湧。

・想到中原淪陷，二帝被俘，便不由得「仰天長嘯，壯懷激烈。」

・轉而追述前事：「三十功名塵與土，八千里路雲和月。」從時間、空間上感慨自己三十年來的功名如塵土，紛飛散盡；八千里路的征戰披星戴月，艱難困苦。

・然而，他所憂心的是歲月不饒人，故而勉勵自己：「莫等閒、白了少年頭，空悲切。」並以此鼓舞志在抗金救國的人心。

★下片寫他誓言洗刷國恥，並預期來日凱旋而歸。

・「靖康恥，猶未雪。臣子恨，何時滅？」點明靖康之禍是心中的深仇大恨，不知何時才能報仇雪恨？

・「駕長車，踏破賀蘭山缺。」此「賀蘭山」借代為金營。

・「壯志飢餐胡虜肉，笑談渴飲匈奴血。」用誇飾法，表達對金人的痛恨。

・「待從頭、收拾舊山河，朝天闕。」他將從頭做起，收拾昔日大好河山，回朝廷拜見皇上。

為「預言示現」法，預示揮師北伐，殲滅金兵的情形

UNIT 3-11 山盟雖在，錦書難託

陸游與唐琬伉儷情深，但唐琬不得婆婆歡心。陸游深愛妻子，又不敢拂逆母親，只好為愛妻另擇住所，時時前往探視。不久，母親發現他倆藕斷絲連，於是兩人被迫離異。後來唐琬改嫁宗室趙士程，陸游再娶蜀郡王氏，昔日恩愛夫妻，從此勞燕分飛。

紹興二十五年（1155）春天，陸游外出踏青，在禹跡寺南沈園巧遇前妻唐琬亦偕夫出遊。唐琬徵得夫婿同意，邀他共飲，並親自為他斟酒，彼此悵然以對。陸游藉著幾分酒意，填〈釵頭鳳〉詞，信手題於園壁上，道盡造化弄人、鴛鴦夢碎的無奈與悲哀。

釵頭鳳　陸游

紅酥手，黃縢酒，滿城春色宮牆柳。東風惡，歡情薄，一懷愁緒，幾年離索。錯！錯！錯！　春如舊，人空瘦，淚痕紅浥鮫綃透。桃花落，閒池閣，山盟雖在，錦書難託。莫！莫！莫！

那雙紅潤滑嫩的纖纖玉手，為我倒上一杯香醇的黃封美酒，滿城春色無邊，宮牆內柳條迎風招展。任由東風恣意捉弄，吹散了我們美好卻脆弱的姻緣，換來如今滿懷的離愁別恨，這幾年的離異，錯在長輩的刻薄！錯在我的軟弱！更錯在封建體制的強橫無理！

春天依舊這麼美，眼前人兒平白消瘦，看她紅著眼眶頻頻拭淚，溼透了美麗的絲帕。任由那桃花被風吹落，飄散在冷清的亭閣池畔，當年的海誓山盟言猶在耳，可惜一封封情文並茂的書信始終寄不出去，算了吧她已再嫁！算了吧我也另娶了！我倆注定無緣，今生只能算了吧！

上片以詞人的口吻，敘沈園重逢的情景：此處借歡景寫哀情，醇酒美人，春光爛漫，柳條婆娑，無限美好，怎奈景物依舊，人事已非？從前他倆也曾春日出遊，耳鬢廝磨，卿卿我我；而今重逢，情意仍在，但礙於身分，再也無由互訴衷曲，只能苦苦壓抑心中的暗潮洶湧。再以「東風」象徵母親，它是吹暖滿樹花開的功臣，有時吹得太猛烈，卻吹殘了一地的落花；一如母親生他、育他，卻同時摧毀了他的幸福婚姻。並用「東風」呼應前文「滿城春色」。「錯！錯！錯！」則傳達出沉痛的悔恨之意。

下片從自己的角度，敘唐琬之為情消瘦：「春如舊」再呼應「滿城春色」。「人空瘦」是他看見唐琬為情消瘦，其實在唐琬眼裡，他何嘗不也為愛憔悴？——真是傷心人對傷心人！「淚痕紅浥鮫綃透」，指唐琬強忍淚水，但淚水依舊潰決而出，哭紅了眼眶，溼透了手絹；他何嘗不是如此？但「男兒有淚不輕彈」，只能在心中暗自流著淚、淌著血。再以「桃花落」呼應上片「東風惡」，除了寫景之外，亦暗用唐人杜牧〈歎花〉詩典故，兼指唐琬如桃花飄零，花落趙家，嫁作他人婦。「山盟雖在，錦書難託。」表面說兩人依舊深愛著對方，但已無緣再續舊情；其實，此時他也已另娶，兒女成群，只能將此情永埋心底。

據說唐琬回去後，憂鬱成疾，終至撒手人寰。但伊人倩影深深烙印在陸游心版上，日後他經常賦詩追悼永遠的至愛，過世前一年還曾到沈園憑弔舊情。

滿城春色宮牆柳

應考大百科

*桃花落：暗用杜牧〈歎花〉(一名〈悵別〉)的典故：「自是尋春去較遲，不須惆悵怨芳時。狂風落盡深紅色，綠葉成陰子滿枝。」

‧相傳杜牧早年遊湖州，曾邂逅一名美少女，並與其母約定：十年後來迎娶，如爽約便可另嫁他人。事隔十四年，杜牧為湖州刺史，舊地重遊，想起那美少女。但女孩已長大成人，結婚生子，故而悵然賦此詩。

釵頭鳳 陸游

‧紹興二十五年(1155)春，陸游外出踏青，在沈園巧遇前妻唐琬亦偕夫出遊。

‧唐琬夫婦邀他共飲，陸游藉著幾分酒意，填〈釵頭鳳〉詞，信手題於園壁上。

上片

紅酥手，黃縢酒，滿城春色宮牆柳。東風惡，歡情薄，一懷愁緒，幾年離索。錯！錯！錯！

黃縢酒：

1. 指黃藤酒，顏色如黃藤的美酒。
2. 指黃封酒，用黃紙封口的官酒。

此處宜二義並存。

下片

春如舊，人空瘦，淚痕紅浥鮫綃透。桃花落，閒池閣，山盟雖在，錦書難託。莫！莫！莫！

★上片以詞人的口吻，敘沈園重逢的情景：

‧此處借歡景寫哀情，醇酒美人，春光爛漫，柳條婆娑，無限美好，怎奈景物依舊，人事已非？從前他倆也曾春日出遊，耳鬢廝磨，卿卿我我；而今重逢，情意仍在，但礙於身分，再也無由互訴衷曲，只能苦苦壓抑心中的暗潮洶湧。

‧再以「東風」象徵母親，它是吹暖滿樹花開的功臣，有時吹得太猛烈，卻吹殘了一地的落花；一如母親生他、育他，卻同時摧毀了他的幸福婚姻。並用「東風」呼應前文「滿城春色」。「錯！錯！錯！」則傳達出沉痛的悔恨之意。

★下片從自己的角度，敘唐琬之為情消瘦：

‧「春如舊」再呼應「滿城春色」。「人空瘦」是他看見唐琬為情消瘦，其實在唐琬眼裡，他何嘗不也為愛憔悴？

‧「淚痕紅浥鮫綃透」，指唐琬強忍淚水，但淚水依舊潰決而出，哭紅了眼眶，溼透了手絹；他何嘗不是如此？

‧再以「桃花落」呼應上片「東風惡」，除了寫景之外，亦暗用杜牧〈歎花〉詩典故，兼指唐琬如桃花飄零，花落趙家。

‧「山盟雖在，錦書難託。」表面說兩人依舊深愛著對方，但已無緣再續舊情；其實，此時他也已另娶，兒女成群，只能將此情永埋心底。

活用小精靈

宮廷劇《延禧攻略》中，某晚，舒貴人刻意在御花園裡清唱：「宮牆柳、玉搔頭，纖纖紅酥手。寂寞酒、鎖春愁，往事難開口。……誰說恩愛永不朽，碎了千金裘。一夢醉倒望江樓，管他萬古愁。」道出深宮女子的滿腔哀怨。結果非但沒得到乾隆皇垂青，還被罰在園中一直唱到天亮。此曲婉轉動聽，令人印象深刻！

UNIT 3-12
有誰知？鬢雖殘，心未死

此詞乃孝宗乾道九年（1173）陸游自南鄭回成都後所作。前一年冬天，他因王炎奉詔還京，幕僚四散，黯然離開漢中，結束了邊地的戎馬生涯，改任參議官。此時他雖調回成都，但一直念念不忘前線生活，收復中原、立功報國的信念未曾改變。日有所思，夜有所夢，才會夢見雪曉行軍的情景，借夢抒懷，填寫此詞以寄好友。師伯渾，即師渾甫，字伯渾，四川眉山人，能詩文，是個隱士；陸游在眉山認識的朋友。

夜遊宮 記夢寄師伯渾　陸游

雪曉清笳亂起，夢遊處、不知何地。鐵騎無聲望似水。想關河，雁門西，青海際。　睡覺寒燈裡，漏聲斷、月斜窗紙。自許封侯在萬里。有誰知？鬢雖殘，心未死。

下雪的早晨，淒清的胡笳聲此起彼落；夢中恍惚，我不知來到了哪裡。披著鐵甲的騎兵銜枚無聲疾走，望去像一片流水。我不禁想起關塞、河防等軍事要地，雁門以西還被金人占領著，還有那遙遠的青海邊境。

從睡夢中醒來，發現自己在寒燈晃動的殘夜裡，滴漏聲停止了，曉月斜映在窗紙上，天色將明。我曾立志在萬里之外建功封侯。但如今誰能理解我的抱負？鬢髮雖已斑白，報國的雄心依然如故！

上片描寫夢境，呼應題中「記夢」二字。「雪曉清笳亂起，夢遊處、不知何地。」從視覺、觸覺、聽覺刻劃出寒冷的邊塞風光，但這是夢境裡的景象。「鐵騎無聲望似水」，他在夢中望見雪地行軍，士卒銜枚，鴉雀無聲，軍容壯盛，彷彿流水般一湧而過。「想關河，雁門西，清海際。」一個「想」字，可見是其推測之辭，正好照應了前文「夢遊處、不知何地」。他之所以聯想到雁門、青海一帶，並以此借代為廣大的西北領土，是因為如今這樣蒼莽雄偉的關河還淪落在異族手中，失土未收復，怎不教他魂牽夢縈、念茲在茲？——短短九字，道盡了他的一片愛國赤忱。

下片抒發夢醒後的無限感慨。「睡覺寒燈裡，漏聲斷、月斜窗紙。」「寒燈」、「漏聲斷」、「月斜窗紙」數語，勾勒出淒冷孤寂的室內環境，同時襯托他心中的冷清與悲涼。他堅持收復山河，非但不被理解，反遭到無情的打擊，此即其內心愁苦、處境淒涼的寫照。「自許封侯在萬里。」是他畢生的理想抱負。「有誰知？鬢雖殘，心未死。」但又有誰理解呢？他雖已年近半百，卻仍壯心未已。「有誰知」三字，一則表達對朝廷排斥主戰人士的憤怒與譴責，一則抒發滿腔壯志未酬、理想落空的慨嘆。

此詞上、下兩片一氣呵成，夢境和感慨融為一體，雖以尋常淡語為之，卻情真意摯，沉痛動人。如夏承燾《放翁詞編年箋注》評云：「陸游……寫這種寤寐不忘中原的大感慨，不必號呼叫囂為劍拔弩張之態，稱心而言，自然深至動人，在諸家之外，卻自有其特色。」

鐵騎無聲望似水

應考大百科

◆清笳：淒清的胡笳聲。笳，古代號角之類的軍樂。

◆無聲：古代夜裡行軍，令士卒口中銜枚，故無聲。

◆關河：關塞、河防。

◆雁門：即雁門關，在今山西代縣西北雁門山上。

◆青海：即青海湖，在今青海境內。

◆睡覺：睡醒。覺，音「絕」，醒來。

夜遊宮 記夢寄師伯渾 陸游

・孝宗乾道九年（1173）陸游自南鄭回成都後，填此詞借夢抒懷，以寄好友。

・師伯渾即師渾甫，四川眉山人，能詩文，為隱士；陸游在眉山認識的朋友。

上片

雪曉清笳亂起，夢遊處、不知何地。鐵騎無聲望似水。想關河，雁門西，青海際。

短短九字，道盡他的一片愛國赤忱

下片

睡覺寒燈裡，漏聲斷、月斜窗紙。自許封侯在萬里。有誰知？鬢雖殘，心未死。

他堅持收復山河，非但不被理解，反遭到無情的打擊，此即其內心愁苦、處境淒涼的寫照

★上片描寫夢境，呼應題中「記夢」二字。

・「雪曉清笳亂起，夢遊處、不知何地。」刻劃出寒冷的邊塞風光，但這是夢境裡的景象。

・「鐵騎無聲望似水」，他在夢中望見雪地行軍，士卒銜枚，鴉雀無聲，軍容壯盛，彷彿流水般一湧而過。

・「想關河，雁門西，清海際。」一個「想」字，可見是其推測之辭，正好照應了前文「夢遊處、不知何地」。以此借代為廣大的西北領土，如今這樣蒼莽雄偉的關河還淪落異族手中，失土未收復，怎不教他魂牽夢縈、念茲在茲？

★下片抒發夢醒後的無限感慨。

・「睡覺寒燈裡，漏聲斷、月斜窗紙。」其中「寒燈」、「漏聲斷」、「月斜窗紙」，勾勒出淒冷孤寂的室內環境，同時襯托詞人心中的冷清與悲涼。

・「自許封侯在萬里。」是他畢生的理想。

・「有誰知？鬢雖殘，心未死。」但又有誰理解呢？他雖已年近半百，卻仍壯心未已。「有誰知」三字，一則表達對朝廷排斥主戰人士的憤怒與譴責，一則抒發滿腔壯志未酬、理想落空的慨嘆。

UNIT 3-13 零落成泥碾作塵，只有香如故

陸游極愛梅花，從少至老，幾乎年年都有詠梅之作。此詞的寫作時間不可考，不過，詞中以梅花象徵自己孤高不群的人格操守，借物言志，自抒懷抱，倒是他眾多詠梅詩詞中最膾炙人口的一篇，歷來傳誦不絕。

卜算子詠梅　陸游

驛外斷橋邊，寂寞開無主。已是黃昏獨自愁，更著風和雨。　無意苦爭春，一任群芳妒。零落成泥碾作塵，只有香如故。

在驛站外面、斷橋旁邊，一株野梅寂寞地綻放，無人聞問。已經黃昏了，她正獨自發愁，卻又遭到無情風雨的摧殘。

梅花不想費盡心思去爭奇鬥豔，任憑百花怎麼嫉妒、排擠，她都毫不在乎。即使凋零了，被碾作泥、又化為塵土，她依然和往常一樣散發著縷縷清香。

此詞以擬人法為之，將驛站外的野梅比擬成一位孤芳自賞的佳人，或一名懷才不遇的賢士。

上片先勾勒出驛外野梅的淒涼處境。「驛外斷橋邊，寂寞開無主。」表面是說她在荒涼的郊外，自開自落，無人聞問。一如佳人深閨待字，絕代芳姿，無人賞愛；或賢人君子待價而沽，滿腹文韜武略，卻乏人問津。這何嘗不是詞人自身的寫照？「已是黃昏獨自愁，更著風和雨。」到了黃昏，她正獨自發愁，一天快過去了，春天也到了尾聲，開花時日無多，還要忍受風風雨雨的侵襲。「黃昏」暗示時光的流逝，是一天將盡，是春光將殘，亦是年華老去，青春歲月一去不復返。「更著風和雨」，指外在環境的紛擾、殘害。如解作佳人，謂自傷青春易逝，更飽受封建教條、世俗價值觀的束縛、荼毒；如為賢士，則憂心年華衰老，一生志意無成，更要遭受殘酷現實的種種考驗。對詞人來說，他在政治上歷經滄桑，屢屢受到外界讒毀交加，但一如野梅依然屹立於風雨中，含愁凝恨，迎風綻放。

下片再點染野梅孤傲不群、擇善固執的品格。「無意苦爭春，一任群芳妒。」她冒雪敷榮，獨綻清芬，任憑繁花如何嫉妒，也從未想過要與她們爭妍鬥麗，一較高下。佳人、賢士亦是如此，儘管本身不屑與人爭勝，但貌美見忌、才優見黜之例，時有耳聞。故陸游寧可過著清冷自得的生活，也不屑與人同流合汙。末二句總結梅花的特質：「零落成泥碾作塵，只有香如故。」儘管她飄零滿地，花落為泥，碾作塵土，一縷幽香依舊如昔。佳人、賢士會老，會死，也可能遭屈辱，受迫害，被欺凌……，但無論身處何種境地，那與生俱來的好品格，始終芳香撲鼻，歷久彌新。這或許正是放翁對梅花情有獨鍾的原因，賞其玉骨冰姿，愛其清香不絕，讚其孤芳勁節，恰似他縱使粉身碎骨，而志節不移的堅持與信念。

此詞表面詠梅，其實句句寫他自己，物我合一，相融無間。詞中未曾出現半個「梅」字，然已將梅花神貌摹寫得活靈活現，如狀目前；特別是結尾兩句，言簡意深，值得再三玩味。

驛橋寂寞綻芬芳

應考大百科

- ◆驛：驛站，古代供驛使及官員宿息、換馬的地方。
- ◆著：音「卓」，遭受也。
- ◆苦：盡力、竭力。
- ◆爭春：與百花爭奇鬥豔；此指爭權。
- ◆一任：任憑。
- ◆群芳：群花、百花；暗示權臣、小人。
- ◆妒：嫉妒也。
- ◆碾：音「拈」，軋碎。

卜算子 詠梅　陸游

- 詞中以梅花象徵詞人孤高不群的人格操守，借物言志，是其詠梅詩詞中最膾炙人口的一篇。
- 此詞以擬人法為之，將驛站外的野梅比擬成一位孤芳自賞的佳人，或一名懷才不遇的賢士。

上片

驛外斷橋邊，
寂寞開無主。
已是黃昏獨自愁，
更著風和雨。

下片

無意苦爭春，
一任群芳妒。
零落成泥碾作塵，
只有香如故。

★上片先勾勒出驛外野梅的淒涼處境

- 「黃昏」暗示時光的流逝，是一天將盡，是春光將殘，亦是年華老去，青春歲月一去不復返。
- 「更著風和雨」，指外在環境的紛擾、殘害。

★下片再點染野梅孤傲不群、擇善固執的品格

- 末二句總結梅花的特質：「零落成泥碾作塵，只有香如故。」儘管它飄零滿地，花落為泥，碾作塵土，一縷幽香依舊如昔。
- 佳人、賢士會老，會死，也可能遭屈辱，受迫害，被欺凌……，但無論身處何種境地，那與生俱來的好品格，始終芳香撲鼻，歷久彌新。

活用小精靈

自古以來，愛梅人士不少，如陸游曾異想天開地說：「何方可化身千億？一樹梅花一放翁。」朱敦儒狂妄道出：「玉樓金闕慵歸去，且插梅花醉洛陽。」但都比不上隱士林逋（字和靖）對梅花的癡迷。

林逋家境清寒，隱居於西湖孤山，終生不仕，也未娶，平時讀書賦詩，植梅養鶴，悠閒度日。人們覺得他孤家寡人生活太寂寞，他卻以梅為妻、以鶴為子，與世無爭，逍遙自得，過得有滋有味，快樂似神仙！其〈山園小梅〉其一：「眾芳搖落獨暄妍，占盡風情向小園。疏影橫斜水清淺，暗香浮動月黃昏。霜禽欲下先偷眼，粉蝶如知合斷魂。幸有微吟可相狎，不須檀板共金尊。」詩中雖未出現半個「梅」字，卻寫盡對梅花的喜愛之情：「霜禽（白鶴）」還沒飛下前，迫不及待先偷瞄一眼梅花的美；那粉蝶兒如果發現這麼美的梅花，一定也會為之神魂顛倒。幸好有我的吟哦低唱可與她相伴，不須像別人那樣飲酒、奏樂來賞梅。——得此知音，梅之幸也！

UNIT 3-14 華胥夢，願年年、人似舊遊

由於滁州位處前線，經常受到金人侵擾，百姓流散，萬物蕭條。孝宗乾道八年（1172），辛棄疾知滁州；在他的悉心治理下，不到半年，人民安居樂業，經濟穩定成長。於是，建了這座奠枕樓。樓成後，他與友人李清宇登樓遊賞，一時心血來潮，填此詞以和李清宇之作。

聲聲慢 滁州旅次登奠枕樓作和李清宇韻 辛棄疾

征埃成陣，行客相逢，都道幻出層樓。指點檐牙高處，浪擁雲浮。今年太平萬里，罷長淮、千騎臨秋。憑欄望，有東南佳氣，西北神州。 千古懷嵩人去，應笑我、身在楚尾吳頭。看取弓刀，陌上車馬如流。從今賞心樂事，剩安排、酒令詩籌。華胥夢，願年年、人似舊遊。

路上行人踏起的塵埃四處飛揚，過客相逢時，都稱讚這座奠枕樓像幻覺中出現的奇景。他們指點著最高處的檐牙，讚美它像波浪起湧、浮雲飄動。今年這兒萬里之地，百姓都過著太平的日子；我們還要廢除長淮的界限，一統大宋江山，並建立一支保家衛國的地方軍隊。我憑欄遠眺，但見臨安城上空有一股吉祥氣象，可能是收復西北神州勝利在望。

長久以來，懷念嵩洛的李德裕早已去世了；他應笑我，留在這個楚尾吳頭的地方不走。你看，那刀弓似的田間小路上，車馬如流水般連綿不絕。從現在起，我們要盡情享受這賞心樂事，儘快安排些酒令、詩籌，以娛眾人。我們要把這裡建設成夢中的華胥氏之國，但願年年來到這裡，都像舊地重遊一樣。

上片以行人口吻，點出奠枕樓的宏偉氣勢：「征埃成陣，行客相逢，都道幻出層樓。指點檐牙高處，浪擁雲浮。」從行人「都道幻出層樓」，突顯建樓之神速，如一夜間拔地而起；他們「指點檐牙高處」，讚美此樓如「浪擁雲浮」，氣勢非凡。再抒發登高遠眺之感受：「今年太平萬里，罷長淮、千騎臨秋。憑欄望，有東南佳氣，西北神州。」他慶幸金兵沒來騷擾，讓人民過了一個安定的豐年。最後，藉由東南雖可苟安一時，西北神州卻淪陷敵人鐵騎之下，怎不令人痛心疾首？意在提醒南宋：莫忘收復失土，完成統一大業！

下片敘他雖無力改變現狀，有志難伸，但至少能讓滁州人過安和樂利的生活。「千古懷嵩人去，應笑我、身在楚尾吳頭。」借李德裕在滁州修建懷嵩樓，最後如願回故鄉去；感慨此時國土分裂，詞人無法北歸，想必會為李德裕所笑，間接傳達出他有家歸不得的悲哀。不過，「看取弓刀，陌上車馬如流。」看著奠枕樓下車水馬龍的榮景，他又充滿自信。「從今賞心樂事，剩安排、酒令詩籌。華胥夢，願年年、人似舊遊。」他相信自己將有所作為，一定能讓滁州百姓如《列子》中華胥氏之國那樣，家家豐衣足食。

此詞雄渾豪放，跌宕起伏，層次分明，是辛棄疾南渡後在抗金前哨，胸懷天下，表達樂觀進取、積極有為的一闋重要詞作。

千騎臨秋罷長淮

應考大百科

◆征埃：路上行人所揚起的塵埃。

◆檐牙：古建築沿著屋檐下垂的部分。

◆罷長淮：即不承認宋、金兩國以長長的淮河為界。按：金兵侵略時，宋室南逃，雙方議定，以淮河為界。此處暗示驅逐金人，一統天下之意。

◆千騎：辛棄疾在滁州建立一支地方武力，利用農閒時訓練，遇上戰爭便可用來保家衛國。

◆佳氣：吉祥的氣象。

◆神州：指中國。

◆懷嵩：即懷嵩樓。相傳唐代李德裕貶滁州，建此樓，取懷嵩洛之意而命名。

◆楚尾吳頭：滁州為古代楚、吳交界之地，故稱。

◆陌上：田間小路。

◆華胥：語出《列子・黃帝》；是說黃帝晝寢，夢中遊華胥氏之國。那是一個國內沒有尊卑上下，人民沒有嗜好慾望，一切隨順自然，逍遙自得的美好國度。

聲聲慢 滁州旅次登奠枕樓作和李清宇韻 辛棄疾

・孝宗乾道八年（1172），辛棄疾知滁州；人民安居樂業，於是建了這座奠枕樓。
・樓成後，他與友人李清宇登樓遊賞，一時心血來潮，填此詞以和李清宇之作。

上片

西北神州。憑欄望，有東南佳氣，罷長淮、千騎臨秋。今年太平萬里，浪擁雲浮。指點檐牙高處，都道幻出層樓。行客相逢，征埃成陣，

★上片以行人口吻，點出奠枕樓的宏偉氣勢，再抒發詞人登高遠眺之感受：他慶幸金兵沒來騷擾，讓人民過了一個安定的豐年。

・最後，藉由東南雖可苟安一時，西北神州卻淪陷敵人鐵騎之下，怎不令人痛心疾首？提醒南宋：莫忘收復失土，完成統一大業！

下片

願年年、人似舊遊。華胥夢，剩安排、酒令詩籌。從今賞心樂事，陌上車馬如流。看取弓刀，身在楚尾吳頭。應笑我、千古懷嵩人去，

★下片敘他雖無力改變現狀，但至少能讓滁州人過安和樂利的生活。

・「千古懷嵩人去，應笑我、身在楚尾吳頭。」借李德裕在滁州建懷嵩樓，最後如願回到故鄉；感慨國土分裂，詞人無法北歸，想必為李德裕所笑。
・不過，「看取弓刀，陌上車馬如流。」看著奠枕樓下車水馬龍的榮景，他又充滿自信。
・「從今賞心樂事，剩安排、酒令詩籌。華胥夢，願年年、人似舊遊。」他相信自己一定能讓滁州百姓如華胥氏之國那樣，家家豐衣足食。

UNIT 3-15 求田問舍，怕應羞見，劉郎才氣

此詞作於孝宗淳熙元年（1174），作者三十五歲，由滁州改調建康任江東安撫使參議官。他已南歸十餘年，卻一直被朝廷冷落，再度登臨賞心亭，滿腔悲慨傾瀉而出，於是寫下這闋表達英雄失意、報國無門的詞作。

水龍吟登建康賞心亭　辛棄疾

楚天千里清秋，水隨天去秋無際。遙岑遠目，獻愁供恨，玉簪螺髻。落日樓頭，斷鴻聲裡，江南遊子。把吳鉤看了，欄干拍遍，無人會，登臨意。　休說鱸魚堪膾，儘西風，季鷹歸未？求田問舍，怕應羞見，劉郎才氣。可惜流年，憂愁風雨，樹猶如此！倩何人喚取，紅巾翠袖，揾英雄淚？

清秋時節，江南的天空千里澄淨，一覽無遺；江水滔滔流向遙遠的天際，水天相連，秋色無邊。極目遠眺，北方群峰碧綠如玉簪、山形如螺髻，故國層巒彷彿在那兒含愁凝恨。日落時分，在孤鴻哀鳴聲中，我這個流落江南的遊子獨自佇立於高樓上。看著腰間佩戴的寶刀，可恨它無用武之地，故而急切、悲憤地拍遍所有欄杆，但沒人能體會我這份登高臨遠的志意。

別說故鄉的鱸魚可以作成美味的鱸膾，儘管陣陣秋風吹起，我能像張翰一樣為了美食辭官歸隱嗎？我也想像許汜一樣，做個買地購屋的凡夫，但怕羞於見到像劉備那樣的豪傑之士。可惜年光似水，歲月不饒人，在淒風苦雨中，樹木尚且會凋萎，何況是血肉之軀？請何人去喚一位溫柔美麗的歌女，為我擦拭滿臉的英雄淚。

上片以一望無際的楚天、秋水為背景，觸發了心中的家國之恨與鄉關之思。極目遠眺，北方群巒固然風流多姿，卻因江山易主而凝恨含愁。「落日」影射南宋朝廷逐漸衰微，如落日將沉。「斷鴻」既狀寫眼前景物，也暗喻他這個飄零異鄉的遊子，與失群的孤鳥何異。「把吳鉤看了，欄干拍遍，無人會，登臨意」四句，為稼軒詞詩、詞、散文合流的範例，將散文化句法融入詞中，在形式開拓上，已較東坡更進一步。暗示自己是個有遠志、有能力的人，卻沒人賞識他、重用他，給他一個馳騁沙場、殺敵建功的機會，這就是他滿腔悲憤、拍遍欄杆的原因，卻從來沒有人明白他的豪情萬丈。

下片反用三個典故，抒發滿腔壯志難酬的悲慨。先用張翰「蓴羹鱸膾」之典（《世說新語・識鑒》），說他不會跟張翰一樣棄官歸里，因為他的故鄉淪陷了，就算想任性辭官卻已無家可歸。再用許汜與劉備的典故（《三國志・魏書・陳登傳》），許汜一心累積私產，毫無救世之志，徒然為劉備所恥笑；但他有滿腔濟世的熱情，實在不允許自己這樣做。又用桓溫「木猶如此」典故（《世說新語・言語》），闡明樹木尚且禁不起憂愁風雨的摧殘，何況個人或國家又怎麼承受得住外界無情風雨的欺凌？最後，由於官場失意，轉而向情場尋求慰藉，希望得到紅顏美人的理解與憐惜。

水隨天去秋無際

應考大百科

◆「遙岑遠目，獻愁供恨，玉簪螺髻。」為倒裝句，應作：「遠目遙岑，玉簪螺髻，獻愁供恨。」此處從寫景，漸轉為抒情，雖說「獻愁供恨」的是遠山，但江山本無情，此乃詞人移情及物所致。

◆「吳鉤」既指寶刀，亦象徵他是個棟梁之才；故「把吳鉤看了」，道盡想為國效命沙場的雄心。

◆「欄干拍遍」則用劉孟節醉拍欄杆之典故，傳達出有志難伸的憤慨之情。

水龍吟 登建康賞心亭 辛棄疾

・此詞作於孝宗淳熙元年（1174），作者由滁州改調建康任江東安撫使參議官。
・他已南歸十餘年，卻一直被朝廷冷落，再度登臨賞心亭，滿腔悲慨傾瀉而出。

上片

楚天千里清秋，
水隨天去秋無際。
遙岑遠目，
獻愁供恨，
玉簪螺髻。
落日樓頭，
斷鴻聲裡，
江南遊子。
把吳鉤看了，
闌干拍遍，
無人會，登臨意。

上片以一望無際的楚天、秋水為背景，觸發了心中的家國之恨與鄉關之思。

下片

休說鱸魚堪膾，
儘西風，
季鷹歸未？
求田問舍，
怕應羞見，
劉郎才氣。
可惜流年，
憂愁風雨，
樹猶如此！
倩何人喚取，
紅巾翠袖，
揾英雄淚？

下片反用三個典故，抒發滿腔壯志難酬的悲慨。

1 蓴羹鱸膾

《世說新語・識鑒》：張翰，字季鷹，曾在洛陽作官。見秋風起，因思念家鄉美食蓴羹、鱸膾，毅然辭官歸隱。

詞人不會跟張季鷹一樣棄官歸里，因為他的故鄉淪陷了，就算想任性辭官卻已無家可歸。

2 求田問舍

《三國志・魏書・陳登傳》：許汜一天到晚求田問舍，無救世之志，先為陳登所不齒，後為劉備取笑。

但詞人有滿腔濟世的熱情，實在不允許自己像許汜一樣自私自利，只知累積自家財富。

3 木猶如此

《世說新語・言語》：桓溫從前種下的小樹苗，如今已長成大樹了，十年過去了，人怎能不衰老呢？

樹木尚且禁不起憂愁風雨的摧殘，何況個人或國家又怎麼承受得住外界無情風雨的欺凌？

UNIT 3-16

驀然回首，那人卻在、燈火闌珊處

此詞應作於辛棄疾來歸南宋以後，描寫南國元宵夜火樹銀花、笑語盈盈的昇平景象。一說作於孝宗淳熙元年（1174）或二年，此時他約三十五、六歲，已南歸十餘年了。而他十八歲在家鄉早已成親，因此詞中的「那人」似有寄託，非實指。通篇藉由南宋朝野上下歡度元宵佳節，大有林升〈題臨安邸〉：「暖風薰得遊人醉，直把杭州作汴州」之慨，國難當頭，眾人卻只顧偷安，唯有「那人」獨立於燈火闌珊處，不同流俗，自甘寂寞，「他」才是詞人所傾慕的對象。然而，現實中有這樣的人存在嗎？或許那只是詞人英雄無用武之地，卻又不屑同流合汙的寫照而已。

青玉案元夕　辛棄疾

東風夜放花千樹，更吹落、星如雨。寶馬雕車香滿路。鳳簫聲動，玉壺光轉，一夜魚龍舞。　蛾兒雪柳黃金縷，笑語盈盈暗香去。眾裡尋他千百度。驀然回首，那人卻在、燈火闌珊處。

滿街五光十色的彩燈，好像一夜之間被春風吹開的千樹繁花；光彩奪目的煙花，又如滿天星斗被風吹落，似萬滴晶瑩的雨珠灑落夜空。華麗的馬車，出遊的紅男綠女，香風飄滿一路。悠揚的鳳簫聲飄動，精美的玉壺燈飾流轉著晶瑩剔透的光芒，那些魚、龍造型的花燈在空中飛舞了一整夜。

出門賞燈的女子個個打扮得花枝招展，頭上都戴著蛾兒、雪柳、金黃絲縷等飾品，笑逐顏開，飄送著陣陣暗香漸漸散去。我在群眾中苦尋不著他的身影。忽然一回首，那個人卻孤伶伶地站在燈火稀稀落落的地方。

上片描繪元宵燈節，熱鬧非凡的景象。「東風夜放花千樹，更吹落、星如雨。」自大處著筆，總寫元夕全景，滿街彩燈和漫天煙花，璀璨耀眼，用視覺摹寫法。「寶馬雕車香滿路。」採視覺兼嗅覺摹寫，從路上車水馬龍，香風四散，間接點出遊人如織的壯觀場面。「鳳簫聲動，玉壺光轉，一夜魚龍舞。」再從聽覺、視覺上，渲染出樂音悠揚，彩燈旋轉，歡樂喧鬧的節慶氣氛。上片極力鋪陳眾人歡度元宵的畫面，正好反襯下片中「那人」孤單落寞的形象。

下片敘遊客漸漸散去後，突然在僻靜的角落，發現原先苦尋不著的意中人，真是驚喜萬分！「蛾兒雪柳黃金縷，笑語盈盈暗香去。」承前文的歡樂場景而來，從視覺、聽覺、嗅覺上，直接刻劃賞燈女子的盛裝打扮、笑語聲不斷，隨著她們漸漸散去，身上的飄香也逐一飄遠了。此二句呼應上片的「寶馬雕車香滿路」，都是描寫路上的遊客，都從「香」字著手，可見個個都是遍體生香的公子小姐，絕非等閒之輩。夜深人散後，引出「眾裡尋他千百度。」原來詞人在人群中一遍遍找尋「他」的身影，遍尋不著，無限落寞、焦急。「驀然回首，那人卻在、燈火闌珊處。」忽然一回頭，「那人」竟在燈火稀落的地方，令人又驚又喜！全詞至此戛然而止，情韻深長，十分引人入勝。

東風夜放花千樹

應考大百科

◆元夕：指農曆正月十五日元宵節晚上。
◆花千樹：形容元宵燈會光明璀璨，宛如千樹花開。
◆星如雨：形容滿天煙花亂落如雨。
◆寶馬雕車：華麗的馬車。
◆鳳簫：簫的美稱。
◆玉壺：精美的花燈。
◆魚龍：指魚形、龍形的彩燈。
◆蛾兒雪柳黃金縷：此借代為盛裝的女子。蛾兒、雪柳、黃金縷，皆古代婦女元宵節時頭上佩戴的飾品。
◆暗香：此借代為美人。
◆驀然：忽然、突然。驀，音「默」。
◆闌珊：零落、將盡的樣子。

青玉案元夕　辛棄疾

・此詞應作於詞人來歸南宋以後，描寫南國元宵夜火樹銀花、笑語盈盈的昇平景象。
・詞中的「那人」似有寄託，或許只是詞人英雄無用武之地，卻又不同流合汙的寫照。

上片

東風夜放花千樹，更吹落、星如雨。寶馬雕車香滿路。鳳簫聲動，玉壺光轉，一夜魚龍舞。

★上片描繪元宵燈節，熱鬧非凡的景象。

・這裡極力鋪陳眾人歡度元宵的畫面，正好反襯下片中「那人」孤單落寞的形象。

王國維《人間詞話》將「眾裡尋他千百度。驀然回首，那人卻在、燈火闌珊處。」視為成大事業、大學問的第三境——象徵付出一切努力後，成功乍現的欣喜。

下片

蛾兒雪柳黃金縷，笑語盈盈暗香去。眾裡尋他千百度。驀然回首，那人卻在、燈火闌珊處。

★下片敘遊客漸漸散去後，突然在僻靜的角落，發現原先苦尋不著的意中人，真是驚喜萬分！

眾裡尋他千百度	落寞、焦急
驀然回首，那人卻在、燈火闌珊處	又驚又喜

活用小精靈

提到元宵燈節，不禁想起《女醫明妃傳》一劇，女主角譚允賢於元宵夜跟情郎朱祁鈺約好在清河橋頭賞燈，誰知那人因事耽擱了？允賢想起朱祁鎮似乎也邀她到西街王家看走馬燈，於是轉往西街王家與好友一起歡度元宵夜。

剛開始觀眾的確被朱祁鈺翩翩貴公子的形象所吸引，認為他倆郎才女貌，多天造地設的組合！到後來，總覺得朱祁鈺太懦弱、太霸道、太貪婪，他要皇位、要允賢、也要汪國公的支持，導致允賢只能一再委屈求全，令人不捨！倒是朱祁鎮，他懂得愛不是占有，愛她就讓她做自己，成全她嫁給想嫁的人，幫她實現成為女大夫的夢想……——戲迷們終於明白：原來這才是真愛！

UNIT 3-17 青山遮不住，畢竟東流去

孝宗淳熙三年（1176），辛棄疾南歸十餘年，出任江西提點刑獄，駐節贛州，經常往來於湖南、江西等地。這回途經造口鎮，據羅大經《鶴林玉露》載：「蓋南渡之初，虜人追隆祐太后御舟至造口，不及而還。幼安（辛棄疾）自此起興。」謂高宗建炎三年（1129）金兵南犯，攻入江西，隆裕太后（哲宗的孟后）由南昌倉皇南逃，金兵一直深入到造口。詞人有感於漫天戰火，民不聊生，故而題寫此詞於壁上。

菩薩蠻 書江西造口壁　辛棄疾

鬱孤臺下清江水，中間多少行人淚？西北望長安，可憐無數山。　青山遮不住，畢竟東流去。江晚正愁余，山深聞鷓鴣。

鬱孤臺下這條贛江、袁江合流的清江水，水中含有多少逃難人流離失所的眼淚？我抬頭眺望北宋故都汴京，可惜只見到無數淪陷的江山。

青山是擋不住的，滔滔江水終究要向東奔流而去。江邊的夜景正使我發愁，聽到深山傳來鷓鴣鳥的鳴叫聲：「行不得也哥哥！」

上片詞人從身處隆祐太后被金兵追擊的所在，感慨國事風雨飄搖，滿腔義憤傾瀉而出。「鬱孤臺下清江水」，「見物起興」，以「鬱孤臺」三字切入，彷彿一座鬱然孤峙的高臺橫空而立，氣勢磅礴；次寫臺下的清江水，據《萬安縣志》載：「贛水入萬安境，初落平廣，奔激響溜。」此一江激流從百餘里外鬱孤臺，順勢收至眼前的造口，還是「興」法。接著，「中間多少行人淚？」以「行人淚」三字，隱含當年隆祐太后於造口遇難事。在詞人心中，此一江流水好像為行人流淌著無盡的傷心淚，採用「比」法。「行人淚」一辭，不必專言隆祐太后；亦指南宋建炎年間百姓顛沛流離，從中原逃難至江南，不知曾流下多少飄泊淚？而詞人從北方南來，自然也流過不少無助的眼淚。「西北望長安，可憐無數山。」此處借用唐人李勉曾登上鬱孤臺想望長安之典，感嘆可惜北宋國都被無數青山遮蔽了，流露出盼望收復故土卻壯志難酬的無奈。「長安」，借代為宋都汴京，甚至可引伸為整個北方淪陷區。

下片觸景傷情，抒發濃濃的國仇家恨。「青山遮不住，畢竟東流去。」明揭京師雖為青山遮蔽，但青山其實是遮不住的，因為滔滔江水終究要向東奔流。贛江北流，而此言東流，蓋詞人借景託喻，不必拘泥。此二句看似寫眼前景物，實則別有寄託：一、金人別想長期霸占中原，北方淪陷畢竟是一時的，收復失土，勢在必然。二、南宋權臣休想隻手遮天，賢才不會長久遭埋沒，英雄終有用武之地。最後，借景抒情：「江晚正愁余，山深聞鷓鴣。」江晚山深，暮色蒼茫，無疑為詞人沉鬱孤悶之寫照；此意境恰好暗合上片起首「鬱孤臺」之意象，前後照應。而亂山深處鷓鴣夜啼，聲似「行不得也哥哥！」聲聲喚起詞人的思鄉情懷，但他至今一事無成，又有何面目回去見家鄉父老呢？通篇格調蒼涼，熔家國之恨、鄉關之思、個人感慨於一爐。

鬱孤臺下清江水

應考大百科

◆造口：一作「皁口」，鎮名；在今江西萬安西南。

◆鬱孤臺：在今江西贛州西南賀蘭山上，因「隆阜鬱然，孤起平地數丈」而得名。

◆清江：為贛江、袁江合流處之舊稱。

◆行人：流離失所的人。

◆長安：此借漢、唐首都，以喻淪陷敵人手中的北宋都城汴京。

◆愁余：令我憂愁。

◆鷓鴣：鳥名；相傳其鳴叫聲異常悽苦，近似「行不得也哥哥」。

菩薩蠻 書江西造口壁 辛棄疾

・孝宗淳熙三年（1176），詞人出任江西提點刑獄，經常往來於湖南、江西等地。

・他途經造口鎮，想到建炎三年（1129）金兵南犯，深入到造口，有感而發之作。

上片

鬱孤臺下清江水，中間多少行人淚？西北望長安，可憐無數山。

★上片詞人從身處隆祐太后被金兵追擊的所在，感慨國事風雨飄搖，滿腔義憤傾瀉而出。

「行人淚」，不必專言隆祐太后；亦指南宋建炎年間百姓顛沛流離，從中原逃難至江南，不知曾流下多少飄泊淚？而詞人從北方南來，自然也流過不少無助的眼淚。

下片

青山遮不住，畢竟東流去。江晚正愁余，山深聞鷓鴣。

★下片觸景傷情，抒發濃濃的國仇家恨。

青山遮不住，畢竟東流去 → 1. 金人別想長期霸占北方，收復中原勢在必然。 2. 賢才不會久被埋沒，南宋權臣休想隻手遮天。

江晚正愁余，山深聞鷓鴣 → 聲聲喚起詞人的思鄉情懷

活用小精靈

相傳鷓鴣鳥的鳴叫聲近似「行不得也哥哥！」意思是：「別走啊哥哥！」因此成為古代深閨女子的代言人，多希望這句話能幫她們拖住情郎、夫君的腳步，讓那人別出遠門去，留在家中好好過日子。但是男人有男人的無奈，功名、事業、生計、前途……由不得他們不離鄉背井，勞碌奔波！

講個與鷓鴣有關的小故事：相傳有個妙齡女子名叫「小鷓鴣」。某天，遇見了一位俊俏的秀才，故意出個謎語考他。謎面是「二人並坐，坐到二鼓三鼓，一畏貓兒，一畏虎。」聰明的秀才立刻解出謎底：「莫非是個『孩』字！子（鼠）畏貓，亥（豬）畏虎。」——賓果！答對了！這位秀才見小姑娘聰慧可愛，問了芳名後，索性揮筆贈她一聯：「應與鳳凰為近侍，敢同鸚鵡比聰明。」小鷓鴣收到這份禮物，心花怒放。至於他倆有沒有進一步發展，就不得而知了。

UNIT 3-18

君莫舞！君不見、玉環飛燕皆塵土

詞題或作「暮春」，或作「春晚」。據小序得知，此詞作於孝宗淳熙六年（1179），作者四十歲，由湖北轉運副使改調湖南轉運副使，同事王正之在鄂州（今湖北武昌）小山亭設宴餞別，令他感慨萬千，故而填寫該篇。

摸魚兒　辛棄疾

淳熙己亥，自湖北漕移湖南，同官王正之置酒小山亭，為賦。

更能消、幾番風雨，匆匆春又歸去。惜春長怕花開早，何況落紅無數？春且住，見說道、天涯芳草無歸路。怨春不語。算只有殷勤，畫檐蛛網，盡日惹飛絮。　長門事，準擬佳期又誤。蛾眉曾有人妒，千金縱買相如賦，脈脈此情誰訴？君莫舞！君不見、玉環飛燕皆塵土。閒愁最苦。休去倚危欄，斜陽正在，煙柳斷腸處。

暮春時分，再也經不起幾番風吹雨打，春天便要匆匆流逝。愛惜春天，總擔心花開得太早、凋得太快，何況此時見到滿地落花？春天暫且留下吧！聽人說，芳草綿延至天邊試圖阻斷春歸之路。埋怨春天不領情仍舊悄悄離去。算來最殷勤的，只有畫簷下的蜘蛛網，整天沾惹那紛飛的柳絮，彷彿竭力想挽留住春光似的。

一如陳皇后幽居長門宮的往事，本來有望重獲君王寵幸，誰料又被耽誤了？沒辦法，德貌兼備的女子天生容易遭人嫉妒！縱使不惜花費千金買來司馬相如的辭賦，但這含情脈脈、一往情深又該向何人傾訴呢？你們別太得意！你們沒看見那楊貴妃縊死馬嵬坡、趙飛燕落得畏罪自殺，最後全都化為塵土，遺臭萬年。莫名的閒愁最讓人痛苦。不要再登樓遠眺了，因為夕陽斜照正在煙霧瀰漫的楊柳間，那淒迷景象真教人柔腸寸斷。

此詞表面寫美女傷春、蛾眉見妒，其實是作者感傷國事、寄託懷抱之作。上片敘春意闌珊，引起無限惜春之情：如陳廷焯《白雨齋詞話》云：「起處『更能消』三字，是從千回萬轉後，倒折出來，真是有力如虎！」確是劇力萬鈞，將詞意由「傷春」轉為下文的「惜春」。再以春天流逝，象徵南宋國勢日益衰頹，故他傷春，同時感傷時勢；他惜春，有意挽留卻回天乏術，暗示縱有滿腔報國赤誠，仍無力可回天，心中豈能無怨？鬱結之情，噴薄而出，方能成此深悲沉恨、悽涼憤慨之佳作。

下片敘蛾眉遭妒，引發美人遲暮之感：此處藉美女宮怨，自傷才優見黜的愁苦：他也像陳皇后一樣，期盼得到君主垂青，這次調職原以為是個好機會，誰知希望又落了空？縱使他也想找人在皇上面前美言幾句，但這人在哪裡？他的滿腔忠愛纏綿又該向何人訴說？「君莫舞！君不見、玉環飛燕皆塵土。」兩個「君」字，既指玉環、飛燕輩有貌無德的女子，亦暗喻朝中作威作福的小人，進一步抒發其「蛾眉見妒」、有志難伸的慨嘆。詞末藉由殘春暮景，抒發美人遲暮之感，亦志士仁人平生失意，傷己憂國的最佳寫照。

天涯芳草無歸路

應考大百科

*「算只有般勤，畫檐蛛網，盡日惹飛絮。」用一個「惹」字，移情於蛛網，形象鮮活，造境極美。那畫簷蛛網真是多情！明知不可為而為之，竭力挽留飛絮，以為這樣就可以留住春天。——他何嘗不是如此？一意獻身國事，志在力挽狂瀾，然南宋朝廷並不領情，使他如蛛網般，終究落得徒勞無功。

*「玉環飛燕皆塵土」，化用《飛燕外傳‧伶玄自敘》的典故：「……妾樊通德……頗能言趙飛燕姊弟故事。子于（伶玄字）閑居命言，厭厭不倦。子于語通德曰：『斯人俱灰滅矣，當時疲精力馳騖、嗜欲蠱惑之事，寧知終朝荒田野草乎？』」感慨趙飛燕最後落得畏罪自殺，葬身荒煙蔓草間的下場。

摸魚兒 辛棄疾

此詞作於孝宗淳熙六年（1179），作者由湖北轉運副使改調湖南轉運副使，同事王正之在鄂州（今湖北武昌）小山亭設宴餞別，令他感慨萬千，故而填寫該篇。

上片

盡日惹飛絮。
畫檐蛛網，
算只有般勤，
怨春不語。
天涯芳草無歸路。
見說道、
春且住，
何況落紅無數？
惜春長怕花開早，
匆匆春又歸去。
幾番風雨，
更能消、

上片敘春意闌珊，引起無限惜春之情。

下片

煙柳斷腸處。
斜陽正在，
休去倚危欄，
閒愁最苦。
玉環飛燕皆塵土。
君不見、
君莫舞！
脈脈此情誰訴？
千金縱買相如賦，
蛾眉曾有人妒，
準擬佳期又誤。
長門事，

下片反用三個典故，抒發滿腔壯志難酬的悲慨。

1 長門事

漢武帝的陳皇后失寵，幽居長門宮，後來砸重金請司馬相如作〈長門賦〉，代為抒發冷宮生活的寂寥。據說因此重新得到皇上垂憐。

2 楊玉環

唐玄宗的楊貴妃集三千寵愛於一身，讓皇上從此荒廢朝政，只顧與她恣情享樂，終於引起安史之亂。逃難至馬嵬坡，楊貴妃被迫縊死。

3 趙飛燕

漢成帝的皇后趙飛燕，美豔善舞，因無子，故暗中謀害後宮有孕嬪妃，使皇家子嗣凋零。最後因罪被貶為庶人，她畏罪自殺身亡。

詞人也像陳皇后，期盼得到君主垂青，這次調職原以為是個好機會，誰知希望又落了空？

此處借楊玉環、趙飛燕等有貌無德的女子，暗喻朝中作威作福的小人。詞人說：你們別太得意！沒看見歷史上那些無德、無品的權奸最後都沒個好下場嗎？功名富貴化為了塵土，卻仍惡名昭彰，遺臭萬年。

UNIT 3-19 城中桃李愁風雨，春在溪頭薺菜花

孝宗淳熙八年（1181）冬，辛棄疾四十二歲，因受到彈劾而免官。他從此多隱居於上饒帶湖與鉛山瓢泉二地；期間有六年曾獲起用，後又遭罷免，使他奔走於福建、浙江、江蘇等任上，或往來於帶湖、瓢泉之間。中、晚年以後，由於心境漸趨恬淡，故創作不少質樸清新，充滿田園風味的詞作。

鷓鴣天　辛棄疾

陌上柔桑破嫩芽，東鄰蠶種已生些。平岡細草鳴黃犢，斜日寒林點暮鴉。　山遠近，路橫斜，青旗沽酒有人家。城中桃李愁風雨，春在溪頭薺菜花。

村中小路旁桑樹柔軟的枝條，剛剛冒出嫩芽來，東面鄰居家的蠶種已經有些蛻變成蠶兒了。平坦的小坡上，初生的細草間，小牛哞哞地鳴叫，此起彼落；黃昏時，夕陽斜照在枯寒的樹林裡，枝頭棲息著一隻隻烏鴉。

山中的村落有遠有近，山路蜿蜒橫斜，青布旗迎風招展處有家賣酒的小鋪。當城裡的桃花、李花正憂愁被風吹雨淋時，春光已在溪頭那一片薺菜花中展露無遺。

此詞旨在描寫早春時農村的風光。上片聚焦於農家蠶桑、黃牛、昏鴉，一天之內景色的變化。「陌上柔桑破嫩芽，東鄰蠶種已生些。」先寫白天所見景物，桑樹抽芽、蠶卵孵化，用一個「破」字，傳神勾勒出桑芽在春風催動下，逐漸萌發的力量和速度。接著，「平岡細草鳴黃犢，斜日寒林點暮鴉。」採視覺、聽覺和觸覺摹寫法，點染出一幅生動的農村風情畫。山崗上春草萌發，青綠細草間，小牛聲聲低鳴；直到黃昏時，寒林枝頭棲息著一隻隻歸巢的烏鴉。一個「鳴」字，摹狀黃犢的叫聲，同時讓人聯想到牛群低頭吃草的悠閒神態。「斜日」、「寒林」、「暮鴉」三個意象，用一個「點」字貫串，寫活了早春傍晚烏鴉在枯寒的樹林裡或飛或棲的姿態，栩栩如生，躍然紙上。

下片仍為寫景，但與上片具有不同的情調。「山遠近，路橫斜，青旗沽酒有人家。」由遠而近，從上片寫自然之景，至此敘村中人的活動。由村落、山路、酒家點出閒適靜謐、別具生活風味的鄉村景致。正因為有了人煙，才讓人感受到山居歲月的活潑生氣。詞末「城中桃李愁風雨，春在溪頭薺菜花。」堪稱通篇的點睛之筆，既是寫景，也是議論。如作寫景看，明揭早春天候多變，城中桃李爭豔，卻為淒風苦雨吹淋；而山村春意盎然，溪頭薺菜花正一片欣欣向榮。如作議論解，前句道出詞人心中的隱憂，想到北宋淪亡，徽、欽二帝被俘，大好河山殘缺不全，不覺令人憂心忡忡。此句可與上片「斜日寒林點暮鴉」相呼應，暗示國勢日益傾頹（斜日）、處境孤立無援（寒林）、前途黯淡無光（暮鴉）。詞人有難言之隱，故假託自然景物，宣洩心中無限感慨。不過，再從「春在溪頭薺菜花」句，可見他還是對南宋朝廷抱以樂觀態度，認為此刻春臨大地，一切尚可有所作為。

斜日寒林點暮鴉

應考大百科

◆鷓鴣天：詞牌名；又名〈思佳客〉、〈思越人〉、〈剪朝霞〉、〈驪歌一疊〉。

◆陌上：田間小路也。

◆些：句末語助詞，無義。

◆平岡：平坦的小山坡。

◆黃犢：小牛。犢，音「獨」。

◆青旗：賣酒店家懸掛在門口的旗幟，用來招攬生意。

◆薺菜：二年生草本植物，開白花，莖葉嫩時可食用。

鷓鴣天 辛棄疾

・作者中、晚年以後，創作了不少充滿田園風味的詞作。

・此詞即描寫早春時農村的風光，質樸清新，別具一格。

上片

斜日寒林點暮鴉。
平岡細草鳴黃犢，
東鄰蠶種已生些。
陌上柔桑破嫩芽，

★上片聚焦於農家蠶桑、黃牛、昏鴉，一天之內景色的變化。

「斜日」、「寒林」、「暮鴉」三個意象，用一個「點」字貫串，寫活了早春傍晚樹林裡烏鴉或飛或棲的姿態，栩栩如生。

白天⇩黃昏

寫自然之景

下片

春在溪頭薺菜花。
城中桃李愁風雨，
青旗沽酒有人家。
山遠近，路橫斜，

★下片仍為寫景，但與上片具有不同的情調。

詞末「城中桃李愁風雨，春在溪頭薺菜花。」堪稱通篇的點睛之筆，既是寫景，也是議論。

樂觀態度。但仍對南宋抱以令人憂心忡忡；想到中原淪陷，

敘村中人的活動

活用小精靈

春天來了，陌上花開，萬紫千紅，美不勝收；令人不禁想起蘇軾的〈陌上花〉三首：

陌上花開蝴蝶飛，江山猶是昔人非。遺民幾度垂垂老，遊女長歌緩緩歸。

陌上山花無數開，路人爭看翠軿來。若為留得堂堂去，且更從教緩緩回。

生前富貴草頭露，身後風流陌上花。已作遲遲君去魯，猶教緩緩妾還家。

相傳五代時吳越王的王妃每年都要回臨安省親，吳越王為了體恤妻子旅途奔波之苦，總是派人傳信來：「陌上花開，可緩緩歸矣。」宋朝開國後，錢鏐之孫錢俶因恐兵禍連結而降宋。當地父老感念吳越王恩德，而將他寄給王妃的那句話編成〈陌上花〉曲子來傳唱。東坡在杭州作官時，感慨朝代興亡、富貴如夢，於是將原本俚俗的歌詞寫成此三首〈陌上花〉，情思婉轉深摯，十分耐人尋味。

UNIT 3-20 正梅花、萬里雪深時，須相憶

李正之，辛棄疾好友，曾負責採銅鑄錢之公事；由於信州為當時主要產銅區，故他常駐於此地。孝宗淳熙十一年（1184）冬，李正之改任利州路提點刑獄使，將從江西入蜀；臨行前，辛棄疾填此詞為他送別。當時詞人適值罷官期間，閒居上饒帶湖莊園。

滿江紅 送李正之提刑入蜀　辛棄疾

蜀道登天，一杯送、繡衣行客。還自歎、中年多病，不堪離別。東北看驚諸葛表，西南更草相如檄。把功名、收拾付君侯，如椽筆。　兒女淚，君休滴。荊楚路，吾能說。要新詩準備，廬山山色。赤壁磯頭千古浪，銅鞮陌上三更月。正梅花、萬里雪深時，須相憶。

蜀道難行甚於上青天，一杯薄酒送給尊貴如漢代繡衣直指官的您。我還獨自嘆息中年多病罷官，又不能忍受離別之苦。希望您如蜀相諸葛亮作〈出師表〉，讓金人聞風心驚；願您似司馬相如草〈喻巴蜀檄〉，安撫蜀地百姓。相信您文才出眾，一定可以建功立業，拜將封侯。

別像小兒女似的，流下傷心淚。這一路上的好風景，我見識過。請用詩詞寫下沿途美景：廬山青碧的山色，赤壁磯頭的大風浪，襄陽三更的明月。正當梅花綻放、到處大雪紛飛的季節，務必保持聯繫。

上片突顯出作者與友人，一閒居近三年，一將入蜀赴任，雖然浮沉各異勢，他仍對好友此行寄予厚望。「蜀道登天，一杯送、繡衣行客。」點明為李正之送行之意。「蜀道登天」句，化用李白〈蜀道難〉:「蜀道之難難於上青天。」實則暗示友人此行之艱難；遠徙他鄉，又何嘗不是小人排擠所致？轉而寫自己:「還自歎、中年多病，不堪離別。」他時年四十五歲，「多病」一辭，並非真的體衰多病，而是感慨自身慘遭罷黜、報國無門，只能託病鄉居；此「病」亦指掛心國事、憂憤成疾的心病。「東北看驚諸葛表，西南更草相如檄。」巧妙地以諸葛亮〈出師表〉、司馬相如〈喻巴蜀檄〉等蜀地相關之事，勉勵好友，此去要有一番作為；同時也道出自己的願望。「把功名、收拾付君侯，如椽筆。」他相信以李正之的才能，一定可以功成名就。

下片針對送行而發，訴說離情依依，並希望友人別後要長相憶。「兒女淚，君休滴。荊楚路，吾能說。」前二句化用王勃〈送杜少府之任蜀州〉:「無為在歧路，兒女共霑巾。」故作曠達語。後二句由於遠去荊楚這一路辛棄疾是熟悉的，但他避談此行之艱辛，而強調沿途景色如畫。「要新詩準備，廬山山色。赤壁磯頭千古浪，銅鞮陌上三更月。」希望友人以詩詞記下廬山山色、赤壁浪、銅鞮月之美景。這裡看似俊逸瀟灑，其實與上片諸葛表、司馬檄的內涵不謀而合。最後，回到現實，「正梅花、萬里雪深時，須相憶。」適值梅花綻放時分離，詞末透過雪中寒梅的意象，將好友情誼醞釀得十分溫馨、別緻！

赤壁磯頭千古浪

應考大百科

◆李正之：李大正，字正之。

◆提刑：為「提點刑獄使」的簡稱。

◆繡衣：漢武帝時設繡衣直指官，派往各地審理重大案件。此用來借指友人李正之。

◆還自歎、中年多病，不堪離別：語出《世說新語‧言語》；謝安曾對王羲之說：「中年傷於哀樂，與親友別，輒作數日惡。」

◆東北看驚諸葛表，西南更草相如檄：以古代蜀中名人相勉，希望好友在文治武功上有所貢獻。前句用蜀相諸葛亮出師北伐前，曾上〈出師表〉以明志；後句謂司馬相如奉命作〈喻巴蜀檄〉，安撫蜀地百姓。

◆把功名、收拾付君侯，如椽筆：稱讚友人文才出眾，足以建功立業。椽筆，即大手筆；語出《晉書‧王珣傳》：「夢人以大筆如椽與之。既覺，語人曰：『此當有大手筆事。』俄而帝崩，哀冊謚議，皆珣所草。」

◆荊楚：今湖南、湖北一帶， 李正之入蜀必經之地。

◆赤壁磯：一名「赤鼻磯」，在今湖北黄岡西南；蘇軾作〈念奴嬌 ‧ 赤壁懷古〉和〈赤壁賦〉之所在。

◆銅鞮：在今湖北襄陽。

◆正梅花、萬里雪深時，須相憶：典出《荊州記》：陸凱與范曄相善，陸自江南寄梅一枝，並贈詩曰：「折梅逢驛使，寄與隴頭人。江南無所有，聊贈一枝春。」

滿江紅 送李正之提刑入蜀　辛棄疾

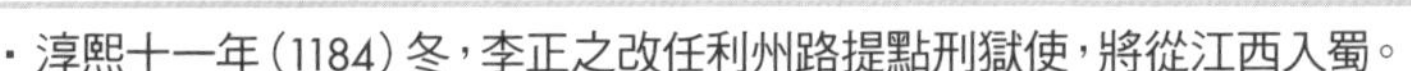

・淳熙十一年（1184）冬，李正之改任利州路提點刑獄使，將從江西入蜀。
・詞人適值罷官期間，閒居上饒帶湖莊園，友人臨行前，填此詞以送別。

上片

蜀道登天，一杯送、繡衣行客。還自歎、中年多病，不堪離別。東北看驚諸葛表，西南更草相如檄。把功名、收拾付君侯，如椽筆。

★上片突顯出作者與友人，一閒居近三年，一將入蜀赴任，雖然浮沉各異勢，他仍對好友此行寄予厚望。

・李白〈蜀道難〉：「蜀道之難難於上青天。」
→ 暗示友人此行之艱難

・諸葛亮〈出師表〉
・司馬相如〈喻巴蜀檄〉
→ 勉勵好友此去要有一番作為

正面看待入蜀一事

下片

兒女淚，君休滴。荊楚路，吾能說。要新詩準備，廬山山色。赤壁磯頭千古浪，銅鞮陌上三更月。正梅花、萬里雪深時，須相憶。

★下片針對送行而發，訴說離情依依，並希望友人別後要長相憶。

・王勃〈送杜少府之任蜀州〉：「無為在歧路，兒女共霑巾。」

→ 故作曠達語，以沿途景色如畫，寬慰友人

UNIT 3-21
莫貪風月臥江湖，道日近、長安路遠

此詞應作於孝宗淳熙十四年（1187）以前，辛棄疾閒居上饒帶湖莊園時。他的學生范開（字先之）曾填一闋詞為其族弟辛助（字祐之）送別，後來辛棄疾和范開之作，而成本篇。

鵲橋仙 和范先之送祐之弟歸浮梁　辛棄疾

小窗風雨，從今便憶，中夜笑談清軟。啼鴉衰柳自無聊，更管得、離人腸斷？　詩書事業，青氈猶在，頭上貂蟬會見。莫貪風月臥江湖，道日近、長安路遠。

望見小窗外風雨交加，從現在起便開始懷念，我們曾經恣意地談笑到半夜。屋外啼鳴的昏鴉、衰殘的柳條本就百無聊賴，哪管得了離別的人兒傷心斷腸？

我們出自書香門第，尊貴的家世依舊，終有戴上貂蟬冠拜將封侯的一天。千萬別貪戀清風明月而選擇退隱江湖，或說些舉目可見太陽、故國都城卻遙不可及這樣喪氣的話。

上片先追憶往事，再借眼前景物，抒發離情，點出詞題送別之意，語淺情深，耐人尋思。「小窗風雨，從今便憶，中夜笑談清軟。」採「追述示現」法寫成，回想從前與學生、族弟閒聊至半夜，相談甚歡，無拘無束的情形。筆鋒一轉，回到現實，「啼鴉衰柳自無聊，更管得、離人腸斷？」此刻分別在即，聲聲昏鴉悲啼，青青垂柳衰殘，周遭景色蕭條、百無聊賴，又哪裡顧得了離人傷心、哭得肝腸寸斷？以移情作用，移情於景，摹寫離別場面。上片運用鮮明的對比法，一虛一實，虛實相生；一敘屋內恣意談笑，一敘戶外送別場景，內外相應；進而將離愁別緒渲染得筆墨酣暢、飽滿，別情依依盡在其中。

下片不甘受限於個人的離情，故翻出一層新意，以建功立業的豪情壯志，試圖沖淡心中離恨與不捨。「詩書事業，青氈猶在，頭上貂蟬會見。」將目光轉向大我，身為世家子弟豈可陷溺於一己之私情？別忘了讀書人的理想抱負，別忘了勳貴之家的傳承與榮譽，獻身沙場，掃靖胡塵，拜將封侯，才是我們該在意的事。詞人以此勉勵學生，亦自我期許。「莫貪風月臥江湖，道日近、長安路遠。」此處用了《世說新語・夙慧》中晉明帝幼時，父皇問他長安近、還是日（太陽）近的典故：明帝有意用「日近、長安遠」，激勵群臣莫忘收復失土，統一河山。詞人亦期勉學生千萬別貪戀風月美景、退隱江湖，甚至說出「舉目見日，不見長安」這樣洩氣的話來。「道日近、長安路遠。」隱含太陽舉目可見，而故都洛陽城卻遙不可及。晉明帝以漢、唐故都「長安」借代為西晉故都洛陽；西晉亡國，東晉偏安江左，洛陽城自然無法跂及。與詞人所處的時代情勢約略相當，南宋亦偏安江左，北宋故都汴京城同樣可望而不可及。詞人刻意反用其典，提醒學生切莫因此懷憂喪志，只要有抱負、有決心，一切仍大有可為！

啼鴉衰柳自無聊

應考大百科

◆范先之：范開，字先之，辛棄疾的門人。孝宗淳熙九年（1182），從辛棄疾受學。

◆祐之：辛助，字祐之，辛棄疾的族弟；曾任錢塘令。

◆浮梁：縣名，宋代時隸屬饒州。

◆更管得：哪管得。

◆青氈：指家傳的舊物，亦借指尊貴的家世。氈，音「沾」。

◆貂蟬：即貂蟬冠，借代為高官之意。

◆風月：清風明月。

鵲橋仙 和范先之送祐之弟歸浮梁　辛棄疾

- 此詞應作於孝宗淳熙十四年（1187）以前，詞人閒居上饒帶湖莊園。
- 學生范開曾填一詞為其族弟辛助送別，後詞人和范開之作而成本篇。

上片

小窗風雨，從今便憶，中夜笑談清軟。啼鴉衰柳自無聊，更管得、離人腸斷？

★上片先追憶往事，再借眼前景物，抒發離情，點出詞題送別之意。

- 「小窗風雨，從今便憶，中夜笑談清軟。」
  → **虛筆：追述示現**〔屋內：恣意談笑〕
- 「啼鴉衰柳自無聊，更管得、離人腸斷？」
  → **實寫：移情於景**〔戶外：送別場景〕

下片

詩書事業，青氈猶在，頭上貂蟬會見。莫貪風月臥江湖，道日近、長安路遠。

★下片不甘受限於離情，故以建功立業的豪情壯志，試圖沖淡心中離恨與不捨。

- 「詩書事業，青氈猶在，頭上貂蟬會見。」
- 「莫貪風月臥江湖，道日近、長安路遠。」
  → **勉人亦自勉**

活用小精靈

據《世說新語・夙慧》記載：有一天，晉元帝把年幼的皇兒抱在膝上逗弄，剛好有官員來稟報長安的消息，聽著聽著不自覺潸然淚下。皇兒見狀，問父皇為何如此傷心，晉元帝便告訴他國都東遷的事。官員告退後，晉元帝隨口問皇兒：「長安和太陽，你覺得哪個比較遠呢？」天真的皇兒立刻回答：「當然太陽比較遠啦！因為經常聽說有人從長安來，沒聽過有人從太陽來。」這個答案讓晉元帝很滿意。

宮廷宴會時，晉元帝對群臣說起此事，索性喚皇兒來，當眾再問一遍。不過，這回皇兒竟回答：「是長安比較遠喔！」晉元帝急著說：「你昨天明明不是這樣說的。」聰慧的皇兒解釋道：「可是，抬頭看得見太陽，卻看不見長安！」大夥兒一聽，此話大有含意，值得深思。這位早慧的皇子就是後來的晉明帝。「日近長安遠」一語，後世用以形容嚮往帝都而不可至，隱含功名事業不順遂或願望不能實現之意。

UNIT 3-22
看風流慷慨，談笑過殘年

此詞作於孝宗淳熙十五年（1188），辛棄疾時年四十九歲。詞中藉由漢代「飛將軍」李廣一生戰功彪炳，卻未能拜將封侯；抒發他南歸後，空有滿腔理想抱負，始終英雄無用武之地的憤慨。

八聲甘州　辛棄疾

夜讀〈李廣傳〉，不能寐。因念晁楚老、楊民瞻約同居山間，戲用李廣事，賦以寄之。

故將軍飲罷夜歸來，長亭解雕鞍。恨灞陵醉尉，匆匆未識，桃李無言。射虎山橫一騎，裂石響驚弦。落魄封侯事，歲晚田間。　誰向桑麻杜曲？要短衣匹馬，移住南山。看風流慷慨，談笑過殘年。漢開邊、功名萬里，甚當時、健者也曾閒。紗窗外、斜風細雨，一陣輕寒。

從前李將軍曾夜出飲酒回來，在霸陵亭解下華美的馬鞍宿營。可恨的霸陵尉喝醉了出言侮辱他，來時匆匆可能還認不出大名鼎鼎的李將軍。曾單槍匹馬去射獵，誤把草叢裡的石頭當作老虎，弓弦發出驚人的響聲，箭鏃射進石中，把石頭都射裂了。這樣的英雄卻沒能拜將封侯，到晚年，還過著耕田種地的生活。

誰去杜曲種桑麻？我要穿上輕便的短衣，騎上一匹快馬，到南山學李廣射虎的生活。我要風流瀟灑，慷慨激昂、談笑度過晚年。漢代開疆拓土，不少人在萬里的邊界上建功立業，為什麼正值用人之際，像李將軍這樣屢建奇功的人才也落得去職閒居？我正在沉思時，紗窗外，斜風細雨，送來一陣輕微的寒意。

上片勾勒李廣的生平輪廓。「故將軍飲罷夜歸來，長亭解雕鞍。恨灞陵醉尉，匆匆未識，桃李無言。」出自《史記・李將軍列傳》：李廣罷官後，曾與隨從夜出飲酒；回到霸陵亭，縣尉喝醉了，呵止他通行。隨從說：「是前任李將軍。」縣尉仍不放行，李廣便被留宿驛亭內。詞中特別突出「故將軍」一語，表達對霸陵尉勢利小人的憤慨；並借史遷贊辭：「桃李不言，下自成蹊。」稱賞李廣生性樸實，平易近人。「射虎山橫一騎，裂石響驚弦。」用李廣射虎，一箭誤入石中的典故，刻劃其藝高、膽壯的英雄形象。結句：「落魄封侯事，歲晚田間。」可惜他未能建功立業、拜將封侯，最後落得終老鄉間。詞人何嘗不也如此？官場失意，壯志難酬。

下片抒發一己之感慨。「誰向桑麻杜曲？要短衣匹馬，移住南山。」化用杜甫〈曲江三章〉其三：「自斷此生休問天，杜曲幸有桑麻田，故將移住南山邊。短衣匹馬隨李廣，看射猛虎終殘年。」借杜甫對李廣之仰慕，喻晁楚老、楊民瞻對詞人之愛護，不以窮達異交，與霸陵尉形成強烈對比。「看風流慷慨，談笑過殘年。」呼應上片「落魄封侯事，歲晚田間。」流露出寵辱不驚的淡泊胸襟。接著，「漢開邊、功名萬里，甚當時、健者也曾閒。」借古諷今，痛恨漢代進奸佞、逐賢良；宋代亦如是，詞人因此遭罷黜。詞末以景語作結：「紗窗外、斜風細雨，一陣輕寒。」並以此點明小序中「夜讀」二字。

將軍飲罷夜歸來

應考大百科

- ◆晁楚老、楊民瞻：辛棄疾友人，生平皆不詳。
- ◆解雕鞍：卸下華美的馬鞍，即下馬之意。
- ◆桃李無言：語出《史記．李將軍列傳》；司馬遷引用當時俗諺：「桃李不言，下自成蹊。」稱讚李廣雖然不善言辭，卻深得人民愛戴。
- ◆裂石響驚弦：李廣曾誤把石頭當成老虎，一箭射入石中。
- ◆歲晚田間：指李廣屢立戰功卻沒有拜將封侯，晚年閒居田園。
- ◆邊開：指開疆拓土，向外擴張。

八聲甘州　辛棄疾

藉由「飛將軍」李廣一生戰功彪炳，卻未能拜將封侯，抒發詞人南歸後，懷才不遇的滿腔憤慨。

上片

故將軍飲罷夜歸來，
長亭解雕鞍。
恨灞陵醉尉，匆匆未識，桃李無言。
射虎山橫一騎，裂石響驚弦。
落魄封侯事，歲晚田間。

★上片勾勒李廣的生平輪廓：

❶ 李廣罷官後，曾與隨從夜出飲酒；回到霸陵亭，縣尉喝醉了，呵止他通行。隨從說：「是前任李將軍。」縣尉仍不放行，李廣便被留宿驛亭內。

→ **表達對勢利小人的憤慨**

❷ 「桃李不言，下自成蹊。」謂桃樹、李樹雖然不能言語，但因有花朵與果實，人們樂意接近它，樹下自然被走出一條小路來。

→ **稱賞李廣生性樸實，平易近人**

❸ 李廣有次喝醉了，誤把草叢裡的石頭當成老虎，一箭射入石中。

→ **刻劃其藝高、膽壯的英雄形象**

❹ 可惜李廣未能建功立業、拜將封侯，而終老鄉間。

→ **抒發詞人壯志難酬的感慨**

下片

誰向桑麻杜曲？
要短衣匹馬，移住南山。
看風流慷慨，談笑過殘年。
漢開邊、功名萬里，
甚當時、健者也曾閒。
紗窗外、斜風細雨，一陣輕寒。

★下片抒發一己之感慨：

・杜甫〈曲江三章〉其三：「自斷此生休問天，杜曲幸有桑麻田，故將移住南山邊。短衣匹馬隨李廣，看射猛虎終殘年。」

→ **借杜甫對李廣之仰慕，喻晁楚老、楊民瞻對詞人之愛護，與勢利的霸陵尉形成對比**

- 「看風流慷慨，談笑過殘年。」呼應上片「落魄封侯事，歲晚田間。」流露出寵辱不驚的淡泊胸襟。
- 「漢開邊、功名萬里，甚當時、健者也曾閒。」借古諷今，痛恨漢代進奸佞、逐賢良，宋代亦如是。
- 「紗窗外、斜風細雨，一陣輕寒。」點明小序中「夜讀」二字。

UNIT 3-23 了卻君王天下事，贏得生前身後名

此詞當作於孝宗淳熙十五年（1188）辛棄疾與陳亮（字同甫）於鉛山瓢泉相會（俗稱「第二次鵝湖會」）之後，兩人又分開了，詞人才填寫該詞以寄同道友人。此時辛棄疾遭彈劾免職，賦閒鄉居。理學家陳亮同樣主張北伐抗金，聽聞孝宗有意揮師北上，相約前來共商國家統一大計。由於兩人都懷有躍馬中原的雄心壯志，故以「壯詞」互勉相慰。通篇透過對軍旅生活的想像，刻劃出殺敵報國的決心，既反映二人共同的願望，也抒發了作者一己壯志難酬的悲憤。

破陣子 為陳同甫賦壯詞以寄之　辛棄疾

醉裡挑燈看劍，夢回吹角連營。八百里分麾下炙，五十絃翻塞外聲，沙場秋點兵。　馬作的盧飛快，弓如霹靂弦驚。了卻君王天下事，贏得生前身後名，可憐白髮生。

醉中挑亮油燈，觀看著我那把寶劍；夢醒時分，依稀聽見各軍營接連傳來響亮的號角聲。想像將軍把烤好的牛肉分給部眾，軍中樂隊演奏雄壯的邊塞曲；這是秋天的沙場上，出征前將軍正在校閱軍隊。

戰馬像的盧馬般跑得飛快，射箭發出如雷鳴似的聲響，驚心動魄。我一心想替君王完成收復中原的大業，博得生前的榮耀和死後的美名。可惜我已滿頭白髮，無緣經歷這一切！

上片先以「醉裡挑燈看劍」狀寫酒後的豪情；用「挑燈」點出時間、「看劍」闡明雄心，透露自己日夜不忘報國的滿腔抱負。「夢回吹角連營」，從宿醉中醒來，聽見各軍營接連傳來的號角聲，因而使他對軍旅生活產生聯想。以下採「懸想示現」法寫成：「八百里分麾下炙，五十絃翻塞外聲，沙場秋點兵。」想像出征前軍中士氣高昂的景象：舉酒分炙，軍樂齊奏，刻意營造出意氣飛揚、戰無不勝的氣勢。——好一幅清晨沙場點兵的壯闊場景！

下片再渲染戰爭中的驚險畫面，突顯奮勇殺敵的壯士形象：「馬作的盧飛快，弓如霹靂弦驚。」從視覺、聽覺上設想將士們騎快馬馳騁沙場，引弓弦制伏敵人的情形。此處仍為虛筆，出於作者的想像，是「懸想示現」法。接著，道出抗敵救國的理想：「了卻君王天下事，贏得生前身後名」，衷心企盼戰事告捷，收復失土，不但完成個人志意，也實現了國家統一的大業，終將名留青史，萬古流芳。然而，這一切有可能嗎？末句：「可憐白髮生。」粉碎了所有的熱情與希望：反觀現實情況，朝廷上下苟安，而自己也不再年輕，征戰沙場不過是午夜夢回的幻境罷了。此句具有扭轉乾坤的力量，從前文的醉情、夢境，回歸現實，感嘆自身年華虛度、報國無門，理想徹底幻滅，情感由雄壯轉為悲鬱。

詞中前九句意境雄壯激昂，至結句急轉直下，轉為悲壯蒼涼；詞人內心的落寞、憤恨，盡在不言之中。由於上、下片語意連貫，至末句陡地一個頓挫，布局巧妙，使人讀來波瀾起伏，跌宕有致，堪稱稼軒詞沉鬱頓挫的典型之作。

五十絃翻塞外聲

應考大百科

*詞中「『八百里』分麾下炙」、「『五十絃』翻塞外聲」、「馬作『的盧』飛快」，皆使用了「借代」修辭。

・八百里：古代著名的一種牛，後世借代為牛。

・五十絃：本指瑟，此借代為樂器。

・的盧：指額頭有白色斑點的馬。相傳劉備曾在荊州遭遇危難，所幸後來騎著的盧馬從檀溪水中一躍三丈，脫離險境；「的盧」遂為快馬之代稱。的，音「第」，白色。盧，通「顱」，額頭也。

破陣子 為陳同甫賦壯詞以寄之 辛棄疾

此詞當作於淳熙十五年（1188）辛棄疾與陳亮於鉛山瓢泉相會之後，兩人又分開了，詞人才填寫該詞以寄同道友人。

上片

醉裡挑燈看劍，夢回吹角連營。八百里分麾下炙，五十絃翻塞外聲，沙場秋點兵。

下片

馬作的盧飛快，弓如霹靂弦驚。了卻君王天下事，贏得生前身後名，可憐白髮生。

★上片先以「醉裡挑燈看劍」狀寫酒後的豪情；「夢回吹角連營」，從宿醉中醒來，聽見各軍營接連傳來的號角聲，因而使他對軍旅生活產生聯想。

「八百里分麾下炙，五十絃翻塞外聲，沙場秋點兵。」→ 懸想示現

★下片再渲染戰爭中的驚險畫面，突顯奮勇殺敵的壯士形象。

・「馬作的盧飛快，弓如霹靂弦驚。」→ 懸想示現

・「了卻君王天下事，贏得生前身後名」

→ 抗敵救國的理想

・「可憐白髮生。」

〔現實志向、感慨〕

→ 從前文的醉情、夢境，回歸現實

活用小精靈

據《三國演義》記載：劉表有意「廢長立幼」，找來劉備徵詢意見；劉備當然主張此事萬萬不可。事後引起幼子的母親蔡夫人不滿，於是與其兄長蔡瑁試圖殺害劉備。

劉備心中早有防備，在一次宴會上見情況不妙，立刻趁機開溜。沒多久，果然蔡瑁的人馬一路追趕至檀溪；劉備已無路可走了，見眼前滔滔溪水，只能手撫著坐騎的盧馬，無奈地說：「的盧，的盧，今日妨吾！」話才說完，誰知那的盧馬突然一躍而起，飛越了三丈高，隨即平穩落在對面的溪岸上。因此，劉備總算化險為夷，順利躲過蔡瑁的追殺。——這正是著名的「劉皇叔躍馬過檀溪」一事。

UNIT 3-24
愛上層樓，為賦新詞強說愁

此詞為辛棄疾於孝宗淳熙八年（1181）至光宗紹熙三年（1192）期間，被彈劾去職、閒居帶湖時所填。此時，他閒來無事，經常到博山遊玩，眼看國事日益敗壞，自己卻無能為力，滿腔愁緒無從排遣，遂在道中壁上題寫本篇。

醜奴兒 書博山道中壁　辛棄疾

少年不識愁滋味，愛上層樓。愛上層樓，為賦新詞強說愁。　而今識盡愁滋味，欲說還休。欲說還休，卻道天涼好個秋。

我年輕時不懂得什麼是憂愁的滋味，喜歡登上高樓。喜歡登上高樓，為了填寫新詞而勉強說自己內心憂愁。

如今嘗遍了憂愁的滋味，想說卻沒說出口。想說卻沒說出口，反而說好一個涼爽的秋天啊！

〈醜奴兒〉一名〈采桑子〉，是一闋小令，含上、下二片。此詞以「愁」字為核心，通篇出現了三次。這「愁」是詞人觸景傷情的悲秋之愁，也是廢黜閒置的苦悶之愁、離鄉背井的濃濃鄉愁，更是眼看北方淪陷、南宋朝廷風雨飄搖的無限哀愁，多少國仇家恨不禁湧上心頭，但他一介書生無權無勢，除了填詞抒發滿腔憂愁之外，還能如何？真是莫可奈何！真是愁緒萬端！

此詞採今昔對比法寫成，上片先說年輕時涉世未深，滿懷雄心，根本不了解愁苦的滋味。「少年不識愁滋味，愛上層樓。」因為未諳人生疾苦，不知愁為何物，所以老愛登上高樓，遠眺四方。「層樓」即高樓。「愛上層樓」，象徵少年人登高望遠，意氣風發，躊躇滿志，具有高遠的理想。接著，「愛上層樓，為賦新詞強說愁。」用一個疊句，或說是頂真，再度突顯年輕人好高騖遠、不甘於平凡的心態，為了填寫新詞，只好強說內心哀愁。「為賦新詞強說愁」，他閱歷尚淺，明明無事可愁，卻總是裝出一副老氣橫秋的樣子，成天寫一些悲秋傷春的憂愁詞句。此句寫活了少年人故作老成、強言哀愁的微妙心理。

下片道出如今歷經人世滄桑之後，算是嘗盡了愁苦的滋味，但該怎麼說呢？還真是不好說、不便說，也不知該從何說起。「而今識盡愁滋味，欲說還休。」此「而今」呼應上片的「少年」，形成鮮明的對比。「識盡」即是嘗多了、深刻體會到（憂愁的滋味），突顯愁之多、愁之深，用語十分精準。但這愁滋味很難用三言兩語來表達，如人飲水冷暖自知，除非親身經歷否則難以體會，所以他「欲說還休」。「欲說還休」包含了太多層面，如無可奈何、難言之隱、口拙詞窮、意興闌珊……。接著，「欲說還休，卻道天涼好個秋。」再用「欲說還休」，強調中、老年人處世的內斂與沉著，但他又覺得該適時說出此刻的心境，「卻道天涼好個秋」。此處以淡筆作收，卻道盡了憂愁滋味；原來真正經歷大風大浪的人可以把滿腔愁懷說得如此雲淡風輕。一句秋涼，隱含著世態炎涼、人情涼薄、心灰意冷、處境淒涼……，更生發出一種看透世情後的超然與淡然。

卻道天涼好個秋

應考大百科

*「頂真」：就是用前句的結尾作為後句開頭，使文句首尾蟬聯而有上下遞接的趣味；包括「句中頂真」、「句間頂真」及「句句頂真」三種。

- 句中頂真：如歐陽脩〈蝶戀花〉：「淚眼問花花不語。」「花」字在句中前後重複出現。
- 句間頂真：如李白〈白雲歌送劉十六歸山〉：「楚山秦山皆白雲，白雲處處長隨君。」「白雲」一辭，在句間前後蟬聯而出。
- 句句頂真：如本詞：「少年不識愁滋味，愛上層樓。愛上層樓，為賦新詞強說愁。」「愛上層樓」一句前後重疊出現，此即「句句頂真」，亦屬於「疊句」修辭。

醜奴兒 書博山道中壁　辛棄疾

詞牌一名〈采桑子〉，為小令，含上、下二片。通篇以「愁」字為核心，訴說滿腔哀愁。

今昔對比法

上片（昔）

少年不識愁滋味，
愛上層樓。
愛上層樓，
為賦新詞強說愁。

下片（今）

而今識盡愁滋味，
欲說還休。
欲說還休，
卻道天涼好個秋。

★上片先說年輕時涉世未深，滿懷雄心，根本不了解愁苦的滋味。

- 「愛上層樓」，象徵少年人意氣風發，具有高遠的理想。
- 「為賦新詞強說愁」，明明無事可愁，卻總是裝出一副老氣橫秋的樣子。

★下片道出如今歷經人世滄桑之後，算是嘗盡了愁苦的滋味，但該怎麼說呢？還真是不好說、不便說，也不知該從何說起。

- 「欲說還休」，強調中、老年人處世的內斂與沉著。
- 「卻道天涼好個秋」以淡筆作收，卻道盡了憂愁滋味，更生發出一種看透世情後的超然與淡然。

活用小精靈

然而，到底什麼是「愁滋味」呢？讓我們從古詩詞裡略窺一二：

1. 辛棄疾〈醜奴兒〉云：「而今識盡愁滋味，欲說還休。欲說還休，卻道天涼好個秋。」說得多雲淡風輕！
2. 李清照〈武陵春〉云：「只恐雙溪舴艋舟，載不動許多愁。」又是如此的沉重，令人不堪負荷。
3. 范成大〈江上〉云：「天色無情淡，江聲不斷流。古人愁不盡，留與後人愁。」只要有天地，有人生，便有愁存在，古往今來，誰也別想擺脫它的糾纏！
4. 戎昱〈江城秋夜〉云：「思苦自看明月苦，人愁不是月華愁。」這是人的移情作用，因為自己愁苦，所以望月便覺得那明月也愁苦不堪。

UNIT 3-25 只消山水光中，無事過這一夏

孝宗淳熙八年（1181），辛棄疾被彈劾罷官，次年閒居於江西上饒帶湖附近，直到光宗紹熙三年（1192）再獲起用，其間長達十餘年。此詞即作於賦閒家居期間。

醜奴兒近 博山道中效李易安體　辛棄疾

千峰雲起，驟雨一霎兒價。更遠樹斜陽，風景怎生圖畫？青旗賣酒，山那畔別有人家。只消山水光中，無事過這一夏。　午醉醒時，松窗竹戶，萬千瀟灑。野鳥飛來，又是一般閒暇。卻怪白鷗，覷著人欲下未下。舊盟都在，新來莫是，別有說話？

群山之上烏雲密布，忽然下起一陣大雨，一會兒雨停，天空也放晴了。遠處的斜陽映照在綠樹上，如此美麗的風景不知畫家該如何描繪？從門上掛著青旗，可知在山的那邊有一家賣酒的鋪子。只要在這山光水色裡，平靜地度過這一個夏天就很幸福了。

午醉醒來時，見到窗外的蒼松翠竹，多麼從容閒適！野鳥飛來飛去，和我一樣悠閒自在。卻令我奇怪的是白鷗在天空往下斜看，想要下來但又不敢下來。咱們過去訂的盟約還在，你莫非是新來的？或者另有什麼話要說？

上片著重於刻劃博山道中的戶外美景。首四句勾勒出雲起、雨驟、遠樹、斜陽的自然之景：「千峰雲起，驟雨一霎兒價。更遠樹斜陽，風景怎生圖畫？」雨後放晴，大地若洗，無比清新，景色如畫，令人如癡如醉。接著，描寫山村的人文風光，「青旗賣酒，山那畔別有人家。」山居歲月固然靜謐、寂寥，但並非杳無人煙、毫無生氣，從酒家的旗幟迎風招展，就知道山的那一頭有間賣酒的小鋪。人蹤的親切，人情的可愛，於此展露無疑。所以，讓詞人心生恬適自得之意，「只消山水光中，無事過這一夏。」如能這樣清閒、悠哉地度過一個夏天，人生至此，夫復何求？末二句轉為抒情，雖說很享受這樣的山中生活，但不經意間流露出一種莫可奈何的情緒。

下片採「懸想示現」法，想像置身此山中的愜意生活。先虛寫靜態景物：「午醉醒時，松窗竹戶，萬千瀟灑。」「午醉」承上片酒家而來，是說午醉醒時，看見窗外的蒼松翠竹，隨風掩映，無限瀟灑！這裡發揮了移情作用，因為詞人自身「萬千瀟灑」，見那「松窗竹戶」自然也是如此。再描摹動態景物：「野鳥飛來，又是一般閒暇。」從靜觀屋外野鳥飛舞，反射出詞人的悠閒自在，無拘無束。詞人因野鳥而想起《列子‧黃帝》中典故：有個年輕人成天與鷗鳥親暱、嬉戲，當他懷有機心，想捉幾隻回家時，鷗鳥便不再接近他了。接著，採擬人法，設想他與野鳥之間的互動：「卻怪白鷗，覷著人欲下未下。舊盟都在，新來莫是，別有說話？」他責怪白鷗怕人，想飛下來玩耍又不敢。他問那白鷗莫非是新來的？或有什麼話要說？不然，怎麼不知道他們先前的約定？由於隱居者常與鷗鳥為伴，他故作此說，至此人與鳥打成一片，物我合一，相融無間。

遠樹斜陽景如畫

應考大百科

- ◆博山：地名，在今江西廣豐西南。
- ◆效李易安體：仿李清照詞用語淺俗、風格柔婉的寫法。李易安，李清照，自號易安居士，宋代女詞人。
- ◆一霎兒價：一會兒的工夫。價，語助詞。
- ◆怎生：怎麼。
- ◆青旗：酒旗。
- ◆瀟灑：從容大方，態度悠閒。
- ◆舊盟：稼軒退居帶湖新居之初，有「盟鷗」之〈水調歌頭〉一闋。

醜奴兒近 博山道中效李易安體 辛棄疾

此詞作於孝宗淳熙八年(1181)至光宗紹熙三年(1192)間，詞人被彈劾罷官賦閒家居時。

上片

無事過這一夏。只消山水光中，山那畔別有人家。青旗賣酒，風景怎生圖畫？更遠樹斜陽，驟雨一霎兒價。千峰雲起，

下片

別有說話？舊盟都在，新來莫是，覷著人欲下未下。卻怪白鷗，野鳥飛來，又是一般閒暇。萬千瀟灑。午醉醒時，松窗竹戶，

★上片著重於刻劃博山道中的戶外美景。

- 「千峰雲起，驟雨一霎兒價。更遠樹斜陽，風景怎生圖畫？」
  → **描寫山村的自然景色**
- 「青旗賣酒，山那畔別有人家。」
  → **描寫山村的人文風光**
- 「只消山水光中，無事過這一夏。」
  → **享受山中生活，亦流露出莫可奈何的情緒**

★下片採「懸想示現」法，想像置身此山中的愜意生活。

- 「午醉」承上片酒家而來，因為詞人自身「萬千瀟灑」，見那「松窗竹戶」自然也是如此。
- 詞人因野鳥而想起《列子‧黃帝》中典故，他責怪白鷗怕人，想飛下來玩耍又不敢。莫非忘記他們之間的約定嗎？至此人與鳥打成一片，物我合一，相融無間。

活用小精靈

根據《列子‧黃帝》記載：從前有個住海邊喜歡鷗鳥的年輕人，他每天都坐船出海，跟成群的鷗鳥一起玩耍；鷗鳥也樂意來跟他親近，人鳥之間打成一片，和樂融融。

某天，他的父親要求他抓幾隻鷗鳥回來觀賞。隔日，他來到海上，鷗鳥全在天空盤旋飛舞，一隻也不飛下來。可見人與萬物間還是存在著某種相通共感的默契，超乎族類、言語之上，此即道家所謂之「道」。這正是道家所說：「至言去言，至為無為。齊智之所知，則淺矣。」意思是最好的言語是沒有言語，最高的作為是沒有作為。和別人比智慧的想法，是很淺陋的。

UNIT 3-26 我見青山多嫵媚，料青山、見我應如是！

據鄧廣銘《稼軒詞編年箋註》考證，此詞約作於寧宗慶元四年（1198）。當時辛棄疾五十九歲，被投閒置散又已四年。相傳他在信州鉛山瓢泉旁建了新居，其中就有停雲堂；取陶淵明〈停雲〉詩「思親友」之意。此詞即獨坐停雲堂，思念親友而作，藉以抒發罷職閒居的苦悶之情。

賀新郎　辛棄疾

邑中園亭，僕皆為賦此詞。一日，獨坐停雲，水聲山色，競來相娛，意溪山欲援例者，遂作數語，庶幾彷彿淵明思親友之意云。

甚矣吾衰矣！悵平生、交遊零落，只今餘幾？白髮空垂三千丈，一笑人間萬事。問何物、能令公喜？我見青山多嫵媚，料青山、見我應如是！情與貌，略相似。　一尊搔首東窗裡，想淵明、〈停雲〉詩就，此時風味。江左沉酣求名者，豈識濁醪妙理？回首叫、雲飛風起。不恨古人吾不見，恨古人、不見吾狂耳。知我者，二三子。

我已經很衰老了！悵恨平生曾經論交、同遊的朋友一個個凋零散落，如今還剩下幾個？白髮空自垂落三千丈，對人間萬事只能置之一笑。試問還有什麼能真正讓我高興？我看青山是那麼瀟灑多姿，想必青山看我應該也是如此！情態與神貌，略微相似。

持一杯酒，在東窗下搔首，想當年陶淵明寫成〈停雲〉詩，就是這樣的感覺吧。江南那些連醉中都想求取功名的人，又怎能品嘗出濁酒的好滋味？我回頭一聲長嘯，只見雲飛風起。不恨我不能見到古人，只恨古人見不到我的疏狂罷了。懂我的人，就兩、三個。

稼軒詞好以散文筆法為之，且善用典故。上片開端：「甚矣吾衰矣！悵平生、交遊零落，只今餘幾？」語出《論語・述而》，借用孔子的話，感慨平生政治失意。「白髮空垂三千丈，一笑人間萬事。問何物、能令公喜？」暗用李白〈秋浦歌〉「白髮三千丈」之語、《世說・寵禮》記郗超、王珣二人「能令公喜」之典，抒發年老一事無成，又找不到知心朋友的落寞。「我見青山多嫵媚，料青山、見我應如是！」脫胎自李白〈獨坐敬亭山〉：「相看兩不厭，只有敬亭山。」使用移情法，將深情傾注於自然景物之上，詞人覺得青山嫵媚動人，想必其襟抱、涵養、學識、品格等亦絲毫不減於青山！流露出一種風流自賞的神韻。

下片大量用陶淵明典故：「一尊搔首東窗裡，想淵明、〈停雲〉詩就，此時風味。」採「懸想示現」法，想像陶淵明寫好〈停雲〉詩，該是這等情味吧！詞人意在借陶自況。「江左沉酣求名者，豈識濁醪妙理？」表面似申斥南宋那些連醉中都想求名者不懂得飲酒的真諦，實則諷刺當時沒有陶淵明那樣的高士，只有一些醉生夢死的政客。以下「不恨古人吾不見，恨古人、不見吾狂耳。」呼應上片「我見青山」數語，表現出詞人傲視古今的英雄氣概。結句「知我者，二三子。」與上片「只今餘幾」遙相呼應，襯托出「零落」二字，首尾圓合，詞意飽滿。

停雲詩就想淵明

應考大百科

◆甚矣吾衰矣：語出《論語‧述而》：「子曰：『甚矣吾衰也！久矣，吾不復夢見周公！』」

◆零落：指好友或死別，或生離，一個個凋零、散落。

◆白髮空垂三千丈：暗示年華平白老去，一生志意無成。語出李白〈秋浦歌〉：「白髮三千丈，離愁似箇長。」

◆能令公喜：據《世說新語‧寵禮》記載，郗超、王珣都具有特殊才能，且深受東晉大司馬桓溫的器重和提拔，這兩人「能令公（桓溫）喜，能令公怒」。

◆一尊搔首東窗裡，想淵明、〈停雲〉詩就，此時風味：化用陶淵明〈停雲〉中「良朋悠邈，搔首延佇」和「有酒有酒，閒飲東窗」等詩句，辛棄疾藉以想像陶淵明當年詩成時的情味。

◆江左沉酣求名者，豈識濁醪妙理：表面似反駁蘇軾〈和陶飲酒二十首〉之三：「江左風流人，醉中亦求名。」實則暗諷南宋君臣只知醉生夢死，不像陶淵明懂得飲酒的真諦。濁醪，濁酒。醪，音「勞」。

賀新郎　辛棄疾

此詞即稼軒獨坐停雲堂，思念親友而作，藉以抒發罷職閒居的苦悶之情。

上片

甚矣吾衰矣！悵平生、交遊零落，只今餘幾？白髮空垂三千丈，一笑人間萬事。問何物、能令公喜？我見青山多嫵媚，料青山、見我應如是！情與貌，略相似。

★上片以散文筆法為之，善用典故，感慨年華老去，交遊零落。

- 《論語‧述而》：「子曰：『甚矣吾衰也！久矣，吾不復夢見周公！』」

  → **感慨平生政治失意**

- 李白〈秋浦歌〉：「白髮三千丈，離愁似箇長。」

  → **抒發年老一事無成，又找不到知心朋友的落寞**

- 《世說新語‧寵禮》：郗超、王珣都具有特殊才能，且深受東晉大司馬桓溫的器重和提拔，這兩人「能令公喜，能令公怒」。
- 李白〈獨坐敬亭山〉：「相看兩不厭，只有敬亭山。」→ **風流自賞的神韻**

下片

一尊搔首東窗裡，想淵明、〈停雲〉詩就，此時風味。江左沉酣求名者，豈識濁醪妙理？回首叫、雲飛風起。不恨古人吾不見，恨古人、不見吾狂耳。知我者，二三子。

★下片大量運用陶淵明典故，抒發詞人罷職閒居的苦悶之情。

- 「一尊搔首東窗裡，想淵明、〈停雲〉詩就，此時風味。」

  → **想像陶淵明寫好〈停雲〉詩的情味**

- 「江左沉酣求名者，豈識濁醪妙理？」→ **諷刺南宋那些醉生夢死的政客**
- 「不恨古人吾不見，恨古人、不見吾狂耳。」

  → **呼應上片「我見青山」數語，表現出詞人的英雄氣概**

- 「知我者，二三子。」→ **與上片「只今餘幾」遙相呼應，襯托出「零落」二字**

UNIT 3-27

倚東風，一笑嫣然，轉盼萬花羞落

此詞約作於寧宗慶元六年（1200），當時辛棄疾閒居瓢泉，填了二十餘闋詞與趙晉臣唱和，這是其中之一。

瑞鶴仙賦梅　辛棄疾

雁霜寒透幕，正護月雲輕，嫩冰猶薄。溪奩照梳掠，想含香弄粉，豔妝難學。玉肌瘦弱，更重重、龍綃襯著。倚東風，一笑嫣然，轉盼萬花羞落。　寂寞，家山何在？雪後園林，水邊樓閣。瑤池舊約，鱗鴻更仗誰託？粉蝶兒只解，尋桃覓柳，開遍南枝未覺。但傷心，冷落黃昏，數聲畫角。

大雁已南歸，濃霜浸透了窗間的帷幕；淡雲正遮掩著月亮，水面上薄冰尚未消融。梅花把溪水當鏡匣，獨自梳妝照清影，她也想塗脂抹粉，那妖豔的姿態就是學不成。她的花枝本來就纖細瘦弱，更何況重重花瓣要承受層層白雪的壓迫。但只要東風吹起，她便會露出嫣然一笑，眼波流轉，使得群花為之羞窘飄落。

孤單寂寞，她的家鄉在哪裡？是在雪後的園林，還是水邊的樓閣。她雖然也想在瑤池落腳，從前的約定還在，但託誰去傳遞書信表達心意呢？那些粉蝶兒只懂得親近桃、柳尋樂，梅花已經開滿了南方的枝頭，他們卻沒有發現。只留下她獨自哀傷，在冷清的黃昏裡，幾聲悲涼的畫角相伴。

此詞從梅花未開寫到將落，不僅描繪其美貌，點染其芳姿、幽魂，詞人更投射了自己的影子，是一闋借梅花抒懷的詞作。

上片描寫梅的形貌與精神。「雁霜寒透幕，正護月雲輕，嫩冰猶薄。」為梅花營造出一個寒意襲人的月夜環境，此化用韓偓〈半醉〉：「雲護雁霜籠淡月，雨連鶯曉落殘梅。」接著，「溪奩照梳掠，想含香弄粉，豔妝難學。」勾勒出野梅臨溪照影，如美人對鏡梳妝的風神。「玉肌瘦弱，更重重、龍綃襯著。」用擬人法，寫月下梅花如穿著鮫綃細紗的玉美人。「龍綃襯著」隱含〈離騷〉「紉秋蘭以為佩」，取其芳潔之意。從前面一路鋪陳，終於把梅花捧到了至高點：「倚東風，一笑嫣然，轉盼萬花羞落。」由「倚」、「一笑嫣然」、「轉盼」可知，仍以美人的姿態來寫梅花。也許梅太美了，能令「萬花羞落」，便注定她孤寂的命運。

下片借詠梅，並寄寓詞人自身的感慨。「寂寞，家山何在？雪後園林，水邊樓閣。」「寂寞」二字點睛，既是梅花的處境，也是詞人的寫照。後二句語出林逋〈梅花〉二首之一：「雪後園林才半樹，水邊籬落忽橫枝。」暗示人生際遇非一己所能掌控。以下「瑤池舊約，鱗鴻更仗誰託？」表示自己不甘寂寞，但有誰為他去傳遞心意呢？話鋒一轉，「粉蝶兒只解，尋桃覓柳，開遍南枝未覺。」那些狂蜂浪蝶一味地「尋桃覓柳」，哪裡曉得寒梅已開遍了南枝？言外之意，指責當權者貪圖眼前逸樂，錯失了收復中原的大好良機。結以「但傷心，冷落黃昏，數聲畫角。」惋惜梅花即將凋零，藉由畫角吹奏〈梅花落〉的哀音，傳達出詞人內心的悽楚。

瑤池舊約仗誰託

應考大百科

◆溪奩：以溪水為鏡。奩，音「連」，古代婦女梳妝用的鏡匣。

◆梳掠：梳妝打扮。

◆玉肌：此借玉潔清瘦的佳人，代指瘦梅。

◆更重重：寫梅花瓣。語出宋徽宗〈宴山亭〉詞：「裁剪冰綃，輕疊數重，淡著燕脂勻注。」

◆龍綃：即鮫綃，海中鮫人所織一種名貴的生絲。

◆嫣然：美麗貌。

◆轉盼：眼波流轉。

◆羞落：因羞慚而飄落。

◆家山：家鄉。

◆瑤池：傳說為西王母的居所。

◆鱗鴻：魚雁，古詩詞常以魚雁代指書信。

◆冷落黃昏：語出林逋〈山園小梅〉：「疏影橫斜水清淺，暗香浮動月黃昏。」

◆數聲畫角：語出柳永〈戚氏・晚秋天〉：「漸嗚咽，畫角數聲殘。」按：〈梅花落〉為古代橫吹曲名，此處數聲畫角，暗示畫角正吹奏著〈梅花落〉的曲子。

瑞鶴仙 賦梅　辛棄疾

・此詞約作於寧宗慶元六年（1200）詞人閒居瓢泉，填了二十餘闋詞與趙晉臣唱和的其中一闋。

・此詞從梅花未開寫到將落，不僅描繪其美貌，點染其芳姿、幽魂，詞人更投射了自己的影子。

上片

倚東風，一笑嫣然，轉盼萬花羞落。
玉肌瘦弱，更重重、龍綃襯著。
溪奩照梳掠，想含香弄粉，豔妝難學。
雁霜寒透幕，正護月雲輕，嫩冰猶薄。

下片

但傷心，冷落黃昏，數聲畫角。
開遍南枝未覺。
粉蝶兒只解，尋桃覓柳，
瑤池舊約，鱗鴻更仗誰託？
雪後園林，水邊樓閣。
寂寞，家山何在？

★上片描寫梅的形貌與精神。

・「倚東風，一笑嫣然，轉盼萬花羞落。」由「倚」、「一笑嫣然」、「轉盼」可知，仍以美人的姿態來寫梅花。

也許梅太美了，能令「萬花羞落」，便注定她孤寂的命運

★下片借詠梅，並寄寓詞人自身的感慨。

・「寂寞」二字點睛，既是梅花的處境，也是詞人的寫照。

・「粉蝶兒只解，尋桃覓柳，開遍南枝未覺。」指責當權者貪圖眼前逸樂，錯失了收復中原的大好良機。

・結以「但傷心，冷落黃昏，數聲畫角。」藉由畫角吹奏〈梅花落〉的哀音，傳達出詞人內心的悽楚。

明詠梅花，實則借梅為喻，託物言志

UNIT 3-28

父老爭言雨水勻，眉頭不似去年顰

辛棄疾留仕南宋，官運載浮載沉，中年以後更是讒謗交加，屢遭彈劾。他南歸四十多年，近二十年賦閒家居，其中長達十年時間都隱居於鉛山瓢泉的莊園。此詞作於寧宗慶元六年（1200），描寫瓢泉附近可愛的田園風光、美麗的春天景色，情景交融，意境清新。

浣溪沙　辛棄疾

父老爭言雨水勻，眉頭不似去年顰。殷勤謝卻甑中塵。　啼鳥有時能勸客，小桃無賴已撩人。梨花也作白頭新。

村中父老爭相對我說今年的雨水十分均勻，瞧他們不再像去年那樣緊皺著眉頭。大夥兒熱切地告別了釜甑上滿滿的灰塵。

枝頭上啼叫的鳥兒有時像是勸我多喝幾杯，桃樹已經頑皮地綻放嬌豔的花朵，十分討人喜愛。白色的梨花開了滿樹，彷彿新添一頭的白髮。

上片敘風調雨順，村中父老喜上眉梢，總算擺脫農作物歉收的陰霾。「父老爭言雨水勻，眉頭不似去年顰。」真是天大的喜事！附近農夫爭相說到今年雨水十分均勻，莊稼收成，指日可待。再看看他們臉上終於展露笑容，不像去年那樣眉頭深鎖。「爭言」二字，寫出村人的欣喜之情，想到一家生計有了著落，自然振奮人心，雀躍無比。「殷勤謝卻甑中塵。」更進一步描寫家家戶戶熱切地清洗釜甑上的灰塵，一則傳達對豐衣足食的盼望，一則暗示將設酒作食，款待貴客。從「去年顰」、「甑中塵」中，可以想見去年鬧饑荒，村人無米可炊，挨餓受凍，愁眉不展的慘狀。今昔對比，間接道出農民飽受飢寒交迫之苦，至今餘悸猶存；同時反映了南宋農村生活的貧困。

下片承上片期待豐收、大宴賓客之意而來，描繪出一幅鳥語花香的農家春日風情畫。「啼鳥有時能勸客，小桃無賴已撩人。」詞人作客村中農家，受到殷勤招待，但他不說主人熱情勸飲、美酒佳餚使人陶醉；卻採擬人法，渲染出啼鳥勸客、桃花爛漫，春色撩人。繪聲繪影，聲情並茂，寫活了村中人和年豐的歡樂景象。「有時」二字，透露出這種好光景並非年年都有，因此啼鳥只有在豐年時才能為客勸酒。「梨花也作白頭新。」表面是說白色的梨花開了滿樹，更顯春意盎然；其實「白頭新」三字，既寫花之怒放，亦象徵人之蒼老，不但詞人自傷衰老，也照應了上片的「父老」。此處雖描摹豐收的喜悅，但如遇荒年呢？農村父老缺衣少食，難得溫飽，如何度日？

詞人一本關心民間疾苦之初衷，詞中雖明寫百姓莊稼豐收的欣喜，實則暗藏了他們對農作歉收的恐懼與無助，字裡行間，莫不流露出悲天憫人的情懷。通篇敘述流暢，語言清麗，承接縝密，環環相扣，是稼軒於豪放詞之外，另一清新脫俗、情韻悠長的佳作，別具特色。

梨花也作白頭新

應考大百科

◆匀：此指雨水均匀。
◆顰：音「頻」，皺眉頭。
◆殷勤：態度熱切。
◆謝：告別。
◆甑：音「贈」，一種上大下小，底下有七個小孔，專門用來煮東西的瓦器。
◆撩：音「療」，挑逗、招惹。
◆小桃：桃花樹。
◆無賴：頑皮、淘氣。
◆白頭新：指白色的梨花。據《史記‧魯仲連鄒陽列傳》：「白頭如新，傾蓋如故。」由於梨花色白，故以「白頭」為喻。

浣溪沙 辛棄疾

此詞作於寧宗慶元六年（1200），描寫瓢泉附近可愛的田園風光、美麗的春天景色。

上片

殷勤謝卻甑中塵。
眉頭不似去年顰。
父老爭言雨水匀，

下片

梨花也作白頭新。
小桃無賴已撩人。
啼鳥有時能勸客，

★上片敘風調雨順，村中父老喜上眉梢，總算擺脫農作物歉收的陰霾。

- 從「去年顰」、「甑中塵」中，可以想見去年鬧饑荒，村人無米可炊，愁眉不展的慘狀。
- 間接道出農民飽受飢寒交迫之苦，至今餘悸猶存；同時反映了南宋農村生活的貧困。

今昔對比　**以榮景寫哀情**

★下片承上片期待豐收、大宴賓客之意而來，描繪出一幅鳥語花香的農家春日風情畫。

- 「有時」二字，透露出這種好光景並非年年都有。
- 「白頭新」三字，既寫梨花之怒放，亦象徵人之蒼老，不但詞人自傷衰老，也照應了上片的「父老」。

活用小精靈

梨花的花語是純情、純真之愛，一生的守候，永遠不分離。劉方平〈春怨〉云：「紗窗日落漸黄昏，金屋無人見淚痕。寂寞空庭春欲晚，梨花滿地不開門。」道盡深閨女子的空虛寂寞，暮春天晚，恐青春亦稍縱即逝，但她只能形孤影隻、莫可奈何，任由梨花飄落滿地，獨守著空閨，日復一日。

多年前，一部清宮劇即以此命名：《寂寞空庭春欲晚》，演康熙皇帝、宮女衛琳琅和「大清第一才子」納蘭容若之間的情愛糾葛。劇中女主角琳琅喜歡梨花，當她家破人亡後，喪失了記憶，以丫鬟身分寄身納蘭府中，與青梅竹馬的表哥——容若少爺在雪白的梨花樹下讀書、習字、撫琴、吹簫的畫面，令人記憶猶新。好一對才子佳人！她與容若才是「一生一世一雙人」，誰知當她恢復記憶後，發現自己與康熙有一段舊情未了，更有一樁大仇未報，於是婉拒了賜婚出宮嫁給容若，而選擇留在皇帝身邊。容若只能兑現當初的承諾：護伊人一世周全。

UNIT 3-29 余馬懷，僕夫悲，下恍惚

此詞應作於寧宗慶元六年（1200）之後，辛棄疾閒居瓢泉期間。據詞前小序知，他自以為得到天賜石壁，激起奮發向上的決心，藉由描寫神遊天宇的浪漫情節，抒發不凡胸襟，反映愛國思想，並表現懷才不遇的苦悶。

千年調　辛棄疾

開山徑得石壁，因名曰蒼壁。事出望外，意天之所賜邪，喜而賦。

左手把青霓，右手挾明月。吾使豐隆前導，叫開閶闔。周遊上下，徑入寥天一。覽玄圃，萬斛泉，千丈石。　鈞天廣樂，燕我瑤之席。帝飲予觴甚樂，賜汝蒼壁。嶙峋突兀，正在一丘壑。余馬懷，僕夫悲，下恍惚。

左手攬著青霓，右手挾著明月，我讓雷神豐隆在前面做嚮導，叫開天宮的大門。我周遊太空，徑直走入虛無縹緲的天界。遊歷了光怪陸離的仙山懸圃，觀賞了源源不絕的靈泉、直立千丈的仙石。

天帝下令奏鈞天廣樂，並在瑤池設宴款待我。與天帝暢飲非常歡樂，席間我獲賜蒼壁一塊。蒼壁重疊高聳，正在瓢泉丘壑山水之間。我的馬兒因懷鄉不肯前行，駕車的僕人因想家而悲傷，我從天上返回人間不由得恍惚惆悵。

上片以「懸想示現」法，任由想像力馳騁，描寫登天門、周遊上下之事。「左手把青霓，右手挾明月。」詞人幻想自己飛上天空，攬虹霓，挾明月，恣意遨遊。再用屈原〈離騷〉之典：「吾令帝閽開關兮，倚閶闔而望予。……吾令豐隆乘雲兮。」詞中濃縮成「吾使豐隆前導，叫開閶闔。」他顯然比屈原幸運，在雷神引導下，順利叫開了天門。接著，「周遊上下，徑入寥天一。覽玄圃，萬斛泉，千丈石。」描摹周遊天宇的情景。「寥天一」，語出《莊子・大宗師》：「乃入於寥天一。」他在天界上下遨遊，直抵太虛之境。在那裡飽覽了天上的奇景珍物，遊歷了神奇迷離的仙山懸圃，觀賞了源源不絕的靈泉、直立千丈的仙石。

下片仍為「虛寫」，設想受到天帝盛情款待，歡宴樂極，而油然思鄉。「鈞天廣樂，燕我瑤之席。帝飲予觴甚樂，賜汝蒼壁。」暗用《史記・趙世家》趙簡子夢遊天國典故：趙簡子病了五天，不省人事。醒後表示他到天帝處與眾神玩樂，觀賞了仙樂、仙舞，天帝一時高興，還賜他兩個竹籃子。詞人借用此典，想像天帝賞賜他一塊蒼壁。又趙簡子得到天帝恩賜的竹籃子，日後果然應驗了他將有所作為的預言，成為晉國的重臣。詞人把蒼壁看作「天之所賜」，間接流露出他志在建功立業的豪情。「嶙峋突兀，正在一丘壑。」點明蒼壁的形狀與位置。道出他雖身在一丘一壑間，卻志在千里之外，「位卑未敢忘憂國」，正是天賜蒼壁的用意。末三句：「余馬懷，僕夫悲，下恍惚。」出自〈離騷〉：「忽臨睨夫舊鄉；僕夫悲余馬懷兮，蜷局顧而不行。」抒發思歸之情。詞人雖然嚮往天宮的美好，卻又拋不下積極用世的理想，故藉由賦蒼壁寄託心中遠大的志向。

鈞天廣樂燕瑤席

應考大百科

- ◆青霓：虹霓。
- ◆豐隆：神話中的雷神。
- ◆閶闔：音「昌禾」，傳說中西邊的天門。
- ◆寥天一：指虛無之境；語出《莊子・大宗師》：「安排而去化，乃入於寥天一。」
- ◆斛：音「胡」，古代計算容量的單位，十斗為一斛。
- ◆鈞天廣樂：神話中天上的仙樂。
- ◆燕：通「宴」，即宴飲。
- ◆瑤：瑤池，傳說中西王母的住所，為群仙宴飲之所。
- ◆嶙峋突兀：形容蒼壁重疊高聳的樣子。
- ◆余馬懷：我的馬兒因懷鄉不肯前行。
- ◆僕夫悲：為我駕車的僕人因思念家鄉而悲傷。

千年調 辛棄疾

・此詞應作於寧宗慶元六年（1200）之後，他閒居瓢泉期間。
・他自以為得到天賜石壁，激起奮發向上的決心，遂填此詞。

上片

覽玄圃，萬斛泉，千丈石。
周遊上下，徑入寥天一。
吾使豐隆前導，叫開閶闔。
左手把青霓，右手挾明月。

下片

余馬懷，僕夫悲，下恍惚。
嶙峋突兀，正在一丘壑。
帝飲予觴甚樂，賜汝蒼壁。
鈞天廣樂，燕我瑤之席。

懸想示現

★上片以「懸想示現」法，任由想像力馳騁，描寫登天門、周遊上下之事。

・屈原〈離騷〉云：「吾令帝閽開關兮，倚閶闔而望予。……吾令豐隆乘雲兮。」

他比屈原幸運，在雷神引導下，順利叫開了天門⇨接著，他直抵太虛之境，飽覽了天上的奇景珍物，遊歷了神奇迷離的仙山懸圃，觀賞了靈泉、仙石

懸想示現

★下片設想受到天帝盛情款待，歡宴樂極，而油然思鄉。

・詞人借用趙簡子夢遊天國的典故，想像天帝賞賜他一塊蒼壁。
・把蒼壁看作「天之所賜」，間接流露出他志在建功立業的豪情。
・稼軒雖然嚮往天宮的美好，卻又拋不下積極用世的理想。

藉由賦蒼壁寄託遠大的志向

UNIT 3-30 憑誰問，廉頗老矣，尚能飯否？

此詞作於南宋寧宗開禧元年（1205）。當時韓侂冑準備北伐，稼軒於前一年被起用為浙東安撫使；這年春初，又受命知鎮江府，出鎮江防要地京口（今江蘇鎮江）。雖然明知朝廷只想利用他這塊主戰元老的活招牌而已，但他的心情還是受到了鼓舞，一面積極部署戰備；一面又對輕敵冒進的主帥韓侂冑，感到憂心忡忡。

永遇樂 京口北固亭懷古　辛棄疾

千古江山，英雄無覓，孫仲謀處。舞榭歌臺，風流總被，雨打風吹去。斜陽草樹，尋常巷陌，人道寄奴曾住。想當年，金戈鐵馬，氣吞萬里如虎。　元嘉草草，封狼居胥，贏得倉皇北顧。四十三年，望中猶記，烽火揚州路。可堪回首？佛狸祠下，一片神鴉社鼓。憑誰問，廉頗老矣，尚能飯否？

千古江山依舊，但找不到東吳英雄孫權當年定都的所在。昔日的舞榭歌臺、顯赫人物，全被風吹雨打化為塵土。斜陽照著花草樹木，普通的街巷和小路，人們說宋武帝劉裕曾在那兒居住。遙想當年，劉裕北伐手持兵器、騎乘戰馬，兩度殺向洛陽、長安，彷佛一頭發威的猛虎。

可惜宋文帝草率用兵，沒能效法漢將伐匈奴在狼居胥封山記功，卻落得倉皇南逃，還要不時回頭北顧。我登上山亭遠望江北，還記得四十三年前揚州一帶飽受戰火摧殘。往事怎忍再回顧？想起那拓跋燾祠堂香火鼎盛，烏鴉紛紛飛來啄食祭品，祭祀時鼓聲咚咚大響。誰能派人來探問：廉頗將軍雖年老，還能吃飯嗎？

這是一闋長調，含上、下二片。上片詠京口風流人物孫權、劉裕，以點明題旨。遙想三國時東吳孫權曾定都於此，但當年的舞榭歌臺、流風遺跡，全被風吹雨打摧毀了，而今安在哉？斜陽下，尋常巷弄裡，劉裕曾經住過；想他一介凡夫，卻也兩度收復洛陽、長安等地，開創一片功業。此處寫孫權的英雄事跡，稱其姓、字「孫仲謀」；敘劉裕出身民間，「人道寄奴曾住」，用當地父老的語氣，稱其小名，口吻十分生動。「想當年，金戈鐵馬，氣吞萬里如虎。」寫活了劉裕北伐的雄姿英發，氣吞山河，同時隱藏他對南宋北伐在即，不禁感到壯懷激烈！

下片承劉裕北伐而來，借元嘉北伐失利事，影射南宋之「隆興北伐」，並委婉道出對此次興兵的隱憂，不過他自認老當益壯，仍可為國效力。首先，感慨劉裕之子劉義隆（宋文帝）草率用兵，想效法漢將霍去病封狼居胥山而還，卻落得兵敗逃亡。而宋孝宗隆興元年（1163）的北伐，也因將帥失和而功虧一簣；如今呢？他看到韓侂冑專權、貪功、寡謀等缺失，真令人擔憂！回想四十三年來，揚州一帶烽火連天，拓跋燾曾長驅直入，攻至長江北岸，設置行宮。至今「佛狸祠下，一片神鴉社鼓」，再也沒人記得當年的煙硝味兒。最後，用廉頗的典故，暗示自己雖老，尚善飯矣，堪為國效命，就怕小人從中作梗，讓他跟廉頗一樣抱憾終生。

難忘烽火揚州路

應考大百科

◆永遇樂：詞牌名。樂，音「勒」。

◆京口：在今江蘇鎮江，因臨京峴山、長江口而得名。

◆孫仲謀：三國時東吳的開國之君孫權（182～252），字仲謀，曾建都京口。

◆寄奴：南朝宋開國皇帝劉裕的小名。劉裕（363～422），字德輿，先祖是彭城（今江蘇徐州）人，後遷居至京口；他是一位傑出的政治家、軍事家，為南朝宋建立者，史稱「宋武帝」。

◆想當年，金戈鐵馬，氣吞萬里如虎：指劉裕曾兩度率兵北伐，收復洛陽、長安等地。

◆元嘉草草：指南朝宋文帝元嘉年間倉皇北伐，反遭北魏重創之史事。元嘉，宋文帝的年號。草草，輕率、隨便。

◆封狼居胥：漢武帝元狩四年（119B.C.）霍去病遠征匈奴，殲滅敵軍七萬餘，封狼居胥山而還。狼居胥山，位於今蒙古境內。

◆贏得：落得、剩得。

◆佛狸祠：北魏太平真君十一年（450；元嘉二十七年），魏太武帝拓跋燾（小名佛狸）曾反擊南朝宋，五路遠征軍分道南下，從黃河北岸一路進攻至長江北岸。並在長江北岸瓜步山建立行宮，即後來的佛狸祠。佛狸，音「鼻離」，猶「狌狸」，狐狸的一種。

◆神鴉：指在廟裡吃祭品的烏鴉。

◆社鼓：祭祀時的鼓聲。

◆廉頗老矣，尚能飯否：此典出自《史記．廉頗藺相如列傳》，是說趙王派人去探望被免職的廉頗，廉頗為了表示自己仍可為國效力，特意在來人面前吃了一斗米飯、十斤肉，還披甲上馬；但那人已經被收買了，回去竟跟趙王報告：「廉頗將軍雖老，尚善飯，然與臣坐，頃之三遺矢矣。」（按：遺矢，遺屎也，即大便。）說廉頗胃口很好，但坐一會兒就去上了三次大號。趙王以為廉頗真的老了，就不再任用他。

永遇樂 京口北固亭懷古　辛棄疾

・韓侂胄準備北伐，詞人明知朝廷只想利用他，但還是受到了鼓舞。
・他一面積極部署戰備，一面又對輕敵冒進的主帥，感到憂心忡忡。

上片

千古江山，英雄無覓，孫仲謀處。舞榭歌臺，風流總被，雨打風吹去。斜陽草樹，尋常巷陌，人道寄奴曾住。想當年，金戈鐵馬，氣吞萬里如虎。

★上片詠京口風流人物孫權、劉裕，以點明題旨。

「想當年，金戈鐵馬，氣吞萬里如虎。」寫活了劉裕北伐的雄姿英發，氣吞山河，同時隱藏他對南宋北伐在即，不禁感到壯懷激烈！

下片

元嘉草草，封狼居胥，贏得倉皇北顧。四十三年，望中猶記，烽火揚州路。可堪回首？佛狸祠下，一片神鴉社鼓。憑誰問，廉頗老矣，尚能飯否？

★下片承劉裕北伐而來，借元嘉北伐失利事，影射南宋之「隆興北伐」，並委婉道出對此次興兵的隱憂，不過他自認老當益壯，仍可為國效力。

・看到韓侂胄專權、貪功、寡謀等缺失，真令人擔憂！
⇨最後，用廉頗的典故，暗示自己雖老，尚善飯矣，堪為國效命。

UNIT 3-31
昨夜松邊醉倒，問松我醉何如？

辛棄疾出生於山東歷城，當時北方淪陷金人手中已十餘年，他的祖父辛贊從小培養子孫們國家民族意識。二十二歲時，他毅然投筆從戎，投入耿京麾下，掌書記。後奉耿京之命，南渡見宋高宗。孰料與南宋取得聯繫後，再回到北方時，耿京竟被屬下張安國殺害；張安國率領義軍投降了金人。辛棄疾於是活捉張安國，押解至南宋建康城斬首。從此，他投奔南宋，在南宋待了四十多年，直到老死而後已。

由於他是北方人的身分，由於他鮮明的主戰立場，使他在南宋仕途頗不得志，前後將近二十年的時間被放廢家居，過著養花種竹的恬淡生活。此詞即作於免職閒居期間。

西江月遣興　辛棄疾

醉裡且貪歡笑，要愁那得工夫？近來始覺古人書，信著全無是處。　昨夜松邊醉倒，問松我醉何如？只疑松動要來扶，以手推松曰去。

我喝醉後，暫且貪戀歡樂、笑鬧的時光，哪裡有閒工夫發愁呢？最近才明白古人書上所說的話，確實沒有半點可信之處。

昨夜裡我醉倒在松樹旁，問那松樹：「我的醉態怎樣？」松樹依稀彷彿移動腳步、伸出手來要扶我一把，我用手推松樹說：「走開！」

上片道出閒居歲月的實況，先寫喝酒，再寫讀書。「醉裡且貪歡笑，要愁那得工夫？」一個「且」字暗藏玄機，因為他是醉後，暫且、聊且貪圖一時的歡笑，並非真正的歡樂。表面是說沒工夫發愁，其實是「舉杯銷愁愁更愁」；強顏歡笑之意，盡在字裡行間。接著，「近來始覺古人書，信著全無是處。」化用《孟子・盡心下》：「盡信書，則不如無書。」原指讀書人要具思辨精神，不可以死讀書；詞中翻出一層新意，強調古書上的至理名言，現在都行不通，因為當權者總是逆古道而行，算了吧，不如不信！上片四句皆採「正話反說」寫法，曲筆抒發對「世道日非」的感慨，看似醉言醉語，實則酒後吐真言，隱含「眾人皆醉我獨醒」之意。

下片緊扣一個「醉」字，用淺白、生動的語言，描寫他醉倒松旁的情景，妙趣橫生。「昨夜松邊醉倒，問松我醉何如？」採擬人法，與松樹展開深情對話。因醉倒松邊，而問松：「我的醉態怎樣？」此處隱含幾分風流自賞之意，當與其〈賀新郎〉：「我見青山多嫵媚，料青山、見我應如是！」具有異曲同工之妙。接著，「只疑松動要來扶，以手推松曰去。」更是天馬行空了，風吹松影移動，彷彿走向前、伸出手要來扶他一把；但他毅然決然拒絕了，推開松並喝斥道：「去！」寫活了醉酣神態，入木三分。然而，此「松」別有寄託，與松為友，象徵詞人如松柏之堅貞，「歲寒，然後知松柏之後凋也。」而「只疑松動要來扶，以手推松曰去。」暗示他亦有一身傲骨，即使醉倒了，仍知自立自強，絕不趨炎附勢。此詞雖為一時即興之作，卻以詼諧幽默的筆調，抒發他才優見黜的苦悶之情。

只疑松動要來扶

應考大百科

*「用典」：辛棄疾擅長化用經、史、子、集典故，由於他飽讀詩書，學識淵博，每能靈活運用各種古籍上的軼聞掌故，信手拈來，生動自然，毫無斧鑿之跡，此亦稼軒詞之一大特色。

- 如詞中「近來始覺古人書，信著全無是處。」化用《孟子・盡心下》：「盡信書，則不如無書」之意。
- 又詞中「只疑松動要來扶，以手推松曰去。」化用《漢書・龔勝傳》：「（龔）勝以手推常（夏侯常）曰：『去』。」

西江月 遣興 辛棄疾

辛棄疾出生於北方淪陷區，投奔南宋四十多年來，始終未獲重用，經常被免職閒居。

上片

醉裡且貪歡笑，要愁那得工夫？近來始覺古人書，信著全無是處。

★上片道出閒居歲月的實況，先寫喝酒，再寫讀書。

上片四句皆採「正話反說」寫法，曲筆抒發對「世道日非」的感慨，看似醉言醉語，實則酒後吐真言，隱含「眾人皆醉我獨醒」之意。

「醉裡且貪歡笑，要愁那得工夫？」

隱含「舉杯銷愁愁更愁」之意

「近來始覺古人書，信著全無是處。」

因為當權者總是逆古道而行

下片

昨夜松邊醉倒，問松我醉何如？只疑松動要來扶，以手推松曰去。

★下片緊扣一個「醉」字，用淺白、生動的語言，描寫他醉倒松旁的情景，妙趣橫生。

此「松」別有寄託，與松為友，象徵詞人如松柏之堅貞，「歲寒，然後知松柏之後凋也。」

活用小精靈

辛棄疾此詞下片真是寫活了酒後醉態：他老兄醉倒松旁便罷，還有幾分孤芳自賞地問松樹：「我的醉姿不錯吧！」風一吹，枝葉搖動了，他以為松樹要來扶他一把，竟很有骨氣地用手推開松枝，說：「去！」他尚未完全醉倒，還不需要人攙扶。

像這種擬人法和「懸想示現」法的運用，極適合描寫一些異想天開的場景，如李白〈月下獨酌〉：「花間一壺酒，獨酌無相親。舉杯邀明月，對影成三人。」李白邀天上的明月、地上自己的影子，這樣也能湊成「三人」一起飲酒作樂。

宋人盧梅坡〈雪梅〉：「梅雪爭春未肯降，騷人擱筆費評章。梅須遜雪三分白，雪卻輸梅一段香。」任由想像力馳騁，透過擬人、「懸想示現」的寫法，將原本不存在的事點染得活靈活現，躍然紙上。詩人把梅與雪寫得好像兩個任性的孩子，老喜歡一決高下看誰比較厲害，而這位多事的騷人，或許正是盧梅坡自己吧，還認真地為他倆當起仲裁者來。評比的結果是：梅，你不如雪的地方是不夠白；雪，你輸給梅的地方是沒有香氣。意味著梅與雪各具特色，根本無從比較起。

UNIT 3-32
啼鳥還知如許恨，料不啼清淚長啼血

此詞作於辛棄疾閒居鉛山期間。茂嘉是他的堂弟，在家族排行中為第十二，生平不可考。據張惠言《詞選》云：「茂嘉蓋以得罪謫徙，是故有言。」原來是堂弟辛茂嘉被貶謫，詞人填此篇以寬慰之。

賀新郎 別茂嘉十二弟　辛棄疾

綠樹聽鵜鴂，更那堪、鷓鴣聲住，杜鵑聲切。啼到春歸無尋處，苦恨芳菲都歇。算未抵、人間離別。馬上琵琶關塞黑。更長門、翠輦辭金闕。看燕燕，送歸妾。　將軍百戰身名裂。向河梁、回頭萬里，故人長絕。易水蕭蕭西風冷，滿座衣冠似雪。正壯士、悲歌未徹。啼鳥還知如許恨，料不啼清淚長啼血。誰共我，醉明月？

在綠樹蔭下聽那鵜鴂叫得多淒涼，更如何忍受鷓鴣鳥的啼聲剛停止，杜鵑又發出悲切的呼號。一直啼到春天歸去再也尋覓不著了，芬芳的花草都枯萎了，實在令人惱恨！算來這一切都比不上人間生離死別的痛苦。王昭君騎馬遠嫁匈奴，彈著琵琶，奔向黑沉沉的關塞荒野。更有陳皇后幽居長門宮，乘坐華麗的宮輦辭別皇宮金闕。衛國莊姜夫人望著燕燕雙飛，遠送戴媯、厲媯二妾回南方去。

漢將李陵身經百戰，因兵敗降歸匈奴而身敗名裂。到河邊送別蘇武，回頭遙望故國遠在萬里之外，與老友永遠訣別了。還有燕太子丹率領一群穿戴白衣白帽的門客，冒著蕭瑟秋風來到易水畔為荊軻送行。荊軻慷慨悲歌，無盡無歇。啼鳥若知人間有如此多的悲恨，料想牠們不再悲啼清淚，而總是悲啼著鮮血。如今茂嘉堂弟即將遠行，還有誰能和我在明月下痛飲呢？

此詞雖為送別之作，卻以抒發世間的離情別恨為主；又打破了上、下片分層敘述的常規。首尾以啼鳥相呼應，描寫暮春時淒厲之景；中間借歷史上著名的別離場面，寫出送別堂弟的惆悵，隱含懷才不遇、壯志難伸的義憤。通篇筆力雄健，沉鬱蒼涼。

上片針對詞題之「別」字而發。起首數句：「綠樹聽鵜鴂，更那堪、鷓鴣聲住，杜鵑聲切。啼到春歸無尋處，苦恨芳菲都歇。」採「賦」、「興」法寫成：由於送別時值春夏之交，可同時聽到鵜鴂、鷓鴣、杜鵑三種啼聲，為寫實；詞人「見物起興」，引發春光易逝、美人遲暮之感，是聯想。轉而訴說「人間離別」：「馬上琵琶關塞黑。更長門、翠輦辭金闕。看燕燕，送歸妾。」連用昭君出塞、陳皇后幽居長門宮、衛莊姜送歸妾三典故，道盡自古紅顏美人黯然銷魂的別離情狀。

下片繼續刻劃「人間離別」的恨事：「將軍百戰身名裂。向河梁、回頭萬里，故人長絕。易水蕭蕭西風冷，滿座衣冠似雪。正壯士、悲歌未徹。」敘李陵與蘇武的老友長別、太子丹為荊軻易水送別，指出英雄壯士飲恨吞聲的離愁別緒。「啼鳥還知如許恨，料不啼清淚長啼血。」回到現實，承前啟後，說啼鳥只解春歸之恨，不解人間離別之苦。最後，「誰共我，醉明月？」歸結到送別茂嘉的題旨上，戛然作收。

易水蕭蕭西風冷

應考大百科

- ◆鵜鴂：指伯勞；一說為杜鵑的別名。據作者於題下自注：「鵜鴂、杜鵑實兩種，見《離騷補註》。」
- ◆鷓鴣：鳥名，相傳其鳴叫聲近似「行不得也哥哥」。
- ◆杜鵑：自古有蜀帝杜宇死後化身為杜鵑鳥的傳說，其鳴啼聲彷彿「不如歸去」，每每引起遊子的思鄉之情。
- ◆馬上琵琶：用昭君出塞彈琵琶的典故。
- ◆更長門、翠輦辭金闕：用陳皇后幽居長門宮的典故。
- ◆看燕燕，送歸妾：據〈詩小序〉云：「〈燕燕〉，衛莊姜送歸妾也。」謂莊姜夫人送戴媯、厲媯二妾南歸。

賀新郎 別茂嘉十二弟　辛棄疾

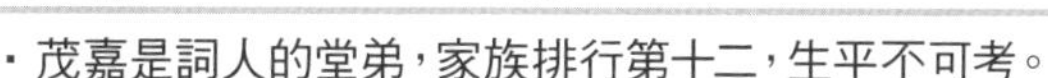

- 茂嘉是詞人的堂弟，家族排行第十二，生平不可考。
- 據說辛茂嘉因獲罪遭貶謫，故詞人填此篇以寬慰之。

上片

看燕燕，送歸妾。
更長門、翠輦辭金闕。
馬上琵琶關塞黑。
算未抵、人間離別。
苦恨芳菲都歇。
啼到春歸無尋處，
杜鵑聲切。
更那堪、鷓鴣聲住，
綠樹聽鵜鴂，

上片針對詞題之「別」字而發：從鵜鴂、鷓鴣、杜鵑三種啼聲，引發他興起春光易逝、美人遲暮之感。

1 昭君出塞

2 陳皇后幽居長門宮

漢武帝的陳皇后因無子，被迫遷居長門宮，寂寞度日。

3 衛莊姜送歸妾

- 衛莊公薨後，莊姜夫人無子，立戴媯所生公子完為君，即衛桓公。不久，衛桓公為另一位公子州吁所弒。
- 戴媯喪夫又喪子，即將回到陳國去。莊姜夫人越禮一路送她到郊外，一則離情依依，一則姊妹倆合謀讓陳桓公助大臣石碏殺死州吁這個亂臣賊子。

下片

誰共我，醉明月？
料不啼清淚長啼血。
啼鳥還知如許恨，
正壯士、悲歌未徹。
滿座衣冠似雪。
易水蕭蕭西風冷，
故人長絕。
向河梁、回頭萬里，
將軍百戰身名裂。

下片繼續刻劃「人間離別」的恨事。

UNIT 3-33
鑿個池兒，喚個月兒來

從詞牌下附注得知，此詞乃詞人為了紀念在自家帶湖莊園內新開小池而作。通篇以夏夜納涼為背景，語言自然流暢，筆調輕鬆活潑，流露出恬淡自得、悠閒愜意的心境。

南歌子 新開池戲作　辛棄疾

散髮披襟處，浮瓜沉李杯。涓涓流水細侵階。鑿個池兒，喚個月兒來。　畫棟頻搖動，紅蕖盡倒開。鬥勻紅粉照香腮。有個人人，把做鏡兒猜。

我在池邊披頭散髮、敞開衣襟，享受著盤中用冷水浸泡過的甜瓜朱李。細小的泉水慢慢流到臺階上。我開鑿個水池，叫月亮也到池子裡來。

雕梁畫棟的倒影，映在池中頻頻搖動；粉紅的荷花，彷彿全在水裡倒開著。我身邊有個美人，在香頰塗上美麗的腮紅，把水池當成是鏡子，她要和荷花比比看誰的臉色較紅潤！

上片旨在抒發池邊納涼的閒適之情。「散髮披襟處，浮瓜沉李杯。涓涓流水細侵階。」摹寫在池畔乘涼的情景：他散髮披襟，無拘無束，正享用著冰涼爽口、甜美多汁的水果；再凝望涓涓細流慢慢地流到臺階上。身心之放鬆，加上視覺、觸覺、味覺等多重感官享受，描寫得筆墨酣暢，令人神往。其中「涓涓流水細侵階」句，寫池兼寫人，由於新鑿一池，水量充沛，以致侵溼臺階、送來涼爽，無比愜意。隨即，以輕巧的口吻，正面點題：「鑿個池兒，喚個月兒來。」點出因池見月的景象。這裡以「池兒」、「月兒」來稱呼，喜愛之情，溢於言表。「喚個月兒來」，為擬人法，彷彿長期與明月為友，恣意一呼，月兒即來，自然而親切。本來有水有月，平凡無奇，但經詞人這麼一點染，尋常景物倒顯得活潑生動，人情味十足。

下片聚焦於描繪池中豐美的倒影，有屋舍，有荷花，有美人，意境空靈而優美。先寫靜態之物：「畫棟頻搖動，紅蕖盡倒開。」他所住的華屋在池中投下倒影，隨波搖動，彷彿海市蜃樓般，如夢似幻；水面上粉紅荷花的倒影，卻像在池裡顛倒綻放一樣，感覺虛幻。接著，由物及人，點出最可愛的還是池畔的紅粉知己：「鬥勻紅粉照香腮。有個人人，把做鏡兒猜。」她精心打扮後，臨池照影，那姣好的模樣堪與夏荷相媲美。至於紅妝的倒影如何美，詞人不直接摹狀，側筆勾勒出「照香腮」、「把做鏡兒猜」，透過她嬌憨可人、一派天真的舉動，留給讀者無限美麗遐想。如此一來，花前月下，美人相伴，到底花比人嬌或人比花俏已不重要，紅蕖與紅顏相互映襯，豐富了詞人的鄉居歲月。

鬥勻紅粉照香腮

應考大百科

◆浮瓜沉李：古人沒有冰箱，夏天時會把瓜類、李子等水果浸泡在水池中，這樣吃起來既清涼又解渴，別具風味。

◆畫棟：本指房屋雕繪華美的柱子；此借代為房舍。

◆紅蕖：粉紅色的荷花。

◆鬥：比賽、一較長短。

南歌子 新開池戲作　辛棄疾

・此詞乃詞人為了紀念在自家莊園內新開小池而作。
・通篇以夏夜納涼為背景，流露出恬淡悠閒的心境。

上片

喚個月兒來。
鑿個池兒，
涓涓流水細侵階。
浮瓜沉李杯。
散髮披襟處，

★上片旨在抒發池邊納涼的閒適之情。

・他散髮披襟，無拘無束，正享用著冰涼爽口、甜美多汁的水果；再凝望涓涓細流慢慢地流到臺階上。
・隨即，以輕巧的口吻，正面點題：「鑿個池兒，喚個月兒來。」點出因池見月的景象。這裡以「池兒」、「月兒」來稱呼，喜愛之情，溢於言表。

下片

把做鏡兒猜。
有個人人，
鬥勻紅粉照香腮。
紅蕖盡倒開。
畫棟頻搖動，

★下片聚焦於描繪池中豐美的倒影，有屋舍，有荷花，有美人，意境空靈而優美。

・他所住的華屋在池中投下倒影，隨波搖動，如夢似幻；水面上粉紅荷花的倒影，卻像在池裡顛倒綻放一樣，感覺虛幻。
・最可愛的還是池畔的紅粉知己：她精心打扮後，臨池照影，姣好的模樣堪與夏荷相媲美。

活用小精靈

辛棄疾詞中「鬥勻紅粉照香腮。有個人人，把做鏡兒猜。」描寫嬌憨、可愛的少女，真是一朵「解語花」！她的花容月貌、天真爛漫，絕對更勝於水面紅蕖。

像這樣刻劃清純、嬌羞少女形象的詞作，的確如時下流行的少女漫畫、少女小說般，格外引人入勝。像李清照〈減字木蘭花〉云：「賣花擔上，買得一枝春欲放。淚染輕勻，猶帶彤霞曉露痕。 怕郎猜道：奴面不如花面好。雲鬢斜簪，徒要教郎比並看。」這大概是詞人十八歲前後與趙明誠新婚期間的作品。女主人公真是慧黠可人，買了一枝含苞待放的春花，卻怕郎君說她不如花兒美麗，於是將花斜插在雲鬢上，然後要那人把人跟花一起合併來欣賞；如此一來，人因花而更俏麗，花因人而更嬌媚，相輔相成，相得益彰。

UNIT 3-34

最喜小兒亡賴，溪頭臥剝蓮蓬

此詞乃作者閒居上饒帶湖時所作，描寫恬淡寧靜的農村生活，清新質樸，淺白直率，是稼軒詞壯語愁腸之外，另一類風格的作品。

清平樂村居　辛棄疾

茅簷低小，溪上青青草。醉裡吳音相媚好，白髮誰家翁媼？　大兒鋤豆溪東，中兒正織雞籠。最喜小兒亡賴，溪頭臥剝蓮蓬。

一幢屋簷低矮的茅廬，屋旁一彎清澈溪水緩緩流過，溪畔長滿一望無際綠油油的青草。喝醉後故意學當地的吳儂軟語互相諂媚、示好，這對白髮蒼蒼的老夫婦到底是誰家長輩呢？

老夫婦的大兒子在溪東田裡，揮汗如雨地為豆苗鋤草；二兒子聚精會神正忙著編織雞籠。最喜歡小兒子那個頑皮鬼，瞧他大剌剌地躺在溪邊一面剝蓮子，一面往自己嘴裡送。

上片敘農家風光、夫婦閒情。「茅簷低小，溪上青青草。」先寫村居環境，茅屋低矮，清溪碧草。再讓人物登場：「醉裡吳音相媚好，白髮誰家翁媼？」可能是作者喝得微醺淺醉之際，聽到有人用吳儂軟語閒聊，聽在他耳裡格外親切動人；仔細一瞧，這對無憂無慮的白髮夫婦是誰家長輩呢？可能是他聽見有人喝醉時故作吳語取樂，猛然一看，這對白髮翁媼究竟是誰家的長者？也可能是詞人夫妻喝醉後，故意學當地方言互相調侃、示好。如此多義並存，主、客觀兼述，先聞其聲，再睹其人，似乎更覺意蘊深長。

下片摹寫三子操持農務的情形：「大兒鋤豆溪東，中兒正織雞籠。最喜小兒亡賴，溪頭臥剝蓮蓬。」其中「最喜」指最惹人憐愛，也是作者的主觀感受。「亡賴」並無責罵之意，由於江淮間，稱小兒狡黠、淘氣為「亡賴」，語帶親暱、寵愛之意。「臥剝蓮蓬」四字，形象生動，使小兒天真無邪、無拘無束的神態，如狀目前。此外，下片描寫翁媼三子的活動，與漢樂府〈相逢行〉：「大婦織綺羅，中婦織流黃。小婦無所為，挾瑟上高堂。」相形之下，似有異曲同工之妙。可見稼軒詞即使作尋常語，寫尋常事，均非天馬行空，而是從古書中獲得靈感來源，堪稱「讀書破萬卷，下筆如有神」的最佳見證。

誠如劉熙載《藝概》云：「詞要清新」、「澹語要有味」。此詞具備澹語清新、詩情畫意之特色，故為稼軒詞中詠山水田園的佳作。正因為辛棄疾嚮往淳樸的村居生活，更加激起他抗金復國、躍馬中原的豪情壯志，畢竟唯有太平時日，美麗的農村風光、平靜的田家歲月，才可能落實在現實中。

故宮圖像資料庫典藏

醉裡吳音相媚好

應考大百科

*據俞平伯《唐宋詞選釋》載:「醉裡吳音相媚好」,應為作者夫婦自醉、自相媚好。一如辛棄疾〈破陣子〉:「醉裡挑燈看劍」,為自醉;不然,翁媪喝醉,學吳語相媚,詞人何由得知?

*下片:「大兒鋤豆溪東,中兒正織雞籠。最喜小兒亡賴,溪頭臥剝蓮蓬。」為「層遞」法。即描述相類似的人物、事件等,以層層遞進的方式,逐一寫來,層次分明,使語意完備的修辭技巧。

清平樂村居　辛棄疾

- 此詞乃作者閒居上饒帶湖時所作,描寫恬淡寧靜的農村生活。
- 通篇清新質樸,是稼軒詞壯語愁腸之外,另一類風格的作品。

上片

茅簷低小,溪上青青草。醉裡吳音相媚好,白髮誰家翁媪?

下片

大兒鋤豆溪東,中兒正織雞籠。最喜小兒亡賴,溪頭臥剝蓮蓬。

★上片敘農家風光、夫婦閒情。

- 村居環境:茅屋低矮,清溪碧草
- 村居人物:白髮翁媪,喝酒取樂

★下片摹寫三子操持農務的情形。

大兒鋤豆溪東 → 中兒正織雞籠 → 最喜小兒亡賴,溪頭臥剝蓮蓬

由於江淮間稱小兒狡黠、淘氣為「亡賴」,語帶親暱、寵愛之意。

大兒⇨中兒⇨小兒,層層遞進,呈現出翁媪三個兒子平時勞動的剪影。

活用小精靈

使用「層遞」法寫作成功的範例不少,如前述漢樂府〈相逢行〉:「大婦織綺羅,中婦織流黃。小婦無所為,挾瑟上高堂。」生動交代了家中三個媳婦兒的日常活動:大的坐在織布機前,正織著綺羅;中的也在織布,她織的是流黃;小媳婦兒年紀輕不懂得幫忙操持家務,成天無所事事,這會兒挾著琴瑟走向廳堂呢!從大婦⇨中婦⇨小婦一層一層加以描寫,這就是典型的「層遞」修辭。

在現代文學中,如林語堂〈來台後二十四快事〉云:「宅中有園,園中有屋,屋中有院,院中有樹,樹上見天,天中有月。不亦快哉!」從宅⇨園⇨屋⇨院⇨樹⇨天⇨月層層深入,描繪居家景致,亦為「層遞」法。此外,文中兼用「頂真」格,即上一句的末字於下一句起首重複出現。可見修辭技巧的運用,不限單一方法,有時也流行「混搭」風。

UNIT 3-35 兒女此情同，往事朦朧

此詞寫作時間不可考，據詞題「賦虞美人草」可知，是一闋託物言志、借史抒懷的詞作。虞美人草，沈括《夢溪筆談》云：「高郵桑景舒性知音，舊傳有虞美人草，聞人作〈虞美人〉曲則枝葉皆動，他曲不然。」此〈虞美人〉曲，即項羽夜聞漢軍四面皆作楚歌聲，起身帳飲，對著虞姬慷慨悲歌，所唱之詩：「力拔山兮氣蓋世，時不利兮騅不逝。騅不逝兮可奈何，虞兮虞兮奈若何！」

浪淘沙 賦虞美人草　辛棄疾

不肯過江東，玉帳匆匆。至今草木憶英雄。唱著虞兮當日曲，便舞春風。　兒女此情同，往事朦朧。湘娥竹上淚痕濃。舜蓋重瞳堪痛恨，羽又重瞳。

項羽當年匆忙逃出軍帳，不肯回到江東，在烏江畔自刎身亡。至今連草木都還記得西楚霸王的英雄事跡。這虞美人草一聽到項羽當時所唱的〈虞美人〉曲，便在春風中婆娑起舞。

兒女私情古今皆相同，儘管往事已經模糊難辨了。遙想當年娥皇、女英喪夫，斑斑淚痕沾染在湘江的綠竹上。舜帝原是個重瞳子已令人痛心疾首，項羽又是一個重瞳子。

上片先追憶項羽當年的英雄事跡，再點出虞美人草與西楚霸王之間的關聯。開端由人物寫到草木：「不肯過江東，玉帳匆匆。至今草木憶英雄。」首二句就詞意言，次序顛倒，應作：「玉帳匆匆，不肯過江東。」化用《史記・項羽本紀》典故：項羽面對漢軍包圍，匆忙逃出軍帳，又因「無顏見江東父老」，不肯接受烏江亭長接應，最後於烏江畔自刎身亡。直到今日，連無情草木都還記得西楚霸王那一段可歌可泣的陳年舊事。「至今草木憶英雄」句，為擬人法，且具有承上啟下的作用，由此點明題旨，所指草木正是「虞美人草」。此草如何呢？引出下文：「唱著虞兮當日曲，便舞春風。」說這種草只要聽到項羽當年和虞姬訣別時所唱的〈虞美人〉曲，它便不自覺地在春風中婆娑起舞。末二句仍用擬人法，彷彿虞美人草也為項羽、虞姬的真情而感動、惋惜。

下片承上片項羽、虞姬的愛情而來，引出兒女私情上的遺憾，用娥皇、女英為舜殉情，一如虞姬為項羽而死。「兒女此情同，往事朦朧。湘娥竹上淚痕濃。」男女間的情愛本來如此，儘管已事過境遷了，那份至死不渝的深情始終歷久彌新。就像娥皇、女英為亡夫淚染湘竹，淚盡而死。不論娥皇、女英或虞姬都為了心愛的人肝腸寸斷，最後甚至付出生命的代價，唉，「問世間情是何物？直教生死相許。」（元好問〈摸魚兒・燕丘詞〉）詞末歸結出：「舜蓋重瞳堪痛恨，羽又重瞳。」語出《史記・項羽本紀》：「吾聞之周生曰『舜目蓋重瞳子』，又聞項羽亦重瞳子。羽豈其苗裔邪？」認為兩人都是重瞳子，項羽或許為舜帝之後裔；但詞中翻出一層新意，訴說舜讓娥皇、女英為他淚乾身亡，項羽也讓虞姬為他殉情而死，實在令人痛心、遺憾！

湘娥竹上淚痕濃

應考大百科

- ◆虞美人草：相傳有一種虞美人草，聽人彈奏〈虞美人〉曲則枝葉皆動。
- ◆不肯過江東：據司馬遷《史記·項羽本紀》記載：項羽逃至烏江畔，烏江亭長準備好船隻接應，將護送他渡江東歸。項羽卻說：「天之亡我，我何渡為？且籍與江東子弟八千人渡江而西，今無一人還，縱江東父兄憐而王我，我何面目見之？縱彼不言，籍獨不愧於心乎？」最後，一代霸王在江畔自刎而死。
- ◆玉帳：軍帳之美稱。
- ◆匆匆：急忙貌。
- ◆唱著虞兮當日曲：據司馬遷《史記·項羽本紀》記載：「項王……夜聞漢軍四面皆楚歌，……王則夜起，飲帳中。……於是項王乃悲歌慷慨，自為詩曰：『力拔山兮氣蓋世，時不利兮騅不逝。騅不逝兮可奈何，虞兮虞兮奈若何！』歌數闋，美人和之。」
- ◆湘娥竹上淚痕濃：相傳舜帝崩後，娥皇、女英尋夫至湘江畔，在竹上留下斑斑淚痕，世稱「斑竹」或「湘妃竹」。
- ◆舜蓋重瞳堪痛恨，羽又重瞳：化用自司馬遷《史記·項羽本紀》：「太史公曰：吾聞之周生曰『舜目蓋重瞳子』，又聞項羽亦重瞳子。羽豈其苗裔邪？」

浪淘沙 賦虞美人草　辛棄疾

- 舊傳有虞美人草，聽人唱〈虞美人〉曲則枝葉皆動，聽到其他曲子卻不為所動。
- 〈虞美人〉曲，即項羽夜聞漢軍四面皆作楚歌聲，起身帳飲，對虞姬所唱之悲歌。

上片

便舞春風。
唱著虞兮當日曲，
至今草木憶英雄。
不肯過江東，玉帳匆匆。

★上片先追憶項羽當年的英雄事跡，再點出虞美人草與西楚霸王之間的關聯。

- 項羽面對漢軍包圍，匆忙逃出軍帳，又因「無顏見江東父老」，不肯接受烏江亭長接應，最後於烏江畔自刎身亡。直到今日，連無情草木都還記得那一段可歌可泣的陳年舊事。
- 聽說虞美人草聽到項羽當年和虞姬訣別時所唱的〈虞美人〉曲，便不自覺地在春風中婆娑起舞。

下片

羽又重瞳。
舜蓋重瞳堪痛恨，
湘娥竹上淚痕濃。
兒女此情同，往事朦朧。

★下片承上片項羽、虞姬的愛情而來，引出兒女私情上的遺憾，用娥皇、女英為舜殉情，一如虞姬為項羽而死。

- 娥皇、女英為亡夫舜帝淚染湘竹，淚盡而死。
- 聽說舜和項羽都是重瞳子，或許項羽是舜帝的後裔。
- 想到娥皇、女英為舜淚乾身亡，虞姬為項羽殉情而死，實在令人痛心！

UNIT 3-36
後夜獨憐回首處，亂山遮隔無重數

此詞為楊炎正送別范南伯赴京口之作，具體的創作時間不可考。楊炎正是辛棄疾的好友，而范南伯又是稼軒妻兄，他們經常在一起議論國事，詩詞唱和，因此結下深厚的情誼。此詞旨在描寫春景，抒發別情。

蝶戀花 別范南伯　楊炎正

離恨做成春夜雨，添得春江，剗地東流去。弱柳繫船都不住，為君愁絕聽鳴艫。　君到南徐芳草渡，想得尋春，依舊當年路。後夜獨憐回首處，亂山遮隔無重數。

無盡的離愁別恨化為一夜綿綿春雨，使這春江水漲，依舊滔滔向東奔流而去。柔弱的柳條都繫不住遠行的船隻，我只能聽著越來越小的櫓槳聲，為您的離去而愁腸百轉。

料想您到了南徐，渡頭芳草一片碧綠；若有意踏青尋春，依舊漫步在當年我倆同遊的小路上。分別後，儘管您再三回望送別的十里長亭，無奈只見數不盡的重巒疊嶂，遮蔽了我孑然一身的孤影。

上片從夜雨話別，寫到春江水漲，友人登舟啟程，傳達出滿懷離愁別緒。「離恨做成春夜雨，添得春江，剗地東流去。」此處融情入景，將滿腔離恨與一江春水綰合在一起，既渲染綿綿無盡的別愁，亦勾勒出滔滔不絕的東流水，情景交融，含蓄蘊藉。首三句脫胎自李後主〈虞美人〉:「問君能有幾多愁？恰似一江春水向東流。」「離恨」本為抽象的情緒，這裡卻將它寫進具體可見的春江東流水中，取譬妥貼，形象生動，寫法十分別緻。接著，「弱柳繫船都不住，為君愁絕聽鳴艫。」正因為碼頭柔弱的柳條繫不住好友的行舟，所以他只能為此次別離，傾耳細聽客船漸行漸遠的櫓槳聲。弱柳繫行船，看似無理，實則有情，暗含古人「折柳贈別」的惜別情意。此處寫離愁，從視覺（春水東流）、觸覺（繫不住客舟）、聽覺（聽鳴艫）等感官意象著手，活潑生動，層次分明，別具隻眼。

下片採用虛筆，想像別後人各一方，關山阻隔，無從相見，並抒發濃濃的相思之情。「君到南徐芳草渡，想得尋春，依舊當年路。」表面是說友人到了南徐，設想那時渡頭正綠意盎然；倘若好友想外出尋春，依舊走在當年我倆同遊的那條路上。言下之意，卻是從前你我結伴同行，而今只有你形單影孤，獨自踏青。景物依舊，人事已非，字裡行間，隱含著無限感慨。結句:「後夜獨憐回首處，亂山遮隔無重數。」想像好友離開後，忍不住再三回望詞人，視線卻為無數重亂山所遮蔽，再也看不見形影孤單的詞人；同理，詞人於分別後，亦不時遠眺好友，但怎麼也無法看到飄泊無依的他。這裡宜作雙向解，使詞意更加豐富。

此詞通篇抒寫離愁，上片摹寫眼前送別的場景，運用實筆，寓情於景中，熔抽象、具象於一爐，筆法靈動；下片以「預言示現」法，想像別後種種，無論友人舊地重遊或彼此相互思念，皆能曲盡其妙。該詞虛實相生，委婉細膩，故成為傳誦千古的佳作。

為君愁絕聽鳴艣

應考大百科

◆范南伯：為辛棄疾的妻兄，名如山，字南伯，河北邢臺人。高宗紹興三十一年(1161)，范南伯隨其父自中原起義，後歸於南宋。

◆剗地：依舊。剗，音「産」。

◆都不住：都繫不住。

◆鳴艣：指划船時櫓槳搖動所發出的聲音。艣，通「櫓」。

◆南徐：即今江蘇鎮江；東晉時，僑置徐州於京口，後曰「南徐」。

蝶戀花 別范南伯　楊炎正

・此詞為楊炎正送別友人范南伯赴京口之作，旨在描寫春景，抒發別情。
・楊炎正是辛棄疾好友，范南伯又是稼軒妻兄，三人經常一起詩詞唱和。

上片

為君愁絕聽鳴艣。弱柳繫船都不住，剗地東流去。添得春江，離恨做成春夜雨，

★上片從夜雨話別，寫到春江水漲，友人登舟啟程，傳達出滿懷離愁別緒。

・首三句脫胎自李後主〈虞美人〉：「問君能有幾多愁？恰似一江春水向東流。」
・弱柳繫行船，看似無理，實則有情，暗含古人「折柳贈別」的惜別情意。

下片

亂山遮隔無重數。後夜獨憐回首處，依舊當年路。想得尋春，君到南徐芳草渡，

★下片採用虛筆，想像別後人各一方，關山阻隔，無從相見，並抒發濃濃的相思之情。

「君到南徐芳草渡，想得尋春，依舊當年路。」

設想從前你我結伴同行，而今只有你形單影孤，獨自踏青

預言示現

「後夜獨憐回首處，亂山遮隔無重數。」

想像好友再三回望詞人，視線卻為亂山遮蔽；詞人亦不斷遠眺好友，但怎麼也無法看到他飄泊的身影

活用小精靈

「轉化」修辭之「形象化」，就是把抽象、虛無的感覺或概念等，用具體、真實的形象加以表述。如詞中「離恨做成春夜雨，添得春江，剗地東流去。」即把難以掌握的「離恨」形象化成「春夜雨」，如此一來，春江東流不絕恰似離恨源源不斷。

此外，如李煜〈相見歡〉：「剪不斷，理還亂，是離愁？別是一般滋味、在心頭。」也是採「形象化」寫法，把離愁描述成一團亂絲似的，剪也剪不斷，愈理愈紛亂，就這樣纏繞、糾結於心頭。李清照〈武陵春〉：「只恐雙溪舴艋舟，載不動許多愁。」亦為「形象化」，她試著將滿腔鄉愁離恨、國仇家恨具象地放到舴艋舟上，然後說只怕那些小船也載不動我內心如許的憂愁；其愁思之沉重，不勝負荷，可以想見。

UNIT 3-37 念橋邊紅藥，年年知為誰生？

作者於詞前小序，清楚交代寫作時間、地點及動機等等。揚州處於大運河與長江航運樞紐位置，自隋唐以來，交通便利，經濟繁榮；宋代在這一帶設有淮南東路和淮南西路，揚州即淮南東路之治所。高宗建炎三年（1129），金人大舉南侵，攻破揚州、建康、臨安等城，恣意燒殺，生靈塗炭。紹興三十年（1160），金兵又南犯，江淮軍潰敗，當地再遭戰火洗劫。淮南地區，烽火連年，市景殘破，民不聊生。

事隔十七年，孝宗淳熙三年（1176）冬至，姜夔時年二十三，於雪後天晴之際，路過揚州，放眼望去，遍地盡是薺菜和野麥。入城後，他目睹歷經兵燹的揚州城，不復昔時繁華光景，四處冷冷清清，一片蕭條。到黃昏，不時傳來陣陣軍中號角聲，更顯淒涼。感慨之餘，他自創〈揚州慢〉曲調，填作本篇，以抒發撫今追昔之感。多年後，詩人蕭德藻讀之，認為頗有古人感傷衰亡的黍離麥秀之悲。

揚州慢　姜夔

淳熙丙申至日，予過維揚。夜雪初霽，薺麥彌望。入其城，則四顧蕭條，寒水自碧，暮色漸起，戍角悲吟。予懷愴然，感慨今昔，因自度此曲。千巖老人以為有〈黍離〉之悲也。

淮左名都，竹西佳處，解鞍少駐初程。過春風十里，盡薺麥青青。自胡馬、窺江去後，廢池喬木，猶厭言兵。漸黃昏、清角吹寒，都在空城。　杜郎俊賞，算而今、重到須驚。縱豆蔻詞工，青樓夢好，難賦深情。二十四橋仍在，波心蕩、冷月無聲。念橋邊紅藥，年年知為誰生？

聽說揚州是淮左著名的都城，城內竹西亭又是風景勝地，於是我解下馬鞍，稍作初次的停留。一路走來，不見當年春風瀰漫的十里街道、珠簾掩映的青樓酒館，觸目所及盡是一片綠油油的薺菜和野麥。自從金人覬覦江南地區，兩度揮軍進犯以後，雖已事隔十七年，但荒廢的池臺、倖存的古樹，至今談起兵禍仍感深惡痛絕。到了黃昏，軍營中又吹起淒清的號角聲引來陣陣寒意，都飄散在這空蕩蕩的揚州城內。

杜牧對風景一向具有卓越的鑒賞能力，就算他舊地重遊，看到如今荒蕪的揚州城，想必也會感到驚訝不已。縱使杜牧〈贈別〉寫得再好、〈遣懷〉作得再妙，面對眼前衰景，恐怕也難以表達滿腔悲愴之情！揚州二十四橋舊址仍然在，只是在冷峻的月光下，伴隨著一片水波蕩漾，四周寂靜無聲。想到二十四橋邊的紅色芍藥花，依舊年年花開花落，卻不知為誰而含芳吐豔？

清角吹寒漸黃昏

應考大百科

＊姜夔〈揚州慢〉之特色：

一、比興寄託，借古傷今，以揚州城盛衰，隱隱道出對國事的關懷，悽楚悲愴，委婉蘊藉，符合詞家本色。

二、今昔對照，虛實相生，善於化用前人詩句，以樂景襯托哀情，使詞意一波未平、一波又起，餘韻裊裊。

揚州慢 姜夔

淳熙丙申至日，予過維揚。夜雪初霽，薺麥彌望。入其城，則四顧蕭條，寒水自碧，暮色漸起，戍角悲吟。予懷愴然，感慨今昔，因自度此曲。千巖老人以為有〈黍離〉之悲也。

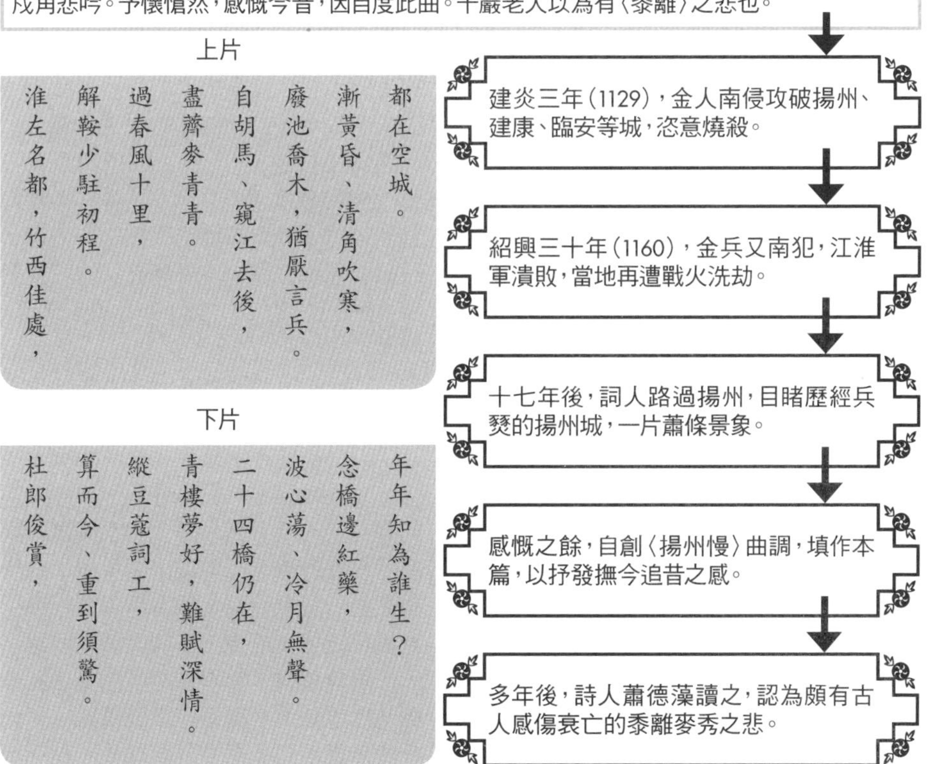

按：萬樹《詞律》云：「白石（姜夔）因游揚州而作，皆創為新調，即以詞意名題，其所言即揚州之事。」是知該篇為姜夔自製之曲，作於孝宗淳熙三年（1176）冬至，詞人時年二十三，亦其詞中繫年可考最早的一闋。

UNIT 3-37 念橋邊紅藥，年年知為誰生？(續)

〈揚州慢〉，乃詞人見到戰後揚州城荒涼的景象，感時傷亂之作。據萬樹《詞律》云：「白石因游揚州而作，皆創為新調，即以詞意名題，其所言即揚州之事。」是知該篇為姜夔自製之曲，亦姜詞中繫年可考最早的一闋。

上片描寫揚州城戰後荒蕪，以景寓情，抒發黍離之悲。先從揚州勝景起筆：「淮左名都，竹西佳處，解鞍少駐初程。」「名都」、「佳處」皆暗指昔時榮景，而今盛況不再，與下文「空城」形成強烈對比。「過春風十里，盡薺麥青青。」「春風十里」是虛筆，藉詩裡揚州昔日的繁華熱鬧，反襯出眼前殘破光景。「盡薺麥青青」為實寫，藉漫郊遍野雜草叢生，暗示此地空無房舍，人跡罕至。然而，為何有此今昔之別？筆鋒一轉，點出癥結所在：「自胡馬、窺江去後，廢池喬木，猶厭言兵。」「廢池喬木，猶厭言兵。」採擬人法，無知的池臺喬木尚且厭惡戰爭，何況是有血有淚的人們？寥寥兩句，道盡當年戰況慘烈，人民劫後餘生，至今餘悸猶存。「漸黃昏、清角吹寒，都在空城。」此三句將暮色漸臨的視覺、清角聲起的聽覺，以及引發寒意的觸覺，濃縮成一幅繪聲繪影的揚州蕪城圖。一個「空」字，既寫出揚州戰後市景蕭條，形同空城；亦象徵詞人內心期待的落空，想到南宋不思振作，讓名都變為空城，不覺悵然若失。

下片多化用唐人杜牧詩句，借古傷今，令人不勝唏噓。「杜郎俊賞，算而今、重到須驚。」對風景具有卓越鑒賞力的杜牧，就算他舊地重遊，看到如今荒蕪的揚州城，想必也會驚訝不已。「縱豆蔻詞工，青樓夢好，難賦深情。」此處有二解：一、縱使才高如牧之、妙筆如牧之，面對眼前衰景，怕也難以表達滿腔悲愴之情！二、縱使小杜曾寫出詠豆蔻少女、敘青樓美夢那般俊逸瀟灑的詩句，面對此情此景，怕也難以表達今非昔比的深沉慨嘆！二義似可並存。下片到此，都繞著杜牧的揚州情事來寫，為虛筆。作者有意以杜牧自況，用虛實相生的手法，反襯出古城的滄桑變化。「二十四橋仍在，波心蕩、冷月無聲。」又鎔鑄小杜詩句：「二十四橋明月夜，玉人何處教吹簫？」(〈寄揚州韓綽判官〉)用「二十四橋明月夜」的盛況，與眼前「波心蕩、冷月無聲」的寂寥對照，平添無限悽愴之感。如先著《詞潔》評云：

> 「二十四橋仍在，波心蕩、冷月無聲。」是「蕩」字著力。所謂一字得力，通首光采，非煉字不能然，煉亦未易到。

的確，詞人以「蕩」之一字，既摹狀湖心的水波蕩漾，亦傳達出詞人內心的悽楚激盪，語意妥貼，鍊字精工，已臻出神入化之境。最後，以疑問語氣收尾：「念橋邊紅藥，年年知為誰生？」詞末數句以景結情，從湖心水波蕩漾、月光冷峻無聲，到紅花為誰而綻放，點明今非昔比、物是人非的沉痛心情。

清角吹寒漸黃昏

應考大百科

*姜夔〈揚州慢〉之特色：(續)

三、以去聲字起首，如「過」、「盡」、「自」、「廢」、「漸」、「杜」、「算」、「縱」、「二」、「念」等，增加句子的跌宕靈動之美。

四、用字精當，音韻諧婉，如「波心蕩，冷月無聲」，將「蕩」字用於句中，以響亮的聲音狀寫水波蕩漾、冷月無聲的境界，十分傳神。

揚州慢 姜夔

- 〈揚州慢〉，乃詞人見到戰後揚州城荒涼的景象，感時傷亂之作。
- 該篇為姜夔自製之曲，作於淳熙三年(1176)冬至，他二十三歲。

上片

淮左名都，竹西佳處，
解鞍少駐初程。
過春風十里，
盡薺麥青青。
自胡馬、窺江去後，
廢池喬木，猶厭言兵。
漸黃昏、清角吹寒，
都在空城。

★上片描寫揚州城戰後荒蕪，以景寓情，抒發黍離之悲。

- 「名都」、「佳處」皆暗指昔時榮景，而今盛況不再，與「空城」形成了對比。
- 「春風十里」是虛筆，藉詩裡揚州昔日的繁華熱鬧，反襯出眼前殘破光景。
- 一個「空」字，既寫出揚州戰後蕭條，形同空城；亦象徵詞人期待的落空。

杜牧〈贈別〉云：「春風十里揚州路，捲上珠簾總不如。」

春風十里：杜牧在寫給一位雛妓的贈別詩中，提到當時揚州城的繁華熱鬧，青樓林立，春色無邊。

下片

杜郎俊賞，
算而今、重到須驚。
縱豆蔻詞工，
青樓夢好，難賦深情。
二十四橋仍在，
波心蕩、冷月無聲。
念橋邊紅藥，
年年知為誰生？

虛筆

★下片多化用唐人杜牧詩句，借古傷今，令人不勝唏噓。

- 杜郎，即晚唐詩人杜牧，在揚州以詩酒輕狂著稱。
- 相傳杜牧到揚州作小官，不得志，天天向花街柳巷報到。上司牛僧孺惜才，暗中派人保護他。
- 後來他得知此事，才稍稍收斂起風流才子的本性。

❶ 豆蔻詞工：縱使杜牧〈贈別〉詩寫得再好

杜牧〈贈別〉云：「娉娉嫋嫋十三餘，豆蔻梢頭二月初。」

❷ 青樓夢好：縱使杜牧〈遣懷〉詩作得再妙

杜牧〈遣懷〉云：「十年一覺揚州夢，贏得青樓薄倖名。」

❸ 二十四橋：或謂二十四位美人吹簫於此，故名；或謂揚州城內有二十四座橋，皆為風景勝地

杜牧〈寄揚州韓綽判官〉云：「二十四橋明月夜，玉人何處教吹簫？」

UNIT 3-38 又片片、吹盡也，幾時見得？

據小序知，光宗紹熙二年（1191），詞人冒雪探訪范成大（號石湖），後依主人之意，創作〈暗香〉、〈疏影〉二調。調名出自林逋〈山園小梅〉：「疏影橫斜水清淺，暗香浮動月黃昏。」此二詞巧用梅花典故，化用前人佳句，從不同的角度歌詠梅花，進而寄託詞人對情人的深切懷念。

暗香　姜夔

辛亥之冬，予載雪詣石湖。止既月，授簡索句，且徵新聲。作此兩曲，石湖把玩不已，使工妓隸習之，音節諧婉，乃名之曰〈暗香〉、〈疏影〉。

舊時月色，算幾番照我，梅邊吹笛。喚起玉人，不管清寒與攀摘。何遜而今漸老，都忘卻、春風詞筆。但怪得、竹外疏花，香冷入瑤席。　江國，正寂寂。嘆寄與路遙，夜雪初積。翠樽易泣，紅萼無言耿相憶。長記曾攜手處，千樹壓、西湖寒碧。又片片、吹盡也，幾時見得？

今晚的月色如昔，這麼美的月光不知多少次照見我在梅邊吹奏那一支〈落梅花〉笛曲。曾經喚起那如玉的美人，不管月夜清寒一起去摘採梅花。那個曾在揚州寫〈詠早梅〉詩的何遜如今年華逐漸老去，幾乎忘記、當年賞梅賦詩的才情妙筆。只怪竹外稀疏的梅花，偏偏將陣陣清冷幽香吹到我華美的座席上來。

隔著江水，遠人音訊沉寂。我也想和陸凱一樣折一枝梅花寄給思念的人，卻因夜裡一場雪堆滿樹梢，路途遙遠，音訊阻絕。每當在梅前飲酒，一端起翡翠酒杯便忍不住落下淚來；紅梅沉默無語，往往勾起我長駐心中的回憶。我永遠記得與她曾經攜手同遊的景況：千樹紅梅繁茂，西湖碧波盪漾，梅樹寒姿與湖中梅影相映成趣。如今梅花又片片被風吹落了，幾時得以再相見？

上片因梅花而想起昔日戀人，充滿撫今憶昔之感。起首「舊時月色，算幾番照我，梅邊吹笛。」引出對舊情的追憶：「喚起玉人，不管清寒與攀摘。」此「玉人」，即作者念念不忘的合肥女，據說他倆於正月梅花盛開時分離。「何遜而今漸老，都忘卻、春風詞筆。」他以何遜自比，感傷馬齒徒增，不復當年創作的才思與情懷。「但怪得、竹外疏花，香冷入瑤席。」明揭勾起回憶、引發傷感之源，承上文「都忘却、春風詞筆」，然又應主人之邀而作曲填詞。「竹外疏花」，勾勒出梅的形貌；「香冷入瑤席」，點出題目「暗香」，此為梅之特質。

下片將舊情之思與家國之慨結合，自抒身世懷抱。「江國，正寂寂。」寓有對南宋之諷諭。「嘆寄與路遙」，隱含對徽、欽二帝之思念。「翠樽易泣，紅萼無言耿相憶。」從「紅萼」、「翠樽」等語，足見鍊字之精工，辭采之華美。再追述往事：「長記曾攜手處，千樹壓、西湖寒碧。」此處以「攜手」遙承前文「玉人」。最後歸結到梅花：「又片片、吹盡也，幾時見得？」一語三關，明說梅花凋落，何時可再相見？暗指所懷念的「玉人」，何時能再重逢？亦隱含淪陷的北國江山，幾時得以重見？

紅萼無言耿相憶

應考大百科

＊此詞藉梅花寫舊情、寄寓家國之思，神韻清空，格調騷雅。像這種託物詠懷之作，以詞旨隱約、內容虛空見（多描寫抽象的情思）稱，形成姜詞最大的特色。

＊雖然王國維《人間詞話》云：「白石〈暗香〉、〈疏影〉格調雖高，然無一語道著。」但姜詞喜藉物抒懷，講究音律，善用典故，精於鍊字等，使他成為南宋格律詞之宗，影響力一直持續到清末。

暗香 姜夔

- 光宗紹熙二年（1191），詞人冒雪探訪范成大，依主人之意，創作〈暗香〉、〈疏影〉二調。
- 此二詞巧用梅花典故，化用前人佳句，從不同的角度歌詠梅花，進而寄託對情人的懷念。

上片

香冷入瑤席。
但怪得、竹外疏花，
都忘卻、春風詞筆。
何遜而今漸老，
不管清寒與攀摘。
喚起玉人，
算幾番照我，梅邊吹笛。
舊時月色，

★上片因梅花而想起昔日戀人，充滿撫今憶昔之感。

梅邊吹笛 既是在梅邊吹笛，亦是吹奏那一支〈落梅花〉笛曲。

何遜而今漸老，都忘卻、春風詞筆。

指南朝梁何遜曾任揚州法曹，作〈詠早梅〉詩云：「銜霜當路發，映雪擬寒開。枝橫卻月觀，花繞凌風臺。」而杜甫〈和裴迪登蜀州東亭送客逢早梅相憶見寄〉云：「東閣官梅動詩興，還如何遜在揚州。」⇨姜詞是說他老了，不復當年何遜創作的才思與情懷。

下片

幾時見得？
又片片、吹盡也，
千樹壓、西湖寒碧。
長記曾攜手處，
紅萼無言耿相憶。
翠樽易泣，
嘆寄與路遙，夜雪初積。
江國，正寂寂。

★下片將舊情之思與家國之慨結合，自抒身世懷抱。

- 「江國，正寂寂。」諷刺南宋朝廷一片沉寂，毫無作為。
- 「嘆寄與路遙」，隱含對徽、欽二帝之思念。
- 「又片片、吹盡也，幾時見得？」暗指梅花、玉人，甚至是北方的江山，何時能重逢？

寄與路遙

出自《荊州記》：三國時，陸凱自江南寄一枝梅花給北方的好友范曄，並贈詩云：「折梅逢驛使，寄與隴頭人。江南無所有，聊贈一枝春。」⇨姜詞用以表示音訊隔絕之意。

UNIT 3-39

宮裡吳王沉醉，倩五湖倦客，獨釣醒醒

此詞為吳文英三十歲左右，在蘇州轉運使署擔任幕僚時，因陪諸公遊靈巖山而作。

八聲甘州 陪庾幕諸公遊靈巖 吳文英

渺空煙四遠是何年？青天墜長星。幻蒼崖雲樹，名娃金屋，殘霸宮城。箭徑酸風射眼，膩水染花腥。時靸雙鴛響，廊葉秋聲。 宮裡吳王沉醉，倩五湖倦客，獨釣醒醒。問蒼天無語，華髮奈山青。水涵空、闌干高處，送亂鴉、斜日落漁汀。連呼酒，上琴臺去，秋與雲平。

長空渺渺，雲煙茫茫，四望空曠廣遠、時光悠悠，到底是何年何月？從青天墜落一顆彗星的隕石。瞬間幻現出眼前的靈巖山及山上的蒼崖、雲煙和樹木，吳王曾為西施在這裡興建館娃宮，成為一代霸主的宮城，不久吳國滅亡了，宮城隨之殘破。如今我再遊靈巖山，走在筆直如箭的采香徑上，路旁的花兒曾被吳宮美人濯妝的脂粉水薰染，散發出一股刺鼻的腥香味，使人不禁悲從中來為之鼻酸落淚。我經過響屧廊時，依稀聽見西子腳穿鴛鴦鞋步履輕盈的聲響，原來是廊下秋風落葉聲。

深宮中吳王沉緬於酒色終為越國所滅，只有優秀的范蠡在輔佐句踐復國後急流勇退，成為一個清醒的釣魚人。我抬頭問蒼天，但蒼天默默無語；只見山色青青，怎奈我卻已滿頭白髮？放眼四周，但見水天相映一片空茫，我佇立於欄杆高處，目送亂鴉、在斜暉中飛落漁汀裡。連聲呼喚友人取酒來，一起登上琴臺，欣賞秋天與白雲一樣高曠無際。

上片側重於寫景，抒發古今盛衰之嘆。開端靈巖山明明是實景，卻採虛筆勾勒。「幻蒼崖雲樹，名娃金屋，殘霸宮城。」道盡幾千年來歷史的盛衰，緊扣一個「幻」字，分明是虛景，卻活靈活現，如在目前。以下四句採時空交錯寫法，或實或虛，亦真亦幻，交織成一幅幅生動的畫面。「酸風」、「射眼」、「膩水」等辭皆化用前人典故，前二者語出李賀〈金銅仙人辭漢歌〉，後者出自杜牧〈阿房宮賦〉。唯「花腥」一語，乃作者獨創，揉合花草自然的腥味、美人卸妝時體味與脂粉混合的腥香，及幾千年歷史興亡的血腥味，寄寓世事滄桑於無情景物之中。

下片化用人事，寓託朝政昏暗之諷。先借「宮裡吳王沉醉」，比喻南宋政治腐敗；以「倩」字，突顯范蠡獨自清醒，不與眾人同醉；用「五湖倦客」，影射南宋也有如范蠡般的謀士，可惜只能浪跡五湖四海。「問蒼天無語，華髮奈山青。」抒發家國之憂、身世之感。詞人生當此衰世，想南宋之苟安，與當年吳王何異？縱有獨醒之士，卻無用武之地，只能徒然在此弔古傷今。「亂鴉」、「斜日」隱含亂臣賊子、國家衰微之意，這些都是他內心的隱憂。最後，「秋與雲平」，收在一片白茫蕭瑟的景物中，以景結情，使人留下無盡惆悵之感。

亂鴉斜日落漁汀

應考大百科

◆靈巖：山名，在今江蘇蘇州西方，上有春秋時代吳國的館娃宮、響屧廊、琴臺等遺址。

◆箭徑：即采香徑。一說乃吳宮嬪妃濯妝（卸妝）之處。

◆酸風射眼：化用李賀〈金銅仙人辭漢歌〉：「魏官牽車指千里，東關酸風射眸子。」謂漢室覆亡，金銅仙人被遷出東關時，曾因悲風吹拂而鼻酸落淚。

八聲甘州 陪庾幕諸公遊靈巖 吳文英

靈巖山，位在江蘇蘇州西，上有春秋時代吳國的館娃宮、響屧廊、琴臺等遺址

- 此詞為詞人三十歲左右，在蘇州轉運使署為幕僚時，陪諸公遊靈巖山所寫。
- 詞中透過憑弔吳國，感傷南宋，又想到自己滿頭華髮卻一事無成，感慨萬千。

上片

渺空煙四遠是何年？
青天墜長星。
幻蒼崖雲樹，
名娃金屋，殘霸宮城。
箭徑酸風射眼，
膩水染花腥。
時靸雙鴛響，廊葉秋聲。

★上片側重於寫景，抒發古今盛衰之嘆。

名娃

春秋末，越王句踐兵敗，受困會稽山；獻絕世美人西施向吳王夫差求和。⇨此名娃即指西施，後來成為吳王的寵妃。

金屋

據《漢武故事》記載，漢武帝為膠東王時，曾對其姑母說：「若得阿嬌，當作金屋貯之也。」⇨此借指吳王為西施在靈巖山上所建的館娃宮。

酸風射眼

李賀〈金銅仙人辭漢歌〉：「魏官牽車指千里，東關酸風射眸子。」謂漢亡，金銅仙人被遷出東關，曾因悲風吹拂而鼻酸落淚。⇨詞中借漢朝滅亡，感慨宋代亦步上亡國之路。

膩水

杜牧〈阿房宮賦〉：「渭流漲膩，棄脂水也。」⇨詞中指當年吳宮美人濯妝的脂粉水。

下片

宮裡吳王沉醉，
倩五湖倦客，獨釣醒醒。
問蒼天無語，華髮奈山青。
水涵空、闌干高處，
送亂鴉、斜日落漁汀。
連呼酒，上琴臺去，
秋與雲平。

★下片化用人事，寄寓朝政昏暗之諷。

- 「宮裡吳王沉醉」，暗喻南宋政治腐敗。
- 「五湖倦客」，影射南宋也有如范蠡般獨自清醒的謀士，可惜只能浪跡五湖四海。
- 「亂鴉」、「斜日」隱含亂臣賊子、國家衰微之意，這些都是詞人內心的隱憂。

UNIT 3-40 何處合成愁？離人心上秋

此詞據黃昇《花菴詞選》題作「惜別」，描寫羈旅懷人的感傷。通篇情意真摯，純以白描，不事雕琢，自然渾成，是喜用典、好藻飾、如七寶樓臺般夢窗詞中的別調。相傳詞人在感情上歷經兩次滄桑，他在蘇州、杭州時，曾各納一妾，結果一被遣離，一則亡故。此詞據說是他客居異鄉，因秋感懷，為了追憶那位離去的蘇州女子而作。

唐多令 惜別　吳文英

何處合成愁？離人心上秋。縱芭蕉、不雨也颼颼。都道晚涼天氣好，有明月、怕登樓。　年事夢中休，花空煙水流。燕辭歸、客尚淹留。垂柳不縈裙帶住。謾長是、繫行舟。

怎樣合成一個「愁」字呢？是離人心頭上的一片秋意。縱使冷雨停歇，秋風也把芭蕉葉吹得颼颼作響。大家都說晚涼時天氣最好，在那皓月當空之際，我卻怕登樓遠眺。

過往的年華、世事如夢去無蹤，像花落、煙散、江水東流，永遠不復返。群燕已經飛回故里，只有我這個遊子還久留異鄉。都怪垂柳不能繫住佳人的裙帶，卻牢牢拴住了我的歸舟。

上片述說離別的愁苦。開端「何處合成愁？離人心上秋。」採「提問」法，自問自答，語帶雙關，點出「愁」字：不但離人心中的愁緒與眼前秋景相契合，「愁」字還可拆成「心」上「秋」，巧妙傳情。「縱芭蕉、不雨也颼颼。」承上意而來，寓愁於景，蕉葉颼颼，倍增淒涼。以下「都道晚涼天氣好，有明月、怕登樓。」其中「都道晚涼天氣好」，化用辛棄疾〈醜奴兒〉：「卻道天涼好個秋。」一樣寫秋景；「有明月、怕登樓。」採欲擒故縱法，本該月圓人團圓共賞一輪秋月，但他卻孤身在外，舉目無親，為此不敢登樓望月，仍歸結到愁思。

下片抒發羈旅懷歸的感受。「年事夢中休，花空煙水流。」為了傳達對時光流逝的惆悵感，藉由「花空」、「煙水流」二意象來譬喻，令人更深切感受到好景不常，恍如一夢；同時花落、煙散、水奔流亦摹寫秋景，與篇旨相符。「燕辭歸、客尚淹留。」脫胎自曹丕〈燕歌行〉：「群燕辭歸鵠南翔，念君客遊多思腸。慊慊思歸戀故鄉，君何淹留寄他方？」這裡用燕辭歸、客淹留作對比，寫燕子春來秋去，歸期可盼，而他這個飄泊的異鄉客，卻長久滯留異地，難道是人不如禽鳥？結尾「垂柳不縈裙帶住。謾長是、繫行舟。」是說垂柳不去留住佳人的裙帶，卻總是繫住他的歸船，一任那不該歸去的歸去、想要歸去的卻不得歸。此處使用移情手法，想到他的愛妾被迫遣還，他卻有家歸不得，心中百感交集，故而生出對垂柳的責怪之情，真是無理而妙極！

通篇以「愁」字為詞眼，上片敘離愁，自然流暢；下片始托出內心的萬般感慨，包括年華流逝、世事變化、羈留異地、思念佳人等，信手拈來，無不深情婉轉，令人低迴不盡。

都道晚涼天氣好

應考大百科

◆心上秋：以「心」上的「秋」意來解釋「愁」字。

◆年事：年華、世事。

◆燕辭歸、客尚淹留：用曹丕〈燕歌行〉：「群燕辭歸鵠南翔，念君客遊多思腸。慊慊思歸戀故鄉，君何淹留寄他方」之意。客，指詞人自己。淹留，久留。

◆縈：旋繞、繫住。

◆裙帶：亦指別去的女子。

◆謾：音「慢」，徒然、空自。

◆行舟：歸舟。

唐多令 惜別 吳文英

・此詞據黃昇《花菴詞選》題作「惜別」，描寫羈旅懷人的感傷。

・詞人客居異鄉時，因秋感懷，為了追憶已離去的蘇州女子而作。

上片

何處合成愁？離人心上秋。縱芭蕉、不雨也颼颼。都道晚涼天氣好，有明月、怕登樓。

★上片述說離別的愁苦：

・「都道晚涼天氣好」，化用辛棄疾〈醜奴兒〉：「卻道天涼好個秋。」

・「有明月、怕登樓。」採欲擒故縱法，本該月圓人團圓共賞一輪秋月，但他卻孤身在外，舉目無親，為此不敢登樓望月。

下片

年事夢中休，花空煙水流。燕辭歸、客尚淹留。垂柳不縈裙帶住。謾長是、繫行舟。

★下片抒發羈旅懷歸的感受：

・「燕辭歸、客尚淹留。」脫胎自曹丕〈燕歌行〉：「群燕辭歸鵠南翔，念君客遊多思腸。慊慊思歸戀故鄉，君何淹留寄他方？」**⇨這裡用燕辭歸、客淹留作對比，寫燕子春來秋去，歸期可盼，而他這個飄泊的異鄉客，卻長久滯留異地。**

・「垂柳不縈裙帶住。謾長是、繫行舟。」是說垂柳不去留住佳人的裙帶，卻總是繫住他的歸船，一任那不該歸去的歸去、想要歸去的卻不得歸。**⇨此處使用移情手法，想到愛妾被迫遣還，他卻有家歸不得，心中百感交集，故而生出對垂柳的責怪之情。**

UNIT 3-41
風刀快，剪盡畫簷梧桐，怎剪愁斷？

此詞寫作時間未可知。據先著、程洪《詞潔輯評》云：「初見之離續滿眼，細按則清氣首尾貫徹。陳言習語，吐棄一切，與夢窗（吳文英）相似，又別是一種。大抵亦自美成（周邦彥）出，但字字作意。」可見蔣捷該詞風格與周邦彥、吳文英等人講雕琢、重聲律的格律詞近似。

金盞子　蔣捷

練月縈窗，夢乍醒、黃花翠竹庭館。心字夜香消，人孤另、雙鶼被池羞看。擬待告訴天公，減秋聲一半。無情雁，正用恁時飛來，叫雲尋伴。　猶記杏櫳暖，銀燭下，纖影卸佩款。春渦暈，紅豆小，鶯衣嫩，珠痕淡印芳汗。自從信誤青驪，想籠鶯停喚。風刀快，剪盡畫簷梧桐，怎剪愁斷？

皎潔的月光縈繞窗邊，人從夢中初醒，驚覺置身黃花、翠竹環伺的庭院館閣中。心字形的盤香在夜裡燒盡，形孤影隻，羞於見到錦被邊緣鑲飾成雙成對的比翼鳥。打算請求老天，減去一半秋聲。無情的鴻雁，正當這時飛來，在雲天中呼朋引伴。

還記得在溫暖的杏花窗內，銀燭映照之下，她纖細的身影卸下佩戴的飾品。紅潤的臉色，酒窩比春天更使人陶醉，一點燈光小如紅豆，淡黃的春衫顏色鮮嫩，隱約可見身上珠痕處印有一抹淡淡的香汗。我自從誤信千里良駒馳騁四方，與她分隔兩地，真想將黃鶯鳥關進籠中，禁止牠聲聲啼喚。如今秋風忽至比刀還快，剪盡華屋下的梧桐枝葉，又怎能剪斷這離愁別恨呢？

該詞旨在抒發離別相思。上片既敘思婦獨守空閨之離恨，兼指遊子飄泊異鄉的別愁。「練月縈窗，夢乍醒、黃花翠竹庭館。」她（他）於午夜夢回之際，驚覺自己置身滿窗月光，黃花、翠竹環伺的深閨（客館）中。「心字夜香消，人孤另、雙鶼被池羞看。」由於形單影隻，所以羞於看見錦被邊緣鑲飾的比翼鳥。「心字夜香消」表面言心字形的盤香在夜裡燒盡，亦暗示熾熱的心在一夜夜的思念中逐漸消沉、心灰意冷。因而，產生不切實際的懸想：「擬待告訴天公，減秋聲一半。」請天公可憐那些相隔兩地的人們，減去一半的秋聲。偏偏天不從人願，「無情雁，正用恁時飛來，叫雲尋伴。」孤雁哀鳴聲，更增添她（他）孤苦無依之感。

下片以遊子口吻，先回憶燈下相對的情景，再摹寫坐困愁城之現況。「猶記杏櫳暖，銀燭下，纖影卸佩款。春渦暈，紅豆小，鶯衣嫩，珠痕淡印芳汗。」採「追述示現」法，回想從前相聚的美好時光：銀燭、杏櫳，多精緻的布置；纖影、春渦，多可愛的佳人；鶯衣、珠痕、芳汗，多麼引人遐想！可惜皆一去不復返。而今呢？「自從信誤青驪，想籠鶯停喚。風刀快，剪盡畫簷梧桐，怎剪愁斷？」都怪他自以為是千里良駒，志在馳騁四方，毅然決然離她而去，才會落得如此淒涼；因而怪罪黃鶯鳥驚擾他的好夢，甚至責怪那西風能剪斷「畫簷梧桐」，卻剪不斷他的綿綿離愁！

練月縈窗夢乍醒

應考大百科

- ◆練月：皎潔的月光。
- ◆心字夜香：據楊慎《詞品》云：「所謂心字香者，以香末縈篆成心字也。」即做成心字形的盤香。
- ◆鶼：即鶼鶼，比翼鳥也。《爾雅・釋地》載：「南方有比翼鳥焉，不比不飛，其名謂之鶼鶼。」郭璞注：「似鳧，青赤色，一目一翼，相得而飛。」
- ◆池：衣、被等邊緣的鑲飾。據宋趙令峙《侯鯖錄》云：「池者，緣飾之名，謂其形像水池耳⋯⋯今人被頭別施帛為緣者，猶呼為被池。」
- ◆春渦：少女笑顏逐開時出現的酒渦。
- ◆青驪：毛色青白相間的駿馬。
- ◆畫簷：裝飾華麗的屋簷；借代為華屋。

金盞子 蔣捷

- 該詞風格近似周邦彥、吳文英等的格律詞。
- 此詞寫作時間未可知，旨在抒發離別相思。

★上片既敘思婦獨守空閨之離恨，兼指遊子飄泊異鄉的別愁。

- 「心字夜香消」表面言心字盤香在夜裡燒盡，亦暗示熾熱的心在無盡的思念中消沉、冷卻。
- 因而，產生不切實際的懸想：「擬待告訴天公，減秋聲一半。」偏偏天不從人願，「無情雁，正用恁時飛來，叫雲尋伴。」孤雁哀鳴，更添愁苦。

★下片以遊子口吻，先回憶燈下相對的情景，再摹寫坐困愁城之現況。

- 採「追述示現」法，回想從前相聚的美好時光：銀燭、杏櫳，多精緻的布置；纖影、春渦，多可愛的佳人；鶯衣、珠痕、芳汗，多麼引人遐想！
- 而今，都怪他志在馳騁四方，毅然決然離開她，才會落得如此淒涼；因而怪黃鶯鳥擾他好夢，怪那西風能剪斷「畫簷梧桐」，卻剪不斷綿綿離愁！

上片

練月縈窗，
夢乍醒、黃花翠竹庭館。
心字夜香消，
人孤另、雙鶼被池羞看。
擬待告訴天公，減秋聲一半。
無情雁，正用恁時飛來，
叫雲尋伴。

下片

猶記杏櫳暖，
銀燭下，纖影卸佩款。
春渦暈，紅豆小，鶯衣嫩，
珠痕淡印芳汗。
自從信誤青驪，想籠鶯停喚。
風刀快，剪盡畫簷梧桐，
怎剪愁斷？

UNIT 3-42
悲歡離合總無情，一任階前、點滴到天明

恭帝德祐二年（1276），元軍攻陷宋都臨安城，年僅五歲的皇帝被俘，南宋大勢已去。陸秀夫、文天祥和張世傑等人接連擁立端宗、幼主兩位小皇帝，繼續與元兵奮戰。但寡不敵眾，終於在元世祖至元十六年（1279）厓山之役潰敗後，陸秀夫背著幼主跳海殉國，南宋遂告徹底滅亡。

蔣捷此詞作於國破家亡以後，藉由聽雨，描寫人生不同階段的際遇與心態，既抒發亡國之痛，也表現個人對悲歡離合的深沉喟嘆。

虞美人 聽雨　蔣捷

少年聽雨歌樓上，紅燭昏羅帳。壯年聽雨客舟中，江闊雲低、斷雁叫西風。　而今聽雨僧廬下，鬢已星星也。悲歡離合總無情，一任階前、點滴到天明。

年少時，我在歌樓上聽雨，那燭光將綾羅帳子烘照得一片昏紅。到了中年，我在異國他鄉的小船上聽雨，望著茫茫江面，烏雲低垂，秋風中傳來陣陣孤雁悲鳴聲。

如今我獨自在僧廬下聽雨，鬢髮已經花白了。人生的悲歡離合總是那麼無情，就讓臺階前的雨點一滴一滴下到天亮吧。

此詞採「層遞」法，分別寫出少年、中年、老年三個階段聽雨的不同心情。上片採「追述示現」法，旨在回憶少年、中年聽雨的情境。「少年聽雨歌樓上，紅燭昏羅帳。」年輕時流連於歌樓娼館，在紅燭羅帳中，聽著潺潺雨聲，多愜意而美好！此二句勾勒出一幅五陵年少的冶遊圖。「壯年聽雨客舟中，江闊雲低、斷雁叫西風。」到了中年，國破家亡，為生活四處奔波，在旅途的客船上，聽著雨打船桅的聲音。「江闊雲低」，更突顯其孑然一身，孤苦無依；秋風中聲聲悲鳴的孤雁，正是他的化身，秋涼而他的心更淒涼，雁鳴恰似他內心無盡的哀號。描寫少年、中年生涯，純以形象鋪述，不著議論，卻十分貼切、傳神，表現不俗。

下片為實寫，摹狀老年生活，開始夾敘夾議，深化詞旨。「而今聽雨僧廬下，鬢已星星也。」前文用「少年」、「壯年」，此不言「老年」，卻說「而今」，在辭面上求變化，避免呆板；且以「鬢已星星也」承「少年」、「壯年」而來，確定如今已是鬢髮蒼白的老年了。此一白頭老翁在僧廬下聽雨，暗示他無親可依，孤寂蕭索，晚景淒涼。「悲歡離合總無情。」是他對人生的感嘆，數十寒暑匆匆過去，無論聚、散、悲、喜，一切終將消逝無蹤，最後又回歸無情的起點。「一任階前、點滴到天明。」當他經歷了人世滄桑之後，再來聽雨，只能一任階前雨滴，點點敲在心上，直到天明；末二句看似無情又無奈，其實又是一種多麼深情的喟嘆！畢竟只有情深的人，才能感受到世間悲歡離合的無情；所謂「超脫語，往往是沉痛語」，正是此意。

全詞寫盡少年的浪漫、中年的飄泊、晚年的淒苦，將數十年的際遇壓縮在短短五十六字中，純用口語，自然流利，加以形象鮮明，情韻深長，故能感人肺腑。

少年聽雨歌樓上

應考大百科

＊「層遞」法：按人情、事態、物類等的深淺、輕重、大小、遠近、高低、久暫……，依序敘述，層層深入、遞進的修辭技巧。

・如詞中從「少年」、「壯年」、「而今（老年）」三階段，依序描寫聽雨時的不同感受，就是使用層遞法；道盡詞人少年浪漫、中年飄零、晚景淒涼的人生際遇。

虞美人 聽雨　蔣捷

此詞作於國破家亡以後，藉由聽雨，描寫人生不同階段的際遇與心態，既抒發亡國之痛，也表現個人對悲歡離合的深沉喟嘆。

採「層遞」法，分別寫出少年、中年、老年三個階段聽雨的不同心情

上片

少年聽雨歌樓上，紅燭昏羅帳。壯年聽雨客舟中，江闊雲低、斷雁叫西風。

★上片採「追述示現」法，旨在回憶少年、中年聽雨的情境。

「少年聽雨歌樓上，紅燭昏羅帳。」⇨勾勒出一幅五陵年少的冶遊圖

「壯年聽雨客舟中，江闊雲低、斷雁叫西風。」⇨中年後國破家亡，孤苦無依，無比淒涼

追述示現

下片

而今聽雨僧廬下，鬢已星星也。悲歡離合總無情。一任階前、點滴到天明。

★下片為實寫，摹狀老年生活，開始夾敘夾議，深化詞旨。

此一白頭老翁在僧廬下聽雨，暗示他無親可依，孤寂蕭索，晚景淒涼。

・「悲歡離合總無情。」是他對人生的感嘆：一切終將回歸到無情的起點。

・「一任階前、點滴到天明。」此二句看似無情又無奈，其實又是一種多麼深情的喟嘆！

UNIT 3-43
寫不成書，只寄得、相思一點

南宋滅亡後，張炎曾隱居浙江，後北遊燕趙之地，試圖謀求出路，卻落得失意而返，漫遊於江浙一帶。此詞當作於南歸期間。

解連環孤雁　張炎

楚江空晚。悵離群萬里，怳然驚散。自顧影、欲下寒塘，正沙淨草枯，水平天遠。寫不成書，只寄得、相思一點。料因循誤了，殘氈擁雪，故人心眼。　誰憐旅愁荏苒？謾長門夜悄，錦箏彈怨。想伴侶、猶宿蘆花，也曾念春前，去程應轉。暮雨相呼，怕驀地、玉關重見。未羞他、雙燕歸來，畫簾半捲。

夜晚，在空曠的楚江畔。我驚慌失措被迫與同伴分散，感傷已脫離雁群萬里之遙。顧影自憐，想飛下寒塘，只見眼前一片白沙澄淨、野草枯黃，平坦的江水延伸到遙遠的天際。我孑然一身，無法在空中排成雁字，寫不成書信，只能寄上相思一點。生怕我的徘徊遷延誤了要事，無法替在北地吞氈嚼雪的友人，傳達那份眷戀故園的心思。

有誰會憐惜這與日俱增的羈旅愁懷呢？讓我平白想起深夜幽居長門宮的陳皇后，透過陣陣錦箏聲傳來的哀怨。料想失散的伴侶還棲宿在蘆花叢中，他們應該正惦念著我在開春以前，會轉程從舊路飛回北方吧。我想像在暮雨中呼朋引伴，於玉門關久別重逢的驚喜。到那時，畫簾半捲，燕羽雙雙，我也不必再自傷孤獨了。

此詞藉由孤雁，描寫詞人亡國後羈旅飄泊的生涯，以物喻人，託物言志，是一篇極出色的詠物詞。

通篇未出現「孤」字，卻緊扣「孤」意來寫。上片巧妙將孤雁與遺民透過傳書綰合在一起，以抒發故國之思。起首「楚江空晚。悵離群萬里，怳然驚散。」以「悵」、「驚」二字，突顯孤雁忽然落單的悵恨與驚慌失措。接著「自顧影、欲下寒塘，正沙淨草枯，水平天遠。」「欲下寒塘」，與下片的「暮雨相呼」，暗用崔塗〈孤雁〉：「暮雨相呼急，寒塘欲下遲。」用典十分靈活。以下「寫不成書，只寄得、相思一點。」用「雁足傳書」典故，說他排不成雁字，如人寫不成書信，只能寄上一點（孤雁在天空只是一點），恰似人的一點相思情意。「料因循誤了，殘氈擁雪，故人心眼。」化用蘇武被囚禁匈奴茹氈飲雪之典，表明詞人心繫受困北方的愛國志士，隱含無限家國之思。

下片先敘單飛之孤苦，再想像久別重逢的驚喜。「誰憐旅愁荏苒？謾長門夜悄，錦箏彈怨。」採提問法，問誰會憐惜他的「旅愁」，次以陳皇后的哀怨加以襯托，那份淒冷幽怨是一致的，此處暗示雁，卻明寫人。以下為虛筆：「想伴侶、猶宿蘆花，也曾念春前，去程應轉。」先設想失散的伴侶還宿蘆花叢等候，他在開春前應會飛回北方。「暮雨相呼，怕驀地、玉關重見。」再幻想於玉門關重逢，呼朋引伴的欣喜。「未羞他、雙燕歸來，畫簾半捲。」屆時一切都將變得多美好！結語用「雙燕」與孤雁對比，委婉表達出詞人心中的願望。

欲下寒塘自顧影

應考大百科

◆楚：泛指南方。

◆怳然：失意貌。怳，通「恍」。

◆自顧影：自憐孤獨也。

◆寫不成書，只寄得、相思一點：由於雁群橫空，常排成「人」字或「一」字，但孤雁單飛排不成字，只像筆畫中的一點，故云。

◆殘氈擁雪，故人心眼：蘇武被匈奴拘禁時，以氈毛合雪吞食，倖免於死；借喻那些受困北地，不肯屈服的南宋愛國志士。

◆荏苒：音「忍染」，與日俱增。

◆謾：通「漫」，徒然、平白。

◆長門：即長門宮，漢武帝時，陳皇后所居的冷宮。

◆錦箏：箏的美稱。按：古箏有十二或十三絃，斜列如雁行，亦稱「雁箏」；加以其聲淒清哀怨，故又有「哀箏」之名。

◆去程應轉：轉程從舊路飛回北方。

◆驀地：忽然。驀，音「默」。

◆玉關：即玉門關，此泛指北方。

解連環孤雁　張炎

・南宋滅亡後，張炎曾北遊燕趙之地，試圖謀求出路，卻落得失意而返。

・此詞當作於詞人南歸期間，藉由孤雁，描寫他亡國後羈旅飄泊的生涯。

上片

楚江空晚。
悵離群萬里，怳然驚散。
自顧影、欲下寒塘，
正沙淨草枯，水平天遠。
寫不成書，
只寄得、相思一點。
料因循誤了，殘氈擁雪，
故人心眼。

★上片巧妙將孤雁與遺民透過傳書綰合在一起，以抒發故國之思。

「自顧影、欲下寒塘」：化用崔塗〈孤雁〉：「暮雨相呼急，寒塘欲下遲。」

雁足傳書

據《漢書・蘇武傳》記載：蘇武滯留匈奴多年，單于謊稱他已死。漢使探知實情後，說漢天子於上林苑射得大雁，雁足上繫有蘇武所寫帛書，云在某澤中。單于不得已才放還蘇武等人。

殘氈擁雪

據《漢書・蘇武傳》記載：匈奴人將蘇武囚禁在地窖中，絕其飲食。這時下大雪，他拿氈毛混著雪水一起吞下，因此得以保住性命。

下片

誰憐旅愁荏苒？
謾長門夜悄，錦箏彈怨。
想伴侶、猶宿蘆花，
也曾念春前，去程應轉。
暮雨相呼，
怕驀地、玉關重見。
未羞他、雙燕歸來，
畫簾半捲。

★下片先敘單飛之孤苦，再想像久別重逢時的驚喜。

・「誰憐旅愁荏苒？謾長門夜悄，錦箏彈怨。」此處暗示雁，卻明寫人。

懸想示現

・「想伴侶、猶宿蘆花，也曾念春前，去程應轉。」設想失散的伴侶還在等候他飛回。

・「暮雨相呼，怕驀地、玉關重見。」再幻想於玉門關重逢，呼朋引伴的欣喜。

・「未羞他、雙燕歸來，畫簾半捲。」用「雙燕」與孤雁對比，委婉表達出心中願望。

UNIT 3-44 病翼驚秋，枯形閱世，消得斜陽幾度？

此詞藉詠秋蟬，託物寄意，抒發國破家亡的悲哀。

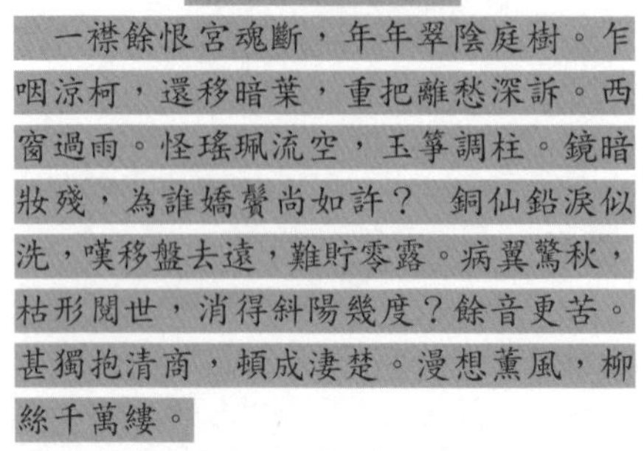

齊天樂蟬 王沂孫

一襟餘恨宮魂斷，年年翠陰庭樹。乍咽涼柯，還移暗葉，重把離愁深訴。西窗過雨。怪瑤珮流空，玉箏調柱。鏡暗妝殘，為誰嬌鬢尚如許？ 銅仙鉛淚似洗，嘆移盤去遠，難貯零露。病翼驚秋，枯形閱世，消得斜陽幾度？餘音更苦。甚獨抱清商，頓成淒楚。漫想薰風，柳絲千萬縷。

齊王后滿懷幽恨，魂斷齊宮，死後化成蟬，年年在庭樹翠蔭下悲鳴不已。齊王后的幽魂化蟬後，在乍涼的秋枝上鳴咽，一會兒又移到密葉深處，一遍遍深情地傾訴她與齊王的離愁別恨。當西窗外一陣風雨過後，驚覺這裡無法再安身，蟬兒飛往他處另覓棲所，那鳴叫聲彷彿換了一個更悲涼的音調。明鏡已塵封暗淡，美麗的妝容殘落，而今又為誰梳出如此嬌美的蟬鬢？

金銅仙人沉重地以淚洗面，漢代滅亡，可嘆銅盤被遷移到遠方，從此再難以為蟬貯存零星的露水。病弱的蟬翼驚懼秋天到來，枯槁的形體閱盡世間盛衰，還經得起幾次黃昏日落？殘存的蟬鳴越來越悲苦，可憐獨自唱著哀婉的曲調，頓時陷入了悽楚的絕境。只能追憶那溫暖的南風吹拂，千萬縷柳絲飛揚的美好季節。

上片用齊王后化蟬典故，比擬南宋后妃，象徵社稷淪亡，引發無限的故國哀思。據馬縞《中華古今注》載：「昔齊后忿而死，尸變為蟬，登庭樹嘒淚而鳴，王悔恨。故世名蟬為齊女焉。」而「鏡暗妝殘，為誰嬌鬢尚如許？」既賦蟬翼，亦指化蟬的齊王后，與前文「一襟餘恨宮魂斷」相呼應。「嬌鬢」指蟬鬢，據崔豹《古今注》載：「魏文帝宮人……莫瓊樹……乃制蟬鬢，縹緲如蟬，故曰『蟬鬢』。」又《樂府補題》載有〈齊天樂‧餘閒書院擬賦蟬〉十首，蓋宋末遺民王沂孫、周密、陳恕可等唱和之作。宋室覆亡，帝后陵墓遭盜，引起遺民無限悲慨。相傳一村翁拾獲孟獻太后髮髻，髮長六尺多，並有二枚寶釵。因此無論齊后化蟬、魏女蟬鬢，均用以影射南宋淪亡、后妃流落。

下片借金銅仙人辭漢之典，暗示江山易主，使蟬兒頓失清露，抒發亡國的深悲沉恨。「銅仙鉛淚似洗，嘆移盤去遠，難貯零露。」化用金銅仙人的典故，史載漢武帝於建章宮鑄手捧承露盤的金銅仙人。至魏明帝時，詔令拆遷洛陽，「宮官既拆盤，仙人臨載，乃潸然淚下。」唐人李賀〈金銅仙人辭漢歌〉云：「空將漢月出宮門，憶君清淚如鉛水。」此處一典數用，既隱含南宋之亡；兼指露盤已去，蟬兒更無以為生；亦象徵遺民生活無託之意。再以「病翼」、「枯形」，指蟬到深秋衰老、多病，生命將盡，同時勾勒出遺民的苦難形象。夏風吹暖，柳絲搖曳，那是蟬的黃金時代，不過一切已經過去。末二句借夏天指南宋盛世，最後以遺民對故國的懷念作收，回憶有多美好，心情就有多沉痛！

為誰嬌鬢尚如許

應考大百科

＊周濟《宋四家詞選‧序論》評云：「隸事處以意貫串，渾化無痕，碧山勝場也。」明揭王沂孫詞的特色，善用情意貫串典故，渾然天成，不見斧鑿之跡。

＊周濟又云：「碧山思筆可謂雙絕。」說明王沂孫詞在內容情意（思）、結構安排（筆）二方面，已然達到最高水準，故謂之「雙絕」。

齊天樂蟬 王沂孫

・此詞藉由歌詠秋蟬，託物寄意，抒發國破家亡的悲哀。

・宋末遺民王沂孫、周密、陳恕可等都有詠蟬唱和之作。

上片

為誰嬌鬢尚如許？鏡暗妝殘，怪瑤珮流空，玉箏調柱。西窗過雨。重把離愁深訴。乍咽涼柯，還移暗葉，年年翠陰庭樹。一襟餘恨宮魂斷，

★上片用齊王后化蟬典故，比擬南宋后妃，象徵社稷淪亡，引發無限的故國哀思。

「一襟餘恨宮魂斷，年年翠陰庭樹。」

相傳齊王后和齊王大吵一架後，抑鬱而終。死後遺體化為一隻蟬，棲息在王宮庭院的樹上，發出聲聲哀鳴。齊王悔不當初。從此，也稱蟬為「齊女」。

「嬌鬢」

即「蟬鬢」。相傳魏文帝宮人莫瓊樹，設計出一種新潮的髮型，就是把兩鬢的頭髮梳成薄薄一層，向外翹起，「望之縹緲如蟬翼」。

相傳一村翁拾獲孟獻太后髮髻，髮長六尺多，並有二枚寶釵。⇨因此無論齊后化蟬、魏女蟬鬢，均用以影射南宋淪亡、后妃流落。

下片

漫想薰風，柳絲千萬縷。甚獨抱清商，頓成淒楚。餘音更苦。消得斜陽幾度？病翼驚秋，枯形閱世，嘆移盤去遠，難貯零露。銅仙鉛淚似洗，

★下片借金銅仙人辭漢之典，暗示江山易主，使蟬兒頓失清露，抒發亡國的深悲沉恨。

・史載漢武帝於建章宮鑄手捧承露盤的金銅仙人。至魏明帝時，詔令拆遷洛陽，「宮官既拆盤，仙人臨載，乃潸然淚下。」

・唐人李賀〈金銅仙人辭漢歌〉云：「空將漢月出宮門，憶君清淚如鉛水。」

・再以「病翼」、「枯形」，指蟬到深秋衰老、多病，生命將盡，同時勾勒出遺民的苦難形象。

・夏風吹暖，柳絲搖曳，那是蟬的黃金時代，好比南宋盛世，都已如過眼雲煙，隨風而散了。

附錄一：重要詞人小傳

舊題李白　應為唐末之作

據蘇鶚《杜陽雜編》記載：〈菩薩蠻〉創調於宣宗大中（847～860）年間。而李白卒於玄宗寶應元年（762），可見他在詞調問世前已經辭世，故不可能填寫〈菩薩蠻〉詞。何況李陽冰為他編《李太白詩文集》，輯錄所有詩文，獨不見〈菩薩蠻〉、〈憶秦娥〉二篇，代表此二作不出自李白之手。再就創作風氣言，盛唐不可能只有李白一人填詞，其他文士卻沒有類似的作品。此外，任何文體發展都是由簡而繁，從幼稚到成熟，不可能盛唐李白填出如此純熟之作，至中唐文人反而退化回幼稚、初嘗試的階段。由此證明〈菩薩蠻〉、〈憶秦娥〉應是晚唐、五代文士所作，為了拉抬身價而嫁名於李白。

白居易　772～846

白居易（772～846），字樂天，晚號香山居士、醉吟先生。祖籍山西太原，生於河南新鄭。出生六、七月時，已能默識「之」、「無」二字；五、六歲即學作詩。十六歲入長安拜謁顧況，顧氏讀其〈古原草送別〉詩有「野火燒不盡，春風吹又生」句，大為激賞。二十歲後日夜苦讀，致口舌成瘡，手肘成胝。二十九歲中進士，授翰林學士、校書郎，歷任蘇州刺史、河南尹、太子少傅等職。平生致力為詩，偶爾亦染指於倚聲填詞之事。著有《白氏長慶集》。

溫庭筠　812?～870

溫庭筠（812？～870），原名岐，字飛卿，太原祁（今山西祁縣）人。由於相貌奇醜，故有「溫鍾馗」之稱。自幼喪父，被人收養。他從小好學，文思敏捷，通音樂，擅詩賦。晚唐科舉考律賦，八韻一篇，相傳他叉手一吟便成一韻，八叉八韻即告完成，因此贏得「溫八叉」的美譽。然素行不檢，沉湎於歌舞酣飲，出入青樓酒館，終因惡名昭彰，屢遭黜落，仕途不得意，官僅至國子監助教。其文筆綺麗，與李商隱、段成式齊名，號稱「三十六體」；其詩風格華美，與李商隱齊名，世稱「溫李」；其詞多寫閨情，極盡穠麗之能事，與韋莊並稱「溫韋」。後人輯有《溫飛卿詩集》、《金荃詞》。

韋　莊　836～910

韋莊（836～910），字端己，京兆杜陵（今陝西西安）人。自幼孤貧力學，才思過人。他生於唐末，曾多次應舉皆名落孫山；僖宗廣明元年（880），又入長安赴試，時值黃巢之亂，他身陷重圍，復為病所困未能逃脫。至僖宗中和二年（882）春，始得避禍洛陽。次年，作〈秦婦吟〉長詩，假託秦婦口吻，描寫由京至洛途中所見亂離景象，因而聲名大噪，人稱「秦婦吟秀才」。昭宗乾寧元年（894），時年五十九，終於進士及第，任校書郎。昭宗天復元年（901），他應王建之聘入川為掌書記。明年，尋得浣花溪畔杜工部草堂遺址，結茅為室，定居於此。昭宗天祐四年（907），朱溫篡唐。王建據蜀稱帝，史稱「前蜀」。蜀主王建對韋莊十分倚重，任命為宰相，開國制度多出其手。最後卒於成都，年七十五。後人輯有《浣花詞》。

馮延巳 903～960

馮延巳（903～960），又名延嗣，字正中，廣陵（今江蘇揚州）人。其父馮令頵為南唐吏部尚書，與宮中關係良好；加上馮延巳本身多才多藝，開國之初，先主李昪命為祕書郎，使與太子李璟交遊。中主李璟登基後，他幾度榮登相位，終因主戰失利，勞民傷財，罷去。王國維《人間詞話》評云：「馮正中詞雖不失五代風格，而堂廡特大，開北宋一代風氣。」劉熙載《藝概・詞曲概》云：「馮延巳詞，晏同叔得其俊，歐陽永叔得其深。」其詞風格清麗，善於描寫離愁別緒，藝術成就頗高，對李後主詞更具有一定的影響力。有《陽春集》傳世。

李　璟 916～961

李璟（916～961），字伯玉，江蘇徐州人。原名徐景通，其父先主李昪建立南唐後，恢復本姓李，並更名璟。李璟是南唐第二任君主，史稱「中主」或「嗣主」。後來由於南唐不敵後周的武力侵逼，不得不降號稱臣，他遂自稱「唐國主」；又為了避後周信祖諱，而改名景。他擅長書法，詞作亦佳。中主李璟與其子後主李煜都是極優秀的詞人，並稱「南唐二主」。後人輯有《南唐二主詞》。

李　煜 937～978

李煜（937～978），初名從嘉，即位後更名「煜」，字重光，江蘇徐州人。南唐中主李璟第六子，世稱「李後主」。他身為南唐國主，文采風流，多才多藝，前半生周旋於大小周后、宮廷宴樂之間。至乙亥歲（975）金陵城陷，率殷崇義等肉袒出降。國破家亡，被俘歸宋，受封違命侯，遭軟禁於汴京。降宋後第三年，時值四十二歲生辰，他填〈虞美人〉詞，舊時歌妓相與作樂、傳唱。因詞中有「故國不堪回首月明中」語，觸怒了宋太宗，遭賜牽機藥，暴斃身亡，年四十二。詞史上譽之為「詞中之帝」或「詞中之聖」。後主雖不具治國才能，但天性善良，好生戒殺，頗得江南百姓愛戴。崩殂後，遺民為之巷哭，設齋，聊表哀悼之意。

柳　永 987～1053

柳永（987～1053），初名三變，字景莊；後改名永，改字耆卿，福建崇安人。因家族排行第七，人稱「柳七」。他前半生流連於歌樓酒館，善填豔詞，名滿天下，形成「凡有井水飲處，即能歌柳詞」的盛況；因此備受正統文士排擠。相傳他曾填〈鶴沖天〉詞，抒發落第的感慨。不久，傳入宋仁宗耳裡，其中「青春都一餉，忍把浮名，換了淺斟低唱」數語，令皇帝頗感不悅。後來他參加科考，遭仁宗除名，御筆批示：「此人風前月下，好去淺斟低唱，何要浮名？且去填詞。」他從此填詞，自稱「奉旨填詞柳三變」。改名以後，於仁宗景祐元年（1034）中進士，如願進入官場。但始終屈居下僚，雜務纏身，四處奔波；曾任餘杭縣令、鹽場大使、睢州推官、屯田員外郎等職，故世稱「柳屯田」。晚年，不堪行役之苦，棄官隱退，浪跡天涯。最後，卒於襄陽。有《樂章集》傳世。

范仲淹 989～1052

范仲淹（989～1052），字希文，蘇州吳縣人。幼年喪父，隨母改嫁，一度改姓名為朱說。成年後得知自己的身世，遂辭別母親，至睢陽應天府書院、長白山醴泉寺日夜苦讀，於真宗大中祥符八年（1015）登進士第。官至樞密副使、參知政事，曾以資政殿學士出任陝西四路宣撫使，並為邠州知州。當時西夏侵擾，他奉命戍邊數年，號令嚴明，贏得士卒一致的擁戴，甚至連西夏人都對他敬畏有加，說：「小范老子胸中自有數萬甲兵。」范仲淹不但威震邊疆，政績卓越，事功顯赫，且崇尚節操，兼具了立德、立功、立言之三不朽。其詞今存五闋，婉約、豪邁兼長，突破南唐、西蜀之藩籬，為蘇辛豪放詞開拓先路。

張 先 990～1078

張先（990～1078），字子野，湖州烏程（今浙江吳興）人。仁宗天聖八年（1030）進士，歷任吳江（今江蘇吳江）知縣、渝州（今四川重慶）、虢州（今河南靈寶）知州，以都官郎中致仕。與晏殊、歐陽脩、蘇軾、王安石諸名士相善。張先一生富貴，詩酒風流，晚年優遊鄉里，生活愜意。相傳他八十五歲尚納妾，蘇軾贈詩云：「詩人老去鶯鶯在，公子歸來燕燕忙。」張先與柳永都是北宋詞壇由小令過渡到慢詞的大功臣，二人齊名。其名句：「嬌柔懶起，簾壓捲花影」、「柳徑無人，墜輕絮無影」、「雲破月來花弄影」，因此贏得「張三影」之美譽。其詞風清俊，筆致柔婉，尤擅長白描法。後人編有《張子野詞》。

晏 殊 991～1055

晏殊（991～1055），字同叔，撫州臨川（今江西臨川）人。自幼聰穎，七歲能文，真宗景德二年（1005）因宰相張知白推薦，以神童召試，獲朝廷賜同進士出身。仁宗慶曆年間，拜集賢殿學士，同平章事兼樞密使；位同宰相，掌軍政大權。其人自奉清簡，好宴飲，能薦拔才士，號稱賢相。范仲淹、韓琦、富弼等皆因他拔擢而進用。其詞風流蘊藉，溫潤秀潔，沉著凝重，無人能及。有《珠玉詞》傳世。與歐陽脩並稱「晏歐」，同為北宋初著名的婉約詞人。其子晏幾道亦為宋詞名家，一般稱晏殊為「大晏」，晏幾道為「小晏」。

宋 祁 998~1061

宋祁（998～1061），字子京，湖北安陸人。與其兄宋庠同登仁宗天聖二年（1024）進士第。歷官國子監直講、龍圖閣學士、史館修撰、知制誥、工部尚書、翰林學士承旨。相傳宋祁生性奢華，喜擁妓醉飲，宋庠曾諷刺道：「聽說昨夜燒燈夜宴，窮極奢侈，不知還記得某年同在州學內吃齏飯時麼？」宋氏兄弟詩文齊名，合稱「二宋」。宋祁與歐陽脩同修《新唐書》，據說他好為冷僻字辭。某日，歐陽脩寫了「宵寐匪禎，札闥洪庥」八字前往請教；他想了一會兒回答：「是說『夜夢不祥，書門大吉』吧？」後來，他明白歐公的用意，從此不再用冷辭僻字。其詞未擺脫晚唐五代的穠麗舊習，因〈玉樓春〉中有「紅杏枝頭春意鬧」句，人稱「紅杏尚書」。近人輯有《宋景文公集》、《宋景文公長短句》。

歐陽脩 1007～1072

歐陽脩（1007～1072），字永叔，四十歲時自號「醉翁」，六十四歲更號「六一居士」，吉州廬陵（今江西吉安）人。四歲喪父，家貧，母鄭氏以蘆荻畫地教他習字。稍長，又常向城南李氏大族借書抄讀，刻苦自勵，終能學有所成。仁宗天聖八年（1030）進士及第。他為官清廉，正直敢言，曾兩度遭貶；歷任地方官職期間，關心民瘼，頗受百姓愛戴。後調回京師，於仁宗嘉祐二年（1057）知禮部貢舉，拔擢曾鞏、王安石、蘇軾、蘇轍等自然平易的古文，成為一代文壇領袖。累官至樞密副使、參知政事。終因與王安石變法理念不合，於神宗熙寧四年（1071）辭官退隱。隔年，病逝；年六十六。其平生著作頗多，除了詩文集、經史著作，尚有《六一詞》等。其詞風格疏雋深婉，情韻柔媚緜遠，後來詞人如蘇軾、秦觀等人皆受其啟發。

蘇　軾　1036～1101

蘇軾（1036～1101），字子瞻，號東坡居士，眉州眉山（今四川眉山）人。仁宗嘉祐二年（1057），與弟蘇轍同登進士第，深受主考官歐陽脩賞識。神宗熙寧年間，他屢次上書直陳新法之弊，後因與王安石政見不合，自請外調。於湖州太守任內發生「烏臺詩案」，被捕入獄；最後被以「譏諷政事」定罪，貶為黃州團練副使。哲宗初，由太皇太后高氏輔政，他獲召還朝，官至禮部尚書。在京任官兩年多，一躍成為文壇領袖，將北宋文學推向另一個高峰。哲宗親政後，又遭四處徙官，曾被遠謫至惠州（今廣東惠州）、儋州（今海南儋州）。徽宗即位，遇赦北還，途中病逝於常州（今江蘇常州），年六十六。他詩、詞、文、賦俱佳，又善畫，工書法，是一名全方位的文學、藝術家。「以詩入詞」，首開詞壇豪放一派，振作了晚唐、五代以來綺靡的西崑體餘風。後世將之與辛棄疾並稱為「蘇辛」。著有《東坡全集》。

晏幾道　1037～1110

晏幾道（1037～1110），字叔原，號小山，撫州臨川（今江西臨川）人。為晏殊第七子。以父蔭賜進士出身，歷官開封府判官、潁昌府許田鎮監、乾寧軍通判等。他從小在綺羅脂粉堆中長大，錦衣玉食，生活愜意。與好友沈廉叔、陳君寵經常填詞、宴飲，二友家中蓮、鴻、蘋、雲等歌女，總在席間為他們歌唱；後來其友病歿，小蘋等人亦不知去向。黃庭堅說他有「四癡」，簡單來說就是：仕途不得意，卻不願依附權貴；文章極出色，卻不願憑此干祿；家財揮霍盡，使家人飢寒交迫；常被人欺騙，卻始終相信別人。晏幾道晚年家道中落，故詞中多寫悲歡離合之事，風流嫻雅，婉曲精妙。有《小山詞》傳世。

秦　觀　1049～1100

秦觀（1049～1100），字少游，一字太虛，號淮海居士，揚州高郵（今江蘇揚州）人。他是蘇軾的弟子，與黃庭堅、張耒、晁補之，並稱「蘇門四學士」。神宗元豐八年（1085年）進士，官至祕書省正，國史院編修官。在官場上，因新舊黨爭，遭到改革之士排擠，曾被貶為杭州通判，一度遠徙郴州（今湖南郴縣）。民間訛傳秦觀為蘇軾之妹婿，馮夢龍《醒世恆言》中有〈蘇小妹三難新郎〉，據考證此故事純屬虛構。其詞淡雅清麗，情韻兼具，且講究音律，能以晏歐詞的深婉含蓄補柳永詞的淺俗之失，又以東坡詞的疏朗沉鬱救婉約詞的柔弱之弊。著有《淮海詞》。

賀　鑄　1052～1125

賀鑄（1052～1125），字方回，號慶湖遺老，越州山陰（今浙江紹興）人。為宋太祖賀皇后族孫。自稱是唐代賀知章的後代，因賀知章曾居慶湖（即「鏡湖」），故以「慶湖遺老」為號。由於其貌不揚，人稱「賀鬼頭」。曾任泗州、太平府通判。晚年隱居於蘇州。其詞風格多樣，婉約、豪放兼具，善於錘鍊字句，常借用古樂府、唐人詩句入詞，尤喜化用李賀、溫庭筠、李商隱等的詩句。其名句：「一川煙草，滿城風絮，梅子黃時雨。」贏得黃庭堅的讚譽，以為該詞具有謝朓清麗之風，故人稱他為

「賀梅子」。著有《東山詞》。

周邦彥 1056～1121

周邦彥（1056～1121），字美成，號清真居士，錢塘（今浙江杭州）人。年少輕狂，行為放蕩，但遍讀百家之書，學問淵博。稍長，北遊汴京，在太學讀了幾年書；後向宋神宗獻〈汴都賦〉，由諸生擢為太學正，任教於太學。哲宗初，被調離京師，歷任盧州教授、溧水知縣、國子主簿，輾轉於州縣之間。哲宗親政後，又被召回京，出任祕書省正字，歷校書郎、考功員外郎、河中知府。徽宗時，入為祕書監，進徽猷閣待制，提舉大晟府，為朝廷制禮作樂；此期他的創作最多。其詞以寫豔情、詠物為主，格律嚴整，帶有華美、輕狂的特質，堪稱集北宋婉約詞之大成，故被後世尊為「詞家之冠」、「詞家正宗」。著有《清真集》（一名《片玉集》）。

陳 克 1081～1137

陳克（1081～1137），字子高，自號赤城居士，臨海（今屬浙江）人。少時隨父宦遊四方，後僑居金陵（今江蘇南京）。南宋高宗紹興年間，呂祉節制淮西抗金軍馬，薦為幕府參謀，他欣然以單騎從軍。紹興七年（1137），呂祉為叛軍所殺；陳克不屈服，臨死前仍罵不絕口。他出身於書香門第，父親、伯父均進士及第，並曾出任地方官。其父陳貽範還是一位著名的藏書家，文學造詣頗高；他自幼耳濡目染，才學日益精進，詩、詞、文章皆擅長。其詞婉雅嫻麗，承襲花間詞風與北宋婉麗之作，以描寫閨閣生活和閒適之情見長。

朱敦儒 1081～1159

朱敦儒（1081～1159），字希真，河南洛陽人。早年，自稱「麋鹿之性，自樂閒曠，爵祿非所願」，辭官不就。北宋末金兵入侵，他南渡避亂，客居於廣東。南宋高宗時，應朝廷徵召，始出仕為官；紹興五年（1135）獲賜進士出身，擔任祕書省正字。歷任兵部郎中、臨安府通判、祕書郎、都官員外郎、兩浙東路提點刑獄。後以「與李光交通」的罪名被彈劾，罷官。辭官之後，隱居浙江嘉興。其詞婉麗清暢，一掃當時的綺靡之風。有人將其詞風分為三個階段：早年濃豔巧麗，中年慷慨激昂，晚年明婉清暢。後人將他比為詩中之李白，譽為「詞仙」。著有《樵歌》（一名《太平樵唱》）。

李清照 1084～1151?

李清照（1084～1151？），號易安居士，北宋末濟南章邱（今山東章丘）人。生於書香世家，幼有才名；十八歲時，嫁給太學生趙明誠。夫妻志趣相投，皆愛好文藝，搜集、整理金石書畫，樂在其中。靖康之禍爆發，中原淪陷，宋室南渡，夫婦倆流寓南方。南來之後，趙明誠被宋高宗任為湖州太守。他於旅途中，積勞成疾，竟一病不起；不久後辭世。李清照晚年孀居，顛沛流離，所藏古玩文物也在逃亂中喪失殆盡。她最後終老於金華（今浙江金華）。能詩、能詞，亦能文，而以詞的成就最大。易安詞善於使用白描法鋪寫景物、抒發情感，內容細膩深刻，音節和諧柔婉，與秦觀同為婉約詞人的代表。後人輯有《漱玉詞》。

趙 鼎 1085~1147

趙鼎（1085～1147），字元鎮，自號得全居士，解州聞喜（今山西聞喜）人。幼年喪父，與母親相依為命。北宋徽宗崇寧五年（1106）進士。後隨高宗南渡，累官殿中侍御史、尚書右僕射兼知樞密院事，一度出任宰相。因力主抗金而遭秦檜誣陷，被貶至泉州、潮州等地。期間只要有官員與他親厚，都受到秦檜的迫害；他只好「深居簡出，杜門謝訪」，以示抗議。紹興十七年（1147），趙鼎絕食而死，臨終前自書墓石：「身騎箕尾歸天上，氣作山河壯本朝。」他與李綱、胡銓、李光並稱為「南宋四名臣」。著有《得全集》。

岳飛 1103～1142

岳飛（1103～1142），字鵬舉，相州湯陰（今河南安陽）人。北宋末、南宋初抗金名將。他於北宋末投軍，率領岳家軍與金兵經歷無數大小戰役。岳飛治軍嚴明，體恤士卒，其岳家軍號稱「凍死不拆屋，餓死不擄掠」，連敵方都稱讚「撼山易，撼岳家軍難」。南宋高宗紹興十年（1140），金兵南侵，岳飛揮師北上，先後收復了鄭州、洛城等地，又於郾城、潁昌大敗金軍，進軍朱仙鎮。高宗卻一意求和，以十二道金字牌下令退兵，岳飛孤立無援，被迫班師回朝。後來又遭到秦檜、張俊等人誣陷，被捕入獄；最後，被論以「莫須有」的謀反罪名賜死。孝宗即位後，才為他平反冤屈。岳飛允文允武，既能征戰沙場，也能倚聲填詞，其〈滿江紅・寫懷〉一闋，抒發壯懷激烈，傳唱千古。

陸游 1125～1210

陸游（1125～1210），字務觀，越州山陰（今浙江紹興）人。靖康之禍爆發，汴京淪陷，北宋覆亡；年幼的陸游隨父母四處逃亂。南宋高宗紹興十三年（1143），他到臨安參加省試，落第而歸。二十歲左右，與唐琬成婚，伉儷情深，最後卻以仳離收場。他二十九歲參加鎖廳試，因不見容於秦檜，又無功而返。孝宗時，任樞密院編修，並得賜進士出身，歷任建康、隆興、夔州等府通判。後因熱愛蜀中風土，故題平生所作詩為《劍南詩稿》。晚年，晉封為渭南縣開國伯，遂命其文集曰《渭南文集》。他為人不拘禮法，時人譏其頹放，因而自號「放翁」。另有《放翁詞》（又名《渭南詞》）、《老學庵筆記》等著作行世。其詞自成一格，或豪放，清勁雄健，氣勢開闊；或婉約，語婉情深，韻致悠長。

辛棄疾 1140～1207

辛棄疾（1140～1207），字坦夫，又字幼安，號稼軒居士，南宋濟南歷城（今山東濟南）人。他出生於北方，當時宋朝南渡近十五年；從小受祖父灌輸愛國思想，又目睹金人統治的侵擾，常懷報國之志。二十二歲時，毅然率兩千多名義勇軍加入耿京麾下，從此獻身抗金志業。次年，因耿京被手下張安國殺害，他生擒張安國，並策動士兵投奔南宋。二十九歲受命為建康通判；三十三歲知滁州；四十歲知潭州，創立飛虎軍，兵力為沿江諸軍之冠。四十二歲被彈劾免職，閒居江西帶湖，長達十餘年。晚年，一度被韓侂冑起用，仍得不到信任，最後含恨而終，年六十八。其詞善於鎔鑄經史及前人詩文，題材廣泛，風格多樣，以豪放悲壯為主，與蘇軾同為豪放詞人。後人輯有《稼軒長短句》。

楊炎正 1145～？

楊炎正（1145～？），字濟翁，吉州廬陵（今江西吉安）人。為楊萬里族弟。寧宗慶元二年（1196）進士。歷任寧遠主簿、大理司直、藤州知州等職。有詞集《西樵語業》傳世。

姜夔 1154～1221

姜夔（1154～1221），字堯章，饒州鄱陽（今江西鄱陽）人。天性風雅，人品俊逸，且多才多藝；少年孤貧，曾學詩於蕭德藻，頗受賞識，後成為其姪女婿。他早有文名，然屢試不第，終生未仕，以清客身分，與張鎡等顯宦往來；又與辛棄疾、范成大、楊萬里等名士交遊唱和不輟。其人清高耿介，甘於平淡，因寓居浙江吳興時與白石洞天為鄰，自號「白石道人」，嘗賦詩：「南山仙人何所食？夜夜山中煮白石。世人喚作白石仙，一生費齒不費錢。」他終其一生，顛沛流離，最後病逝於臨安（今浙江杭州）。其詞清虛超妙，格調高遠，如野雲孤飛，去留無跡。有《白石道人歌曲》傳世，其中十七首自度曲，註有工尺譜，是現存唯一保存完整的南宋樂譜資料。

吳文英 1200? ～ 1260

吳文英（1200？～ 1260），字君特，號夢窗，晚號覺翁，四明（今浙江寧波）人。平生交遊廣闊，與名士施樞、方萬里、馮去非、沈義父等時有文書往返，又與周密詩詞酬唱不已。他亦樂於結交權貴，甚至成為其幕僚，如曾在蘇州轉運使署為提舉常平倉司僚屬，長達十年之久；後來到了臨安，出入兩浙轉運使判官尹煥、參知政事吳潛及後為右丞相的賈似道等顯宦門下，填詞唱和，過從甚密。晚年在紹興，又旅食於榮王趙與芮府中。他一生出入王府相邸，卻未攀龍附鳳，扶搖直上，仍潦倒以終。其詞意境深遠，字句工巧，音韻諧美，已臻格律詞之極致；但由於過度雕琢，而有用典、遣辭隱晦的缺點。著有《夢窗詞》。周濟《宋四家詞選》以周邦彥、辛棄疾、王沂孫、吳文英並列為宋代詞壇四大領袖。

蔣捷 1245 ～ 1301

蔣捷（1245 ～ 1301），字勝欲，號竹山，陽羨（今江蘇宜興）人。恭帝咸淳十年（1274）進士。其〈一剪梅〉名句：「紅了櫻桃，綠了芭蕉。」享譽當時，故有「櫻桃進士」之稱。南宋滅亡後，隱居於太湖竹山，人稱「竹山先生」。元成宗大德年間，有人推薦他為官，但他始終堅持不事異姓。著有《竹山詞》。其詞內容廣泛、風格多樣，多承襲蘇、辛一派，有不少抒發故國之思、山河之慟的佳作。劉熙載《藝概》稱他為「長短句之長城」，與周密、王沂孫、張炎並稱為「宋末四大家」。蔣捷是遺民詞人的代表。

張炎 1248 ～ 1320

張炎（1248 ～ 1320），字叔夏，號玉田，晚號樂笑翁。祖籍陝西鳳翔，出生於臨安（今浙江杭州）。南宋大將張俊的後裔。前半生家境富裕，直到元兵攻陷臨安，家產被抄，從此窮困潦倒。晚年，浪跡江湖，過著詩酒吟嘯的生活。其詞風承周邦彥、姜夔，婉麗空靈，尤以詠物之作名重一時；而抒發身世感慨之詞亦蒼涼激越，頗有可觀。有詞集《山中白雲詞》、詞學專著《詞源》傳世。其詠物詞以〈南浦〉詠春水、〈解連環〉詠孤雁二闋最享盛名，故時人稱之為「張春水」、「張孤雁」。

王沂孫 生卒年不詳

王沂孫（？～？），字聖與，號碧山，又號中仙，會稽（今浙江紹興）人。宋亡後，作過元朝慶元路（今浙江鄞縣）學正。其平生交遊廣闊，晚年往來於杭州、紹興之間，與周密、張炎等人填詞唱和。著有《碧山樂府》(又名《花外集》)。其詞運思深密，筆法嚴謹，寄寓著黍離麥秀之悲，故清人評為「思筆雙絕」；又對其詠物詞中隱含著君國之憂，讚譽有加。不過，碧山詞終因雕鏤太甚，失之於渾成，而遭來晦澀、艱深等負評。

附錄二：精選宋詞 100 題

1. 舊題李白〈菩薩蠻〉

★【B】關於李白的作品〈菩薩蠻〉:「平林漠漠煙如織，寒山一帶傷心碧。暝色入高樓，有人樓上愁。　玉階空佇立，宿鳥歸飛急。何處是歸程？長亭更短亭。」下列何者為非？〔104 中區國中教甄〕

（A）以春寒景象，寄託思鄉情愁
（B）前四句由近而遠、由人至景
（C）以「愁」、「空」點出失望心情
（D）用設問方式，強化悲傷語氣

> 解答：(A)(C)(D) 皆正確 (B) 前四句由遠而近：平林→寒山→高樓→人（愁）；由景至人。後四句由近至遠：玉階（人）→宿鳥→長亭、短亭；由人至景

2. 舊題李白〈憶秦娥〉

★【C】下列哪一個選項不是「頂真」修辭法：〔97 南臺灣國中教甄〕

（A）「簫聲咽，秦娥夢斷秦樓月。秦樓月，年年柳色，灞陵傷別。……」（李白〈憶秦娥〉）（B）「月光光，秀才郎，騎白馬，過蓮塘。蓮塘背，種韮菜；韮菜花，結親家；……」（廣東嘉應兒歌）（C）「藏書不難，能看為難；能看不難，能讀為難；讀書不難，能用為難；能用不難，能記為難。」（張潮《幽夢影》）（D）「雲鬢花顏金步搖，芙蓉帳暖度春宵；春宵苦短日高起，從此君王不早朝。……」（白居易〈長恨歌〉）

> 解答：(A)(B)(D) 皆為頂真 (C) 一層層加深文義：藏書→看書→讀書→學以致用→牢記在心，故為層遞

3. 白居易〈憶江南〉三闋

★填充題：江南好，風景舊曾諳：＿＿＿＿＿＿，＿＿＿＿＿＿＿。能不憶江南？〔2020 大陸高考模擬題〕

> 解答：日出江花紅勝火／春來江水綠如藍

4. 溫庭筠〈更漏子〉

★【A】溫庭筠〈更漏子〉:「柳絲長，春雨細，花外漏聲迢遞。驚塞雁，起城烏，畫屏金鷓鴣。　香霧薄，透簾幕，惆悵謝家池閣。紅燭背，繡簾垂，夢長君不知。」以下詞語解釋，何者為是？〔106 臺綜大轉學考〕

（A）迢遞：綿邈悠長貌（B）城烏：城上戍守的士兵，有如烏鴉般墨黑（C）謝家：謝姓人家（D）紅燭「背」：負荷

> 解答：(A) 正確 (B) 城烏：城頭上的烏鴉 (C) 謝家：謝氏為南朝望族，此借指豪門 (D) 紅燭「背」：背向

5. 溫庭筠〈菩薩蠻〉

★【D】溫庭筠〈菩薩蠻〉:「照花前後鏡，花面交相映。新帖繡羅襦，雙雙金鷓鴣。」其中「金鷓鴣」一語指的是：〔106 教育部對外華語教學能力認證〕

（A）明鏡中反射出花叢中的一對鷓鴣鳥（B）婦女閨房中養的一對鷓鴣鳥（C）黃金所製成的鷓鴣髮飾（D）衣服上繡有金鷓鴣的圖樣

6. 韋莊〈思帝鄉〉

★填充題：妾擬將身嫁與、一生休。＿＿＿＿＿＿，不能羞。〔2020大陸高考模擬題〕

解答：縱被無情棄

7. 韋莊〈菩薩蠻〉五闋之二

★【A】「人人盡說江南好，遊人只合江南老。春水碧於天，畫船聽雨眠。　壚邊人似月，皓腕凝霜雪。未老莫還鄉，還鄉須斷腸。」（韋莊〈菩薩蠻〉）其中用到的修辭法是：〔95屏東國小／幼兒園教甄〕

（A）頂真、比喻（B）呼告、回文（C）擬人、頂真（D）排比、摹寫

8. 韋莊〈菩薩蠻〉五闋之三

★填充題：請寫出以下詩詞的作者＿＿＿＿＿〔104臺北大學轉學考〕

> 如今卻憶江南樂，當時年少春衫薄。騎馬倚斜橋，滿樓紅袖招。　翠屏金屈曲，醉入花叢宿。此度見花枝，白頭誓不歸。

解答：韋莊

9. 馮延巳〈采桑子〉

★【D】「此去經年，應是良辰好景虛設。便縱有、千種風情，更與何人說」，意境與下列哪一個選項最為接近？〔103第一次社會工作師高考〕

（A）獨自莫憑欄，無限江山，別時容易見時難（B）斷腸點點飛紅，都無人管，倩誰喚、流鶯聲住（C）錦瑟華年誰與度？月橋花院，瑣窗朱戶，只有春知處（D）花前失卻遊春侶，獨自尋芳。滿目悲涼，縱有笙歌亦斷腸

解答：出自柳永〈雨霖鈴〉；寫縱有美景，無人共賞（A）出自李煜〈浪淘沙〉；抒發亡國之恨（B）出自辛棄疾〈祝英臺近・晚春〉；寫斷腸（C）出自賀鑄〈青玉案〉；敘寂寞（D）出自馮延巳〈采桑子〉；寫春遊無伴

10. 李璟〈攤破浣溪沙〉

★【B】下列文句所描寫的景色，依一年時序的先後，排列正確的選項是：〔101學測〕

> 甲、梅英疏淡，冰澌溶洩，東風暗換年華
> 乙、菡萏香銷翠葉殘，西風愁起碧波間。還與容光共憔悴，不堪看
> 丙、玉樓明月長相憶，柳絲裊娜春無力。門外草萋萋，送君聞馬嘶
> 丁、黃菊枝頭生曉寒，人生莫放酒杯乾。風前橫笛斜吹雨，醉裡簪花倒著冠

（A）甲乙丙丁（B）甲丙乙丁（C）丙甲乙丁（D）丙丁乙甲

解答：甲、出自秦觀〈望海潮・洛陽懷古〉；冬末春初　乙、出自李璟〈攤破浣溪沙〉；夏末秋初　丙、出自溫庭筠〈菩薩蠻〉；春末　丁、出自黃庭堅〈鷓鴣天・座中有眉山隱客史應之和前韻即席答之〉；秋　依時序先後排列，故為甲→丙→乙→丁，選（B）

11. 李煜〈玉樓春〉

★【D】下列詩詞句中「闌干」的意思，哪一個與其他三者不同？〔100警察／鐵路佐級〕

（A）夜夜相思更漏殘，傷心明月憑「闌干」（韋莊〈浣溪沙〉）（B）春色惱人眠不得，月移花影上「闌干」（王安石〈春夜〉）（C）臨風誰更飄香屑，醉拍「闌干」情味切（李煜〈玉樓春〉）（D）玉容寂寞淚「闌干」，梨花一枝春帶雨（白居易〈長恨歌〉）

解答：（A）（B）（C）皆為欄杆之意（D）闌干：指涕淚縱橫貌

12. 李煜〈清平樂〉

★【B】下列何者所顯示的季節與李煜〈清平樂〉相同？〔大學生中文能力檢測模擬題〕

別來春半，觸目柔腸斷。砌下落梅如雪亂，拂了一身還滿。　雁來音信無憑，路遙歸夢難成。離恨恰如春草，更行更遠還生。（李煜〈清平樂〉）

（A）寒蟬淒切，對長亭晚，驟雨初歇。都門帳飲無緒，方留戀處，蘭舟催發。執手相看淚眼，竟無語凝噎。（B）西塞山前白鷺飛，桃花流水鱖魚肥。青箬笠，綠蓑衣，斜雨細雨不須歸（C）低聲問，向誰行宿？城上已三更。馬滑霜濃，不如休去，直是少人行。（D）乘彩舫，過蓮塘，棹歌驚起睡鴛鴦，遊女帶香偎伴笑，爭窈窕，競折團荷遮晚照。

解答：題目明指季節是春天，而（A）出自柳永〈雨霖鈴〉；從「寒蟬淒切」，可知是在寒蟬鳴聲淒厲的秋天（B）出自張志和〈漁歌子〉；從「桃花流水鱖魚肥」，可知是在桃花綻放、鱖魚肥美的春天（C）出自周邦彥〈少年遊〉；從「城上已三更」、「馬滑霜濃」，只知是深夜，看不出季節（D）出自李珣〈南鄉子〉；從「競折團荷遮晚照」，可知是在夏季

13. 李煜〈相見歡〉

★【B】白先勇在他的小說《臺北人》一書中，寫出了當年隨政府自大陸來臺定居人物的生活和心情。這些人多半擁有光輝耀眼的過去，以及難忘難捨的記憶，與平淡平凡的現況對照，「昔盛今衰、繁華不再」的感受特別強烈。依此特點，如要選擇一段詩詞作為該書的注腳，最適合的選項是：〔100 學測〕

（A）萬戶傷心生野煙，百官何日再朝天？秋槐花落空宮裡，凝碧池頭奏管絃（B）曾隨織女渡天河，記得雲間第一歌。休唱貞元供奉曲，當時朝士已無多（C）林花謝了春紅，太匆匆！無奈朝來寒雨、晚來風。　胭脂淚，相留醉，幾時重？自是人生長恨、水長東（D）一向年光有限身，等閒離別易銷魂，酒筵歌席莫辭頻。　滿目山河空念遠，落花風雨更傷春，不如憐取眼前人

解答：（A）出自王維〈菩提寺私成口號〉；寫京城淪陷（B）出自劉禹錫〈聽舊宮人穆氏唱歌〉；敘昔盛今衰（C）出自李煜〈相見歡〉；寫亡國之恨（D）出自晏殊〈浣溪沙〉；敘珍惜現在

14. 李煜〈相見歡〉

★【B】下列文句中，何者所敘述的季節與其他選項截然不同？〔96 中華郵政招考〕

（A）滿地黃花堆積，憔悴損，如今有誰堪摘？守著窗兒，獨自怎生得

黑？（李清照〈聲聲慢〉）（B）竹深留客處，荷淨納涼時。（杜甫〈攜妓納涼晚際遇雨〉）（C）枯藤老樹昏鴉，小橋流水人家，古道西風瘦馬。（馬致遠〈天淨沙〉）（D）寂寞梧桐深院、鎖清秋。（李煜〈相見歡〉）

解答：（A）秋（B）夏（C）秋（D）秋⇨故選（B）

15. 李煜〈浪淘沙〉

★【D】下列何者是被清代馮煦《宋六十家詞選・言例》評為「疏雋開子瞻，深婉開少游」的作品？〔106臺北國中教甄〕

（A）玉爐香，紅蠟淚，偏照畫堂秋思。眉翠薄，鬢雲殘，夜長衾枕寒。——溫庭筠〈更漏子〉（B）金鎖已沉埋，壯氣蒿萊。晚涼天淨月華開。想得玉樓瑤殿影，空照秦淮。——李煜〈浪淘沙〉（C）時光只解催人老，不信多情，長恨離亭。淚滴春衫酒易醒。　梧桐昨夜西風急。淡月朧明，好夢頻驚。何處高樓雁一聲。——晏殊〈采桑子〉（D）庭院深深深幾許？楊柳堆煙，簾幕無重數。玉勒雕鞍遊冶處，樓高不見章臺路。——歐陽脩〈蝶戀花〉

16. 李煜〈浪淘沙〉

★【A】李煜〈浪淘沙〉：「流水落花春去也，天上人間。」句中「天上人間」意謂：〔97彰師大教甄模擬題〕

（A）像天上與人間一樣隔絕遙遠（B）像人間仙境一般美好（C）天上如同人間，別無二致（D）天上無有人間，彼此雖有距離而不遙遠

17. 李煜〈虞美人〉

★【B】下列文句「」內的成語，使用恰當的選項是：〔107科學園區實驗高中附小教甄〕

（A）平時在課堂上遇到問題，Mary總是馬上向老師提問，「不恥下問」的精神值得我們學習（B）李煜〈虞美人〉：「小樓昨夜又東風，故國不堪回首月明中。」文句中表達了「黍離麥秀」之嘆（C）因為病菌感染，馬廄裡出現「六馬仰秣」的現象（D）X國為招攬國際人才，不惜「楚材晉用」以高薪招聘優秀人才

解答：（A）不恥下問：不惜向不如自己的人請教，表示此人謙虛好學（B）正確（C）六馬仰秣：形容音樂之美妙，連在吃飼料的馬兒都抬起頭來傾聽（D）楚材晉用：楚國的人才為晉國所用，含有人才外流之意

18. 柳永〈八聲甘州〉

★【B】下列宋詞摘句，哪一選項是想像思念的人也正在思念自己？〔101原住民五等〕

（A）笑漸不聞聲漸悄，多情卻被無情惱（蘇軾〈蝶戀花〉）（B）想佳人，妝樓顒望，誤幾回、天際識歸舟（柳永〈八聲甘州〉）（C）衣上酒痕詩裡字，點點行行，總是淒涼意（晏幾道〈蝶戀花〉）（D）今年元夜時，月與燈依舊，不見去年人，淚溼春衫袖（歐陽脩〈生查子〉）

19. 柳永〈雨霖鈴〉

★【D】下列選項中，哪一個不是作者寫作本詞時當下的實景？〔103第一次社會工作師高考〕

「寒蟬淒切，對長亭晚，驟雨初歇。都門帳飲無緒，方留戀處，蘭舟催發。執手相看淚眼，竟無語凝噎。

念去去千里煙波，暮靄沉沉楚天闊。　多情自古傷離別，更那堪冷落清秋節？今宵酒醒何處？楊柳岸曉風殘月。此去經年，應是良辰好景虛設。便縱有千種風情，更與何人說？」（柳永〈雨霖鈴〉）

（A）寒蟬淒切（B）驟雨初歇（C）蘭舟催發（D）曉風殘月

20. 柳永〈望海潮〉

★【C】宋代詞人柳永〈望海潮〉：「東南形勝，江吳都會，錢塘自古繁華。煙柳畫橋，風簾翠幕，參差十萬人家。雲樹繞堤沙，怒濤捲霜雪，天塹無涯。市列珠璣，戶盈羅綺，競豪奢。　重湖疊巘清嘉，有三秋桂子，十里荷花。羌管弄晴，菱歌泛夜，嬉嬉釣叟蓮娃。千騎擁高牙，乘醉聽簫鼓，吟賞煙霞。異日圖將好景，歸去鳳池誇。」據說金主完顏亮在聽到本詞中的哪兩句，而有揮軍南下之意？〔106 新北國中教甄〕

（A）煙柳畫橋，風簾翠幕（B）市列珠璣，戶盈羅綺（C）三秋桂子，十里荷花（D）羌管弄晴，菱歌泛夜

21. 柳永〈蝶戀花〉

★【B】柳永〈蝶戀花〉：「佇倚危樓風細細，望極春愁，黯黯生天際。草色煙光殘照裡，無言誰會憑闌意？　擬把疏狂圖一醉，對酒當歌，強樂還無味。衣帶漸寬終不悔，為伊消得人憔悴。」下列關於這闋詞風格的敘述，最適當的是哪一選項？〔104 中等學校教檢〕

（A）清空淡遠，襟懷超逸（B）曲折委婉，情韻深遠（C）豪放高曠，氣韻渾成（D）自然清新，俚俗質樸

22. 范仲淹〈漁家傲・秋思〉

★填充題：濁酒一杯家萬里，＿＿＿＿＿＿＿＿＿＿。羌管悠悠霜滿地。人不寐，＿＿＿＿＿＿＿＿＿＿。〔2015 大陸高考模擬題〕

解答：燕然未勒歸無計／將軍白髮征夫淚

23. 范仲淹〈蘇幕遮・懷舊〉

★【B】閱讀下列兩首宋詞，選出敘述正確的選項：〔101 指考〕

甲、碧雲天，黃葉地。秋色連波，波上寒煙翠。山映斜陽天接水。芳草無情，更在斜陽外。　黯鄉魂，追旅思。夜夜除非，好夢留人睡。明月樓高休獨倚。酒入愁腸，化作相思淚。
乙、紅葉黃花秋意晚，千里念行客。　飛雲過盡，歸鴻無信，何處寄書得？淚彈不盡臨窗滴，就硯旋研墨。漸寫到別來，此情深處，紅箋為無色。

（A）均以避世離俗作為主題（B）均表現濃厚的離愁別緒（C）均採用先情後景的寫作手法（D）均描寫臨別時刻的場景與心情

解答：甲、出自范仲淹〈蘇幕遮・懷舊〉；乙、出自晏幾道〈思遠人〉（A）均以秋日念遠為主題（B）正確（C）均採用先景後情的寫作手法（D）均描寫離別後的相思之情

24. 張先〈天仙子〉

★【B】下列有關宋詞作家之詞風，敘述錯誤的選項是：〔106 新竹東興國中教甄〕

（A）張先詞風婉約清麗，世稱「張

三影」。因為他最得意的三句詞句中，每句都有一個「影」字——「雲破月來花弄影」、「柳徑無人，墜輕絮無影」、「嬌柔懶起，簾壓捲花影」（B）歐陽脩詞風豪放，故古人曾說：須關西大漢，銅琵琶、鐵綽板唱「庭院深深深幾許」（C）柳永以慢詞知名，鋪陳刻劃，情景交融，語言通俗，音律和諧。〈雨霖鈴〉為其成名作品（D）周邦彥好音樂，能自度曲，製樂府長短句，妙解音律，為詞家之冠，亦為「詞家之正宗」

解答：(B) 蘇軾詞風豪放，故古人曾說：須關西大漢，銅琵琶、鐵綽板唱「大江東去」

25. 晏殊〈浣溪沙〉

★【D】下列關於主題、題材的分析，正確的選項是：〔103 指考〕

甲、菡萏香銷翠葉殘，西風愁起碧波間。還與容光共憔悴，不堪看。　細雨夢回雞塞遠，小樓吹徹玉笙寒。簌簌淚珠多少恨，倚闌干。(李璟〈攤破浣溪沙〉)
乙、一曲新詞酒一杯，去年天氣舊亭臺，夕陽西下幾時回？　無可奈何花落去，似曾相識燕歸來，小園香徑獨徘徊。(晏殊〈浣溪沙〉)

（A）甲乙皆描寫迷離的夢中世界，以呈顯惆悵思緒（B）甲乙皆以悲秋為主題，表現出強烈的哀傷情感（C）甲藉荷花形味的消散，感歎眼前歡樂即將結束（D）乙藉花落燕歸的景象，表達對時光流逝的感思

26. 晏殊〈蝶戀花〉

★【A】下列選項作者與作品的對應，何者錯誤？〔107 臺南縣國小／幼兒園教甄〕

（A）歐陽脩：欲把西湖比西子，淡粧濃抹總相宜（B）辛棄疾：眾裡尋他千百度，驀然回首，那人卻在燈火闌珊處（C）晏殊：昨夜西風凋碧樹，獨上高樓，望盡天涯路（D）李清照：花自飄零水自流，一種相思，兩處閒愁

解答：(A) 蘇軾〈飲湖上初晴後雨〉二首之二，不是歐陽脩的作品 (B) 辛棄疾〈青玉案・元夕〉(C) 晏殊〈蝶戀花〉(D) 李清照〈一剪梅〉

27. 宋祁〈玉樓春・春景〉

★【C】「河邊的蘆葦，長了滿頭的白髮」，這段文字的修辭技巧與下列何者最相近？〔103 中山大學師培中心教甄〕

（A）回眸一笑百媚生（B）日出江花紅勝火（C）紅杏枝頭春意鬧（D）此地空餘黃鶴樓

解答：題目採用擬人法，而 (A) 出自白居易〈長恨歌〉；白描楊貴妃的回眸一笑，千嬌百媚 (B) 出自白居易〈憶江南〉三闋之一；日出時江岸的春花比熊熊烈火還要豔紅，為視覺摹寫 (C) 出自宋祁〈玉樓春・春景〉；形容紅杏與春光在枝頭上恣意嬉鬧，採擬人法 (D) 出自崔顥〈黃鶴樓〉；因為黃鶴飛走了，這裡只剩下黃鶴樓，是直述句

28. 歐陽脩〈生查子・元夕〉

★【B】下列幾首有關節日描述的詩詞，若按照「春節、元宵、七夕、重陽」的順序加以排列，何者正確？〔105 中山大學師培中心教甄〕

甲、爆竹聲中一歲除，春風送暖入屠蘇。千門萬戶曈曈日，總把新桃換舊符。
乙、獨在異鄉為異客，每逢佳節倍思親。遙知兄弟登高處，徧插茱萸少一人。
丙、銀燭秋光冷畫屏，輕羅小扇撲流螢。天階夜色涼如水，坐看牽牛織女星。
丁、去年元夜時，花市燈如晝。月上柳梢頭，人約黃昏後。　今年元夜時，月與燈依舊。不見去年人，淚溼春衫袖。

（A）甲丁乙丙（B）甲丁丙乙（C）丁甲乙丙（D）丁甲丙乙

解答：（甲）出自王安石〈元日〉；春節（乙）出自王維〈九月九日憶山東兄弟〉；重陽（丙）出自杜牧〈秋夕〉；七夕（丁）出自歐陽脩〈生查子．元夕〉；元宵　依序為甲→丁→丙→乙，故選（B）。

29. 歐陽脩〈踏莎行〉

★【A.E】複選題：文學作品中，常採用「由大而小」及「由遠而近」的手法，逐漸聚焦到所要描寫的重點對象。下列同時使用此兩種手法的選項是：〔101 學測〕

（A）平林漠漠煙如織，寒山一帶傷心碧。暝色入高樓，有人樓上愁（B）枯藤老樹昏鴉，小橋流水人家，古道西風瘦馬，夕陽西下，斷腸人在天涯（C）寸寸柔腸，盈盈粉淚，樓高莫近危闌倚。平蕪盡處是春山，行人更在春山外（D）畫閣魂銷，高樓目斷，斜陽只送平波遠。無窮無盡是離愁，天涯地角尋思遍（E）青青河畔草，鬱鬱園中柳。盈盈樓上女，皎皎當窗牖，娥娥紅粉妝，纖纖出素手

解答：（A）出自舊題李白〈菩薩蠻〉（B）出自馬致遠〈天淨沙．秋思〉（C）出自歐陽脩〈踏莎行〉（D）出自晏殊〈踏莎行〉（E）出自《古詩十九首》之二

30. 歐陽脩〈臨江仙〉

歐陽脩〈臨江仙〉：「記得金鑾同唱第，春風上國繁華。如今薄宦老天涯。十年岐路，空負曲江花。　聞說閬山通閬苑，樓高不見君家。孤城寒日等閒斜。離愁難盡，紅樹遠連霞。」

★問答題：試析歐陽脩此詞所表達的思想情感。〔2013 大陸高考模擬題〕

解答：此詞包含的情感十分豐富：（1）與老友久別重逢的欣喜；（2）兩人懷才不遇的慨嘆：十年前同榜登科，春風得意；而今詞人貶官滁州，友人將赴閬州通判任，皆「薄宦老天涯」。（3）友人遠道來訪，情誼可貴，令他備覺溫暖。（4）短暫的相聚，友人馬上又將離去，不捨之情，離愁難盡。通篇寫來情真意摯，感人肺腑。

31. 歐陽脩〈玉樓春〉

★【D】王國維《人間詞話》中曾摘錄三闋詞的詞句，以比喻古今成大事業、大學問者需經歷「孤獨→堅持→水到渠成」的三種境界。以下何者是此三境中的「第三境」?〔107 臺綜大轉學考〕

（A）直須看盡洛城花，始共春風容易別（B）歸去，也無風雨也無晴（C）衣帶漸寬終不悔，為伊消得人憔悴（D）眾裡尋他千百度，驀然回首，那人卻在燈火闌珊處

解答：(A) 出自歐陽脩〈玉樓春〉(B) 出自蘇軾〈定風波〉(C) 出自柳永〈蝶戀花〉(D) 出自辛棄疾〈青玉案・元夕〉

32. 歐陽脩〈蝶戀花〉

★【C】歐陽脩〈蝶戀花〉：「淚眼問花花不語，亂紅飛過秋千去。」有層層深入的妙處，淚眼而問花，是無人可告訴，一層；花不能語，不得花的同情，二層；亂紅飛，花自己也凋謝了，三層；花被風吹過秋千去，秋千是她和丈夫舊時嬉遊之處，觸動愁恨，不堪回首，四層。根據上文，下列選項敘述正確的是：〔107 各類公務員初等〕

(A)「亂紅飛」意近「風行草偃」(B)「花不語」意指「草木無情」(C)「秋千」借指「景物依舊，人事已非」(D)「淚眼問花」意近「落花有意，流水無情」

33. 蘇軾〈沁園春〉

★【D】下列是一段宋詞，請依文意選出排列順序最恰當的選項：〔99 指考〕

凝眸，悔上層樓，謾惹起、新愁壓舊愁。
甲、料到伊行、時時開看，一看一回和淚收。
乙、重重封卷，
丙、密寄書郵。
丁、向彩箋寫遍，相思字了，
須知道，這般病染，兩處心頭。(蘇軾〈沁園春〉)

(A) 丙甲丁乙 (B) 丙乙丁甲 (C) 丁甲乙丙 (D) 丁乙丙甲

34. 蘇軾〈江城子・乙卯正月廿日夜記夢〉

★【B】「十年生死兩茫茫，不思量，自難忘。千里孤墳，無處話淒涼。縱使相逢應不識，塵滿面，鬢如霜。　夜來幽夢忽還鄉，小軒窗，正梳妝。相顧無言，唯有淚千行。料得年年腸斷處，明月夜，短松岡。」(蘇軾〈江城子〉) 關於此詞，下列敘述何者錯誤？〔107 各類公務員初等〕

(A)「十年生死兩茫茫」的「茫茫」寓含無限空虛惆悵的情感 (B)「不思量，自難忘」，表現作者的豁達灑脫，縱使舊情深刻難忘，卻也無需思量 (C)「塵滿面，鬢如霜」，勾勒出自己的外貌，也反映出仕途的困頓使作者容顏過早衰老 (D)「相顧無言，唯有淚千行」，此一無聲有淚的描寫，頗有「此時無聲勝有聲」的藝術效果

解答：(B)「不思量，自難忘」，傳達出作者對亡妻的真情摯意，無須特別思量、追憶，昔日根深蒂固的情感自是教人難以忘懷

35. 蘇軾〈江城子・密州出獵〉

★填充：酒酣胸膽尚開張，鬢微霜，又何妨？＿＿＿＿＿，＿＿＿＿＿？〔2015 大陸高考模擬題〕

解答：持節雲中／何日遣馮唐

36. 蘇軾〈水調歌頭〉

★【C】蘇軾〈水調歌頭〉：「人有悲歡離合，月有陰晴圓缺，此事古難全。但願人長久，千里共嬋娟。」請問「嬋娟」一辭，所指為何？〔105 臺綜大轉學考〕

(A) 光陰 (B) 高樓 (C) 月亮 (D) 美酒

37. 蘇軾〈水龍吟・次韻章質夫楊花詞〉

★【B】蘇軾〈水龍吟・次韻章質夫楊花詞〉下闋寫楊花，將無情之物有情化，傳神寫形，成為千古絕唱：「春色三分：二分塵土，一分流水。細看來，不是楊花，點點是□□淚。」其中空缺的辭語為何？〔105 屏東縣國小／幼兒園教甄〕

（A）相思（B）離人（C）情人（D）多情

38. 蘇軾〈定風波〉

★【C】下列詩詞何者最能展現作者內心的平和寧靜？〔105 司法五等〕

（A）露重飛難進，風多響易沉（B）昨夜雨疏風驟，濃睡不消殘酒（C）回首向來蕭瑟處，歸去，也無風雨也無晴（D）林花謝了春紅，太匆匆！無奈朝來寒雨、晚來風

解答：（A）出自駱賓王〈在獄詠蟬〉；感慨武后專權、奸臣當道，自己懷才不遇、鋃鐺入獄（B）出自李清照〈如夢令〉；關心海棠花被昨夜風雨吹落了（C）出自蘇軾〈定風波〉；風停雨歇時，回首來時路，一切又恢復了平靜（D）出自李煜〈相見歡〉；感傷世間美好事物的稍縱即逝，無法永久長存

39. 蘇軾〈念奴嬌・赤壁懷古〉

★【A】蘇軾〈念奴嬌・赤壁懷古〉：「大江東去，浪淘盡、千古風流人物。故壘西邊人道是，三國周郎赤壁。亂石崩雲，驚濤裂岸，捲起千堆雪。江山如畫，一時多少豪傑！　遙想公瑾當年，小喬初嫁了，雄姿英發。羽扇綸巾談笑間，檣櫓灰飛煙滅。故國神遊，多情應笑、我早生華髮。人生如夢，一樽還酹江月。」下列選項何者正確？〔95 澎湖高級海事職校教甄〕

（A）時空背景依序為：今日→昔日→今日（B）〈念奴嬌〉是詞題名（C）赤壁懷古：詞調名（D）蘇軾謫居眉州時所作

解答：（A）正確：因為「大江東去，浪淘盡、千古風流人物……江山如畫，一時多少豪傑！」是今日作者遊赤壁想起歷史上的英雄人物→「遙想公瑾當年……羽扇綸巾談笑間，檣櫓灰飛煙滅。」是作者想像昔日周瑜的英雄事跡→「故國神遊，多情應笑、我早生華髮。人生如夢，一樽還酹江月。」回到現實（今日），說作者神遊赤壁古戰場，並以酒灑地奠祭江山與明月（B）〈念奴嬌〉是詞牌名（C）「赤壁懷古」是該詞的題目（D）此詞為蘇軾謫居黃州時所作

40. 蘇軾〈卜算子・黃州定惠院寓居作〉

★問答題：試由以下作品，分析作者的性情。〔105 東吳大學碩士班入學考〕

缺月掛疏桐，漏斷人初靜。時見幽人獨往來，縹緲孤鴻影。　驚起卻回頭，有恨無人省。揀盡寒枝不肯棲，寂寞沙洲冷。（蘇軾〈卜算子〉）

解答：此詞藉由月夜、寒枝象徵當時政治環境的黑暗、淒冷；而以孤鴻寄託詞人孤高自許、蔑視流俗的心境。他獨來獨往、超凡絕俗，行事萬般謹慎，卻不時被驚起，回頭瞻顧，隨時隨地處於戰戰兢兢的狀態。此幽人即詞人自己，他在官場上找不到安身立命之所，又不屑隨波逐流，才會被貶到黃州來，默默承受這場政治風暴的嚴寒。全詞以象徵法、擬人法，透過

鴻鳥的孤獨縹緲，驚起回頭、懷抱幽恨和選求宿處，傳達出詞人貶謫黃州時孤高寂寞、潔身自愛的心理。

41. 蘇軾〈西江月〉

蘇軾〈西江月〉：「照野瀰瀰淺浪，橫空隱隱層霄。障泥未解玉驄驕，我欲醉眠芳草。　可惜一溪風月，莫教踏碎瓊瑤。解鞍攲枕綠楊橋，杜宇一聲春曉。」

★【B】關於此詞下列敘述何者有誤？〔2020 大陸高考模擬題〕
（A）作於蘇軾因「烏臺詩案」被貶黃州時（B）抒發了他懷才不遇、鬱鬱寡歡的心情（C）描繪出一個超然物外、物我兩忘的境界（D）詞中充滿了詩情畫意，體現出作者無入不自得的心境

42. 蘇軾〈點絳唇〉

蘇軾〈點絳唇〉：「閒倚胡床，庾公樓外峰千朵。與誰同坐？明月清風我。　別乘一來，有唱應須和。還知麼？自從添個，風月平分破。」

★【B】讀完此詞後，下列敘述何者有誤？〔2020 大陸高考模擬題〕
（A）「閒倚胡床，庾公樓外峰千朵。」是詞人閒倚胡床所見，庾公樓外層層疊疊的山峰如花朵般綻放（B）「與誰同坐？明月清風我。」暗示詞人懷才不遇的悲苦（C）「別乘一來，有唱應須和。」敘寫袁轂的到來，兩人一起吟詩唱詞（D）「還知麼？自從添個，風月平分破。」以戲謔的口吻說出，足見兩人關係之親密

解答：(B)「與誰同坐？明月清風我。」暗示詞人的閒適、恬靜之情

43. 蘇軾〈臨江仙・送錢穆父〉

蘇軾〈臨江仙・送錢穆父〉：「一別都門三改火，天涯踏盡紅塵。依然一笑作春溫。無波真古井，有節是秋筠。　惆悵孤帆連夜發，送行淡月微雲。尊前不用翠眉顰。人生如逆旅，我亦是行人。」

★問答題：「無波真古井，有節是秋筠」句運用了對仗、象徵的修辭技巧，稱讚友人錢穆父怎樣的人格特質？〔2020 大陸高考模擬題〕

解答：此二句化用白居易〈贈元稹〉：「無波古井水，有節秋竹竿。」稱頌錢穆父心境淡泊，如古井般波瀾不起；志節堅貞，似竹子之耿直勁節。錢穆父之前出守越州，與蘇軾一樣都是在朝議論政事而得罪當權者，可謂同病相憐。此處明讚錢穆父高風亮節，其實暗喻詞人自己也是如此，兩人志同道合，所以感情歷久彌新。

44. 蘇軾〈八聲甘州・寄參寥子〉

蘇軾〈八聲甘州・寄參寥子〉：「有情風、萬里卷潮來，無情送潮歸。問錢塘江上，西興浦口，幾度斜暉？不用思量今古，俯仰昔人非。誰似東坡老？白首忘機。　記取西湖西畔，正春山好處，空翠煙霏。算詩人相得，如我與君稀。約他年、東還海道，願謝公、雅志莫相違。西州路，不應回首，為我沾衣。」

★【C】讀完此詞後，下列敘述何者正確？〔2019 大陸高考模擬題〕
（A）這是一首送別舊友的詞，情思細膩，纏綿悱惻（B）這是作者離杭時送給參寥子的詞，瀰漫著消極避世的思想（C）全詩既嚮往出世，又執著於友情，達觀中充滿了豪氣（D）詞人希望友人能像羊曇哭謝安一樣，為他的有志難伸掬一把同情之淚

45. 蘇軾〈蝶戀花・春景〉
★【B】「枝上柳綿吹又少，天涯何處無芳草」句式與下列何者相同：〔大學生中文能力檢測模擬題〕

花褪殘紅青杏小，燕子飛時，綠水人家繞。枝上柳綿吹又少，天涯何處無芳草？　牆裡鞦韆牆外道。牆外行人，牆裡佳人笑。笑漸不聞聲漸悄，多情卻被無情惱。（蘇軾〈蝶戀花・春景〉）

（A）西塞山前白鷺飛，桃花流水鱖魚肥（B）春花秋月何時了，往事知多少（C）執手相看淚眼，竟無語凝噎（D）試問捲簾人，卻道海棠依舊

解答：題目是設問句，而（A）出自張志和〈漁歌子〉（B）出自李煜〈虞美人〉，也是設問句（C）出自柳永〈雨霖鈴〉（D）出自李清照〈如夢令〉

46. 晏幾道〈鷓鴣天・佳會〉
★【C】閱讀下列宋詞，選出敘述正確的選項：「彩袖殷勤捧玉鍾，當年拚卻醉顏紅。舞低楊柳樓心月，歌盡桃花扇底風。　從別後，憶相逢，幾回魂夢與君同。今宵賸把銀釭照，猶恐相逢是夢中。」（晏幾道〈鷓鴣天〉）釭：燈。〔99 指考〕
（A）上片表達昔日舞榭歌臺俱已成空的哀嘆（B）下片感慨離別後無緣再見，相逢只能在夢中（C）上片藉舞跳到月落、歌唱到風歇，極寫縱情綺筵的歡愉（D）下片以燈火在夜中燃燒為喻，描述相思之苦夜夜在內心煎熬

解答：（A）上片表達懷念昔日舞榭歌臺的歡樂時光（B）下片寫出今宵重逢的喜悅，深怕只是個美夢，夢醒一場空（C）正確：上片藉舞跳到月落、歌唱到風歇，極寫縱情綺筵的歡愉（D）下片因為重逢太驚喜，不夠真實，所以要用燈火照明，看清楚一些，確定不是在作夢

47. 晏幾道〈蝶戀花〉
★【C.E】複選題：文學作品常將個人的情感投射到外在景物，再透過對景物的狀寫，反映出人物的情思。例如〈聽海〉的歌詞：「聽海哭的聲音，嘆息著誰又被傷了心，卻還不清醒。……聽海哭的聲音，這片海未免也太多情，悲泣到天明。」表面上是海在悲泣，其實真正哭泣、嘆息的是聽海的人。下列文句，運用這種手法的選項是：〔105 學測〕
（A）白雲迴望合，青靄入看無（B）青青河畔草，綿綿思遠道（C）紅燭自憐無好計，夜寒空替人垂淚（D）千里鶯啼綠映紅，水村山郭酒旗風（E）行宮見月傷心色，夜雨聞鈴腸斷聲

解答：題目移情於外在景物（海），而（A）出自王維〈終南山〉（B）出自漢樂府〈飲馬長城窟行〉（C）出自晏幾道〈蝶戀花〉，移情於紅燭（D）出自杜牧〈江南春〉（E）出自

白居易〈長恨歌〉，移情於月色、鈴聲→故選 C.E

48. 秦觀〈踏莎行‧郴州旅舍〉

★【A.B.D】複選題：「離恨恰如春草」使用了「借景抒情」的手法，下列哪個選項亦使用此法？〔大學生中文能力檢測模擬題〕

（A）在山泉水清，出山泉水濁（B）春心莫共花爭發，一寸相思一寸灰（C）天邊樹若薺，江畔洲如月（D）霧失樓臺，月迷津渡，桃源望斷無尋處

解答：（A）出自杜甫〈佳人〉；藉由泉水的清、濁，謂佳人以守節為清、變節為濁（B）出自李商隱〈無題〉；藉由春花爭發，相思化成灰燼，抒發戀情落空的苦悶（C）出自孟浩然〈秋登萬山寄張五〉；純粹寫景，並無抒情（D）出自秦觀〈踏莎行‧郴州旅舍〉；藉由描寫遍尋不著桃花源，抒發高遠理想的幻滅

49. 秦觀〈鵲橋仙〉

★填充題：兩情若是久長時，又豈在＿＿＿＿＿＿。（秦觀〈鵲橋仙〉）〔105 東吳大學碩士班入學考〕

解答：朝朝暮暮

50. 賀鑄〈天香〉

煙絡橫林，山沉遠照，邐迤黃昏鐘鼓。燭映簾櫳，蛩催機杼，共苦清秋風露。不眠思歸，齊應和、幾聲砧杵。驚動天涯倦宦，駸駸歲華行暮。　當年酒狂自負，謂東君、以春相付。流浪征驂北道，客檣南浦，幽恨無人晤語。賴明月、曾知舊遊處，好伴雲來，還將夢去。（賀鑄〈天香〉）

蛩：ㄑㄩㄥˊ，蟋蟀。
駸駸：ㄑㄧㄣㄑㄧㄣ，急速。
驂：ㄘㄢ，駕車時在兩側的馬，此指車馬。

★【D】關於本闋詞的理解，不恰當的是：〔107 學測〕

（A）「煙絡橫林，山沉遠照，邐迤黃昏鐘鼓」為詞人遠眺所見所聞（B）「燭映簾櫳，蛩催機杼，共苦清秋風露」描繪詞人與思婦共感淒風寒露之苦（C）「流浪征驂北道，客檣南浦」對比「當年酒狂自負」，營造失落之感（D）「明月」象徵國君，「幽恨無人晤語」表達作者懷才不遇的感傷

51. 周邦彥〈少年遊〉

★【A】關於此詞下列選項何者有誤？〔大學生中文能力檢測模擬題〕

并刀如水，吳鹽勝雪，纖手破新橙。錦幄初溫，獸香不斷，相對坐調笙。　低聲問、向誰行宿？城上已三更。馬滑霜濃，不如休去，直是少人行。（周邦彥〈少年遊〉）

（A）此詞為周邦彥格律詞之代表作（B）此詞或題作「為道君李師師作」（C）係作者年少流連於青樓妓院之作（D）「獸香」指獸形香爐內的飄香

解答：（A）此為周邦彥繼承溫韋花間詞風、宋初晏歐小詞的作品，故周濟《宋四家詞選》評云：「此亦本色佳製也。」可見符合詞溫柔婉約、含蓄蘊藉的「本色」之作。

52. 周邦彥〈蘇幕遮〉

★填充題：鳥雀呼晴，侵曉窺檐語。__________、水面清圓，_________。〔2018 大陸高考模擬題〕

解答：葉上初陽乾宿雨／一一風荷舉

53. 周邦彥〈滿庭芳・夏日溧水無想山作〉

周邦彥〈滿庭芳・夏日溧水無想山作〉：「風老鶯雛，雨肥梅子，午陰嘉樹清圓。地卑山近，衣潤費爐煙。人靜烏鳶自樂，小橋外、新綠濺濺。憑欄久，黃蘆苦竹，擬泛九江船。　年年，如社燕，飄流瀚海，來寄修椽。且莫思身外，長近尊前。憔悴江南倦客，不堪聽、急管繁絃。歌筵畔，先安簟枕，容我醉時眠。」

★【B】讀完此詞後，下列敘述何者有誤？〔2019 大陸高考模擬題〕

（A）「風老鶯雛，雨肥梅子，午陰嘉樹清圓。」此三句極力刻劃初夏景物之美，反映出詞人隨遇而安的心情（B）「憑欄久，黃蘆苦竹，擬泛九江船。」詞人心胸曠達，故擬泛舟尋樂，不似白居易般有「住近湓江地低溼，黃蘆苦竹繞宅生」的慨歎（C）「年年，如社燕，飄流瀚海，來寄修椽。」作者以海燕自比，長年宦海飄泊，如今暫時棲身於溧水（D）「歌筵畔，先安簟枕，容我醉時眠。」末尾以酒澆愁，寫出內心莫可奈何的苦悶

54. 周邦彥〈浣溪沙〉

★【B】下列詩詞為周邦彥〈浣溪沙〉：「樓上晴天碧四垂，樓前芳草接天涯。勸君莫上最高梯。　新筍已成堂下竹，落花都上燕巢泥。忍聽林表杜鵑啼？」請問其主旨為何？〔104 成大轉學考〕

（A）懷人（B）思鄉（C）閨怨（D）懷古

解答：上片含有登高望遠之意，下片從杜鵑鳥的啼聲：「不如歸去！」可知為遊子遠眺思鄉之作。

55. 周邦彥〈蝶戀花・早行〉

★【B】下列詞句中的景象，何者與「夕春未下」一辭所標示的時辰相距最遠：〔96 中區國小／幼兒園教甄〕

（A）守著窗兒，獨自怎生得黑（李清照〈聲聲慢〉）（B）樓上闌干橫斗柄，露寒人遠雞相應（周邦彥〈蝶戀花〉）（C）向晚意不適，驅車登古原（李商隱〈登樂遊原〉）（D）渡頭餘落日，墟里上孤煙（王維〈輞川閒居贈裴秀才迪〉）

解答：「夕春未下」夕陽未下山之際，指黃昏。（A）指白晝，她守在窗邊，等待黑夜的到來（B）指早晨天剛亮（C）指黃昏（D）日落黃昏時分

56. 周邦彥〈蘭陵王・柳〉

★【C】「楚天千里清秋，水隨天去秋無際。遙岑遠目，獻愁供恨，玉簪螺髻。落日樓頭，斷鴻聲裡，江南遊子。把吳鉤看了，欄干拍遍，無人會，登臨意。　休說鱸魚堪膾，儘西風，季鷹歸未？求田問舍，怕應羞見，劉郎才氣。可惜流年，憂愁風雨，樹猶如此！倩何人喚取，紅巾翠袖，搵英雄淚？」（辛棄疾〈水龍吟・登建康賞心亭〉）辛棄疾說：「無人會，登臨意」，請問他的「登臨意」和下列何者最為接近？〔101 律師高考第二試〕

（A）人生達命豈暇愁，且飲美酒登高樓。（李白〈梁園吟〉）（B）江山留勝跡，我輩復登臨。（孟浩然〈與諸子登峴山〉）（C）登臨壯士興懷地，忠義孤臣許國心。（陸游〈南樓〉）（D）登臨故國，誰識、京華倦客？（周邦彥〈蘭陵王〉）

解答：題目寫登高望遠，思念故國河山的感慨。而（A）寫樂天知命，及時行樂的人生觀（B）寫尋幽攬勝，憑弔古蹟的心情（C）寫登高望遠，思念故土的慨歎（D）寫宦海浮沉，感慨一己身世之悲情

57. 陳克〈臨江仙〉

陳克〈臨江仙〉：「四海十年兵不解，胡塵直到江城。歲華銷盡客心驚，疏髯渾似雪，衰涕欲生冰。　送老齏鹽何處是？我緣應在吳興。故人相望若為情？別愁深夜雨，孤影小窗燈。」

★【D】讀完此詞後，下列敘述何者有誤？〔2019 大陸高考模擬題〕
（A）「四海十年兵不解，胡塵直到江城」表達對金兵南侵，而朝廷一再妥協的憤怒與不滿（B）「歲華銷盡客心驚，疏髯渾似雪，衰涕欲生冰。」誇飾在歲月消磨中，自己年華老去的驚恐（C）上片借北宋滅亡至南宋紹興四年金人兵臨建康城下的史實，抒發奸臣當道，忠言不為所用的憤慨（D）下片「別愁深夜雨，孤影小窗燈。」是白描與故人燈下話別的淒涼景況

解答：（D）下片「別愁深夜雨，孤影小窗燈。」是「預言示現」法，設想與故人分別後，故人孤獨無侶之情狀，同時反襯出他自身的孤苦。

58. 朱敦儒〈鷓鴣天・西都作〉

★【C】今檢得一詞「我是清都山水郎，天教分付與疏狂。曾批給雨支風券，累上留雲借月章。　詩萬首，酒千觴，幾曾著眼看侯王？玉樓金闕慵歸去，且插梅花醉洛陽。」下列哪個選項對其所呈現的情態有較好的描述？〔107 中區國小／幼兒園教甄〕
（A）懷憂喪志（B）關心民瘼（C）豪爽灑脫（D）諷刺時政

59. 李清照〈如夢令〉

★【A】李清照〈如夢令〉：「昨夜雨疏風驟，濃睡不消殘酒。試問卷簾人，卻道海棠依舊。知否？知否？應是綠肥紅瘦。」作者與捲簾人對於風雨中「海棠」的關注，敘述正確的是下列哪一選項？〔102 高中以下學校及幼兒園教檢〕
（A）作者比捲簾人憂心（B）捲簾人比作者憂心（C）作者與捲簾人都很憂心（D）作者與捲簾人都不憂心

60. 李清照〈一剪梅〉

★【B】詞評家言李清照的「此情無計可消除，才下眉頭，卻上心頭」之句乃有所承襲，下列何者最可能為此句所脫胎處？〔104 嘉義國中教甄〕
（A）輪到相思沒處辭，眉間露一絲（B）都來此事，眉間心上，無計相迴避（C）鄉夢有時生枕上，客情終日在眉頭（D）惟將終夜長開眼，報答平生未展眉

解答：（A）出自明代俞彥〈長相思〉（B）出自北宋范仲淹〈御街行〉（C）出自唐代姚揆〈潁川客舍〉（D）出自唐代元稹〈遣悲懷〉三首之二

61. 李清照〈醉花陰〉

★【D】下列文句所使用的修辭技巧，請選出標示有誤的選項：〔101 四技／二專統測〕

（A）「盼望著，盼望著，春天的腳步近了。」（朱自清〈春〉）——擬人（B）「在她的筐子裡，有美麗的零剪綢緞，也有很粗陋的麻頭、布尾。」（許地山〈補破衣的老婦人〉）——對比（C）「莫道不銷魂，簾捲西風，人比黃花瘦。」（李清照〈醉花陰〉）——借代（D）妻子對丈夫說：「你經常說夢話，還是去給醫生看看吧！」丈夫回答說：「不用了，要是真治好了，我就一點說話的機會都沒有了。」（曾妮〈青年幽默手冊〉）——飛白

解答：（D）是對話，而非飛白。因為「飛白」是把方言、俚語、外來語或訛誤的發音、字詞等直接寫進詩文中，以增添其臨場感，形成一種拙趣的修辭技巧。

62. 李清照〈鳳凰臺上憶吹簫〉

★填充題：生怕離懷別苦，__________。新來瘦，__________，__________。〔2019 大陸高考模擬題〕

解答：多少事、欲說還休／非干病酒／不是悲秋

63. 李清照〈武陵春〉

★【D】徐志摩〈再別康橋〉：「我揮一揮衣袖，不帶走一片雲彩。」所表達的情感與下列選項最接近的是：〔101 警察／鐵路佐級〕

（A）自是人生長恨、水長東（李煜〈相見歡〉）（B）今宵酒醒何處？楊柳岸曉風殘月（柳永〈雨霖鈴〉）（C）只恐雙溪舴艋舟，載不動許多愁（李清照〈武陵春〉）（D）回首向來蕭瑟處，歸去，也無風雨也無晴（蘇軾〈定風波〉）

64. 李清照〈聲聲慢〉

★【D】李清照〈聲聲慢〉：「尋尋覓覓，冷冷清清，淒淒慘慘戚戚。乍暖還寒時候，最難將息。三盃兩盞淡酒，怎敵他曉來風急？雁過也，正傷心，卻是舊時相識。」運用了什麼描寫手法，展示出詞人曲折複雜的內心情感？〔102 臺南市幼兒園教甄〕

（A）存真（B）譬喻（C）擬人（D）疊字

65. 趙鼎〈蝶戀花・河中作〉

趙鼎〈蝶戀花・河中作〉：「盡日東風吹綠樹。向晚輕寒，數點催花雨。年少淒涼天付與，更堪春思縈離緒。　臨水高樓攜酒處。曾倚哀絃，歌斷黃金縷。樓下水流何處去？憑欄目送蒼煙暮。」

★【A】讀完此詞後，下列敘述何者不恰當？〔2019 大陸高考模擬題〕

（A）詞中「催花雨」指初春時催促花開的雨（B）「年少淒涼」指為春思、離緒所困，而使詞人心生無限感傷之情（C）「黃金縷」用來形容初春鵝黃色的柳條，隱含古人折柳贈別之意（D）這是一闋描寫舊地重遊，懷人念遠的詞作

解答：（A）詞中「催花雨」指暮春時節催促花兒殘落的雨。

66. 岳飛〈滿江紅・寫懷〉

★【A】以下哪個選項中沒有使用外來

語？〔107 金門國小／幼兒園教甄〕
（A）寒山轉蒼翠，秋水日潺湲（B）葡萄美酒夜光杯，欲飲琵琶馬上催（C）駕長車，踏破賀蘭山缺（D）昨夜見軍帖，可汗大點兵

解答：（A）出自王維〈輞川閒居贈裴秀才迪〉；無外來語（B）出自王翰〈涼州詞〉；「葡萄」、「琵琶」為外來語（C）出自岳飛〈滿江紅〉；「賀蘭山」為外來語（D）出自〈木蘭詩〉；「可汗」為外來語

67. 陸游〈釵頭鳳〉

★【A】「春如舊，人空瘦，淚痕紅浥鮫綃透。」（陸游〈釵頭鳳〉）「鮫綃」是指：〔98 桃園縣國中教甄〕
（A）手帕（B）枕頭（C）衣服（D）扇子

68. 陸游〈夜遊宮・記夢寄師伯渾〉

★【D】蘇轍〈黃州快哉亭記〉：「今張君不以謫為患，竊會計之餘功，而自放山水之間，此其中宜有以過人者。」文中的曠達自適心境與下列何者不同？〔101 四技／二專統測〕
（A）惟江上之清風，與山間之明月，耳得之而為聲，目遇之而成色。取之無禁，用之不竭，是造物者之無盡藏也，而吾與子之所共適（蘇軾〈赤壁賦〉）（B）采菊東籬下，悠然見南山。山氣日夕佳，飛鳥相與還。此中有真意，欲辨已忘言（陶潛〈飲酒〉）（C）賦命有厚薄，委心任窮通。通當為大鵬，舉翅摩蒼穹；窮則為鷦鷯，一枝足自容。苟知此道者，身窮心不窮（白居易〈我身〉）（D）自許封侯在萬里。有誰知？鬢雖殘，心未死（陸游〈夜遊宮〉）

69. 陸游〈卜算子・詠梅〉

★【B】陸游〈卜算子〉：「驛外斷橋邊，寂寞開無主。已是黃昏獨自愁，更著風和雨。　無意苦爭春，一任群芳妒。零落成泥碾作塵，只有香如故。」本闋詞所透出的含意，何者不正確？〔106 南科實驗高中附小教甄〕
（A）隱喻作者孤高勁節的人格（B）寄寓隨風飄零，轉墮紅塵的感嘆（C）選擇孤芳自賞，不願隨波逐流（D）無畏冷落寂寞與艱難環境的打擊

70. 辛棄疾〈聲聲慢・滁州旅次登奠枕樓作和李清宇韻〉

「征埃成陣，行客相逢，都道幻出層樓。指點檐牙高處，浪擁雲浮。今年太平萬里，罷長淮、千騎臨秋。憑欄望，有東南佳氣，西北神州。　千古懷嵩人去，應笑我、身在楚尾吳頭。看取弓刀，陌上車馬如流。從今賞心樂事，剩安排、酒令詩籌。華胥夢，願年年、人似舊遊。」

★【D】讀完此詞後，下列敘述何者不恰當？〔2019 大陸高考模擬題〕
（A）「征埃成陣，行客相逢，都道幻出層樓。指點檐牙高處，浪擁雲浮。」以行人的口吻，描寫出奠枕樓高聳入雲的氣勢（B）詞中寫出作者的欣慰之情：今年金兵沒來侵擾，百姓過了一個安定豐收的好年（C）詞中道出作者的悲痛之情：西北神州依然淪陷敵人之手，國家分裂，故土難回，令人神傷（D）因此，他渴望超凡絕俗，隱居到華胥氏之國，過著和平寧靜的生活。

解答：（D）作者相信自己治理下的滁州百姓，一定可以過著像華胥氏之國那樣和平寧靜的生活

71. 辛棄疾〈水龍吟・登建康賞心亭〉

★【C】「楚天千里清秋，水隨天去秋無際。遙岑遠目，獻愁供恨，玉簪螺髻。落日樓頭，斷鴻聲裡，江南遊子。把吳鉤看了，欄干拍遍，無人會，登臨意。　休說鱸魚堪膾，儘西風，季鷹歸未？求田問舍，怕應羞見，劉郎才氣。可惜流年，憂愁風雨，樹猶如此！倩何人喚取，紅巾翠袖，搵英雄淚？」（辛棄疾〈水龍吟・登建康賞心亭〉）辛棄疾在這首詞中使用了「典故」以強化情感，請指出錯誤的敘述：〔99彰師大碩士班入學考〕

（A）「吳鉤」：傳說吳王闔閭時所造的彎形寶刀（B）「季鷹」：晉朝張翰在洛陽當官時，見秋風起，思念故鄉鱸魚膾的美味（C）「劉郎」用漢代劉邦批評許汜的故事（D）「樹猶如此」：晉朝桓溫北伐路過金城，見從前手植之柳樹而泫然流淚

> 解答：（C）「求田問舍」才是用許汜整天想著累積個人財富，不顧天下蒼生的典故。「怕應羞見、劉郎才氣」是說詞人也想自私一點，為自己打算，但怕被劉備那樣的英雄豪傑批評，屆時他將無地自容

72. 辛棄疾〈青玉案・元夕〉

★【B】以下所選為辛棄疾著名的詞作〈青玉案〉：「東風夜放花千樹，更吹落、星如雨。寶馬雕車香滿路。風簫聲動，玉壺光轉，一夜魚龍舞。　蛾兒雪柳黃金縷，笑語盈盈暗香去。眾裡尋他千百度。驀然回首，那人卻在、燈火闌珊處。」請根據內容，判斷所描述的節慶時間與下列哪個選項相同？〔104嘉義國中教甄〕

（A）鸞扇斜分鳳幄開，星橋橫過鵲飛迴。爭將世上無期別，換得年年一度來（B）去年元夜時，花市燈如晝。月上柳梢頭，人約黃昏後。　今年元夜時，花與燈依舊。不見去年人。淚溼春衫袖（C）爆竹聲中一歲除，春風送暖入屠蘇。千門萬戶曈曈日，總把新桃換舊符（D）救母原思報母恩，傳來勝會說蘭盆，孤寒滿路人誰願，牲帛如山媚鬼魂

> 解答：題目為辛棄疾〈青玉案・元夕〉，而（A）出自李商隱〈七夕〉（B）出自歐陽脩〈生查子・元夕〉（C）出自王安石〈元日〉（D）出自賴和〈普渡〉指中元節

73. 辛棄疾〈菩薩蠻・書江西造口壁〉

★填充：辛棄疾〈菩薩蠻〉：「青山遮不住，__________。江晚正愁余，________。」〔2017大陸高考模擬題〕

> 解答：畢竟東流去／山深聞鷓鴣

74. 辛棄疾〈摸魚兒〉

★【B】辛棄疾〈摸魚兒〉：「長門事，準擬佳期又誤。蛾眉曾有人妒，千金縱買相如賦，脈脈此情誰訴？」詞中典故所寫的女子是：〔104學士後中醫招考〕

（A）趙飛燕（B）陳阿嬌（C）貂蟬（D）蔡琰（E）卓文君

75. 辛棄疾〈鷓鴣天〉

★填充題：「山遠近，路橫斜，______。________，春在溪頭薺菜花。」（辛棄疾〈鷓鴣天〉）〔2017大陸高考模擬題〕

解答：青旗沽酒有人家／城中桃李愁風雨

76. 辛棄疾〈滿江紅·送李正之提刑入蜀〉

辛棄疾〈滿江紅·送李正之提刑入蜀〉：「蜀道登天，一杯送、繡衣行客。還自歎、中年多病，不堪離別。東北看驚諸葛表，西南更草相如檄。把功名、收拾付君侯，如椽筆。　兒女淚，君休滴。荊楚路，吾能說。要新詩準備，廬山山色。赤壁磯頭千古浪，銅鞮陌上三更月。正梅花、萬里雪深時，須相憶。」

★問答題：試闡明「東北看驚諸葛表，西南更草相如檄。」背後所隱含的深意。〔2018 大陸高考模擬題〕

解答：暗示著東北大好河山淪落敵人之手，本應如諸葛亮上表請求出師征討，無奈在朝中主和人士阻撓下，竟然派李正之到西南（巴蜀）去擔任提刑之官，如當年司馬相如奉命作〈喻巴蜀檄〉般，鎮壓蜀地人民。南宋朝廷對敵人寬和、對臣民嚴苛的作風，使詞人恨上加恨。

77. 辛棄疾〈鵲橋仙·和范先之送祐之弟歸浮梁〉

辛棄疾〈鵲橋仙·和范先之送祐之弟歸浮梁〉：「小窗風雨，從今便憶，中夜笑談清軟。啼鴉衰柳自無聊，更管得、離人腸斷？　詩書事業，青氈猶在，頭上貂蟬會見。莫貪風月臥江湖，道日近、長安路遠。」

★【D】讀完此詞之後，判讀下列敘述何者不恰當？〔大學生中文能力檢測模擬題〕

（A）「啼鴉衰柳」從聽覺、視覺角度渲染出離別的氣氛（B）「頭上貂蟬會見」隱含莫忘獻身沙場，拜將封侯之抱負（C）「莫貪風月臥江湖，道日近、長安路遠。」勉勵學生不要貪圖玩樂，應積極上進，建功立業（D）這是一闋中調，包含上、下二片

78. 辛棄疾〈八聲甘州〉

八聲甘州　辛棄疾

夜讀〈李廣傳〉，不能寐。因念晁楚老、楊民瞻約同居山間，戲用李廣事，賦以寄之。

故將軍飲罷夜歸來，長亭解雕鞍。恨灞陵醉尉，匆匆未識，桃李無言。射虎山橫一騎，裂石響驚弦。落魄封侯事，歲晚田間。　誰向桑麻杜曲？要短衣匹馬，移住南山。看風流慷慨，談笑過殘年。漢開邊、功名萬里，甚當時、健者也曾閒。紗窗外、斜風細雨，一陣輕寒。

★問答題：試分析此詞下片所寄寓的思想情感。〔2016 大陸高考模擬題〕

解答：下片抒發詞人一己之感慨：（1）「誰向桑麻杜曲？要短衣匹馬，移住南山。」化用杜甫〈曲江三章〉其三：「自斷此生休問天，杜曲幸有桑麻田，故將移住南山邊。短衣匹馬隨李廣，看射猛虎終殘年。」借杜甫對李廣之仰慕，喻晁楚老、楊民瞻對詞人之愛護，不以窮達異交，與霸陵尉形成強烈對比。（2）「看風流慷慨，談笑過殘年。」呼應上片「落魄封侯事，歲晚田園。」流露出寵辱不驚的淡泊胸襟。（3）「漢開邊、功名萬里，甚當時、健者也曾閒。」借古諷今，

痛恨漢代進奸佞、逐賢良，宋代亦如是。(4) 詞人因此遭罷黜，故以景語作結：「紗窗外、斜風細雨，一陣輕寒。」並以此點明小序中「夜讀」二字。

79. 辛棄疾〈破陣子‧為陳同甫賦壯詞以寄之〉

★【D】下列辛棄疾詞，何者顯見投閒置散，無法建功立業的慨歎？〔107各類公務員初等〕

(A) 青山遮不住，畢竟東流去。江晚正愁余，山深聞鷓鴣 (B) 而今識盡愁滋味，欲說還休。欲說還休，卻道天涼好個秋 (C) 何處望神州？滿眼風光北固樓。千古興亡多少事？悠悠，不盡長江滾滾流 (D) 馬作的盧飛快，弓如霹靂弦驚。了卻君王天下事，贏得生前身後名，可憐白髮生

解答：(A) 出自辛棄疾〈菩薩蠻‧書江西造口壁〉(B) 出自辛棄疾〈醜奴兒〉(C) 出自辛棄疾〈南鄉子‧登京口北固樓有懷〉(D) 出自辛棄疾〈破陣子‧為陳同甫賦壯詞以寄之〉，道出他想奮勇殺敵、征戰沙場，可惜時不我與，歲月蹉跎，終究一事無成。

80. 辛棄疾〈醜奴兒‧書博山道中壁〉

★【D】以下四首韻文作品，請依照其文體及內容特質，判斷所屬年代，並依年代先後，選出正確的順序：〔104嘉義縣市國中教甄〕

甲、戍鼓斷人行，秋邊一雁聲。露從今夜白，月是故鄉明。有弟皆分散，無家問死生。寄書長不達，況乃未休兵。
乙、少年不識愁滋味，愛上層樓。愛上層樓，為賦新詞強說愁。　而今識盡愁滋味，欲說還休。欲說還休，卻道天涼好個秋。
丙、靜女其姝，俟我於城隅。愛而不見，搔首踟躕。靜女其孌，貽我彤管。彤管有煒，說懌女美。自牧歸荑，洵美且異。匪女之為美，美人之貽。
丁、涉江采芙蓉，蘭澤多芳草。采之欲遺誰？所思在遠道。還顧望舊鄉，長路漫浩浩。同心而離居，憂傷以終老。

(A) 甲丙乙丁 (B) 丁乙甲丙 (C) 乙甲丙丁 (D) 丙丁甲乙。

解答：甲、出自杜甫〈月夜憶舍弟〉，是盛唐。乙、出自辛棄疾〈醜奴兒〉，是南宋。丙、出自《詩經‧邶風‧靜女》，是周代。丁、出自《古詩十九首》之一，是東漢文人的五言詩作。故順序為：丙→丁→甲→乙，應選 (D)。

81. 辛棄疾〈醜奴兒近‧博山道中效李易安體〉

★【A.D】複選題：關於下列辛棄疾詞作，敘述適當的是：〔108指考〕

千峰雲起，驟雨一霎兒價。更遠樹斜陽，風景怎生圖畫？青旗賣酒，山那畔別有人家，只消山水光中，無事過這一夏。　午醉醒時，松窗竹戶，萬千瀟灑。野鳥飛來，又是一般閒暇。卻怪白鷗，覷著人欲下未下。舊盟都在，新來莫是，別有說話？(辛棄疾〈醜奴兒近〉)

(A) 詞作的上下片均是即景抒情，情景相生 (B) 上片寫夏日陣雨後景致，藉暮雨洗淨心中哀愁 (C) 下片

藉由「野鳥」的動態反襯「白鷗」的靜態（D）全詞語言不假雕飾，明白如話，結尾清新幽默（E）上下片的時間藉「午醉」過渡，寫出浪跡江湖青旗賣酒者的心情

82. 辛棄疾〈賀新郎〉

★【B】下列詩詞名句與作者的對應關係，哪一個選項不正確？〔106 臺南國小／幼兒園教甄〕
（A）明月樓高休獨倚。酒入愁腸，化作相思淚／范仲淹（B）只願君心似我心，定不負相思意／李清照（C）我見青山多嫵媚，料青山、見我應如是／辛棄疾（D）直須看盡洛城花，始共春風容易別／歐陽脩

解答：（A）出自范仲淹〈蘇幕遮〉（B）出自李之儀〈卜算子〉，不是李清照的作品（C）出自辛棄疾〈賀新郎〉（D）出自歐陽脩〈玉樓春〉

83. 辛棄疾〈瑞鶴仙・賦梅〉

★填充題：玉肌瘦弱，更重重、龍綃襯著。倚東風，＿＿＿＿＿＿＿＿＿，＿＿＿＿＿＿＿＿＿＿。〔2019 大陸高考模擬題〕

解答：一笑嫣然／轉盼萬花羞落

84. 辛棄疾〈浣溪沙〉

辛棄疾〈浣溪沙〉：「父老爭言雨水勻，眉頭不似去年顰。殷勤謝卻甑中塵。　啼鳥有時能勸客，小桃無賴已撩人。梨花也作白頭新。」

★【D】讀完此詞後，下列敘述何者不恰當？〔2019 大陸高考模擬題〕
（A）「父老爭言雨水勻」是說今年雨水均勻，豐收在望（B）「眉頭不似去年顰」意謂去年收成不好（C）「眉頭不似去年顰」暗示村人心中仍有許多隱憂（D）「殷勤謝卻甑中塵」明揭作者因甑中有塵而謝卻父老的盛情

解答：（D）「殷勤謝卻甑中塵」寫村人清洗炊具上的塵土，熱情準備酒菜款待客人

85. 辛棄疾〈千年調〉

辛棄疾〈千年調〉：「左手把青霓，右手挾明月。吾使豐隆前導，叫開閶闔。周遊上下，徑入寥天一。覽玄圃，萬斛泉，千丈石。　鈞天廣樂，燕我瑤之席。帝飲予觴甚樂，賜汝蒼壁。嶙峋突兀，正在一丘壑。余馬懷，僕夫悲，下恍惚。」

★【A】下列關於此詞的敘述何者不正確？〔2019 大陸高考模擬題〕
（A）該詞由天賜蒼壁開端，化用李白〈蜀道難〉詩意，充滿浪漫奇幻的色彩（B）詞中展現作者超凡不俗的胸襟，也反映出其愛國懷鄉的思想（C）字裡行間亦隱藏著詞人懷才不遇、報國無門的苦悶之情（D）該詞受到屈原〈離騷〉的影響甚深

解答：（A）該詞化用屈原〈離騷〉之意境，而與李白〈蜀道難〉無關

86. 辛棄疾〈永遇樂・京口北固亭懷古〉

★【A.D.E】複選題：下列詞作，藉歷史人物寄託作者情懷的選項是：〔102 指考〕
（A）遙想公瑾當年，小喬初嫁了，雄姿英發。羽扇綸巾，談笑間，檣

櫓灰飛煙滅（B）東風夜放花千樹。更吹落，星如雨。寶馬雕車香滿路。鳳簫聲動，玉壺光轉，一夜魚龍舞（C）試問夜如何？夜已三更，金波淡，玉繩低轉。但屈指西風幾時來，又不道，流年暗中偷換（D）將軍百戰身名裂。向河梁、回頭萬里，故人長絕。易水蕭蕭西風冷，滿座衣冠似雪。正壯士、悲歌未徹（E）元嘉草草，封狼居胥，贏得倉皇北顧。四十三年，望中猶記，烽火揚州路。可堪回首？佛狸祠下，一片神鴉社鼓。憑誰問，廉頗老矣，尚能飯否？

> 解答：（A）出自蘇軾〈念奴嬌・赤壁懷古〉；藉周瑜三十四歲已功成名就，感慨自己年近半百卻一事無成（B）出自辛棄疾〈青玉案・元夕〉（C）出自蘇軾〈洞仙歌〉（D）出自辛棄疾〈賀新郎〉；藉李陵敗降匈奴、荊軻刺秦王的典故，寄託身在異域、有家歸不得的悲哀（E）出自辛棄疾〈永遇樂・京口北固亭懷古〉藉廉頗自比，年紀雖大，仍胸懷壯志，可惜乏人問津

87. 辛棄疾〈西江月・遣興〉

★【C】「醉裡且貪歡笑，要愁那得工夫？近來始覺古人書，信著全無是處。　昨夜松邊醉倒，問松我醉何如？只疑松動要來扶，以手推松曰去。」（辛棄疾〈西江月・遣興〉）下列關於此作的解說何者正確？〔106臺師大碩士班入學考〕

（A）強調知識更新之必要，頗有貴古賤今之感觸（B）借酒澆愁，以詼諧幽默之筆宣洩內心憤激不平（C）由問松、疑松、推松漸進表達與萬物合一之情懷（D）通篇採用白話風格，生動抒發無入而不自得之胸襟

88. 辛棄疾〈賀新郎・別茂嘉十二弟〉

★填充題：將軍百戰身名裂。向河梁、回頭萬里，______________。易水蕭蕭西風冷，______________。正壯士、______________。〔2019大陸高考模擬題〕

> 解答：故人長絕／滿座衣冠似雪／悲歌未徹

89. 辛棄疾〈南歌子・新開池戲作〉

★【C】文學作品中常採用「由大而小」的手法，逐漸聚焦到所要描寫的重點對象。下列使用此種手法的是？〔106臺南市國小／幼兒園教甄〕

（A）散髮披襟處，浮瓜沉李杯。涓涓流水細侵階。鑿個池兒，喚個月兒來。（辛棄疾〈南歌子・新開池戲作〉）（B）打起黃鶯兒，莫教枝上啼；啼時驚妾夢，不得到遼西！（金昌緒〈春怨〉）（C）新妝宜面下朱樓，深鎖春光一院愁。行到中庭數花朵，蜻蜓飛上玉搔頭。（劉禹錫〈春詞〉）（D）小雨輕風落楝花，細紅如雪點平沙。槿籬竹屋江村路，時見宜城賣酒家。（王安石〈鍾山晚步〉）

90. 辛棄疾〈清平樂・村居〉

★【B】本篇所描寫的季節，以何者的可能性較高？〔106新北國中教甄〕

> 茅簷低小，溪上青青草。醉裡吳音相媚好，白髮誰家翁媼？　大兒鋤豆溪東，中兒正織雞籠。最喜小兒亡賴，溪頭臥剝蓮蓬。（辛棄疾〈清平樂・村居〉）

（A）春（B）夏（C）秋（D）冬

解答：(B) 因為提及「剝蓮蓬」，故應在夏季

91. 辛棄疾〈浪淘沙・賦虞美人草〉

★【C】閱讀下文，並推斷何者為歌詠的對象？「不肯過江東，玉帳匆匆。至今草木憶英雄，唱著虞兮當日曲，便舞春風。」(辛棄疾〈浪淘沙〉)〔96四技／二專統測〕
(A) 周瑜 (B) 宋江 (C) 項羽 (D) 諸葛亮

92. 楊炎正〈蝶戀花・別范南伯〉

楊炎正〈蝶戀花・別范南伯〉：「離恨做成春夜雨，添得春江，剗地東流去。弱柳繫船都不住，為君愁絕聽鳴艫。　君到南徐芳草渡，想得尋春，依舊當年路。後夜獨憐回首處，亂山遮隔無重數。」

★【D】讀完此詞後，下列敘述何者不恰當？〔2019大陸高考模擬題〕
(A)「離恨做成春夜雨」為形象化，將春夜話別的無盡離愁比作綿綿春雨，化無形為有形 (B)「添得春江，剗地東流去。」與「問君能有幾多愁？恰似一江春水向東流」具異曲同工之妙 (C)「弱柳繫船都不住，為君愁絕聽鳴艫。」是說儘管殷勤挽留，但朋友還是不得不離開，不捨之情溢於言表 (D)「為君愁絕聽鳴艫」描寫友人遠行時耳聽櫓槳聲，心中惆悵，一個「絕」字道出朋友心事的沉重

解答：(D)「為君愁絕聽鳴艫」描寫作者送行時，聽著友人乘坐的小船櫓槳聲越來越小，心生惆悵，一個「絕」字道出作者為朋友擔憂的無限深情。

93. 姜夔〈揚州慢〉

★【B】姜夔〈揚州慢〉：「淮左名都，竹西佳處，解鞍少駐初程。過春風十里，盡□□□□。自胡馬、窺江去後，廢池喬木，□□□□。漸黃昏、清角吹寒，都在空城。　杜郎俊賞，算而今、□□□□。縱豆蔻詞工，青樓夢好，難賦深情。二十四橋仍在，波心蕩、□□□□。念橋邊紅藥，年年知為誰生？」〔102二技統測〕
(A) 重到須驚／冷月無聲／薺麥青青／猶厭言兵 (B) 薺麥青青／猶厭言兵／重到須驚／冷月無聲 (C) 猶厭言兵／薺麥青青／重到須驚／冷月無聲 (D) 猶厭言兵／薺麥青青／冷月無聲／重到須驚

94. 姜夔〈暗香〉

★填充題：「________而今漸老，都忘卻、春風詞筆。」作者藉著有〈詠早梅〉的南朝詩人自比，自傷年歲已大，失去了當年賞梅填詞的才情與妙筆。〔2019大陸高考模擬題〕

解答：何遜

95. 吳文英〈八聲甘州・陪庾幕諸公遊靈巖〉

吳文英〈八聲甘州・陪庾幕諸公遊靈巖〉：「渺空煙四遠是何年？青天墜長星。幻蒼崖雲樹，名娃金屋，殘霸宮城。箭徑酸風射眼，膩水染花腥。時靸雙鴛響，廊葉秋聲。　宮裡吳王沉醉，倩五湖倦客，獨釣醒醒。問蒼天無語，華髮奈山青。水涵空、闌干高處，送亂鴉、斜日落漁汀。連呼酒，上琴臺去，秋與雲平。」

★【D】讀完此詞後，下列敘述何者正確？〔2019大陸高考模擬題〕
（A）詞中藉「宮裡吳王沉醉」，暗喻南宋政治的腐敗（B）用「五湖倦客」，影射如范蠡般的謀士卻浪跡五湖四海（C）「亂鴉」、「斜日」隱含亂臣賊子、國勢衰頹之意（D）以上皆是

96. 吳文英〈唐多令・惜別〉

★【B】下列何者是因聽雨而引起鄉愁或故國之思？〔95學士後私醫招考〕
（A）「雨橫風狂三月暮，門掩黃昏，無計留春住。」（歐陽脩〈蝶戀花〉）（B）「人人盡說江南好，遊人只合江南老。春水碧於天，畫船聽雨眠。　壚邊人似月，皓腕凝霜雪。未老莫還鄉，還鄉須斷腸。」（韋莊〈菩薩蠻〉）（C）「七八個星天外，兩三點雨山前，舊時茅店社林邊，路轉西橋忽見。」（辛棄疾〈西江月〉）（D）「何處合成愁？離人心上秋，縱芭蕉，不雨也颼颼。」（吳文英〈唐多令〉）

97. 蔣捷〈金盞子〉

★【B】蔣捷〈金盞子〉：「風刀快，剪盡簷梧桐，怎剪愁斷？」此處之「風刀」是：〔107高雄市國小教甄〕
（A）佛教語；謂人臨死時，體內有風鼓動，如刀刺身（B）鋒利如刀的風；指寒風（C）風風雨雨（D）風吹草動

98. 蔣捷〈虞美人・聽雨〉

★【D】下列哪首作品最符合「無我之境」？〔96臺南縣國小教甄〕
（A）李煜〈相見歡〉（「無言獨上西樓……」）（B）李清照〈聲聲慢〉（「尋尋覓覓冷冷清清……」）（C）蔣捷〈虞美人〉（「少年聽雨歌樓上……」）（D）馬致遠〈天淨沙〉（「枯藤老樹昏鴉……」）

99. 張炎〈解連環・孤雁〉

張炎〈解連環・孤雁〉：「楚江空晚。悵離群萬里，怳然驚散。自顧影、欲下寒塘，正沙淨草枯，水平天遠。寫不成書，只寄得、相思一點。料因循誤了，殘氈擁雪，故人心眼。　誰憐旅愁荏苒？謾長門夜悄，錦箏彈怨。想伴侶、猶宿蘆花，也曾念春前，去程應轉。暮雨相呼，怕驀地、玉關重見。未羞他、雙燕歸來，畫簾半捲。」

★【B】下列此詞的敘述何者不恰當？〔2019大陸高考模擬題〕
（A）詞人以孤雁自比，通篇緊扣一個「孤」字展開（B）「殘氈擁雪，故人心眼。」以蘇武身陷胡地的典故，暗示自己亡國被俘（C）「謾長門夜悄，錦箏彈怨。」用冷宮錦箏的淒涼，渲染孤雁的哀怨（D）作者因為這首詠孤雁詞，而贏得「張孤雁」之稱

解答：（B）暗示被囚禁北地，不肯屈服的南宋愛國志士

100. 王沂孫〈齊天樂・蟬〉

王沂孫〈齊天樂・蟬〉：「一襟餘恨宮魂斷，年年翠陰庭樹。乍咽涼柯，還移暗葉，重把離愁深訴。西窗過雨。怪瑤珮流空，玉箏調柱。鏡暗妝殘，為誰嬌鬢尚如許？　銅仙鉛淚似洗，嘆移盤去遠，難貯零露。病翼驚秋，枯形閱世，消得斜陽幾度？餘音更苦。甚獨抱清商，頓成淒楚。漫想薰風，柳絲千萬縷。」

★【D】讀完此詞後，下列敘述何者不恰當？〔2017 大陸高考模擬題〕

（A）此詞藉詠秋蟬，託物寄意，抒發國破家亡的悲哀（B）上片用齊王后化蟬之典比擬南宋后妃，象徵社稷淪亡（C）「病翼驚秋，枯形閱世，消得斜陽幾度？」間接勾勒出遺民苦難的形象（D）其詞「如七寶樓臺，眩人眼目，碎拆下來，不成片段」

解答：（D）指吳文英（夢窗）詞的特色；而王沂孫（碧山）詞之特色為「思筆雙絕」

附
錄

附錄三：作文金句 100 例

	宋詞金句	出處	語義	運用
1	何處是歸程？ 長亭更短亭	舊題李白 〈菩薩蠻〉	到底要飄泊至何時何地才能轉身踏上歸途？走到哪一座長亭或短亭才可以返回家園。	小毛三年前背著行李環遊世界去，家中父母日夜盼望她回來，視訊時總是問道：「何處是歸程？長亭更短亭。」
2	西風殘照， 漢家陵闕	舊題李白 〈憶秦娥〉	秋風不斷地吹拂，滿天夕陽映照在漢代帝王陵寢上，好一片淒清景象！	我們前年秋天到古長安旅遊，看到「西風殘照，漢家陵闕」的景象，心中不禁要問：大漢天子，九五至尊，而今安在哉？
3	日出江花紅勝火， 春來江水綠如藍	白居易 〈憶江南〉三闋	豔陽高照下，江岸春花開得比火焰更燦爛；晴空萬里時，江中春水綠得比藍草還青綠。	眼前這片「日出江花紅勝火，春來江水綠如藍」的美景，真教人流連忘返！
4	紅燭背， 繡簾垂， 夢長君不知	溫庭筠〈更漏子〉	轉移燭臺，垂下繡簾，我總在夢中千里跋涉與你相會，但遠方的你就是不知情。 按：通常引用「夢長君不知」或「夢君君不知」，意思是我很想念遠方的你，但你卻毫不知情。	自從你到澳洲遊學以後，我心中不時掛念著；無奈「夢長（君）君不知」，一年多了，你卻從未捎來半點兒音訊。
5	新帖繡羅襦， 雙雙金鷓鴣	溫庭筠〈菩薩蠻〉	那件剛貼繡完成且熨燙服貼的絲質上衣，繡的是成雙成對的金色鷓鴣鳥圖案。	宮廷劇中的嬪妃身上穿著「新帖繡羅襦，雙雙金鷓鴣」的華服，但深宮歲月總是形孤影隻，與寂寞為伍。
6	縱被無情棄， 不能羞	韋莊〈思帝鄉〉	縱使有一天被無情地拋棄了，也絕不能因此惱羞成怒。 按：「縱被無情棄，不能羞」是形容人對感情的執著，一旦愛上了，就勇敢去追求，不計成敗地付出自己的真心。	父母常對熱戀中的兒女說：「挑對象時眼睛要睜大一點，人是你們自己選的，將來『縱被無情棄，不能羞』！」
7	未老莫還鄉， 還鄉須斷腸	韋莊〈菩薩蠻〉 五闋之二	你還沒老，別急著回鄉；如果執意要回去，見到家鄉現在混亂的情況，恐怕只會柔腸寸斷吧！	眼看深山部落的自然生態遭到嚴重破壞，大家都勸來城市定居多年的原住民青年小安：「未老莫還鄉，還鄉須斷腸。」

	宋詞金句	出處	語義	運用
8	此度見花枝，白頭誓不歸	韋莊〈菩薩蠻〉五闋之三	如果現在再有這樣好的際遇，就算頭髮斑白了，也立誓絕不輕言離開。	小王年輕時曾到中南美洲發展，後來因為太思念家鄉而結束海外的事業；如今年紀老邁，一事無成，才感嘆說：「此度見花枝，白頭誓不歸！」
9	滿目悲涼，縱有笙歌亦斷腸	馮延巳〈采桑子〉	映入眼簾的盡是悲涼景象，縱使有笙歌悠揚亦令人柔腸寸斷。	自從女朋友移情別戀以後，小李整天悶悶不樂，真是「滿目悲涼，縱有笙歌亦斷腸」！
10	細雨夢回雞塞遠，小樓吹徹玉笙寒	李璟〈攤破浣溪沙〉	夢醒後，發現良人遠在千里之外的雞鹿塞，但見窗外細雨紛紛；她徹夜難眠，在小樓上一遍遍吹奏著玉笙，獨自忍受更深露重的嚴寒。 按：此二句形容思婦對征夫的思念。	自從小明遠赴海外工作後，人在臺灣的妻子終於能體會「細雨夢回雞塞遠，小樓吹徹玉笙寒」的意境，因為她也經常午夜夢回，輾轉難眠，胡思亂想至天亮。
11	歸時休放燭花紅，待踏馬蹄清夜月	李煜〈玉樓春〉	曲終宴罷，歸途中不要點上紅燈籠，我還要感受月光下信馬奔馳的清幽與寧靜。 按：此二句描寫享受完宴會的繁華熱鬧之後，還要感受月下騎馬的清靜自在。	和朋友到KTV歡唱之後，夜深了，我拒絕「續攤」，獨自踏著月色回家。此時腦中不禁浮現「歸時休放燭花紅，待踏馬蹄清夜月」的意境，這一份清幽靜謐更勝於方才的燈紅酒綠、繁絃急管。
12	離恨恰如春草，更行更遠還生	李煜〈清平樂〉	離愁別恨如那春天的野草，越走越遠，它就越滋長繁茂。	自從男友出國留學後，我終於體會到「離恨恰如春草，更行更遠還生」的心情了，那思念真像青草般綿延不絕，無窮無盡。
13	自是人生長恨、水長東	李煜〈相見歡〉	原本人生就有綿綿無盡的深悲沉恨，就像那滔滔不絕的長江水永無止盡地向東奔流。	「自是人生長恨、水長東。」這是誰也無法改變的事實，因此我們只能坦然接受生命中的悲歡離合。
14	別是一般滋味、在心頭	李煜〈相見歡〉	那愁思纏繞於心頭，卻又是另一種無以名狀的痛苦。 按：「別是一般滋味、在心頭」，後世不一定指愁思，只要心裡難過，五味雜陳都可以套用。	她的設計稿被同行剽竊，對方竟反過來告她侵犯智慧財產權；出庭時，面對提告者的咄咄逼人，她只覺得「別是一般滋味、在心頭」！

	宋詞金句	出處	語義	運用
15	想得玉樓瑤殿影，空照秦淮	李煜〈浪淘沙〉	遙想著故國宮殿華美的倒影，徒然映照在月光下的秦淮河面。	李後主亡國後，從一國之君淪為階下囚，每當「想得玉樓瑤殿影，空照秦淮」，他便悲悔交加，痛不欲生。
16	流水落花春去也，天上人間	李煜〈浪淘沙〉	一如逝去的東流水、凋零的落花都隨著春天回去了，今昔對比，一在天上，一在人間，再也無由相見！ 按：此二句後世用來形容逝去的永遠喚不回，即「往者已矣」之意。	跨國企業無預警倒閉後，一夕之間人去樓空，大門深鎖，只剩樓下為自己權益發聲的無辜員工。遙想其昔日風光，真如「流水落花春去也，天上人間」，令人不勝唏噓！
17	問君能有幾多愁？恰似一江春水向東流	李煜〈虞美人〉	問我到底有多少愁恨？好比那滿江春水滾滾向東奔流。 按：後世引用多把「（憂）愁」與「恰似一江春水向東流」連用，而不是兩句一起徵引。	張老先生的獨子成天宅在家裡當個「啃老族」，讓老人家無時無刻不操心，他說那憂愁啊，「恰似一江春水向東流」，無窮無盡，沒完沒了。
18	唯有長江水，無語東流	柳永〈八聲甘州〉	只有那滔滔的長江水，不聲不響地向東奔流。 按：意思是世間萬事萬物都會不斷改變，只有長江水始終滔滔向東流是唯一不變的事實。	春去秋來，花開花落，唇紅齒白終將變得白髮蒼蒼，眼看它起高樓，眼看它宴賓客，轉眼間也看它樓塌了，世間的一切無常，「唯有長江水，無語東流」，彷彿只有無情無思、無欲無求、無聲無息的事物，才能永遠長存。
19	今宵酒醒何處？楊柳岸曉風殘月	柳永〈雨霖鈴〉	今晚酒醒時，不知船行將載我至何處？想必是楊柳低拂，曉風微寒，殘月朦朧的江南岸邊吧！ 按：「楊柳岸曉風殘月」意境優美，成為家喻戶曉的寫景名句。	我們到江南旅遊，特地起了個大早，天微亮時，漫步到運河畔，就為了體驗柳永筆下「楊柳岸曉風殘月」的美景。
20	異日圖將好景，歸去鳳池誇	柳永〈望海潮〉	哪天畫上這一幅美麗的景致，回京升官時可以向人誇耀一番。	小倩到杭州旅遊時，拍下一張張美照，就是為了回臺後可以在臉書上向人炫耀；這與古人「異日圖將好景，歸去鳳池誇」的心情，如出一轍。

	宋詞金句	出處	語義	運用
21	衣帶漸寬終不悔，為伊消得人憔悴	柳永〈蝶戀花〉	為相思日漸消瘦也絕不懊悔，為了她值得我一身憔悴。按：「伊」後來不一定指思念的人，也可以是追求的目標。如此一來，此二句就含有為了理想，奮鬥不懈的意思。	宇翔從小每天練琴五小時，風雨無阻，全年無休，為了心愛的小提琴，他「衣帶漸寬終不悔，為伊消得人憔悴」，再辛苦都願意！
22	濁酒一杯家萬里，燕然未勒歸無計	范仲淹〈漁家傲・秋思〉	喝一杯濁酒，思念著萬里之外的家鄉，但想起邊患未平，尚未登燕然山刻石記功，暫時不能回家去。	戍守前線的將士何嘗不想家？只是「濁酒一杯家萬里，燕然未勒歸無計」，他們身負重任，敵人未滅，功業未竟，再想家也只能化作支撐自己堅持下去最溫柔的力量。
23	酒入愁腸，化作相思淚	范仲淹〈蘇幕遮・懷舊〉	喝一口酒，進入百轉千迴的愁腸中，都化作了相思的眼淚。	老李隻身來臺工作，每次三杯黃湯下肚後，想起家鄉的老母親，不由得像個小娃娃似地嚎啕大哭，他說這是「酒入愁腸，化作相思淚」！
24	風不定，人初靜，明日落紅應滿徑	張先〈天仙子〉	風不停地吹，人們剛剛睡去，我在想明天片片落花應鋪滿了園中小路。按：這是一種民胞物與的襟懷，讀書人仁民愛物，關心國家興亡，關心百姓疾苦，也關心園中的落花。	夜深了，窗外風雨交加，不禁使人想起古人的名句：「風不定，人初靜，明日落紅應滿徑。」真為園中花朵擔心！
25	無可奈何花落去，似曾相識燕歸來	晏殊〈浣溪沙〉	這朵花凋謝就永遠消逝了，真教人莫可奈何！所幸那似曾相識的燕子又飛回來了。	「無可奈何花落去，似曾相識燕歸來」，悲喜交加，笑中帶淚，苦樂參半，——也許這就是人生。
26	欲寄彩箋兼尺素，山長水闊知何處？	晏殊〈蝶戀花〉	想要寄一封詩箋和書信，但是山水迢迢，我思念的人在哪裡呢？	自從佑廷搬家以後，我也想寫信給他，表達我的思念與關懷，無奈「欲寄彩箋兼尺素，山長水闊知何處？」當初居然忘記跟他留地址了，如今寫好了信卻怎麼也寄不到他手中。

	宋詞金句	出處	語義	運用
27	為君持酒勸斜陽，且向花間留晚照	宋祁〈玉樓春·春景〉	我為您端起酒杯勸說即將西斜的夕陽，為了今日的歡聚，暫且向花叢間多留下一抹晚霞斜照！ 按：此二句以轉化（擬人法）修辭寫成，無理而有情，斜陽怎麼可能聽人的勸說，真的在花間多留下一抹晚霞，讓大家觀賞呢？但如此寫來，卻極溫馨而富有人情味。	「為君持酒勸斜陽，且向花間留晚照。」詞人真是深情，用如此浪漫的手法試圖挽留夕陽美景。
28	月上柳梢頭，人約黃昏後	歐陽脩〈生查子·元夕〉	我與情人相約，在月兒攀上柳樹梢頭的黃昏之後，一起出門賞燈。	維欣妹妹打扮得花枝招展，因為「月上柳梢頭，人約黃昏後」，她要跟男朋友去慶祝交往週年紀念日。
29	平蕪盡處是春山，行人更在春山外	歐陽脩〈踏莎行〉	那一望無垠的草原的盡頭，依稀可見青山的蹤影；而你，更在遙遠的青山之外，無影無蹤。	自從紫芸舉家移民海外以後，我們從此失去了聯絡，總覺得「平蕪盡處是春山，行人更在春山外」，到底何年何月才能再相逢呢？
30	十年岐路，空負曲江花	歐陽脩〈臨江仙〉	分別十年以來，我一事無成，白白辜負了當年新科進士的宴會。	想當年方強以榜首之姿考上第一學府，沒想到大學畢業至今，他仍只是一位小小業務員，真是「十年岐路，空負曲江花」！
31	直須看盡洛城花，始共春風容易別	歐陽脩〈玉樓春〉	此時只有把洛陽城的繁花都看盡了，才能夠淡然地和春風道別。	「直須看盡洛城花，始共春風容易別。」因為看遍了洛城繁花，再也沒有遺憾了，自然就能輕易地與春天道別。
32	淚眼問花花不語，亂紅飛過秋千去	歐陽脩〈蝶戀花〉	我含淚問花兒：春歸何處？從何歸去？沒想到春花對此靜默不語；那飄落的花瓣竟紛飛亂舞，片片飛過秋千架而去。	「淚眼問花花不語，亂紅飛過秋千去」，到底是人太多情？還是花太薄情？都不是！不過是宇宙間的一種自然現象而已。
33	須知道，這般病染，兩處心頭	蘇軾〈沁園春〉	要知道，這般心病，在兩人的心頭。	相思絕非單行道，一如東坡所說：「須知道，這般病染，兩處心頭」！

	宋詞金句	出處	語義	運用
34	相顧無言，惟有淚千行	蘇軾〈江城子‧乙卯正月廿日夜記夢〉	夢中我倆四目相對，緘默無語，任由彼此的淚水潰決，傾瀉而出。按：此二句後世不一定指夢境，只要彼此眼神交會，無言以對，唯有淚流不止的場景皆可以套用。	失散多年的學生姊妹，在奶奶的告別式上，「相顧無言，惟有淚千行」，她們彷彿用淚水訴說了別後種種。
35	持節雲中，何日遣馮唐？	蘇軾〈江城子‧密州出獵〉	何時皇帝也派人來，像漢文帝派馮唐去雲中赦免魏尚的罪那般，重新重用我？	「持節雲中，何日遣馮唐？」可見詞人亦渴望皇上派人來召他還朝，他仍希望在政治上有一番作為。
36	但願人長久，千里共嬋娟	蘇軾〈水調歌頭〉	只願親友們都平安健康，即使相隔千里，也能共享一輪明月。	一家人分隔兩地又有什麼關係？「但願人長久，千里共嬋娟」，只要彼此安康，共享一輪明月，家人間的情感還是緊密聯繫在一起。
37	細看來，不是楊花，點點是離人淚	蘇軾〈水龍吟‧次韻章質夫楊花詞〉	細細看來，那不是楊花，點點都是離別的眼淚。按：把點點楊花（柳絮）說成是滴滴離人的眼淚，運用轉化（擬人）修辭，取譬貼切，意象靈動。	紛飛的柳絮，在詞人眼中，那「不是楊花，點點是離人淚」；一如滿天星斗，在我眼裡，不是一顆顆閃亮的寶石，而是一個個美麗的願望。
38	回首向來蕭瑟處，歸去，也無風雨也無晴	蘇軾〈定風波〉	歸去時，再回顧剛才經歷風吹雨打的地方，已經恢復一片平靜，既沒有風雨，也不見晴朗。按：引文一般用「也無風雨也無晴」，意思是走過了風雨或度過了難關，一切又恢復平靜狀態。	走過了青春風暴，如今再回頭看那段荒唐歲月，他可以像說故事一樣輕描淡寫帶過，因為在他的心裡已是「也無風雨也無晴」，彷彿一切都遠了，遠到有些淡忘了，淡忘自己當初所糾結的點到底在哪裡。
39	人生如夢，一樽還酹江月	蘇軾〈念奴嬌‧赤壁懷古〉	人生如幻似夢，轉瞬間一切都將成為過去，不如把握當下，舉杯對月，並以酒灑地，奠祭江山明月，一弔千古！	中秋夜，全家人聚在一起吃月餅、賞明月，我們不學太白舉杯邀月，反倒效法起東坡有感於人生如夢，故而「一樽還酹江月」，奠祭江山、明月，一弔千古！
40	揀盡寒枝不肯棲，寂寞沙洲冷	蘇軾〈卜算子‧黃州定惠院寓居作〉	（孤鴻）挑遍了寒冷的枝頭，還是不肯將就棲息，牠寧可寂寞地忍受沙洲上的淒冷。按：此二句寫孤鴻，亦寫高士。他何嘗不是挑遍了各種工作、各樣主子，不肯將就，寧可忍受孤寂落寞之苦。	小高這人才學好，做事有原則，絕不趨炎附勢，所以進公司至今二十多年了，仍只是一名小課長，沒辦法，誰教他「揀盡寒枝不肯棲，寂寞沙洲冷」？

	宋詞金句	出處	語義	運用
41	解鞍欹枕綠楊橋，杜宇一聲春曉	蘇軾〈西江月〉	詞人解下馬鞍當枕頭，斜臥在綠楊橋上進入夢鄉；再聽見杜鵑鳥啼叫時，發現自己醒在春天的清晨。	「解鞍欹枕綠楊橋，杜宇一聲春曉。」詞人喝多了，醉宿橋畔，隔天在杜鵑鳥鳴叫聲中醒來，多麼詩情畫意！
42	與誰同坐？明月清風我	蘇軾〈點絳唇〉	與誰同坐呢？明月、清風和我。按：這種寫法與李白〈月下獨酌〉：「舉杯邀明月，對影成三人」近似。	閒來無事，「與誰同坐？明月清風我。」千萬別以為我孤單寂寞，我正享受獨處的無拘無束，自在快活！
43	人生如逆旅，我亦是行人	蘇軾〈臨江仙・送錢穆父〉	人生就像一座旅舍，我也是個旅人。	「人生如逆旅，我亦是行人」，既然如此，功名富貴、妻妾兒女、車馬衣裘……沒有任何一樣是可以永遠保有的，那我們還爭什麼呢？
44	西州路，不應回首，為我沾衣	蘇軾〈八聲甘州・寄參寥子〉	但願您不會像羊曇在通往西州門的路上，因為想起他的舅舅而回首痛哭那般，為我落淚霑襟。	張伯伯參加「不老騎士」環遊世界的活動，臨行前，還信誓旦旦地保證：「西州路，不應回首，為我沾衣」，誰知他卻沒能兌現當初的承諾？
45	笑漸不聞聲漸悄，多情卻被無情惱	蘇軾〈蝶戀花・春景〉	笑聲漸漸消失，再也聽不見了；多情的行人不覺悵然若失，沒想到自己竟為少女無心的舉動所苦惱。按：通常只引「多情卻被無情惱」一句，用來表達「落花有意，流水無情」的意思。	傑瑞瘋狂追求艾咪小姐，人家卻絲毫不為所動，「多情卻被無情惱」，只怪月下老人不幫忙！
46	從別後，憶相逢，幾回魂夢與君同	晏幾道〈鷓鴣天・佳會〉	自從離別以後，總幻想著重逢時的情景，多少次你我在夢中相聚。	熱戀中的小花與男友被迫分隔兩地，「從別後，憶相逢，幾回魂夢與君同」，據說不知有多少回他倆歡喜重逢，結果都驚覺是在夢中。
47	紅燭自憐無好計，夜寒空替人垂淚	晏幾道〈蝶戀花〉	紅蠟燭自傷自憐也無計得以超脫，只有在寒夜裡平白替人黯然落淚。按：此二句以轉化（擬人法）修辭，從紅燭的眼光看人世間的別離，它除了替人垂淚到天明之外，卻也莫可奈何。——寫得極富人情味！	「紅燭自憐無好計，夜寒空替人垂淚。」詞人將燭淚說成是「替人垂淚」，其實是一種主觀的移情作用。

	宋詞金句	出處	語義	運用
48	郴江幸自繞郴山，為誰流下瀟湘去？	秦觀〈踏莎行・郴州旅舍〉	郴江幸運地源於郴山，又環繞郴山而奔流；它到底為了誰流向瀟湘而去？按：此二句無理而有情，問郴山為何不留住郴水，為何讓它流落瀟湘而去？意味著美好事物就該被留在最初的地方，不該讓它備受飄零。	據說蘇東坡最欣賞秦少游詞的這兩句：「郴江幸自繞郴山，為誰流下瀟湘去？」還把它寫在扇面上，時時觀看、玩賞，愛不釋手！
49	兩情若是久長時，又豈在朝朝暮暮？	秦觀〈鵲橋仙〉	男女之間，只要兩情相悅，至死不渝，又何必貪求朝夕相處的甜蜜呢？	雖說「兩情若是久長時，又豈在朝朝暮暮？」但遠距離戀愛畢竟還是存在著很大的考驗，絕非如想像中容易！
50	當年酒狂自負，謂東君、以春相付	賀鑄〈天香〉	想當年曾經以酒狂自負，以為春神把三春美景都交付給他了。	讀中文系的小趙天生嗜酒，總說詩詞、美酒本一家；「當年酒狂自負，謂東君、以春相付」，孰料多年後卻因一場大病，他從此滴酒不沾。
51	馬滑霜濃，不如休去，直是少人行	周邦彥〈少年遊〉	此時天寒地凍，街上積霜又濃又厚，馬蹄容易打滑，如此寒夜很少有人出門，不如就別走吧！按：此三句為青樓妓女委婉勸客留宿之辭，軟語溫存；適用於男、女朋友之間。若為長輩告誡晚輩之語，則顯得平淡乏味。	去年平安夜寒流來襲，育軒冒雨騎車送禮物去女友家，女友貼心地說：「馬滑霜濃，不如休去，直是少人行！」兩人於是徹夜談心，一起歡度佳節。
52	葉上初陽乾宿雨、水面清圓，一一風荷舉	周邦彥〈蘇幕遮〉	初升的朝陽曬乾了荷葉上的雨珠、水面上的荷花清麗渾圓，迎著晨風，每一片荷葉都亭亭玉立。按：這是寫景名句，寫活了荷花、荷葉、葉面水珠的姿態，栩栩如生，躍然紙上。	夏天的早晨，我們在荷塘畔見到「葉上初陽乾宿雨、水面清圓，一一風荷舉」的美麗景致。
53	憔悴江南倦客，不堪聽、急管繁絃	周邦彥〈滿庭芳・夏日溧水無想山作〉	我這個疲倦、憔悴的江南遊子，再也不忍聽那激越繁複的管絃樂。	人在異鄉的他，變得沉默寡言、悶悶不樂，大概是「憔悴江南倦客，不堪聽、急管繁絃」，所以極少參加朋友間的聚會，總是獨來獨往。

	宋詞金句	出處	語義	運用
54	新筍已成堂下竹，落花都上燕巢泥	周邦彥〈浣溪沙〉	堂下的新筍已經長成竹子，落花也化為塵土作了燕子築巢的新泥。按：此二句主要在突顯物換星移，人事變遷，天下沒有什麼事是永恆不變的。	看到「新筍已成堂下竹，落花都上燕巢泥」，隨著時間的推移，人怎能不老呢？
55	樓上闌干橫斗柄，露寒人遠雞相應	周邦彥〈蝶戀花・早行〉	他頻頻回望，但見伊人閣樓上北斗星明亮地橫亙著；寒露襲人，漸行漸遠，一路上雞啼聲四起。按：此二句描寫行人清晨離開，離情依依，所見皆淒寒景物，令人備感冷清與孤寂。	清晨四點多，我們步行離開好友住的山村聚落，沿路走來，頗能體會美成詞中「樓上闌干橫斗柄，露寒人遠雞相應」的情境。
56	長亭路，年去歲來，應折柔條過千尺	周邦彥〈蘭陵王・柳〉	在十里長亭的路上，年復一年，人們送別時折下的柳條應該已經超過千尺長吧？	「長亭路，年去歲來，應折柔條過千尺」，沒辦法，古往今來，只要有人的地方就有離別存在，這是誰也無法改變的事實。
57	別愁深夜雨，孤影小窗燈	陳克〈臨江仙〉	滿懷離愁，獨自面對深夜的淒雨；形單影隻，伴隨小窗內的孤燈。按：此二句形容對遠人的思念，孤獨無侶，孑然一身。	自從女兒遠嫁之後，獨居的李老伯總是「別愁深夜雨，孤影小窗燈」，枯坐到天明，連個說話的人都沒有了。
58	玉樓金闕慵歸去，且插梅花醉洛陽	朱敦儒〈鷓鴣天・西都作〉	就算在華麗的天宮作官，我也懶得去；只想插枝梅花，醉倒在花都洛陽城裡。按：此二句含有從不把富貴功名放在眼中，一副瀟灑自得的樣子。	什麼人最快樂？什麼人最自由？九五之尊的帝王嗎？富可敵國的財閥嗎？養尊處優的貴婦人嗎？都不是！因為他們都為別人而活。我認為最美好的人生是為自己而活，如朱敦儒那般「玉樓金闕慵歸去，且插梅花醉洛陽」，盡情地喝酒、賞花，想醉便醉，想笑便笑，這樣的人生才有意思！
59	知否？知否？應是綠肥紅瘦	李清照〈如夢令〉	你知道嗎？你知道嗎？應該是綠葉繁茂、紅花凋零了。按：此三句傳達出女主角敏銳、善感、愛花、惜春的細膩情思。	昨晚連夜大雨滂沱，女主人關心屋外海棠花；粗心的丫鬟卻回答一切如常。才會引起女主人動氣：「知否？知否？應是綠肥紅瘦」，想也知道，應該是綠葉繁茂、紅花凋零了。

	宋詞金句	出處	語義	運用
60	此情無計可消除， 才下眉頭， 卻上心頭	李清照〈一剪梅〉	這種相思之情實在令人無法排遣，剛從微蹙的眉間消失，卻又隱隱纏繞上了心頭。 按：此三句道盡兒女私情、離別相思的幽微情感，寫活了在愛情中患得患失，時時刻刻把對方放在心上，為他（她）而喜，為他（她）而悲，彷彿全世界都繞著他（她）旋轉似地。	男朋友才出差個幾天，維欣妹妹一下擔心他工作是否順利，一下擔心他三餐是否正常，一下又擔心他夜裡是否會認床……唉，真是「此情無計可消除，才下眉頭，卻上心頭」！
61	莫道不銷魂， 簾捲西風， 人比黃花瘦	李清照〈醉花陰〉	別說深秋景致不教人神傷，當秋風捲起珠簾時，發現閨中人竟比那菊花還清瘦！	老同學見面，直誇曉薇瘦身有成，她卻語帶玄機地說：「莫道不銷魂，簾捲西風，人比黃花瘦。」原來是老公今年外派到加拿大工作，她一個人上要照顧年邁的公婆，下有一雙稚嫩的兒女嗷嗷待哺，忙得不可開交，加上兩地相思之苦，早已把她折騰得瘦骨嶙峋了。
62	凝眸處， 從今又添， 一段新愁	李清照 〈鳳凰臺上憶吹簫〉	在我凝眸遠眺的樓頭，從今而後，又平添一段盼君早歸的新愁。 按：後世引用時，此「新愁」不一定指盼君早歸，只要是新增添的愁緒皆可套用。	自從兒子搬離這個家以後，老媽媽「凝眸處，從今又添，一段新愁」，日夜盼望著愛兒不時歸來探視。
63	只恐雙溪舴艋舟， 載不動許多愁	李清照〈武陵春〉	只怕雙溪那單薄的小船，載不動我內心這麼多沉重的憂愁啊！	她剛失戀不久，我們試著約她到碧潭泛舟，順便散散心。她卻唉聲嘆氣地說：「只恐雙溪舴艋舟，載不動許多愁。」——有這麼嚴重嗎？結束一段不適合的關係，才有機會展開下一段美好的戀情，何必如此想不開呢？
64	尋尋覓覓， 冷冷清清， 淒淒慘慘戚戚	李清照〈聲聲慢〉	無論如何尋尋覓覓，都是自己孑然一身，家中冷冷清清；此時內心真是淒淒慘慘戚戚，籠罩在一片愁雲慘霧裡。 按：此三句原描寫女詞人喪夫後孀居的情景，後世不一定用來刻劃獨居的悲涼，也可以用來描述當下心情的慘淡、孤寂。	自從她公司倒閉，宣告破產以後，整天待在家裡「尋尋覓覓，冷冷清清，淒淒慘慘戚戚」，昔日縱橫商場的女強人，曾幾何時，變成了一個疑神疑鬼、自怨自艾的白髮老婦？

	宋詞金句	出處	語義	運用
65	樓下水流何處去？憑欄目送蒼煙暮	趙鼎〈蝶戀花・河中作〉	樓下的流水將流到哪裡去呢？我憑欄遠望目送著流水和伊人遠去，直到一切景物掩入那蒼茫的煙波暮色中。按：此二句摹景優美，抒情委婉，景中含情，情景相融，極耐人尋味！	「樓下水流何處去？憑欄目送蒼煙暮。」詞人藉水流的遠去，暗示行人的離開。他憑欄遠眺既目送流水，也送走了伊人，直到眼前僅剩一片蒼然暮色，恰似他此刻的心情茫然、孤寂。
66	莫等閒、白了少年頭，空悲切	岳飛〈滿江紅・寫懷〉	別輕易辜負了青春歲月，等到白髮蒼蒼時，才徒然地悲傷嘆息。按：勉勵人要珍惜年輕歲月，努力有一番作為；別等到老了才來感嘆悲傷，已經為時晚矣！	年輕人就該有理想、有抱負，大膽地放手一搏，為自己搏出個精彩人生！「莫等閒、白了少年頭，空悲切」，畢竟時間不曾為誰而停留，錯過了就永遠無法挽回。
67	山盟雖在，錦書難託	陸游〈釵頭鳳〉	山盟海誓雖言猶在耳，但一封封情文並茂的書信始終寄不出去。按：此二句訴說著男女間緣盡情未了的無奈與悲哀。	儘管他倆分手了，但彼此都還牽掛著對方，「山盟雖在，錦書難託」，這一份情意只能深深埋入心底。
68	有誰知？鬢雖殘，心未死	陸游〈夜遊宮・記夢寄師伯渾〉	如今有誰能理解我的抱負？鬢髮雖已斑白，報國的雄心依然如故！按：後人引用時，習慣只引後二句：「鬢雖殘，心未死。」一如「老驥伏櫪，志在千里；烈士暮年，壯心不已。」隱含老當益壯的意思。	老林今年六十八歲了，還報考資訊工程研究所碩士班，因為他「鬢雖殘，心未死」，一心想追求更高深的學識，絕不因年紀老大而有絲毫退縮。
69	零落成泥碾作塵，只有香如故	陸游〈卜算子・詠梅〉	即使凋零了，被碾作泥、又化為塵土，它依然和往常一樣散發縷縷清香。按：此二句明寫梅花始終如一的本性，實則暗喻詞人潔身自愛、擇善固執的好品格。	陸游之所以特別鍾愛梅花，是因為它「零落成泥碾作塵，只有香如故」，一如忠臣義士、仁人君子可以遭受困頓，會老，也會死，但他們絕不因順逆窮達而改變自身美好的操守。
70	華胥夢，願年年、人似舊遊	辛棄疾〈聲聲慢・滁州旅次登奠枕樓作和李清宇韻〉	我們要把這裡建設成夢中的華胥氏之國，但願年年來到這裡，都像舊地重遊一樣。按：此三句寫出詞人的政治理想，他想做一個勤政愛民的好官，把地方治理得像華胥氏之國那樣，人人都過著安居樂業的生活。	每位市長就任之初，都曾許下「華胥夢，願年年、人似舊遊」的承諾，可是真正兌現諾言的又有幾人呢？

	宋詞金句	出處	語義	運用
71	求田問舍， 怕應羞見， 劉郎才氣	辛棄疾〈水龍吟・登建康賞心亭〉	我也想像許汜一樣，做個買地購屋的凡夫，但怕羞於見到像劉備那樣的豪傑之士。 按：此三句暗示自己像劉備一樣，是個胸懷天下的豪傑之士，絕不屑學許汜做個自私自利的匹夫。	陳先生為了經營慈善事業，散盡家產，四處奔波。別人問他為何要如此辛苦，安安穩穩過日子不好嗎？他只淡淡地回答：「求田問舍，怕應羞見，劉郎才氣。」
72	驀然回首， 那人卻在、 燈火闌珊處	辛棄疾 〈青玉案・元夕〉	忽然一回頭，那人卻孤伶伶地站在燈火稀稀落落的地方。 按：引用時，通常會加上前句「眾裡尋他千百度」，如此一來，語意更加完足。	當一個人無怨無悔地付出所有努力，仍未見成功的曙光，以為今生與成功無緣，正打算放棄時，成功卻不聲不響地降臨；那份驚喜，恰如「眾裡尋他千百度。驀然回首，那人卻在、燈火闌珊處」般，令人喜出望外，備感欣慰。
73	青山遮不住， 畢竟東流去	辛棄疾〈菩薩蠻・書江西造口壁〉	青山是什麼也擋不住的，滔滔江水終究要向東奔流而去。	有些人食古不化，拒絕3C產品進入他的生活圈，但「青山遮不住，畢竟東流去」，時勢所趨，相信誰也無法阻擋！
74	君莫舞！ 君不見、 玉環飛燕皆塵土	辛棄疾〈摸魚兒〉	你們別太得意忘形！你們沒看見那楊貴妃和趙飛燕最後都化為塵土，遺臭萬年。 按：此處以「玉環」、「飛燕」影射無德的女子、不義的小人等，意思是這些人縱使可以得意一時，但終會有獲罪、失勢的一天。	章魚哥一群人成天巴著老總的大腿不放，個個高升，春風得意，但「君莫舞！君不見、玉環飛燕皆塵土」，我深信逢迎拍馬終非長久之計。
75	城中桃李愁風雨， 春在溪頭薺菜花	辛棄疾〈鷓鴣天〉	當城裡的桃花、李花正憂愁被風吹雨淋時，春光已在溪頭那片薺菜花中展露無遺。	春天天氣多變，「城中桃李愁風雨，春在溪頭薺菜花」，但無論風雨中的桃花、李花，或溪頭盛開的薺菜花，都把春天妝點得繽紛絢麗，美不勝收。
76	正梅花、 萬里雪深時， 須相憶	辛棄疾 〈滿江紅・送李正之提刑入蜀〉	正當梅花綻放、到處大雪紛飛的季節，務必相互勉勵，保持聯繫。	你移居紐西蘭以後，務必與我保持聯繫，切記「正梅花、萬里雪深時，須相憶」！
77	莫貪風月臥江湖， 道日近、長安路遠	辛棄疾〈鵲橋仙・和范先之送祐之弟歸浮梁〉	千萬別貪戀清風明月而選擇退隱江湖，或說些舉目可見太陽、故國都城卻遙不可及這樣的喪氣話。	青年是國家發展的核心力量，理應一肩挑起改變時代的重任，「莫貪風月臥江湖，道日近、長安路遠」。

	宋詞金句	出處	語義	運用
78	看風流慷慨， 談笑過殘年	辛棄疾 〈八聲甘州〉	我要風流瀟灑，慷慨激昂、談笑度過晚年。	王伯伯日子過得可精彩，登山、潛水、旅遊、攝影、胡琴、書法已填滿了他的退休生活，他說要「看風流慷慨，談笑過殘年」。
79	了卻君王天下事， 贏得生前身後名	辛棄疾〈破陣子・為陳同甫賦壯詞以寄之〉	我一心想替君王完成收復中原河山的大業，博得生前的榮耀和死後的美名。	古代男子的心願，無非是「了卻君王天下事，贏得生前身後名」，輔佐君王經世濟民，德惠天下，並讓自己名留青史，萬古流芳。
80	愛上層樓， 為賦新詞強說愁	辛棄疾〈醜奴兒・書博山道中壁〉	喜歡登上高樓，為了填寫新詞而勉強說自己內心愁苦。 按：通常引「為賦新詞強說愁」，表示無病呻吟、故作老成的意思。	六歲的彤彤總是一副「為賦新詞強說愁」的樣子，說自己愁玩具沒地方放，愁明天不知該穿哪件衣服，愁起司蛋糕被爸爸偷吃掉……，還有好多事都令她心煩不已呢！
81	只消山水光中， 無事過這一夏	辛棄疾〈醜奴兒近・博山道中效李易安體〉	只要在這山光水色裡，平靜地度過這一個夏天就很幸福了。	暑假期間，日子過得閒散，回鄉下種種花、養養鳥，「只消山水光中，無事過這一夏」，此外別無所求了。
82	我見青山多嫵媚， 料青山、 見我應如是！	辛棄疾〈賀新郎〉	我看青山是那麼瀟灑多姿，想必青山看我應該也是如此！	黃昏時，獨倚窗邊，望向對岸觀音山，「我見青山多嫵媚，料青山、見我應如是」！
83	倚東風， 一笑嫣然， 轉盼萬花羞落	辛棄疾 〈瑞鶴仙・賦梅〉	但只要東風吹起，她（梅花）便會露出嫣然一笑，眼波流轉，使得群花為之羞窘飄落。	古人詠梅的詩詞佳句不少，其中我最欣賞辛稼軒筆下的梅花：「倚東風，一笑嫣然，轉盼萬花羞落。」寫寒梅嫣然一笑，足以使萬花羞落，真是大氣磅礴，令人稱賞！
84	父老爭言雨水勻， 眉頭不似去年顰	辛棄疾〈浣溪沙〉	村中父老爭相對我說今年的雨水十分均勻，瞧他們不再像去年那樣緊皺著眉頭。	這趟下鄉體察民情，見到「父老爭言雨水勻，眉頭不似去年顰」，各部會首長臉上露出了欣慰的表情。
85	余馬懷， 僕夫悲， 下恍惚	辛棄疾〈千年調〉	我的馬兒因懷鄉而不肯前行，為我駕車的僕人因想家而悲傷，從天上返回人間讓我覺得恍惚惆悵。	「余馬懷，僕夫悲，下恍惚。」脫胎於屈原〈離騷〉，道盡詞人因懷念家鄉、眷戀故土，不忍去國離鄉，所以又從天上返回人間的心情。

	宋詞金句	出處	語義	運用
86	憑誰問， 廉頗老矣， 尚能飯否？	辛棄疾〈永遇樂・京口北固亭懷古〉	誰能派人來探問：廉頗將軍雖然年老，還能吃飯嗎？ 按：這裡引文通常用「廉頗老矣，尚能飯」，表示年紀雖大，但身體健康、胃口好，隱含「老當益壯」之意。	陳老伯今年八十多歲，但「廉頗老矣，尚能飯」，瞧他每天到醫院做志工，健步如飛，神采奕奕，活力不輸給年輕人！
87	昨夜松邊醉倒， 問松我醉何如？	辛棄疾〈西江月・遣興〉	昨晚我醉倒在松樹旁，問那松樹：「我的醉態怎樣呢？」 按：此二句描寫酒後的醉態，維妙維肖，如狀目前。	老王昨晚喝茫了，走到樹下差點兒摔一跤，事後還一直說他沒醉，那是故意逗大家開心。此情此景，不禁讓我想起「昨夜松邊醉倒，問松我醉何如？」的辛稼軒，酒精的催化作用真是太神奇了！
88	啼鳥還知如許恨， 料不啼清淚長啼血	辛棄疾〈賀新郎・別茂嘉十二弟〉	啼鳥若知人間有如此多的悲恨，料想牠們不再悲啼清淚，而總是悲啼著鮮血。	人世間有太多的缺憾了，所以詞人才說：「啼鳥還知如許恨，料不啼清淚長啼血。」
89	鑿個池兒， 喚個月兒來	辛棄疾〈南歌子・新開池戲作〉	我開鑿個水池，叫月亮也到池子裡來。	爺爺在老家三合院旁弄了一個水池，正好「鑿個池兒，喚個月兒來」，以後大家可以在池邊賞月，多愜意！
90	最喜小兒亡賴， 溪頭臥剝蓮蓬	辛棄疾〈清平樂・村居〉	最喜歡小兒子那個頑皮鬼，瞧他躺在溪頭一面剝蓮子，一面往自己嘴裡送。	小兒子通常較討父母歡心，「最喜小兒亡賴，溪頭臥剝蓮蓬」就是一個例子。
91	兒女此情同， 往事朦朧	辛棄疾〈浪淘沙・賦虞美人草〉	兒女私情古今皆相同，儘管往事已經模糊難辨。	小說裡有金玉奴棒打薄情郎的情節，電視上出現悍妻飛踢「劈腿」夫的新聞，唉，「兒女此情同，往事朦朧」！
92	後夜獨憐回首處， 亂山遮隔無重數	楊炎正〈蝶戀花・別范南伯〉	分別後，儘管您再三回望送別的十里長亭，無奈只見數不盡的重巒疊嶂，遮蔽了我孑然一身的孤影。	旅途中，我獨自離開山村時，「後夜獨憐回首處，亂山遮隔無重數。」儘管依依不捨，還是得道別，畢竟我只是個過客，不是歸人。
93	念橋邊紅藥， 年年知為誰生？	姜夔〈揚州慢〉	想到二十四橋邊的紅色芍藥花，依舊年年花開花落，卻不知為誰而含芳吐豔？	「念橋邊紅藥，年年知為誰生？」其實紅芍藥花自開自落，獨自展現生命的風采，並不為誰而綻放，也不為誰而凋零，詞人又何必自作多情呢？

	宋詞金句	出處	語義	運用
94	又片片、吹盡也，幾時見得？	姜夔〈暗香〉	梅花又片片被風吹落，幾時得以再相見？	梅花凋零了，「又片片、吹盡也，幾時見得？」雖說明年花依舊會綻開，可惜已不是眼前這一朵。
95	宮裡吳王沉醉，倩五湖倦客，獨釣醒醒	吳文英〈八聲甘州・陪庾幕諸公遊靈巖〉	深宮中吳王沉緬於酒色，終為越國所滅；只有范蠡在輔佐句踐復國後，急流勇退，成為一個清醒的釣魚人。	現今選出一個不務正業的地方首長，宛如「宮裡吳王沉醉」，同黨議員紛紛與之劃清界線，爭相做個「獨釣醒醒」的「五湖倦客」，畢竟誰也不想助紂為虐，斷送了自己的政治前途！
96	何處合成愁？離人心上秋	吳文英〈唐多令・惜別〉	怎樣合成一個「愁」字呢？應是離人心頭上的一片秋意。	小美最近眉頭深鎖，鬱鬱寡歡，原來男友被調到墨爾本分公司，聘期長達三年。此刻，她終於體會到「愁」字的深意：「何處合成愁？離人心上秋」！
97	風刀快，剪盡畫簷梧桐，怎剪愁斷？	蔣捷〈金盞子〉	如今秋風忽至比刀還快，剪盡華屋下的梧桐枝葉，又怎能剪斷這離愁別恨呢？	今夜秋風颯颯，你收拾行囊離我而去，唉，任憑它「風刀快，剪盡畫簷梧桐，怎剪愁斷？」
98	悲歡離合總無情，一任階前、點滴到天明	蔣捷〈虞美人・聽雨〉	人生的悲歡離合總是那麼無情，就讓臺階前的雨點一滴一滴地下到天亮吧。	寶貝兒子竟成一具冰冷的遺體，老李呆坐靈堂前，望向連夜春雨，感受著「悲歡離合總無情，一任階前、點滴到天明」的深沉悲哀。
99	寫不成書，只寄得、相思一點	張炎〈解連環・孤雁〉	孤雁孑然一身，無法在空中排成「一」字形或「人」字形，猶如人寫不成書信，故只能寄上一「點」相思。 按：雁群可以在天空排成雁字，而孤雁只能出現一「點」，彷彿寄上一點相思。後世引申為懷人念遠之意。至於「寫不成書」，可能因為太開心、太悲憤或太震驚等情緒過於激動所致。	親愛的要文表哥，告訴您一個天大的好消息：我買樂透中了頭彩，此刻的心情實在太令人振奮，「寫不成書，只寄得、相思一點」，由衷盼您早日歸國，與我分享這一份財神爺賞賜的厚禮！
100	病翼驚秋，枯形閱世，消得斜陽幾度？	王沂孫〈齊天樂・蟬〉	病弱的蟬翼驚懼秋天到來，枯槁的形體閱盡世間盛衰，還經得起幾次黃昏日落？	老孫已步入風燭殘年，宛如枝頭上悲鳴的蟬兒，「病翼驚秋，枯形閱世，消得斜陽幾度？」他老病纏身，還剩下多少時日？

附錄四：近年宋詞 100 闋出題概況

	篇名	出題概況
1	何處是歸程？長亭更短亭	**檢定考試** 98 輔英科大幼稚園教檢；99 嘉義大學教檢模擬考 **教師甄試** 95 臺北市國中教甄；98 中區國小／幼兒園教甄；104 中區國中教甄 **公職考試** 101 普考地方四等
2	西風殘照，漢家陵闕	**檢定考試** 100 臺閩地區普通高中學力鑑定 **教師甄試** 95 臺北市國中教甄；97 南臺灣國中教甄 **公職考試** 102 身障普考三等
3	日出江花紅勝火，春來江水綠如藍	**教師甄試** 107 新北市高中教甄 **公職考試** 101 專利商標審查人員二等；104 司法五等 **大陸高考** 2020 模擬題
4	紅燭背，繡簾垂，夢長君不知	**升學考試** 106 臺綜大轉學考 **教師甄試** 97 南臺灣國中教甄；100 臺南縣市幼稚園教甄 **公職考試** 100 普考身障四等
5	新帖繡羅襦，雙雙金鷓鴣	**檢定考試** 106 教育部對外華語教學能力認證 **教師甄試** 95 臺北市國中教甄；100 桃園縣國中教甄；102 中區國小／幼兒園教甄
6	縱被無情棄，不能羞	**教師甄試** 95 臺北市國中教甄；96 臺北縣國中教甄 **大陸高考** 2017、2020 模擬題
7	未老莫還鄉，還鄉須斷腸	**升學考試** 95 學士後私醫招考 **檢定考試** 103 教檢 **教師甄試** 95 屏東、高雄、中區國小／幼兒園教甄 **公職考試** 102 身障普考三等；107 關務／身障特考五等
8	此度見花枝，白頭誓不歸	**升學考試** 104 臺北大學轉學考 **檢定考試** 大學生中文能力檢測模擬題 **教師甄試** 96 臺北縣國中教甄

	篇名	出題概況
9	滿目悲涼，縱有笙歌亦斷腸	**教師甄試** 102 桃園縣市國中教甄 **公職考試** 103 第一次社會工作師高考
10	細雨夢回雞塞遠，小樓吹徹玉笙寒	**升學考試** 101 學測；103 指考 **教師甄試** 97 澎湖縣國中教甄 **公職考試** 102 臺灣中油僱用人員
11	歸時休放燭花紅，待踏馬蹄清夜月	**檢定考試** 102 教檢 **教師甄試** 99 桃園縣高中教甄 **公職考試** 100 警察／鐵路佐級
12	離恨恰如春草，更行更遠還生	**升學考試** 97 二技統測 **檢定考試** 大學生中文能力檢測模擬題 **教師甄試** 97 澎湖縣國小／幼兒園教甄；98 南臺灣國中教甄；99 屏東縣國小附幼教甄；101 新北市柑林國小教甄；102 師大附中教甄 **公職考試** 102 身障普考三等
13	自是人生長恨、水長東	**檢定考試** 102 教檢 **教師甄試** 95 金門農工教甄；101 桃園縣國中教甄 **公職考試** 96 中華郵政招考；101 陽信商銀新進人員甄試、警察／鐵路佐級
14	別是一般滋味、在心頭	**升學考試** 100 學測；101 學士後中醫招考 **教師甄試** 95 金門縣國中教甄；96 臺南縣國小教甄 **公職考試** 96 中華郵政招考；102 身障普考三等
15	想得玉樓瑤殿影，空照秦淮	**檢定考試** 96 教檢 **教師甄試** 99 南臺灣國中教甄；106 臺北市國中教甄 **公職考試** 102 臺灣中油僱用人員
16	流水落花春去也，天上人間	**檢定考試** 102 教檢 **教師甄試** 97 彰師大教甄模擬題 **公職考試** 100 關務／身障特考五等

	篇名	出題概況
17	問君能有幾多愁？恰似一江春水向東流	**升學考試** 102 二技統測 **教師甄試** 95 和美實驗學校高中部教甄；98 臺北縣國中教甄；100 金門縣國小／幼稚園教甄；107 科學園區實驗高中附小教甄 **公職考試** 95 警察／鐵路二等；100 地政士普考；101 高考、身障特考五等
18	唯有長江水，無語東流	**升學考試** 101 二技統測 **檢定考試** 大學生中文能力檢測模擬題 **教師甄試** 99 彰師大教甄模擬題；101 彰師大教甄 **公職考試** 101 原住民五等
19	今宵酒醒何處？楊柳岸曉風殘月	**升學考試** 101 學士後中醫招考；102 二技統測 **教師甄試** 95 和美實驗學校高中部教甄；96 北區國小教甄；98 基隆市國中教甄；100 臺南縣市幼稚園教甄；104 屏東縣國小教甄 **公職考試** 101 警察／鐵路佐級；103 第一次社會工作師高考、地政士普考
20	異日圖將好景，歸去鳳池誇	**檢定考試** 98 輔英科大幼稚園教檢；101 高中以下學校及幼稚園教檢；105、106 臺北市立大學教檢模擬題 **教師甄試** 106 新北市國中教甄
21	衣帶漸寬終不悔，為伊消得人憔悴	**升學考試** 107 國中會考 **檢定考試** 104 中等學校教檢 **教師甄試** 95 臺南縣國中教甄；97 臺北體院教甄；103 南臺灣國中教甄；105 臺南實中國小部教甄 **公職考試** 99 中華郵政營運職；100 地方特考一般行政五等
22	濁酒一杯家萬里，燕然未勒歸無計	**升學考試** 102 學士後中醫招考 **教師甄試** 95 臺北市國小教甄；102 中區國中教甄 **公職考試** 100 警察／鐵路升資考 **大陸高考** 2015 模擬題

	篇名	出題概況
23	酒入愁腸， 化作相思淚	**升學考試** 101 指考、二技統測；102 學士後私醫聯招 **檢定考試** 96 高中以下及幼稚園教檢 **教師甄試** 103 金門縣國小／幼兒園教甄 **公職考試** 96 中華郵政專業職；99 中華郵政營運職；101 驗船師高考
24	風不定， 人初靜， 明日落紅應滿徑	**教師甄試** 98 中區國小／幼兒園教甄；99 新竹縣國中教甄；100 宜蘭高中教甄；101 臺灣體院教甄；106 新竹東興國中教甄；108 桃園市國小／幼兒園教甄、臺南市幼兒園教甄 **公職考試** 102 身障普考三等；105 地方特考五等
25	無可奈何花落去， 似曾相識燕歸來	**升學考試** 103 指考 **教師甄試** 97 中區國小／幼兒園教甄；99 新竹縣國中教甄；101 臺灣體院教甄 **公職考試** 102 普考原住民三等；104 警察／鐵路特考
26	欲寄彩箋兼尺素， 山長水闊知何處？	**教師甄試** 95 臺南縣國中教甄；105 臺南實中國小部教甄；107 臺南國小／幼兒園教甄 **公職考試** 95 普考外交三等
27	為君持酒勸斜陽， 且向花間留晚照	**升學考試** 102 國中基測 **教師甄試** 101 彰師大教甄；103 中山大學師培中心教甄 **公職考試** 98 普考原住民三等；100 社會工作師四等；105 警察／鐵路佐級
28	月上柳梢頭， 人約黃昏後	**檢定考試** 107 嘉義大學教檢 **教師甄試** 100 屏東縣國小附幼教甄；102 臺南市國小教甄；104 幼兒園師資職前教甄；105 中山大學師培中心教甄 **公職考試** 99 普考國安；101 原住民特考五等
29	平蕪盡處是春山， 行人更在春山外	**升學考試** 101 學測、學士後中醫招考 **教師甄試** 99 彰師大教甄模擬題；101 新北柑林國小教甄；104 屏東縣國小教甄
30	十年岐路， 空負曲江花	**檢定考試** 大學生中文能力檢測模擬題 **大陸高考** 2013 模擬題

	篇名	出題概況
31	直須看盡洛城花， 始共春風容易別	**升學考試** 107 臺綜大轉學考 **教師甄試** 105 桃園國小教甄 **公職考試** 104 國軍預備軍（士）官班；108 郵政／公路／港務升資考
32	淚眼問花花不語， 亂紅飛過秋千去	**升學考試** 95 學士後私醫招考；100 二技統測；101 學士後中醫招考 **公職考試** 99 社會工作師高考、中華郵政營運職；102 原住民三等普考；103 警察／鐵路佐級；104 臺灣菸酒從業評價人員；107 各類公務員初等
33	須知道， 這般病染， 兩處心頭	**升學考試** 99 指考 **檢定考試** 大學生中文能力檢測模擬題
34	相顧無言， 惟有淚千行	**教師甄試** 96 臺東縣、苗栗縣國中教甄；97 桃園縣國中教甄 **公職考試** 100 關務四等普考；107 各類公務員初等
35	持節雲中， 何日遣馮唐？	**教師甄試** 99 新竹成德高中、臺北市國中教甄 **公職考試** 95 身障人員普考、警察／鐵路二等；100 關務四等普考 **大陸高考** 2015 模擬題
36	但願人長久， 千里共嬋娟	**升學考試** 100 彰師大轉學考；105 臺綜大轉學考 **教師甄試** 95 金門農工、臺北市國小教甄；97 臺南大學、臺灣體大教甄；98 臺北縣、高雄縣國小／幼兒園教甄；104 中區國中教甄 **公職考試** 105 專技高考
37	細看來， 不是楊花， 點點是離人淚	**檢定考試** 大學生中文能力檢測模擬題 **教師甄試** 98 臺北縣國小／幼兒園教甄；105 屏東縣國小／幼兒園教甄
38	回首向來蕭瑟處， 歸去，也無風雨也無晴	**升學考試** 96、102、103 二技統測 **教師甄試** 96 苗栗縣國中、金門縣國小／幼兒園教甄；97 南臺灣國中教甄；99 澎湖縣國中教甄；101 中區國小／幼兒園教甄；108 桃園市國小／幼兒園教甄 **公職考試** 100 關務四等普考；101 警察／鐵路佐級；104 警察／鐵路特考；105 司法五等

	篇名	出題概況
39	人生如夢， 一樽還酹江月	**升學考試** 100 二技統測 **檢定考試** 102 高中學力鑑定；105 高中以下學校及幼稚園教檢 **教師甄試** 95 澎湖高級海事職校、金門農工教甄；96 和美實驗學校高中教甄；98 臺北縣國小／幼兒園教甄；101 彰化田中高中教甄；108 桃園市國小／幼兒園教甄 **公職考試** 100 關務四等普考；101 警察／鐵路二等、身障特考五等；103 普考外交／原住民四等
40	揀盡寒枝不肯棲， 寂寞沙洲冷	**升學考試** 101 學士後中醫招考；105 東吳大學碩士班入學考 **檢定考試** 97 臺閩地區高中學力鑑定 **教師甄試** 102 臺北市國中教甄 **公職考試** 106 移民行政特考二等；108 高考三級
41	解鞍欹枕綠楊橋， 杜宇一聲春曉	**檢定考試** 大學生中文能力檢測模擬題 **教師甄試** 99 桃園縣高中教甄；104 高雄市國中小教甄 **大陸高考** 2020 模擬題
42	與誰同坐？ 明月清風我	**檢定考試** 大學生中文能力檢測模擬題 **教師甄試** 107 教甄模擬題 **大陸高考** 2020 模擬題
43	人生如逆旅， 我亦是行人	**檢定考試** 大學生中文能力檢測模擬題 **公職考試** 101 普考地方四等 **大陸高考** 2020 模擬題
44	西州路， 不應回首， 為我沾衣	**檢定考試** 大學生中文能力檢測模擬題 **大陸高考** 2018、2019 模擬題
45	笑漸不聞聲漸悄， 多情卻被無情惱	**檢定考試** 108 教檢；大學生中文能力檢測模擬題 **教師甄試** 97 南臺灣國中教甄；101 竹山高中教甄；108 桃園市國小／幼兒園教甄 **公職考試** 101 原住民特考五等

	篇名	出題概況
46	從別後， 憶相逢， 幾回魂夢與君同	**升學考試** 99、101 指考；105 學士後中醫招考 **檢定考試** 大學生中文能力檢測模擬題
47	紅燭自憐無好計， 夜寒空替人垂淚	**升學考試** 105 學測 **檢定考試** 大學生中文能力檢測模擬題 **教師甄試** 96 苗栗縣國中教甄
48	郴江幸自繞郴山， 為誰流下瀟湘去？	**升學考試** 100 二技統測；105 學士後中醫招考 **檢定考試** 大學生中文能力檢測模擬題 **教師甄試** 99 新竹成德高中、中區國小／幼兒園教甄
49	兩情若是久長時， 又豈在朝朝暮暮？	**升學考試** 105 東吳大學碩士班入學考 **檢定考試** 95 高中以下學校及幼稚園教檢 **教師甄試** 95 和美實驗學校高中部教甄；96 金門縣國中教甄；103 南臺灣國中教甄 **公職考試** 101 一般行政初等
50	當年酒狂自負， 謂東君、以春相付	**升學考試** 107 學測 **檢定考試** 大學生中文能力檢測模擬題
51	馬滑霜濃， 不如休去， 直是少人行	**升學考試** 99 學士後中醫招考 **檢定考試** 大學生中文能力檢測模擬題 **教師甄試** 96 臺北縣高中職教甄；99 新竹成德高中教甄
52	葉上初陽乾宿雨、 水面清圓， 一一風荷舉	**檢定考試** 96 高中以下學校及幼稚園教檢 **教師甄試** 99 嘉義大學教甄模擬題 **公職考試** 95 警察／鐵路三等 **大陸高考** 2018 模擬題
53	憔悴江南倦客， 不堪聽、急管繁絃	**檢定考試** 大學生中文能力檢測模擬題 **公職考試** 106 高考模擬題 **大陸高考** 2019 模擬題

附錄

	篇名	出題概況
54	新筍已成堂下竹，落花都上燕巢泥	**升學考試** 104 成大轉學考 **教師甄試** 98 南臺灣國中教甄；102 教甄模擬題
55	樓上闌干橫斗柄，露寒人遠雞相應	**升學考試** 100 二技統測 **教師甄試** 95 瑞芳高工教甄；96 中區國小／幼兒園教甄
56	長亭路，年去歲來，應折柔條過千尺	**檢定考試** 97 臺閩地區高中學力鑑定 **教師甄試** 100 臺南幼稚園教甄；102 臺北市國中、高雄市國小教甄 **公職考試** 101 律師高考第二試
57	別愁深夜雨，孤影小窗燈	**檢定考試** 大學生中文能力檢測模擬題 **大陸高考** 2019 模擬題
58	玉樓金闕慵歸去，且插梅花醉洛陽	**升學考試** 101 二技統測 **教師甄試** 98 南臺灣國中教甄；107 中區國小／幼兒園教甄 **公職考試** 98 普考原住民三等
59	知否？知否？應是綠肥紅瘦	**升學考試** 100 二技統測 **檢定考試** 102 高中以下學校及幼兒園教檢 **教師甄試** 96 苗栗縣國中教甄；99 新竹成德高中教甄 **公職考試** 99 一般行政初等、社會工作師高考；104 警察／鐵路特考
60	此情無計可消除，才下眉頭，卻上心頭	**升學考試** 101 二技統測 **檢定考試** 大學生中文能力檢測模擬題 **教師甄試** 97 桃園縣、南臺灣國中教甄；99 惠文高中教甄；103 南臺灣國中教甄；104 嘉義國中教甄 **公職考試** 99 關務特考五等
61	莫道不銷魂，簾捲西風，人比黃花瘦	**升學考試** 101 四技／二專統測、學士後中醫招考 **教師甄試** 95 和美實驗學校教甄；104 屏東縣國小教甄 **公職考試** 103 司法／調查／移民四等普考

	篇名	出題概況
62	凝眸處， 從今又添， 一段新愁	**教師甄試** 99 臺北體院教甄 **公職考試** 97 義務役預備軍官招考 **大陸高考** 2019 模擬題
63	只恐雙溪舴艋舟， 載不動許多愁	**檢定考試** 97 教育部對外華語教學能力認證 **教師甄試** 95 花蓮縣特教教甄 **公職考試** 101 警察／鐵路佐級
64	尋尋覓覓， 冷冷清清， 淒淒慘慘戚戚	**升學考試** 99 學士後私醫聯招 **檢定考試** 大學生中文能力檢測模擬題 **教師甄試** 96 臺南縣國小、中區國小／幼兒園教甄；99 南臺灣國中教甄；102 臺南市幼兒園教甄 **公職考試** 96 中華郵政招考；97、99 警察／鐵路升資考
65	樓下水流何處去？ 憑欄目送蒼煙暮	**大陸高考** 2019 模擬題
66	莫等閒、 白了少年頭， 空悲切	**升學考試** 104 學士後中醫招考 **教師甄試** 100 金山高中教甄；107 金門國小／幼兒園教甄 **公職考試** 95 警察／鐵路二等
67	山盟雖在， 錦書難託	**檢定考試** 95 高中以下學校及幼稚園教檢 **教師甄試** 96 臺南縣國小教甄；98 科學園區實驗高中、桃園縣國中教甄；102 金門國中教甄；106 中科實驗高中教甄 **公職考試** 101 中華郵政招考
68	有誰知？ 鬢雖殘， 心未死	**升學考試** 101 四技／二專統測；102 二技統測 **教師甄試** 98 南臺灣國中教甄；99 屏東縣國小附幼教甄 **大陸高考** 2005 模擬題

	篇名	出題概況
69	零落成泥碾作塵，只有香如故	**升學考試** 101 學士後中醫招考 **檢定考試** 97 臺閩地區高中學力鑑定 **教師甄試** 106 南科實驗高中附小教甄 **公職考試** 95 地方政府特考五等；100 警察／鐵路二等；104 國軍預備軍（士）官班；105 警察／鐵路佐級
70	華胥夢，願年年、人似舊遊	**大陸高考** 2018、2019 模擬題
71	求田問舍，怕應羞見，劉郎才氣	**升學考試** 99 彰師大碩士班入學考 **檢定考試** 大學生中文能力檢測模擬題 **教師甄試** 104 屏東縣國小教甄；105 臺南國小教甄 **公職考試** 101 律師高考第二試
72	驀然回首，那人卻在、燈火闌珊處	**教師甄試** 95 臺南縣國中教甄；100 桃園縣國中教甄；101 中區國小／幼兒園教甄；102 東石高中教甄；103 南臺灣國中教甄；104 嘉義國中教甄；108 桃園市國小／幼兒園教甄 **公職考試** 100 中華郵政招考；102 警察／鐵路四等
73	青山遮不住，畢竟東流去	**升學考試** 105 學士後中醫招考 **公職考試** 107 各類公務員初等 **大陸高考** 2017 模擬題
74	君莫舞！君不見、玉環飛燕皆塵土	**升學考試** 104 學士後中醫招考 **檢定考試** 大學生中文能力檢測模擬題 **教師甄試** 103 高雄市幼兒園教甄
75	城中桃李愁風雨，春在溪頭薺菜花	**公職考試** 93 民間公證人普考 **大陸高考** 2017 模擬題
76	正梅花、萬里雪深時，須相憶	**檢定考試** 大學生中文能力檢測模擬題 **大陸高考** 2018 模擬題
77	莫貪風月臥江湖，道日近、長安路遠	**檢定考試** 大學生中文能力檢測模擬題 **教師甄試** 99 桃園縣高中教甄

	篇名	出題概況
78	看風流慷慨， 談笑過殘年	**檢定考試** 大學生中文能力檢測模擬題 **大陸高考** 2016 模擬題
79	了卻君王天下事， 贏得生前身後名	**升學考試** 100 二技統測 **公職考試** 100 地方特考五等；101 警察／鐵路二等；107 各類公務員初等
80	愛上層樓， 為賦新詞強說愁	**升學考試** 101 學士後中醫招考 **教師甄試** 95 和美實驗學校高中部教甄；98 臺北縣教甄、基隆高中／國中新聘教甄；99 臺南縣市國小附幼教甄；104 嘉義縣市國中教甄 **公職考試** 96 司法普考四等；100 台土銀升等；107 各類公務員初等
81	只消山水光中， 無事過這一夏	**升學考試** 108 指考 **檢定考試** 大學生中文能力檢測模擬題
82	我見青山多嫵媚， 料青山、 見我應如是！	**教師甄試** 96 臺南縣國中教甄；98 臺北縣教甄；99 臺南縣國小附幼教甄；102 桃園縣／新竹縣國小／幼兒園聯合教甄；106 臺南國小／幼兒園教甄 **公職考試** 100 民航外交普考五等
83	倚東風， 一笑嫣然， 轉盼萬花羞落	**檢定考試** 大學生中文能力檢測模擬題 **大陸高考** 2019 模擬題
84	父老爭言雨水勻， 眉頭不似去年顰	**教師甄試** 99 玉井工商教甄 **大陸高考** 2019 模擬題
85	余馬懷， 僕夫悲， 下恍惚	**檢定考試** 大學生中文能力檢測模擬題 **大陸高考** 2019 模擬題
86	憑誰問， 廉頗老矣， 尚能飯否？	**升學考試** 102 指考 **教師甄試** 99 新竹成德高中教甄；103 新竹成德高中、南臺灣國中教甄 **公職考試** 104 臺灣銀行現職工員改僱助理辦事員
87	昨夜松邊醉倒， 問松我醉何如？	**升學考試** 100 指考模擬題；106 臺師大碩士班入學考

	篇名	出題概況
88	啼鳥還知如許恨， 料不啼清淚長啼血	**檢定考試** 大學生中文能力檢測模擬題 **教師甄試** 96、100 中區國小／幼兒園教甄；103 新竹、中區國小／幼兒園教甄 **大陸高考** 2019 模擬題
89	鑿個池兒， 喚個月兒來	**檢定考試** 大學生中文能力檢測模擬題 **教師甄試** 106 臺南市國小／幼兒園教甄
90	最喜小兒亡賴， 溪頭臥剝蓮蓬	**檢定考試** 大學生中文能力檢測模擬題 **教師甄試** 98 中區國小／幼兒園教甄；104 高雄餐旅國中教甄；106 新北國中教甄 **公職考試** 105 普考模擬題
91	兒女此情同， 往事朦朧	**升學考試** 96 四技／二專統測 **檢定考試** 大學生中文能力檢測模擬題
92	後夜獨憐回首處， 亂山遮隔無重數	**大陸高考** 2018、2019 模擬題
93	念橋邊紅藥， 年年知為誰生？	**升學考試** 102 二技統測 **教師甄試** 96 臺北縣國中教甄；99 臺北體院教甄；103 臺北市國中教甄 **公職考試** 104 高考二級 **大陸高考** 2007 模擬題
94	又片片、 吹盡也， 幾時見得？	**教師甄試** 108 桃園市國小／幼兒園教甄 **大陸高考** 2019 模擬題
95	宮裡吳王沉醉， 倩五湖倦客， 獨釣醒醒	**檢定考試** 大學生中文能力檢測模擬題 **教師甄試** 93 雲林縣國中教甄 **大陸高考** 2019 模擬題
96	何處合成愁？ 離人心上秋	**升學考試** 92 學測；95、97 學士後私醫招考；102 空軍航空技術學院二技招考 **教師甄試** 教甄模擬題
97	風刀快， 剪盡畫簷梧桐， 怎剪愁斷？	**檢定考試** 大學生中文能力檢測模擬題 **教師甄試** 107 高雄市國小教甄

	篇名	出題概況
98	悲歡離合總無情， 一任階前、 點滴到天明	**升學考試** 102 二技統測 **檢定考試** 95 中等以下學校及幼稚園教檢 **教師甄試** 96 臺南縣國小教甄；98 中區國小／幼兒園教甄；99 臺北體院教甄；102 桃園縣／新竹縣國小／幼兒園聯合教甄 **公職考試** 104 社會工作師高考
99	寫不成書， 只寄得、 相思一點	**檢定考試** 大學生中文能力檢測模擬題 **大陸高考** 2016、2019 模擬題
100	病翼驚秋， 枯形閱世， 消得斜陽幾度？	**檢定考試** 大學生中文能力檢測模擬題 **大陸高考** 2015、2017 模擬題

附錄五：倚聲填詞若干闋

擣練子 抒懷

秋日裡，小園東，一縷斜陽一縷風。看盡花開花又落，眼中含淚意朦朧。

※

調笑令 山居

煙雨，煙雨，杜鵑聲啼淒苦。案前埋首詩書，簾捲黃昏竹廬。廬竹，廬竹，碧掩青山翠谷。

※

調笑令

回憶高中時喜讀武俠小說，愛那仗劍江湖之俠女風骨，更曾為楊過、段譽、令狐沖等之鐵漢柔情深深吸引，偶爾也幻想手持三尺青鋒劍，上斬貪官，下懲惡霸，濟弱扶傾，快意恩仇。今有感於昔時年少輕狂，試填一詞如次：

思念，思念，憶起當年書劍。飛簷走壁何難？俠骨柔腸喜歡。歡喜，歡喜，只在昨宵夢裡。

※

相見歡 閒愁

別來幾度秋涼？葉初黃，雁字還時細雨、伴飛霜。　等閒度，愁花落，問斜陽，最是百無聊賴、斷人腸。

※

一剪梅 寒思

白雪紛紛柳絮揚，猶記當年，愛詠飛霜。閨中誰解蕙蘭腸？和靖歸來，醉飲西堂。　疏影橫斜水面香，開遍南枝，月色昏黃。毅然寂寞綻芬芳，細雨微寒，暗自神傷。

※

減字木蘭花

余於去年八月入住淡水新宅，庭前佳木蔥蘢，鬱鬱蒼蒼，遠處淡水河、觀音山朝迎晨曦，暮送斜陽，景色如畫。雖置身容膝小屋，卻覺心曠神怡，此後無論陰晴晨昏宜讀書寫作、吟哦朗誦於其中，快然自足矣！因取古人「白雲深處有人家」、「雲深不知處」之意，命其室曰「雲深書屋」，以明己志。後又自題一聯：「綠意窗前宜入畫，白雲深處好讀書。」橫批：「四季朝陽迎樂歲」。今據此數寫成〈減字木蘭花〉云：

白雲深處，喚月呼風隨意去；綠意窗前，鳥唱蟲鳴勝管絃。　讀書最好，詩興盎然堪忘老；簡牘傳家，一室生香香滿楹。

主要參考書目

一、古代典籍（依朝代先後排列）

1.〔西晉〕崔豹《古今注》臺北：中華書局　1965 年據《漢魏叢書》本校刊《四部備要》本

2.〔五代〕馬縞《中華古今注》臺北：中華書局　1965 年據《漢魏叢書》本校刊《四部備要》本

3.〔五代〕韋莊《又玄集》南京：鳳凰出版社　2012 年《和刻本中國古逸書叢刊》本

4.〔南唐〕馮延巳《陽春集》臺北：世界書局　1959 年《世界文庫》本

5.〔北宋〕周邦彥《清真集》臺北：木鐸出版社　1982 年

6.〔北宋〕蘇軾《東坡志林》臺北：臺灣商務印書館　1983 年據國立故宮博物院藏本影印《景印文淵閣四庫全書》本

7.〔南宋〕王灼《碧雞漫志》臺北：廣文書局　1967 年據民國二十三年（1934）排印本影印《詞話叢編》本

8.〔南宋〕吳文英《夢窗詞集》臺北：廣文書局　1971 年

9.〔南宋〕李清照撰、〔民國〕王仲聞校注《李清照集校注》臺北：漢京文化公司　2004 年《四部刊要》本

10.〔南宋〕沈義父《樂府指迷》臺北：廣文書局　1967 年據民國二十三年（1934）排印本影印《詞話叢編》本

11.〔南宋〕周密《武林舊事》臺北：廣文書局　1995 年

12.〔南宋〕周密《浩然齋雅談》臺北：臺灣商務印書館　1983 年《景印文淵閣四庫全書》本

13.〔南宋〕周密編、〔清〕查為仁、厲鶚箋《絕妙好詞箋》臺北：臺灣商務印書館　1983 年據國立故宮博物院藏本影印《景印文淵閣四庫全書》本

14.〔南宋〕俞文豹《吹劍續錄》　民國十六年（1927）上海商務印書館排印本《說郛》本

15.〔南宋〕胡仔《苕溪漁隱叢話》臺北：世界書局　2009 年《中國學術名著》本

16.〔南宋〕范成大《吳船錄》臺北：新文豐出版公司　1985 年《叢書集成新編》本

17.〔南宋〕張炎《詞源》香港：龍門書店　1968 年

18.〔南宋〕張端義《貴耳集》臺北：臺灣商務印書館　1983 年據國立故宮博物院藏本影印《景印文淵閣四庫全書》本

19.〔南宋〕陳恕可《樂府補題》臺北：臺灣商務印書館　1983 年據國立故宮博物院藏本影印《景印文淵閣四庫全書》本

20.〔南宋〕陸游《渭南文集》臺北：世界書局　1990 年《陸放翁全集》本

21.〔南宋〕陸游撰、〔民國〕夏承燾、吳熊和箋注《放翁詞編年箋注》臺北：木鐸出版社　1982 年
22.〔南宋〕黃昇《花菴絕妙詞選》　明末虞山毛氏汲古閣刊《詞苑英華》本
23.〔南宋〕葉夢得《避暑錄話》臺北：臺灣商務印書館　1983 年據國立故宮博物院藏本影印《景印文淵閣四庫全書》本
24.〔元〕伊世珍《瑯嬛記》臺南：莊嚴文化出版公司　1995 年據遼寧省圖書館藏明萬曆刻本影印《四庫全書存目叢書》本
25.〔元〕辛文房《唐才子傳》成都：巴蜀書社　2010 年《文學山房叢書》本
26.〔明〕毛晉《宋六十名家詞》臺北：臺灣商務印書館　1956 年《國學基本叢書》本
27.〔明〕毛晉輯、〔清〕馮煦選輯《宋六十一家詞選》臺北：文化圖書公司　1956 年
28.〔明〕卓人月、徐士俊《古今詞統》上海：上海古籍出版社　2002 年據上海圖書館藏明崇禎刻本影印
29.〔明〕楊慎《詞品》香港：商務印書館　1961 年
30.〔明〕顧從敬選、〔明〕沈際飛評《古香岑草堂詩餘》　明崇禎間太末翁少麓刊本
31.〔清〕毛先舒撰、查王望鑒定《填詞名解》臺北：新文豐出版公司　1996 年《叢書集成三編》本
32.〔清〕毛先舒撰、查王望鑒定《古今詞論》臺北：新文豐出版公司　1996 年《叢書集成三編》本
33.〔清〕王士禎《花草蒙拾》上海：大東書局　1921 年《詞話叢鈔》石印本
34.〔清〕先著、程洪《詞潔》保定：河北大學出版社　2007 年《古代詞選經典讀本》本
35.〔清〕成肇麐《唐五代詞選》臺北：臺灣商務印書館 1970 年《人人文庫》本
36.〔清〕沈謙《填詞雜說》臺北：廣文書局　1967 年據民國二十三年（1934）排印本影印《詞話叢編》本
37.〔清〕周濟《介存齋論詞雜著》上海：上海古籍出版社　2002 年據中國科學院圖書館藏清光緒四年（1878）刻本影印《續修四庫全書》本
38.〔清〕周濟編、譚獻評《宋四家詞選》清光緒三十四年（1908）歸安金紹城北京排印本
39.〔清〕周濟選、譚獻評《詞辨》濟南：齊魯書社　1988 年《清人選評詞集三種》本
40.〔清〕況周頤《蕙風詞話》臺北：河洛圖書出版社　1980 年《河洛文庫》本
41.〔清〕俞正燮《癸巳類稿》上海：上海古籍出版社　2002 年據北京圖書館藏道光十三年（1833）求日益齋刻本影印
42.〔清〕徐釚《詞苑叢談》臺北：木鐸出版社　1982 年
43.〔清〕張惠言《詞選》臺北：世界書局　1956 年《世界文庫》本
44.〔清〕許昂霄《詞綜偶評》臺北：廣文書局　1967 年據民國二十三年（1934）

排印本影印《詞話叢編》本
45.〔清〕陳廷焯《白雨齋詞話》臺北：臺灣開明書店　1954 年
46.〔清〕彭孫遹《金粟詞話》上海：大東書局　1921 年《詞話叢鈔》石印本
47.〔清〕賀裳《皺水軒詞筌》上海：大東書局　1921 年《詞話叢鈔》石印本
48.〔清〕黃蘇《蓼園詞選》濟南：齊魯書社　1988 年《清人選評詞集三種》本
49.〔清〕萬樹《詞律》臺北：臺灣商務印書館　1983 年據國立故宮博物院藏本影印《景印文淵閣四庫全書》本
50.〔清〕劉熙載《藝概》上海：上海古籍出版社　2002 年據清同治刻古桐書屋六種本影印

二、今人著作（依姓氏筆畫排列）

1. 王國維《人間詞話》上海：上海古籍出版社　1998 年《蓬萊閣叢書》本
2. 王國維《清真先生遺事》臺北：藝文印書館　1971 年據民國五年（1916）上海倉聖明智大學排印本影印
3. 艾治平《宋詞的花朵：宋詞名篇賞析》北京：北京出版社　1985 年《中國古典文學名著名篇賞析叢書》本
4. 吳梅《詞學通論》香港：太平書局　1964 年
5. 李堅持《唐宋詞選釋》臺北：木鐸出版社　1980 年
6. 沈祖棻《宋詞賞析》北京：北京出版社　2003 年
7. 俞平伯《唐宋詞選釋》北京：人民文學出版社　2005 年
8. 俞陛雲《唐五代兩宋詞選釋》臺北：文史哲出版社　1988 年
9. 胡雲翼《宋詞選》臺北：明文書局　1987 年
10. 唐圭璋《唐宋詞簡釋》臺北：鼎文書局　2001 年
11. 唐圭璋《唐宋詞鑒賞辭典》臺北：新地文學出版社　1991 年
12. 夏承燾《唐宋詞欣賞》香港：中華書局　2002 年《文史啟蒙名家書系》本
13. 夏承燾《馮正中年譜》臺北：世界書局　1959 年《世界文庫》本
14. 徐漢明《稼軒集》臺北：文津出版社　1991 年
15. 張相《詩詞曲語辭匯釋》北京：中華書局　1955 年
16. 梁令嫻《藝蘅館詞選》臺北：臺灣中華書局　1970 年《中華國學叢書》本
17. 葉嘉瑩《迦陵談詞》臺北：三民書局　2010 年《三民叢刊》本
18. 葉嘉瑩《唐宋詞十七講》臺北：桂冠圖書公司　2000 年
19. 劉憶萱《李清照詩詞選注》臺北：建宏書局《中國古典文學作品選讀叢書》本　1996 年
20. 鄧廣銘《稼軒詞編年箋註》臺北：華正書局　1980 年
21. 簡彥妗《詞苑新聲——名家詞導讀》 臺北：致知學術出版社　2014 年
22. 饒宗頤《澄心論萃》 上海：上海文藝出版社　1996 年

國家圖書館出版品預行編目資料

圖解宋詞100：大考最易入題詞作精解／簡彥
妗著. -- 初版. -- 臺北市：五南圖書出版
股份有限公司, 2021.10
面； 公分
ISBN 978-626-317-140-4(平裝)

833.5 110014174

1XJD

圖解宋詞100：
大考最易入題詞作精解

作　　者— 簡彥妗（403.4）
發 行 人— 楊榮川
總 經 理— 楊士清
總 編 輯— 楊秀麗
副總編輯— 黃文瓊
責任編輯— 吳雨潔
封面設計— 姚孝慈
美術設計— 劉好音
出 版 者— 五南圖書出版股份有限公司
地　　址：106台北市大安區和平東路二段339號4樓
電　　話：(02)2705-5066　傳　　真：(02)2706-6100
網　　址：https://www.wunan.com.tw
電子郵件：wunan@wunan.com.tw
劃撥帳號：01068953
戶　　名：五南圖書出版股份有限公司
法律顧問　林勝安律師事務所　林勝安律師
出版日期　2021年10月初版一刷
定　　價　新臺幣380元